HEYNE <

Das Buch
Atlee Pine hofft, endlich ihre verschwundene Schwester finden zu können. Nachdem sie in Andersonville, Georgia, langgehütete Geheimnisse ihrer Eltern lüften konnte, ist sie überzeugt: Die Vincenzos, eine Familie mit Verbindungen zur Mafia, waren an Mercys Entführung beteiligt. Ein Racheakt? Vom FBI bekommt Atlee eine letzte Chance, sich auf die Suche nach Mercy zu machen. Gemeinsam mit ihrer treuen Assistentin Carol Blum reist sie nach Trenton, New Jersey, und stößt bei einem Einsatz im Haus der Vincenzos überraschend auf einen alten Bekannten: John Puller. Der Spezialermittler der Militärpolizei ist dabei, ein kriminelles Netzwerk auszuhebeln. Mercys Entführung ist nicht das einzige Geheimnis der Familie Vincenzo, und bald ergeben sich Verbindungen zu Pullers Fall. Mithilfe von Johns Bruder Robert kommen die beiden den gemeinsamen Gegnern immer näher. Was sie enthüllen, ist nicht nur ein politischer Skandal, sondern auch eine persönliche Tragödie …

Der Autor
David Baldacci, geboren 1960 in Virginia, arbeitete lange Jahre als Strafverteidiger und Wirtschaftsjurist in Washington, bevor er sich ganz dem Schreiben widmete. Sämtliche Thriller von ihm landeten auf der New-York-Times-Bestsellerliste. Mit über 130 Millionen verkauften Büchern in 80 Ländern zählt er zu den weltweit beliebtesten Autoren. »Eingeholt« ist nach »Abgetaucht« und »Ausgezählt« der dritte Roman in seiner neuen Bestsellerserie um die Ermittlerin Atlee Pine.

DAVID BALDACCI

EINGEHOLT

THRILLER

Ins Deutsche übertragen
von Norbert Jakober

WILHELM HEYNE VERLAG
MÜNCHEN

Die Originalausgabe Daylight erschien erstmals
bei Grand Central Publishing/Hachette Book Group Inc., New York.

FSC www.fsc.org
MIX
Papier aus verantwortungsvollen Quellen
FSC® C014496

Penguin Random House Verlagsgruppe FSC® N001967

Vollständige Taschenbuchausgabe 11/2022

Redaktion: Wolfgang Neuhaus
Printed in Germany
Umschlaggestaltung: Nele Schütz Design/Margit Memminger
unter Verwendung von shutterstock.com (Scott Prokop, TKKGP, Weston)
und Trevillion (Stephen Mulcahey)
Satz: Leingärtner, Nabburg
Druck und Bindung: GGP Media GmbH, Pößneck
ISBN: 978-3-453-42698-6

www.heyne.de

Für Ron Kunihiro,

der das Herz eines Löwen hat und geliebt und geachtet ist bei allen, die ihn kennen.

1

Es ist so weit, ging es Pine durch den Kopf. *Der Augenblick der Wahrheit.*

FBI Special Agent Atlee Pine saß in ihrem Mietwagen nahe Andersonville, Georgia. Carol Blum, Pines Assistentin, saß an ihrer Seite.

Pine tippte den Namen auf der Kontaktliste ihres Smartphones an und lauschte dem Klingelton.

»Pine! Wie überaus freundlich, dass Sie mir die Ehre erweisen, mal wieder anzurufen«, meldete sich eine Stimme mit unüberhörbarem Sarkasmus.

Sie gehörte Clint Dobbs, FBI-Leitwolf im US-Bundesstaat Arizona. Er hatte Pine einen unbefristeten Urlaub genehmigt, damit sie Nachforschungen darüber anstellen konnte, was dreißig Jahre zuvor in einer dramatischen Nacht mit ihr und ihrer Zwillingsschwester Mercy geschehen war. Damals war Mercy aus dem Haus der Pines in Andersonville entführt worden und spurlos verschwunden. Die sechsjährige Atlee war nur knapp dem Tod entronnen, nachdem Mercys Entführer sie schwer verletzt hatte.

»Tut mir leid, Sir, ich hatte viel um die Ohren.«

»Jaja, das habe ich mitbekommen. Sie haben eine Mordserie aufgeklärt, weitere Morde verhindert und wären beinahe bei einem Bombenanschlag draufgegangen. Stramme Leistung. Und so ganz nebenbei haben Sie einige bemerkenswerte Informationen über Ihre Vergangenheit gesammelt. Also wirklich, das FBI müsste Ihnen eine Prämie zahlen.«

»Offenbar wurden Sie über andere Kanäle auf dem Laufenden gehalten«, bemerkte Pine trocken.

»Könnte man so sagen. Zum Glück, möchte ich hinzufügen. *Sie* haben ja nichts von sich hören lassen.«

»War Ihre Informationsquelle zufällig Mr. Eddie Laredo?«

Laredo war der FBI Special Agent, den das Bureau nach Georgia geschickt hatte, um Pine bei einer Ermittlung zu helfen, bei der es um die rätselhaften Andersonville-Morde ging. Pine und Laredo kannten sich von früher. Ihre gemeinsame Zeit im FBI-Büro Washington war zwar nicht ganz konfliktfrei verlaufen, doch ihr Wiedersehen hatte beiden Gelegenheit verschafft, die alten Unstimmigkeiten auszuräumen.

»Ich habe mehr als eine Informationsquelle, Agentin Pine. Was haben Sie über das Verschwinden Ihrer Schwester in Erfahrung gebracht?«

»Das ist eine lange Geschichte, Sir. Meine Mutter war noch ein Teenager, als sie in den Achtzigerjahren an einem Undercover-Einsatz teilgenommen hat. Sie hatte sich als Maulwurf in die Mafia einschleusen lassen. Dank ihrer Mithilfe konnte ein gewisser Bruno Vincenzo aus dem Verkehr gezogen werden, der aber schon nach kurzer Zeit im Gefängnis ermordet wurde. Und hier wird es interessant. Bruno hatte einen Bruder in New Jersey, Ito. Anscheinend fand Ito heraus, was sich zugetragen hatte, und gab meiner Mutter die Schuld am Tod seines Bruders. Irgendjemand muss ihm verraten haben, wo wir damals wohnten. Ito kam nach Georgia, drang in unser Haus ein, schlug mich halb tot und entführte meine Zwillingsschwester.«

»Wissen Sie, wo dieser Ito sich aufhält? Lebt er überhaupt noch?«

»In den Datenbanken lässt sich nichts darüber finden, aber er muss ja nicht in New Jersey gestorben sein. Immerhin habe ich herausgefunden, dass er mal in Trenton gelebt hat. Ich habe die Adresse. Das Haus gehört heute Teddy Vincenzo, seinem Sohn.«

»Offenbar hat dieser Teddy das Haus geerbt. Was wiederum darauf hindeutet, dass Ito tatsächlich nicht mehr lebt. Vielleicht hat er seine letzten Tage im sonnigen Florida verbracht. Dann werden Sie nicht mehr viel aus ihm herausbekommen, Pine.«

»Mag sein, aber ich kann immer noch mit seinen Angehörigen sprechen. Vielleicht wissen die etwas, das mir weiterhilft.«

»Falls sie mit Ihnen reden. Wohnt dieser Teddy in dem Haus in Trenton?«

»Nicht mehr. Soviel ich herausfinden konnte, wohnt dort Anthony, Teddys Sohn.«

»Meine Güte, schon die dritte Generation der Vincenzos? Der Enkel von diesem Ito?«

»Ja.«

»Und wo steckt Teddy?«

»Im Gefängnis.« Pine stieß einen tiefen Seufzer aus. »In Fort Dix.«

»Offenbar hat er die Familientradition weitergeführt. Wenigstens ist er in New Jersey. War das der Grund für Ihren Anruf? Wollen Sie nach Trenton?«

»Ja. Und zwar sofort.« Dobbs' scharfer Tonfall gefiel Pine gar nicht. »Ich sehe keine andere Möglichkeit.«

»Ach, Sie sehen keine andere Möglichkeit? Könnte sein, dass wir da unterschiedliche Vorstellungen haben, Pine.«

»Ich brauche nur ein bisschen mehr Zeit. Die Andersonville-Morde haben mich aus der Spur gebracht, sonst wäre ich schon ein gutes Stück weiter mit den Nachforschungen über Mercys Schicksal.«

»Soll das heißen, Sie haben sich an Ermittlungen der Andersonville-Morde beteiligt und damit Ihren Job als FBI-Agentin ausgeübt, obwohl Sie im Urlaub waren?«

»Genau das.«

»Dann haben Sie es richtig gemacht«, sagte Dobbs zu Pines Erstaunen. »Sie haben ausgezeichnete Arbeit geleistet. Wenn es nach mir ginge, könnten Sie sich jetzt so viel Zeit nehmen, wie Sie brauchen. Leider geht es nicht nach mir. Ich bin zwar der ranghöchste Agent in Arizona, aber es gibt da noch ein paar Leute über mir, wie Sie wissen. Und man hört schon leises Murren im Bureau.«

»Ich wusste gar nicht, dass ich so wichtig bin«, erwiderte Pine spöttisch. »Wer beklagt sich denn?«

»Okay, ich glaube, ich sollte Ihnen ganz offen erklären, wie hier die Lage ist. Zwei Agenten kümmern sich abwechselnd um Ihre angestammte Dienststelle in Shattered Rock, solange Sie fort sind – zusätzlich zu ihren eigenen Aufgaben. Besonders glücklich sind sie nicht darüber, weil sie im Unterschied zu Ihnen niemanden haben, der ihnen den Rücken freihält. Außerdem musste ich Carol Blum ersetzen, Ihre Assistentin, weil die Sie ja begleitet. Und noch etwas. Wir leben zwar im Zeitalter der Gleichberechtigung, aber die Tatsache, dass Ihnen als weiblichem FBI-Agent gewisse Privilegien eingeräumt werden …«

»Spielen Sie darauf an, dass ich eine *Frau* bin? Dass diese beiden Typen der Meinung sind, ich mache meine Arbeit nicht so, wie ich sie machen sollte?«

»Ein paar Leute sind der Meinung, dass Sie gewisse Vorrechte bekommen – was ja auch stimmt. Es gab sogar schon Klagen.«

»Klagen?«, fragte Pine verdutzt.

»Einige Leute beschweren sich, sie hätten ebenfalls Probleme, müssen aber trotzdem jeden Morgen aufstehen und ihren Job erledigen. Ganz unrecht haben sie damit nicht.«

»Aber *Sie* haben mir doch geraten, Mercys Verschwinden endlich aufzuklären, damit ich den Kopf wieder für die Arbeit freikriege«, protestierte Pine. »Und das kann ich nur, wenn ich verdammt noch mal endlich meine Zwillingsschwester finde!«

Carol Blum legte ihr besänftigend die Hand auf den Arm.

»Ich kann mir denken, was in Ihnen vorgeht«, sagte Dobbs, »aber Sie sollten trotzdem nicht vergessen, mit wem Sie reden, Pine.«

Pine nahm einen tiefen Atemzug. »Ich brauche nur ein bisschen mehr Zeit, Sir. Bloß ein paar Tage.«

Dobbs schwieg so lange, dass Pine sich schon fragte, ob er aufgelegt hatte.

»Trenton, New Jersey, sagen Sie?«, fragte er schließlich.

»Ja«, antwortete Pine.

»Schon komisch. In Trenton habe ich angefangen. Ich weiß gar nicht, wie viele Jahre das schon her ist. War nicht leicht damals … aber das ist es heute auch nicht.« Dobbs stockte einen Moment lang. »Also gut, ich gebe Ihnen noch ein paar Tage. Falls Sie Unterstützung brauchen, rufen Sie unsere Jungs vor Ort an und sagen Sie denen, Clint Dobbs ist einverstanden. Die werden das zwar für einen Scherz halten, aber wenn sie es von mir persönlich hören, werden sie's schon glauben.«

Pine schaute mit großen Augen zu Carol Blum. »Ähm … das hätte ich jetzt gar nicht erwartet, Sir.«

»Ich auch nicht, Pine. Ist eine ganz spontane Entscheidung. Aber die Sache darf sich nicht endlos hinziehen, klar? Das FBI bezahlt Ihr Gehalt, damit Sie für *uns* arbeiten. Ich weiß, ich selbst habe Ihnen vorgeschlagen, die schrecklichen Dinge in Ihrer Vergangenheit aufzuklären, aber letztlich ist es Ihr Problem, nicht meins. Ich muss auch an meine anderen Agenten denken, nicht bloß an Sie. Und die haben ihre eigenen Probleme. Haben wir uns verstanden?«

»Ja, Sir. Alles klar. Ich bin Ihnen wirklich sehr dankbar für …«

Dobbs hatte bereits aufgelegt.

Pine steckte das Handy in die Halterung. »New Jersey, wir kommen.«

2

Zwei Tage später fuhr Pine in ihrem Mietwagen durch ein Arbeiterviertel in den Außenbezirken von Trenton. Sie dachte darüber nach, was sie zu Anthony »Tony« Vincenzo sagen würde, der gelegentlich in dem Haus wohnte, das sein Vater Teddy allem Anschein nach von *seinem* Vater Ito geerbt hatte – jenem Monster, das Pine für die Entführung ihrer Schwester verantwortlich machte. Wenn möglich, wollte sie sich die bürokratischen Prozeduren ersparen, die nötig wären, um Teddy Vincenzo im Gefängnis zu besuchen. Teddys Sohn Tony war die naheliegende Option – nur dass Pines momentaner Gemütszustand die Gefahr heraufbeschwor, dass sie den Kerl über den Haufen schoss, falls er sich als widerspenstig erwies.

Als Enkel von Ito Vincenzo konnte Tony möglicherweise wichtige Infos über seinen Großvater beisteuern – vielleicht sogar, wo er sich aufhielt, falls er noch lebte. Diese Informationen wiederum konnten Pine möglicherweise zu Mercy führen, und nur deshalb war sie hier. Der Weg zu Mercy war lang und verschlungen; an manchen Tagen erschien Pine das Ziel so unerreichbar wie der Mond. Doch nach dem jüngsten Durchbruch würde sie nicht einfach aufgeben. Und wenn dafür mehr als nur ein paar Tage nötig sein sollten, dann war es eben so.

Du darfst nur nicht wieder die Beherrschung verlieren, beschwor sie sich.

Bevor sie die Ermittlungen in den Andersonville-Morden aufgenommen hatte, war Pine mit einem pädophilen Mörder aneinandergeraten, der in Colorado ein kleines Mädchen entführt hatte. Leider war die Sache eskaliert. Ihr Zorn, von der Erinnerung an die Entführung ihrer eigenen Schwester angefacht, hatte sie völlig die Beherrschung verlieren lassen. Sie hatte den ausfälligen Mistkerl beinahe zu Tode geprügelt und damit gegen alle Regeln des FBI verstoßen. Daraufhin hatte Clint Dobbs sie vor die Wahl gestellt, ihre persönlichen Angelegenheiten ein für alle Mal zu klären oder sich ein anderes Betätigungsfeld zu suchen. Doch Pine brauchte keine zusätzliche Motivation, weder von Dobbs noch von sonst jemandem. Sie war bereit, nötigenfalls ihre FBI-Laufbahn hinzuschmeißen, um Mercy zu finden.

Es geht hier nicht bloß darum, den Kopf für meinen Job freizukriegen, überlegte sie. *Solange ich nicht weiß, was genau mit Mercy passiert ist, werde ich mein ganzes* Leben *nicht auf die Reihe bekommen.*

Es war ein beängstigendes Eingeständnis, hatte aber auch etwas Befreiendes.

Mit ihrer Glock und einer kompakten Beretta Nano als Zweitwaffe im Fußholster – für den Fall, dass die Situation eskalierte, was in ihrem Job nicht selten vorkam –, hielt Pine drei Häuser vor Vincenzos bescheidener, mit Bitumenziegeln gedeckter Behausung.

Die schmucklosen, anderthalbstöckigen Häuser an der Straße ähnelten einander sehr. Es war eine Wohnsiedlung, wie sie nach dem Ende des Zweiten Weltkriegs in den Randbezirken fast aller größeren Städte in den USA entstanden waren, nachdem die »Boys« aus dem Krieg gegen Hitler, Mussolini und Kaiser Hirohito heimgekehrt waren. Neun Monate später wurden in Siedlungen wie diesen die ersten von Millionen Babyboomern geboren, aus denen inzwischen die Großeltern der Millennials und der Generation Z geworden waren. Übrig geblieben waren diese schmucklosen, teils heruntergekommenen Häuser, in denen insbesondere die ältere Generation, aber auch viele junge Leute wohnten, die auf dem Sprung ins Leben standen.

Obwohl die Häuser eine monotone Uniformität aufwiesen, gab es doch deutliche Unterschiede. Manche Gärten waren gepflegt, die Hauswände frisch gestrichen, und in den Auffahrten standen chromblitzende Limousinen. Andere Häuser hingegen wirkten trist und verwahrlost. Die Gärten waren verwildert, und manche der am Straßenrand geparkten Autos waren rostige Wracks, mit Ziegelsteinen aufgebockt. Von den Fassaden blätterte der Putz, und an manchen Eingangstüren fehlte die Glasscheibe. Hier und da gab es nicht mal einen Briefkasten, und die Auffahrten waren von Unkraut überwuchert.

Pine sah drei heruntergekommene Häuser mit Einschusslöchern in der Fassade. Vor einem flatterte sogar noch ein Absperrband im Wind, das die Bruchbude als Tatort kennzeichnete.

Auch Anthony Vincenzos Zuhause gehörte zur Kategorie der Bruchbuden. Doch für Pine spielte es keine Rolle, wie Tonys Behausung aussah. Das Einzige, was sie interessierte, waren Tonys Erinnerungen an seinen Großvater Ito und andere, die an dem Albtraum beteiligt gewesen waren, den die Pine-Schwestern als kleine Mädchen durchgemacht hatten.

Pine stieg aus dem Wagen und betrachtete das Haus einen Moment lang. Hier also hatte Ito Vincenzo, dieses Ungeheuer, mit seiner Familie gewohnt. Pine hatte keine Ahnung, wie Ito als Vater und Ehemann gewesen war. Aber wenn er es fertiggebracht hatte, ein kleines Mädchen halb totzuschlagen und ein anderes zu verschleppen und Gott weiß was mit ihm anzustellen, konnte Pine sich diese Bestie nur schwer als liebevollen Vater vorstellen.

Itos Enkel Tony arbeitete in Fort Dix, dem Militärstützpunkt etwa zehn Kilometer südlich von Trenton. Das Gefängnis, in dem Tonys Vater Teddy einsaß, gehörte zu diesem Komplex. Vielleicht wollte der Sohn seinem Erzeuger nahe sein. In diesem Fall war es denkbar, dass Tony ihn regelmäßig besuchte; möglicherweise hatte er von Teddy dabei einiges über seinen Großvater Ito erfahren.

Pine trat auf den Bürgersteig, der an vielen Stellen vom Frost aufgeworfen und rissig war, ohne dass jemand sich die Mühe gemacht hätte, die Schäden zu beseitigen. Für einen Moment sah Pine vor dem geistigen Auge, wie Ito, jenes Monster, das Mercy entführt und sie selbst beinahe umgebracht hätte, lässig über den Bürgersteig schlenderte, eine Zigarette im Mundwinkel. Das Bild verschlug ihr schier den Atem; sie verscheuchte es hastig, wartete einen Moment, bis sie sich wieder gefangen hatte, und ging weiter.

Sie gelangte zur Haustür, spähte durch eines der Seitenfenster. Drinnen rührte sich nichts. Falls Tony in die Fußstapfen seines Vaters getreten war, schien er seine kriminellen Geschäfte nicht im Erdgeschoss zu betreiben, sondern in der Abgeschiedenheit des Kellers. Andererseits ging er in Fort Dix einer geregelten Arbeit nach; es konnte also durchaus sein, dass er ein gesetzestreuer Bürger war.

Pine klopfte an. Keine Reaktion. Sie klopfte erneut. Wieder nichts. Sie ließ den Blick schweifen, schaute zum Haus nebenan, vor dem eine alte Frau in einem Schaukelstuhl auf der Veranda saß. Ihr dünnes graues Haar, mit einer frischen Dauerwelle in Form gebracht, ließ an manchen Stellen die Kopfhaut durchschimmern; es sah aus, als würde die Sonne zwischen den Wolken hervorblinzeln. Die Frau ignorierte Pine und richtete ihre bebrillten Augen auf irgendeine Strickerei, mit der sie sich beschäftigte.

Der Garten ihres Hauses wirkte sauber und gepflegt. Auf der Veranda standen Töpfe, in denen bunte Chrysanthemen wuchsen, die ein wenig Farbe in die eintönige Umgebung brachten.

»Tony ist zu Hause«, sagte die Frau unvermittelt.

Pine ging zum Ende der Veranda, die vor Vincenzos Haus verlief, legte die Hand auf das Holzgeländer und schaute zu der alten Dame hinüber. »Sie kennen ihn?«

Die Frau nickte, ohne von ihrer Strickarbeit aufzusehen. »Aber Sie nicht.«

»Ich heiße Atlee.«

»Seltsamer Name für ein Mädchen.«

»Das habe ich schon öfter gehört. Tony ist hier, sagen Sie?«

»Ich hab ihn vor einer Stunde reingehen sehen, und er ist noch nicht wieder rausgekommen.«

»Ist er allein zu Hause?«

»Weiß ich nicht. Ich habe aber sonst keinen gesehen.« Die Frau sprach leise und hielt keine Sekunde in ihrer Beschäftigung inne. Hätte man sie von weiter weg beobachtet, hätte man nicht gewusst, dass sie mit Pine sprach.

»Okay, danke.«

»Sind Sie hier, um ihn festzunehmen? Sind Sie Polizistin?«

»Ja. Aber ich bin nicht hier, um Mr. Vincenzo zu verhaften.«

»Warum wollen Sie dann zu ihm?«, fragte die Frau.

»Ich will ihm ein paar Fragen stellen.«

»Er arbeitet in Fort Dix.«

»Ja, das habe ich gehört.«

»Ich weiß zwar nicht, was Sie Tony fragen wollen, aber Ihre Fragen werden ihm bestimmt nicht passen.«

»Mag sein. Wohnt er ständig hier?«

»Nein, nur hin und wieder. Gott sei Dank. Er ist nicht besonders freundlich zu mir. Er beschimpft mich und pinkelt auf meine

Blumen. Und seine Freunde sehen mir auch nicht koscher aus. Das hier war mal eine richtig nette Gegend, aber diese Zeiten sind vorbei. Heute möchte ich am liebsten weg.«

»Tja ... besten Dank für Ihre Auskünfte.«

»Bedanken Sie sich nicht. Seien Sie lieber vorsichtig. Tony ist ein schlimmer Finger.«

»Danke für die Warnung.« Pine ging zurück zur Haustür und klopfte erneut.

»Anthony Vincenzo?«, rief sie.

Nichts.

Zwei, drei Sekunden verstrichen. Pine hob die Hand, um noch einmal anzuklopfen, als sich etwas tat. Jede Menge sogar.

Auf der Rückseite des Hauses erklang ein lautes Krachen. Holz splitterte, Glas klirrte. Eine Tür knallte, gefolgt von schnellen Schritten.

Es waren Geräusche, die Pine oft genug gehört hatte. Wieder einmal lief jemand vor ihr davon. Und wieder gab es vermutlich gute Gründe für den Fluchtversuch.

Und aus ebenso guten Gründen würde Pine die Flucht nicht zulassen.

Als sie über das Geländer der Veranda flankte, schaute die ältere Frau zum ersten Mal von ihren Stricknadeln auf.

»Schnappen Sie sich den kleinen Mistkerl«, rief sie, ein Lächeln auf dem faltigen Gesicht.

Pines Stiefel hämmerten über den Gehsteig. Nach fünf Schritten war sie in vollem Lauf. Wieder einmal machte es sich bezahlt, dass Pine Wert auf körperliche Fitness legte. Schließlich war sie einst Leistungssportlerin gewesen – Gewichtheberin mit Olympia-Ambitionen.

Dann sah sie ihn, ein gutes Stück entfernt. Er trug ein blaues Hemd, hellblaue Jeans und weiße Turnschuhe.

Pine beschleunigte noch einmal, konnte aber kaum Boden gutmachen. Tony Vincenzo war über zehn Jahre jünger als sie und zweifellos schneller, auch wenn Pine mit ihren langen Beinen eine gute Läuferin war. Aber dem Kerl saß die Angst im Nacken, die auch den Langsamsten schnell und den Schwächsten stark machen konnte. Vor allem konnte sie einen Feigling in einen gefährlichen, zu allem entschlossenen Gegner verwandeln, wenn er keinen Ausweg mehr sah.

Tony Vincenzo schien immer schneller zu werden. Der Mistkerl sprintete wie ein Weltmeister. Pine hätte ein Auto gebraucht, um ihn einzuholen.

Scheiße.

Sie schaute sich nach einer Abkürzung um, um Tony doch noch zu erwischen. Kurz dachte sie daran, die Waffe zu ziehen und einen Warnschuss abzugeben, um dem Kerl Angst einzujagen und ihn vielleicht ins Stolpern zu bringen. Mehr würde sie nicht brauchen.

Pine sah es erst, als es schon zu spät war – eine schattenhafte Bewegung von rechts. Dann wurde sie auch schon von den Beinen gerissen. Sie ignorierte den Schmerz, rollte sich ab, zog in einer fließenden Bewegung ihre Glock und richtete sie auf den Mann, der sie umgerannt hatte.

»FBI!«, fuhr sie ihn an. »Die Waffe runter!«

»Army CID!«, rief der Mann zurück. »Weg mit der Pistole!«

Einen langen Augenblick starrten sie einander an. Verdutzt, verwirrt, für ein paar Sekunden sprachlos.

Der Mann war gut eins neunzig groß, mit hartem Gesicht, schlank und athletisch.

In diesem Moment erkannte Pine, wen sie vor sich hatte.

Aber das war ein Ding der Unmöglichkeit!

Langsam ließ sie die Waffe sinken. »Puller?«, fragte sie fassungslos. »John Puller?«

Der Spezialagent der Militärstrafverfolgungsbehörde schob seine M11-Dienstwaffe ins Holster. Puller war genauso verblüfft wie Pine. Ungläubig schüttelte er den Kopf. »Pine«, sagte er. »Ich glaub's nicht.«

»Was zum Teufel machst du hier?«, fragte sie.

Er schaute an ihr vorbei in die Richtung, in die Vincenzo verschwunden war. »Ich wollte jemanden festnehmen. Aber …« Er zuckte die Achseln. »Das hat sich jetzt erledigt.«

Tony Vincenzo war über alle Berge.

Pine wurde blass und schaute über ihre Schulter, als ihr die Wahrheit dämmerte. »Sag jetzt nicht, du bist hinter Anthony Vincenzo her.«

Puller nickte. »Doch. Ich habe lange darauf hingearbeitet, Atlee. Leider hast du mir soeben dazwischengefunkt.«

3

Das Café war 1954 eröffnet worden, wie ein Schild neben der Tür verriet. Die Einrichtung bestand aus verschlissenen roten Vinylsitzen, einem verblassten Linoleumboden und schäbigen Sitznischen. Die Durchreiche gewährte den Blick in eine Küche, in der die Töpfe und Pfannen ungefähr so alt aussahen wie das Café selbst. Dem Lokal fehlte es an Flair und Sauberkeit, und es gab nichts, um diese Mängel wettzumachen – aber vielleicht war es genau das, was für die Einheimischen eine lauschige Kneipe ausmachte. Ein paar ältere Gäste saßen beim Essen und schauten hin und wieder auf ihre Smartphones.

Pine und Puller hatten in einer Nische Platz genommen, beide mit einer Tasse Kaffee vor sich.

Neben Puller saß ein Mann in den Dreißigern, der sich Pine als CID Special Agent Ed McElroy vorgestellt hatte. Er gehörte Pullers Team im Fall Anthony Vincenzo an und war hier, um bei der Festnahme des Mannes mitzuhelfen.

»Offenbar kennt ihr zwei euch schon länger«, sagte McElroy. »Habe ich recht?«

Puller nickte und schaute zu Pine. »Willst du es ihm erzählen?«

Pine nahm einen Schluck Kaffee. »Klar. Ich war zu der Zeit erst vier Jahre beim FBI und noch an der Ostküste, und Puller stand noch am Anfang seiner Karriere. Heute leite ich eine Dienststelle in der Nähe des Grand Canyon. Wie dem auch sei, damals wurde ich einer gemeinsamen Task Force des FBI und der Army zugeteilt. Es ging um einen Geschäftsmann, gegen den das Bureau wegen des Verdachts der Bestechung hochrangiger Militärs ermittelte. Puller hatte sich mehr für die zwei Generäle interessiert, die ungeniert die Hand aufgehalten hatten. Stimmt's, John?«

Puller nickte. »Die beiden Gentlemen kamen vors Kriegsgericht und hatten danach viel Zeit, über ihre Sünden nachzudenken – passenderweise in einem Militärgefängnis.« Er warf Pine einen Blick zu. »Nur ging die Sache leider nicht ganz so glatt über die Bühne. Ein-, zweimal wurde es ziemlich haarig.«

»Inwiefern?«, fragte McElroy

Diesmal übernahm Pine die Antwort. »Dieser Geschäftsmann hatte Verbindungen zu einer Gruppe ausländischer Söldner. Brutale Schlächter, die kein Problem damit hatten, jeden zu töten, wenn die Bezahlung stimmte. Wie oft haben die Typen versucht, uns kaltzumachen, Puller? Zweimal?«

»Dreimal. Eigentlich viermal, wenn man die Autobombe mitzählt, die wir gefunden haben, bevor sie hochging.«

»Ach herrje«, sagte McElroy. »Und was wurde aus diesem sogenannten Geschäftsmann?«

»Der macht einen längeren Urlaub in einem Bundesgefängnis«, erklärte Puller. »Vermutlich für den Rest seines Lebens.«

Pine schaute ihn an. »Tut mir leid, dass ich dir Vincenzos Festnahme vermasselt habe, John.«

Puller lachte auf. »Das war wirklich gutes Timing. Ich wollte gerade mit meinem Team das Haus umstellen, als du aufgekreuzt bist. Ed wollte die Rückseite des Hauses absichern, war aber noch nicht in Position. Deshalb konnte Tony uns durch die Hintertür entwischen.«

Pine starrte schweigend auf die Tischplatte.

»Du konntest ja nicht wissen, dass ich hinter der Schweinebacke her war«, fügte Puller beschwichtigend hinzu. »War einfach nur Pech.«

Pine blickte erst zu McElroy, dann zu Puller. »Ihr seid also hinter Vincenzo wegen der Straftaten her, die er in Fort Dix begangen hat?«

»Unter anderem.« Puller stellte die Kaffeetasse ab. »Ed und ich sind seit fast einem Monat an dem Fall dran.«

Pine schaute zu McElroy. »Wie lange sind Sie schon in der Army?«

»Fast fünfzehn Jahre, davon die letzten fünf bei der CID. Mit Chief Puller arbeite ich seit ungefähr neun Monaten zusammen.«

»Haben Sie Familie?«

»Ja, zu Hause in Detroit.«

»Kinder?«

McElroy nickte. »Leider ist meine Frau oft mit den Kids allein.« Er verzog das Gesicht. »Sie wird sich nie daran gewöhnen, dass ich manchmal länger weg bin. Tja, bei diesem Job hier bin ich zum Glück ein bisschen flexibler.«

Pine wandte sich an Puller. »Und nun war also der Zeitpunkt gekommen, um Tony hoppzunehmen. Warum gerade jetzt?«

»Weil wir endlich die Beweise haben, dass er zu einem Drogenring gehört, der von Fort Dix aus operiert. Tony arbeitet im Fuhrpark. Wie man so hört, ist er ein guter Mechaniker, aber sein Gehalt reicht offenbar nicht, um seinen Lebensstil zu finanzieren. Also hat er sich mit ein paar schweren Jungs zusammengetan.«

»Er selbst ist aber nicht bei der Army?«

»Nein. Er ist ziviler Angestellter. Aber da er seine krummen Dinger in einer militärischen Einrichtung abgezogen hat, wurde der Fall mir übertragen, obwohl Fort Dix eigentlich dem Lufttransportkommando der Air Force untersteht. Für die Operationen und die Verwaltung ist das 87. Stützpunktgeschwader verantwortlich.«

»Aber wenn die Air Force dafür zuständig ist, warum haben sie dann dich hergeschickt? Du gehörst doch zur Army«, wollte Pine wissen.

»Fort Dix ist mittlerweile eine Joint Base. Das heißt, es gibt dort auch Einrichtungen der Army und der Navy. Alle Teilstreitkräfte haben ihr eigenes Kommando. Vincenzo hat für die Army gearbeitet, darum bin ich für die Sache zuständig. Außerdem hat er ein paar Trottel von der Army für seine Machenschaften eingespannt, und auch die fallen in meine Zuständigkeit. Die Air Force hat mit der Sache nur am Rande zu tun. Es ist vor allem ein Problem der Army.«

»Junge, Junge. Und ich dachte immer, das FBI wäre der schlimmste aller bürokratischen Apparate.«

»Nirgends ist es so kompliziert wie bei der Army«, stellte Puller fest. »Und sie ist auch noch stolz drauf.«

»Hat Vincenzo auf dem Stützpunkt Drogen vertickt, die er von außen übernommen hat?«, fragte Pine.

Puller nickte. »Vieles deutet darauf hin. Und für die Schlagkraft unseres Militärs ist es natürlich gar nicht gut, wenn Soldaten drogenabhängig sind oder von Feinden der USA erpresst werden können, Dinge zu tun, die unserem Land schaden.«

»Klar.«

»Was wolltest *du* eigentlich von Vincenzo, Atlee? Ermittelst du auch in einer Sache, in die er verwickelt ist? Vielleicht können wir einander helfen.«

»Nein.« Sie schaute kurz zu McElroy, dann wieder auf Puller. »Es ist mehr eine persönliche Angelegenheit. Es hat mit meiner Schwester Mercy zu tun.«

»Hat Tony Vincenzo ihr etwas angetan?«, fragte Puller.

»Nein. Es geht um eine Sache, die sein Großvater auf dem Gewissen hat.«

Puller musterte sie verwirrt. »Sein *Großvater?*«

Es war eine lange Geschichte, doch Pine gab sie so kurz und knapp wieder, wie sie konnte – bis hin zu jener schicksalhaften Nacht, in der ihre Schwester von Ito Vincenzo entführt worden war, wie sie erst kürzlich in Georgia herausgefunden hatte. Sie wollte Puller nicht mit ihren eigenen Problemen belasten, doch sie schätzte ihn als Menschen und als Ermittler. Außerdem tat es gut, sich ein wenig von dem Schmerz und der Wut von der Seele zu reden.

»Verdammt«, kommentierte Puller, als Pine geendet hatte. »Was für eine Story.«

»Tut mir leid, was Ihre Familie durchgemacht hat, Ma'am«, sagte McElroy. »Das muss schrecklich gewesen sein.«

»Kann man wohl sagen.«

Puller wechselte das Thema. »Tatsache ist jedenfalls, dass auch Teddy Vincenzo, Tonys Vater, einiges auf dem Kerbholz hat. Teddy sitzt im Gefängnis von Fort Dix.«

»Ich weiß. Aber um den ging es mir gar nicht. Ich wollte Tony ausquetschen, um zu erfahren, wo sein Großvater Ito zu finden ist, falls er noch lebt.«

»New Jersey hat eine Online-Datenbank mit einem umfangreichen Sterberegister«, sagte Puller.

»Hab ich schon gecheckt – kein Treffer. Aber Ito könnte in einem anderen Bundesstaat gestorben sein, und nicht alle haben Online-Datenbanken.«

Puller nickte. »Aber einer der beiden, Tony oder Teddy, müsste doch eigentlich wissen, ob Ito noch unter uns weilt.«

»Das hoffe ich sehr.«

»Es muss ziemlich aufregend für deine Mutter gewesen sein, undercover gegen die Mafia zu arbeiten.«

»Aufregend?« Pine lachte bitter auf. »Das ist die Untertreibung des Jahres.«

»Und du hast keine Ahnung, wo sie sich heute aufhält?«

Pine schüttelte den Kopf. »Wenn sie noch am Leben ist, muss sie sich gut versteckt haben. Sie ist nicht mal mit den Ressourcen des FBI aufzuspüren. Ich habe wirklich alles versucht.« Sie schaute Puller an und seufzte. »Tja, John, ich habe dir Tonys Festnahme vermasselt. Kann ich irgendetwas tun, um es gutzumachen?«

»Ich glaube nicht. Wir wollten Tony dazu bringen, gegen die Drahtzieher auszusagen. Er ist nur ein kleiner Fisch. Die CID will die Bosse – und da können uns die Soldaten, die wir befragt haben, auch nicht weiterhelfen.«

»Würde es euch helfen, wenn ich das Bureau einschalte?«

Puller schüttelte den Kopf. »Danke für das Angebot, aber wir sind gut besetzt. Und Tony kommt nicht weit, verlass dich drauf. Es gibt nicht viele Möglichkeiten für ihn, sich zu verstecken.«

»Lässt du's mich wissen, wenn ihr ihn habt?«

»Klar.« Puller blickte in die Runde. »Tja, dann machen wir jetzt weiter, würde ich sagen. Ich fürchte, auf uns wartet ein Berg Papierkram.«

Puller erhob sich, McElroy ebenso.

»Den Papierkram verdankst du mir«, sagte Pine zerknirscht.

»Hör endlich auf, Atlee. Ein Dollar für jeden Patzer, der *mir* unterlaufen ist, und ich wäre ein reicher Mann. Also vergiss es. Shit happens.«

Als die beiden CID-Agenten gegangen waren, schaute Pine auf ihren halb leeren Teller.

»Verdammter Mist.«

4

»Woher sollten Sie auch wissen, dass Puller ebenfalls hinter dem Kerl her war?«, meinte Carol Blum.

Pine war auf ihr Zimmer in dem Hotel zurückgekehrt, in dem sie sich zusammen mit ihrer Assistentin einquartiert hatte. Die sechzigjährige Carol Blum war seit Jahrzehnten beim FBI und hatte dabei in unterschiedlichen Funktionen und an verschiedenen Dienststellen gearbeitet. Als Mutter von sechs erwachsenen Kindern gab es kaum noch etwas, das sie überraschen oder erschüttern konnte. Sie begleitete Pine, um sie bei deren Ermittlungen zu unterstützen. Normalerweise arbeiteten die beiden Frauen in einem kleinen Büro in Shattered Rock, Arizona, einer sogenannten Resident Agency, kurz RA – eine jener vielen kleinen FBI-Zweigstellen, die nicht mit den großen Field Offices vergleichbar waren.

»Ich weiß, Carol«, antwortete Pine. »Trotzdem ist es mir peinlich. Puller ist ein netter Typ und ein guter Ermittler. Wie ich ihn kenne, hatte er die Sache bis ins Detail geplant. Nur konnte er leider nicht wissen, dass ich im entscheidenden Moment reinplatze und Tony Vincenzo die Flucht ermögliche.« Sie seufzte. »John glaubt, dass er den Kerl schnell wieder aufspüren kann, aber ich bin mir da nicht so sicher.«

»Gibt es denn keinen anderen Weg als den über Tony, um herauszufinden, wo Ito Vincenzo sich aufhalten könnte?«

»Tony war meine erste Wahl. Plan B wäre, mit Itos Sohn Teddy zu sprechen. Er sitzt im Gefängnis von Fort Dix, hier in Trenton.«

»Ein Militärgefängnis?«

»Nein. Es liegt zwar auf dem Gelände des Militärstützpunkts, wird aber von der Bundesgefängnisbehörde des Justizministeriums betrieben. Mittlere Sicherheitsstufe, obwohl dort ein paar schwere Kaliber einsitzen. Außerdem Politiker und Geschäftsleute, die krumme Dinger gedreht haben.«

»Verstehe. Übrigens, was ich schon die ganze Zeit fragen wollte: Haben Sie mal wieder von Jack Lineberry gehört?«

»Er sollte gestern aus dem Krankenhaus entlassen werden«, antwortete Pine. »Wenigstens kann er sich die beste Betreuung leisten, die man für Geld bekommt.«

»Keine Frage. Ich wollte aber eigentlich darauf hinaus …«

»Ich weiß, Carol«, fiel Pine ihr ein wenig schroff ins Wort. Ruhiger fügte sie hinzu: »Ich habe es noch immer nicht so ganz verarbeitet, wenn Sie es genau wissen wollen. Ich dachte, Lineberry könnte mir helfen, meine Mutter zu finden, aber jetzt muss er erst mal wieder gesund werden.«

»Ja, natürlich.«

»Aber ich werde ihn anrufen und auf dem Laufenden halten. Vielleicht kann er ja etwas beisteuern, das mir weiterhilft.«

»Gute Idee«, meinte Blum.

Pine zog ihr Mobiltelefon hervor. »Eigentlich wollte ich einen Termin im Militärgefängnis vereinbaren, um Teddy Vincenzo zu besuchen, aber mir ist da etwas eingefallen.«

»Und was?«

»Ich überlasse es Puller, dort anzurufen. Ich nehme an, er will ebenfalls mit Teddy sprechen – über Tony. Vielleicht hat Teddy einen Verdacht, wo sein Sohn sich verstecken könnte. Außerdem liegt das Gefängnis auf dem Militärstützpunkt, also wird Puller besser mit der Bürokratie fertig als ich. Auf diese Weise kommen er und ich schneller rein.«

Blum lächelte. »Ganz schön clever.«

Pine wählte Pullers Nummer. Er meldete sich nach dem zweiten Klingeln. Nachdem sie ihm ihren Plan dargelegt hatte, erklärte er sich einverstanden – unter einer Bedingung: »Ich will dabei sein, wenn du mit Teddy redest.«

»Davon war ich ausgegangen«, sagte Pine.

»Ich werde versuchen, gleich für morgen früh um null-neunhundert ein Gespräch zu vereinbaren, okay?«

»Okay. Dann treffen wir uns dort.« Pine beendete das Gespräch und schaute zu Blum.

»Das könnte der Silberstreif am Horizont sein«, meinte Blum. »Und Teddy weiß vielleicht mehr über seinen Vater als Tony über seinen Großvater.«

»Genau das hatte ich mir auch überlegt. Fragt sich nur, wie gesprächig Teddy ist.«

»Bei Häftlingen geht es immer nach dem Motto, eine Hand wäscht die andere.«

»Ich weiß, Carol. Wir werden schon etwas finden, das wir Teddy als Karotte vor die Nase halten können.«

»Und was tun wir jetzt? Warten, bis Sie sich morgen mit ihm treffen?«

»Nein, ich habe eine bessere Idee.«

»Und welche?«

»Nach Tonys Flucht haben die Cops gecheckt, ob sich noch jemand in dem Haus aufgehalten hatte, haben die Bude aber nicht gründlich durchsucht. Das werde ich nachholen.«

»Haben Sie einen Durchsuchungsbeschluss?«

»Nein, aber Puller. Das sollte genügen.«

»Sind Sie sicher, dass Puller dabei mitspielt?«, fragte Blum ein wenig skeptisch.

»Warum nicht? Wir stehen auf derselben Seite.«

»Nun ja, Puller will über Tony Vincenzo an die Drahtzieher eines Drogenrings heran. Sie wollen Ito Vincenzo aufspüren und herausfinden, was mit Ihrer Schwester geschehen ist.«

»Sie meinen, das schließt sich gegenseitig aus?«

»Das nicht gerade, aber hundert Prozent kompatibel scheint es mir auch nicht zu sein.«

»Ein Versuch kann trotzdem nicht schaden.«

»Ich dachte mir schon, dass Sie das sagen.«

»Sehen Sie es denn anders?«

»Nein. Aber behalten Sie im Hinterkopf, was ich gesagt habe.«

»Das tue ich doch immer, Carol.«

5

»Sie haben ihn nicht erwischt, oder?«

Pine schaute zur Veranda des Nachbarhauses, wo die alte Frau wieder im Schaukelstuhl saß, diesmal jedoch ohne Strickzeug. Es war kühler geworden, und sie trug eine dicke Jacke. Pine sah das orange Leuchten eines rostigen Heizstrahlers, den die Frau neben den Stuhl gestellt hatte.

»Leider nicht.«

»Der Kerl ist verdammt fix. Trotzdem dachte ich, Sie könnten ihn einholen. Sie haben lange Beine.«

»Offenbar nicht lang genug. Na ja, vielleicht bekomme ich eine zweite Chance. Sind Sie eigentlich den ganzen Tag draußen? Es ist ziemlich kühl geworden.«

»Im Haus gibt es nichts zu tun. Und ich weiß halt gern, was um mich herum vor sich geht. Wenn auf der Straße Leute vorbeispazieren oder irgendwelche Penner vor der Polizei davonrennen, so was alles. Apropos, drüben sind Cops im Haus.«

»Militärpolizei, ich weiß. Ich habe ihre Autos gesehen. Haben Sie eine Ahnung, wo Tony sich verstecken könnte?«

»Das haben die mich auch schon gefragt, und ich kann Ihnen nur dasselbe sagen wie denen: Ich habe keinen blassen Schimmer. Ich rede nicht mit diesem Kerl, wenn es sich vermeiden lässt. Ich weiß, was für einer er ist, und er weiß, dass ich es weiß. Jemand, der auf Blumen pinkelt, also wirklich …«

»Hm, ja. Wissen Sie sonst noch etwas, das mir weiterhelfen könnte?«

»Ich kann Ihnen nichts sagen. Ich wohne hier, wenn Sie verstehen, was ich meine.«

»Natürlich, Mrs. …«

Die Frau schüttelte den Kopf. »Meinen Namen behalte ich für mich. Klar, Sie könnten ihn herausfinden, wenn Sie wollen, aber …«

»Ich lege Ihnen meine Karte in den Briefkasten. Falls Ihnen noch etwas einfällt und Sie es mir streng vertraulich sagen möchten …«

Die Frau blickte zur Seite, bekreuzigte sich, murmelte etwas, das wie ein Gebet klang, zog ein kleines Buch aus ihrer Jacke und begann im schwindenden Licht zu lesen. Pine sah, dass es sich um eine Bibelausgabe handelte.

Pine schaute der Frau noch einen Moment zu; dann ging sie zur Eingangstür des Vincenzo-Hauses und klopfte an.

Nachdem sie ihre Dienstmarke vorgezeigt und Pullers Namen genannt hatte, wurde sie eingelassen. Im Flur redete sie mit einem CID-Agenten namens Bill Crocker, einem jungen Mann mit ernstem Gesicht, militärisch kurzem Bürstenhaarschnitt und der schlanken Statur eines Langstreckenläufers. Pine erklärte ihm ihr Anliegen.

Crocker nickte. »Chief Puller hat uns aufgetragen, vorerst hierzubleiben, und er hatte uns darüber informiert, dass Sie kommen. Also gut, schauen Sie sich um. Allerdings haben wir schon alles durchsucht, was uns interessant erschien, und einiges mitgenommen. Aber falls Sie etwas finden, das uns entgangen ist …«

»Sind Sie der Erste, der es erfährt, ich versprech's.«

»Okay, Ma'am.«

Pine stieg die Treppe in den ersten Stock hinauf und begann mit ihrer Suche. Das Haus war der reinste Saustall. In einem der Zimmer konnte man durch ein Loch in der Wand nach draußen sehen. Die Wasserhähne waren rostig, die Waschbecken verdreckt, die Teppiche so zerschlissen, dass an manchen Stellen der Holzboden durchschimmerte. Tonys Bett war ein auf dem Boden ausgebreiteter Schlafsack. Seine Kleidung hing nicht im Schrank, sondern türmte sich auf den nackten Holzdielen zu einem wirren Haufen. Überall lagen leere Fast-Food-Kartons. An einer Wand hing ein Flachbildfernseher; darunter lag ein Xbox-Controller.

Immerhin hat der Mann klare Prioritäten.

In der Küche gab es mehr Ameisen und Kakerlaken als Töpfe und Teller. Die wenigen, die im Spülbecken lagen, waren mit eingetrockneten Essensresten bedeckt, sodass Pine sich fragte, in welchem Jahr das Geschirr zum letzten Mal benutzt worden war. Alles war dermaßen verdreckt, dass man die Bakterien förmlich auf der Haut spürte.

Zuletzt stieg sie in den Keller hinunter. Die Staubspuren verrieten ihr, dass die CID-Mitarbeiter einiges von hier unten mitgenommen hatten. Die Wände waren mit Sperrholz billigster Sorte verkleidet, das jemand in dem hässlichsten Braun gestrichen hatte, das Pine je gesehen hatte. Die Luft war so muffig, dass sie kaum zu atmen wagte.

Pine lehnte sich an die Wand und schaute sich um. Sie wäre jede Wette eingegangen, dass es sich bei dem weißen Pulver auf dem Teppich um Kokain handelte, oder um Staub, den eine Tablettenpresse hinterlassen hatte. Die Staubspuren markierten wahrscheinlich die Stelle, an der das Gerät gestanden hatte. Offenbar war Tony Vincenzo hier unten, wo niemand es mitbekam, seiner illegalen Drogenproduktion nachgegangen.

Normalerweise hätte Pine sich auch dafür interessiert, doch ihre derzeitige Situation war von der Normalität weit entfernt.

Umso interessanter fand sie die gerahmten Fotos an der Wand, die vermutlich Familienangehörige zeigten. Viele Bilder hingen schief – Tony hatte sich nicht die Mühe gemacht, sie geradezurücken. Wahrscheinlich gönnte er ihnen ohnehin keinen Blick, wenn er hier unten Drogen fabrizierte.

Pine ging näher zur Wand und schaltete das Licht ein. Leuchtstoffröhren erwachten flackernd zum Leben und tauchten den Raum in milchiges Licht. Sie begann links oben und nahm sich ein Foto nach dem anderen vor.

Etwa in der Mitte hielt sie inne und betrachtete eine alte Aufnahme von Ito Vincenzo. Nach der Entführung von Mercy hatte er obendrein noch versucht, die Tat ihrem Vater in die Schuhe zu schieben. Seltsamerweise machte sein Gesicht einen freundlichen Eindruck auf Pine, doch sie wusste es besser. Diese Bestie war alles andere als freundlich gewesen, jedenfalls nicht zu ihr und Mercy.

Ihr Blick schweifte zu den nächsten Fotos und verharrte einen Moment lang auf dem Gesicht von Bruno Vincenzo, Itos älterem Bruder, den sie von einem anderen Foto wiedererkannte, das sie in einer alten Zeitung gesehen hatte. Auf dem Bild war zu sehen gewesen, wie der berüchtigte Mafioso ein Gerichtsgebäude verließ, wobei er sein Gesicht mit einem Taschenbuch zu verdecken versuchte.

Pine hatte herausgefunden, dass Bruno damals der Grund für Itos Erscheinen im Haus ihrer Familie gewesen war. Ito hatte sich an ihrer Mutter rächen wollen, die mitgeholfen hatte, Bruno hinter Gitter zu bringen, wo er später erstochen wurde, weil er gegen seine alten Kumpel in der Mafia ausgesagt hatte.

Das nächste Bild zeigte eine Frau. Kleidung, Frisur und das vergilbte Papier verrieten, dass es sich um eine alte Aufnahme handelte. Es sah nach einem Schnappschuss mit einer Sofortbildkamera aus. Die Frau schien im gleichen Alter wie Ito zu sein. War das seine Frau, Tony Vincenzos Großmutter? Sie wäre eine weitere mögliche Informationsquelle, falls Pine sie ausfindig machen konnte.

In diesem Moment kam ihr ein Gedanke.

Es gibt noch jemanden ganz in der Nähe, den ich befragen kann. Verdammt, warum bin ich nicht schon früher darauf gekommen?

Sie eilte die Treppe hinauf, durch die Haustür und zur Veranda des Nebengebäudes, wo die alte Frau immer noch auf dem Schaukelstuhl saß und in ihrer Bibel las.

»Wohnen Sie eigentlich schon länger hier?«, fragte Pine.

Die Frau sah auf. »Mein Mann und ich haben das Haus ein Jahr vor unserer Hochzeit gekauft. Es war günstig zu haben. Wir haben unsere Kinder hier aufgezogen.«

»Also leben Sie schon lange hier?«

»Über fünfzig Jahre.«

»Dann haben Sie doch sicher Ito Vincenzo gekannt, oder? Er hat mit seiner Familie hier gewohnt.«

»Ja, den kannte ich.«

»Was können Sie mir über ihn sagen?«

»Was wollen Sie wissen?«

»Alles, was Ihnen einfällt.«

»Warum?«

Sag es ihr. Pine gab sich einen Ruck, trat einen Schritt näher heran, lehnte sich ans Geländer der Veranda und schaute der alten Dame in die Augen.

»Ich glaube, dass Ito vor dreißig Jahren meine Zwillingsschwester entführt und mich beinahe umgebracht hat.«

Zum ersten Mal hatte Pine das Gefühl, die Aufmerksamkeit der Frau geweckt zu haben.

»Am nächsten Morgen kam Ito zurück und beschuldigte meinen Vater, der Täter zu sein, obwohl er selbst es war.«

Die Frau musterte sie einen Moment lang. »Vor dreißig Jahren? Mein Gott, da müssen Sie ja noch ein Kind gewesen sein.«

»Ich war sechs.«

»Aber warum hätte Ito so etwas tun sollen? Es sieht ihm gar nicht ähnlich. Er war ein guter, gottesfürchtiger Mann.«

»Vielleicht gab es etwas, das er noch mehr gefürchtet hat als Gottes Zorn. Er hatte einen Bruder, Bruno Vincenzo.«

Die Frau erschauderte, als sie den Namen hörte.

»Haben Sie Bruno gekannt?«, erkundigte sich Pine.

»Bruno und Ito waren wie Tag und Nacht. Ito hatte mit seinem Bruder nichts gemein, rein gar nichts. Wir alle wussten, was Bruno für einer war.«

»Ein Mafioso, wollen Sie damit sagen?«

»Ich will damit so einiges sagen, nur nichts Gutes. Es wurde so schlimm, dass Evie ihn nicht mehr ins Haus lassen wollte.«

»Evie? Itos Frau?«

»Ja.«

»Und Ito war damit einverstanden?«

»Er konnte seinen Bruder nicht ausstehen.«

»Das ist allerdings sehr interessant«, murmelte Pine.

»Ich kann mir beim besten Willen nicht vorstellen, dass Ito so etwas getan hat. Er war ein netter Kerl und hat seine Kinder gut erzogen. Er war immer für uns da, wenn wir irgendwas gebraucht haben. Hat unseren Ofen repariert und uns geholfen, das Dach neu zu decken … so was alles. Das haben die Leute damals noch aus Nachbarschaftshilfe getan. Und heute? Heute kennt keiner mehr den anderen.«

»War Ito wirklich ein so vorbildlicher Vater?«, hakte Pine nach. »Teddy sitzt im Gefängnis, und von Tony wissen wir ja, was für einer er ist. Da fragt man sich doch, ob Ito als Vater wirklich so toll gewesen sein kann.« Pine schaute die Frau fragend an.

»Ito hatte ein Geschäft«, entgegnete sie. »Er hat oft bis in den späten Abend gearbeitet. Und Teddy … nun ja, er schlug eher nach Bruno. Da kann man nichts machen, wenn einer von Natur aus so ist. Der Junge hat von Anfang an Probleme gemacht. Je älter er wurde, desto mehr war er auf schnelles Geld aus.«

»Was wurde aus Teddys Frau? Er war doch verheiratet, oder?«

»Ja. Jane hat ihn verlassen. Das muss jetzt zehn Jahre her sein. Sie hatte schlicht und einfach die Nase voll. Ich hätte es nicht so lange ausgehalten. Die beiden haben übrigens auch hier gewohnt. Es gab ständig Streit zwischen ihnen. Die Typen, die Teddy besuchten, haben uns sogar bedroht. Manchmal hatten wir eine Heidenangst vor denen, aber Teddy ließ nicht zu, dass sie uns was tun, das muss man ihm lassen. Vielleicht, weil wir mit seinen Eltern befreundet waren. Das ist das einzig Gute, was ich über ihn sagen kann. Tja, in so einer Umgebung ist Tony aufgewachsen. Da ist es im Grunde kein Wunder, was aus ihm geworden ist.«

»Wissen Sie, wo Teddys Ex-Frau jetzt lebt?«, fragte Pine.

»Jane? Nein. Ich habe seit damals nichts mehr von ihr gehört. Ich hoffe nur, es geht ihr gut. Jane hätte es wirklich verdient.«

»Und Itos Frau, diese Evie?«, setzte Pine nach. »Die haben Sie doch sicher auch gekannt?«

»Ja. Evie war sehr nett. Wir waren gut befreundet. Und mein Mann war gern mit Ito zusammen. Dieser Kerl war als Koch ein Genie. Wir waren öfter bei ihnen zum Essen. Ich dachte immer, Italiener essen nur Pasta, aber Ito hat oft Fisch und Meeresfrüchte zubereitet, und es war jedes Mal eine Offenbarung.«

»Wissen Sie, was aus Evie geworden ist? Lebt sie noch?«

Die Frau nickte langsam. »In einem Pflegeheim namens Kensington Manor, ungefähr fünf Meilen von hier. Der Name klingt schöner, als die Einrichtung ist, aber das ist wohl überall so.«

»Wurde Evie denn nicht von ihrer Familie unterstützt?«

»Teddy und Tony sind die Einzigen, die noch hier in der Gegend leben, und von denen kann man nichts erwarten. Evie kam vor ungefähr fünf Jahren ins Heim, als sie sich nicht mehr um sich selbst kümmern konnte. Ich besuche sie hin und wieder. Schön ist es da nicht gerade, aber wahrscheinlich werde ich auch mal dort enden. Meine Kinder sind gut zu mir, aber die haben nun mal ihre eigenen Sorgen. Und die besseren Heime kosten viel zu viel – das könnten sie sich nicht leisten.«

»Sie könnten das Haus verkaufen.«

»Es gehört mir nicht mehr. Ich habe eine Umkehrhypothek abgeschlossen. Ich brauchte das Geld, um meine Rechnungen zu bezahlen. Wenn ich nicht mehr da bin, geht das Haus an die Bank.«

Pine schaute zu den anderen Häusern. »Ich kann mir vorstellen, dass es hier vielen so geht.«

»Stimmt. Weil die Regierung will, dass wir unser Geld ausgeben, um die Wirtschaft in Schwung zu halten und neue Jobs zu schaffen. Und wenn du dann alles ausgegeben hast, heißt es: Du hättest sparen sollen, damit du was fürs Alter hast. Was soll man da machen?«

»Ich fürchte, da weiß ich auch keine Lösung. Tut mir leid, dass Sie in eine solche Situation gekommen sind.«

»Immerhin weiß ich, dass ich am Schluss ein Dach überm Kopf und drei Mahlzeiten täglich haben werde. Dann sitze ich den ganzen Tag herum und sabbere vor mich hin«, fügte sie nicht ohne Bitterkeit hinzu. »So viel zum goldenen Lebensabend.«

»Vielleicht ist es dort gar nicht so schlimm.«

»Die meisten, die ich kenne, leben in solchen staatlichen Heimen. Für ihre Pflege sind sie auf die Gesundheitsfürsorge angewiesen und legen selbst noch die letzten paar Dollars drauf, die sie gespart haben. Ich besuche diese Leute manchmal. Es *ist* so schlimm.«

»Nun ja, wenn Sie es sagen. Was ich Sie noch fragen wollte – wissen Sie, ob Ito noch lebt?«

»Nein, keine Ahnung. Er ist eines Tages auf und davon. Ist schon lange her.«

»Wann war das? In den späten Achtzigern?«, fragte Pine, hellhörig geworden. »Damals wurde meine Schwester entführt.«

»Nein, so lange ist es noch nicht her«, lautete die überraschende Antwort der alten Dame. Sie überlegte einen Augenblick, fügte dann hinzu: »Ich glaube, es war um die Zeit von 9/11, vielleicht ein Jahr später. Genau weiß ich's nicht mehr.«

»Und Evie? Weiß sie, was aus Ito geworden ist?«

»Keine Ahnung. Ich hab sie mal drauf angesprochen, aber sie hat sofort das Thema gewechselt.«

»Sie weiß also nicht, ob Ito überhaupt noch lebt?«

»Mir hat sie es jedenfalls nicht gesagt. Aber dass er einfach so verschwunden ist, hat ihr ein Loch ins Herz gerissen, so groß wie der Lincoln Tunnel. Ich habe es nie verstanden. Manchmal denke ich, Bruno ist aus dem Grab zurückgekommen und hat Ito umgebracht. Zuzutrauen wär's ihm.«

Pine bedankte sich und ging zurück zu ihrem Wagen. Übers Handy rief sie Blum an und bat sie, mit dem Taxi zu dem Pflegeheim zu kommen, um sich dort mit ihr zu treffen.

»Ihre alte Nachbarin sagt, Evie kann seit fünf Jahren nicht mehr für sich selbst sorgen«, fügte Pine hinzu. »Hoffen wir, dass sie nicht ihr Gedächtnis verloren hat.«

»Einen Versuch ist es allemal wert«, meinte Blum.

Das sage ich mir auch immer, dachte Pine und stieg in ihren Wagen.

6

»Es gibt da eine Sache, die mich schon die ganze Zeit beschäftigt«, sagte Pine, als sie sich mit Blum beim Pflegeheim traf.

»Welche?«, fragte Blum.

»Wie hat Ito erfahren, dass meine Mutter als Maulwurf für eine Regierungsbehörde gearbeitet hat? Sie hat nie vor Gericht ausgesagt. Und ihre Identität wurde geheim gehalten.«

Blum nickte. »Und vergessen Sie nicht, dass irgendjemand es schon auf Sie und Ihre Familie abgesehen hatte, *bevor* ihr damals nach Andersonville gekommen seid – und das, obwohl Sie im Zeugenschutz waren. Wie sind *diese* Leute an die Informationen herangekommen?«

»Glauben Sie, diese Unbekannten könnten ihr Wissen an Ito oder Bruno weitergegeben haben? Bruno hat zu der Zeit ja noch gelebt, auch wenn er schon im Gefängnis saß.«

»Ich kann mir jedenfalls gut vorstellen, dass die beiden Ereignisse miteinander zu tun haben.«

Das Heim war ein Betonblock in der nüchternen Bauweise der 1960er-Jahre. Schon beim Eintreten schlug ihnen ein muffiger Geruch entgegen. Die Wände und Möbel waren alt und abgenutzt. Pine sah ältere Leute, die sich im Rollstuhl oder mit dem Rollator über die Flure bewegten. Trotz seines fortgeschrittenen Alters machte das Gebäude einen sauberen, aufgeräumten Eindruck. Hell und einladend war es hier allerdings nicht.

Pine zeigte der Frau am Empfang ihren Dienstausweis, worauf sie an das Büro der Heimleiterin verwiesen wurden.

»Was kann ich für Sie tun?«, fragte die Frau, die Mitte dreißig sein mochte und einen weißen Arbeitskittel trug. Sie hatte noch die Reste ihres Lunchs auf dem Schreibtisch stehen. Ihr Büro war klein und ziemlich unaufgeräumt.

»Wir möchten Mrs. Vincenzo ein paar Fragen stellen, die mit einer Ermittlung zu tun haben«, begann Pine.

»Brauchen Sie dafür nicht einen Durchsuchungsbeschluss oder irgendwas?«, erwiderte die Frau, die sich nicht vorgestellt hatte und auf deren Namensschild »SALLY« stand.

»Nicht, wenn es nur um eine freiwillige Auskunft geht, Sally«, erklärte Pine. »Außerdem durchsuchen wir hier nichts. Wir wollen nur ein paar Fragen stellen. Es geht um Mrs. Vincenzos Ehemann.«

»Ich wusste gar nicht, dass sie verheiratet ist. Niemand besucht sie hier außer einer alten Nachbarin.«

»Von der wissen wir, dass Mrs. Vincenzo hier wohnt, weil sie nicht mehr für sich selbst sorgen kann.«

Sally schüttelte den Kopf. »Wenn sie allein leben, vergessen die armen Leute oft, ihre Medikamente zu nehmen, oder sie stürzen und brechen sich die Hüfte. Manche wollen noch Auto fahren oder lassen die ganze Nacht den Herd eingeschaltet. Es ist immer das Gleiche.«

»Können wir mit ihr sprechen?«

»Ich weiß nicht, ob es Ihnen viel bringen würde. Sie ist in der Memory Care untergebracht.«

»Was bedeutet das?«

»Sie hat Demenz.«

»Oh, tut mir leid. Aber wenn wir schon mal hier sind, können wir es wenigstens versuchen, finden Sie nicht auch? Es ist sehr wichtig.«

Sally überlegte kurz. »Na ja, schaden kann's wohl nicht. Vielleicht tut es ihr sogar gut, wieder mal Besuch zu kriegen. Kommen Sie mit.«

Sie führte Pine und Blum über den Flur zu einer Doppeltür mit der Aufschrift *Memory Care Unit*. Dort angekommen, zog sie eine Karte durch das Lesegerät. Die Tür öffnete sich mit leisem Klicken.

Sally führte Pine und Blum zu einem Zimmer und klopfte an die Tür. »Mrs. Vincenzo?«, sagte sie laut und mit übertriebener Betonung. »Evie? Sie haben Besuch.«

Sally öffnete die Tür und trat ein.

Evie Vincenzo saß auf dem Bett und schaute den drei Frauen ausdruckslos entgegen. Sie trug einen rosa Pyjama und ein dazu passendes Kopftuch, unter dem die Spitzen roter, lockiger Haare hervorlugten. Pink war die alles beherrschende Farbe in ihrem Zimmer.

»Sie mag Rosa«, stellte Sally fest. »Es beruhigt sie.«

»Ich mag die Farbe auch«, warf Blum ein.

»Okay, dann lasse ich euch drei mal allein und schau später wieder vorbei«, sagte Sally. »Falls irgendwas ist, drücken Sie einfach auf den roten Knopf über dem Bett.«

Sie ging hinaus. Pine und Blum traten näher an die alte Dame heran. Pine setzte sich auf einen Stuhl, Blum blieb neben dem Bett stehen.

Evie Vincenzo schaute zu Pine auf. »Kennen wir uns, junge Dame?«, fragte sie freundlich.

»Nein, aber ich kenne Ihre Nachbarin. Die Frau, die gern draußen auf der Veranda sitzt und strickt.«

Evie schwieg und schloss die Augen.

»Sie wohnt in dem Haus neben Ihrem«, fügte Pine hinzu.

Stille. Langsam schlug Evie die Augen wieder auf, schwieg aber nach wie vor.

»Haben Sie gern Besuch?«, versuchte Blum es auf andere Weise. »Sie freuen sich doch sicher darüber, nicht wahr? Es ist immer nett, mit Leuten zu reden, stimmt's?«

»Ich … wir kennen uns nicht, oder?«

Pine schaute zu Blum. »Nein, wir wollten Sie einfach mal besuchen.«

»Ich … ich habe nicht oft Besuch.«

»Ihre Nachbarin hat uns gesagt, dass Sie hier sind.«

Evie schüttelte bedauernd den Kopf. »Die arme alte Frau.«

Pine beugte sich zu ihr. »Hören Sie, Evie … ich wollte mit Ihnen über Ihren Mann sprechen.«

»Meinen Mann?«

»Ja. Ito. Erinnern Sie sich an ihn? Ihre Nachbarin sagt, er hat sehr gut gekocht.«

Evie schaute auf ihren Schoß. »Ich hab auch gut gekocht.« Sie blickte zur Wand. »Aber die haben mir den Herd weggenommen.«

Blum legte ihr sanft die Hand auf die Schulter. »Tut mir leid. Ich kann mir vorstellen, wie das ist. Ich habe auch gern gekocht.«

Pine kam zur Sache. »Können Sie mir vielleicht ein paar Dinge über Ihren Mann erzählen, Evie?«

»Meinen Mann?« Die alte Frau runzelte die Stirn. »Ich … habe keinen.« Sie schüttelte den Kopf. »Wo ich doch so gern koche …«

»Aber Sie haben einen Sohn, der Teddy heißt, nicht wahr? Und einen Enkel namens Anthony.«

Evie nahm ihr Kopftuch ab. Sie hatte einen großen Teil ihrer Haare verloren. Die hässlichen, strähnigen Büschel, die übrig waren, hatte sie rot gefärbt. Sie zerknüllte das Tuch in ihren Händen. »Ich möchte so gern Brot backen … den Teig kneten.« Sie schaute die Besucherinnen an. »Hier … sehen Sie, wie's geht?«

Pine schaute resignierend zu Blum, beugte sich zu ihr und flüsterte: »Reden Sie mit ihr, ja?«

»Was haben Sie vor?«

»Ich schaue mich im Zimmer um.«

»Ich weiß nicht«, meinte Blum skeptisch. »Die arme Frau.«

»Mir tut sie ja auch leid, Carol, aber wenn sie hier irgendetwas aufbewahrt, das mir hilft, meine Schwester zu finden, ist es die Sache wert. Eine zweite Chance bekomme ich wahrscheinlich nicht. Ich beeile mich, versprochen. Sie wird es nicht mitkriegen.«

Blum wandte sich wieder an Evie und fragte sie, welches Brot sie denn gern backen würde. Pine durchsuchte rasch eine Schublade nach der anderen und bückte sich, um unter dem Bett nachzusehen. Falls Evie es mitbekam, ließ sie sich nichts anmerken. Sie knetete immer noch ihr Kopftuch.

Pine nahm sich den Kleiderschrank vor und sah einen Pappkarton hinter einem Kleiderhaufen, einem Stapel Zeitschriften, hauptsächlich *People*, und einem zusammengeklappten Rollator. In dem Karton befanden sich verschnürte Papiere.

Pine nahm den Karton aus dem Schrank. »Mrs. Vincenzo, dürfte ich da mal reinschauen?«

Die Frau war immer noch mit ihrem Kopftuch beschäftigt und erwiderte nichts. Blum schaute achselzuckend zu Pine.

»Ich glaube nicht, dass Evie Ihnen eine rechtsgültige Erlaubnis erteilen kann«, meinte sie.

»Falls ich etwas finde, würde ich es ja nicht dazu verwenden, sie ins Gefängnis zu bringen oder so etwas.«

»Aber möglicherweise ihren Sohn.«

»Bitte, Carol, lassen wir für einen Moment die juristischen Bedenken beiseite. Das hier könnte meine einzige Chance sein.«

Pine setzte sich und durchsuchte den Karton, während Evie

ihr Tuch weglegte und lächelnd den pinkfarbenen Lampenschirm betrachtete. Es war, als hätte sie die beiden Besucherinnen vergessen.

Der Karton war so prall gefüllt, dass Pine einen Stapel herausnahm und ihn Blum zur Durchsicht gab. »Alte Fotos von ihren Kindern. Da ist auch eins von ihr und Ito. Scheint ein Hochzeitsfoto zu sein.«

»Manche Bilder tragen Namen auf der Rückseite«, sagte Blum. »Teddy als Teenager … und Tony als Baby. Meine Güte, er sieht so unschuldig aus. Aber das ist in dem Alter ja bei allen so.«

»Nur dass manche zu Verbrechern werden, wenn sie groß sind.«

»Tja, arbeitslos werden wir nicht so schnell«, meinte Blum.

»Schauen Sie«, stieß Pine aufgeregt hervor. »Hier ist ein Artikel über Bruno Vincenzos Verurteilung. Das ist er, da auf dem Foto.« Sie zeigte ihrer Assistentin den Zeitungsausschnitt mit Brunos Bild.

Blum zuckte unwillkürlich zusammen. »Der sieht aus, als könnte er jemanden wegen eines Kaugummis umbringen.«

Pine überflog den Artikel. »Da steht, dass er wegen Mordes an zwei Leuten verurteilt wurde. Einer hatte als Zeuge ausgesagt. Der Prozess fand in New Jersey statt, wo es damals noch die Todesstrafe gab. Bruno wurde tatsächlich zum Tode verurteilt, war aber bereit, gegen die Mafia auszusagen, deshalb wurde die Strafe auf lebenslänglich herabgesetzt.«

»Und dann wurde er im Gefängnis umgebracht?«, fragte Blum.

»Ja. Er saß in Einzelhaft, aber wahrscheinlich hat jemand einen Wärter bestochen – so ist der Killer an Bruno herangekommen.« Pine nahm eine zusammengefaltete, vergilbte Zeitung aus dem Karton. Als sie sie auseinanderfaltete, fiel ein beschriebenes Blatt heraus. Pine hob es auf und überflog es. Ihre Augen wurden immer größer.

»Was ist?«, fragte Blum neugierig und schaute ihr über die Schulter.

»Ein Brief von Bruno an Ito. Dem Datum nach muss er ihn aus dem Gefängnis geschrieben haben.«

»Was steht drin?«

»Bruno schreibt, er habe einen Spitzel enttarnt, ihn aber nicht an seine Mafiabosse ausgeliefert.«

»Warum nicht?«

»Das schreibt er nicht. Nur dass dieser Spitzel ihn verschaukelt und hinter Gitter gebracht habe. Bruno wollte, dass Ito ihn im Gefängnis besucht.«

»Vielleicht wollte er in dem Brief nicht mehr verraten, sondern es seinem Bruder persönlich sagen.«

»Ich kann mir vorstellen, was er Ito sagen wollte. Dass meine *Mom* der Spitzel war, der ihn ins Gefängnis gebracht hatte. Leider sagt der Brief nichts darüber, wie Bruno unsere Adresse herausgefunden hat. Aber er muss sie Ito anvertraut haben.«

»Das ist dann wohl die endgültige Bestätigung, dass Ito Mercys Entführer war.«

»Ich kann mir jedenfalls keine andere Erklärung vorstellen. Aber was hat er mit Mercy gemacht?« Pine schaute zu Evie Vincenzo, die immer noch fasziniert den Lampenschirm betrachtete. »Die arme Frau wird es uns nicht sagen können.«

»Aber vielleicht ihr Sohn.«

Sie durchsuchten den Rest des Kartons, fanden aber nichts mehr, das auch nur annähernd so interessant gewesen wäre wie der Brief. Pine steckte ihn ein, dazu ein paar Fotos, die Familienangehörige zeigten. Dann stand sie auf und wandte sich der alten Frau im Bett zu. »Danke, Mrs. Vincenzo, dass Sie sich mit uns unterhalten haben.«

»Ich hätte so gern meinen Herd zurück.«

Wieder begann Evie ihr Kopftuch zu kneten.

Blum betrachtete die alte Dame einen Moment mit glänzenden Augen, ehe sie Pine nach draußen folgte.

7

Es gab kaum einen Unterschied zwischen Fort Dix und den vielen anderen Gefängnissen, die Pine gesehen hatte: Eine laute, übel riechende, chaotische und brutale Welt und zugleich ein Ort gnadenloser Strenge und Eintönigkeit – nichts als kahle Zellen und nackte Wände. Die Existenz in dieser Hölle glich einem ausgeklügelten Schachspiel zwischen Häftlingen und Wärtern. Letztere »übersahen« gelegentlich ihre Pflichten und ließen sich dafür bezahlen, Drogen, Mädchen und andere Annehmlichkeiten in den Knast zu schmuggeln, die das Leben in diesem Abgrund etwas erträglicher machten.

Das Gefängnis von Fort Dix erfüllte bestenfalls mittlere Sicherheitsstandards, doch die zivilen Bundesgefängnisse waren dermaßen überfüllt, dass hier auch Straftäter einsaßen, die eigentlich in einen Hochsicherheitstrakt gehört hätten. Vielleicht erhofften sich die Verantwortlichen, dass die Insassen schon deshalb sicherer untergebracht waren, weil sich das Gefängnis auf einem Militärstützpunkt befand. Pine hielt das für Wunschdenken.

Sie und Puller passierten gemeinsam die Sicherheitskontrolle, gaben widerwillig ihre Waffen ab und wurden zum Besucherraum geführt.

»Teddy wird nicht ohne Weiteres bereit sein, uns zu sagen, was wir wissen wollen«, meinte Pine, als sie ihre Plätze einnahmen.

»Das fürchte ich auch. Angeblich ist er ein gerissener Hurensohn. Er wird nur kooperieren, wenn er eine Gegenleistung bekommt.«

»Was kannst du mir sonst noch über ihn sagen?«

»Dass er ein Mistkerl übelster Sorte ist. Schon als junger Bursche lag er ständig mit dem Gesetz im Clinch. Anfangs waren es kleinere Delikte, aber bald auch schwerere Vergehen. Er hatte sich auf Einbruchdiebstahl spezialisiert und nahm mit seinen Komplizen hauptsächlich ältere Leute aufs Korn. Einen Mann hätten sie beinahe zu Tode geprügelt, als er unerwartet nach Hause kam. Teddy hatte einen guten Anwalt. Trotzdem wird er noch mindestens acht Jahre hier einsitzen.«

»Hat er noch Kontakt zu Tony, seinem Sohn?«

»Soweit wir wissen, war Teddy als Vater nicht gerade ein Vorbild. Er war selten zu Hause. Und Tonys Mutter konnte trotz aller Bemühungen nicht verhindern, dass der Junge in die Fußstapfen seines Alten trat.«

»Liegt wohl in der Familie. Teddys Onkel war Mafioso.«

»Stimmt – dieser Bruno Vincenzo, den du erwähnt hast.«

Pine nickte. »Ah, da kommt auch schon der Neffe unseres Mafiosos.«

Zwei Wärter führten Teddy zu dem Tisch, an dem er sich ihnen gegenübersetzte.

Er war etwa eins achtzig groß und von schlanker, aber kräftiger Statur mit muskulösen Unterarmen. Seine Haltung war selbstbewusst – keine leichte Übung, wenn man mit Fußketten gefesselt war. Inzwischen gut über fünfzig, waren Teddys Haare mehr grau als schwarz.

Sein Gesichtsausdruck war für Pine nicht schwer zu deuten: Der Mann war neugierig, aber wachsam. Garantiert hatte er vor, die Situation zu seinen Gunsten auszunutzen. Sein größter

Wunsch war vermutlich, so schnell wie möglich hier rauszukommen, um seine Verbrecherlaufbahn fortsetzen zu können.

»FBI und CID, richtig?«, begann Vincenzo. »Die ganze Buchstabensuppe.« Er lehnte sich zurück und musterte sie amüsiert. »Wie komme ich zu der Ehre?«

Er hatte das Spiel mit einem Bauernzug eröffnet, erkannte Pine. Nicht spektakulär, eher auf Nummer sicher. Genau wie sie war Teddy auf Informationen aus.

Puller übernahm die Antwort. »Wir interessieren uns für Ihren Sohn Tony.«

Teddy schwieg, wirkte aber nicht sonderlich überrascht. Er schaute zu Pine. »Und Sie?«

»Ich interessiere mich mehr für Ito, Ihren Vater.«

Teddys Gesicht verriet für einen kurzen Moment, dass er damit nicht gerechnet hatte. Er verschränkte die Arme vor der Brust. »Warum?«

»Ich würde gern mit ihm sprechen.«

»Ach ja? Wieso?«

»Es geht um einen Fall, in dem ich ermittle.«

»Sind Sie sicher, dass Sie nicht hinter dem falschen Vincenzo-Bruder her sind?«

»Bruno ist tot.«

»Mausetot. Er hat ein Messer in den Rücken gekriegt, weil er jemanden verpfiffen hat.« Teddy schaute über die Schulter, um seine nächste Bemerkung zu unterstreichen. »Wollen Sie, dass ich auch so krepiere?«

»Gibt es noch mehr Vincenzo-Brüder außer Ito und Bruno?«, fragte Pine. »Ich habe nichts in der Richtung herausgefunden.«

»Nein, es gibt nur die zwei. Die Vincenzos sind eine große italienische Sippe, aber die anderen waren alles Mädchen. Um welchen Fall geht es?«

»Eine Entführung, in die Ito verwickelt ist.«

»Quatsch. Mein alter Herr war solide. Er hatte eine Eisdiele hier in Trenton, eine halbe Meile von unserem Haus entfernt. Der Laden hieß *Vinnie's Creamery*.«

»Wofür steht ›Vinnie‹?«, fragte Pine.

»Vincenzo. Klingt doch wohl besser als *Ito's Creamery*, oder?«

»Da ist was dran.«

Teddy lächelte. »Mein Alter war so rein wie Schnee. Der hat nix verkauft als Vanilleeis.« Er zeigte seine weißen Zähne, als er über seinen Scherz lachte. »Klingt das für Sie nach einem Kidnapper?«

»Unter bestimmten Umständen können Menschen sich ändern«, warf Puller ein.

»Wie Tony, meinen Sie?«

»Wie viele Leute. Aber wenn Sie ihn schon erwähnen – ja, auch Tony.«

Teddy musterte ihn. »Sie sind bei der Army, er nicht.«

»Er arbeitet hier in Fort Dix. Deshalb bin ich für ihn zuständig.«

»Tony ist ein guter Junge. Da liegt garantiert ein Missverständnis vor.« Er sah sie beide ausdruckslos an, um die Lüge zu übertünchen.

»Haben Sie eine Ahnung, wo Tony sich aufhält?«

»Ich bin hier drin, er ist draußen.«

»Wollen Sie damit sagen, er hat Sie nie besucht, obwohl er hier arbeitet?«

»Das habe ich nicht gesagt.«

»Warum haben gerade Sie Itos Haus geerbt?«, wollte Pine wissen.

Teddys Blick schweifte zu ihr. Er schien das Pingpongspiel mit den beiden Agenten zu genießen. »Ich war der Älteste. Aber meine Geschwister hätten die Bude sowieso nicht gewollt.«

»Was ist mit Ihrer Mutter?«, hakte Pine nach.

»Was soll mit ihr sein?« Teddys Stimme wurde angespannt.

»Es geht ihr nicht besonders.«

Er zuckte mit den Schultern. »Meine Schwestern haben sie in ein Heim gegeben. Ich hatte nicht viel mitzureden, weil ich zu der Zeit schon hier im Knast saß.«

»Ich habe Ihre Mutter besucht.«

»Es geht ihr nicht gut, sagen Sie?«

»Sie hat Demenz.«

»Das haben jetzt immer mehr Leute, wie man so hört. Sogar hier drin, ein paar ältere Typen. Die schwafeln wirres Zeug.«

»Wohnen Ihre Geschwister auch in dieser Gegend?«, fragte Puller.

»Nein, die leben alle weit weg von hier. Ich nehme an, in New Jersey hat's denen nicht gefallen, also sind sie abgehauen, so schnell sie konnten. Ich selbst finde die Gegend okay, nur hier drin gefällt's mir nicht besonders.«

Pine überlegte einen Augenblick. »Als Sie und Ihre Geschwister klein waren, hat Ihr Dad da manchmal diesen Kinderreim aufgesagt, wenn er mit euch gespielt hat?«

»Welchen Kinderreim?«

»Ene, mene, muh.«

Teddy lächelte. »Woher wissen Sie das?«

»Hat er?«

»Ja. Wir waren zu sechst. Da hat er manchmal abgezählt, um einen von uns für irgendwas auszuwählen.«

Pine hatte Mühe, nach außen hin ruhig zu bleiben. »Auswählen? Wofür? Um einen von Ihnen zu … *belohnen?*«

Teddy zuckte mit den Schultern. »Ja. Aber manchmal auch, um einen von uns zu bestrafen. Sie wissen schon – wenn einer was ausgefressen hatte und die anderen ihn nicht verpfeifen wollten.«

Pine lehnte sich zurück und versuchte, ihre Enttäuschung zu

verbergen. Ito Vincenzo hatte damals in jener düsteren Nacht diesen Kinderreim aufgesagt und auf die Weise darüber entschieden, ob er Atlee oder Mercy mitnehmen sollte. Die große Frage lautete, ob es eher gut oder schlecht war, wenn die Wahl auf einen fiel. War man Sieger oder Verlierer, wenn der Abzählreim mit dem eigenen Namen endete? Teddys Antwort hatte Pine in diesem Punkt nicht weitergeholfen.

Puller schaute kurz zu ihr; dann wandte er sich wieder Teddy zu. »Noch mal zu Ihrem Haus. Tony wohnt jetzt drin.«

»Aha.«

»Wussten Sie das nicht?«, setzte Puller nach.

»Jetzt weiß ich's.«

»Wann haben Sie zum letzten Mal von Ihrem Vater gehört?«, wollte Pine wissen.

Teddy kratzte sich an der Wange und rieb sich die Nase, um Zeit zu gewinnen.

»Keine Ahnung. Was ist für mich drin?«

Endlich kommen wir weiter, dachte Pine.

Puller beugte sich vor. »Okay, Teddy, reden wir Klartext. Wenn Sie uns helfen, helfen Sie sich selbst.«

Teddy lehnte sich nun ebenfalls vor, plötzlich ganz auf das Gespräch konzentriert. »Wie viel? Aber ich sag Ihnen gleich, dass ich alles schriftlich will. Über meinen Anwalt. Ich will nicht, dass ihr Feds mich übers Ohr haut.«

»Sie haben hier noch acht Jahre abzusitzen. Wir könnten aus den acht Jahren sechs machen.«

»Sie könnten auch vier draus machen. Ich werde nicht jünger.«

»Fünf. Und das auch nur, wenn die Informationen, die wir von Ihnen bekommen, es wert sind. Falls sich herausstellt, dass Sie uns irgendeinen Blödsinn aufgetischt haben, ist der Deal geplatzt, und die Chance kommt nicht wieder.«

Die Entschiedenheit, mit der Puller das Angebot machte, verriet Pine, dass er die Bedingungen zuvor mit seinen Vorgesetzten abgesprochen hatte.

»Wow, Sie sind einer von den ganz harten Hunden, was? Ich scheiß mir gleich in die Hose.« Teddy lächelte grimmig, doch seine Augen blieben kalt.

»Ich warte«, sagte Puller.

»Was wollen Sie wissen?«

»Wo ist Tony? Und wo ist Ito?«

Teddy schaute zu Pine. »Warum zur Hölle interessieren Sie sich *wirklich* für meinen Alten?«

»Irgendwann im Lauf des Jahres 1989 ging er von zu Hause weg. Für mehrere Monate. Vom Frühling bis in den Herbst, stimmt's? Klingelt da was?«

»Ist lange her, Lady. Ich weiß manchmal schon nicht mehr, was vorige Woche war.«

»Drei Jahre weniger hier drin – das ist doch sicher ein verdammt guter Grund, sein Gedächtnis zu bemühen.«

Teddy nickte und wirkte mit einem Mal sehr konzentriert. »Okay, ich werde Ihnen helfen, aber ich brauche ein bisschen Zeit zum Nachdenken.«

»Gut«, sagte Pine. »Ich hoffe für Sie, es sind Tatsachen, an die Sie sich erinnern, nicht irgendwelche Märchen. Ich weiß nämlich auch einiges über Ihre Familie. Chief Puller und ich kämen schnell dahinter, wenn Sie uns etwas vorschwindeln. Dann wäre der Deal auch für mich gestorben.«

»Alles klar, Lady. Ich hab echt kein Interesse, länger als unbedingt nötig in diesem Scheißknast zu bleiben.«

»Hat Ihr Vater manchmal über Bruno gesprochen?«, wollte Pine wissen.

»Hin und wieder. Sie waren Brüder. Bruno war mein Onkel.«

»Was hat Ihr Vater gesagt? Vor allem darüber, was mit Bruno im Gefängnis passiert ist.«

»Na ja, mein Alter hat da mal was gesagt, das hab ich nie vergessen. Dass Bruno einen Deal geschlossen hatte, der nicht eingehalten wurde. Das hat ihn angeblich das Leben gekostet.« Er sah Puller eindringlich an. »So kann's auch mir gehen. Verräter haben im Knast keine lange Zukunft. Wenn Sie mir in den Rücken fallen, bin ich ein toter Mann.«

»Wir könnten Einzelhaft für Sie rausholen, wenn Sie sich dann besser fühlen«, sagte Puller.

»Hat Ito gesagt, dass er etwas unternehmen wird wegen dem, was mit Bruno passiert ist?«, hakte Pine nach.

Vincenzo wandte sich wieder ihr zu; seine Miene war nun wieder etwas ruhiger. »Nichts Bestimmtes. Er war angepisst, das schon.«

»Ihr Vater war sauber, hatte nie auch nur ein Strafmandat. Bruno war ein Mafioso. Warum hat das Ihren Vater so aufgeregt?«

»Bruno war immerhin sein Bruder. Das bedeutet eine Menge – zumindest war es früher mal so. Ja, mein Alter hat gewusst, was Bruno getan hatte. Trotzdem war es eine Sauerei, was mit ihm passiert ist. Für so was müssen die Schuldigen zur Rechenschaft gezogen werden.«

»Hat Ito das gesagt?«, fragte Pine.

»Ja, hat er. Er hat nie viel über Bruno geredet, deshalb erinnere ich mich so genau.«

»Und dann ist Ihr Dad verschwunden, oder? Was können Sie mir darüber sagen?«

»Nichts. Ich hab zu der Zeit in einem Hotel wie dem hier gewohnt.« Er schaute zu Puller. »Jetzt sagen Sie mir schon – was zur Hölle hat Tony angestellt?«

»Ich dachte, Sie wüssten Bescheid.«

»Ich würde meinen Sohn nie dazu ermutigen, etwas Illegales zu tun. Das muss ein Missverständnis sein.«

»Soll ich jetzt lachen?«, erwiderte Puller.

Teddy zuckte die Achseln. »Ich weiß, ich bin ein krummer Hund, aber erwarten Sie wirklich von mir, dass ich meinen eigenen Jungen verpfeife? Das können Sie nicht ernst meinen.«

»Unter keinen Umständen?«, hakte Puller nach.

»Machen Sie aus den fünf Jahren drei, in einer eigenen Zelle, dazu privaten Zugang zum Fitnessraum. Und keine Bewährung. Wenn ich hier rausgehe, bin ich frei wie ein Vogel und muss mich bei niemandem melden. Nennen wir's Familienrabatt.«

Pine sah Puller an – der nickte kurz.

Teddy beugte sich vor. »Also gut«, begann er etwas leiser. »Wissen Sie, Tony ist ein ziemlich simpler Bursche und nicht gerade vielseitig. Er macht diese kleinen Pillen, verkauft das Zeug und kassiert seinen Anteil. Ansonsten trinkt er gern sein Bier und vögelt seine Frauen. Aber jetzt ist er in etwas reingeschlittert ... eine verdammt komplizierte Kiste. Die Sache ist ihm über den Kopf gewachsen.«

»Okay, wir hören.«

»Ich fürchte, Tony hat sich mit den falschen Leuten eingelassen. Irgendwann werden die ihn nicht mehr brauchen, und dann wird es brandgefährlich für ihn.«

»Woher wissen Sie das alles?«, fragte Pine.

»Tony hat mich vor einiger Zeit besucht. Hat sich Sorgen gemacht. Hat mir von ein paar Sachen erzählt, die mir nicht astrein vorkamen. Ich hab ihm gesagt, er soll aufpassen und aussteigen, bevor es zu spät ist.«

Pine hatte den Eindruck, dass der Mann es todernst meinte.

»Okay«, sagte Puller. »Was genau hat er Ihnen erzählt?«

In diesem Moment ging die Tür auf. Drei Wärter und zwei Männer im Anzug kamen herein.

»Das Gespräch ist beendet«, verkündete einer der Anzugträger.

»Wir haben eine Genehmigung«, erwiderte Puller schroff, »und wir sind hier noch nicht fertig.«

»Doch, sind Sie«, stellte der zweite Anzugträger klar.

Die Wärter packten den verblüfften Teddy Vincenzo und zerrten ihn zur Tür.

»Hey!«, brüllte der Häftling, wehrte sich vergeblich und starrte mit weit aufgerissenen Augen zu Puller. »Du hast mich beschissen, du Dreckskerl!«, kreischte er. »Du verdammter Hund, ich …«

Die Tür wurde zugeknallt, und Teddy Vincenzo war verschwunden.

8

»Das war's? Einfach so?«, staunte Carol Blum, nachdem Pine ins Hotel zurückgekehrt war und ihr erzählt hatte, was sich im Gefängnis zugetragen hatte.

»Puller wollte der Sache nachgehen, ist aber gegen eine Mauer gerannt. Er bleibt dran, nur weiß ich nicht, ob viel dabei herauskommen wird.«

»Das verstehe ich nicht. Wem könnte es etwas ausmachen, dass Sie mit Teddy Vincenzo sprechen?«

»Vielleicht den Leuten, mit denen sein Sohn sich eingelassen hat. Teddy hält sie anscheinend für gefährlich.«

»Und diese Leute haben sogar Einfluss darauf, was in einem Gefängnis passiert? Wie konnten die überhaupt wissen, dass Sie dort waren?«

Pine sah sie nachdenklich an. »Wie es aussieht, haben diese Leute Verbindungen zu höchsten Stellen.«

»Ein beängstigender Gedanke.«

»Es bedeutet auch, dass unsere Chancen, Ito oder Tony zu finden, gesunken sind. Wir stehen wieder ganz am Anfang.«

Pine ließ sich in einen Stuhl sinken und schaute aus dem Fenster auf die Rückseiten der Gebäude, die sich hinter dem Hotel reihten.

Ein kleiner Schritt vor, vier Riesenschritte zurück.

»Hat Teddy Ihnen irgendwas Brauchbares gesagt, bevor das Gespräch abgebrochen wurde?«, wollte Blum wissen.

»Er hat bestätigt, dass sein Vater ziemlich sauer war, als Bruno im Gefängnis umgebracht wurde.«

»Hat Teddy gewusst, dass Ito damals in Georgia gewesen ist?«

»Teddy war zu der Zeit schon erwachsen, also hat er vielleicht gar nicht mehr zu Hause gewohnt. Außerdem kam er mit dem Gesetz in Konflikt. Trotzdem müsste er es mitgekriegt haben, wenn sein Vater länger fort war. Er hat jedenfalls gesagt, er könne sich nicht erinnern und müsse darüber nachdenken. Jetzt werden wir wahrscheinlich keine Gelegenheit mehr haben, ihn noch einmal zu fragen.«

»Es sei denn, Puller findet einen Weg.«

»In seiner letzten E-Mail klang er nicht besonders optimistisch.« Pine verstummte für einen Moment und sagte schließlich: »*Vinnie's Creamery.*«

»Was?«

»Ito hatte eine Eisdiele in Trenton, die so hieß. Angeblich nur eine halbe Meile vom Haus der Vincenzos entfernt. Ich frage mich gerade, ob es die noch gibt.«

»Hätte Teddy es dann nicht erwähnt?«

»Ich habe ihn nicht danach gefragt. Und wo Teddy jetzt ist, wird kein Pfirsich Melba angeliefert.«

*

Wie sich herausstellte, existierte *Vinnie's Creamery* nicht mehr. Der gesamte Block war abgerissen worden; stattdessen hatte man dort ein Apartmenthaus und mehrere Firmengebäude hochgezogen. Von den alten Läden entlang der Straße war kein Stein mehr übrig. Pine und Blum fragten herum und trafen schließlich auf Darren Castor, einen Mann in mittleren Jahren, der in der

Eisdiele gearbeitet hatte und heute für die Haustechnik des Apartmentgebäudes zuständig war.

Darren Castor wollte gerade Kaffeepause machen, also lud Pine ihn in ein Café um die Ecke ein. Castor war ein hagerer Mann in den Fünfzigern mit vollem grauem Haar und faltigem Gesicht. Er trank seinen Kaffee, während er sich an seine Zeit in der Eisdiele erinnerte.

»Ito Vincenzo«, sagte er lächelnd. »Den Namen hab ich eine Ewigkeit nicht mehr gehört.«

»Haben Sie gern mit ihm zusammengearbeitet?«

»O ja. Hat Spaß gemacht damals. Die Kunden waren immer gut drauf. Kein Wunder, Eiscreme macht nun mal gute Laune. In meinem jetzigen Job höre ich nichts als Beschwerden.«

»Kann ich mir vorstellen.«

»Wir haben richtiges *Gelato* verkauft. Ito war schließlich Italiener. Außerdem Desserts und Gebäck. Er hat alles selbst gemacht. Das Geschäft lief wie geschmiert.«

»Ja, ich habe schon gehört, dass Ito Vincenzo ein guter Koch war.« Pine zog ein Foto Itos hervor, auf das sie bereits in Georgia gestoßen war. »Nur damit wir sicher sind, dass wir über denselben Mann reden.«

Castor betrachtete das Foto und nickte. »Das ist Ito, keine Frage.«

»Kannten Sie auch Teddy, seinen Sohn?«, warf Carol Blum ein.

»Das ist keine erfreuliche Geschichte. Der Junge war immer wieder im Knast, dabei hat Ito sich wirklich Mühe gegeben mit ihm. Aber kaum hat er sich umgedreht, hat Teddy sich Geld aus der Kasse gegrapscht. Ito wollte nie einsehen, dass sein Sohn ein hoffnungsloser Fall war.«

»Wann haben Sie Ito zum letzten Mal gesehen?«, fragte Pine.

»Gute Frage. Ich fürchte, ich kann mich nicht erinnern. Muss sehr lange her sein.«

»Denken Sie in Ruhe nach. Vielleicht können Sie es mit irgendeinem Ereignis in Ihrem Leben in Verbindung bringen. Das hilft manchmal.«

»Nun ja, ich hab mit achtzehn bei ihm angefangen. Das weiß ich noch, weil es gleich nach der Highschool war. Ich hatte mich auf eine Anzeige in der Zeitung gemeldet, wissen Sie. Muss 1985 gewesen sein. Wir hatten jede Menge zu tun, der Laden lief wie geölt, bis … tja, wann war das? Ich hatte dann in der Autowerkstatt angefangen … das war so um 2001 herum.«

»Sie haben also mehr als fünfzehn Jahre in der Eisdiele gearbeitet?«, fragte Blum.

»Nun ja, Eisverkäufer ist vielleicht nicht der qualifizierteste Job der Welt, aber die Zeit verging wie im Flug. Und Ito hat mir 'ne Menge beigebracht. Bei ihm hab ich gelernt, wie man mit Leuten umgeht, was mir später sehr geholfen hat. Man könnte fast sagen, dass wir Partner wurden, Ito und ich. Er hat mich immer gut behandelt. Reich bin ich dabei nicht geworden, aber die Bezahlung war okay, und die Arbeit hat Laune gemacht. Wir hatten Stammkunden ohne Ende. Der Laden war total beliebt und vor allem freitags und am Wochenende rappelvoll. Alles Mundpropaganda. Tja, wir hatten nun mal das beste Eis.«

»Ich habe gehört, dass Ito von einem Tag auf den anderen verschwunden ist«, sagte Pine.

Castor nickte traurig. »Ja, stimmt. Nur deshalb habe ich mir einen anderen Job gesucht. Es war unbegreiflich. An einem Tag war er noch da, am nächsten Tag war er weg, als hätte er sich in Luft aufgelöst. Evie, seine Frau, hat dann versucht, den Laden weiterzuführen. Genau wie Ito war sie eine gute Köchin, vor allem ihr Gebäck war ein Genuss. Ich hab ihr geholfen, so gut ich konnte, aber ich war auf ein gewisses Einkommen angewiesen. Ich meine, ich hatte damals schon Familie. Außerdem wuchs die

Konkurrenz, und die Leute haben nicht mehr so viel Süßes gegessen. Kurz gesagt, das Geschäft lief immer schlechter, bis Evie den Laden verkauft hat.«

»Haben Sie eine Ahnung, was aus Ito geworden ist?«

»Das weiß keiner. Sogar die Polizei hat nach ihm gesucht. Aber soviel ich weiß, hat niemand mehr etwas von ihm gesehen oder gehört.«

»Bevor er verschwand – haben Sie da irgendetwas Ungewöhnliches an ihm bemerkt? War er anders als sonst? Ängstlich? Nervös? Hatte er einen Brief oder einen Anruf bekommen, der ihm zu schaffen machte?«

Castor trank einen Schluck Kaffee, während er über Pines Fragen nachdachte.

»Na ja, ich konnte ja nicht wissen, dass er von einem Tag auf den anderen verschwindet, also hab ich natürlich nicht auf irgendwelche Anzeichen geachtet, die es vielleicht gegeben hat.«

»Trotzdem, vielleicht fällt Ihnen etwas ein.«

Castor schüttelte den Kopf. »Ehrlich, ich wüsste nichts. Tut mir leid. Ist ja auch schon ewig her.«

»Sie haben also in der Eisdiele aufgehört und in einer Autowerkstatt angefangen?«

»Ja. Ich hatte immer schon ein Händchen für Autos. Dann hat auch die Werkstatt dichtgemacht, und ich hab diesen Job hier angenommen.«

»Das heißt, Ito war kurz zuvor verschwunden?«

»Ja. Muss 2001 gewesen sein, da bin ich mir ziemlich sicher.«

»Okay, eine andere Frage: War Ito ein paar Jahre vorher schon mal längere Zeit weg? Genauer gesagt, von Frühling bis Sommer 1989?«

Castor trank seinen Kaffee aus. »1989? Puh, Sie stellen vielleicht Fragen, Lady.«

»Lassen Sie sich Zeit und denken Sie in Ruhe nach«, sagte Pine. »Ich rede hier nicht von ein paar Tagen oder einer Woche, ich rede von mehreren Monaten. Daran müssten Sie sich eigentlich erinnern.«

Plötzlich dämmerte es ihm. »Moment mal, jetzt fällt's mir wieder ein. Ja, genau, das muss tatsächlich 1989 gewesen sein, weil ich damals schon seit vier Jahren bei Ito gearbeitet hatte und weil es das einzige Mal gewesen ist, dass er mehr als ein paar Tage weg war. Er hat gesagt, er fliegt nach Italien – von wegen Besuch in der Heimat und so. Seine Frau ist hier bei den Kindern geblieben. Er war ungefähr zwei Monate weg, vielleicht länger. Wir hatten damals alle Hände voll zu tun. Es war Frühling, das Sommergeschäft stand kurz bevor. Mir war die Sache nicht geheuer, weil ich auf einmal das Eis machen musste. Aber Ito war ein guter Lehrer, und Evie hat auch mitgeholfen, deshalb ist dann doch alles gut gegangen. Trotzdem passte es mir nicht, dass er uns mit allem alleingelassen hat. Hätte er das ein paar Jahre später gemacht, wär's schlecht ausgegangen. Bei der starken Konkurrenz hätten wir die Eisdiele wohl nicht am Leben erhalten können. Aber 1989 ging es noch.«

»Verstehe«, sagte Pine. »Und als er zurückkam?«

»Er hatte jede Menge Sachen aus Italien mitgebracht. Jedenfalls ging danach alles weiter wie zuvor.«

»Bis er endgültig verschwand?«

»Ja. Er kam zurück und führte den Laden weiter wie vorher. Alles lief wieder ganz normal, bis er für immer fortging. Es war jammerschade. Ich hab wirklich gern für ihn gearbeitet. Es hat immer Spaß gemacht. Was ich heute mache, ist bloß ein Job.«

»Haben Sie Itos Bruder Bruno gekannt?«

»Nee, kann ich nicht behaupten. Ich habe natürlich von ihm gehört. Anscheinend war er kriminell, wie Itos Sohn Teddy.

Vielleicht liegt so was wirklich in der Familie. Bruno war aber nie in der Eisdiele … zumindest nicht, dass ich wüsste. Er wurde im Gefängnis umgebracht, stimmt's?«

»Ja. Hat Ito Ihnen erzählt, dass sein Bruder kriminell war?«

»Nein, ich wusste es von Evie. Sie konnte ihn auf den Tod nicht ausstehen. Sie wollte ihn gar nicht im Haus haben. Wahrscheinlich hatte sie Angst, er könnte Teddy beeinflussen. Tja, hat leider nicht viel genützt. Anscheinend werden manche Leute als Verbrecher geboren.«

»Hat Evie ihren Mann irgendwann für tot erklären lassen?«, wollte Blum wissen. »Dafür muss man eine bestimmte Zeit warten – sieben Jahre, glaube ich.«

»Nicht dass ich wüsste, aber da war ich ja längst weg und hab von so was nichts mehr mitgekriegt.«

»Können Sie uns sonst noch etwas sagen? Vor allem über die Zeit, als Ito aus Italien zurückkam«, hakte Pine nach. Sie beugte sich vor und fügte mit angespannter Stimme hinzu: »Kam er Ihnen irgendwie nervös vor? Aufgeregt?«

Castor kratzte sich am Kopf. »Nicht direkt. Aber so genau weiß ich das wirklich nicht mehr. Er hatte mir aus Italien guten Wein mitgebracht. Und Schokolade. So was kannte ich vorher nicht.«

»Er war also wie immer?«, fragte Pine enttäuscht.

Castor dachte noch einen Moment nach. »Warten Sie mal … ich weiß nicht, ob Sie was damit anfangen können, aber an eine Sache erinnere ich mich. Etwas, das Ito kurz nach seiner Rückkehr zu mir gesagt hat.«

»Was?«, fragte Pine aufgeregt.

»Er sagte: ›Man weiß gar nicht, wozu man fähig ist, bis man es irgendwann tun muss.‹ Da hab ich mich natürlich gefragt, wie er auf so was kommt.«

Pine schaute vielsagend zu Carol Blum.

»Hat er nicht gesagt, was er damit meint?«, warf Blum ein.

»Ich weiß noch, dass ich ihn gefragt habe, ob es um etwas geht, was er in Italien tun musste. In einer Situation, die ihn überrascht hätte oder so.«

»Was hat er geantwortet?«

»Dass er nicht überrascht, sondern *schockiert* gewesen sei. Aber er hat nicht gesagt, um was es ging.«

»Das kann ich mir denken«, murmelte Pine. Sie gab Castor ihre Visitenkarte. »Sie haben mir sehr geholfen. Falls Ihnen noch etwas einfällt, rufen Sie mich bitte an oder schicken Sie mir 'ne kurze Mail.«

9

John Puller war kein Mann, der sich leicht einschüchtern ließ. Als hochdekorierter Soldat, der zweimal mit dem Purple Heart ausgezeichnet worden war, hatte er aus dem Krieg so manche Narbe mitgebracht, die er mit gewissem Stolz trug, obwohl sie hässlich wie die Nacht war. Viel schwieriger war es, mit den psychischen Folgeerscheinungen fertigzuwerden, die man davontrug, wenn man miterleben musste, wie Menschen einander töteten, oft auf barbarische Weise. Puller zog es vor, diese Erinnerungen in die hintersten Winkel seines Bewusstseins zu verbannen. Die Frage war, ob sie ihn eines Tages heimsuchen würden, wie es anderen vor ihm passiert war. Doch vorläufig galt seine ganze Konzentration seiner Arbeit, die ihm derzeit einigen Stress verursachte. Einer der Gründe dafür war der Mann, der ihm gegenübersaß.

Barney Moss war größer als Puller, setzte aber Fett an, und seine Haut zeigte eine kränkliche Blässe. Sein brauner Anzug saß schlecht – sei es, weil er trotz seines Übergewichts abgenommen hatte, oder weil ihm gut sitzende Kleidung schlichtweg schnuppe war. Mit seiner strähnigen Überkämmfrisur wirkte er wie ein Schurke aus einem drittklassigen Film aus den Siebzigern. Sein Schlips war gelockert, und sein offener Hemdkragen ließ die Fettpolster am Hals sehen. Als Vertreter der Regierung in Fort Dix war er im Prinzip ein Kollege John Pullers, doch schon nach einer knappen Minute in seinem Büro hätte Puller am liebsten zur Waffe gegriffen.

»Nur damit das *sonnenklar* ist, Puller, Sie werden nicht mehr mit Teddy Vincenzo sprechen, aus welchem Grund auch immer«, betonte Moss nun schon zum dritten Mal. Für ihn war Wiederholung anscheinend gleichbedeutend mit inhaltlicher Substanz. »Tun Sie es dennoch, wird es schwerwiegende Folgen für Sie haben.«

Er starrte über den billigen Schreibtisch hinweg wie über ein Schlachtfeld, als wäre Puller der Feind, den es zu attackieren galt.

Puller räusperte sich und neigte den Hals leicht nach rechts, um den Nacken zu entspannen, was sich in einem leisen Knacken äußerte.

»Okay, dann möchte ich auch etwas *sonnenklar* festhalten, Mr. Moss. Ich ermittle in einem aktuellen Fall und befrage jeden, der für die Ermittlung von Bedeutung ist. Teddy Vincenzo *ist* von Bedeutung.« Puller starrte dem Mann fest in die Augen, um seinen Worten größtmöglichen Nachdruck zu verleihen. »Und obwohl Sie mich hierher *beordert* haben, ist mir schleierhaft, was Sie mit der Sache zu tun haben. Sie gehören nämlich nicht meiner Befehlskette an. Was wiederum bedeutet, dass ich in keiner Weise verpflichtet bin, Ihre Anweisungen zu befolgen. Das heißt, ich bin aus reiner Höflichkeit hier. Ich weiß nicht, ob Ihnen das etwas sagt.« Er stockte einen Moment und fügte hinzu: »Nur damit das *sonnenklar* ist.«

Moss seufzte und legte beide Hände auf seinen beträchtlichen Wanst. »So sehen Sie das also?«

»Ich wüsste nicht, wie man es anders sehen könnte.«

»Sie glauben nur, was Ihnen einer Ihrer Kumpel sagt, die irgendwo in der Wüste Krieg spielen, was?«, erwiderte er mit einem spöttischen Lächeln. »Sie würden diese Anweisung lieber von jemandem bekommen, der hübsche Orden an der Jacke hat?«

Pullers Gesichtsausdruck blieb neutral, obwohl er innerlich kochte. »Wenn es neue Anweisungen gibt, will ich sie von meinen Vorgesetzten hören. Meine Befehlskette reicht bis hinauf zum Chef der Militärstrafverfolgungsbehörde und zum Provost Marshal General der Army.« Puller legte den Kopf schief und musterte Moss eingehend. »Können Sie mir sagen, von wem *Sie* Ihre Anweisung haben?«

»Welche Anweisung?«

»Mir diesen Blödsinn zu erzählen.«

»Sorry, aber Sie sind nicht befugt, mehr zu erfahren, als ich Ihnen mitgeteilt habe.«

»Da irren Sie sich. Ich verfüge über eine Top-Secret-Sicherheitsfreigabe. Wie steht's mit Ihnen?«

Puller schaute zur Wand gegenüber, die mit Fotos behangen war. Sie zeigten allem Anschein nach Lokalpolitiker, Wirtschaftsbosse und ein paar Bundespolitiker, die Puller erkannte. Sie schüttelten Hände und lächelten in die Kamera, wie es von gewählten Volksvertretern erwartet wurde. Puller wusste nicht einmal, ob es überhaupt Moss' Büro war. An der Tür hing kein Namensschild.

»Das geht Sie nichts an«, erwiderte Moss gehässig.

»Für jemanden, der anscheinend so gut Bescheid weiß, können Sie mir erstaunlich wenig sagen.«

»Treiben Sie es nicht zu weit!«, blaffte Moss. »Glauben Sie, Sie sind was Besonderes, weil Sie eine Uniform tragen?«

Puller erhob sich und schaute auf den Mann hinunter. »Ich habe Besseres zu tun, als hier meine Zeit zu vergeuden.«

Moss deutete anklagend mit dem Finger auf ihn. »Sie arbeiten für die Regierung und haben Anweisungen zu befolgen, ist das klar? Und hier *ist* Ihre Anweisung: Halten Sie sich von den Vincenzos fern.«

Puller zuckte zusammen. »Das gilt jetzt also nicht mehr nur für Teddy, den Vater, sondern auch für Tony, den Sohn?«

Moss schien seine Bemerkung zu bereuen – nicht wegen ihrer Schroffheit, sondern weil er möglicherweise zu viel gesagt hatte. Er nahm sich zusammen und fügte etwas ruhiger hinzu: »Sie werden schon noch merken, dass ich keine leeren Drohungen ausspreche.«

Puller ging hinaus und schloss die Tür, auch wenn er sie am liebsten zugeknallt hätte.

Diese Genugtuung gibst du dem Idioten nicht.

Als Puller das Regierungsgebäude verließ, sah er dunkle Gewitterwolken über den Delaware River hinwegziehen.

Es passte zu seiner Stimmung.

Bevor er zu seinem Auto ging, rief er Pine an und berichtete ihr vom Gespräch mit Moss.

»Was zum Teufel geht da vor sich?«, fragte Pine. »Was steckt dahinter?«

»Teddy meinte, dass sein Sohn sich in etwas reingeritten hat, das ihm über den Kopf gewachsen ist. Vielleicht stecken genau die Leute dahinter, die mich zu Moss zitiert haben.«

»Aber das hieße, dass diese Drahtzieher enge Verbindungen zu Regierungsbehörden haben.«

»Für manche Politiker gehört Korruption zum Alltagsgeschäft. Dem Land zu dienen wird da Nebensache.«

»Nun ja, denkbar wäre es schon, dass Tony Vincenzo oder die Leute, mit denen er zusammenarbeitet, Verbindungen zu einflussreichen Kreisen haben.«

»Wir müssen nur herausfinden, wer diese Leute sind. Wie wär's, wenn wir unsere nächsten Schritte bei einem gepflegten Abendessen besprechen?«

»Hört sich gut an.«

Puller schlug Zeit und Ort vor.

»Einverstanden«, antwortete Pine. »Aber wir müssen vorsichtig sein, John. Dieser Moss mag ein kleiner Fisch sein, aber er hat garantiert Leute hinter sich, die über Macht und Einfluss verfügen.«

»Das ist einer der Gründe, warum ich diese Flachzange nicht über den Haufen geschossen habe. Wir sehen uns heute Abend.«

10

Pine duschte, schlüpfte in Jeans und Sweater, schob ihre Waffen in die beiden Holster und steckte Dienstmarke und Ausweis in ihre Handtasche, ehe sie sich im Spiegel betrachtete.

Ich sehe wirklich aus wie Mom.

Tatsächlich ähnelte sie Julia, ihrer Mutter, die Atlee eines Tages sang- und klanglos im Stich gelassen hatte. Nicht gerade mütterlich, der eigenen Tochter einen Zettel mit einer kurzen Nachricht zu hinterlassen, sie, Julia, müsse »neu anfangen«, und dann spurlos zu verschwinden. Sie hatte Atlee nur genug Geld hinterlassen, um ihre Ausbildung zu beenden. Es war ein Schatten, der Pines Gefühle für ihre Mutter trübte. Was mochte aus Julia geworden sein? Ihr Schicksal war genauso ungeklärt wie das von Mercy. Wo steckten die beiden? Falls sie überhaupt noch lebten.

Erst wird Mercy entführt, dann jagt Dad sich an deinem Geburtstag eine Kugel in den Kopf, und dann lässt Mom dich im Stich, als du sie am dringendsten brauchst. Das Schicksal meint es wirklich gut mit dir, Atlee Pine.

Pine fuhr zu dem italienischen Restaurant in einem Vorort von Trenton, das Puller vorgeschlagen hatte. Er erwartete sie bereits im kleinen Foyer. Er trug Jeans, ein T-Shirt, einen grauen Pulli mit V-Ausschnitt und darüber eine Windjacke.

Der Kellner führte sie zu einem Tisch im hinteren Bereich des

Restaurants, worum Puller ausdrücklich gebeten hatte. Er setzte sich mit dem Rücken zur Wand, wie Pine selbst es gern tat.

Inneneinrichtung und Dekoration waren auf Italienisch getrimmt, wie in vielen Restaurants dieser Art. Aus alten Chianti-Flaschen rankten sich Weinreben aus Plastik; die Wände wurden von gerahmten Fotos geziert, die Jachten und Badestrände am Mittelmeer zeigten, und Tischtücher und Speisekarten waren in den italienischen Nationalfarben Grün, Weiß und Rot gehalten.

Sie bestellten italienisches *Birra* der Marke Peroni, griechischen Salat und dazu eine Pizza, die sie sich teilten. Einer berufsmäßigen Gewohnheit folgend, hatten sie bereits die übrigen Gäste begutachtet und nach möglichen Ausgängen Ausschau gehalten – Vorsichtsmaßnahmen, die sinnvoll waren in einer Zeit, in der jeder öffentliche Raum zum Schauplatz einer Schießerei oder eines Amoklaufs werden konnte.

»Ich hab dich noch gar nicht gefragt, wie es deinem Bruder und deinem Vater geht«, begann Pine.

»Bobby geht es sehr gut. Er ist für die Cyber-Sicherheit des Landes mitverantwortlich.«

»Und dein Dad?«

Johns Vater, ein pensionierter Drei-Sterne-General, war in der Army als »Durchbruch-Puller« berühmt; ein Haudegen, der mit Orden und Auszeichnungen überhäuft worden war. Heute litt er an Demenz und war in einem Veteranenkrankenhaus untergebracht.

»Er hält sich tapfer. Durchhalten war immer schon seine Devise. Und bei dir? Wie ist es in Arizona?«, fragte Puller.

»Heiß und trocken.«

Puller lachte.

»Und du?«, wollte Pine wissen. »Immer noch in Virginia?«

»Ja, aber ich bin die meiste Zeit unterwegs.«

»Unsere Jobs lassen einem nicht gerade viel Freizeit, was?«

»Stimmt. Machst du immer noch Gewichtheben? Und Mixed Martial Arts?«

Als Studentin hätte Pine beinahe den Sprung ins Olympiateam der US-Gewichtheberinnen geschafft. Am Ende hatte ein lumpiges Kilo gefehlt. Außerdem trug sie den schwarzen Gürtel in mehreren Kampfsportarten und hatte sogar schon Mixed-Martial-Arts-Kämpfe bestritten, bei Frauen eher eine Seltenheit.

»Das Gewichtheben trainiere ich noch, um in Form zu bleiben, und fürs Kämpfen werde ich langsam zu alt.« Lächelnd fügte sie hinzu: »Obwohl der Über-Kopf-Kick noch ganz gut klappt.«

Puller erwiderte das Lächeln. »Glaub ich dir unbesehen. Okay, zurück zum Thema. Ich habe versucht, etwas über diesen Moss in Erfahrung zu bringen. Viel gibt's nicht über den Kerl. Wahrscheinlich ist er noch nicht lange in seinem Job.«

»Stimmt«, sagte Pine.

»Wieso?« Puller musterte sie erstaunt. »Hast du etwas über ihn herausgefunden?«

Sie nickte. »Ich habe ein paar alte Bekannte kontaktiert. Bis vor einem Jahr war Moss ein gefragter Anwalt in Manhattan. Dann hat er sich einer Lobbying-Firma angeschlossen und ist von dort zur Bundesgefängnisbehörde gewechselt. Heute ist er Chef der Region Nordost und damit für Fort Dix zuständig.« Sie stockte einen Moment. »Hat er dir das nicht gesagt? Stand es nicht an seiner Bürotür?«

»Weder noch. Möglicherweise war es gar nicht sein Büro. An den Wänden hingen Fotos, aber Moss war auf keinem davon zu sehen. Wahrscheinlich arbeitet er gar nicht von Trenton aus. Er war einfach nur der am nächsten postierte Kampfhund, den sie mir auf den Hals hetzen konnten.«

»Interessant«, meinte Pine.

»Vor allem ärgerlich. Jedenfalls hält er nicht viel vom Militär.«

»Warum bist du überhaupt zu ihm gegangen?«

»Weil man mich angerufen und mir gesagt hat, ich soll mich mit ihm treffen.«

»Wer hat dir das gesagt?«

»Ein Vorgesetzter in der CID. Ich glaube, es war ihm unangenehm, aber er hat keinen Zweifel daran gelassen, dass ich die Anweisung zu befolgen habe.«

»Und dieser Moss hat angeordnet, dass du die Finger von Vincenzo lassen sollst.«

Puller nickte. »Worauf ich ihm klargemacht habe, dass er nicht befugt ist, eine solche Anordnung zu erteilen.«

»Die Bundesgefängnisbehörde ist dem Justizministerium unterstellt«, gab Pine zu bedenken.

»Trotzdem gehört er nicht meiner Befehlskette an«, hielt Puller dagegen.

»Aber das Justizministerium kann dir große Schwierigkeiten machen.«

»Bis jetzt hat sich noch keiner bei mir gemeldet.« Puller zuckte mit den Schultern. »Das werte ich mal als gutes Zeichen. Meine Vorgesetzten wollen die Typen fassen, die hinter dem Drogenring stehen, für den Tony Vincenzo arbeitet. Wie gesagt, die verkaufen das Zeug auch an Soldaten. Und wenn Soldaten Drogen weiterverticken, machen sie sich erpressbar gegenüber Feinden der USA. Es ist also durchaus eine Sache der nationalen Sicherheit. Wenn das Justizministerium gegenüber dem Verteidigungsministerium argumentiert, dass es ein höheres Interesse gibt als den Schutz des Landes, dann wüsste ich wirklich gerne, was das sein soll.«

»Und letztlich stehen ja auch die Politiker immer hinter dem Militär, zumindest in der Öffentlichkeit, also könntest du nicht nur das Recht, sondern auch die nötige Macht auf deiner Seite haben.«

»Ja, vielleicht«, meinte Puller. »Hast du schon irgendwas über deine Mom und deine Schwester herausgefunden?«

Pine erzählte ihm, was sie in dem Karton in Evie Vincenzos Kleiderschrank gefunden hatte, und berichtete ihm auch von ihrem Gespräch mit Darren Castor, der jahrelang in Itos Eisdiele gearbeitet hatte.

»Also war Ito tatsächlich in Georgia und hat deine Schwester entführt?«

»Sieht ganz danach aus.«

»Und das Motiv? Rache für seinen Bruder Bruno?«

»So muss es wohl gewesen sein.«

»Und Ito hat diesem Castor erzählt, dass er selbst schockiert war von dem, was er getan hat?«

»Anscheinend. Bleibt die Frage, was er damit gemeint hat. Dass er ein sechsjähriges Mädchen halb totgeschlagen hat oder dass er …« Pine konnte es nicht aussprechen: *Oder dass er meine Schwester ermordet hat.*

Puller spürte, was in ihr vorging, und nahm ihre Hand. »Eins habe ich in all den Jahren gelernt: Man sollte zwar auf das Schlimmste gefasst sein, darf die Hoffnung aber niemals aufgeben. Solange man nicht *alles* weiß, weiß man im Grunde gar nichts. Und es gibt keinen handfesten Beweis, dass deine Schwester umgebracht wurde, oder?«

»Stimmt, den gibt es nicht«, räumte Pine ein und fühlte sich erst jetzt wieder imstande, Puller in die Augen zu schauen. Sie spürte, wie das Adrenalin in ihren Adern brodelte und versuchte zu verbergen, dass sie tief durchatmete, um sich zu beruhigen. Sie wollte Puller nicht den Eindruck vermitteln, ihre Nerven nicht im Zaum zu haben.

»Okay, dann müssen wir von der Annahme ausgehen, dass Mercy am Leben ist«, meinte er.

»Obwohl du so gut wie ich weißt, dass diese Annahme nicht die wahrscheinlichste ist.«

»Ich weiß aber auch, wie oft ich das Wahrscheinlichste angenommen habe und total danebenlag. Was Ito mit Mercy gemacht haben könnte, ist völlig offen. Und nach dem, was du über ihn weißt, war er kein gewalttätiger Bastard, im Gegensatz zu seinem Bruder. Ito hat eine Eisdiele betrieben.«

»Alle, die ich befragt habe, beschreiben ihn als netten Kerl … und ganz normal.«

Puller ließ ihre Hand los. »Es ist nicht so einfach, jemanden zu töten, Atlee. Das wissen wir beide. Und am schwersten ist es, ein Kind umzubringen.«

Pine fasste sich an die Stelle, wo Ito ihr vor dreißig Jahren den Schädel gebrochen hatte. »Mich *hätte* er beinahe getötet.«

»Und genau das könnte deine Schwester gerettet haben. Er hätte dich umbringen können, aber nachdem er zugeschlagen hat, ist er abgehauen, ohne zu wissen, ob du noch lebst.«

Pine schwieg, sodass Puller fortfuhr: »Und was diesen Kinderreim betrifft, ist auch noch alles offen. Teddy hat dir keinen Hinweis gegeben, der darauf schließen ließe, was Ito getan haben könnte, nachdem er Mercy entführt hatte.«

»Ja, stimmt.«

»Der Abzählreim deutet darauf hin, dass er unschlüssig war. Ich stelle mir Ito als jemand vor, der sich vorgenommen hatte, etwas zu tun, was er gar nicht tun wollte.«

»Du sagst das nicht bloß, um mir Mut zu machen?«

»Das würde ich in so einem Fall nie tun. Es wäre grausam.« Er hielt einen Moment inne und tippte mit dem Finger ans Bierglas. »Die Frage ist doch, warum hat Ito überhaupt eine Wahl getroffen? Warum hat er euch nicht beide auf der Stelle umgebracht? Dass er Mercy mitgenommen hat, war riskant. Mit einem kleinen Kind zu fliehen ist gar nicht so einfach.«

Pine schüttelte den Kopf, nicht wirklich überzeugt von seiner Argumentation. »Er hat noch viel mehr getan als das. Am nächsten Morgen hat er meinen Vater beschuldigt, eine seiner Töchter halb totgeschlagen und die andere umgebracht zu haben.«

»Es ging nicht um deine Mutter, an der Ito sich rächen wollte, weil Bruno ihretwegen im Gefängnis gelandet ist? Gegen deinen Vater hatte er doch nichts, oder?«

»Mom war bei mir im Krankenhaus. Dad war gerade verfügbar, also hat Ito ihn angegriffen. Ein paar Jahre später hat Dad sich das Leben genommen, wahrscheinlich, weil er sich die Schuld an dem gab, was damals passiert war. Er hat sich an meinem Geburtstag erschossen.«

»Verdammt, das hab ich nicht gewusst«, sagte Puller leise.

»Ich habe es nicht vielen erzählt.«

Erneut griff er nach ihrer Hand. »Das tut mir wahnsinnig leid, Atlee.«

Ihre Salate und die Pizza wurden serviert. Sie aßen ein paar Minuten schweigend, bestellten sich ein zweites Bier und tranken es gemächlich, während das Restaurant sich allmählich leerte.

»Wie gefällt es dir eigentlich in Arizona?«, fragte Puller schließlich in das Schweigen hinein.

»Ich fühle mich dort wohl.«

»Du bist die einzige Agentin in der Gegend?«

»So sieht's aus. Die nächsten FBI-Leute sind in Flagstaff stationiert. Außerdem gibt es Dienststellen in Tucson, Lake Havasu City und natürlich in Phoenix. Aber für das Alltagsgeschäft am Grand Canyon bin ich allein zuständig.«

»Du hast keine Unterstützung?«

»O doch. Ich habe die beste Assistentin des FBI – Carol Blum. Sie unterstützt mich übrigens auch hier.« Pine legte die Gabel ab. »Also, wie soll es jetzt weitergehen?«

»Ich versuche erst mal, Tony zu finden. Und was Teddy betrifft, habe ich auch noch nicht aufgegeben. Er weiß wahrscheinlich ein paar Dinge, die uns weiterhelfen würden. Vielleicht sogar, wo Ito sich aufhält.«

»Wie willst du an Tony herankommen?«

»Auf jeden Fall mit aller Vorsicht. Ich muss mir nicht auch noch Ärger mit dem Justizministerium einhandeln.«

»Ich wüsste zu gern, warum sich überhaupt eine andere Behörde für die Sache interessiert.«

»Du weißt ja, ein Bürokrat genügt, um unsereins das Leben schwer zu machen.«

Sie teilten sich die Rechnung, obwohl Puller alles übernehmen wollte.

»Das wäre das Mindeste, Atlee.«

»Ich hab dir den Einsatz vermasselt. Eigentlich müsste ich dich den ganzen nächsten Monat zum Essen einladen.«

»Gute Idee«, sagte er mit einem Lächeln.

Sie gingen nach draußen.

»In welchem Hotel wohnst du?«, fragte Pine.

»In einem kleinen Motel ein paar Meilen von hier. Wir sind gerade ein bisschen knapp mit Fahrzeugen, darum hat Ed McElroy mich hier abgesetzt. Er holt mich auch wieder ab.«

»Ich kann dich fahren«, erbot sich Pine.

Puller deutete auf ein grünes Auto mit offiziellem Kennzeichen, das wenige Meter entfernt am Straßenrand parkte. McElroy lehnte am Kotflügel.

»Er ist schon da.«

Sie gingen auf den CID-Agenten zu.

»Wie war das Essen?«, fragte McElroy und kam ihnen entgegen.

Bevor Puller antworten konnte, geschah es.

McElroy wurde mit Wucht nach vorn gerissen, als eine Kugel ihn in den Rücken traf und zu Boden schleuderte.

11

Puller und Pine duckten sich hinter den Wagen, als auch schon die nächsten Schüsse fielen. Ein Projektil zertrümmerte ein Seitenfenster, ein zweites traf den Rahmen der Windschutzscheibe und jagte scharfkantige Metallsplitter in sämtliche Richtungen.

Puller und Pine zogen ihre Waffen und erwiderten das Feuer, das aus einer Seitengasse zu kommen schien.

Passanten hatten sich vor Schreck auf den Boden geworfen. Einige stießen panische Schreie aus, andere krochen irgendwo in Deckung.

Als keine Schüsse mehr fielen, eilte Puller zu McElroy und tastete vergeblich nach dem Puls. Die Pupillen des CID-Agenten waren starr und glasig.

Puller fluchte, alarmierte den Notruf und berichtete, was sich zugetragen hatte. Dann steckte er das Handy weg und wandte sich Pine zu. »Du bleibst hier bei ihm. Ich verfolge den Schützen.«

»Aber nicht allein.«

»Keine Diskussionen. Einer muss bei McElroy bleiben.« Er spähte über die Motorhaube. »Gib mir Deckung.«

Er rannte über die Straße, während Pine ihre Waffe auf die Seitengasse richtete.

Als Puller in die Gasse einbog und aus ihrem Blick verschwand, ging Pine zu einem älteren Mann in der Uniform eines privaten Sicherheitsdienstes, der sich hinter einem Hydranten in Deckung geworfen hatte. Sie zeigte ihm ihre Dienstmarke, forderte ihn auf, sich um die Passanten zu kümmern und bei dem Toten zu bleiben, bis die Polizei eintraf. Dann folgte sie Puller mit schnellen Schritten.

An der Gassenmündung verharrte sie einen Moment lang, ließ den Blick schweifen. Die Gasse war schummrig beleuchtet, dennoch konnte sie Pullers Umrisse in etwa fünfzehn Meter Entfernung neben einem Container erkennen. Er entdeckte Pine und gab ihr mit hektischen Gesten zu verstehen, kehrtzumachen.

Sie winkte ab, deutete nach vorn in die schummrige Gasse.

Puller hob einen Finger und zeigte erst auf sie, dann auf die Stelle neben sich.

Pine reckte zur Antwort den Daumen hoch. *Verstanden.* Die Gasse war still und dunkel und bot zahlreiche Möglichkeiten, ihnen aufzulauern. Extreme Vorsicht war geboten.

Auf Pullers Zeichen sprintete Pine los und ließ sich neben ihm zu Boden fallen.

»Verflixt noch mal, du solltest bei McElroy bleiben!«, fuhr er sie mit gedämpfter Stimme an. »Ich gebe nicht zum Spaß Befehle.«

»Falls es dir entgangen ist«, fauchte sie zurück, »ich bin nicht bei der verdammten *Army*.«

Sein Zorn verflog so schnell, wie er aufgelodert war. »Hast recht. Sorry. Aber McElroy …«

Pine fiel ihm ins Wort und berichtete, wie sie dafür gesorgt hatte, dass der Tatort und McElroys Leichnam gesichert waren. »Und jetzt sag mir, was hier los ist.«

»Schritte«, antwortete Puller im Flüsterton. »Eine einzelne Person, etwa dreißig Meter vor uns. Er oder sie hat die Position bisher nicht gewechselt. Es wurde auch keine Tür geöffnet und kein Motor angelassen.«

»Dann ist er noch in der Nähe. Vielleicht ist es ja eine Sackgasse.«

»Was macht er in einer Sackgasse?«, fragte Puller verwirrt.

»Gute Frage.«

Puller entdeckte eine Leiter an einer Ziegelwand und schaute nach oben.

»Da, die Leiter. Ich steig rauf. Du bleibst hier.«

»Was hast du vor?«

»Die erhöhte Position ausnutzen. In einer Situation wie dieser ist sie ein Vorteil.«

Er sprintete los und stieg rasch und nahezu lautlos die Sprossen hinauf. Pine beobachtete ihn, bis er das Dach erreichte und sich über die Kante schwang. Dann sprang sie auf, eilte zum nächsten Haus weiter, spähte nach oben und sah, wie Puller mühelos auf das benachbarte Dach sprang. Zwischen den Häusern verliefen schmale Gassen; zwei davon waren mit Maschendrahtzäunen und Toren versperrt. Pine rückte weiter vor und erkannte, dass der nächste Durchgang tatsächlich eine Sackgasse war.

Drei Häuser weiter blieb sie stehen. Ihr Handy summte.

Eine Nachricht von Puller.

Die Sackgasse. Er ist hinter den Mülltonnen. Scheuch ihn aus der Deckung.

Pine tastete sich vorwärts, spähte zu der Reihe schmutziger Mülltonnen und hob den Blick. Sie erkannte einen Schatten, der einen Hauch dunkler war als die nächtliche Umgebung. Puller. Er hatte seine Pistole nach unten auf den Unbekannten gerichtet.

Pine ging in die Hocke, hob ihre Waffe, zielte auf die Mülltonnen und rief: »FBI! Kommen Sie raus, die Hände hinter dem Kopf verschränken. Na los!«

Pine sah, wie eine Tonne sich leicht bewegte, wusste aber nicht, was es zu bedeuten hatte. Vor allem stellte sich die Frage, weshalb der Unbekannte McElroy erschießen und danach in eine Sackgasse flüchten sollte. Es ergab keinen Sinn.

»Kommen Sie raus! Letzte Warnung – sonst eröffnen wir das Feuer!«

Es war ein Bluff. Pine würde gegen eine Grundregel des FBI verstoßen, wenn sie die Waffe einsetzte, ohne selbst bedroht zu werden. Doch die Zielperson wusste das nicht.

Pine richtete ihre Pistole auf die schattenhafte Gestalt, die sich langsam hinter den Mülltonnen aufrichtete.

Es war ein junger Bursche. Schwarz, schmächtig, am ganzen Körper zitternd, was die Bewegung der Tonne zuvor erklärte. In der rechten Hand hielt er eine Pistole, die Pine aufmerksam fixierte. Sobald die Waffe keine Gefahr mehr darstellte, konnte sie den Jungen festnehmen.

»Die Waffe fallen lassen«, befahl sie. »Wird's bald?«

Der Junge schaute sich verzweifelt um, als könne er selbst nicht glauben, dass er in diese Situation geraten war.

»Nicht schießen!«, rief er.

»Wir schießen nicht, wenn Sie die Waffe niederlegen«, erwiderte Pine.

»Ich hab nix getan.«

»Legen Sie die Waffe weg, dann reden wir.«

Er schüttelte den Kopf. »Das glaubt mir sowieso keiner.«

Pine wurde ungeduldig. »Ich höre Ihnen zu, wenn Sie tun, was ich sage. Versprochen.«

»Nee, Lady, das geht nicht. Wir sitzen in der Patsche.«

»Sie machen es nur schlimmer, wenn Sie nicht endlich die Waffe weglegen.«

Der junge Bursche schien darüber nachzudenken, konnte sich aber nicht entscheiden.

»Wie heißt du, Junge?«, versuchte Pine es auf andere Weise.

»Jerome. Jerome Blake.«

»Okay, Jerome. Ich bin Agentin Pine. Leg die Waffe weg, und wir reden. Dann erzählst du mir, was passiert ist, okay?«

Jerome zitterte, Tränen liefen ihm übers Gesicht. »Sie verstehen das nicht, Lady.«

»Ich werd's versuchen.«

Er wedelte mit der Hand, in der er die Pistole hielt. »Bitte, ich …«

Ein Schuss krachte.

»Nein!«, schrie Pine.

Jerome starrte sie mit weit aufgerissenen Augen an, als könne er nicht begreifen, warum da plötzlich ein Einschussloch in seiner Brust war.

Pine schaute zum Dach hinauf. Sie konnte Puller nicht mehr sehen, doch es war undenkbar, dass er aus seiner Position den Schuss abgefeuert hatte.

Hastig wandte sie sich wieder Jerome zu, der langsam nach vorn kippte, auf die Mülltonnen fiel und dann auf den schmutzigen Asphalt prallte.

Im nächsten Moment stürmte ein Cop mit gezogener Pistole an Pine vorbei. Er war Mitte vierzig, groß und breitschultrig, mit dunklem Haar und schwarzen Augenbrauen. Er kniete sich neben Jerome, tastete nach einem Puls, drehte sich zu Pine um und schüttelte den Kopf.

»Er ist tot. Er hätte auf Sie geschossen, Ma'am.«

»Das glaube ich nicht.«

Der Cop richtete seine Waffe auf die Leiter, die Puller soeben herunterkletterte.

»Stehen bleiben!«, blaffte der Cop.

»Er gehört zu mir!«, rief Pine. »Ich bin vom FBI, er ist von der Army CID.«

»Zeigen Sie mir Ihre Ausweise«, forderte der Cop sie beide auf.

Er checkte ihre Papiere und Dienstmarken und gab sie ihnen zurück. »Wir haben einen Notruf reinbekommen, dass hier Schüsse gefallen sind und jemand getroffen wurde«, erklärte er dann. »Und dass der Täter entkommen ist.«

»Der Notruf war von uns«, sagte Pine.

»Wer ist der Tote drüben an der Straße?«

»Ein Agent der CID, Ed McElroy.«

»CID? Warum zum Henker sollte der Junge einen CID-Mann erschießen?«, fragte der Cop.

»Wenn ich das wüsste«, erwiderte Puller grimmig. »Aber ich werde es herauskriegen.«

12

»Was bin ich froh, dass Ihnen nichts passiert ist«, meinte Carol Blum.

Sie saß in Pines Zimmer und hatte gerade erfahren, was sich an diesem Abend zugetragen hatte.

Pine hatte die Jacke ausgezogen und aufs Bett geworfen. Mit gesenktem Blick kauerte sie auf der Bettkante. »Ja, aber zwei Menschen sind gestorben – ein CID-Agent und ein Junge, vielleicht sechzehn Jahre alt.«

»Immerhin hat der Junge einen Mord begangen. Aber warum hat er McElroy erschossen?«

»Das frage ich mich auch. Vielleicht hatte er es in Wahrheit auf mich und Puller abgesehen. Könnte sein, dass McElroy das Pech hatte, in die Schusslinie zu treten. Als ihn die Kugel traf, kam er gerade auf uns zu.«

»Ja, klingt plausibel. Sie ermitteln in einem Fall, der anscheinend ein paar Leute nervös macht. Vielleicht gehört der Täter zu Tony Vincenzos Drogenring.«

»Der Junge, dieser Jerome Blake … er hatte Angst, Carol. Es war eine seltsame Situation. Ich weiß nicht, wie ich es erklären soll.«

»Kümmern sich die hiesigen Cops um den Fall?«

»Ja, aber die Sache geht auch Puller an. Immerhin war das Opfer einer seiner Agenten.«

»Was hat Jerome zu Ihnen gesagt?«

»Dass er in der Patsche sitzt und keiner ihm glauben würde.«

»*Was* glauben?«

»Das konnte er mir nicht mehr sagen.« Pine schüttelte den Kopf. »Aber da war etwas in seinem Blick … ich weiß auch nicht. Es passte irgendwie nicht zu der Situation. Jerome schien nicht die leiseste Ahnung zu haben, wie er da reingeraten ist. Er schien nicht mal zu wissen, wie man eine Pistole hält.«

»Was wollen Sie jetzt tun?«

»Wahrscheinlich hat der Junge Angehörige in dieser Gegend. Vielleicht können wir mit ihnen sprechen.«

»Das machen doch sicher die hiesigen Cops. Kämen wir denen nicht in die Quere?«

»Anzunehmen«, räumte Pine ein.

»Außerdem sehe ich nicht, was das alles mit dem Verschwinden Ihrer Schwester zu tun haben könnte.«

»Wahrscheinlich gar nichts«, gab Pine zu, doch ihre Augen funkelten vor Entschlossenheit.

»Oha, den Blick kenne ich«, meinte Blum.

»Der Junge wurde direkt vor meinen Augen erschossen, Carol. Ich weiß, so etwas passiert heute jeden Tag irgendwo in den USA. Ich habe es auch nicht zum ersten Mal erlebt. Aber irgendetwas an der Sache stinkt zum Himmel, auch wenn ich Ihnen nicht sagen kann, was es ist.«

»Sie haben schon in Andersonville die Suche nach Mercy unterbrochen, um sich mit einer Mordserie zu beschäftigen.«

»Und geholfen, sie aufzuklären. Trotzdem habe ich eine Menge über das Schicksal meiner Schwester herausgefunden. Ich bin es gewohnt, mich mit zwei Dingen gleichzeitig zu beschäftigen, Carol. Das sollten Sie doch am besten wissen.«

»Ja, aber …«

»Carol, ich bin FBI-Agentin geworden, weil ich dafür sorgen

will, dass Leute, die das Leben anderer zerstören, zur Rechenschaft gezogen werden. Und den Angehörigen der Opfer möchte ich helfen, ein bisschen Frieden zu finden, also genau das …« Pine stockte, beugte sich vor und starrte auf den Boden.

»Genau das«, sagte Blum, »was Ihnen selbst bislang verwehrt blieb.«

Pine stieß einen tiefen Seufzer aus. »Ich kann nicht einfach wegsehen und untätig bleiben. Das kann ich nicht.«

»Also gut. Dann lassen Sie uns herausfinden, wo Jeromes Familie lebt, und den Leuten ein paar Fragen stellen.«

»Dobbs würde der Schlag treffen, wenn er wüsste, dass ich mich schon wieder in einen Mordfall einmische. Er will, dass ich so schnell wie möglich zurückkomme.«

»Der gute Mr. Dobbs wird wohl ein bisschen warten müssen.«

»Es gefällt mir gar nicht, dass ich Sie da hineinziehe, Carol. Sie arbeiten genauso fürs FBI wie ich und haben nichts mit der Sache zu tun.«

»Es war meine freie Entscheidung, Sie auf dieser Mission zu begleiten. Wenn mir etwas wichtig erscheint, bin ich dabei. Das war bisher so und wird immer so bleiben.«

»Das hier übersteigt Ihre Pflichten bei Weitem.«

»Sie sind nicht bloß meine Chefin, sondern auch eine gute Freundin, Agentin Pine.«

Pine schaute sie an. »Können Sie nicht *endlich* Atlee zu mir sagen?«

»Dafür bin ich zu lange beim FBI. Gewisse Verhaltensmuster kann ich einfach nicht mehr ablegen. Also, wie sollen wir die Angehörigen von Jerome Blake ausfindig machen?«

»Ich kann Superman anrufen.«

»Superman?«

»John Puller. Der Mann, der über Dächer springt.«

13

Am Nachmittag des nächsten Tages machten sie sich auf den Weg zu Jerome Blakes Mutter. Sie wohnte in einem alten Viertel von Trenton, das sich jedoch im Zuge einer Gentrifizierung immer mehr veränderte. Viele Gebäude wurden saniert und verloren ihren alten Charme; in den Auffahrten von Häusern, die man bereits von Grund auf renoviert hatte, standen teure neue Autos.

»Ist ja ganz schön, dass neues Leben in die alten Viertel kommt«, meinte Blum. »Nur werden die Leute, die schon lange hier wohnen, dabei rausgedrängt, weil sie sich das Leben hier nicht mehr leisten können.«

»Gerecht geht anders«, pflichtete Pine ihr bei.

Trotz der Kälte spielten ein paar junge Burschen Basketball auf einem rissigen Asphaltplatz und versuchten, Dreipunktewürfe und Dunks in einem Korb ohne Netz unterzubringen. Als Pine und Blum vorbeifuhren, drehten sich ein paar der Jungen zu ihnen und beäugten sie mit spürbarer Ablehnung.

»Es ist das nächste Haus auf der linken Seite«, sagte Blum.

Pine bog in die Auffahrt eines Bungalows mit einem Carport aus Metall ein, unter dem ein zweitüriger Buick parkte. Auf der Treppe zum Haus standen ein paar Blumentöpfe. Irgendwo in der Ferne bellte ein Hund.

»Warum ist Superman eigentlich nicht mitgekommen?«, fragte Blum. »Ich würde den Mann aus Stahl gern kennenlernen.«

»Das werden Sie, Carol. Er hat gerade selbst viel um die Ohren. Seine Vorgesetzten wollen genau wissen, was passiert ist. Ich will mir die Befragungen gar nicht vorstellen, die John über sich ergehen lassen muss, und den Papierkram, der auf ihn wartet. Immerhin hat er einen seiner Agenten verloren. Ich habe ihm aber gesagt, was wir vorhaben, und werde ihn auf dem Laufenden halten.«

Pine stellte fest, dass das Haus frisch gestrichen war; auch das Dach war erst vor Kurzem neu gedeckt worden. Die bunten Vorhänge in den Fenstern wirkten warm und einladend.

Sie stiegen aus und gingen zum Hauseingang. Bevor sie anklopfen konnten, wurde die Tür geöffnet, und eine kleine, kräftige schwarze Frau in den Vierzigern musterte sie einen Moment lang schweigend. Sie trug ein langes Sweatshirt, eine enge schwarze Laufhose und Tennisschuhe mit Knöchelsocken. »Kommen Sie rein«, sagte sie knapp.

Bevor Pine eintrat, schaute sie noch einmal zurück zu den jungen Männern, die vom Basketballplatz herübergeschlendert kamen.

»Sind das Freunde von Jerome?«, fragte sie.

»Kommen Sie rein«, wiederholte die Frau.

Nachdem Pine und Blum der Aufforderung gefolgt waren, drückte die Frau die Haustür zu und schloss ab. Sie bot ihnen zwei Stühle im Wohnzimmer an, dessen großes Panoramafenster einen Blick auf die Straße bot. Pine bemerkte, dass die jungen Männer das Haus nun fast erreicht hatten.

»Sind Sie Mrs. Blake?«, begann Blum.

Die Frau, von Schmerz und Trauer um ihren Sohn gezeichnet, nickte. »Cheryl Blake. Nennen Sie mich Cee-Cee, wie alle hier.« Beim Sprechen traten ihre Halsmuskeln hervor.

»Es tut uns sehr leid, was mit Jerome passiert ist«, sagte Pine.

»Sie sagten am Telefon, Sie wären dabei gewesen ...« Cheryls Stimme brach. Sie zog ein Taschentuch hervor und tupfte sich die rot geweinten Augen ab, die bei allem Schmerz einen zornigen Ausdruck zeigten. »Als es passiert ist«, fügte sie hinzu.

»Ja, ich war dabei«, bestätigte Pine. »Ich habe ihm zugeredet, die Waffe wegzulegen.«

»Aber Sie haben nicht auf ihn geschossen.«

»Nein, das war ein Polizist von hier. Und es wurde noch jemand getötet. Ein Mann von der Militärpolizei. Ich versuche herauszufinden, was passiert ist und ob Jerome damit zu tun hat.«

»Die Polizei war gestern Abend schon da. Sie haben mir gesagt, was geschehen ist, und Fragen gestellt. Heute Morgen waren sie noch einmal hier und haben Dinge aus Jeromes Zimmer mitgenommen.«

»Haben Sie noch mehr Kinder?«, wollte Blum wissen.

»Zwei. Mein Ältester, Willie, lebt und arbeitet in Delaware. Und dann ist da Jewel, meine Tochter. Sie ist vierzehn und geht zur Middle School. Sie ist oben und schläft. Hat sich die ganze Nacht die Augen ausgeweint. Jewel hat ihren Bruder sehr geliebt.«

Pine übernahm die Befragung. »Jerome hatte eine Pistole bei sich. Eine Glock. Haben Sie die Waffe mal gesehen?«

»Das haben mich die Cops auch gefragt.«

»Und?«

Cheryls Augen funkelten. »Jerome hatte keine Waffe. Er *wollte* keine und *hatte* keine.«

»Okay, aber gestern Abend hatte er eine Pistole bei sich. Ich versuche nur herauszufinden, was geschehen ist.«

Cheryl Blake musterte sie misstrauisch. »Sie sind vom FBI, sagen Sie? Haben Sie einen Ausweis?«

Pine zog Ausweis und Dienstmarke hervor und zeigte ihr beides. »Ich bin FBI-Agentin und war mit einem Ermittler der Army zusammen, als plötzlich auf uns geschossen wurde. Nun wollen wir herausfinden, was dahintersteckt.«

»Was möchten Sie von mir wissen?«

»Was haben Sie der Polizei gesagt?«

»Die Wahrheit. Aber …«

»Aber?«

»Die glauben mir nicht.«

»Ich würde es trotzdem gerne hören«, sagte Pine.

Cheryl lehnte sich im Stuhl zurück, rieb sich die Augen und schnäuzte sich ins Taschentuch. Ihr Gesicht nahm einen harten, abweisenden Ausdruck an.

»Hören Sie, Miss, ich bin nicht dumm. Ich weiß genau, was die Cops denken. Ein Schwarzer killt einen Weißen und kriegt nur das, was er verdient hat. Aber ich sag Ihnen, so war es nicht. Nie im Leben.«

»Bitte erzählen Sie mir mehr über Jerome, Cheryl«, bat Pine.

»Jerome war blitzgescheit. Hat Berge von Büchern gelesen. In der Schule immer nur Einsen. Er wollte aufs College, hatte sogar schon Angebote für ein Stipendium, dabei hatte er noch ein Jahr Highschool vor sich. Er hätte was Besonderes werden können«, fügte sie voller Trauer hinzu.

Pine nickte. »Erzählen Sie weiter.«

»Die Cops wollen mir weismachen, dass Jerome einer Gang beitreten wollte und deshalb einen Bundesbeamten umgebracht hat, als Aufnahmeritual oder so etwas.«

»Das haben die Ihnen gesagt?«, wunderte sich Pine.

»So wahr ich hier sitze.«

»Aber Sie glauben es nicht?«, warf Blum ein.

»Diesen Blödsinn? Natürlich nicht! Sicher, hier gibt's überall Gangs, das weiß jeder. Schauen Sie aus dem Fenster, da sehen Sie's. Willie, mein Ältester, war in einer Gang. Aber er ist ausgestiegen. Das war der Grund, warum er von hier weggegangen ist. Ich hab selbst zu ihm gesagt, Willie, verschwinde von hier. Ich will nicht, dass meine Kinder mit so etwas zu tun haben. Viele werden erschossen und begraben, noch bevor sie erwachsen sind. Mein Mann ist jetzt vierzehn Jahre tot. Er war auf dem Heimweg vom Lebensmittelladen, wollte mir Eiscreme bringen. Ich war damals schwanger mit Jewel, wissen Sie, und hab gern Kaltes gegessen. Er ging kurz weg, um mir welches zu holen, und was passiert? Mein Mann endet im Sarg, nur weil er spätabends mit einer braunen Papiertüte die Straße runterging und die Cops, die vorbeifuhren, ein Problem damit hatten. Die sagten, er hätte sich gegen die Festnahme gewehrt. Dass er einem von ihnen die Waffe wegnehmen wollte, darum hätten sie ihn erschossen. So eine gottverdammte Lüge!«

»Gab es eine Untersuchung?«

»Ja, die gab es. Hat aber höchstens eine Woche gedauert. Wollen Sie wissen, was dabei rauskam? Dass die tödlichen Schüsse *gerechtfertigt* waren! Diese Cops sind am nächsten Morgen zur Arbeit, als wäre nichts gewesen! Wahrscheinlich sind sie heute noch im Dienst.« Bitter fügte sie hinzu: »Ist ja auch nichts dabei, jemanden zu erschießen, weil er eine Papiertüte mit Eiscreme bei sich hat.«

»Es tut mir schrecklich leid, Cheryl.«

»Jerome wollte keine Schwierigkeiten, wissen Sie. Er war abends immer zu Hause und hat gelesen. Er stand auf der Ehrenliste, wollte die Schule als Bester abschließen und diese Rede halten …«

»Die Abschiedsrede als Jahrgangsbester«, sagte Blum.

»Ja. Und das hätte er auch geschafft. Er hatte gar keine Zeit für irgendwelche Gangs. Es gab da so ein Roboter-Projekt an der Schule, das hat Jerome geleitet. Letztes Jahr haben sie den Wettbewerb des Bundesstaats gewonnen.«

»Das ist wirklich beeindruckend«, sagte Pine. »Aber es erklärt nicht, warum Jerome gestern Abend in dieser Gasse war, als dort ein Mann erschossen wurde. Oder dass er mit einer Pistole in der Hand vom Tatort weggelaufen ist. Das will ich aufklären. War er irgendwie anders als sonst, als er gestern von der Schule nach Hause kam? Wirkte er bedrückt?«

Cheryl Blake nickte. »Ja, er war anders als sonst. Er wirkte ziemlich durcheinander, als er nach Hause kam. Ich hab ihn gefragt, was los ist. ›Momma‹, hat er gesagt, ›ich hab eine Klassenarbeit verhauen.‹ Davon geht doch die Welt nicht unter, hab ich ihn getröstet. Er aber hat mich ganz seltsam angeschaut, als … als wäre es für ihn eine Katastrophe.« Sie zog ein frisches Taschentuch hervor, tupfte sich die Augen ab und senkte kopfschüttelnd den Blick. »Ich kann das alles nicht glauben. Dass mein Baby fort ist. Jerome … ausgerechnet.« Sie schluchzte laut auf. »Lieber Gott, bitte nicht Jerome.«

»Momma?«

Die drei Frauen drehten sich um und sahen ein groß gewachsenes, kräftiges Mädchen von etwa vierzehn Jahren die Treppe herunterkommen. Sie trug einen Pyjama. Ihre Augen waren gerötet und verquollen.

»Bitte nicht weinen, Momma.«

Cheryl sprang auf und wischte sich die Augen ab. »Schon okay Baby, alles okay. Momma geht es gut.« Sie wandte sich Pine zu. »Das ist Jewel. Jewel, diese Ladys sind vom FBI. Sie wollen herausfinden, was mit deinem Bruder passiert ist.«

Jewel musterte die Besucherinnen stumm, drehte sich um und rannte wieder die Treppe hoch.

Cheryl sah ihr mit zitternden Lippen nach. »Armes Baby. In unserem Leben ist nichts mehr, wie es war. Ich habe sie heute natürlich nicht zur Schule gehen lassen.« Sie schüttelte den Kopf.

»Ich weiß gar nicht, wann sie wieder zum Unterricht kann. Am liebsten würde ich sie nie mehr aus den Augen lassen.«

Blum stand auf und legte ihr die Hand auf die Schulter. »Das ist der schlimmste Albtraum einer Mutter«, sagte sie. »Es tut mir schrecklich leid.«

Cheryl fragte schluchzend: »Haben Sie auch Kinder?«

»Ja. Alle erwachsen. Ein paar haben selbst schon Kinder und ihre eigenen Probleme. Manchmal kann ich helfen, oft aber auch nicht. Dann bleibt mir nichts, als mir Sorgen zu machen und das Beste zu hoffen. Man hört nie auf, Mutter zu sein, solange man lebt.«

»Das stimmt.« Cheryl tätschelte Blums Hand und beruhigte sich ein wenig, während Blum sich wieder setzte.

»Wann ist Jerome gestern weggegangen?«, fragte Pine nach kurzem Schweigen.

»Nach dem Essen. Er müsse noch mal kurz in die Schule, hat er gesagt, an einem Roboter weiterarbeiten. Die Direktorin habe es erlaubt.« Sie hielt kurz inne. »Die Schule ist nur ein Stück die Straße runter, aber ich mag es nicht, wenn er spätabends noch draußen ist. Doch Jewel hat sich nicht wohlgefühlt, und ich musste mich um sie kümmern, also hab ich zu Jerome gesagt, er soll kurz anrufen, sobald er dort ist, und noch mal, wenn er sich auf den Nachhauseweg macht. Natürlich hab ich mir trotzdem Sorgen gemacht.«

»Er hatte also ein Handy?«, fragte Pine.

»Ja, sicher. Hat er sich vom eigenen Geld gekauft. Er hatte im Sommer bei einer Firma gejobbt, die irgendwelchen technischen Schnickschnack herstellt.«

»Wir haben kein Handy bei ihm gefunden«, sagte Pine. »Hat er gestern Abend noch mal angerufen?«

Cheryl schluchzte auf. »Nein, aber gegen sieben hat er mir eine

SMS geschickt: ›Momma, ich bin in der Schule.‹ Außerdem wollte er sich kurz melden, sobald er sich auf den Nachhauseweg macht. Als er um zehn noch nicht zurück war, hab ich ihm eine SMS geschickt und versucht, ihn zu erreichen, aber er ging nicht ran. Ich wäre vor Sorge beinahe verrückt geworden, also wollte ich zur Schule und ihn suchen, aber da kam auch schon die Polizei und sagte mir, dass mein Junge … dass er tot ist.«

Sie sprang auf, schlug die Hände vors Gesicht und eilte ins Nebenzimmer. Ihr Schluchzen war herzzerreißend.

Blum stand auf. »Ich schau mal, ob sie Tee oder Kaffee im Haus hat, und mache ihr eine Tasse. Geben Sie mir ein paar Minuten allein mit ihr.«

Pine nickte, trat ans Fenster und schaute hinaus. Die jungen Burschen lungerten draußen herum und zeigten ein beunruhigendes Interesse an Pines Mietwagen.

Wird Zeit, dass wir uns unterhalten, dachte Pine und ging hinaus.

14

»Kann ich euch helfen?«, fragte Pine vom Gehsteig aus.

Die jungen Burschen drehten sich wie auf Kommando zu ihr um und starrten sie an. Der Älteste war Anfang zwanzig, der Jüngste dreizehn oder vierzehn. Es war halb zwei, und Pine fragte sich, warum die Halbwüchsigen nicht in der Schule waren. Ihren Blicken und ihrer Haltung war unschwer zu entnehmen, dass sie jedem misstrauten, der eine Dienstmarke trug.

Pine wiederholte ihre Frage.

Keine Antwort. Sie fragte noch einmal. Die Jungen starrten sie wortlos an.

Pine machte ein paar Schritte auf sie zu. Ihr war bewusst, wie heikel die Situation war. Mit Absicht bewegte sie die Hand nicht zur Glock, obwohl ihr klar war, dass alle die Waffe sahen, ebenso die schimmernde FBI-Dienstmarke, die sie am Gürtel trug. Pine wusste, dass beides im Ernstfall kein wirklicher Schutz war – nicht in dieser Gegend. Vielleicht nirgends mehr.

»Hat einer von euch Jerome Blake gekannt?«

»Der ist hinüber. Die Cops haben ihn gekillt.«

Es war der Vierzehnjährige, der ihr diese Worte entgegenschleuderte. Er hatte kurz geschnittenes Haar, eine drahtige Statur und Gesichtszüge, die viel zu hart waren für sein Alter. Aber in einer Umgebung wie dieser gab es vermutlich viele wie ihn.

»Jerome hatte eine Pistole bei sich«, fuhr Pine fort. »Möglich, dass er einen Mann erschossen hat.«

»Jerome hat keinen erschossen.«

Diesmal kamen die Worte vom Ältesten der Gruppe.

»Wie können Sie sich so sicher sein?«

»Wer zum Teufel sind Sie überhaupt?«, fragte der junge Mann.

»Ich bin vom FBI. Ich war dabei, als der Mann erschossen wurde, und auch, als Jerome starb. Jetzt will ich herausfinden, was dahintersteckt.«

»Haben *Sie* ihn umgelegt?«, fragte der Wortführer mit drohendem Unterton. Alle starrten Pine zornig an. Sie spürte die zunehmende, sich hochschaukelnde Aggressivität der Gruppe. Die Situation konnte jeden Moment kippen.

»Nein«, sagte sie beschwichtigend, »ich habe ihm bloß zugeredet, die Waffe niederzulegen. Er hatte eine Pistole dabei. Ich sage nicht, dass er sie benutzt hat, aber er hielt sie in der Hand. Eine Glock.«

»Und weiter?«, fragte der Wortführer.

»Jeromes Mutter sagt, er habe nie eine Waffe besessen.«

»Da wird die Alte recht haben. Der Roboter-Boy hatte garantierte keine Knarre, weder in der Hand noch sonst wo.«

Die anderen lachten über die Bemerkung.

Pine nickte. »Ich weiß, er hat Roboter gebaut. Jerome war ein schlauer Bursche. Gestern Abend wollte er noch mal in die Schule und an einem Roboter arbeiten. Doch es kam anders, und ich will den Grund dafür wissen. Hat einer von euch etwas gesehen? Habt ihr eine Ahnung, wie Jerome an die Waffe gekommen sein könnte?«

»Was soll die Fragerei? Die Cops interessiert es einen Scheiß, was abgegangen ist. Die wissen doch eh schon alles.«

»Dass Jerome den Mann erschossen hat, um in eine Gang

aufgenommen zu werden?«, fragte Pine. »Jeromes Mutter hat mir erzählt, dass die Polizei so was vermutet.«

»So ein Stuss«, erwiderte der Wortführer spöttisch. »Jerome in 'ner Gang? Ich lach mir einen weg.«

»Könnte es sein, dass eine Gang ihn überreden wollte, mitzumachen?«

»Die haben Leute genug. Und einen wie Robot würden die bloß verarschen. Wenn Sie wüssten, wie's in den Gangs zugeht, kämen Sie nicht auf so 'nen Schwachsinn.«

»Wie meinen Sie das?«

»Jerome hatte was in der Birne, zugegeben.« Der junge Mann tippte sich an den Kopf. »Er kannte sich mit Büchern und Robotern und Zahlen aus, so was alles. Die Typen in 'ner Gang müssen auch schlau sein, aber anders. Auf *diese* Art schlau war Jerome nicht. Das, was du brauchst, wenn du auf der Straße überleben willst, hatte Jerome nicht drauf. Eine Gang braucht harte Hunde, die kein Problem damit haben, 'ne Wumme abzufeuern, wenn's sein muss. So einer war Jerome nicht. Den hätte keine Gang gewollt. Für die war er bloß ein Freak, mit dem keiner was anfangen kann.« Grinsend fügte er hinzu: »Scheiße, Mann, das wär ja so, als würden die Bill Gates bei sich aufnehmen, weil sie einen Typen fürs Grobe brauchen, der anderen die Fresse poliert.«

»Verstehe. Können Sie mir sonst noch irgendwas sagen? Hat einer von euch Jerome gestern Abend noch gesehen? Hat er einen von euch angerufen?«

Die Burschen schauten einander an. Schließlich meldete sich der Jüngste zu Wort. »Mir hat er 'ne SMS geschickt.«

»Wann war das?«

»Kurz nach sieben, glaub ich.«

»Und was hat er geschrieben?«

Der Junge zog sein Handy hervor. »Dass er etwas tun muss, was er eigentlich nicht tun will.«

»Und was?«

»Hat er nicht geschrieben. Ich hab zurückgesimst und gefragt, was los ist, aber er wollte nicht mit der Sprache raus. Hat bloß geschrieben, dass er nicht weiterweiß und Angst hat, es könnte was Schlimmes passieren.«

»Was hat er damit gemeint?«

»Keine Ahnung.«

Pine ließ den Blick über die Gesichter schweifen. »Hat einer von euch Jerome gestern Abend gesehen oder mit ihm gesprochen?«

Niemand meldete sich, doch Pines Aufmerksamkeit richtete sich auf einen etwa sechzehnjährigen Jungen am Rand der Gruppe. Er hatte sie die ganze Zeit angestarrt, aber den Blick gesenkt, kaum dass sie die Frage gestellt hatte.

»Kennt ihr jemanden, der mir weiterhelfen kann? Ein Freund von Jerome vielleicht? Jemand, dem er Dinge erzählt hat?«

Schweigen.

»Okay, danke für die Infos«, sagte Pine.

»Und? Was machen Sie jetzt damit?«, fragte der Anführer schroff.

»Ich versuche, die Wahrheit herauszufinden. Wenn sich herausstellt, dass Jerome nichts verbrochen hat, sollen alle wissen, dass er unschuldig ist. Auch wenn's ihm nicht mehr hilft.«

»Ich glaub dir kein Wort«, sagte der Wortführer sarkastisch. »Cops sind Cops. Ihr haltet zusammen.«

»Ich bin Einzelgängerin. In Arizona, wo ich herkomme, bin ich der einzige Cop weit und breit. Ich gehe meinen eigenen Weg, verstehst du? Und manchmal habe ich meine eigenen Regeln. Damit macht man sich nicht immer Freunde.«

»Warum bist du dann hier?«

»Ich habe hier ein paar Fragen zu klären.« Sie sah ihn einen Moment lang an. »Persönliche Dinge.«

Als sie sich umdrehte und zum Haus zurückging, rief der Wortführer ihr nach: »Hey, *Arizona!* Viel Glück!«

Sie drehte sich zu ihm um und nickte. »Kann ich brauchen.«

15

Als Pine ins Wohnzimmer zurückkam, saßen Carol Blum und Cheryl bei einer Tasse Tee.

Blum schaute neugierig zu Pine.

»Ich hatte ein kleines Schwätzchen mit Bekannten von Jerome«, erklärte sie, als sie sich zu ihnen setzte. »Die glauben auch nicht, dass er etwas mit einer Gang zu tun hatte.«

»Natürlich nicht«, stellte Cheryl klar. »Das sagte ich doch schon. Aber die Polizei sieht es anders. Ich hab denen erklärt, dass Jerome der Beste in seiner Klasse war. Dass er aufs College gehen wollte. Die haben mich angeschaut, als würde ich Chinesisch sprechen.«

»Ich kann mir vorstellen, wie frustrierend das für Sie gewesen sein muss«, sagte Blum verständnisvoll.

»Frustrierend? ’ne Schweinerei war das! Aber für die Cops ist der Fall abgeschlossen, jede Wette.«

»Für mich ist er es nicht«, versicherte Pine.

Cheryl schaute sie eindringlich an. »Und was wollen Sie tun? Wenn Ihr Chef sagt, dass nicht weiter ermittelt wird, dann lassen Sie es, oder?«

»Falsch«, widersprach Carol Blum. »Agentin Pine ist anders. Und sie hat mit der Polizei hier in der Stadt nichts am Hut. Sie wird die Sache durchziehen, verlassen Sie sich drauf.«

»Können Sie uns sonst noch etwas sagen?«, fragte Pine. »Hat Jerome mal einen gewissen Tony Vincenzo erwähnt?«

Cheryl schüttelte den Kopf. »Den Namen habe ich noch nie gehört? Ein Mexikaner?«

»Italo-Amerikaner.«

»Nein. Hier in der Gegend wohnt niemand, der so heißt, jedenfalls kenne ich keinen.«

»Bis gestern war bei Jerome also alles in Ordnung?«

»Ja. Er ist zur Schule gegangen wie immer.«

»Aber als er nach Hause kam, war er geknickt? Sie glauben nicht, dass es mit einer verhauenen Klassenarbeit zu tun hatte?«

»Bestimmt nicht.«

»Dann muss gestern im Lauf des Tages irgendwas vorgefallen sein, das Jerome dazu gebracht hat, am Abend noch mal wegzugehen.«

»Könnte sein«, pflichtete Cheryl ihr bei.

Pine schaute zu Blum. »Wir müssen herausfinden, was es war.«

»Sprechen wir mit ein paar Leuten in der Schule?«, fragte Blum.

»Das wäre ein Anfang.«

*

Die Highschool lag nur eine halbe Meile vom Haus der Blakes entfernt. Sie hatte erst kürzlich ein neues Footballfeld bekommen, und die Fassade war offenbar mit einem Hochdruckreiniger behandelt worden. Die Grünflächen waren großzügig gestaltet. Pine hoffte, dass genauso viel in guten Unterricht investiert wurde.

Dank ihrer Dienstmarke konnten sie sofort das Büro der Schulleitung betreten.

Norma Bailey, die Direktorin, war eine groß gewachsene schwarze Frau mit eisengrauem Haar, das zu einem strengen

Knoten zusammengebunden war. Man sah ihr an, dass sie jahrelange Erfahrung damit hatte, aufsässige Teenager zu bändigen und zu unterrichten.

»Ich habe gehört, was mit dem armen Jerome passiert ist«, begann sie mit trauriger Miene. »Ich würde jetzt gern sagen, dass ich es nicht glauben kann, aber die Wahrheit ist, dass es in dieser Gegend viel zu oft Schießereien gibt. An einem Tag hört man von einem Vorfall in den Nachrichten, am nächsten Tag passiert es auch schon im eigenen Umfeld. Für die Leute ist es beinahe schon etwas Alltägliches, das ist das Schlimmste daran.«

»Aber es überrascht Sie doch sicher, dass ausgerechnet Jerome in eine solche Sache verwickelt ist?«, hakte Pine nach.

»Ja, natürlich. Jerome …« Sie schüttelte den Kopf, fasste sich mit der Hand an die zitternden Lippen, ehe sie weitersprechen konnte. »Jerome war einer unserer intelligentesten Schüler. Er hätte es weit gebracht. Er war ein Genie in Mathe und den naturwissenschaftlichen Fächern. Manchmal hat er Zusammenhänge durchschaut, die nicht mal die Lehrer richtig verstanden haben, und wir haben immerhin zwei promovierte Mathematiker hier. Er war ein echtes Ausnahmetalent.«

»Wir haben gehört, dass er an der Schule ein Roboter-Projekt geleitet hat«, warf Blum ein.

»Ja. Letztes Jahr haben sie den Forschungswettbewerb von New Jersey gewonnen. Das hat hier für einigen Wirbel gesorgt. Jerome hat *alles* in dieses Projekt investiert. Er hat seine Roboter geliebt, verstehen Sie?« Sie wischte sich mit dem Handrücken über die Augen. »Wie kann ich Ihnen weiterhelfen?«

»Jeromes Mutter sagte uns, dass gestern früh alles noch in Ordnung war. Doch als er am Nachmittag nach Hause kam, sei er irgendwie geknickt gewesen. Er habe eine Klassenarbeit erwähnt, die ihm völlig danebengegangen sei.«

»Das ist unmöglich. Sie hatten gestern keine Klassenarbeit. Es war eine schriftliche Vorbereitung auf die anstehenden Prüfungen.«

»Verstehe. Offenbar hat er seiner Mutter nicht die Wahrheit gesagt. Dann muss es etwas anderes gewesen sein, das ihm zu schaffen gemacht hat. Und allem Anschein nach ist es hier in der Schule passiert.«

»Ich wüsste nicht, was das gewesen sein könnte.«

»Können wir mit seinen Lehrern sprechen?«, fragte Pine.

»Sicher, das lässt sich machen.«

»War jemand von der Polizei hier, um mit Ihnen zu sprechen?«, warf Blum ein.

»Nein, niemand.«

Pine und Blum wechselten einen vielsagenden Blick.

Eine Stunde später hatten sie mit Jeromes Lehrkräften gesprochen. Niemand konnte sich an irgendetwas erinnern, was zu den tragischen Ereignissen des vergangenen Abends geführt haben könnte. Alle waren fassungslos und tief betroffen, doch weiterhelfen konnten sie Pine nicht.

Als sie das Schulgebäude verließen, sah Pine jemanden, der ihr bekannt vorkam. »Der Bursche dort war vorhin beim Haus der Blakes.«

Der Junge saß auf dem Zaun, der das neue Footballfeld umschloss.

Pine und Blum gingen zu ihm.

»Ich hatte vorhin das Gefühl«, sagte Pine, »dass Sie etwas wissen, es aber nicht sagen wollten.«

Der junge Mann sprang vom Zaun. Er war schlank, etwa so groß wie Pine, und vom Leben auf der Straße gezeichnet. Eine gezackte Narbe entstellte sein Gesicht, und an einem Finger fehlte ein Glied.

»Haben Sie Jerome gut gekannt?«

»Ja.«

»Wie heißen Sie?«

Er zuckte nur die Achseln.

»Sie sind uns hierher gefolgt, stimmt's?«

Er schaute über die Schulter.

»Weil Sie uns irgendwas zu sagen haben, stimmt's?«

Der Mann nickte. »Hat Jerome gestern jemanden getroffen?«

»Vielleicht.«

»Ich sage Ihnen, was wir vermuten: Dieser Jemand hat Jerome irgendwie dazu gebracht, das zu tun, was er später am Abend getan hat. Wissen Sie etwas darüber?«, drängte Pine.

»Kann sein.«

»Und was?«

»Ich hab einen Typen mit ihm reden sehen.«

»Hier in der Schule?«

Der junge Mann nickte.

»Gehen Sie auch hier auf die Highschool?«, wollte Pine wissen.

Er schüttelte den Kopf. »Ich geh nich' in die Schule.«

»Sind Sie schon fertig?«, fragte Blum.

Er zuckte mit den Schultern und grinste.

»Können Sie den Mann beschreiben, der mit Jerome gesprochen hat?«

»Jepp.«

»Wann war das genau?«

»Muss so um zwei gewesen sein.« Er gestikulierte mit der Hand. »Da drüben hab ich sie gesehen.«

»Wie sah der Mann aus?«

»Ein Weißer. Groß, breite Schultern.«

»Wie alt?«

»Vierzig oder ein bisschen älter. Dunkle Haare.«

»Was hatte er an?«

»Na, Hemd und Hose.«

»Schlips?«

Er schüttelte den Kopf.

»Könnte es sein, dass er hier arbeitet?«

»Weiß ich nicht.«

»Wenn wir Ihnen ein paar Fotos zeigen – würden Sie ihn wiedererkennen?«

»Kann schon sein.«

»Wie heißen Sie?«, fragte Pine noch einmal.

»Peanut. So nennen mich alle.«

»Wie gut haben Sie Jerome gekannt?«

»Früher waren wir mal ziemlich dicke, er und ich.«

»Warum nicht mehr?«

»Ich hab die Schule geschmissen, Jerome nicht.«

»Ist Ihnen an Jerome etwas aufgefallen, nachdem er mit dem Mann gesprochen hatte?«

»Und ob. Jerome war total von der Rolle. Echt seltsam.«

»Könnte er jemanden erschossen haben? Trauen Sie ihm das zu?«

Der narbengesichtige junge Mann verzog die Lippen zu einem Lächeln. »Schwachsinn. Robot hatte schwer was auf dem Kasten, aber er hatte garantiert keinen Schimmer, wie man jemanden umlegt.«

16

Pine und Blum waren in die Schule zurückgekehrt und hatten Norma Bailey gebeten, ihnen Fotos und Informationen über sämtliche Beschäftigten der Schule zur Verfügung zu stellen. Die Direktorin erklärte, alles sei digitalisiert, und dass es eine Weile dauern würde, die Zustimmung der Betroffenen einzuholen. Sie versprach, Pine zu verständigen, sobald sie Genaueres sagen könne.

Pine und Blum stiegen ins Auto und fuhren los.

Etwa drei Minuten später sagte Pine leise: »Wir werden verfolgt. Ein silberner Mercury Marquis. Nicht umdrehen, Carol.«

Blum hielt mitten in der Bewegung inne. »Sorry, Agentin Pine. Haben Sie eine Ahnung, wer das sein könnte?«

Pine ging vom Gas, um den Verfolger näher herankommen zu lassen; dann schaute sie in den Innenspiegel. »Sieht mir nach einem Behördenkennzeichen aus New Jersey aus.«

»Können Sie die Nummer lesen?«

»Ja. Schreiben Sie.«

Blum tippte das Kennzeichnen in ihr Handy ein, während Pine es ihr ansagte.

»Sitzt nur der Fahrer drin oder noch jemand?«

»Die sind zu zweit«, antwortete Pine.

»Und Sie sind sicher, dass sie uns folgen?«

»Wir werden's gleich wissen.«

Pine bog abrupt nach links ab, trat aufs Gas, jagte über eine Kreuzung und bog dann scharf rechts ab.

Wieder schaute sie in den Innenspiegel. »Die Ampel hat sie aufgehalten, aber die waren hinter uns her, das steht mal fest.«

Sie drückte eine Kurzwahltaste auf ihrem Handy. Puller ging nicht ran.

»Was glauben Sie, warum die uns folgen?«, fragte Blum.

»Sie wollen wissen, welcher Spur wir nachgehen.«

»Waren die schon da, als wir bei den Blakes waren?«

»Da habe ich noch nicht darauf geachtet.«

»Offenbar interessiert sich irgendeine Behörde aus New Jersey für uns«, meinte Blum.

»Ich glaube, da steckt mehr dahinter, Carol. Das kommt mir auch nicht so vor wie die üblichen Kompetenzstreitigkeiten zwischen Regierungsbehörden.«

»Kriminelle Machenschaften?«

Ehe Pine antworten konnte, summte ihr Handy. Es war Puller.

»Der Fall hat eine neue Wendung genommen, Atlee.«

»Was ist passiert?«

»Teddy Vincenzo wurde heute früh tot in seiner Zelle gefunden.«

»Was! Aber …«

»Sie vermuten Selbstmord oder eine Drogenüberdosis.«

»Das glaubst du doch nicht wirklich, oder?«

»Nein. Ich habe mir seine Unterlagen und Fotos angesehen, die aufgenommen wurden, als er hinter Gitter gewandert war. Nirgends Einstiche und auch sonst keine Spuren, die auf Drogenabhängigkeit hinweisen. Er hat auch nicht den Eindruck eines Junkies gemacht, als wir bei ihm waren, was meinst du?«

»Nein, sicher nicht.«

»Hinzu kommt, dass der Zeitpunkt seines Todes mehr als verdächtig ist.«

»Gibt es Kameras im Gefängnis?«, fragte Pine.

»Ja, ich hab nachgefragt. Leider war die betreffende Kamera zum fraglichen Zeitpunkt außer Betrieb. Anscheinend sind sie mit der Wartung nicht nachgekommen.«

»Wie passend. Du sagst, er wurde heute früh gefunden, aber du hast es erst jetzt erfahren?«

»Die legen offenbar keinen Wert darauf, mich auf dem Laufenden zu halten. Ich hab's auch nur erfahren, weil ich ersucht hatte, noch einmal mit Teddy zu sprechen. Da hat man mir dann gesagt, dass es nicht geht, weil er nicht mehr unter uns weilt.«

»Ein verdammter Rückschlag.«

»Tja, den Vater haben sie schon mal aus dem Weg geräumt«, meinte Puller.

»Du meinst, der Sohn könnte auch bald dran sein?«

»Ja. Deshalb müssen wir Tony so schnell wie möglich finden. Und? Gibt's bei dir was Neues?«

»Vorhin waren zwei Typen in einer Limousine hinter uns her. Leider wissen wir nicht, ob sie uns bereits vom Haus der Blakes aus oder erst von der Schule aus gefolgt sind, wo wir ein paar Leute nach Jerome befragt haben.«

»Was für ein Wagen?«, fragte Puller.

»Ein silberner Mercury Marquis mit Behördenkennzeichen aus New Jersey.«

»Hast du die Nummer?«

Pine las sie von Blums Handy ab.

»Okay. Ich kümmere mich darum.«

»Übrigens, die Cops gehen offenbar davon aus, dass es sich bei dem Mord in der Gasse um eine Art Mutprobe gehandelt hat, der Jerome sich unterziehen musste, eine Art Aufnahmeprüfung für eine Gang«, fuhr Pine fort. »Aber alle, die Jerome kannten, waren der Meinung, dass er zu so etwas nie imstande gewesen wäre. Er habe nicht mal mit einer Waffe umgehen können.«

»Verdammt, Atlee, das alles stinkt zum Himmel. Die hiesige Polizei hat den Fall praktisch abgeschlossen. Die werden nicht weiter ermitteln.«

»So wie ich es sehe, könnte der Schütze es auf uns abgesehen haben. Was meinst du?«

»Der Gedanke ist mir auch schon gekommen«, entgegnete Puller.

»Cheryl Blake sagte aus, Jerome sei gestern Abend noch mal in der Schule gewesen, um an einem Roboter-Projekt zu arbeiten, aber das stimmte nicht. Und er sei völlig von der Rolle gewesen, als er nach Hause kam. Er habe was von einer Klassenarbeit gesagt, die er verhauen hat, aber das ist Quatsch. Ein ehemaliger Freund von ihm sagte uns, Jerome habe vor der Schule mit einem Mann gesprochen und sei anschließend völlig von der Rolle gewesen. Ich werde dem nachgehen, okay?«

»Tu das. Könnte es sein, dass jemand den Jungen auf irgendeine Weise gezwungen hat, zur Tatzeit in diese Gasse zu kommen? Dass jemand ihm eine Pistole in die Hand gedrückt und ihm gesagt hat, er soll wegrennen, sobald er Schüsse hört?«

»Wie könnte jemand ihn zu so etwas gezwungen haben?«, fragte Pine skeptisch.

»Genau das müssen wir herausfinden.«

»Hat man schon überprüft, ob die Pistole, die Jerome in der Hand hielt, überhaupt die Tatwaffe war?«

»Das ist die Frage, nicht wahr? Nur hat mir noch keiner was gesagt«, antwortete Puller gereizt.

»Wer ist eigentlich für die Obduktion und die forensische Untersuchung zuständig? Doch sicher die CID, oder?«

»Ich weiß nur, dass die örtliche Polizei die Pistole sichergestellt und Jeromes Leichnam weggeschafft hat. Uns hat man nur den toten McElroy überlassen.«

»*Was* sagst du da? Wie kann das sein, Puller? Ein CID-Agent wurde ermordet – damit ist es automatisch *dein* Fall. Zumindest solltest du über alle Schritte informiert werden.«

»So habe ich gestern und heute Morgen auch argumentiert.«

»Und?«

»Bin damit gegen eine Wand gerannt. So viel zum Thema gute Zusammenarbeit mit den hiesigen Cops.«

»Das ist doch Irrsinn!«, schimpfte Pine.

»Kann man wohl sagen. Und meine direkten Vorgesetzten sehen es genauso. Aber anscheinend kam die Anweisung von weiter oben, wo keine Leute in Uniform sitzen, sondern Gentlemen in feinem Zwirn.«

»Was zum Teufel geht hier vor sich, Puller?«

»Ein gigantisches Vertuschungsmanöver, wenn du mich fragst.«

»Und was steckt dahinter?«

»Ein Motiv, das wir noch aufdecken müssen«, antwortete Puller. »Ich hoffe nur, ich kriege noch Gelegenheit dazu.«

Pine fiel die Kinnlade herunter. »Du meinst …«

»Es würde mich nicht überraschen, wenn die mich von dem Fall abziehen.«

»Was wirst du dann tun?«, fragte sie.

»Ich weiß es nicht. So was ist mir erst einmal passiert. Ich hätte nie gedacht, dass ich noch mal in eine solche Lage komme.«

»Was hast du beim ersten Mal gemacht?«, fragte Pine.

»Etwas, das ich nicht hätte tun sollen.«

»Und wenn es wieder passiert? Was tust du dann?«

Puller ließ die Frage unbeantwortet.

17

»Ich glaube, Superman hat gerade eine Ladung Kryptonit abgekriegt«, meinte Pine, nachdem sie das Gespräch beendet hatte. »Er befürchtet, dass sie ihn von dem Fall abziehen.«

»Ach du Schande!« Blum brauchte einen Moment, um die Nachricht zu verarbeiten.

»Wo wir gerade bei den unerfreulichen Neuigkeiten sind: Teddy Vincenzo ist tot. Die Cops vermuten Selbstmord oder eine Überdosis. Puller hält das für Unsinn. Ich auch.«

»Dass er tot ist, hatte ich schon mitbekommen.«

»Und noch etwas. Die hiesigen Cops haben den Fall Jerome Blake an sich gerissen. Die Pistole haben sie auch einkassiert. John haben sie nur McElroys Leichnam überlassen.«

»Was ist denn das für eine Nummer?«, stieß Blum hervor.

»Das fragen wir uns auch, Carol.«

»Wird Puller das hinnehmen?«

»Nun ja, er hat eine Anweisung von ganz oben bekommen, von Leuten, die mehrere Etagen über seinen direkten Vorgesetzten sitzen.« Sie schaute zu Blum. »In unserem System stehen Anzugträger immer über Uniformträgern.«

»Das sieht nach einem groß angelegten Vertuschungsmanöver aus.«

Pine warf Blum einen anerkennenden Blick zu. »Genau das meint John auch. Ich fürchte nur, die ganze Sache hat schon viel früher angefangen. Aber Puller bleibt am Ball, solange es geht.«

Blum nickte. »Und wir müssen auf die Fotos warten, die wir dem Zeugen vorlegen werden. Was tun wir bis dahin?«

»Es gibt da eine Quelle, die ich anzapfen kann.«

»Welche?«

»Das FBI hat ein Büro in Trenton«, sagte Pine. »Ich kenne einen der dortigen Agenten, Rick Davies. Mal sehen, ob er uns weiterhelfen kann.«

Sie fand Davies auf der Kontaktliste ihres Handys, rief ihn an und schilderte ihm ohne lange Vorrede die Situation und ihr Anliegen.

»Bist du offiziell mit der Sache befasst?«, wollte Davies wissen. »Ich dachte, du bist in Arizona.«

»Ich war dabei, als es passiert ist, Rick. Ich arbeite in dem Fall mit der CID zusammen.«

»Oh, okay. Mal sehen, was ich herausfinden kann. Aber ich muss dich warnen. Die Cops in Trenton mögen es nicht, wenn Feds in ihrem Territorium herumschnüffeln.«

»Gibt es *irgendwo* Cops, die das mögen?«

Sie legte das Handy weg und schaute zu Blum.

»Was nun?«, fragte Carol.

»Bis wir etwas von Puller, Davies oder der Schuldirektorin hören, würde ich sagen, wir kümmern uns um einen anderen Vincenzo. Ito.«

»Um Ihren persönlichen Fall?« Blum schaute Pine fragend an.

Pine nickte entschlossen. »Ja. Betrachten wir die Sache doch mal logisch. Entweder hat Ito meine Schwester umgebracht …« Sie stockte kurz. »Oder er hat sie irgendwo ausgesetzt.«

»Oder jemandem übergeben«, sagte Blum leise.

Der Gedanke ließ Pine zusammenzucken. »Oder das«, pflichtete sie ihrer Assistentin bei. »Jedenfalls, Mercys DNA ist in einer Datenbank beim FBI registriert. In dieser Datenbank werden DNA-Proben sämtlicher nicht identifizierter Leichen gesammelt, die in den Vereinigten Staaten aufgefunden werden, um jederzeit einen Abgleich vornehmen zu können. Gott sei Dank wurde bisher keine Leiche gefunden, auf die Mercys DNA passt, das weiß ich mit Sicherheit.«

»Haben Sie das veranlasst?«

»Ja.«

»Woher hatten Sie Mercys DNA?«, fragte Blum erstaunt.

»Die wurde nicht gebraucht. Ich bin Mercys Zwillingsschwester, Carol. Deshalb deckt sich unsere DNA. Und meine ist jetzt in der Datenbank.«

»Das ist alles ziemlich verwirrend.«

»Ich weiß, Carol. Aber auch wenn noch kein Leichnam gefunden wurde, der zu unserer DNA passt, könnte Mercy seit Langem tot sein, nur dass eben noch nichts gefunden wurde. Außerdem können wir nicht sicher sein, ob sämtliche Behörden Proben an diese Datenbank schicken. Es könnte auch irgendein Fehler bei der Registrierung passiert sein. Oder Mercy wurde außer Landes gebracht und dort umgebracht.«

»Trotzdem, es ist eine Chance.«

»Ja.«

»Aber falls der Täter Mercy irgendwo ausgesetzt hat«, meinte Blum, »sollte man doch davon ausgehen, dass jemand sie gefunden hätte, tot oder lebend. Falls er sie beispielweise in einem Wald zurückgelassen hat, könnte sie verhungert oder wilden Tieren zum Opfer gefallen sein. Wälder gibt es genug in Georgia. Dann hätte man ihren Leichnam längst entdeckt.«

»Nicht unbedingt, Carol. In der Wildnis kann eine Leiche

spurlos verschwinden. Die Verwesung, wilde Tiere. Oder Mercy ist in einen See oder Fluss gefallen und nie wieder aufgetaucht.«

Pine war blass geworden, und ihre Stimme zitterte.

»Das alles sind Vermutungen«, sagte Blum rasch, als sie Pines Unbehagen bemerkte. »Solange das Gegenteil nicht bewiesen ist, besteht eine gute Chance, dass Mercy noch lebt.«

Pine nickte. »Und wenn Ito nicht schon vorher einen Platz ausgesucht hat, um Mercy auszusetzen, kann ich mir schwer vorstellen, dass ein Kerl wie er, der aus New Jersey kam und wahrscheinlich nie zuvor in Georgia gewesen ist, so leicht einen passenden Ort findet. Andererseits ... nach dem, was wir in Andersonville herausgefunden haben, muss Ito sich mehrere Monate in Georgia aufgehalten haben.«

»Sie glauben, dass er Ihre Schwester ausgesetzt hat?«

Pine rieb sich die Stirn und schaute ihre Assistentin unschlüssig an. »Ich weiß es nicht, Carol. Irgendwie würde es nicht zu Brunos Brief passen. Er war stinksauer und wollte Rache.«

»Aber dagegen spricht doch, was wir über Ito erfahren haben«, entgegnete Blum. »Dass er kein so übler Kerl gewesen sein soll. Und es braucht schon einiges, um einen Menschen umzubringen, erst recht ein wehrloses Kind.«

»Vielleicht hat die Liebe zu seinem Bruder ihn so weit gebracht. Die Wut über das, was mit Bruno passiert ist.«

»Woher wollen Sie wissen, dass Ito seinen Bruder geliebt hat? Es gibt nichts, was darauf hindeutet.«

Pine seufzte frustriert. »Stimmt. Aber Tatsache ist, Ito *war* in Georgia. Er *hat* meine Schwester entführt und danach hat er auch noch meinen Vater beschuldigt.«

»Nur scheint Ito bis dahin ein Leben geführt zu haben, das sich kein bisschen mit der Verbrecherlaufbahn seines Bruders vergleichen lässt. Denken Sie daran, was dieser Eisverkäufer gesagt hat, dieser Castor: Ito wusste, was für ein Halunke Bruno war.«

»Das hat Castor aber von Evie gehört, nicht von Ito selbst.«

»Glauben Sie, Ito hat die Meinung seiner Frau über Bruno nicht geteilt? Nach allem, was wir gehört haben, waren sie sich in dem Punkt einig.«

Pine überlegte einen Moment. »Castor hat aber auch gesagt, dass er Bruno nie selbst begegnet ist.«

»Ja. Seltsam, nicht wahr? Offenbar hatte Castor jahrelang für Ito gearbeitet, war jeden Tag mit ihm zusammen. Bruno hat vermutlich auch in der Gegend gelebt, oder wenigstens in New York City, und ist nie auch nur für einen kurzen Besuch vorbeigekommen.«

»Evies Nachbarin konnte Bruno auch nicht leiden«, fügte Pine hinzu. »Sie sagte, Evie hat ihn gehasst und nicht mehr ins Haus gelassen. Und Ito hat nichts dagegen unternommen, weil er Bruno angeblich auch nicht besonders gemocht hat.«

»Genau meine Rede.«

»Aber warum ist Ito dann nach Georgia gefahren und hat etwas so Furchtbares getan?«, fragte Pine sich beinahe verzweifelt.

»Vielleicht hat es mit dem zu tun, was wir in dem Brief gelesen haben. Viel stand ja nicht drin, aber es könnte doch sein, dass Bruno einmal in seinem Leben versucht hat, das Richtige zu tun. Dass er einen Maulwurf, der gegen die Mafia gearbeitet hat, eben *nicht* verpfiffen hat, nämlich Ihre Mutter, und dafür am Ende bezahlen musste. Vielleicht hat das irgendetwas in Ito ausgelöst, das wir uns noch nicht erklären können. Das wäre jedenfalls plausibler, als sich Ito als kaltblütigen Mörder vorzustellen, der einen Rachefeldzug für die Familienehre startet. Das passt einfach nicht zu dem, was wir über ihn gehört haben.«

Pine lehnte sich zurück und überlegte einen Moment. »Ich

habe die Polizeiakten gelesen, Carol. Bevor Ito nach Georgia ging, wurde Teddy wegen schweren Autodiebstahls zu einer Gefängnisstrafe verurteilt.«

»Dann hat Ito wahrscheinlich befürchtet, dass Teddy den gleichen Weg einschlägt wie Bruno.«

»Gut möglich«, stimmte Pine zu. »Das könnte ihn zu etwas getrieben haben, das ihn selbst geschockt hat, wie Castor sagte.«

»Geschockt? Sie meinen, Ito war nicht mehr derselbe, als er nach Georgia kam?«

»Wäre eine Erklärung.«

»Das würde aber nicht entschuldigen, was er getan hat.«

»Natürlich nicht. *Nichts* könnte so etwas entschuldigen. Wir versuchen ja auch nur zu verstehen, was in dem Mann vor sich ging, um herauszufinden, was er mit Mercy angestellt hat.« Pine, sichtlich aufgewühlt, holte tief Luft. »Okay. Wenn wir den Gedankengang fortführen und davon ausgehen, dass Ito meine Schwester *nicht* umgebracht oder ausgesetzt hat, könnte er sie tatsächlich an jemanden übergeben haben.«

»Sie meinen Menschenhandel?«

»Nein. Ito hatte sicher keine Ahnung von solchen … Geschäften. Sein Bruder vielleicht, aber der war ja schon tot. Und ich kann mir nicht vorstellen, dass Ito sich an die Mafiafamilie gewandt hat, der sein Bruder angehört hatte, um nachzufragen, wo man kleine Mädchen verkaufen kann.«

»Aber nehmen wir mal an, Ito hat Mercy zu einer Familie gegeben«, mutmaßte Blum. »Hätte Mercy den Leuten nicht gesagt, wer sie ist und dass man sie entführt hat? Die Geschichte hätte für Schlagzeilen in Georgia und im ganzen Land gesorgt. Ihr Foto wäre überall veröffentlicht worden. Die Leute hätten doch sicher die Polizei verständigt.« Sie zögerte einen Moment, fügte dann hinzu: »Also gibt es nur eine Erklärung.«

»Und welche?«, fragte Pine atemlos.

»Ito hat Mercy zu Leuten gegeben, mit denen er es vorher vereinbart hatte.«

»Das wäre dann ja doch Menschenhandel.«

»Nicht unbedingt. Es könnte eine Familie gewesen sein, die sich sehnlichst ein Kind gewünscht hat.«

»Was?« Pine schaute sie ungläubig an. »Aber die hätten doch wissen müssen …«

»Die wussten nur, was Ito ihnen gesagt hat. Vielleicht glaubten sie, etwas Gutes zu tun, wenn sie das Mädchen bei sich aufnehmen.«

»Aber hätte Mercy sich nicht dagegen gewehrt? Hätte sie den Leuten nicht gesagt, wer sie ist? Jetzt widersprechen Sie sich selbst, Carol.«

»Ich versuche nur, die Sache von allen Seiten zu beleuchten«, hielt Blum dagegen. »Einer Sechsjährigen kann man Dinge einreden, die ein erwachsener Mensch nie akzeptieren würde. Wir wissen ja nicht, was Ito zu ihr gesagt hat. Vielleicht, dass ihr Leben davon abhängt, dass sie ihr Schicksal hinnimmt. Oder dass ihren Eltern etwas Schlimmes passiert, wenn sie, Mercy, nicht gehorcht.«

Pine lehnte sich seufzend in den Autositz. »Das klingt alles ziemlich schlüssig. Jedenfalls macht es mehr Sinn als jede andere Erklärung, die wir bisher hatten. Wenn da nicht …« Sie verstummte.

»Wenn da nicht was?«, fragte Blum.

»Zwei Fragen. Erstens: Bruno Vincenzo hat in dem Brief geschrieben, dass man ihn verschaukelt hat. Was hat er damit wirklich gemeint?« Als Blum den Kopf schüttelte, fuhr Pine fort: »Ich glaube, Bruno hat meine Mutter deshalb nicht verpfiffen, weil er einen Deal machen und seine Haut retten wollte.

Nur ist es aus irgendeinem Grund anders gekommen. Fragt sich nur, warum.«

»Und die zweite Frage?«

»Die stellt sich mir schon länger: Woher konnte Ito wissen, dass wir Pines damals in Andersonville, Georgia, gewohnt haben?«

18

Das hätte niemals passieren dürfen, ging es John Puller durch den Kopf. *Du hattest nichts damit zu tun, und jetzt liegst du hier.*

Puller schaute betroffen auf den Leichnam von CID Special Agent Ed McElroy.

Mein Agent, meine Verantwortung. Daran gibt's nichts zu rütteln.

McElroys Frau – seine Witwe – war bereits auf dem Weg hierher, um mit der schlimmsten Realität konfrontiert zu werden, die einem Ehepartner widerfahren kann.

Puller verließ das Leichenschauhaus und ging zu seinem Wagen. Er fuhr quer durch die Stadt zu dem Polizeigebäude, in dem, wie er erfahren hatte, ein Ermittlungsteam die Schießerei und Jerome Blakes Tod untersuchte. Am Empfangsschalter war bereits Endstation, obwohl Puller seinen Ausweis vorzeigte und eine unbestreitbare Verbindung zu dem Fall glaubhaft machen konnte.

Da Puller sich von den ersten beiden Beamten nicht abwimmeln ließ, die ihm weder hochrangig genug noch ausreichend informiert erschienen, wurde ein Sergeant gerufen, der schließlich Mitleid mit ihm zu haben schien.

»Army, was?«, sagte der Mann und musterte Puller mit prüfendem Blick.

»Chief Warrant Officer.«

»Waren Sie auf der Militärakademie in West Point?«

»Nein, ich bin Unteroffizier. Mein Vater war in West Point, aber ich selbst habe einen anderen Weg eingeschlagen.«

»Mein Jüngster ist im Irak«, sagte der Sergeant. »Schon sechs Monate. Haben Sie auch dort gekämpft?«

Puller nickte. »Als ich zurückkam, hatte ich mehr Metall im Körper als in der Geldbörse. Trotzdem war es mir eine Ehre, den USA zu dienen.«

Der Cop, ein stämmiger, breitschultriger Mann, nickte zustimmend. »Ich hoffe nur, mein Junge kommt in einem Stück zurück.«

»So etwas wie Sicherheit gibt es nicht im Krieg, aber die Army legt größten Wert darauf, ihre Leute bestmöglich auszubilden und ihnen die beste Ausrüstung mitzugeben, die es gibt.«

»Ich weiß, Agent Puller. Und ich weiß zu schätzen, was Sie für dieses Land getan haben.« Er schaute sich um. »Nun, ich werde mal sehen, was ich tun kann. Warten Sie hier, Sir.«

Der Mann ging davon. Puller nutzte die Zeit, sich in dem kleinen Raum umzuschauen. An den Wänden hingen Fotos des Bürgermeisters, des Gouverneurs und des Präsidenten. Alle lächelten ihm aus ihren Bilderrahmen zu. Puller hatte keinen Grund, ihr Lächeln zu erwidern. Zu rätselhaft und absurd waren die Dinge, die sich in diesen Tagen ereigneten. Rätselhaft für ihn, aber anscheinend nicht für andere; das war das wirklich Beunruhigende daran.

»Kann ich Ihnen helfen?«

Puller drehte sich um und sah eine zierliche junge Frau, etwa Ende zwanzig, hinter dem Empfangstisch stehen. Der stämmige Cop war nicht zurückgekehrt. Die Frau hatte große braune Augen, kurz geschnittenes dunkles Haar und einen von Sommersprossen übersäten schlanken Hals. Ihr umgehängter Ausweis verriet, dass sie für die Öffentlichkeitsarbeit der Polizeibehörde tätig war. Die großen Augen schauten ihn fragend an.

Puller trat auf sie zu und hielt ihr die Hand hin. »CID Special Agent John Puller.«

Sie übersah die dargebotene Hand. »Ich weiß. Ich frage mich nur, warum Sie hier sind, Agent Puller. Ich bin sehr beschäftigt, deshalb hoffe ich, dass es nichts Aufwendiges ist. Sie verstehen sicher, dass meine Zeit begrenzt ist.«

Puller spürte, wie sich ihm die Nackenhaare aufstellten. Ihr herablassender Ton gefiel ihm gar nicht. »Gestern Abend wurde hier in Trenton einer meiner Männer erschossen. Ich ermittle in dem Fall in Zusammenarbeit mit der hiesigen Polizei.«

»Ich habe vom tragischen Tod des Agenten McElroy gehört.« Sie verstummte, schaute ihn herausfordernd an, als warte sie auf ein Argument Pullers, das Gespräch weiterzuführen.

»Derzeit wird die Obduktion vorgenommen«, sagte Puller geduldig. »Anschließend können wir Ihnen die tödliche Kugel geben, damit Sie feststellen können, ob sie von der mutmaßlichen Tatwaffe abgefeuert wurde, die Ihre Leute sichergestellt haben.«

»Es besteht kein Zweifel daran, wer Ihren Agenten getötet hat und mit welcher Waffe«, stellte sie klar.

»Es gibt durchaus noch ein paar ungeklärte Fragen.« Puller trat einen Schritt näher und las den Namen auf ihrem Ausweis. »Also, Ms. Lanier, ich bin hier, um mit Ihren Leuten über den Stand der Ermittlung zu sprechen. So macht man das in einem gemeinsamen Fall. Das ist Ihnen doch sicher bekannt.«

»Ja. Mir ist allerdings *nicht* bekannt, dass es sich um einen *gemeinsamen* Fall handelt.«

»Das liegt doch wohl auf der Hand«, entgegnete Puller schroffer als beabsichtigt. »Ein Agent einer Bundesbehörde wurde ermordet. Einer Ihrer Männer hat den mutmaßlichen Mörder erschossen. Tut mir leid, dass ich Ihnen nicht mit etwas weniger *Aufwendigem* dienen kann, aber dieser Fall ist nun mal kompliziert.«

»Unser Beamter hat den Täter erschossen und damit eine FBI-Agentin gerettet, wenn ich mich recht erinnere.«

»Möglicherweise.«

»Was soll das heißen – möglicherweise? Die Sache ist eindeutig.«

»Für mich leider nicht, deshalb ermitteln wir. Also, ich würde jetzt gerne mit dem Polizeibeamten sprechen, der den Schuss abgefeuert hat, und …«

»Warum?«

»Wie – *warum?*«

»Warum wollen Sie mit ihm sprechen?«

Die Frage war dermaßen absurd, dass Puller bei all seiner Erfahrung einen Moment lang sprachlos war. »Der Mann hat von der Schusswaffe Gebrauch gemacht. Er hat unmittelbar mit den Ereignissen zu tun. Vielleicht hat er etwas gesehen, das für meine Ermittlung wertvoll sein kann.«

»Er hat bestimmt einen Bericht verfasst.«

»Kann ich den sehen?«

»Ich weiß nicht, ob das möglich ist.«

»Und ich weiß nicht, ob das, was Sie sagen, irgendeinen Sinn ergibt. Sie können mir den Bericht nicht vorenthalten.«

Sie nahm seine Beschwerde achselzuckend zur Kenntnis. »Wir sehen das anders.«

»Dann sehen Sie es falsch.« Puller legte endgültig die Samthandschuhe ab, als ihm klar wurde, dass er mit Höflichkeit nicht weiterkam.

»Mir gefällt Ihr Ton nicht«, sagte die junge Frau.

»Und mir gefällt es nicht, von einer Ermittlung ausgeschlossen zu werden, für die ich zuständig bin.«

»Ich glaube, Sie verstehen nicht ganz, wie wir die Dinge handhaben.«

»Da irren Sie sich. Ich habe bereits in zwei Fällen mit der Polizei von Trenton zusammengearbeitet, außerdem dreimal mit der New Jersey State Police und einmal mit den Cops in Newark. Es war jedes Mal ein sehr professioneller Austausch mit dem Ergebnis, dass wir sämtliche Fälle aufklären konnten.«

»In diesem Fall haben wir die Situation im Griff. Wir haben den Täter – er ist tot. Klarer kann ein Fall nicht sein. Die Sache ist abgeschlossen. Es gibt nichts mehr zu ermitteln.«

»Entschuldigung – sind Sie ausgebildete Ermittlerin? Laut Ihrem Ausweis sind Sie für Öffentlichkeitsarbeit zuständig.«

»Man hat mich ausführlich über diesen Fall informiert.«

»Das kann ich von mir leider nicht behaupten«, fauchte Puller.

»Sie wissen alles, was Sie über den Fall wissen müssen, Agent Puller. Dieser Fall ist aufgeklärt. Sie können sich also wieder Ihren *ungelösten* Fällen widmen.«

»Leider ist Ihre Meinung für mich völlig irrelevant. Es ist offensichtlich, dass man Sie angewiesen hat, mir absolut nichts zu sagen.«

»Ich tue meinen Job«, konterte sie.

»Ich auch – jedenfalls versuche ich es, obwohl Sie mir keine große Hilfe sind.«

»Mir war nicht bewusst, dass es mein Job ist, Ihnen zu helfen. Trotzdem wünsche ich Ihnen viel Glück bei Ihrer weiteren Arbeit.«

Puller hielt ihr seine Visitenkarte hin. »Falls Ihnen irgendetwas einfällt, wäre ich Ihnen dankbar, wenn Sie mich anrufen.«

Ohne die Karte zu beachten, drehte Lanier sich um, verschwand durch eine Tür und knallte sie hinter sich zu.

Im nächsten Augenblick kam aus einer anderen Tür der stämmige Cop von vorhin.

»Wie ist es gelaufen, Agent Puller?«, fragte er hoffnungsvoll.

»Schier überwältigend«, sagte Puller, drehte sich um und verließ das Gebäude.

Draußen war ein Gewitter aufgezogen. Es war nichts im Vergleich zu dem Sturm, der in seinem Innern tobte.

19

Am Telefon klang Jack Lineberrys Stimme geschwächt und ein wenig niedergeschlagen. Er hatte Pines Eltern viele Jahre gekannt. Erst kürzlich hatte Pine erfahren, dass Lineberry für die Regierungsbehörde gearbeitet hatte, die damals die Undercover-Operation im Mafia-Milieu durchgeführt hatte, bei der Pines Mutter als Maulwurf eingesetzt worden war. Anschließend war Lineberry nach Andersonville entsandt worden, um auf ihre Eltern aufzupassen, was ihm letztlich nicht gelungen war. Zu jener Zeit hatte er eine Investmentfirma gegründet, durch die er zu immensem Reichtum gelangt war.

Pine hatte außerdem erfahren, dass Jack Lineberry ihr und Mercys leiblicher Vater war. Erst danach hatte ihre Mutter Tim Pine kennengelernt, den Mann, den Atlee stets für ihren Vater gehalten hatte.

»Alles in Ordnung mit dir, Jack?«, fragte Pine besorgt.

Sie hatte auf Freisprechen geschaltet, um Blum mithören zu lassen.

»War einfach nur ein schlechter Tag. Eine Infektion, sagen die Ärzte, die ein bisschen schmerzhaft ist.«

»Moment mal, heißt das, du bist noch im Krankenhaus? Wollten sie dich nicht schon entlassen?«

»Angeblich ist es nichts Ernstes, aber zur Vorsicht behalten sie mich noch eine Weile da.«

»Die Ärzte sind *sicher*, dass es nichts Ernstes ist?«

»Ja. So was kommt nach einer Operation ziemlich oft vor. Aber ich krieg hier langsam Anfälle von Klaustrophobie und will einfach nur noch raus. Deshalb ist meine Stimmung gerade nicht so prickelnd.«

»Halt durch, Jack. Die müssen nun mal sichergehen, dass alles in Ordnung ist, bevor sie dich nach Hause lassen.«

»Wo bist du?«

»In Trenton.«

»Wegen Ito Vincenzo?«

»Ja. Wir haben einiges herausgefunden, aber es gibt auch Rückschläge.«

»Rückschläge?«

»Zum Beispiel, dass Itos Enkel Tony auf der Flucht vor den Behörden ist. Und Itos Sohn, Tonys Vater, wurde im Gefängnis ermordet, kurz nachdem wir mit ihm gesprochen hatten.«

Lineberry nahm es gefasst zur Kenntnis. »Das Leben ist voller Rückschläge, Atlee«, sagte er leise. »Ich spreche aus Erfahrung.«

»Deswegen wollte ich dich um Hilfe bitten.«

»Nur zu. Dein Anruf kommt mir sehr gelegen. Er gibt mir etwas zu tun, während ich auf die nächste ungenießbare Mahlzeit warte.«

Pine erzählte ihm von dem Brief, den sie in Evie Vincenzos Kleiderschrank gefunden hatte.

»Was sagst du da?«, stieß Lineberry hervor. »Das klingt ja so, als hätte Bruno gewusst, dass deine Mutter für uns arbeitet.«

Seine raschen Atemzüge erregten Pines Besorgnis. »Ich glaube, in deiner Verfassung sollte ich dir nicht noch mehr erzählen«, meinte sie.

»Nein, nein, mir geht's gut. Bitte, sprich weiter.«

»Du hast also nichts davon gewusst, dass Bruno meiner Mutter auf der Spur war?«

»Bruno Vincenzo war ein kaltblütiger Killer«, erwiderte Lineberry angewidert. »Hätte ich geahnt, dass er Lunte gerochen hat, hätte ich die Operation auf der Stelle abgebrochen.«

»Dem Brief zufolge hat er meine Mutter nicht verpfiffen, sondern einen Deal ausgehandelt, aus dem dann aber nichts wurde. In dem Brief beklagt sich Bruno, man habe ihn verschaukelt.«

»Das kann ich mir nicht vorstellen. Allerdings hatte ich keinen Einblick, was das Rechtliche betrifft. Ich bin ja auch kein Anwalt. Mein Job war es, auf deine Mutter aufzupassen. Falls es einen Deal gab, müsste Bruno ihn mit der Staatsanwaltschaft, dem FBI und letztlich dem Justizministerium ausgehandelt haben. Jedenfalls nicht mit mir. Trotzdem hätte man mich informiert ... glaube ich zumindest. Hätte Bruno gewusst, welche Rolle deine Mutter gespielt hat, hätte es einen unmittelbaren Einfluss auf die Operation gehabt – und für die war ich zuständig. Wenn die Juristen einen solchen Deal mit Bruno vereinbart hätten, ohne mir was davon zu sagen, wäre es eine Riesendummheit gewesen. Hätten wir Bescheid gewusst, hätten wir die ganze Operation anders aufgezogen. Wir hätten Bruno für uns arbeiten lassen können – auch wenn ich mich schwergetan hätte, dem Bastard zu trauen.«

»Aber er hat tatsächlich als Kronzeuge ausgesagt?«

»Ja, um seinen Hintern zu retten. Dass es ihm trotzdem nicht gelungen ist, bricht mir nicht gerade das Herz. Der Mistkerl hat mindestens fünfzig Menschen ermordet. Ich glaube nicht, dass jemand ihn vermisst.«

»Aber wenn Bruno wusste, dass meine Mutter als Maulwurf gearbeitet hat, und wenn der Staatsanwaltschaft bekannt war, dass Mom aufgeflogen war, hätten die doch größtes Interesse an einem solchen Deal haben müssen, oder? Bruno hatte immerhin ein Druckmittel in der Hand. Er hätte die ganze Operation platzen lassen können, wie du selbst gesagt hast. Er hätte Mom in große Gefahr bringen können. Wäre das nicht Grund genug, auf einen Deal einzugehen?«

»Ihr Leben war immer in Gefahr«, entgegnete Lineberry.

»Mag sein, aber dann wäre es noch brenzliger geworden.«

»Ich weiß nicht, was ich dir sagen soll, Atlee. Ich war bei den Gesprächen nicht dabei, falls es welche gegeben hat.«

»Jedenfalls könnte das eine Erklärung sein, warum Ito nach Andersonville gekommen war. Er wollte Bruno rächen.«

»Die Sache hat nur einen Haken. Du kannst nicht davon ausgehen, dass Bruno in dem Brief die Wahrheit gesagt hat. Vielleicht hat er es so dargestellt, um seinen Bruder aufzuhetzen. Außerdem hatte Bruno es nicht anders verdient. Wenn du wüsstest, *wie* er seine Opfer zur Strecke gebracht hat, dieser kranke Irre!«

»Lass gut sein, Jack. Du darfst dich jetzt nicht aufregen.«

Pine hörte ihn mehrmals durchatmen. »Tut mir leid, normalerweise steigere ich mich nicht so rein. Es geht schon wieder.«

»Bist du sicher?«

»Ja, ganz sicher. Was wolltest du von mir wissen?«

»Du hast mal erwähnt, dass meine Familie eine Zeit lang im Zeugenschutz war.«

»Stimmt«, bestätigte Lineberry. »Nach der Operation ist irgendwie durchgesickert, dass deine Mutter als Maulwurf tätig war. Es gab Drohungen, deshalb wurde entschieden, sie unter Zeugenschutz zu stellen.«

»Wie ist das durchgesickert?«, hakte Pine nach.

Er zögerte einen Moment. »Das wurde nie aufgeklärt, obwohl wir eine ausführliche Untersuchung durchgeführt haben.«

»Habt ihr aufgrund der Drohungen angenommen, dass jemand meine Mutter verraten haben muss?«

Lineberry hustete, ehe er wieder sprechen konnte. »Ja. Das war der Beweis, dass es so gewesen sein muss.«

»Was waren das für Drohungen?«

»Nun, ich …« Lineberry verstummte.

»Wir können ein andermal weiterreden«, schlug Pine vor. »Wenn du dich besser fühlst.«

»Nein, geht schon.« Er räusperte sich. »Die erste Drohung kam in einem Brief, der an eure damalige Wohnung in New York adressiert war. Eure Adresse war geheim – trotzdem kam der Brief an. Der Absender drohte ganz offen damit, deine Mutter umzubringen. Daraufhin wurde entschieden, euch unter Zeugenschutz zu stellen.«

»Warum schickt jemand einen Drohbrief, statt direkt hinzugehen und meine Mom umzubringen?«

»Das war mir auch ein Rätsel. Vielleicht war der Brief nur zur Einschüchterung gedacht. Oder die Absender wollten erreichen, dass wir euch an einen anderen Ort bringen. Das konnten wir nie ermitteln.«

»Die wussten also von meiner Mutter, obwohl sie nie vor Gericht ausgesagt hat?«

»Deine Mutter hat ihre Aussage vor den zuständigen Behörden gemacht, in mehreren ausführlichen Befragungen. Durch ihre Informationen kamen wir an die Kronzeugen, die dann vor Gericht aussagten und im Gegenzug relativ glimpflich davonkamen. Sie hat außerdem Tonaufnahmen vorgelegt, die sie heimlich gemacht hatte, während sie mit verschiedenen Mafiabossen zusammen war. Diese Aufzeichnungen wurden durch andere Quellen bestätigt und ebenfalls als Beweismittel anerkannt. Es war alles legal und wasserdicht, doch wir gaben uns große Mühe, ihre Identität geheim zu halten. Sie war für uns extrem wichtig, um die Mafiafamilien zur Strecke zu bringen. Wir mussten mit allen Mitteln für ihre Sicherheit sorgen. Letztlich haben sich viele Mafiosi nur deshalb auf einen Deal eingelassen, weil die Beweise so erdrückend waren. Die meisten der älteren Mitglieder, die wir festgenommen hatten, starben im Gefängnis. Soweit ich weiß, sitzen die jüngeren immer noch hinter Gittern, wo sie auch hingehören.«

»Erzähl mir von der Zeit im Zeugenschutz.«

»Man hat euch nach Hudson, Ohio, gebracht, weit weg von New York City. Wir gingen davon aus, dass ihr dort in Sicherheit wärt.«

»Waren wir aber nicht.«

»Nein«, bestätigte Lineberry. »Nach zwei Monaten drangen zwei Bewaffnete ins Haus ein.«

»Wie ging es aus?«

»Ihr hattet damals einen Hund, einen Labrador – Molly hieß er.«

»An einen Hund kann ich mich gar nicht erinnern.«

»Du warst noch sehr klein, Atlee. Der Hund hat gebellt und eure Eltern geweckt. Euer Vater hatte eine Schrotflinte. Er hat einen Schuss abgegeben und die Kerle verjagt. Gleich am nächsten Tag wurdet ihr in ein sicheres Haus gebracht – vorübergehend, bis eine dauerhafte Lösung gefunden war, eine neue Bleibe.«

»Und wo?«

»In Colorado. Auf dem Land, in einer Gegend, wo jeder Fremde zwangsläufig auffällt. Wir dachten wirklich, dass ihr dort sicher wärt.«

»Was aber wieder nicht der Fall war.«

»Leider. Diesmal versuchten die Täter nicht, ins Haus einzudringen – sie griffen euch an, als ihr mit dem Auto unterwegs wart, und drängten euch von der Straße ab. Zum Glück erschienen in dem Moment zwei State Trooper am Schauplatz. Sie griffen ein und konnten deine Familie retten. Ein Angreifer entkam, der andere wurde bei dem Schusswechsel getötet.«

»Konnte die Identität des Mannes festgestellt werden?«

»Ja«, antwortete Lineberry. »Ein gewisser Giovanni Colletti, der einer Mafiafamilie in Colorado angehörte. Im Zuge der Ermittlungen fanden wir heraus, dass ein Mafia-Clan die Killer auf euch angesetzt hatte.«

»Okay, aber die große Frage ist immer noch: Wie haben die herausgefunden, wo wir waren? Jemand muss es ihnen verraten haben, Jack. Und das nicht nur einmal.«

»Das war uns damals schon klar. Wir waren extrem vorsichtig und haben jeden Einzelnen, der davon wusste, gründlich gecheckt. Aber es gab nichts Auffälliges, das uns zu einem Maulwurf oder Verräter geführt hätte. Wir haben sogar mehrmals das Personal gewechselt, den innersten Kreis immer wieder ausgetauscht, sodass immer nur sehr wenige Personen euren Aufenthaltsort kannten. Es war das Rätselhafteste, was mir in meiner ganzen Laufbahn passiert ist. Nach dem Vorfall in Colorado wurde die Entscheidung getroffen, euch in Andersonville, Georgia, unterzubringen. Meine Aufgabe war es, für eure Sicherheit zu sorgen.« Er stockte, räusperte sich. »Wie wir wissen, habe ich versagt.« Er fing an zu husten und konnte nicht mehr aufhören.

»Jack?«, fragte Pine alarmiert. »Was ist?«

Nach einer Weile fing er sich. »Schon okay. Ich bin nur … müde.«

»Ja, du brauchst jetzt Ruhe. Darf ich dich trotzdem noch um einen Gefallen bitten?«

»Aber ja«, sagte er sofort. »Jederzeit.«

»Kannst du mir Informationen über die Leute geben, die damals eingeweiht waren? Die über meine Familie Bescheid wussten? Alle, an die du dich noch erinnern kannst, auch wenn sie nur am Rande damit zu tun hatten.«

»Atlee, viele von denen sind längst im Ruhestand oder tot.«

»Trotzdem würde ich sie gern überprüfen.«

»Ich sehe nicht, was das bringen soll.«

»Das kann ich dir sagen. Ito Vincenzo kam nach Georgia und hat meine Schwester entführt. Diejenigen, die unseren Aufenthaltsort in Ohio und Colorado verrieten, haben das auch in Georgia getan. Der Betreffende muss Kontakt mit Bruno oder Ito gehabt haben – oder mit jemandem, der ihnen nahestand. Wenn ich den Betreffenden finde, könnte mich das zu Ito führen.«

Einige Augenblicke herrschte Schweigen.

»Ich werde sehen, was ich tun kann«, sagte Lineberry schließlich. »Aber ich habe seit Langem nichts mehr mit dieser Welt zu tun. Ich weiß nicht, ob meine alten Kontakte uns noch weiterhelfen können.«

»Wenn du auf Hindernisse stößt, ruf mich an. Vielleicht finde ich einen Weg. Als ich in Georgia war, habe ich zu dir gesagt, wir müssen die Sache gemeinsam durchziehen. Für mich hat sich nichts daran geändert.«

»Manchmal kann es schlimme Folgen haben, die Vergangenheit ans Licht zu zerren.«

»Ich will die Wahrheit wissen. Ich *muss* meine Schwester finden, Jack – deine Tochter. Und im Moment ist Ito mein einziger Anhaltspunkt.«

»Vielleicht lebt er gar nicht mehr«, gab Lineberry zu bedenken.

»Klar, kann sein. In Trenton hat ihn seit 2001 niemand mehr gesehen. Aber das beweist noch nicht, dass er tot ist. Solange ich es nicht mit Sicherheit weiß, muss ich weiter nach ihm suchen.«

»Es ist schon sehr merkwürdig, dass Teddy Vincenzo ermordet

wurde, nachdem ihr mit ihm gesprochen habt. Glaubst du …« Lineberrys Stimme verebbte.

»Nein. Ich kann mir nicht vorstellen, dass das mit meinem Fall zu tun hat. Ich glaube vielmehr, dass Tony Vincenzo sich auf Dinge eingelassen hatte, die weit über Drogenhandel hinausgehen. Offenbar hatte er mit seinem Vater darüber gesprochen, und der musste dafür büßen.«

»Dann haben die es bestimmt auch auf Tony abgesehen.«

»Anzunehmen«, sagte Pine. »Ich kann nur hoffen, dass wir ihn eher finden als die Leute, die Teddy beseitigt haben.«

20

»John Puller – Carol Blum«, stellte Pine sie einander mit einem Lächeln vor.

Puller schüttelte Blum die Hand. »Ich hab schon einiges von Ihnen gehört, Carol. Freut mich, Sie endlich kennenzulernen.«

Sie standen in der Lobby des Hotels, in dem Pine und Blum sich einquartiert hatten. Das Wetter war über Nacht kalt und regnerisch geworden.

Blum schaute zu dem hochgewachsenen, gut aussehenden Puller auf. »Das kann ich nur zurückgeben, Agent Puller.«

»Wie wär's, wenn wir bei einem Kaffee besprechen, wie es weitergeht«, schlug Pine vor.

Sie folgten ihr in das kleine Café, das an die Lobby angrenzte, bestellten Kaffee und gingen mit ihren Tassen zu einem leeren Sitzbereich.

Als sie an ihrem Tisch saßen, wandte Puller sich an Pine. »Wie kommst du in deinem Fall voran?«

»Es gibt ein paar neue Erkenntnisse, aber ein Durchbruch war's nicht. Es geht immer noch darum, Ito Vincenzo zu finden. Ich habe mit jemandem gesprochen, der mir dabei helfen könnte, aber es ist nur eine vage Chance. Also reden wir erst mal über deinen Fall, okay? Wer weiß, vielleicht komme ich auf diesem Weg sogar schneller an Ito heran.«

»Du meinst, Tony könnte wissen, wo sein Großvater steckt?«, fragte Puller.

»Um das herauszufinden, sind wir nach Trenton gekommen.«

Puller nickte. »Tja, ich kann auch nicht behaupten, dass ich gut vorankomme. Ich hab versucht, mit der Polizei von Trenton Verbindung aufzunehmen, aber die haben den Fall an sich gerissen und sperren mich aus. Die zeigen mir weder ihre Berichte, noch kann ich mit dem Cop sprechen, der Jerome Blake erschossen hat. Die machen total dicht und lassen mich außen vor.«

»Könnte dieser Typ von der Bundesgefängnisbehörde, dieser Moss, dahinterstecken? Er wollte doch, dass du die Finger von dem Fall lässt. Vielleicht hat er die Cops in Trenton angewiesen, nichts mehr an dich weiterzugeben.«

»Würde mich nicht wundern. Ich frage mich nur, warum die Polizei in Trenton bei so was mitmacht. Das stinkt nach Vertuschung. Selbst von meinen Leuten kommt kaum Unterstützung. Da herrscht nichts als Schweigen. Ich kapiere das einfach nicht. Ich hätte erwartet, dass irgendeiner von den höheren Chargen ein bisschen Mumm zeigt, aber es wagt sich offenbar keiner aus der Deckung.« Er senkte den Blick. »Das bin ich von der Army nicht gewöhnt, wegzuschauen und den Mund zu halten, wenn ein Unrecht geschieht. Warum tragen wir dann überhaupt die Uniform und leisten einen Eid?«

»Stimmt«, pflichtete Pine ihm bei. »Aber reden wir doch mal über den Mord an Agent McElroy.«

Puller schaute zu ihr. »Jedenfalls war es keine Bandengeschichte, das haben deine Ermittlungen ja eindeutig gezeigt. Ich bin mir nicht mal sicher, ob Jerome wirklich den Schuss abgegeben hat. Aber wenn nicht er, wer dann? Und war McElroy überhaupt das Ziel des Angriffs? Oder hat die Kugel dir gegolten? Mir? Oder uns beiden?«

»Vielleicht war Ed tatsächlich die Zielperson – als Warnung an uns, die Finger von dem Fall zu lassen«, mutmaßte Pine.

»Das hat alles was für sich«, warf Carol Blum ein. »Aber wenn diese Leute so weit gehen, einen Bundesagenten zu töten, muss etwas Gravierendes dahinterstecken. Darauf deutet auch der Aufwand hin, der offenbar betrieben wird, um das Ganze zu vertuschen.«

»Teddy Vincenzo meinte, sein Sohn habe sich auf etwas eingelassen, das ihm über den Kopf gewachsen ist«, sagte Pine. »Also geht es wahrscheinlich um viel mehr als um gewöhnlichen Drogenhandel. Könnte es sein, dass die Leute hinter dem Drogenring Verbindungen zu höchsten politischen Kreisen haben?«

»Absolut denkbar, wenn man sieht, was für krumme Dinger hier laufen«, meinte Puller.

»Die wollten dich nicht mal mit dem Cop sprechen lassen, der Jerome erschossen hat?«, hakte Pine nach.

»Kaum zu glauben, was? Nicht mal seinen Namen haben sie mir verraten.«

»Du hattest erwähnt, dass Tony einige Army-Soldaten in die Sache reingezogen hat …«

»Ja.«

»Habt ihr die Leute festgenommen?«

»Zwei. Bill Danforth und Phil Cassidy. Sie sitzen in einer Arrestzelle in Fort Dix.«

»Nicht im eigentlichen Gefängnis auf dem Gelände?«, fragte Pine.

»Nein. Sie sollen nicht so enden wie Teddy Vincenzo. Die Army hat sie in einem sicheren Trakt inhaftiert, der mit dem eigentlichen Knast nichts zu tun hat. Außerdem werden sie von Militärpolizisten bewacht, die ich selbst ausgesucht habe.«

»Ich nehme mal an, du hast Danforth und Cassidy schon befragt.«

»Ja – bis sie einen Militäranwalt verlangt haben«, sagte Puller. »Der ihnen dann auch sofort geraten hat, keine Fragen mehr zu beantworten.«

»In dieser Hinsicht unterscheidet sich das Militärrecht nicht sehr vom Zivilrecht«, stellte Blum fest. »Mein Sohn ist selbst bei der Militärpolizei in Kalifornien.«

Puller nickte. »Trotzdem hat das Militärstrafgesetzbuch einige Besonderheiten, die Außenstehenden merkwürdig erscheinen würden. Soldaten leisten einen Eid, deshalb legen wir bei ihnen höhere Maßstäbe an, als man es im Zivilleben gewohnt ist. Die Beweislast und die Strafen sind teilweise anders geregelt. In diesem Fall wurde bereits Anklage erhoben. Danforth und Cassidy müssen sich vor dem Militärgericht verantworten. Die Sache kann auf keinen Fall nach Artikel 15 geregelt werden.«

»Aha«, sagte Pine. »Und was ist Artikel 15?«

Puller schaute erst sie an, dann Blum. »Sorry, es passiert mir manchmal, dass ich in den Militärjargon verfalle. Artikel 15 ermöglicht es einem befehlshabenden Offizier, Untergebene wegen geringfügiger Vergehen zu bestrafen, ohne dass es einen Prozess gibt. Der einzige Nachteil für den Betreffenden ist, dass es in der Akte vermerkt wird und der Laufbahn schaden kann, etwa bei Beförderungen. Aber Drogenhandel ist keine Bagatelle. Und wir haben ausreichend Beweise für eine Verurteilung. Die beiden haben eine längere Haftstrafe vor sich.«

»Vielleicht sind sie zu einem Deal bereit«, meinte Pine.

»Ich hätte nichts dagegen, wenn ich dadurch an die Drahtzieher herankomme«, erwiderte Puller.

»Haben Sie mit Danforth und Cassidy denn schon über einen möglichen Deal gesprochen?«, wollte Blum wissen.

»Noch nicht. Ich wollte es zuerst mit meinen Vorgesetzten abklären und die beiden dann hart rannehmen, damit sie uns die Namen der Hintermänner liefern. Aber seit sie einen Anwalt haben, ist alles in der Schwebe.«

»Können wir im Beisein ihres Anwalts mit den beiden sprechen, oder ist das Militär auch in diesem Punkt anders?«, fragte Pine.

»Nein, das ist möglich. Okay, ich will versuchen, einen Termin zu vereinbaren. Aber mach dir keine zu großen Hoffnungen. Dieser Fall ist total verkorkst.«

»Aber die beiden müssten doch ein Interesse an einem Deal haben, um mit geringeren Strafen davonzukommen«, meinte Blum.

Puller schaute kurz zu Pine, ehe er antwortete. »Sie haben aber auch einen gewichtigen Grund, die Klappe zu halten.«

»Um zu vermeiden, dass ihnen das Gleiche passiert wie Teddy Vincenzo«, sprach Pine seinen Gedanken aus.

Ihr Handy summte. Es war ihr Kollege im FBI-Büro Trenton, Rick Davies.

Pine nahm den Anruf entgegen. »Ich schick dir ein Foto, das ich von einem Kumpel bekommen habe«, sagte Davies. »Er ist selbst Cop und kennt jemanden, der mit dem Fall zu tun hat. Das Foto zeigt die Waffe, mit der dieser CID-Agent erschossen wurde.«

»Alles klar.«

»Noch was. Ich habe erfahren, dass es in der Gegend sechs Überwachungskameras gibt, aber die Cops haben sämtliche Aufzeichnungen einkassiert. Eine Bestätigung habe ich allerdings nicht. Ich schicke dir die Standorte der Kameras, falls du es checken willst.«

»Nett von dir, Rick. Danke.«

Sie beendete das Gespräch und berichtete Puller, was sie erfahren hatte. Wenig später traf Davies' E-Mail ein. Als Pine die Pistole auf dem Foto sah, hielt sie den Atem an und schaute zu Puller.

»Was ist?«, fragte er.

»Das ist nicht die Waffe, die Jerome Blake in der Hand hielt.«

21

Es war kein Polizist mehr am Tatort, nur das gelbe Absperrband flatterte noch im Wind. Nur wenige Fußgänger waren unterwegs und trotzten dem ungemütlichen Wetter.

Mit Schirmen bewehrt, schauten Puller, Blum und Pine sich in der Gegend um, in der die tödlichen Schüsse gefallen waren. Bei Tag wirkte das Viertel anders auf Pine, vielfältiger und größer. In der abendlichen Dunkelheit hatte sie sich wie in einem langen, engen Tunnel gefühlt.

Sie schaute zu der schmalen Gasse. »Wo lernt man eigentlich, über Hausdächer zu springen, John?«, fragte sie. Carol Blum hob verwundert die Augenbrauen, als fragte sie sich, was das mit dem Fall zu tun habe.

»In der Ranger-Ausbildung.« Puller zögerte einen Moment, ehe er hinzufügte: »Du bist dir ganz sicher, dass auf dem Foto die falsche Pistole zu sehen war?«

Pine erwiderte leicht gereizt: »Jerome hielt eine Glock 26 Subcompact in der Hand. Die Waffe auf dem Bild ist die größere Glock 26 mit schwarzem Schlitten aus rostfreiem Stahl.«

»Schon gut. Ich hab sie ja nicht aus der Nähe gesehen, so wie du. Außerdem war es verdammt dunkel in der Gasse«, sagte Puller beschwichtigend. »Und die Modelle sind sich in vielem ähnlich.«

»Mit Waffen kenne ich mich aus«, hielt Pine dagegen. »Jemand hat die Pistolen vertauscht. Das Ganze war ein abgekartetes Spiel, und Jerome war derjenige, dem sie es angehängt haben.«

»Man muss schon enormen Einfluss haben, um so etwas durchzuziehen.«

»Nach allem, was wir bisher erlebt haben, kann uns das nicht mehr wundern«, meinte Pine. Sie tippte auf das Display ihres Mobiltelefons und rief eine neue Seite auf. »Ah, die Mail von Davies mit den Standorten der sechs Überwachungskameras. Okay, dann lasst uns mal an ein paar Türen klopfen.«

Sie besuchten zwei Banken, einen Waschsalon, eine Pfandleihe, einen Gemischtwarenladen und ein Geschäft für Büroartikel und erfuhren, dass die Cops die Videobänder des betreffenden Abends als Beweismaterial beschlagnahmt hatten.

»Die haben nicht lange gefackelt«, meinte Puller, als er, Pine und Blum im strömenden Regen vor dem Pfandhaus standen und berieten, wie sie weiter vorgehen sollten. »Wir haben null Bilder von den Ereignissen.«

»Ob sie es als Beweismaterial nutzen werden?«, warf Blum ein.

Puller schüttelte den Kopf. »Eher vergraben sie es in einer Mülldeponie.«

»Es waren aber Passanten in der Nähe, als die Schüsse fielen«, wandte Pine ein. »Vielleicht hat jemand die entscheidenden Sekunden mit dem Handy aufgezeichnet.«

»Da wäre wie ein Lottogewinn«, meinte Puller. »Aber okay – sollen wir am Abend noch mal herkommen und herumfragen?«

»Wir könnten es gleich jetzt in dem Restaurant versuchen, in dem wir gegessen haben. Vielleicht haben Angestellte etwas gesehen. Wir standen direkt vor dem Lokal, als McElroy erschossen wurde.«

Sie gingen zu dem italienischen Restaurant, setzten sich an

einen Tisch im hinteren Bereich und bestellten etwas zu essen. Pine erkannte die Kellnerin wieder, die an dem Abend, als die Schüsse gefallen waren, serviert hatte, und rief sie an den Tisch. Sie war Mitte zwanzig, schlank, mit hellbraunem Haar und blauen Augen.

Puller und Pine zeigten der jungen Frau ihre Dienstmarken und fragten, wie sie die Ereignisse jenes Abends erlebt hatte.

Die Kellnerin, auf deren Namensschild »DAWN« stand, erstarrte, als sie auf den Vorfall angesprochen wurde. Mit großen Augen musterte sie die Gäste. »Oh, jetzt erinnere ich mich. Sie waren an dem Abend hier, nicht wahr?« Sie schaute nach draußen. »Furchtbar. Dabei ist das hier eigentlich ein nettes, ruhiges Viertel. Einen Mord hat es in dieser Gegend noch nie gegeben.«

»War jemand von der hiesigen Polizei hier, um mit Ihnen und Ihren Kollegen zu sprechen?«, fragte Pine.

»Nicht dass ich wüsste.«

Pine und Puller wechselten einen vielsagenden Blick, ehe Puller sich wieder an die Kellnerin wandte und einen Notizblock zückte. »Können Sie uns sagen, was Sie gesehen haben? Selbst wenn es Kleinigkeiten sind, würde es uns weiterhelfen.«

Dawn nahm sich einen Stuhl und setzte sich zu ihnen. Den Blick zum Fenster gewandt, sagte sie: »Ich habe es ein paarmal knallen gehört, wie von Krachern.«

»Und dann?«

»Ich bin zum Fenster gelaufen und hab Sie beide gesehen … und den Mann, der auf dem Boden lag.«

»Haben Sie gesehen, woher die Schüsse kamen?«, fragte Puller. »Oder den Schützen?«

Dawn schüttelte den Kopf. »Ich hab nur auf den Mann auf dem Boden geschaut. Es war so …« Sie stockte einen Moment. »Aber in der Gasse gegenüber habe ich etwas gesehen.«

»Was?«, hakte Pine nach.

»Es ging sehr schnell, aber es sah aus, als würde jemand sich umdrehen und wegrennen.«

»In welche Richtung?«, fragte Puller.

»In die Gasse … glaube ich jedenfalls.« Sie zuckte die Achseln. »Tut mir leid, aber ich bin mir nicht sicher.«

Puller zog ein Foto aus der Tasche. »Haben Sie an dem Abend diese Person gesehen?«

Das Foto zeigte Jerome Blake.

Dawn betrachtete es eingehend und schüttelte den Kopf. »Nein.«

»Ganz sicher?«

»Ja.« Dawn schaute erneut aus dem Fenster. »Da draußen sind doch sicher Kameras. Die müssten das doch aufgenommen haben.«

»Stimmt«, sagte Pine. »Aber die Aufnahmen sind gerade … nicht verfügbar.«

»Sie könnten Karl fragen.«

»Karl?«, fragte Blum.

»Er ist einer unserer Köche.«

»Könnte er mehr wissen?«, hakte Pine nach.

»Karl wohnt im Haus nebenan. Da gibt es eine Feuertreppe, von der man einen guten Blick in die Gasse hat. Letztes Jahr haben sie zweimal bei ihm eingebrochen, darum hat er bei der Feuertreppe eine Kamera montiert. Die könnte aufgezeichnet haben, was unten passiert ist.«

»Wissen Sie, wo Karl zurzeit ist?«, fragte Puller.

»Wahrscheinlich zu Hause. Seine Schicht fängt um fünf an und dauert bis Mitternacht.«

Sie bezahlten und baten Dawn, bei Karl anzurufen, um zu checken, ob er zu Hause war, und ihm mitzuteilen, dass sie sich die Aufnahmen der Kamera ansehen wollten.

Als sie hinausgingen, wandte Pine sich aufgeregt an Puller. »Mann, John, das könnte der Durchbruch sein.«

»Ich weiß nicht, ob ein paar Bilder von einer Sicherheitskamera ausreichen würden, falls es überhaupt welche gibt. Nicht in diesem Fall.«

»Trotzdem. Wir müssen den Dingen auf den Grund gehen.«

»Deshalb mache ich diesen Job.«

»Ich auch.«

Carol Blum nickte. »Dann sind wir schon zu dritt.«

22

»Da ist sie.« Pine deutete auf das Ende der Feuertreppe, wo eine kleine Kamera installiert war, die möglicherweise nicht nur die Treppe, sondern auch das Geschehen vor der Gasse gegenüber aufzeichnete.

Sie betraten das Haus, stiegen die Treppe in den dritten Stock hinauf und klopften an die Tür von Apartment 311.

Karl Shaffer war Ende vierzig, hatte schütteres graues Haar und müde Augen. Er sah aus wie ein Mann, dessen Neugier auf das Leben mit den Jahren geschwunden war und der sich damit abgefunden hatte, dass das Leben sich genauso wenig für ihn interessierte wie umgekehrt.

Er war in T-Shirt und Hose, obwohl es in der Wohnung empfindlich kalt war. Sie zeigten ihm ihre Ausweise, und er ließ sie ein.

»Meine Frau arbeitet tagsüber in einem Büro«, erklärte er, während er einen vollen Wäschekorb und allerlei Krimskrams wegräumte, um Sitzgelegenheiten zu schaffen. »Dawn hat gesagt, Sie wollen die Bilder von meiner Kamera sehen?«

»Ja, von dem Abend, als die Schüsse fielen.«

Shaffer schüttelte den Kopf. »Verrückt, was da passiert ist. Aber darüber wundern kann man sich auch nicht, wenn man bedenkt, wie es in anderen Städten zugeht. Man ist im eigenen Haus nicht mehr sicher. Nicht mal, wenn man bei uns im Restaurant seine Spaghetti Bolognese isst.«

»Die Kamera …«, drängte Pine.

»Ja, klar. In den letzten zehn Monaten wurde zweimal bei mir eingebrochen. Da hab ich mir gesagt, jetzt reicht's, du musst was tun.« Er schaute zu Pine und Puller und zog sein Mobiltelefon hervor. »Die Kamera schickt die Aufnahmen über eine App direkt auf mein Handy, rund um die Uhr. Das wird dann auf irgendeine Cloud geladen, soviel ich weiß. Ich muss ja nicht verstehen, wie's funktioniert – Hauptsache, es klappt.«

»Können Sie die Aufnahmen von der Schießerei aufrufen?«, fragte Puller.

»Ich glaub schon. Der Typ, der alles installiert hat, hat's mir gezeigt. Einen Moment … auf meinem Computer ist es einfacher.«

Shaffer ging ins Nebenzimmer, kam mit einem Laptop zurück, stellte ihn auf seinen Schoß, rief die App auf und drückte ein paar Tasten.

»Kleinen Moment. Ich muss versuchen, die richtige Zeit zu erwischen. Als die Schüsse fielen, hab ich gerade Marsala-Hähnchen gemacht, das weiß ich noch genau. Ah, da haben wir's.«

Er drehte den Laptop so, dass seine Besucher den Bildschirm sehen konnten. Dann drückte er auf eine Taste und startete das Video.

Auf dem kleinen Monitor war zu sehen, wie Pine und Puller aus dem Restaurant kamen und McElroy sich ihnen näherte. Nach wenigen Sekunden krachte ein Schuss. Obwohl sie wussten, was kam, zuckten sie zusammen, als McElroy nach vorn stolperte und zu Boden fiel, während sie beide sich hinter das Auto duckten, während weitere Schüsse krachten.

»Spulen Sie zurück, bis ich Stopp sage«, forderte Puller ihn auf.

Shaffer tat es.

»Stopp.«

Sie hatten die Mündung der Gasse im Blick, aus der die Schüsse kamen. Und so wie Dawn, die Kellnerin, ausgesagt hatte, war eine plötzliche, schattenhafte Bewegung zu sehen. Ein Ärmel, ein Bein, eine Hand. Shaffer zoomte den Ausschnitt heran, doch mehr war nicht zu erkennen.

»Lassen Sie weiterlaufen«, sagte Puller.

Sie verfolgten auf dem Monitor, wie erst Puller, dann Pine in die Gasse rannten und aus dem Bild verschwanden.

Pine dachte fieberhaft nach und rief sich in Erinnerung, wie sie die Gasse entlanggelaufen war, während hoch über ihr Puller von Dach zu Dach sprang. Kurz darauf hatte sie das Ende der Sackgasse erreicht. In diesem Moment hatte Jerome sich hinter den Mülltonnen aufgerichtet, verwirrt, zitternd, durcheinander. Sie hatte ihn vergeblich zu überreden versucht, die Waffe wegzulegen. Sekunden später war der Schuss gefallen. Der Schuss, der Jeromes Leben beendete. Pine dachte an den überraschten Ausdruck im Gesicht des Jungen und sah in ihrer Erinnerung, wie er langsam nach vorn kippte, auf die Mülltonnen fiel und dann auf den Asphalt prallte.

Doch dieser dramatische Augenblick wurde von einem plötzlichen Gedanken in den Hintergrund gedrängt, der ebenso schockierend wie unerklärlich war.

Sie schaute zu Puller. Dessen Gesicht war wie versteinert.

Pine beugte sich zu ihm und flüsterte: »Der Cop, der Jerome erschossen hat. Warum sehen wir ihn nicht in die Gasse laufen?«

»Weil er schon dort war«, sagte Puller. »Weil er nicht nur den Jungen erschossen hat, sondern auch McElroy.«

23

Im Unterschied zu dem Abend damals herrschte Stille in der Gasse. *Totenstille*, dachte Pine bei sich. Selbst wenn auf einem belebten Platz jemand starb, inmitten von Stimmengewirr, war es so, als würde der Tod alle Geräusche schlucken.

Puller und Pine nahmen Carol Blum in die Mitte, als sie die Gasse betraten.

»Die Frage ist, wo der Schütze sich versteckt hatte, dass wir ihn nicht gesehen haben«, sinnierte Pine.

Sie gingen bis ans Ende der Gasse, wo die aufgereihten Mülltonnen standen, hinter denen Jerome Blake gekauert hatte. Auf dem Asphalt waren an der Stelle, an der die Leiche des Jungen gelegen hatte, noch Blutflecken zu sehen.

Bedauernd dachte Pine daran, was sie über Jerome erfahren hatte. Dass er ein hochtalentierter junger Mann gewesen war, der das Zeug gehabt hatte, der Welt etwas zu geben, das sie ein bisschen besser machte. Nun lag er in einem Leichenschauhaus und wurde noch dazu eines Mordes beschuldigt, den er nicht begangen hatte.

Sie riss sich von diesem Gedanken los, schaute zu Puller und zeigte auf die Leiter, die auf das Dach führte. »Über diese Leiter bist du vom Dach runtergekommen, stimmt's?«

Pullers Blick ging in die gleiche Richtung. »Ja. Gehen wir noch mal durch, was passiert ist.«

»Okay. Also, der Cop kam herangelaufen, nachdem er Jerome niedergeschossen hatte«, begann Pine. »Er sagte, Jerome habe auf mich schießen wollen, worauf ich erwiderte, dass ich das nicht glaube. Er ging zu dem Jungen und tastete nach dem Puls. Dann hätte er fast auf dich geschossen, als du von der Leiter runterkamst.«

Puller griff den Faden auf und spann ihre gemeinsame Erinnerung weiter. »Er wollte unsere Ausweise sehen. Dann sagte er, er wäre auf deinen Notruf hin gekommen, was gelogen war, wie wir jetzt wissen, weil er sich schon in der Gasse aufgehalten hatte.«

»Ja. Dann hast du ihn gefragt, ob er Jerome kennt, was er verneint hat. Stattdessen wollte er wissen, wer der Tote draußen an der Straße sei, und du hast es ihm gesagt.«

»Richtig. Daraufhin fragte er, weshalb der Junge auf einen CID-Agenten geschossen haben könnte.«

»Danach sind noch mehr Cops auf der Bildfläche erschienen«, erinnerte sich Pine. »Sie haben uns beiseitegenommen und eingehend befragt.«

»Dieser Cop … der Kerl war um die eins fünfundachtzig und breitschultrig. Sein Gesicht habe ich nicht so genau gesehen. Du?«

Pine überlegte einen Moment. »Ich würde ihn wiedererkennen, da bin ich mir sicher.«

»Und wo ist er hin, nachdem die Schüsse gefallen waren?«, warf Carol Blum ein.

»Gute Frage«, sagte Pine. »Ich weiß noch, dass ich John mit einem Sergeant sprechen sah …«

Puller nickte. »Genau. Der hat sich Notizen gemacht und die Spurensicherung gerufen.«

Pine griff den Faden auf. »Als ich mich umdrehte, sah ich gerade noch, wie jemand aus der Gasse verschwand. Ich glaube, das war der Kerl. Aber bei den vielen Uniformierten kann ich es nicht beschwören.«

»Der Trubel hat es ihm auf jeden Fall leicht gemacht, sich zu verdrücken«, meinte Blum. »Normalerweise hätten sie ihn nicht einfach abhauen lassen, nachdem er Jerome erschossen hatte.«

»Er könnte natürlich auch ein echter Cop gewesen sein«, gab Puller zu bedenken. »Was die ganze Sache noch viel schlimmer machen würde. Hast du sein Namensschild gesehen?«

»Nein. Es wäre mir aber sicher nicht entgangen. Das wiederum heißt, er hat keins getragen. Das allein hätte mir sagen müssen, dass etwas faul ist.« Pine verzog das Gesicht. »Ich hab's vermasselt.«

»Sie sollten nicht zu hart mit sich sein, Agentin Pine«, meinte Blum. »Es ging alles viel zu schnell.«

»Trotzdem, Carol. In meiner Ausbildung habe ich gelernt, auch auf Dinge zu achten, die andere übersehen würden.« Pine hielt inne, überlegte einen Augenblick. »Seine Uniform sah jedenfalls echt aus, bis auf das fehlende Namensschild. Er trug eine Mütze, deshalb weiß ich leider nicht, ob er dichtes Haar hatte oder nicht. Seine Unterarme waren stark behaart. Wie gesagt, ich würde ihn garantiert wiedererkennen.«

Puller schaute sich in der Gasse um. »Wir müssen sein Versteck finden.«

Langsam schritten sie die Gasse ab und ließen die Blicke über die nackten Wände schweifen. Es gab in diesem Bereich keine Türen und Fenster. Niemand hätte lautlos über den Stacheldraht klettern können, mit dem die verschlossenen Tore der Seitengassen gesichert waren. Da und dort war ein Fenster oder eine Tür zugemauert oder vernagelt. Sie vergewisserten sich, dass hier niemand mehr durchkonnte.

Puller meinte: »Wahrscheinlich haben sie alle Seitengassen und Eingänge dichtgemacht, damit sich hier keine Junkies und Kriminellen breitmachen. Manche Häuser stehen leer oder werden renoviert. Das zieht eine gewisse Klientel an.«

»Könnte er über ein Dach gekommen sein?«, überlegte Pine laut. »So wie du?«

»In dem Fall hätte er zuerst in ein Haus eindringen müssen. Und Leute, die sich auf Dächern herumtreiben, machen sich verdächtig. Das hätte er nicht riskiert.«

Sie gingen zum Eingang der Gasse zurück.

»Jerome muss schon früher hergekommen sein«, meinte Pine. »Noch vor der Zeitspanne, die das Video zeigt.«

»Fragt sich nur, warum«, warf Blum ein.

Pine machte ein paar Schritte nach vorn. Das Geräusch ihrer Stiefel auf dem Asphalt klang plötzlich anders, hell und metallisch.

Sie schaute auf den Kanaldeckel.

Puller folgte ihrem Blick. Dann sahen sie einander ungläubig an.

Puller rannte zu seinem Auto, holte den Radschlüssel aus dem Kofferraum und kam zu den beiden Frauen zurück. Er schob das schmale Ende des Werkzeugs in die Öffnung und drückte es nach unten. Langsam wurde der Deckel hochgehebelt. Mit gemeinsamen Kräften schoben Puller und Pine ihn beiseite.

Pine zog ihre Stablampe hervor und leuchtete in den Schacht.

»Carol, Sie bleiben hier oben. Wir schauen uns da unten um und melden uns, falls wir etwas finden.«

Puller stieg zuerst in die Tiefe, während Pine ihm den Weg leuchtete.

Dann folgte sie ihm hinunter in die Düsternis.

24

Als Pine den Grund des Schachts erreichte, leuchtete sie die Wände ab. Zu beiden Seiten verliefen Rohre aus Kupfer und PVC; außerdem sah sie Verteilerkästen und Gummischläuche.

»Sieht aus wie ein Wartungsschacht«, meinte sie. »Wahrscheinlich für den ganzen Block.« Sie richtete die Lampe nach unten.

Auf dem Betonboden zeichneten sich frische Fußabdrücke im feuchten Schmutz ab.

»Zwei Personen, unterschiedliche Schuhgröße«, stellte sie fest. »Vielleicht haben der Cop und Jerome sich hier getroffen. Die Abdrücke führen nur in eine Richtung – zur Gasse.«

»Und nicht wieder zurück. Das heißt, der Cop hat Jerome auf diesem Weg hergebracht. Anders hätte er keine Garantie gehabt, dass der Junge tatsächlich kommt und genau dort ist, wo er ihn haben will.« Puller hielt inne, überlegte kurz. »Sie steigen die Leiter rauf. Der Cop erschießt McElroy und sagt Jerome, er soll in die Gasse laufen, was der Junge auch tut.«

Pine nickte. »Danach versteckt sich der Cop in einem dunklen Winkel und wartet, bis wir vorbeilaufen. Oder er wartet hier unten, lässt uns vorbeirennen, kommt raus und folgt uns die Gasse runter.«

Mit seiner Handykamera fotografierte Puller die Schuhabdrücke. »Dann wartet er, bis wir Jerome aufgespürt haben«, führte er

Pines Gedanken fort, »und erschießt den Jungen, bevor er uns alles erzählen kann.«

»Ist dir auch aufgefallen, was wir *nicht* sehen?«, fragte Pine.

»Ja. Spuren, dass die örtlichen Cops sich hier unten umgesehen haben.«

Sie folgten den Fußabdrücken durch den langen Tunnel, der nach mehreren Biegungen an einer Wand mit einer Leiter endete. Sie kletterten die Sprossen hoch, drückten den Deckel auf und fanden sich in einem großen Raum mit verschiedenen Anlagen und Apparaturen wieder. An den Wänden waren graue Paneele mit Schaltern und Sicherungen angebracht.

»Das muss ein Schaltraum des hiesigen Stromversorgers sein«, meinte Pine.

Die Spuren im Schmutz führten zur einzigen Tür des Raumes.

Puller steifte sich Latexhandschuhe über und versuchte, die Tür aufzuziehen. Sie war verschlossen und ließ sich auch von drinnen nicht öffnen.

»Überrascht mich nicht.« Puller zog eine schmale Ledertasche hervor und nahm zwei Dietriche heraus. Er inspizierte das Schloss einen Moment lang, dann schob er die beiden kleinen Metallwerkzeuge hinein. Ein Ohr ans Schloss gedrückt, bewegte er die Dietriche behutsam hin und her.

Pine lächelte. »Beim Militär lernt man wirklich praktische Dinge fürs Leben.«

»Darauf legt man bei der Army nun mal Wert. Aber ich bin sicher, du kriegst so was auch hin.«

Das Schloss klickte. Puller drehte den Knauf und öffnete die Tür. Vorsichtig spähten sie nach draußen.

»Verdammte Kiste«, fluchte Pine.

Vor sich sahen sie die Rückseite eines Polizeireviers.

Puller vergewisserte sich, dass niemand in der Nähe war; dann traten sie ins Freie, und er schloss leise die Tür.

»Ganz schön dreist, direkt neben dem Polizeirevier hier runterzusteigen«, meinte Pine. »Erst recht in Begleitung des Jungen.«

»Es sei denn, er ist ein echter Cop«, entgegnete Puller. »Dann würde es keine Fragen aufwerfen. Der Kerl hätte nur dann ein Problem bekommen, hätte Jerome überlebt und alles auffliegen lassen. Aber das hat der Typ ja gründlich verhindert.«

Sie machten sich auf den Weg zurück zu Carol Blum.

»Stellt sich die Frage«, meinte Pine nach ein paar Schritten, »ob wir nach einem korrupten Polizisten suchen oder ob viel mehr dahintersteckt.«

»Ein korrupter Bulle könnte auch allein arbeiten. Danach sieht es mir hier aber ganz und gar nicht aus.«

»Schön, dass du es auch so betrachtest. Ich glaube nämlich, dass wir es hier mit einer Art Verschwörung zu tun haben – eine dieser wirren Geschichten, die irgendwelche Trottel übers Internet verbreiten.«

»Gut möglich«, meinte Puller.

»Das könnte bitter für uns werden. Wenn die örtliche Polizei *und* irgendwelche Bundesbehörden in die Sache verwickelt sind, bedeutet das …« Pine schaute ihn erwartungsvoll an.

»Dass wir keine Rückendeckung haben«, führte Puller ihren Gedanken zu Ende. »Das heißt, wir müssen bei jedem unserer Schritte höllisch aufpassen.«

»Du hast gesagt, du weißt nicht, was du tun wirst, falls man dich von dem Fall abzieht.«

»Jedes Mal, wenn das Handy klingelt, rechne ich damit, dass diese Anweisung kommt.« Puller zögerte einen Moment. »Aber ich könnte das nicht auf sich beruhen lassen.«

»Das Problem ist nur, du bist bei der Army. Wenn sie dir eine andere Aufgabe übertragen, kannst du nicht ablehnen.«

»Du auch nicht. Das FBI ist ein genauso unpersönlicher bürokratischer Apparat, der keinen Widerspruch duldet.«

»Da hast du nicht ganz unrecht. Wahrscheinlich werde ich in ein paar Tagen die Order bekommen, schnellstens nach Arizona zurückzukehren, eine brave Agentin zu sein und die Sache zu vergessen.«

»Und?«

»Da geht es mir wie dir. Ich könnte nicht einfach von hier verschwinden, als wäre nichts gewesen.«

»Obwohl das hier gar nicht dein Ding ist. Du bist hier, um herauszufinden, was aus deiner Schwester geworden ist. Also lass die Finger von dieser Sache, Atlee. Ich muss allein versuchen, Licht in die Angelegenheit zu bringen.«

»Netter Versuch, aber du kennst mich und weißt, dass ich mich nicht aus dem Staub machen werde. Entweder beide oder keiner.«

»Darf ich einen Vorschlag machen?«

»Tu dir keinen Zwang an.«

»Wir tun uns zusammen und attackieren gleichzeitig, Seite an Seite. Du hast deine Gründe, Tony Vincenzo zu finden, und ich hab meine.«

»Und welche?«

»Es gibt da etwas, das du noch nicht weißt. Wir hatten Tony schon eine Weile überwacht, bevor wir ihn festnehmen wollten. Er war ein paarmal in New York, in einem dieser neuen, superschlanken Wolkenkratzer unweit vom Central Park.«

»An der Billionaires' Row, meinst du?«

»Ja. Eines der teuersten Pflaster der Welt. Rund um die Fifty-seventh Street gibt es Luxusapartments, die mehr kosten als ein

Schloss in Europa. Einige davon gehören russischen Oligarchen, arabischen Scheichs, was weiß ich. Leute, die Unsummen aus ihren Ländern hinausschaffen.«

»Und was hat Tony Vincenzo dort getrieben?«

»Genau das müssen wir herausfinden«, sagte Puller. »Jedenfalls ist er zweimal mit einem Aston Martin dort aufgekreuzt.«

»Mit einem Aston Martin? Wow. Wie viel hat er mit seinen Drogen verdient?«

»Der Wagen war nicht auf ihn zugelassen, sondern auf eine Strohfirma. Wer dahintersteht, konnten wir leider nicht ermitteln. Klar ist nur, es müssen Leute mit riesigen Vermögen und den besten Verbindungen sein.«

Pine schaute ihn an. »Meine Güte. Die Sache zieht immer weitere Kreise.«

»Ich kann dir einige Namen von Leuten im Fuhrpark von Fort Dix geben«, sagte Puller. »Und die von ein paar anderen, mit denen Tony zusammengearbeitet hat.«

»Okay, aber wozu?«

»Ich würde Probleme kriegen, wenn ich diese Leute befrage. Deshalb hab ich mir gedacht, du könntest das übernehmen.«

»Und was hast du selbst vor?«, fragte Pine.

»Wenn du es auf dem Schlachtfeld mit einer Übermacht zu tun hast und Gefahr läufst, vom Feind überrannt zu werden, bleiben dir zwei Möglichkeiten.« Er sah sie erwartungsvoll an.

»Eine ist der Rückzug«, sagte Pine.

Puller nickte. »Die andere ist ein Überraschungsangriff. In diesem Fall entscheide ich mich für die zweite Option, weil sie damit am wenigsten rechnen werden.«

»Und wer sind *sie?* Wen willst du angreifen?«, fragte Pine neugierig.

»Meine Kommandokette. Aber nicht so, wie du jetzt vielleicht denkst.«

»Kannst du dich ein bisschen deutlicher ausdrücken?«

»Nein, damit würde ich dich zur Mitwisserin machen. Und das wäre für uns beide gar nicht gut. Im Moment musst du mir einfach vertrauen.«

Ohne ein weiteres Wort erhöhte Puller sein Schritttempo. Pine zögerte einen Moment, dann eilte sie ihm hinterher.

25

»Sie kennen Tony also ziemlich gut?«, fragte Pine.

Sie und Blum saßen an einem Cafétisch einer jungen Frau namens Lindsey Axilrod gegenüber. Sie war Mitte dreißig, mittelgroß und schlank, hatte hellbraunes Haar und ein hübsches, sommersprossiges Gesicht. Axilrod stand auf der Liste, die Puller ihr gegeben hatte.

»Ja, er ist ein netter Kerl. Wir gehen öfter mal etwas trinken.«

»Haben Sie ihn in Fort Dix kennengelernt?«

»Ja. Ich bin aber nicht in der Army, genauso wenig wie Tony. Ich arbeite in der IT und bin für Computerprobleme zuständig.«

»Da werden Sie nie ohne Job sein«, meinte Blum. »Leute wie Sie sind heutzutage Perlen auf dem Arbeitsmarkt.«

Lindsey lächelte und faltete die Papierhülle des Strohhalms, mit dem sie ihren Eistee trank. »Nun ja, es ist ein Beruf, der einen ständig vor neue Herausforderungen stellt. Aber das gefällt mir. Jeder Tag ist anders, es wird nie eintönig.« Sie schaute zu Pine. »Aber warum interessiert sich das FBI für Tony?«

»Wann haben Sie ihn zum letzten Mal gesehen?«

»Vor ungefähr einer Woche. Seitdem war er nicht mehr auf der Arbeit. Ist etwas mit ihm?«

»Niemand weiß, wo er steckt«, sagte Pine.

»Du liebe Zeit«, stieß Axilrod hervor. »Dann muss etwas passiert sein. Das hatte ich mir schon gedacht.«

»Wir versuchen herauszufinden, was mit Tony ist. Wenn Sie uns irgendwas dazu sagen können, würde es uns sehr helfen.«

»Ich will's gern versuchen.«

»Sie sind mit ihm ausgegangen?«

»Ja, meistens mit mehreren Leuten, manchmal aber auch nur mit Tony.«

»Gibt es ein Lokal, das Sie besonders oft besucht haben?«

»Eigentlich nicht. War waren in Bars, Clubs, beim Basketball, in Restaurants, so was alles. Nichts Regelmäßiges. Einmal waren wir beim Bowling, das kann er richtig gut.«

»Wir haben gehört, dass Tony manchmal nach New York fährt, jedes Mal zu einer bestimmten Adresse.«

Lindsey riss die Augen auf. »Das wissen Sie?«

»Ja, aber wir wüssten gern ein bisschen mehr.«

»Nun ja, das Apartment gehört einem guten Freund von Tony. Sie kennen sich schon lange.«

»Hat dieser Freund einen Namen?«

»Randy. Er hat irgendeine Firma gegründet und sie dann für Abermillionen an Google oder sonst wen verkauft. Der Typ ist nicht viel älter als ich, hat aber für alle Zeiten ausgesorgt. Ein echter Glückspilz. Er hat sogar einen privaten Aufzug zu seinem Apartment.« Sie schüttelte den Kopf. »So was sieht man sonst nur in Filmen.«

»Sie waren also schon mal dort?«

»Ja, ein paarmal sogar. Ohne Tony würde ich so etwas nie von innen zu sehen bekommen.«

»Wie kommt es, dass Tony so jemanden kennt?«

»Randy war nicht immer reich. Er und Tony kannten sich von früher, seit Tony achtzehn war oder so. Genau weiß ich es auch nicht, aber Randy hat seine alten Freunde nicht vergessen, nachdem er den Jackpot geknackt hatte.«

»Wo steht das Hochhaus?«

»In der Fifty-seventh Street.«

»Die Billionaires' Row?«

»Ja. Einer von diesen neuen, superteuren Wolkenkratzern. Allein die Parkplatzgebühr macht wahrscheinlich das Fünffache meines Jahresgehalts aus.«

»Ich habe gehört, Tony fährt immer mit einem dicken Schlitten hin.«

Lindsey Axilrod lächelte. »Ja, der Aston Martin. Der gehört auch Randy – er leiht ihn Tony manchmal. Hätte mir jemand vor einem Jahr gesagt, dass ich mal in einem Supersportwagen herumkutschieren würde, ich hätte ihn für verrückt erklärt. Aber es ist ein geiles Gefühl, kann ich Ihnen sagen.«

»Haben Sie Randy auch mal kennengelernt?«, fragte Carol Blum.

»Nein. Tony hat gesagt, dass er die meiste Zeit um die Welt fliegt. Mal ist er in Peking, dann in Paris oder Rio. Er hat seinen eigenen Jet. Ich kann mir so ein Leben gar nicht vorstellen. Aber der Typ lässt andere an seinem Wohlstand teilhaben, das finde ich cool.«

»Wie war es, wenn Sie mit Tony in dem Penthouse waren?«

»Na ja, wir haben ein bisschen was getrunken, uns ein paar Computerspiele reingezogen. Randy hat ein großes Zimmer nur zum Spielen eingerichtet. Tony und ich sind begeisterte Gamer, nur dass ich besser bin als er. Aber das tut wohl nichts zur Sache.«

»Sie und Tony sind also zusammen?«

Lindsey runzelte die Stirn. »So würde ich es nicht ausdrücken. Wir unternehmen gern etwas miteinander, aber wir haben nicht vor, zu heiraten, falls Sie das meinen. Ich bin fast zehn Jahre älter als Tony.«

»Dann war also nie mehr zwischen Ihnen?«, fragte Pine.

Die Miene der jungen Frau wurde eine Nuance kühler. »Muss ich darauf antworten? Was hat das damit zu tun, dass Tony verschwunden ist? Worauf wollen Sie mit Ihren Fragen hinaus?«

»Wir wollen uns nur ein Bild von Tony machen. Mir würde es auch nicht gefallen, wenn jemand mir solche Fragen stellt, aber beim FBI gehört das nun mal zur Vorgehensweise.«

Axilrod wirkte noch immer verärgert, antwortete jedoch: »Ich würde sagen, wir sind *Freunde*. Reicht das?«

»Ja, das reicht. Ist er noch mit anderen Frauen ... befreundet?«

»Ich weiß nicht, ob er mit einer anderen ein Verhältnis hat. Wir haben nie darüber gesprochen.«

»Wenn Sie mit Tony nach New York fahren – sind Sie beide dann allein in dem Penthouse?«

»O nein. Da sind immer ein Haufen Leute dabei.«

»Freunde von Tony?«

»Ein paar.«

»Die anderen sind Bekannte von Randy?«

»Ich glaub schon. Sie wissen ja auch, dass Leute wie Randy, Typen mit massenhaft Geld, gern den großen Macker spielen. Wir fahren hin, machen ein paar Spiele und albern herum. Mehr läuft da nicht. So was gibt's in New York an jeder Ecke. Das Ganze ist völlig harmlos.«

»Sind Sie sicher?«

»Echt, da läuft nichts Illegales. Die Leute haben einfach nur Spaß, feiern ab, lassen es sich gut gehen.«

»Lässt Randy ständig Leute in sein Apartment, um Partys zu feiern?«

»Natürlich nicht. Tony hat gesagt, dass Randy ihn manchmal anruft, wenn wieder mal 'ne Fete angesagt ist. Das kommt höchstens ein-, zweimal im Monat vor. Aber ich freue mich immer darauf. Das ist eine ganz andere Welt. So was erlebt man nicht alle Tage.«

»Gut. Jetzt mal eine ganz andere Frage. Ist Ihnen hier in Fort Dix mal irgendetwas Ungewöhnliches aufgefallen?«

»Ungewöhnlich? Inwiefern?«

»Ich weiß nicht – irgendwas, das anders war als sonst.«

»Nein, nie.«

»Wissen Sie, Lindsey, es ist so: Tony hat Drogen hergestellt und verkauft.«

Lindsey Axilrod schüttelte entschieden den Kopf. »Das ist unmöglich. In Fort Dix kann man keine Drogen verticken. Die machen Fahrzeugkontrollen, haben Spürhunde und so was alles.«

»Gut, kommen wir noch mal auf das Apartment in New York zurück. Würden Sie den Weg dorthin finden?« Pine behielt für sich, dass sie die Adresse kannte.

»Warum?«, fragte Lindsey misstrauisch.

»Ich würde mir gern selbst ein Bild machen. Wir könnten zusammen hinfahren.«

Axilrod schüttelte den Kopf, mit einem Mal sichtlich nervös. »Ich möchte mich nicht in so was hineinziehen lassen.«

»Nun ja, ich könnte mir auch einen Durchsuchungsbeschluss besorgen, dann würde das Apartment von einem unserer Teams auf den Kopf gestellt. Das würde ich gern vermeiden. Sie doch sicher auch, oder?«

Axilrod sah sie stirnrunzelnd an. »Sie bringen mich da in eine unmögliche Situation. Wenn Sie das tun und Tony erfährt, dass ich mit Ihnen geredet habe … du meine Güte, er wäre stinksauer.«

»Ich dachte, es ist alles ganz harmlos, was in dem Apartment vor sich geht.«

»Soviel *ich* weiß. Aber ich wohne ja nicht da, und ich kenne nicht alle Leute, die dort verkehren. Falls doch irgendwas nicht in

Ordnung sein sollte, hänge ich mit drin. Ich bin ja nicht blöd. Wenn das FBI rumschnüffelt, muss irgendwas faul sein.«

»Sie müssen mich nur in diesen Wolkenkratzer reinbringen, mehr nicht. Kennen Sie den Portier?«

»Ja, schon.«

»Und? Steigt da bald wieder eine Party?«

Axilrod schaute zu Blum, dann wieder zu Pine, und sagte schließlich resignierend: »Ja. Heute Abend.«

»Woher wissen Sie das?«, fragte Blum.

»Tony hat es mir vorige Woche gesagt. Wir wollten zusammen hinfahren. Bloß hab ich seitdem nichts mehr von ihm gehört.«

»Dann fahren wir zwei hin«, sagte Pine. »Sie und ich. Okay, Lindsey?«

Axilrod zögerte, nickte schließlich. »Na schön. Aber wenn es Ärger gibt, bin ich weg.«

26

Axilrod und Pine fuhren mit einem Uber-Taxi in die Stadt, nachdem sie sich in Newark getroffen hatten.

Lindsey trug eine enge dunkle Jeans, eine weiße Bluse, die ein wenig Dekolleté sehen ließ, eine kurze Jeansjacke und Stöckelschuhe.

Pine hatte zu ihrer Jeans eine Bomberjacke angezogen; dazu trug sie eine hochgeknöpfte dunkelblaue Bluse. Aus verständlichen Gründen hatte sie ihre Waffen und den Dienstausweis im Hotelzimmer gelassen.

»Was tun wir, wenn wir drin sind?«, fragte Axilrod nervös.

»Wir mischen uns unters Volk. Es geht darum, mehr über Tony zu erfahren. Ich erwarte keine sensationellen Infos, aber jede Kleinigkeit könnte mir weiterhelfen.«

»Glauben Sie, Tony ist auch da? Ich hab schon ein paarmal versucht, ihn zu erreichen, aber er geht nicht ran.«

»Sagen wir so – es würde mich überraschen, wenn er da wäre, aber möglich ist alles.«

Als sie ihr Ziel erreicht hatten, stiegen sie aus. Pine ließ den Blick schweifen. Sie befanden sich am südlichen Ende des Central Park, zwischen Seventh und Eighth Avenue. Der Wolkenkratzer, den sie betreten wollten, ragte mehr als dreihundert Meter in den Himmel über New York.

Puller hatte ihr ein paar Informationen über das Gebäude

gegeben; außerdem hatte Pine sich selbst ein wenig schlaugemacht. Das günstigste Apartment kostete 43 Millionen Dollar. Am teuersten war das Penthouse, das sich über die beiden obersten Etagen erstreckte. Die zwei Stockwerke waren durch eine breite Treppe und einen privaten Lift verbunden.

Trotz der horrenden Preise gab es keine freien Apartments mehr. Aber auch keine Bewohner, die ständig hier lebten. Die Apartments erfüllten einen anderen Zweck. Sie halfen ihren Besitzern, Geld aus Ländern zu transferieren, deren Regierungen sich hin und wieder am Vermögen der Reichen bedienten. Ebenso gut eigneten sich solche Luxusapartments dazu, illegal erworbenes Geld zu waschen.

Pines geschultem Auge entging nicht, dass der livrierte Portier deutlich muskulöser und aufmerksamer war als ein durchschnittlicher Portier im Big Apple. Er führte die beiden Besucherinnen zum Concierge, der in der kleinen, aber luxuriös eingerichteten Lobby an seinem Schalter saß. Er war ein breitschultriger junger Mann mit dichtem gewelltem Haar, einem teuren blauen Anzug mit weißem Einstecktuch und hilfsbereiter, aufmerksamer Miene.

Pine konnte sich denken, dass der Mann keinen einfachen Job hatte. Er musste wachsam und notfalls resolut sein, konnte es sich aber nicht erlauben, VIP-Gäste zu vergraulen. Vermutlich war er gut geschult für diese heikle Aufgabe.

»Ja?«, fragte er und schaute zwischen Axilrod und Pine hin und her.

»Meine Name ist Lindsey Axilrod, vielleicht erinnern Sie sich an mich. Ich komme normalerweise mit Tony Vincenzo.«

»O ja, natürlich, Ms. Axilrod. Freut mich, Sie wiederzusehen. Mr. Vincenzo ist leider nicht hier.«

»Ich weiß, aber wir wollten uns hier treffen. Er wird später kommen. Ich nehme an, es ist schon richtig was los da oben, stimmt's? Wie immer.«

»Es sind einige Gäste im Penthouse«, sagte der junge Mann diplomatisch und schaute zu Pine. »Und Ihre Freundin?«

Pine hielt ihm die Hand hin. »Ich bin Angela. Lindsey hat gesagt, es ist okay, wenn ich mitkomme.«

»Tony war auch einverstanden«, fügte Axilrod rasch hinzu. »Er hat Angela sogar eingeladen.«

»Gut. Kommen Sie, ich bringe Sie zum Aufzug.«

Er drückte seinen Daumen auf den Scanner beim Aufzug und tippte die Stockwerksnummer ein. Die Tür glitt auf, und die beiden Frauen stiegen in die Kabine. Der Lift schoss sie förmlich die neunzig Stockwerke hinauf, wo sie von einem Trubel empfangen wurden, wie man ihn in einem der teuersten Apartmenthäuser der Welt nicht unbedingt erwarten würde.

Es mussten an die vierzig Leute sein, schätzte Pine, die meisten von ihnen unter dreißig. Viele waren bereits betrunken. Die Gäste standen in kleinen Gruppen beisammen oder hatten es sich auf den luxuriösen Polstermöbeln bequem gemacht. Manche lehnten an der Wand, andere saßen an den Tischen oder suchten sich, eng aneinandergeschmiegt, ein Plätzchen, wo sie ungestört waren.

Im nächsten Moment sah Pine sich zwei dunkel gekleideten, bulligen Männern gegenüber, beide mit verräterischen Ausbuchtungen in ihren Jacketts, in denen zweifellos Waffen steckten.

Einer der beiden streckte auffordernd seine Pranke aus. »Die Handtaschen.«

Es klang nicht nach einer höflichen Frage.

Pine und Axilrod gaben ihm ihre Taschen. Die beiden Schlägertypen durchsuchten sie eingehend und gaben sie den Frauen zurück. Danach wurden sie gründlich gefilzt.

»Name?«, fragte einer der beiden erst Pine, dann Lindsey.

Beide antworteten, ohne zu zögern.

»Ich komme sonst immer mit Tony Vincenzo«, fügte Axilrod hinzu. »Wir haben uns ja schon öfter gesehen.«

»Alles klar«, sagte der stämmige Kerl. »Viel Spaß.«

Sie gingen zur Bar, die vor einer Glaswand eingerichtet war. Hinter dem Panoramafenster bot sich eine atemberaubende Aussicht auf die Stadt. Auf den Straßen waren die Lichter von Tausenden Fahrzeugen zu sehen. Ein schlanker Jet verschwand aus ihrem Sichtfeld und ging in den Landeanflug auf den LaGuardia Airport. Nebenan ragte ein weiterer Wolkenkratzer auf, der es anderen Superreichen ermöglichte, über dem gewöhnlichen Volk zu thronen.

Pine und Axilrod bestellten sich Drinks – eine Rum-Cola und einen Champagner-Cocktail.

Pine ließ den Blick durch den Raum schweifen und versuchte, so viel wie möglich in sich aufzunehmen. Die bulligen Sicherheitsleute hatten sich wieder an der Tür postiert und widmeten ihr nicht mehr Aufmerksamkeit als den anderen Gästen.

»Ist jemand da, den Sie kennen?«, wollte Pine wissen. »Mich interessieren vor allem Leute, die mit Tony befreundet sind.«

»Die zwei da drüben«, sagte Lindsey. »Mit denen hab ich mich schon mal unterhalten, als ich mit Tony hier war. Ich glaube, sie kennen ihn, aber nicht sehr gut. Sie haben sich über Sport und solche Dinge unterhalten.«

»Ist jemand hier, den Sie von Fort Dix kennen?«

Axilrod schaute sich um. »Die Frau da drüben in der Ecke, die mit dem Typen knutscht.«

Pine schaute in die Richtung. Die junge Frau war zierlich, Mitte zwanzig, mit strähnigem aschblondem Haar. Ihre Haut zeigte eine ungesunde Blässe, und ihre bleistiftdünnen Beine steckten in hautengen Jeans. Selbst in ihren roten High Heels war sie nicht viel größer als eins sechzig.

»Wie heißt sie?«

»Sheila Weathers.«

»Was macht sie in Fort Dix?«

»Sie arbeitet in der Cafeteria.«

»Darf ich mal ehrlich sein? Sie sieht aus wie eine Drogenabhängige. Die Augen, das Zucken der Arme. Wissen Sie was darüber?«

»Nein.«

»Wie gut kennt sie Tony?«

»Er isst immer in der Cafeteria, da sehe ich sie manchmal zusammen. Ziemlich oft sogar.«

Pine stellte ihr Glas ab. »Okay. Ich glaube, es kommt ihr nicht mal ungelegen, wenn wir sie vor dem Kerl retten, der sie begrapscht.«

27

»Hallo, Sheila.« Pine trat entschlossen zwischen die junge Frau und den Mann. »Ich bin Angela.«

Weathers schaute Pine verständnislos an, bis sie Lindsey Axilrod neben ihr sah. »Hey, du bist auch in Fort Dix, stimmt's? Ich hab dich da öfter gesehen.«

»Ja. Ich bin Lindsey Axilrod und arbeite in der IT. Ich glaube, wir kennen beide Tony Vincenzo.«

»Was soll das?«, protestierte der Mann, ein breitschultriger Kerl mit leichtem Bauchansatz und angesäuerten Gesicht. »Wenn's euch nichts ausmacht, Ladies …«

Pine starrte ihn an. »Nein, es macht uns nichts aus, wenn Sie wegmüssen, im Gegenteil. Wir wollen uns ein bisschen mit Sheila unterhalten. Unter Mädels, Sie wissen schon.«

Der Mann funkelte Pine finster an. »Halt die Klappe und mach dich vom Acker – mitsamt deiner Freundin, ja?«

»Was meinst du, Sheila?«, fragte Pine.

Sheila Weathers lächelte dem Mann zu. »Wir sehen uns später, Ryan.« Bevor er etwas einwenden konnte, gab sie ihm einen flüchtigen Kuss. »Versprochen.«

Der Kerl warf Pine einen letzten düsteren Blick zu; dann sagte er zu Weathers: »Ich werde dich daran erinnern.«

Er stapfte davon. Sheila wandte sich den beiden Frauen zu. »Gut, dass ich den Heini los bin. Danke.«

»Offenbar lässt er sich nicht so leicht abwimmeln«, meinte Pine. »Der kommt wieder.«

»Bis dahin bin ich hoffentlich längst weg. Muss morgen früh raus. Möchten Sie wirklich mit mir sprechen, oder haben Sie das nur gesagt, damit ich diesen Grapscher loswerde?«

»Nein«, sagte Pine, »wir möchten wirklich mit Ihnen sprechen.«

»Na gut. Ich wollte mich eigentlich mit Tony treffen. Ich hab eine SMS bekommen, dass Tony hier auch aufkreuzt. Ich war öfter mit ihm hier, wissen Sie.«

»Mich hat er auch hier reingebracht«, sagte Axilrod.

»Wer hat Ihnen die SMS geschickt?«, fragte Pine.

»Keine Ahnung.« Weathers zuckte mit den Schultern. »Aber sie schicken meistens eine Nachricht, wenn eine Party ansteht.«

»Sind Sie mit Tony zusammen?«

Die junge Frau lächelte. »Ja, könnte man so sagen.«

»Er ist verschwunden.«

Weathers musterte sie verwirrt. »Was?«

»Reden wir über ihn, okay? Kommen Sie.« Pine ging voraus in ein Nebenzimmer, das zu ihrem Erstaunen völlig leer war. Sie schloss die Tür und wandte sich an Weathers. »Tony ist verschwunden – wir wollen ihn finden.«

Weathers schaute fragend zu Lindsey Axilrod.

Axilrod nickte. »Es stimmt, was Angela sagt.«

Weathers' Blick richtete sich wieder auf Pine. »Kennen Sie Tony?«

»Wir waren mal zusammen. Es war sogar was Ernstes. Ich bin aus Newark. Wie gesagt, ich muss mit Tony reden …«

»Verstehen Sie mich nicht falsch, aber ich glaube, Sie sind ein bisschen zu alt und zu groß für ihn. Er steht auf zierliche Frauen, so wie ich.«

»Dann hat sein Geschmack sich geändert.«

»Er hat nie eine Angela erwähnt.«

»Seit wann sprechen Männer über ihre Ex-Freundinnen?«, hielt Pine dagegen. »Wann haben Sie ihn zum letzten Mal gesehen?«

Weathers biss sich auf die Unterlippe. »Ich weiß nicht, ob ich mit Ihnen über Tony reden will.«

»Und wenn ihm was passiert ist?«

»Das kann ich mir nicht vorstellen.«

»Woher wollen Sie das wissen? Wir wissen doch beide, dass sein … *Job* manchmal gefährlich ist.«

»Sie meinen seinen Job im Fuhrpark?«

Pine musterte sie eindringlich. »Sie wissen genau, wovon ich rede. Hören Sie, Sheila, Sie sollten vorsichtig sein. Ich kenne die Army. Die fackeln nicht lange, wenn sie herausfinden, dass ihre Leute Drogen nehmen.«

»Was reden Sie da. Ich nehme keine Drogen.«

»Das glaube ich aber doch. Es gibt bestimmte Zeichen … an den Augen, auf der Haut, an den Armen. Ich will nicht über Sie urteilen, Sheila, aber ich habe selbst einiges hinter mir. Hab sogar mal einen Entzug gemacht. Mir können Sie nichts vormachen.«

»Okay, okay«, gab Sheila sich geschlagen. »Aber es ist nun mal verdammt schwer, von dem Dreckszeug loszukommen. Ich hab's viermal versucht. Wenn die Army mehr Dumme finden würde, die das Geschirr abwaschen und den Müll wegräumen, wäre ich längst abgehauen.«

»Hat Tony Sie mit dem Stoff versorgt?«

Sheila schaute sie irritiert an. »Warum fragen Sie? Sind Sie ein Cop? Wollen Sie mich dazu bringen, irgendwas zu sagen, damit Sie Tony festnehmen können … und mich?«

Pine schaute Sheila eindringlich an und tippte sich auf den flachen Bauch. »Nein. *Deswegen* will ich mit Tony reden.«

Sheila hielt den Atem an. »Sie sind …?«

»Man sieht noch nichts, aber lange wird es nicht mehr dauern.«

»Und Tony ist der Vater?«

»Ja.«

»Ich weiß nicht, wo er steckt. Ehrlich nicht.«

»Aber Sie haben ihn noch vor Kurzem gesehen?«

»Ja, auf der Arbeit.«

»Wirklich? Da hat er sich aber schon eine Weile nicht mehr blicken lassen.«

»Ich weiß.«

»Sie haben ihn also woanders getroffen?«

»Kann sein.«

»Nun rücken Sie schon mit der Sprache raus, Sheila«, drängte Pine. »Ich wäre für jede Info dankbar.«

»Na ja, Tony war vor ein paar Tagen bei mir zu Hause. Er hat gesagt, die Cops hätten ihn in seinem Haus festnehmen wollen, deshalb ist er abgehauen. Er sagte, er müsse für eine Weile untertauchen.«

»Sie meinen das Haus seines Vaters?«, hakte Pine nach.

»Ja, ich glaub schon. Woher wissen Sie das?«

»Ich habe mit Tony telefoniert, da hat er mir davon erzählt. Ich bin sofort hingefahren, aber es war niemand da. Wie lange war er bei Ihnen?«

»Nur über Nacht.« Sie schaute Pine an und fügte hastig hinzu: »Es ist aber nichts gelaufen. Er hat auf der Couch geschlafen.«

Pine winkte ab. »Ich will ihn nicht heiraten, Sheila. Aber er muss schließlich wissen, dass er Vater wird. Hat er Ihnen gesagt, wohin er sich absetzen will?«

»Nein, aber kurz darauf hat er mir geschrieben, dass sein Alter im Gefängnis gestorben ist. Ich glaube, das hat ihn ziemlich mitgenommen.«

»Hat er erwähnt, warum die Cops hinter ihm her sind?«

»Nein, und ich hab ihn nicht danach gefragt. Ich kenne Tony. Über so was redet er nicht gern.«

»Und Sie haben keine Ahnung, wohin er gegangen sein könnte?«

»Nein.« Sie hielt einen Moment inne und schaute sich um, wie um sich zu vergewissern, dass niemand lauschte. »Aber wenn er nicht zurück in sein Haus kann und auch nicht hier ist, gibt's nicht mehr so viele Möglichkeiten.«

»Sie haben eine Vermutung, wo er sein könnte?«, hakte Pine nach.

Axilrod drehte sich um, als die Tür aufging und ein paar Leute mit Drinks und Zigaretten in den Händen hereinkamen. »Ich glaube, hier sollten wir nicht darüber reden.«

»Dann gehen wir woandershin«, sagte Pine. »Irgendeine Bar, okay? Die Drinks gehen auf mich.«

»Sie können doch nichts trinken, wenn Sie schwanger sind«, meinte Sheila.

»Ich hab *eure* Drinks gemeint.«

»Es gibt da ein nettes Lokal in Chinatown«, schlug Axilrod vor. »Das *Lucky Thirteen*.«

»Okay«, sagte Pine. »Nehmen wir ein Taxi.«

»Es ist vielleicht nicht so gut, wenn wir zusammen weggehen«, meinte Axilrod verunsichert. »Wenn hier irgendwas faul ist …« Sie schaute unbehaglich zu Weathers.

»Ich weiß, wo das *Lucky Thirteen* ist«, sagte Sheila. »Wir könnten uns dort treffen.«

Pine war von dem Vorschlag nicht begeistert, gab aber nach. »Einverstanden. Aber wenn Sie nicht kommen, Sheila, bin ich sauer. Dann sag ich Tony beim nächsten Mal, dass Sie die Mutter seines Kindes haben hängen lassen.«

»Ich werde da sein. Ich schwör's.«

Pine und Axilrod gingen zur Tür und an den beiden Sicherheitsmännern vorbei, die den Frauen kaum einen Blick gönnten.

»Falls sie nicht kommen sollte – wissen Sie, wo Sheila wohnt?«, fragte Pine, als sie außer Hörweite waren.

»Das nicht, aber es steht in den Personalakten in Fort Dix. Da komme ich ran.«

»Gut.«

Bevor sie in den Aufzug stiegen, rief Axilrod ein Uber-Taxi.

Als die beiden Frauen dreihundert Meter tiefer auf den Bürgersteig traten, fuhr bereits ein dunkler SUV vor.

»Das ist unserer«, sagte Axilrod mit einem Blick auf ihr Handy.

Pine stieg zuerst ein.

Es war das Letzte, was sie mitbekam, bis sie in einem dunklen Raum neben einer Leiche aufwachte.

28

Pine drehte sich halb benommen auf die Seite und kam langsam zu sich, blinzelte im schummrigen Licht eines vollkommen stillen Raumes. Im nächsten Augenblick schoss eine Welle der Übelkeit in ihr hoch, und sie übergab sich auf den Boden.

Keuchend setzte sie sich auf, rieb sich den Kopf.

Und erstarrte.

Neben ihr lag Sheila Weathers. Doch im Gegensatz zu Pine würde sie nie wieder aufstehen. Eine klaffende Wunde verlief unterhalb des Kinns von einem Ohr zum anderen.

Nur mit Mühe unterdrückte Pine einen gellenden Schrei und einen aufkeimenden Panikanfall. Sie riss sich zusammen, schaute sich nach ihrer Handtasche um, konnte sie aber nirgends entdecken. Sie hatte kein Handy, keine Papiere, nichts. Und vor allem keine Ahnung, wo sie sich befand und wie lange sie bewusstlos gewesen war.

Um sie herum war Blut. Überall. Die junge Frau war offenbar hier in diesem Zimmer umgebracht worden. Alles war voller roter Spritzer – Fußboden, Wände und die Leiche selbst.

Sheila war gekleidet wie zuvor. Pine griff nach der Hand der jungen Frau. Sie war kalt, aber nicht eiskalt. Vorsichtig bewegte sie den Arm der Toten. Die Leichenstarre war noch nicht eingetreten. Sheila konnte noch nicht allzu lange tot sein.

Pine kam ein erschreckender Gedanke. Sie untersuchte sich

selbst, Zentimeter für Zentimeter. Heftiges Zittern überfiel sie, als ihr Verdacht sich bestätigte: Jemand hatte ihr Schuhe und Jacke ausgezogen und sie in Jeans und Bluse hier abgelegt. Ihre Kleidung war blutdurchtränkt. Sie fuhr sich mit der Hand über Gesicht und Haare und spürte auch hier eingetrocknetes Blut.

Die haben Sheila hier umgebracht, als ich bewusstlos neben ihr lag.

Wieder hob es ihr den Magen, und sie atmete tief durch, um ihn zu beruhigen und um ihre Nerven im Zaum zu halten.

Reiß dich zusammen, ermahnte sie sich. *Das hier ist ein verdammter Tatort, und du bist mittendrin.*

Dann sah sie es. Das Messer, direkt neben ihrem Bein. Sie beugte sich vor, starrte auf den blutverschmierten Griff, auf ihre blutige Hand. *O Gott.* Konnte es sein, dass der Täter ihr das Messer in die Hand gedrückt hatte, als sie bewusstlos gewesen war?

Dann sind meine Fingerabdrücke auf der Tatwaffe.

Pine rückte ein wenig von der Toten weg, setzte sich auf und schaute sich nach einem möglichen Ausweg um.

Sie befand sich in einer Art Lagerraum. Die Wände waren vertäfelt, der Fußboden aus Holz. Fenster konnte sie keine erkennen, nur eine Birne unter der Decke verströmte trübes Licht. Pine ließ den Blick über die Wände schweifen, bis sie die Tür sah. Ebenfalls aus Holz und ziemlich massiv.

Sie rappelte sich auf, tappte barfuß über den Holzboden und versuchte, die Tür zu öffnen. Verschlossen.

Was denn sonst.

Ihr kam ein anderer Gedanke. Wo zum Teufel war Lindsey Axilrod? Sie war mit ihr ins Taxi gestiegen.

Oder etwa nicht?

Fieberhaft versuchte Pine, sich zu erinnern, aber da war nur völlige Leere. Sie hatte keine Ahnung, wie diese Kerle sie außer

Gefecht gesetzt hatten, aber es hatte jede Erinnerung gründlich gelöscht.

Hatten diese Leute auch Lindsey Axilrod umgebracht? Lag auch ihre Leiche hier irgendwo in einem dunklen Winkel? War auch Axilrods Blut auf ihrem Gesicht und ihrer Kleidung?

Pine dachte verzweifelt nach.

Wie war das noch mal?

Axilrod hatte den Uber-Service angerufen und gesagt, dass es ihr Taxi sei, das vorgefahren war, als sie unten am Fuß des Wolkenkratzers auf den Bürgersteig getreten waren. Nur deshalb war Pine eingestiegen. Nur war es nicht ihr Taxi gewesen. Es war überhaupt kein Uber-Wagen gewesen.

Mit einem Mal war Pine alles klar.

Das Miststück hat mir eine Falle gestellt, und ich dumme Kuh bin hineingetappt.

Lindsey Axilrod steckte in der Sache mit drin; es konnte gar nicht anders sein. Pine hatte sich mit ihr getroffen, weil sie sich von ihr Informationen über Vincenzo erhofft hatte. Axilrod hatte ihre Rolle gut gespielt und Pine zunächst davon zu überzeugen versucht, dass es keine kriminellen Machenschaften gäbe. Dann bekam sie es mit der Angst zu tun, als Pine androhte, das Apartment von einem FBI-Team auf den Kopf stellen zu lassen. Wahrscheinlich hatte Axilrod die »Party« selbst arrangiert, nachdem sie mit Pine gesprochen hatte. Nur so war zu erklären, dass dort »zufällig« am selben Tag eine Fete stieg. Als Sheila Weathers dann redselig geworden war und angefangen hatte, gewisse Dinge auszuplaudern, war es Axilrod gewesen, die vorgeschlagen hatte, woandershin zu gehen – und zwar getrennt.

Pine wunderte sich über ihre Leichtgläubigkeit. Aber sie war so begierig auf neue Infos gewesen, dass sie unvorsichtig geworden war. Außerdem war Axilrod sehr glaubwürdig aufgetreten.

Die Frau hatte offensichtlich Erfahrung darin, Leute in die Irre zu führen.

Und jetzt schieben sie mir auch noch den Mord an Sheila in die Schuhe. Für einen Moment erfasste sie Mutlosigkeit, dann gab sie sich einen Ruck. *Lass dich nicht hängen. Du musst hier raus, verdammt noch mal!*

Pine wuchtete sich mit der Schulter gegen die Tür, doch wie nicht anders zu erwarten, gab sie keinen Millimeter nach.

Sie wollte es gerade ein zweites Mal versuchen, als sie erstarrte.

Draußen näherten sich Schritte

»Komm zu mir, Miezekätzchen«, sagte eine Stimme. »Komm zu Papa.«

Pine zog sich in einen dunklen Winkel zurück.

»Was ist, du Miststück? Komm raus, wo immer du bist.«

Die Stimme ließ Pine das Blut in den Adern gefrieren.

Die entschlossenen Schritte kamen näher; dann durchschnitt ein Lichtstrahl den schummrigen Lagerraum.

»Wenn du nicht wegläufst, hast du's schneller hinter dir«, sagte die Stimme. »Also mach keine Zicken, sonst lass ich mir ein paar Stunden Zeit mir dir. Wenn du stillhältst, ist es in einer Sekunde vorbei. Ein schneller Schnitt – und aus. Ich versprech's, Mieze.«

Der Mann kam um die Ecke. Pine kniff die Augen zusammen, um ihn erkennen zu können. Er war groß, schlank und breitschultrig, vielleicht in ihrem Alter. Das lange gezackte Messer funkelte im Licht. Seine gekrümmte Klinge ließ an das Schwert eines Ninja-Kriegers denken.

»Ich weiß, dass du mich hörst, du kleines Miststück.«

»Warum haben Sie Weathers umgebracht?«, sagte Pine und schlich an der Wand entlang in die andere Ecke.

Der Mann ließ den Blick auf der Suche nach ihr durch das Halbdunkel schweifen, das funkelnde Messer in der Hand. »Musst du mich das wirklich fragen? Du hast ihr erzählt, du wärst von ihrem Freund schwanger. Kein Wunder, dass die Kleine angepisst war. Ihr habt euch hier getroffen, hattet Streit, und du hast sie abgestochen. Vorher hat sie dich noch mit dem Messer erwischt – mit dem schönen Exemplar, das ich in der Hand halte. Es hat bloß etwas länger gedauert, bis du verblutet bist.« Er lachte hässlich auf. »Ende gut, alles tot, Fall gelöst.«

»Das wird keiner glauben.«

»Ist nicht mein Problem. Ich bin bloß der Spezialist für die besonderen Augenblicke. Du weißt, wovon ich rede, hm?«

»Du beschissener Psycho.« Noch während sie es sagte, huschte Pine weiter die Wand entlang. Nicht von der Angst getrieben, sondern mit einem Plan im Kopf. Jetzt war sie froh, dass man ihr die Schuhe ausgezogen hatte. So konnte sie sich nahezu lautlos bewegen.

Der Mann bewegte sich in die Richtung, aus der er ihre Stimme gehört hatte.

»Du rennst weg? Ich hab dir doch gesagt, das ist ein Fehler.«

»Hilfe!«, schrie Pine. *»Hilfe!«* Im nächsten Moment war sie bereits ein paar Meter weiter.

»Hier gibt's keinen, der dir helfen kann, du blöde Schlampe.«

Der Mann verstummte, konzentrierte sich nur noch darauf, ihren Standort auszumachen. Offenbar machte es ihn wütend, dass die Sache nicht so glatt lief, wie er geglaubt hatte.

Der wuchtige Tritt in den Rücken schleuderte ihn gegen die Wand. Aber der Mann war hart im Nehmen. Brüllend drehte er sich um und riss das Messer hoch, doch Pine versetzte ihm einen rechten Haken, gefolgt von einem Tritt gegen den Hals. Der Mann kippte zur Seite, wand sich stöhnend am Boden, stach aber immer wieder blind mit dem Messer zu, sodass Pine keine Chance hatte, ihm den Rest zu geben.

»Komm hoch, *Katerchen*«, höhnte sie. »Bringen wir's zu Ende.«

Er rappelte sich auf, wuchtete eine Kiste hoch und schleuderte sie nach seiner Gegnerin. Pine wich nach hinten aus, geriet dabei ins Stolpern und prallte mit dem Rücken gegen die Wand. Sofort setzte der Mann nach. Er grinst hämisch. »Jetzt werden wir sehen, was da draufhast, du Nutte.«

Im nächsten Augenblick flog ihm das Messer aus der Hand, als Pine ihm einen wuchtigen Tritt verpasste. Sofort war sie am Gegner und packte zu. Mit einem Armhebel zwang sie ihn zu Boden und riss seinen Arm mit aller Kraft nach hinten.

Der Mann schrie, als Knochen und Sehnen in seinem Arm nachgaben. Noch immer wehrte er sich verzweifelt, rammte ihr das Knie gegen die Rippen. Stechender Schmerz durchzuckte Pines rechte Körperhälfte. Als der Mann noch einmal zutrat, blieb ihr keine Wahl, als ihn loszulassen und zwei Schritte zurückzuweichen. Der Kerl stand schwankend da, keuchend, schwitzend, sichtlich angeschlagen.

Als Pine erneut angreifen wollte, rutschte sie aus und stürzte.

Statt sie zu attackieren, nutzte der Mann die Chance und suchte das Weite, hielt sich den gebrochenen Arm und stöhnte bei jedem Schritt vor Schmerz.

Sekunden später war er an der Tür und schlug sie krachend hinter sich zu.

»Ich hasse Katzen!«, brüllte Pine ihm nach.

Langsam stand sie auf und schüttelte den Arm, der von dem rechten Haken schmerzte, den sie dem Irren verpasst hatte. Wieder wandte sie sich der Tür zu und trat mit aller Kraft dagegen. Das Holz knirschte und zitterte im Rahmen, gab aber nicht nach.

Pine, schäumend vor Wut, sammelte sich einen Moment lang; dann rammte sie das Knie direkt unterhalb des Schlosses gegen das Holz. Der Riegel sprang aus der Zarge, und die Tür schwang auf.

Davor führte eine schlecht beleuchtete Treppe nach unten. Von ihrem Angreifer war nichts mehr zu sehen und zu hören. Pine lauschte nach Schritten, Stimmen und anderen Geräuschen, die ihr verraten hätten, dass noch jemand hier war. Nichts.

Zögernd stieg sie die Treppe hinunter, erreichte einen Treppenabsatz und ging weiter. Als sie unten war, bewegte sie sich vorsichtig zu einer Tür, die ein Schild mit der Aufschrift EXIT trug, und wartete einen Moment. Von draußen hörte sie Geräusche – Autos, undeutliche Stimmen.

Pine griff nach dem Türknauf, drehte ihn. Zur ihrer Überraschung war die Tür nicht abgeschlossen.

Sie atmete tief ein und trat hinaus. Vor ihr lag eine dunkle Straße im Regen. Sie sah keine Passanten – in einer unfreundlichen Nacht wie dieser nicht weiter verwunderlich. Außerdem hatte sie keine Ahnung, wie spät es war.

Ein Auto fuhr vorbei, verschwand in der Dunkelheit. Sie sah, dass der Wagen ein New Yorker Kennzeichen trug. Immerhin war sie noch im Big Apple.

Pine trat ins Freie und stieg eine kurze Treppe bis zum Gehsteig hinunter.

Im nächsten Augenblick schlug ihr grelles Scheinwerferlicht entgegen.

»NYPD!«, gellte eine Stimme. »Runter auf den Boden, Hände hinter den Kopf!«

Pine gehorchte, legte sich auf den Asphalt und hob die Hände an den Hinterkopf.

Verdammte Kiste, hört das denn nie mehr auf?

29

John Puller hatte einen unruhigen Flug auf dem unbequemen Klappsitz eines Militärtransportflugzeugs hinter sich, das ihn zur Andrews Air Force Base gebracht hatte. Dort hatte ihn ein CID-Agent, der Puller flüchtig kannte, im Auto mitgenommen und an einer Metro-Station abgesetzt. Mit der U-Bahn war Puller schließlich ans Ziel seiner Reise gelangt, ein ebenso eindrucksvolles wie berühmtes Bauwerk: das Pentagon, das größte Bürogebäude der Welt.

Es war soeben einer gründlichen Renovierung unterzogen worden, nachdem eine der fünf Gebäudeseiten bei den Anschlägen vom 11. September 2001 schwer beschädigt worden war. Die Terroristen hatten eine entführte Boeing 757 der American Airlines auf das Gebäude herunterstürzen lassen. Neben der Besatzung und den Passagieren der Maschine waren mehr als hundertzwanzig Personen am Boden ums Leben gekommen – Mitarbeiter des Pentagon, die an ihren Schreibtischen gearbeitet hatten, über die Flure geschlendert waren oder mit Kollegen plauderten. An der Einschlagstelle des Flugzeugs war eine kleine Kapelle errichtet worden. Jetzt, nach der Renovierung, war das Pentagon sicherer denn je, was nach den traumatischen Ereignissen des 11. September und angesichts der nie abreißenden Spannungen zwischen den Weltmächten nicht verwunderlich war.

Puller passierte den Sicherheitscheck, nachdem er seinen Ausweis vorgezeigt und die Wachmänner informiert hatte, dass er bewaffnet sei. Ohne Begleitung marschierte er durch ein Labyrinth von Korridoren, ohne von dem Weg abzuweichen, den er kannte. Die Gänge und Flure im Pentagon erstreckten sich über insgesamt fast dreißig Kilometer. Jede Seite der Anlage bestand aus fünf parallelen Gebäudereihen, den sogenannten »Ringen« A bis E, von denen jeder fünf Stockwerke besaß. Selbst bei Leuten, die schon Jahrzehnte hier arbeiteten, kam es vor, dass sie sich in den endlosen Gängen verirrten, obwohl das Pentagon so gestaltet war, dass der Weg von einem Punkt zum anderen maximal sieben Minuten in Anspruch nehmen sollte. In Afghanistan und im Irak hatte Puller nie Probleme gehabt, irgendeinen Ort zu finden, aber hier hatte er sich schon des Öfteren verlaufen. Es war jedes Mal eine erniedrigende Erfahrung. Besonders peinlich war ein Vorfall, als eine ältere Dame, eine Veteranin, die das Pentagon am selben Tag besucht hatte wie Puller, ihn kurzerhand bei der Hand genommen und zu seinem Ziel geführt hatte. Es hatte Puller an das Bild vom Pfadfinder erinnert, der einem älteren Menschen über die Straße half, nur mit vertauschten Rollen.

Er betrat das Büro, in dessen großzügigem Vorzimmer Flaggen den hohen Rang des Mannes bezeugten, mit dem Puller sich an diesem Abend traf. Es war der stellvertretende Vorsitzende des Vereinigten Generalstabs und stand damit auf Rang zwei in der Hierarchie der amerikanischen Streitkräfte. Jeder, den man in dieses Amt berief, wurde automatisch zum Vier-Sterne-General ernannt. Laut Gesetz durfte der Betreffende allerdings nicht derselben Teilstreitkraft angehören wie der Vorsitzende der Joint Chiefs of Staff. Derzeit kam der Vorsitzende von der Air Force, während sein Stellvertreter die gleiche Uniform trug wie Puller, was einer der Gründe war, warum John Puller diesen Mann nun aufsuchte.

Der Offizier im Vorzimmer begrüßte Puller und führte ihn ins geräumige Büro seines Vorgesetzten. Eine Wand des Büros war die »Wall of Love«, wie sie in der Army hieß. Sie war mit zahllosen Fotos lächelnder VIPs dekoriert, die dem derzeitigen Inhaber des Büros die Hand schüttelten.

Er hieß Tom Pitts, ein Mann mit der Statur eines Granitblocks und dazu passenden Gesichtszügen. Der Händedruck des kampferprobten Veteranen war mindestens so fest und energisch wie der des fünfundzwanzig Jahre jüngeren Puller. Die vier Sterne machten sich gut auf Pitts' breiten Schultern. Er war einer von nur vierzehn Vier-Sterne-Generälen, die es in der Army gab, und einer von zweiundvierzig in den gesamten US-Streitkräften.

»Erst neulich habe ich Ihren alten Herrn besucht«, begann Pitts.

Puller war überrascht, was sich auch in seinem Gesicht ausdrückte, als sie auf zwei gegenüberliegenden Couches Platz nahmen.

»Das wusste ich gar nicht«, sagte er ein wenig unbeholfen.

»Ich hätte mich vorher bei Ihnen gemeldet, John, aber es war ganz spontan. Wir fuhren beim Veteranenkrankenhaus vorbei. Da habe ich kurz entschlossen die Gelegenheit genutzt und unsere lebende Legende besucht.«

»Er wird sich gefreut haben, Sie zu sehen, Sir.«

»Ihr Vater hat so viele Soldaten in die Schlacht geführt – ich glaube, er hat mehr darüber vergessen, als ich je lernen werde.«

Puller senkte den Blick. »Leider hat er *zu* viel vergessen, Sir.«

Pitts' Gesicht trübte sich. »Ja, ich weiß. Tut mir leid, John. Ich habe gehört, dass sein Zustand sich nicht mehr bessern wird.«

»Da müsste ein Wunder geschehen, Sir.«

Pitts nickte bedächtig, und für einen Moment schweifte sein finsterer Blick in die Ferne. Dann gab er sich einen Ruck. »Aber das ist nicht der Grund Ihres Kommens, John. Was kann ich für Sie tun?«

Puller brauchte nicht mehr als zwei Minuten, um Pitts die Situation und sein Anliegen zu schildern. Das harte Gesicht des Generals wurde noch härter. Als Puller mit seinem Bericht geendet hatte, sagte Pitts: »Mann, ich hab schon viel gehört, aber an etwas so Unglaubliches kann ich mich nicht erinnern.«

»Geht mir genauso, Sir. Aber ich dachte mir, als ehemaliger Chef der CID wird es Sie interessieren, dass unsere Ermittlungen massiv behindert werden.«

»Was ist mit Ihrer Befehlskette?«

Puller räusperte sich und nahm sich einen Moment, um seine Worte mit Bedacht zu wählen. Es gab in der Army nichts, was so heilig war wie die Befehlskette. Ein Soldat, der sie umging, musste einen verdammt guten Grund vorweisen können – und selbst das reichte oft nicht aus.

»Sie sehen, Sir«, fasste Puller seinen Bericht zusammen, »ich habe es über alle erdenklichen Kanäle versucht.«

»Offensichtlich. Und?«

»Niemand hat etwas unternommen, um die Probleme zu lösen, die ich aufgezeigt habe. Meine Vorgesetzten sind genauso ratlos wie ich.«

»Das ist inakzeptabel.«

»Ich hatte gehofft, dass Sie es so sehen, Sir.«

»Sie untersuchen Vergehen, die von Angehörigen des Militärs begangen wurden. Damit haben Sie jedes Recht, sämtlichen Hinweisen nachzugehen. Niemand kann Ihnen den Zugang zu Beweismitteln verwehren, weder Zivilisten noch Militärs, schon gar nicht irgendeine Behörde.«

»Tja, anscheinend sehen gewisse Leute das anders.«

»Ich werde der Sache nachgehen. Sie haben eine Aufgabe zu erfüllen, John. Niemand darf Sie daran hindern.«

»Danke, Sir.«

»Überlassen Sie die Sache mir und kommen Sie in vierundzwanzig Stunden wieder. Bis dahin weiß ich mehr.«

Pitts erhob sich, Puller ebenso. Ihm war klar, dass der General an diesem Tag noch mindestens zehn weitere Termine hatte, in denen es wahrscheinlich um dringendere Angelegenheiten ging.

Puller verließ das Büro und eilte den Gang entlang, zufrieden mit dem Verlauf des Gesprächs. Er hatte lange überlegt, ob er versuchen sollte, General Pitts' Einfluss zu nutzen, und war zu dem Schluss gekommen, dass er nichts zu verlieren habe.

Draußen drehte er sich um und betrachtete noch einmal das Gebäude, das seit seiner Errichtung während des Zweiten Weltkriegs die Macht der amerikanischen Streitkräfte symbolisierte. Das Pentagon hatte das Land durch manchen unpopulären Krieg geführt und dafür harsche Kritik einstecken müssen – und war hinterher gefeiert worden, wenn die Intervention der Streitkräfte erfolgreich gewesen war.

So geht es leider zu auf der Welt, dachte Puller. *Letztlich kommt es nur darauf an, dass es Orte wie diesen gibt, an dem alle Fäden zusammenlaufen.*

Puller hatte sich nie einen Krieg gewünscht, und ihm war noch nie ein Soldat begegnet, der versessen darauf gewesen wäre, in einen Kampfeinsatz zu ziehen. Aber wenn es zum Äußersten kam, brauchte das Land eine Einrichtung wie diese.

Puller konnte nicht ahnen, dass sein nächster Kampfeinsatz nur eine Stunde entfernt war.

30

Puller sprang in die nächste U-Bahn und fuhr zur Station Reagan National, wo er seinen Wagen auf einem Langzeitparkplatz abgestellt hatte. Auf dem Interstate Highway 95 fuhr er zu seiner Wohnung, wo sein Kater namens Unab auf einer Arbeitsplatte in der Küche faulenzte und gleichmäßig wie ein Metronom mit dem Schwanz wedelte. Puller hatte das Tier nicht ganz grundlos nach dem militärischen Begriff »Unerlaubte Abwesenheit« benannt.

Er kraulte seinen vierbeinigen Wohnungsgefährten hinter den Ohren. Doch viel Zeit gewährte der Kater ihm nicht, dann ließ er Puller spüren, dass er seine Ruhe haben wollte. Eine ältere Nachbarin kümmerte sich um Unab, wenn Puller unterwegs war. Bei seinem prallvollen Arbeitsprogramm sah die Nachbarin den Kater wahrscheinlich öfter als er.

Plötzlich richtete das Tier seine leuchtend grünen Augen auf das Fenster. Pullers Wohnung lag im ersten Stock eines Apartmenthauses, nicht weit von Quantico entfernt. Dort befand sich die CID-Zentrale an der Telegraph Road – in dem Gebäudekomplex, der auch den Stützpunkt des Marine Corps beherbergte. Puller beobachtete, wie der Kater zum Küchenfenster schlich und hinausschaute. Er krümmte den Rücken, sträubte das Fell und stieß ein scharfes Fauchen aus.

Puller hatte bei seinen Auslandseinsätzen mehr als einmal erlebt, dass die unscheinbarsten Geräusche Tod und Zerstörung nach sich ziehen konnten. Deshalb hatte er eine feine Antenne für kleinste Signale entwickelt – eine außergewöhnliche Fähigkeit, die ihn als Soldat mehr als einmal hatte überleben lassen. Aber er wusste auch, dass der Instinkt von Tieren, was drohende Gefahren anging, noch sehr viel feiner war.

Puller zog die M11 aus dem Holster und stupste den Kater an. Der sprang von der Arbeitsplatte, landete geschmeidig auf dem Fußboden und huschte ins Nebenzimmer.

Es gab nur eine Tür zu Pullers Wohnung. Zwei Fenster lagen auf der Straßenseite. Balkon gab es keinen. Es war ein typisches, achtzig Quadratmeter großes amerikanisches Apartment.

Puller trat an ein Fenster und zog den Vorhang ein klein wenig zurück. Draußen war es dunkel, aber seine Augen waren geschult, auch im Dunkeln zu sehen. Auf dem beleuchteten Parkplatz standen mehrere Autos, doch Puller fiel auf, dass von einem Fahrzeug feiner Dampf von der Motorhaube aufstieg, weil der Motor lief und das Blech erhitzte. Die Lichter des Wagens waren ausgeschaltet. Warum saß da jemand in seinem Auto und ließ den Motor laufen?

In diesem Moment entdeckte er zwei Schatten etwa fünfzehn Meter vom Wagen entfernt, die sich dem Haus näherten. Langsam, unauffällig. Ein Hausbewohner oder Besucher wäre bei dem Regen zur Tür geeilt, um nicht nass zu werden. Die zwei Unbekannten gehörten allem Anschein nach keiner der beiden Kategorien an.

Puller ging zur Wohnungstür, öffnete sie einen Spalt weit und spähte nach draußen.

Leise Schritte bewegten sich die Treppe herauf.

Puller schnappte sich den gepackten Rucksack, den er für Notfälle im Schrank bei der Tür bereithielt, und schulterte ihn. Dann trat er auf den Flur und schloss behutsam die Wohnungstür.

Lautlos huschte er über den Korridor und ging hinter einer Eismaschine in Position.

Er legte die Pistole an, wartete.

Der erste Unbekannte tauchte am Ende der Treppe auf, schaute sich kurz um und signalisierte seinem Partner, ihm zu folgen. Kurz bevor die beiden zu seinem Apartment gelangten, steckte Puller sich einen Gehörschutz in die Ohren.

Die Eindringlinge inspizierten das Schloss. Puller beobachtete, wie der Größere der beiden etwas aus der Tasche zog und sich daranmachte, das Schloss zu bearbeiten, während der andere aufpasste.

Das Schloss gab nach. Der Mann drückte vorsichtig die Tür auf; dann verschwanden beide aus Pullers Blickfeld. Er verließ seine Position, setzte sein Nachtsichtgerät auf und zog einen Gegenstand aus dem Rucksack. Als er seine Wohnungstür erreichte, warf er einen kurzen Blick ins Innere und sah die Rücken der beiden Männer. Er zog den Stift aus dem Gegenstand, den er in der Hand hielt, wartete zwei Sekunden und warf das Ding hinein. Rasch trat er zwei Schritte zurück und drückte sich mit dem Rücken an die Flurwand.

Die Blendgranate tat genau das, wofür sie gedacht war. Der grelle Blitz raubte den Eindringlingen die Sicht, und der dröhnende Knall nahm ihnen für kurze Zeit die anderen Sinne. Puller hörte die Männer aufschreien.

Er wartete zwei Sekunden, dann handelte er.

Die Männer wanden sich stöhnend auf dem Boden der kleinen Küche. Als einer aufzustehen versuchte, versetzte Puller ihm einen Handkantenschlag in den Nacken. Der Mann knallte bäuchlings auf den Fußboden und rührte sich nicht mehr. Der andere, größere, griff zur Pistole, doch Puller schlug ihm die Waffe aus der Hand und setzte ihn ebenfalls außer Gefecht, indem er ihm die M11 über den Schädel zog.

Er wollte gerade die Polizei rufen, als draußen ein Maschinengewehr ratterte. Puller warf sich hinter der Couch in Deckung.

Scheiße!

Die zwei Kerle, die er ausgeschaltet hatte, waren nur die Vorhut.

Puller zog auch die zweite M11 aus dem Holster und feuerte auf die Tür. Holzsplitter sirrten durch die Luft. Eine weitere MG-Salve schlug in die Couch ein und wirbelte Stofffetzen empor. Puller wartete, bis das Maschinengewehr verstummte, dann sprintete er zur Schlafzimmertür, trat sie auf, knallte sie hinter sich zu und warf sich auf den Boden, bevor die nächste MG-Salve die Tür zerfetzte und in die Wand einschlug.

Hölle, das war knapp.

Puller drehte sich auf den Rücken und feuerte mit beiden Pistolen durch die zerschossene Tür. Im nächsten Augenblick hörte er die Sirenen. Maschinengewehrfeuer, das nicht zu einer Übung in Quantico gehörte, zog zwangsläufig die Aufmerksamkeit des zahlreichen militärischen Personals auf sich, das in der Gegend zu Hause war. Dennoch ging Puller eine beunruhigende Frage durch den Kopf:

Warum zum Teufel haben die so lange gebraucht?

Mit schnellem, geübtem Griff lud er frische Magazine in die Pistolen und robbte ein Stück zur Seite. In diesem Moment hörte er leise Schritte. Ohne zu zögern feuerte er durch die dünne Rigipswand zum Eingangsbereich. Im nächsten Augenblick erklang ein gepresster Aufschrei, dann das dumpfe Geräusch eines Körpers, der auf den Fußboden prallte.

Puller duckte sich ins angrenzende Badezimmer, während eine MG-Salve die dünne Wand zerfetzte und sein Schlafzimmer schredderte.

Dann hörte er stolpernde Schritte im Eingangsbereich. Eine Tür wurde aufgerissen. Hastige Schritte entfernten sich.

Die hauen ab.

Puller richtete sich auf, eilte zurück ins Schlafzimmer und spähte nach draußen.

Niemand mehr da. Er rannte zum Fenster und sah Männer zu ihrem Fahrzeug laufen, die einen anderen halb stützten, halb trugen. Wahrscheinlich der Bursche, den Puller getroffen hatte. Sie stiegen in den SUV, und der Fahrer trat aufs Gas.

Puller öffnete das Fenster, zielte und feuerte auf das davonjagende Fahrzeug, bis der Schlagbolzen auf eine leere Kammer traf. Auf diese Entfernung hätte es schon einen Glückstreffer gebraucht, um den Wagen mit einem Pistolenschuss zu stoppen.

Sekunden später war der SUV um die nächste Ecke verschwunden.

Während das Sirenengeheul lauter wurde, machte Puller sich auf die Suche nach Unab, seinem Kater. Unab kauerte im Wandschrank hinter einer Plastikbox, in der Puller Wintersachen aufbewahrte. Eine Kugel hatte die Box durchschlagen, ohne das Tier zu treffen, wie Puller zu seiner Erleichterung feststellte.

Der Kater miaute und sprang ihm auf die Schulter. Puller setzte sich auf sein zerschossenes Bett und kraulte Unab unter dem Kinn. Der ließ es bereitwillig geschehen, offensichtlich froh, jetzt nicht allein zu sein.

Puller schaute sich in dem Schlachtfeld um, in das seine Wohnung sich verwandelt hatte. Die zwei Kerle, die er außer Gefecht gesetzt hatte, waren verschwunden. Ihre Kumpane hatten sie offenbar aus dem Tiefschlaf geweckt und mitgenommen.

Puller schaute auf seine beiden leer gefeuerten M11-Pistolen und stieß einen langen Seufzer aus.

Und ich dachte, ich hätte den Irak hinter mir.

31

Pine roch ihren eigenen Schweiß, als sie allein in der Arrestzelle saß, mit Handschellen an eine Metallbank gefesselt, die ihrerseits mit Bolzen im Fußboden verankert war.

Ich hätte nicht gedacht, dass ich die Welt mal von dieser Seite der Gitter aus sehen werde.

Sie war noch immer barfuß, blutverschmiert und fror erbärmlich.

Als sie den Blick hob, sah sie einen Mann in den Fünfzigern: schütteres Haar, beachtliche Wampe, einen Umschlag in der Hand. Sein Gesichtsausdruck bewegte sich irgendwo zwischen finster und gelangweilt.

»Sind Sie die Dame, die behauptet, FBI-Agentin zu sein?«

»Stimmt – weil ich eine bin. Und ich würde jetzt gerne telefonieren.«

»Klar doch. Da sind aber noch ein paar vor Ihnen dran. Viel los heute Nacht. Muss am Vollmond liegen.«

»Wer sind Sie überhaupt?«

Er tippte auf die Dienstmarke, die er am Gürtel trug. »Detective Milton Barnes. Die haben mir Ihren Fall aufs Auge gedrückt. Ich Glückspilz. Wer ist das tote Mädchen in dem Lagerraum, aus dem Sie gekommen sind?«

»Das habe ich den Cops doch schon erzählt. Auch dass ein Irrer dort aufgetaucht ist und mich genauso töten wollte wie die Frau.«

»Den Irren haben wir nicht gefunden, aber erzählen Sie mir ein bisschen mehr über die Frau.«

»Sie heißt Sheila Weathers und arbeitet in Fort Dix – hat man mir jedenfalls gesagt.«

»Hat man Ihnen gesagt? Was heißt das?«

»Könnten Sie mir mal die Handschellen abnehmen? Ich würde mich gern waschen. Eine Decke wäre auch nicht schlecht. Haben Sie die Heizungsrechnung nicht bezahlt oder was? Es ist schweinekalt hier drin.«

»Und nicht mal ein Sektfrühstück haben Sie bekommen, was? Ihren Anwalt bezahle ich natürlich auch. Inklusive Wochenendtrip nach Antigua, falls Sie von der Mordanklage freigesprochen werden. Was glauben Sie, was das hier ist? *Das Glücksrad* oder was?«

»Ich bin Special Agent Atlee Pine vom FBI. Machen Sie ein Foto von mir und schicken Sie es ans Bureau. Die werden es Ihnen bestätigen.«

»Wo ist Ihre Dienstmarke, Ihr Ausweis? Dann ginge es schneller als mit 'nem Foto.«

»Ich war undercover unterwegs. Wäre verdammt peinlich gewesen, hätte jemand meine Dienstmarke gesehen. Nicht mal das Handy hatte ich dabei.«

»Verstehe. War sicher ein gefährlicher Einsatz. Vor allem für die tote Lady. Ihre Fingerabdrücke sind übrigens auf der Mordwaffe.«

»Dann hat jemand sie mir in die Hand gedrückt, als ich bewusstlos war. Vielleicht der Kerl, der mir die Kehle durchschneiden wollte. Die wollen mir den Mord in die Schuhe schieben, verdammt noch mal!«

»Die Cops bekamen einen Anruf. Jemand hat laute Stimmen da drin gehört und Lärm wie von einem Kampf. Schreie, Schläge, das volle Programm.«

»Das waren dieser Irre und ich. Der Kerl hat mich mit dem Messer angegriffen. Ich habe ihm den Arm gebrochen. Das NYPD hat eine Beschreibung des Mannes von mir. Ihr müsst die Notaufnahmen der Krankenhäuser checken. Der Mistkerl muss dort irgendwo sein und heult wahrscheinlich wie ein Baby.«

»Als die Cops Sie gefunden haben, waren Sie von oben bis unten voller Blut«, fuhr der Detective fort. »Und Ihre Abdrücke waren auf dem Messer. Was soll ich jetzt glauben? Dass Sie eine verdeckt arbeitende FBI-Agentin sind, wie Sie behaupten, oder eine Mörderin? Wir sind hier nicht im Fernsehen, Lady. Hier gibt's keine überraschenden Wendungen. Hier sind die Dinge so, wie sie aussehen.«

»Machen Sie einfach ein Foto und schicken Sie es ans Bureau.« Ihr kam ein Gedanke. »Oder besser noch, schicken Sie es an Special Agent Eddie Laredo im New York Field Office.«

»Na gut. Aber bis wir die Dinge geklärt haben, kommen Sie mal mit.«

Er rief einen uniformierten Kollegen und wies ihn an, die Zellentür und Pines Handschellen aufzuschließen. Dann führte er sie in ein Verhörzimmer. Der Cop drückte sie auf einen Stuhl an einem Tisch, befestigte ihr rechtes Bein an einem Bolzen im Boden und verließ den kleinen Raum. Barnes setzte sich Pine gegenüber und legte die Akte auf den Tisch.

»Wir haben das Opfer noch nicht identifiziert.«

»Ich hab Ihnen doch gesagt, wer die Frau ist.«

»Aber damit plappern Sie nur nach, was man Ihnen *gesagt* hat, nicht wahr? Was haben Sie in dem Gebäude gemacht?«

»Jemand hat mich außer Gefecht gesetzt und in einen Lagerraum gebracht, wo ich neben der Toten aufgewacht bin.«

»Von wo hat man Sie dorthin gebracht?«

Sie nannte ihm die Adresse des Hauses an der Fifty-seventh-Street.

»Nobles Viertel«, sagte er.

»So nobel auch wieder nicht. Sie sollten sich dort mal ein bisschen umschauen, dann würden Sie einige in- und ausländische Kriminelle finden, die sich ein schönes Leben machen.«

»Ich weiß. Leider hat jeder dieser Leute zwanzig der besten Anwälte zur Verfügung, und wir nur einen. Was glauben Sie, wer den Prozess gewinnt? Also, erzählen Sie weiter. Was war dann?«

»Ich habe festgestellt, dass die Frau tot war und hatte mich gerade vom ersten Schock erholt, da kam dieser Irre und ging mit dem Messer auf mich los. Ich habe ihm so gründlich die Scheiße aus dem Leib geprügelt, dass er getürmt ist. Dann habe ich die Tür aufgebrochen und bin zur Straße runter. In diesem Moment sind die Cops aufgetaucht und hätten mich beinahe erschossen.«

»Es ist das Blut der Toten, das Sie da auf der Bluse haben, das ist Ihnen schon klar, oder? Man hat Sie untersucht, aber keine Verletzungen gefunden.«

»Ach ja? Auf dem Arm habe ich blaue Flecken so groß wie Rhode Island.«

»Sie haben diesen Killer also zusammengeschlagen, und er hat die Flucht ergriffen. Klingt ziemlich abenteuerlich.«

»Wieso? Weil ich eine Frau bin? Bringen Sie mir ein Holzbrett, dann zeige ich Ihnen, was ich damit anstellen kann.«

Er musterte sie von oben bis unten. »Eigentlich könnten wir Sie so, wie Sie sind, in einen überdimensionalen Beweismittelbeutel stecken. Wir müssen Ihre Kleidung checken.«

»Es überrascht mich, dass Sie das nicht schon längst getan haben.«

»Das muss erst von oben angeordnet werden. Wir wollen ja nicht, dass Sie hier herumkrakeelen – von wegen, wir verletzen Ihre von der Verfassung garantierten Rechte, nicht wahr, Mrs. FBI Special Agent? Sie wissen schon, der vierte Zusatzartikel.«

Pine musterte ihn und erkannte ihre Chance. »Im vierten Zusatzartikel, der uns vor staatlichen Übergriffen schützt, gibt es aber zwei Ausnahmen – zumindest, wenn wir ihn auf mich und meine momentane Situation übertragen.«

Barnes betrachtete sie mit plötzlichem Interesse. »Ach ja? Und die wären?«

»*Plain View* – alles, was klar ersichtlich ist. In diesem Fall das Blut auf meiner Kleidung.«

»Und Nummer zwei?«

»Durchsuchung bei rechtmäßiger Festnahme, wenn es um die Sicherstellung von Beweismitteln geht. Auch das trifft in meinem Fall zu. Ich würde Ihnen da auch keine Schwierigkeiten machen. Kleine Gefälligkeit unter Kollegen, okay? Dann sind Sie mir aber auch einen Gefallen schuldig.«

Barnes betrachtete sie nachdenklich; dann richtete er sich auf. Seine abweisende Haltung war verschwunden. »Okay, an welchem Fall arbeiten Sie, Agentin Pine?«

»Das ist eine lange Geschichte.«

»Wie war noch mal der Name dieses FBI-Agenten in New York?«

»Eddie Laredo. Heißt das, Sie glauben mir?«

Barnes erhob sich. »Sie haben gesagt, Sie sind FBI-Agentin, und ich habe Ihnen die Chance gegeben, es zu beweisen. Sie haben Ihre Prüfung bestanden. Sie kennen die Ausnahmeregelungen des vierten Zusatzartikels, das muss man Ihnen lassen.«

Er verließ den Verhörraum und blieb längere Zeit verschwunden. Irgendwann legte Pine den Kopf auf den Tisch und schlief ein. Das Mittel, mit dem diese Leute sie außer Gefecht gesetzt hatten, wirkte offenbar immer noch.

Sie erwachte, als die Tür geöffnet wurde.

»Tja, so sieht man sich wieder.«

FBI Special Agent Eddie Laredo schaute auf sie hinunter, ein spöttisches Lächeln auf den Lippen.

Pine war unsagbar erleichtert, dass Laredo so schnell gekommen war. Andererseits hätte sie ihn erwürgen können, um dieses Grinsen nicht mehr sehen zu müssen.

Vielleicht hatte es sein Gutes, dass eine Kette sie an dem Tisch festhielt.

32

»Da hast du's mit einer ziemlich ernsten Sache zu tun«, meinte Laredo, als er Pine am Vormittag nach Newark chauffierte, wo ihr Wagen stand. Pine hatte die Fahrt dazu genutzt, Laredo zu schildern, was sich zugetragen hatte.

Sie hatte ihre Aussage gegenüber dem NYPD gemacht, ihre Kleidung als Beweismittel hinterlegt und die Blutflecken auf ihrer Haut fotografieren lassen. Mit einem blauen Krankenhauskittel und Flipflops hatte sie zusammen mit Laredo das Revier verlassen.

»So sieht's aus, Eddie.«

»Und dieser CID-Typ, mit dem du zusammenarbeitest?«

»John Puller.«

»Hast du mit ihm gesprochen?«

»Ich hab es noch niemandem erzählt außer dir und Carol Blum über dein Handy.«

»Dass die Cops in Trenton so sehr mauern, ist wirklich kein gutes Zeichen, Atlee.«

»Wem sagst du das.«

»Und dass dieser Kleinkriminelle Tony Vincenzo mit den großen Haien in deren Penthouse abfeiert – ergibt das für dich einen Sinn?«

»Bis jetzt nicht. Vielleicht wollen die Bosse ihre Fußsoldaten bei Laune halten. Wie ich gehört habe, stehen viele dieser

Luxusapartments ohnehin leer, wenn nicht gerade Partys steigen. Aber es ist schon krass, da hast du recht.«

»Dann wünsche ich dir viel Glück. Das dürftest du in dem Fall brauchen.«

Er setzte sie bei ihrem Auto ab, wo sie sich mit Carol Blum treffen wollte.

Kaum war Laredo fort, traf Blum mit dem Taxi ein. Sie stieg aus, kam zu Pine und schloss sie wortlos in die Arme. Als sie einen Schritt zurücktrat, sah Pine, wie tief besorgt ihre Assistentin war. »Mir fehlt nichts, Carol, wirklich.«

»Ich weiß«, sagte Blum leise. »Aber diesmal war es knapp, nicht wahr?«

»Das schon«, gab Pine zu.

Blum brachte einen Ersatzschlüssel für den Mietwagen zum Vorschein. »Okay, dann bringen wir Sie mal zurück in die Zivilisation, damit Sie sich frisch machen können.«

Zurück im Hotel duschte Pine ausgiebig. Das heiße Wasser befreite sie vom Blut der toten Frau und ihrem eigenen Schweiß, nur nicht von den Bildern und Erinnerungen. Als sie das rot verfärbte Wasser in den Abfluss rinnen sah, drückte sie den Kopf an die Wandfliesen und begann zu schluchzen. Es waren die Trauer um eine junge Frau und die hilflose Wut auf sich selbst.

Du dumme Tussi bist auf Axilrods Show reingefallen, und deshalb musste Sheila Weathers sterben.

Fast eine halbe Stunde stand Pine unter der Dusche, bis sie sich endlich wieder sauber fühlte. Sie trocknete sich ab und zog frische Sachen an, nachdem sie den Krankenhauskittel und die Flipflops in den Müll geworfen hatte.

Halb verhungert fuhr sie im Aufzug in die Lobby hinunter, ging ins Hotelrestaurant und bestellte Kaffee und ein Sandwich.

Dann zog sie ihr Handy hervor und checkte die Mailbox. Drei Nachrichten waren eingegangen, alle von Puller.

Sie rief ihn umgehend zurück. »Alles in Ordnung bei dir?«

»Ich dachte, sie hätten es in den Nachrichten gebracht«, entgegnete er mit bitterem Zynismus.

»Wovon redest du?«

Puller erzählte ihr von dem Anschlag auf seine Wohnung.

»Meine Güte. Wie bist du da lebend rausgekommen?«

»Mein Kater hat mich gewarnt.«

»Du hast einen Kater?«

»Ja. Der alte Knabe hat die Gefahr gespürt, bevor ich was gemerkt habe. Wenn er unruhig wird, hat es meistens einen Grund. Ich hab draußen vor der Wohnung gewartet, bis die Kerle drin waren, und hab sie dann mit einer Blendgranate überrascht. Das Problem war, dass kurz darauf Verstärkung aufgetaucht ist. Die ganze Schweinebande ist über alle Berge.«

»Ein Glück, dass du deinen Kater hast.«

»Ich versuche schon eine ganze Weile, dich zu erreichen, Atlee.«

Der Kellner brachte ihr den Kaffee und das Sandwich, und sie trank einen Schluck. »Hast du ein paar Minuten? Ich hab nämlich auch ein kleines Abenteuer hinter mir.« Sie berichtete ihm, was sich letzte Nacht zugetragen hatte.

»Heilige Scheiße«, stieß Puller hervor. »Da haben wir beide mehr Glück als Verstand gehabt, was?«

»Du auf jeden Fall«, konnte Pine sich nicht verkneifen.

»Und du meinst, diese Axilrod hat dir eine Falle gestellt?«

»Ja.«

»Und ausgerechnet ich habe dir ihren Namen gegeben. Verdammter Mist, das geht dann wohl auf meine Kappe.«

»Quatsch. Woher hättest du es wissen sollen? Ich bin normalerweise auch vorsichtiger, aber die Frau hat ihre Rolle oscarreif gespielt. Sie hat sich ahnungslos gestellt und mir das Gefühl gegeben, dass sie nur das tut, was ich von ihr will – dabei war es genau umgekehrt. Ich steige nie wieder in einen Uber-Wagen.«

»Ich glaube, wir können davon ausgehen, dass Ms. Axilrod heute nicht auf der Arbeit erscheint.«

»Zu Hause werden wir sie auch kaum antreffen. Trotzdem fahre ich sicherheitshalber hin.«

»Ich kann dir die Adresse schicken. Ich hab sie in meinen Unterlagen.«

»Wie ist es mit deinem Angriffsplan gelaufen?«

»Ganz toll. Ich habe mich mit dem Mann getroffen, bin nach Hause gefahren und wurde prompt überfallen. Keine Ahnung, ob da ein Zusammenhang besteht. Hoffentlich nicht, sonst müssten wir davon ausgehen, dass wir einen Maulwurf in der Army haben, und zwar auf höchster Ebene.«

»Ich glaube, Teddy Vincenzo lag richtig mit seiner Vermutung, dass sein Sohn sich in etwas reingeritten hat, das ihm über den Kopf gewachsen ist.«

»Wer weiß, ob sein Sohn überhaupt noch am Leben ist«, mutmaßte Puller.

»Wenn nicht, ist meine einzige Spur zu Ito futsch.« Pine verzog das Gesicht. »Und wie geht es jetzt weiter?«

»Eigentlich sollte ich auf neue Anweisungen warten. Tu ich aber nicht. Ich mag es nicht, wenn Leute mich besuchen und wild um sich ballern. So was nehme ich persönlich.«

»Was willst du tun?«

»Die Typen waren nicht gerade leise. Die sind mit voller Artillerie angerückt. Jemand muss etwas gesehen haben. Da werde ich ansetzen. Und was hast du vor?«

»Schick mir die Adresse, dann mache ich mich auf die Suche nach Lindsey Axilrod.«

»Okay. Wir reden später weiter. Ich weiß, ich brauche es dir nicht zu sagen, Atlee, aber …«

»Pass auf dich auf und traue keinem.«

»Das wollte ich hören.«

Die Verbindung wurde getrennt. Pine trank ihren Kaffee aus, verdrückte ihr Sandwich und bestellte noch eine Tasse.

Als Carol Blum ins Restaurant kam, winkte Pine sie an ihren Tisch.

»Tut mir leid, Carol, ich hätte Ihnen sagen sollen, dass ich hier bin. Dann hätten wir zusammen essen können.«

»Kein Problem, ich hab schon gegessen.« Blum setzte sich und musterte ihre Vorgesetzte.

Pine sah, was in ihrer Assistentin vorging. »Ich weiß, Carol, ich muss ein bisschen vorsichtiger sein.« Sie berichtete Blum, was Puller widerfahren war.

»Mein Gott! Wann haben Sie denn mit ihm gesprochen?«

»Gerade eben. Er sagt, seine Katze hat ihn gerettet.«

»Sie sollten ihm glauben«, sagte Blum ernst. »Tiere spüren Unheil.«

Pines Miene verdüsterte sich. »Wegen mir ist eine Frau gestorben, Carol. Ich muss das irgendwie wiedergutmachen.«

»Ich dachte mir schon, dass Sie so reagieren. Aber ich kann nur wiederholen, was ich bereits in Andersonville gesagt habe: Sie sind hier, um herauszufinden, was aus Ihrer Schwester geworden ist. Es mag ja Berührungspunkte zwischen beiden Fällen geben, aber wenn Sie sich zu sehr auf Pullers Fall einlassen, könnten Ihre eigenen Nachforschungen darunter leiden.«

»Der Gedanke ist mir auch schon gekommen. Trotzdem kann ich die Sache nicht auf sich beruhen lassen. Ein junger Mann, dem möglicherweise eine große Karriere bevorstand, ist tot. Ich war dabei, als er starb. Dann hat jemand einer jungen Frau, die eine Party besucht hat, fast den Kopf abgeschnitten. Vielleicht musste sie nur sterben, damit diese Leute mir den Mord in die Schuhe schieben können. Das alles hat also sehr wohl mit mir zu tun. Ich werde diese Bande nicht davonkommen lassen. Das ist meine verdammte Pflicht als FBI-Agentin.«

»Da will ich Ihnen nicht widersprechen. Ich will nur, dass Sie die Sache von allen Seiten betrachten und vielleicht auch meine bescheidenen Einwände berücksichtigen.«

Pine beugte sich vor und nahm Carols Hand. »Ich weiß Ihre Einwände stets zu schätzen. Ob bescheiden oder nicht – für mich sind sie immer wertvoll.«

»Und was nun?«

»Ich muss jetzt *zwei* Leute finden: Tony Vincenzo und Lindsey Axilrod. Und wer weiß, vielleicht führt mich einer zum anderen.«

33

Puller mailte ihr Axilrods Adresse und teilte ihr mit, dass die Frau an diesem Morgen wie erwartet nicht an ihrem Arbeitsplatz erschienen war.

Pine und Blum fuhren zu dem kleinen Bungalow in einer ruhigen Wohnsiedlung etwa fünf Meilen von Fort Dix.

»Kein Wagen in der Auffahrt«, stellte Blum fest.

»Was nicht viel heißen muss«, meinte Pine. »Hoffen wir, dass niemand hinter den Sträuchern lauert.«

Sie hielten am Bordstein, stiegen aus und gingen zur Haustür. Pine klopfte an, wartete. Keine Reaktion. Sie klopfte ein zweites Mal, ein wenig energischer. Auch diesmal rührte sich nichts.

Pine schaute zur Türklingel. »Da ist eine Kamera integriert. Möglicherweise beobachtet sie uns, wo immer sie steckt. Kommen Sie, Carol, wir versuchen es hinten.«

Sie gingen um das Haus herum, wo zwischen zwei rostigen Stangen eine halb verrottete Wäscheleine bis zum Boden hing. Vor dem Zaun erhob sich ein alter Holzschuppen.

Pine ging dorthin und lugte durch ein Fenster. »Immerhin hängen keine Leichen vom Dachbalken. Da drin sind nur Gartenwerkzeug und ein Rasenmäher.«

»Und was jetzt?«, wollte Blum wissen.

»Ich würde mich gern im Haus umsehen.«

»Wieder mal ohne Durchsuchungsbeschluss?« Carol Blum

lächelte. »Das wird bei Ihnen so langsam zur schlechten Angewohnheit, Agentin Pine.«

»Vielleicht gibt es einen legalen Weg.«

Pine zog das Mobiltelefon hervor und wählte eine Nummer. »Meine Name ist Atlee Pine, FBI Special Agent. Ich wollte mich mit einer gewissen Lindsey Axilrod treffen, um sie zu einer Sache zu befragen, in der ich ermittle … ja, genau. Sie ist heute früh nicht zur Arbeit erschienen. Wir sind jetzt vor ihrem Haus und haben angeklopft, aber sie reagiert nicht. Ich würde gern überprüfen, ob alles in Ordnung ist. Der Frau könnte etwas zugestoßen sein.« Pine nannte die Adresse, steckte das Handy weg und schaute zu Blum, die anerkennend den Daumen hob.

Fünf Minuten später fuhr ein Streifenwagen vor. Zwei Uniformierte stiegen aus. Einer war in den Vierzigern, übergewichtig, mit gerötetem Gesicht und gelangweilter Miene. Der andere war zehn Jahre jünger, groß und dünn, mit der Statur eines Läufers. Er fand es offenbar interessanter als sein Kollege, vom FBI gerufen worden zu sein.

»Sind Sie die FBI-Agentin?«, fragte der ältere Cop, auf dessen Namensschild »DONNELLY« stand. Er sah aus wie ein Mann, der seinen Job als notwendiges Übel auf dem Weg in den Ruhestand betrachtete.

»Ganz recht.« Pine zückte ihre Dienstmarke und stellte den Männern Carol Blum vor.

Der jüngere Cop – Officer Brent Tatum, wie er ihnen voller Eifer mitteilte – wollte wissen: »Was ist das für ein Fall, wegen dem Sie die Lady vernehmen wollen, die hier wohnt?«

»Darüber darf ich leider nichts sagen. Nur so viel: Sie ist mögliche Zeugin in einer Sache, die für die nationale Sicherheit von Bedeutung ist. Es geht um etwas, das sich am Arbeitsplatz der Frau ereignet hat.«

»Wo arbeitet sie?«, wollte Donnelly wissen.

»Fort Dix.«

»Dann müsste doch das Militär zuständig sein.«

»Ich arbeite mit der Army CID zusammen.«

Donnelly rieb sich das Kinn und schaute zum Haus. »Abgeschlossen?«

»Ja. Sie hat eine Kamera an der Türklingel, meldet sich aber nicht. Dabei müsste sie es eigentlich mitbekommen, dass wir hier sind, auch wenn sie nicht zu Hause sein sollte.«

»Wir sollten nachsehen, was los ist, Dan«, meinte Tatum.

Sein Partner schien nicht viel von diesem Vorschlag zu halten, gab sich aber einen Ruck, zog seinen Gürtel hoch und stapfte zur Haustür. »Ms. Axilrod?« Er klopfte an, doch auch diesmal tat sich nichts. Donnelly beugte sich zur Klingel. »Mrs. Axilrod, sind Sie zu Hause?«

»Hallo?«, erklang plötzlich eine Frauenstimme aus einem kleinen Lautsprecher unterhalb der Kamera. »Wer ist denn da?«

Donnelly richtete sich auf und warf Pine einen Blick zu. »Officer Donnelly, Trenton Police Department. Spreche ich mit Ms. Lindsey Axilrod?«

»Ja. Was wollen Sie?«

»Hier ist eine FBI-Agentin, Special Agent Pine, die sich mit Ihnen treffen will.«

»Oh, ich erinnere mich. Aber ich musste dringend weg – ein Notfall in der Familie. Ich melde mich bei ihr, sobald ich zurück bin.«

Pine ging an Donnelly vorbei zur Tür. »Wo stecken Sie, Axilrod?«

»Tut mir leid, ich muss jetzt wirklich los. Ich bin im Krankenhaus bei meiner Mutter. Ich rufe Sie später zurück.«

»Axilrod!«, blaffte Pine, doch es kam keine Reaktion mehr.

»Tja, Sie haben's gehört – ein Notfall in der Familie«, sagte Donnelly. »Sie wird Sie zurückrufen, wenn sie wieder da ist. Sind Sie sicher, dass die Frau nichts gesagt hat, als Sie es vorhin an der Tür versucht haben?«

Pine starrte ihn düster an. Donnelly beeilte sich, hinzuzufügen: »Na ja, wenigstens scheint alles in Ordnung zu sein. Schönen Tag noch.«

Die beiden Cops stiegen in ihren Streifenwagen und ließen Pine und Blum allein zurück.

Pine beugte sich zur Kamera und sagte: »Hey, Lindsey. Ich freue mich schon darauf, Sie wiederzusehen. Und wenn Sie wieder mal jemanden losschicken, um mich zu beseitigen, sollten Sie eine Frau nehmen. Jungs haben's einfach nicht drauf. Und nur damit Sie's wissen – egal wie lange es dauert, es kommt der Tag, an dem ich Ihnen Handschellen anlege. Dann ist es vorbei mit Schickimicki an der Billionaires' Row, dann gibt es für Sie nur noch den Knastalltag.«

Sie gingen zum Wagen und stiegen ein.

»Können wir sie nicht über die Türkamera aufspüren?«, fragte Blum. »Die muss doch mit ihrem Handy verbunden sein.«

»Könnten wir, wenn ich den berühmten Haftbefehl hätte, den Sie mir ständig unter die Nase reiben. Aber ich ermittle ja nicht offiziell in dem Fall. Puller könnte es versuchen, aber bis er einen Haftbefehl hat, ist es garantiert zu spät.«

Ihr Handy klingelte. Es war Jack Lineberry, ihr Vater.

»Hallo, Jack«, meldete sich Pine. »Wie geht es dir heute?«

»Besser. Vielleicht lassen sie mich morgen oder übermorgen nach Hause. Ich rufe aber aus einem anderen Grund an. Mir ist ein alter Bekannter eingefallen, den du kontaktieren könntest. Sein Name ist Douglas Bennett. Er ist Anfang siebzig und lebt in Annapolis.«

»Was hat er mit der Sache zu tun?«, wollte Pine wissen.

»Er war mein Führungsagent.«

»Heißt das, er war bei der CIA? Und du auch? Das hast du mir nämlich nie so richtig gesagt.«

»Und das tue ich auch jetzt nicht, Atlee. Aber Doug war für den Fall zuständig und hat deine Eltern gut gekannt. Er hat dich und Mercy damals öfter gesehen. Natürlich kannst du dich nicht an ihn erinnern. Er ist seit Langem im Ruhestand und vertreibt sich die Zeit mit Segeln und Gartenarbeit. Und er macht gern lange Spaziergänge mit seinen beiden Labradoodle-Hunden.«

»Ist er verheiratet?«

»War er. Joan ist vor zwei Jahren gestorben. Autounfall. Jetzt lebt er allein mit seinen Hunden, seinen Büchern, seinem Boot und seinen Erinnerungen.«

»Bist du mit ihm in Kontakt geblieben?«

»Ja. Er ist ein netter Kerl. Ein guter Freund.«

Pines Laune war nicht die beste, nachdem ihr Lindsey Axilrod entwischt war. »Dann hättest du mir seinen Namen auch gleich geben können«, schnauzte sie. »Du hast gesagt, du musst erst darüber nachdenken, dabei hast du sofort an ihn gedacht, jede Wette.«

»Ja«, gab Lineberry zu. »Nur hatte ich keine Ahnung, ob Doug bereit ist, mit dir zu reden. Ich wollte es vorher mit ihm abklären.«

»Also ist er einverstanden?«, fragte Pine, ein wenig beschwichtigt.

»Sonst hätte ich dich nicht angerufen. Ich schick dir seine Adresse.«

»Was weiß er über meine Situation?«

»Nicht sehr viel. Ich wollte es dir überlassen, ihm die Einzelheiten zu schildern.«

»Okay. Danke, Jack. Tut mir leid, dass ich dich angeschnauzt habe. Die letzten vierundzwanzig Stunden sind nicht so toll gelaufen.«

»So was soll's geben. Vielleicht hast du jetzt mehr Glück, Atlee.«

Er beendete das Gespräch.

Pine saß in Gedanken versunken hinter dem Lenkrad.

»Was jetzt?«, fragte Blum.

Pine ließ den Motor an. »Jetzt fahren wir nach Maryland.«

34

Nach fast vierstündiger Fahrt kamen sie in Annapolis an. Pine lenkte den Wagen durch ein malerisches Einkaufsviertel mit kleinen, sauberen Frühstückspensionen und schmucken Gasthäusern.

Der Geruch nach Tang, Fisch und salziger Meeresluft wehte ihnen entgegen.

»Da lang geht's zur berühmten Naval Academy.« Pine deutete nach rechts. »Ein Freund von mir hat dort seinen Abschluss gemacht.«

»Da standen ihm alle Türen offen, nehme ich an«, meinte Blum. »Annapolis hat eine stolze Tradition.«

Pine nickte. »Und da haben wir auch schon Doug Bennetts Haus, direkt am Hafen. Nettes Fleckchen.«

Sie parkten vor einem grauen Gebäude im typischen Cape-Cod-Stil. Hinter dem Haus ragte der Mast eines Segelboots auf. Als die beiden Frauen den mit Steinen gepflasterten Weg zur Haustür hinaufgingen, bewunderte Pine die hübschen Blumenbeete und den gepflegten, von Bäumen bestandenen Rasen. »Offenbar ein ordnungsliebender Mann, unser Mr. Bennett.«

Pine hatte zuvor angerufen. Als sie anklopften, brauchten sie nicht lange zu warten. Doug Bennett war gut eins achtzig groß und stämmig, braun gebrannt, mit dichtem weißem Haar und wettergegerbtem Gesicht. Er trug eine Khakihose und ein weißes Polohemd mit dem Abzeichen der Naval Academy.

Links und rechts von ihm standen, wie als Geleitschutz, zwei stattliche Hunde mit gelocktem Fell. Einer war weiß, der andere schwarzbraun.

Bennett kaute auf einer kalten Zigarre. Sein Gesicht wirkte mürrisch, doch als er Pine sah, lächelte er und nahm die Zigarre aus dem Mundwinkel.

»Meine Güte, Lee. Lange her, dass ich Sie das letzte Mal gesehen habe. Damals hab ich Sie im Arm gehalten.«

Pine lächelte. »Danke, dass Sie bereit sind, mit mir zu sprechen, Mr. Bennett. Das ist meine Kollegin Carol Blum.«

Bennett musterte sie. »Freut mich, Sie kennenzulernen, Ms. Blum. Aber kommen Sie doch rein.«

Er trat zur Seite, während seine Hunde ins Haus rannten.

»Labradoodles, nicht wahr?«, fragte Pine.

»Ja. Der Weiße heißt Finnegan, der Schwarzbraune Guinness. Ich hab 'ne Allergie, aber die Jungs haaren nicht und sind die besten Kumpel, die man sich wünschen kann. Wir machen lange Wanderungen zusammen.«

Carol Blum schaute sich im Wohnzimmer um und stellte fest, dass die Farben Blau, Gold und Weiß vorherrschten. Der ganze Raum strahlte seemännisches Flair aus. Alles war wohlgeordnet und an seinem Platz. Ein Einbauschrank war bis obenhin mit Fotos und Büchern gefüllt. Mehrere Bilder zeigten eine Frau an Bennetts Seite.

Pine bemerkte es ebenfalls. »Ihre Frau?«

Bennett nickte. »Sie ist vor zwei Jahren gestorben.«

»Jack hat es uns schon erzählt. Tut uns sehr leid.«

Bennetts Gesicht trübte sich. Er streckte die Hand aus und kraulte Finnegans Kopf. »Aber nehmen Sie doch erst einmal Platz. Möchten Sie etwas trinken? Um diese Tageszeit gönne ich mir ganz gern ein, zwei Fingerbreit Scotch.«

»Für mich nur Wasser«, sagte Pine.

»Ich trinke gern einen Scotch mit Ihnen«, erklärte Blum, was ihr einen erstaunten Blick Pines einbrachte.

Bennett führte sie in den hinteren Bereich des Hauses, goss die Drinks ein und setzte sich mit den Besucherinnen in bequeme Stühle an einem großen Fenster mit Blick aufs Meer. Finnegan und Guinness ließen sich zu beiden Seiten ihres Herrchens nieder.

»Ist das Ihr Boot da draußen?«, fragte Pine.

»Ja. Die *Saint Joan.*« Bennett lächelte traurig. »Das war ein kleiner Scherz zwischen mir und meiner Frau. Heute hat der Name eine neue Bedeutung für mich.«

»Fahren die Hunde mit Ihnen aufs Meer?«

»Ja, sie begleiten mich überallhin. Sie sind die besten Ersten Offiziere, die ich je hatte.« Nachdenklich fügte er hinzu: »Ich war in meinem Job die meiste Zeit allein, weil meine Einsätze es verlangt haben. Heute habe ich lieber Gesellschaft.« Er nippte von seinem Scotch und schaute zu seinem Boot hinaus.

»Das glaube ich Ihnen gern«, meinte Blum.

»Also …«, kam Pine auf den Grund ihres Besuchs zu sprechen, »Jack sagte mir, Sie wollen mit mir über das sprechen, was damals geschehen ist.«

Bennett fixierte sie einen Moment lang, und ein konzentrierter Ausdruck erschien auf seinem Gesicht. »Ja. Ich werde Ihnen sagen, was ich kann. Es wird aber nicht alles sein. Ein paar Dinge unterliegen nach wie vor der Geheimhaltung.«

»Sie wissen, was mit meiner Schwester und mir passiert ist?«

»Ja.« Bennett schluckte schwer, und für einen Moment glaubte Pine, ein Schimmern in seinen Augen zu sehen. Er schaute zur Seite und rieb sich die Augen. »Es war furchtbar … und unverzeihlich. In diesem Fall haben wir total versagt, Jack und ich.«

Er hielt kurz inne und fügte hinzu: »Aber viel schlimmer war es natürlich für Sie und Ihre Familie.«

»Was können Sie mir darüber erzählen?«, fragte Pine.

»Ich habe selbstverständlich mit Jack gesprochen. Ich weiß also, was er Ihnen erzählt hat. Auch dass Sie darüber Bescheid wissen, was Ihre Mutter damals in den Achtzigern für uns getan hat. Julia war unser Maulwurf in einer groß angelegten Operation gegen die New Yorker Mafia.«

»Ich weiß. Aber in Wahrheit hieß sie nicht Julia, sondern Amanda, nicht wahr?«

Bennett nickte.

»Ihren richtigen Nachnamen weiß ich bis heute nicht«, sagte Pine.

»Ist auch nicht so wichtig. Wir mussten alles ändern. Anschließend wart ihr offiziell die Familie Pine.«

»Mein Vater hat als Barkeeper in der *Cloak-and-Dagger-Bar* in New York gearbeitet, wo ein Teil der Operation stattfand. Es hat mich überrascht, dass Sie nicht alle Stellen dort mit eigenen Leuten besetzt haben.«

»Wir hatten nicht genug Mitarbeiter«, erklärte Bennett. »Ihr Vater hatte natürlich keine Ahnung, was dort lief. Er hat die Drinks gemixt und den Laden am Laufen gehalten.«

»Aber dann lernte er meine Mutter kennen – und sie hat ihm alles anvertraut?«

Bennett nickte bedächtig. »Das war natürlich ein Rückschlag für uns, aber Ihre Mutter war noch jung und stand unter enormem Druck. Ich kann ihr keinen Vorwurf machen, dass sie Tim eingeweiht hat. Sie muss sich wahnsinnig allein gefühlt haben.«

»Meine Eltern waren beide sehr jung, das stimmt. Hatten *sie* eigentlich noch Familie? Haben *ihre* Eltern noch gelebt? Gab es Geschwister? Großeltern?«

»Sie sagten uns damals, es gäbe niemanden.«

»Haben Sie es überprüft?«

»Damit hätten wir uns womöglich verraten. Also haben wir beschlossen, ihnen zu glauben.«

»Ziemlich unwahrscheinlich, dass beide niemanden mehr hatten, wo sie doch noch so jung waren«, meinte Blum.

»Bestimmt gab es Verwandte«, erwiderte Bennett. »Aber noch einmal – wir sind dem nicht nachgegangen. Meines Wissens hat in der Zeit keiner der beiden versucht, Kontakt mit irgendwelchen Angehörigen aufzunehmen.« Er schaute zu Pine. »Haben Sie später Angehörige Ihrer Eltern getroffen? Die wären ja auch Ihre Verwandten.«

»Nein.«

Bennett zog die Stirn in Falten. »Das ist das Opfer, das man bringen muss, wenn man unter Zeugenschutz steht. Man muss alle Verbindungen zum alten Leben kappen. Nur so kann die Sicherheit gewährleistet werden.«

»In unserem Fall ist es trotzdem nicht gelungen«, sagte Pine bitter. »Es gab zwei Mordanschläge.«

»Ich weiß«, sagte Bennett leise.

»Daraufhin wurden wir aus dem Zeugenschutz herausgenommen.«

Bennett nickte. »Ja. Das hat mich total fertiggemacht.«

»Jemand muss Informationen nach außen weitergegeben haben«, meinte Blum.

»Das sehe ich auch so, aber wir haben nie herausgefunden, wer es war, obwohl wir intensiv gesucht haben, das können Sie mir glauben. Haben alles und jeden mehrmals gecheckt.«

»Anschließend haben meine Eltern sich in Andersonville, Georgia, niedergelassen, nicht wahr?«, sagte Pine.

»Genau. Das haben Jack und ich zusammen vorbereitet.«

»Er wurde selbst hingeschickt, um auf uns aufzupassen.«

»Ja.«

»Trotzdem hat ein gewisser Ito Vincenzo uns gefunden.«

Bennett richtete sich auf und fixierte sie eindringlich. »Vincenzo?«

»Ja. Bruno Vincenzos Bruder. Hat Jack Ihnen das nicht erzählt?«

»Nein. Sind Sie sicher, dass es Brunos Bruder war?«

»Ja. Ganz sicher.«

»Aber warum sollte dieser Ito …?«

»Bruno fand heraus, dass meine Mom für die Feds spionierte, aber er ließ sie nicht auffliegen. Ich habe einen Brief gefunden, den Bruno an Ito geschrieben hat. Darin beklagt er sich lang und breit, dass man ihn verschaukelt habe. Wahrscheinlich wollte er einen Deal … eine Gegenleistung dafür, dass er dichthält. Allerdings kam er trotzdem ins Gefängnis und wurde dort umgebracht.«

»Einen Deal?« Bennett hob erstaunt die Brauen. »Mir ist nichts von einem Deal bekannt, den man Bruno angeboten hätte. Auch nicht, dass er gewusst haben soll, dass Ihre Mutter für uns gearbeitet hat.«

»Jack Lineberry wusste auch nichts davon. In diesem Fall hätte er die Operation sofort abgebrochen, sagte er mir.«

»Das kann ich bestätigen.«

»Wenn meine Mutter herausgefunden hätte, dass Bruno sie hätte auffliegen lassen können – wäre es denkbar, dass *sie* ihm einen Deal angeboten hat, ohne dass Sie davon wussten?«

»Dazu war sie nicht berechtigt. Sie war unser Maulwurf, hat aber keine Behörde repräsentiert.« Bennett hielt nachdenklich inne. »Aber ich habe Ihre Mutter ziemlich gut kennengelernt. Sie war außergewöhnlich klug. Das musste sie auch sein, um in einer solchen Situation zu überleben. Falls Bruno sie also wissen ließ, dass er sie durchschaut hatte, kann ich mir schon vorstellen, dass sie ihm einen Deal versprochen hat, um nicht aufzufliegen. Stellen Sie sich vor, welche Angst sie gehabt haben muss. Bruno Vincenzo war einer der schlimmsten Killer der Mafia. Keiner weiß, wie viele Menschen dieser Bastard umgebracht hat.«

Pine überlegte einen Augenblick; dann nickte sie. »Wahrscheinlich haben Sie recht. Also hält Bruno dicht, weil er glaubt, er kann mit einem Deal rechnen. Daraus wird aber nichts. Inzwischen werden meine Mom, mein Dad, meine Schwester und ich an einen sicheren Ort gebracht. Dann wird Bruno festgenommen und landet hinter Gittern. Zuvor schreibt er noch diesen Brief an Ito, in dem er ihm sein Leid klagt. Und er bittet Ito, ihn im Gefängnis zu besuchen. Dabei muss er seinem Bruder erzählt haben, dass wir in Andersonville leben.«

»Glauben Sie, Bruno wusste auch schon, wo Sie sich aufhielten, als Sie noch im Zeugenschutz waren?«, fragte Bennett. »Was bedeuten würde, dass er auch hinter diesen Anschlägen gesteckt hat.«

»Möglich. Es kann natürlich auch sein, dass die Mafia jemanden vom Zeugenschutzprogramm bestochen hat, um unseren Aufenthaltsort zu erfahren.«

»Was wissen Sie über diesen Ito Vincenzo?«, fragte Bennett.

»Er hatte eine Eisdiele in Trenton und kam nie mit dem Gesetz in Konflikt. Trotzdem gibt es handfeste Beweise, dass er nach Georgia kam, wo er mich in dieser schrecklichen Nacht beinahe umgebracht und meine Schwester verschleppt hat. Seitdem ist Mercy spurlos verschwunden.«

»Was wurde aus Ito?«

»Er kam nach ein paar Monaten zurück nach Trenton und erzählte seiner Frau und seinen Mitarbeitern, er sei in Italien gewesen. Ein paar Jahre später verschwand er wieder, diesmal für immer.«

Bennett lehnte sich im Stuhl zurück. In den letzten zehn Minuten schien er um Jahre gealtert zu sein. »Das alles ist unfassbar«, murmelte er schließlich. »Wie ein Albtraum, aus dem man nicht mehr erwacht, weil er wahr ist.«

»Die Frage ist – wie hat Ito, ein Mann ohne Verbindungen zum organisierten Verbrechen, herausgefunden, dass wir in Georgia waren?«

»Sie haben selbst gesagt, dass sein Bruder es ihm verraten haben muss.«

»Stimmt«, sagte Pine. »Aber woher wusste es *Bruno?*«

Bennett schüttelte ratlos den Kopf. »Wie ich vorhin schon sagte – wir haben es nie herausgefunden.«

»Eins noch, Mr. Bennett. Hat Jack Ihnen von ihm und meiner Mutter erzählt?«

Bennett richtete sich auf und stellte seinen Drink ab. »Ich weiß nicht, was Sie meinen.«

Pine stieß einen langen Seufzer aus, schaute zu Blum und sagte dann: »Zum Beispiel, dass Jack mein Vater ist.«

Bennett starrte sie fassungslos an, erhob sich dann abrupt und stand einen Moment schwankend da. Er wirkte dermaßen geschockt, dass seine Hunde zu winseln begannen. Die Tiere schienen zu spüren, wie aufgewühlt er war.

»Ihr … *Vater?* Aber das hieße ja …«

»Genau. Jack und meine Mutter hatten ein Verhältnis, bevor sie Tim kennenlernte.«

Bennett ließ sich langsam zurück auf den Stuhl sinken. »Gütiger Himmel. Vielleicht … vielleicht hat Jack sich *deshalb* von Linda getrennt. Ich habe das nie verstanden.«

Nun schaute Pine ihn verdutzt an. »Linda? Wer ist Linda?«

»Linda war Jacks Verlobte.«

35

John Puller klopfte an die Tür von General Pitts' Büro, doch sie wurde nicht von dem Adjutanten geöffnet, den er bei seinem ersten Besuch angetroffen hatte, sondern von einer jungen Frau Ende dreißig mit kurzem schwarzem Haar und athletischer Statur.

»Ich bin John Puller, CID«, stellte Puller sich vor. »General Pitts hat mich zu sich bestellt.« Er schaute der Frau über die Schulter und erstarrte, als er die Umzugskartons sah.

»General Pitts wurde versetzt, Chief Puller«, sagte die Frau.

Puller fiel die Kinnlade herunter. »Versetzt? Er ist stellvertretender Vorsitzender der Vereinigten Stabschefs.«

»Nicht mehr.«

»Wohin wurde er versetzt?«

»Das ist geheim.«

»Wer übernimmt sein Amt?«

»Ich bin nicht befugt, Ihnen das zu sagen.«

»Warum nicht?«

»Auch darüber kann ich nicht sprechen.«

»Sie dürfen nicht darüber sprechen, warum Sie nicht darüber sprechen dürfen?«

Dass er der Frau die Absurdität ihrer Erklärung vor Augen führte, zeigte eine gewisse Wirkung. Sie senkte den Blick, schürzte die Lippen und sammelte sich einen Moment. »Ich gebe zu, die Situation ist ein bisschen … ungewöhnlich.«

»*Ungewöhnlich* ist sehr vorsichtig ausgedrückt. Ich habe erst gestern mit General Pitts über eine äußerst brisante Angelegenheit gesprochen. Er wollte der Sache nachgehen und bat mich, heute wiederzukommen. Nun, hier bin ich – aber Pitts ist nicht da. Was sagt Ihnen das?«

»Ich wurde auch erst heute früh hierherversetzt. Ich weiß noch nicht einmal, wer der neue Vizechef sein wird.«

»Das stinkt doch zum Himmel. Was geht hier vor? Und sagen Sie mir jetzt bitte nicht schon wieder, Sie dürften nicht darüber reden.« Puller blieb ruhig und sachlich, doch gerade das verfehlte seine Wirkung nicht.

Die Frau schaute sich kurz um; dann winkte sie ihn herein und schloss die Tür.

»Hören Sie, Chief Puller, ich weiß auch nicht, was da vor sich geht, aber ich gebe Ihnen recht – die Sache stinkt zum Himmel. Eines aber sollten Sie nicht vergessen: Wenn die einen Vier-Sterne-General von einem Tag auf den andern versetzen können – was glauben Sie, können die dann mit jemandem wie mir machen? Oder mit *Ihnen?*«

»Ich kann Ihnen sagen, was die mit mir machen wollten. Sie sind mit Maschinengewehren in meine Wohnung eingedrungen und haben sie in ein Schlachtfeld verwandelt. Dass ich hier stehe, verdanke ich allein meiner Ausbildung bei der Army.«

»Mein Gott.«

»Ja, für Hilfe von oben wäre ich auch dankbar. Falls *Sie* Probleme kriegen, kommen Sie sicher relativ glimpflich davon. Die werden Sie vielleicht an die Antarktis versetzen, aber nicht gleich versuchen, Sie zu töten, wie bei mir.«

»Ich weiß nicht, was ich sagen soll. Es tut mir leid.«

»Ich trage die Uniform. Damit vertrete ich die Armee und das amerikanische Volk. Für mich sind das keine leeren Phrasen. Wir haben einen Eid geleistet.«

»Und ich habe hart gearbeitet, um so weit zu kommen. Ich will meinen Job nicht verlieren.«

»Das verstehe ich«, sagte Puller. »Alles andere haben Sie nämlich schon verloren, einschließlich Ihrer Selbstachtung. Für mich wäre es das nicht wert.«

Er drehte sich um und ging.

Puller war immer gern ins Pentagon gekommen. Hier fühlte er sich sicher und geborgen, beinahe zu Hause. Hier war er umgeben von Menschen, die seine Mission teilten, die Sicherheit der USA zu gewährleisten. Es mochte sich kitschig anhören, aber daran orientierte er sich. Im Moment aber fühlte sich Puller, als wäre er in Nordkorea oder im Iran mit dem Fallschirm abgesprungen. Jeder, der ihm begegnete, konnte es auf ihn abgesehen haben, konnte der feindlichen Macht angehören, mit der er es zu tun hatte. Nur dass er in diesem Fall nicht einmal wusste, wer diese feindliche Macht war.

Okay, Puller, es wird Zeit, sämtliche Register zu ziehen.

Er ging auf die Toilette, zog sich in eine Kabine zurück und zückte sein Mobiltelefon. Er schaltete es aus, nahm die SIM-Karte heraus und steckte sie ein. Das Handy warf er in den Mülleimer.

Auf schnellstem Weg marschierte er zum Ausgang und weiter zur nächsten Metro-Station. Er nahm die nächstbeste U-Bahn, stieg mehrmals um und fuhr dann nach Vienna, Virginia. Unterwegs hielt er ständig nach einem möglichen Beschatter Ausschau.

In Vienna stieg er aus, durchquerte die Station, fuhr in die Gegenrichtung, stieg erneut um und fuhr dann in Richtung Springfield. In einer Zwischenstation sprang er aus dem Wagen und wartete, ob noch jemand ausstieg, was nicht der Fall zu sein schien. Dann nahm er ein Taxi und fuhr zu einem Elektronikladen am Reston Parkway.

Er betrat das Geschäft und kaufte ein Prepaidhandy. Draußen rief er die vorgegebene Nummer an, um das Mobiltelefon zu aktivieren, ohne irgendwelche persönlichen Daten preiszugeben.

Dann wählte er eine Nummer, von der er wusste, dass sie nicht zurückverfolgt oder gehackt werden konnte, zumindest nicht so leicht. Im Moment hatte er nicht viele Möglichkeiten. Er brauchte Hilfe.

»Bobby?«

»Hey, kleiner Bruder, wie geht's?«

»Ich hab ein Problem.«

»Ist etwas mit Dad?« Robert Puller wurde schlagartig ernst.

»Keine Bange. Gib mir zwei Minuten, dann erzähle ich dir, was los ist. Bitte unterbrich mich nicht, hör nur zu und gib mir dann einen möglichst klugen Rat.«

Puller brauchte etwa drei Minuten, um seinem Bruder die Situation zu schildern. Dass Tony Vincenzo spurlos verschwunden war, ein CID-Agent ermordet und ein Junge namens Jerome Blake getötet worden war. Dass der Mörder ein Cop war oder jemand, der sich als Polizist ausgab. Dass seine Ermittlungen auf sämtlichen Ebenen behindert wurden. Dass ein Vier-Sterne-General deshalb sein Amt als Vizechef der Vereinigten Stabschefs verloren hatte und dass er, John Puller, in seiner eigenen Wohnung angegriffen worden war.

Als er fertig war, schwieg Robert Puller nachdenklich. John glaubte beinahe hören zu können, wie die Rädchen im brillanten, logisch-analytischen Gehirn seines Bruders rotierten, während er sämtliche Fakten analysierte, zueinander in Verbindung setzte und zu einem Ganzen zusammenfügte, um, wenn schon nicht zu einer Lösung, wenigstens zu einem vernünftigen Ratschlag zu gelangen. Doch Roberts erste Reaktion überraschte Puller.

»Warum zum Henker hast du mich nicht gleich angerufen, nachdem man dich angegriffen hatte? Ich war zwar die letzten zwei Tage in einem Bunker mit Cyberwaffen beschäftigt – trotzdem hättest du wenigstens versuchen können, mich zu kontaktieren.«

»Ich hab's überlebt, Bobby. Was hätte ich dir erzählen sollen? Ich weiß ja selbst nicht, was hier abgeht. Deshalb brauche ich auch deine Hilfe. Konzentrier dich lieber auf das Wesentliche, statt mich anzupflaumen.«

Wieder herrschte eine Zeit lang Stille. »Okay«, sagte Robert schließlich. »Eins kann ich dir jedenfalls sagen. Einen Vier-Sterne-General im Pentagon aus dem Amt zu kicken, nachdem du am Tag zuvor mit ihm gesprochen hast … Mann, dafür braucht es einen Einfluss, den nur allerhöchste Kreise haben. Da kommen nicht viele infrage, John.«

»Ich weiß. Wenn diese Leute General Pitts aus dem Weg räumen können, muss ich mich erst recht auf einiges gefasst machen.«

»Die haben ja schon damit angefangen. Du kannst von Glück sagen, dass du noch lebst, John. Diese Leute wissen, dass Pitts' Entmachtung kein allzu großes Aufsehen erregen wird, allenfalls innerhalb der militärischen Elite. Es gibt genug Generäle, die die Lücke füllen können. Und ein CWO wie du ist sowieso nicht unersetzlich. Diese Unbekannten haben nur ein Problem: Wenn sie dir den Fall entziehen, riskieren sie, dass du auspackst und möglicherweise vor einem Senatsausschuss dem ganzen Land erzählst, was diese Leute mit Sicherheit geheim halten wollen.«

»So habe ich es noch gar nicht betrachtet.«

»Weil du dich nicht mit Politik befasst. In meiner Position lernt man, auf so etwas zu achten.« Robert verstummte. »Moment mal, John.«

»Was ist?«

»Ich bekomme gerade einen Bericht herein, in dem dein Name vorkommt.«

»Was steht drin?«

Robert überflog den Artikel, bevor er antwortete. »Ganz schön clever, diese Bastarde. Da steht was von anonymen Quellen, denen zufolge ein mexikanisches Drogenkartell für den Angriff auf dich verantwortlich war. Ein Racheakt, weil du vor drei Monaten einige ihrer Leute hinter Gitter gebracht hast. Zuvor haben sie angeblich versucht, einen Army-Stützpunkt in Texas zu infiltrieren und Soldaten als Drogenkuriere zu rekrutieren.«

»Anonyme Quellen?«

»In ein paar Minuten wird es im ganzen Web verbreitet sein. Trolle werden sich darauf stürzen und es bis zur Unkenntlichkeit entstellen. Am Ende wird die Hälfte des Landes glauben, du hättest dich selbst mit dem Maschinengewehr erschießen wollen.«

»Aber die Wahrheit …«

»Bleibt auf der Strecke, John. Ein großer Teil der sozialen Netzwerke hat mit Wahrheit nicht viel am Hut. Da geht es nur darum, einen Haufen Geld zu machen, mit Werbung für Dinge, die kein Mensch braucht. Mit dem Nebeneffekt, dass es den übelsten Zeitgenossen eine Plattform bietet. Die ›Wahrheit‹ ist dann das, was man den Leuten einreden kann. Davor hat Orwell schon gewarnt.«

»Wie soll dieses Land unter solchen Umständen überleben?«

»Ich weiß es nicht, John. Wenn sich nicht bald einiges ändert, bin ich mir nicht sicher, ob wir überhaupt eine Zukunft haben, jedenfalls nicht als freie Gesellschaft, wie wir sie uns vorstellen.«

»Danke für die Aufmunterung, Bobby. Das hab ich jetzt gebraucht.«

»Du hast mich gefragt, John, und ich lüge dich nicht an. Also, was hast du jetzt vor?«

»Ich bin bei diesem Fall nicht ganz auf mich allein gestellt. Erinnerst du dich, dass ich dir mal von Atlee Pine erzählt habe?«

»Ja. Die FBI-Agentin. Du hältst viel von ihr, nicht wahr?«

»Sie ist eine Zeit lang vom Dienst freigestellt, damit sie an einem persönlichen Fall arbeiten kann, der sich mit meinem überschneidet und der auch mit den Vincenzos zu tun hat.« Er erzählte seinem Bruder von Pines Undercover-Besuch in dem New Yorker Penthouse mit all seinen dramatischen Konsequenzen.

»Und diese Lindsey Axilrod steckt da mit drin?«

»Wie es aussieht, hat sie Pine eine Falle gestellt. Und jetzt ist sie untergetaucht.«

»Gib mir die Adresse von dem Penthouse.«

»Wieso? Was hast du vor?«

»Frag nicht. Und keine Bange, ich werde keine Spuren hinterlassen.«

»Das hoffe ich doch.«

»Du und Pine, ihr müsst damit rechnen, dass diese Leute es weiter auf euch abgesehen haben, solange ihr an dem Fall arbeitet.«

»Irgendwer hat es immer auf uns abgesehen, seit wir in unseren Jobs arbeiten.«

»Diese Sache ist anders, John.«

»Nicht für mich.«

»Pass auf dich auf.«

»Du auch. Ich zieh dich da wirklich nicht gerne mit rein.«

»Blut ist dicker als Wasser, John. Wir müssen nur aufpassen, dass wir es nicht vergießen.«

Puller dachte an das Beinahe-Massaker in seinem Apartment. »Tja, Bobby, leichter gesagt als getan.«

36

»Linda Holden-Bryant?«, fragte Pine. Sie saß mit dem Handy am Ohr in ihrem Auto vor Doug Bennetts Haus, Carol Blum neben ihr.

Jack Lineberry war hörbar überrascht. »Doug hat dir von ihr erzählt?«

»Ja, hat er«, versetzte Pine schroff.

»Warum hat er sie erwähnt?«

»Warum zum Teufel hast *du* sie *nicht* erwähnt?«

»Weil ich keinen Grund dafür gesehen habe.«

»Ich sehe hundert Gründe«, hielt Pine dagegen.

»Inwiefern?«

»Du warst mit ihr verlobt?«

»Eine Zeit lang.«

»Habt ihr zusammengelebt?«

»Ja, in New York.«

»Wann habt ihr euch getrennt?«

»Warum musst du das alles wissen?«

»Liegt das nicht auf der Hand? Hast du vielleicht sogar ein bisschen damit gerechnet, dass Bennett ihren Namen erwähnen könnte? Hattest du sie im Verdacht, unsere Aufenthaltsorte verraten zu haben?«

Lineberry fing an zu husten, doch diesmal ließ Pine sich nicht davon beirren. Als der Hustenanfall verebbt war, sagte Lineberry: »Du interpretierst da zu viel hinein.«

»Ach ja? Hast du mit Linda über deine Arbeit gesprochen?«

»Natürlich nicht. Nie.«

»Hast du manchmal zu Hause gearbeitet?«

»Hin und wieder.«

»Und wie ist das gelaufen? Damals gab es noch kein Smartphone, keine Computer, kein Internet.«

»Übers Telefon. Über eine sichere Leitung.«

»Und sonst?«

»Ich habe Berichte geschrieben. Manchmal kamen Leute vorbei.«

»War Linda dann immer zu Hause?«

»Das weiß ich nicht mehr.«

»Aber es kann vorgekommen sein.«

»Manche Besprechungen wurden kurzfristig angesetzt, oft spätabends. Was hätte ich denn tun sollen – sie im Nachthemd auf die Straße schicken?«

»Bist du sicher, dass sie geschlafen hat, wenn ihr eure Besprechungen hattet?«

»Atlee ...«

»Bist du sicher, dass sie nie einen Blick in deine Unterlagen geworfen oder ein Telefongespräch belauscht hat? Dass sie dir nie gefolgt ist, um zu sehen, was du vorhast?«

»Sie wusste, dass ich für eine Regierungsbehörde arbeite. Und dass die Dinge, mit denen ich mich beschäftige, geheim sind.«

»Und du hast ihr vertraut?«

»Selbstverständlich. Trotzdem habe ich Vorsichtsmaßnahmen getroffen. Ich wollte sie ja nicht in Gefahr bringen, nur weil sie zufällig etwas davon mitbekommt, woran ich gearbeitet habe.«

»Vielleicht hat sie es keineswegs *zufällig* mitbekommen. Ich frage dich noch einmal: Warum habt ihr euch getrennt?«

Lineberry schwieg. Pine glaubte sein Herz schneller schlagen zu hören. Sie selbst war genauso angespannt. Sie schaute zu Blum, die die Szene gebannt beobachtete.

»Jack?«

»Linda hat herausgefunden, was los war.«

»Was heißt das genau?«

»Mit mir und Amanda.«

»Wie?«

»Das weiß ich bis heute nicht. Aber sie hat mich direkt darauf angesprochen.«

»Vielleicht hat sie dich beschatten lassen.«

»Ich hatte Vorsichtsmaßnahmen getroffen.«

»Hat ja wunderbar funktioniert«, sagte Pine spöttisch.

Wieder herrschte Schweigen.

In ruhigerem Ton fügte sie hinzu: »Wusste Linda, dass meine Mutter schwanger war? Und dass du der Vater warst?«

Lineberry schwieg beharrlich.

»Jack«, drängt Pine, »ich *muss* es wissen. Du weißt, warum. Nur so kann ich herausfinden, was mit Mercy passiert ist. Weißt du noch, was ich im Krankenhaus zu dir gesagt habe? Wir können das nur *gemeinsam* schaffen.«

»Linda hat es gewusst.«

»Auch, wer meine Mutter war?«

»Ich habe es ihr nicht erzählt.«

»Aber sie wusste es?«

»Ja.«

»Sind sie sich mal begegnet?«

»Nicht dass ich wüsste. Jedenfalls hat deine Mutter nichts dergleichen erwähnt.«

»Falls Linda sich nicht zu erkennen gegeben hat, wusste meine Mutter vielleicht gar nicht, wer sie war.«

»Das … das stimmt«, räumte Lineberry zögernd ein.

»Du weißt, worauf ich hinauswill, Jack.«

»Linda war nicht diejenige, die es verraten hat, Atlee. Das ist unmöglich.«

»Woher willst du das wissen? Aus meiner Sicht ist sie die wahrscheinlichste Kandidatin. Außerdem hatte sie ein Motiv, den Vincenzos zu verraten, wo wir Pines uns aufhielten.«

»Woher sollte Linda von den Vincenzos wissen?«

»Als diese Mafiabosse festgenommen wurden – stand das nicht in allen Zeitungen?«

»Ja.«

»Und da willst du mir weismachen, Linda hätte nicht mal ahnen können, dass du mit der Sache zu tun hast? So dumm kann sie ja wohl nicht gewesen sein.«

»Im Gegenteil. Linda war eine hochintelligente Frau.«

»Das bestätigt doch nur, was ich sage. War meine Mutter mal bei dir zu Hause?«

»Nicht, wenn Linda da war.«

»Aber Linda könnte sie gesehen haben, falls sie einen Verdacht hatte. Sie kann weggegangen und unbemerkt zurückgekommen sein.«

»Das halte ich für ausgeschlossen.«

»Womit hat sie ihr Geld verdient? Hatte sie irgendeinen Beruf ausgeübt?«

»Sie war Anwältin.«

»Na toll. Für Eherecht, was? Oder Strafverteidigerin?«

»Zufällig ja.«

»Und du glaubst immer noch, dass sie unmöglich darauf kommen konnte, dass du mit den Vincenzos zu tun hattest? Wer weiß, vielleicht hat sie sogar Mafiosi verteidigt.«

»Ganz sicher nicht.«

»Hat sie dir immer erzählt, woran sie gerade arbeitet?«

»Nein, da war sie genauso verschwiegen wie ich.«

»Dann kannst du nicht wissen, wer ihre Mandanten waren.«

»Jetzt hörst du dich an wie eine Staatsanwältin, die mich ins Kreuzverhör nimmt.«

»Genau das ist meine Absicht. Wo lebt Linda heute?«

»Keine Ahnung. Das ist dreißig Jahre her.«

»Weißt du, was aus ihr geworden ist, nachdem ihr euch getrennt habt?«

»Ich … ich habe mal gehört, dass sie geheiratet hat. Einen sehr wohlhabenden Mann. Er ist nach ein paar Jahren gestorben, und sie wurde zur steinreichen Witwe. Vielleicht hat sie noch mal geheiratet, ich weiß es nicht.«

»Und sie hat nie versucht, mit dir Kontakt aufzunehmen, nachdem du selbst superreich geworden bist? Vielleicht habt ihr euch sogar in denselben Kreisen bewegt.«

»Ich ging damals nach Georgia. Linda war mehr ein Stadtmensch.«

»Es dürfte nicht so schwer sein, sie zu finden.«

»Hast du das vor?«

»Ich *muss* es tun, Jack.«

»Selbst wenn sie damals mit der Sache zu tun hatte – glaubst du, sie wird einfach so gestehen, wenn du sie fragst?«

»Bestimmt nicht. Aber ich muss trotzdem mit ihr sprechen.«

»Okay, ich muss zugeben, ich kann nicht völlig ausschließen, dass Linda uns verraten hat. Ich … glaube, ich wollte diese Möglichkeit einfach nicht wahrhaben.«

»Ich sage ja nicht, dass sie eine Verbrecherin ist, Jack. Aber wenn jemand verlobt ist und dann erfährt, dass der Partner ein Kind mit einer anderen Frau haben wird … das könnte Linda dazu gebracht haben, etwas zu tun, was sie normalerweise nie getan hätte.«

»Ja. Möglich.«

»Ich werde versuchen, sie zu finden. Wenn dir noch was einfällt, lass es mich bitte wissen.«

»Mach ich.«

Pine beendete das Gespräch und warf ihr Mobiltelefon auf den Rücksitz.

»Ich habe das meiste mitgehört«, sagte Carol Blum. »Er will es nicht wahrhaben, stimmt's?«

»Stimmt.«

»Es spricht aber einiges dafür, dass Linda Holden-Bryant euch verraten hat.«

»Ich weiß.«

»Falls Sie die Frau finden und befragen können – wie werden Sie vorgehen?«

Pine schloss einen Moment die Augen, nahm einen tiefen Atemzug und schaute zu Blum. »Wenn ich es weiß, Carol, sind Sie die Erste, die es erfährt.«

37

Pine war zurück in der Billionaires' Row, diesmal zusammen mit Carol Blum, und schaute an dem schlanken Wolkenkratzer hoch. Eine Kaltfront hatte Regen und spürbare Abkühlung gebracht. Sie waren einen Block von dem Gebäude entfernt, vor dem Pine entführt worden war. Ganz in der Nähe lag der Central Park mit seinen Erholungsmöglichkeiten.

»Die gute Linda muss ziemlich wohlhabend sein, wenn sie in einer solchen Gegend wohnt«, meinte Blum.

Linda Holden-Bryant war nicht schwer zu finden gewesen. Sie führte wieder ihren Mädchennamen, obwohl sie zweimal verheiratet gewesen war. Das erste Mal mit einem Mann in den Siebzigern, der schon nach vier Jahren gestorben war und seiner zweiunddreißigjährigen Witwe ein Vermögen von mehreren Hundert Millionen Dollar hinterlassen hatte. Ein noch größerer Jackpot war Lindas zweite Ehe mit dem Erben eines französischen Kosmetik-Imperiums gewesen. Nach der Scheidung war sie um drei Milliarden Dollar reicher.

Seither waren zehn Jahre vergangen. Pine schätzte, dass Linda inzwischen ein Vermögen von mehr als zehn Milliarden Dollar besaß, wenn sie ihr Geld auf dem Aktienmarkt investiert hatte, was sie zu einem der reichsten Menschen auf dem Planeten machte.

»*Ziemlich* wohlhabend?« Pine lachte leise. »Die Untertreibung des Jahrhunderts.«

»Waren Sie überrascht, dass Linda ohne Weiteres einverstanden war, sich mit Ihnen zu treffen?«

»Nicht so sehr. Sie ist wahrscheinlich genauso neugierig darauf, mit mir zu sprechen, wie ich es bin, mir *ihr* zu reden.«

»Haben Sie ihr … alles gesagt?«

»Nur, dass ich Jack Lineberry kenne.«

»Was glaubt Linda, weshalb Sie mit ihr sprechen wollen?«

»Dass ich an einem Fall arbeite, der mit Jack zu tun hat. Ich schätze, das hat mir die Tür geöffnet.«

»Werden Sie ihr sagen, dass Sie Jacks Tochter sind?«

»Ja, im richtigen Augenblick.«

»Und wann wird das sein?«

»Wenn mein Bauchgefühl es mir sagt.«

Sie wurden zuerst vom Portier, dann vom Concierge weitergeschickt, nachdem Mrs. Holden-Bryant eine kurze Videoaufnahme von Pine und Blum begutachtet hatte und sie mit dem privaten Aufzug nach oben kommen ließ.

Die Aufzugtüren öffneten sich im Vorraum des Apartments, das sich über drei Etagen erstreckte.

»Sie scheint noch reicher zu sein als Jack«, murmelte Pine mehr zu sich selbst.

Ein livrierter Butler empfing sie im Vorraum und geleitete sie auf dem Marmorfußboden den Flur entlang, dessen Wände Gemälde zierten, die ebenso gut im Metropolitan Museum oder im Louvre hätten hängen können.

Sie wurden in einen Bibliotheksraum geführt, dessen Regale mit Tausenden Bänden gefüllt waren. Blum ging zum Kamin und wärmte ihre Hände am knisternden Feuer.

»So kalt ist es in Arizona nie«, meinte sie. »Der Wind fährt einem in die Knochen.«

Pine setzte sich auf ein Sofa, auf dem auch ein Napoleon

Bonaparte sich wohlgefühlt hätte, und tippte mit den Fingern auf die hölzerne Armlehne.

Eine Wand des Zimmers war mit Fotos geschmückt. Pine stand auf, um sich die Bilder anzusehen. Sie erkannte mehrere Schauspieler, zwei ehemalige Baseballstars der Yankees, außerdem Popstars der Siebziger und Achtziger, von den Musikern persönlich signiert. Die übrigen Aufnahmen zeigten Politiker – ehemalige und noch im Amt befindliche. Ein Foto einer einflussreichen Persönlichkeit früherer Tage trug die Widmung: »Einer wahren und großherzigen Freundin mit den allerbesten Wünschen«. Pine schloss daraus, dass Holden-Bryant dem Betreffenden ein hübsches Sümmchen gespendet hatte.

Blum trat an ihre Seite und wollte etwas sagen, doch Pine hob warnend die Hand und deutete unauffällig auf eine schwarze Linse dicht unterhalb der Decke.

»Wir wären dann so weit, wenn Sie es auch sind, Linda«, sagte Pine in die Kamera.

Dreißig Sekunden später wurde eine Tür geöffnet, und eine junge, schwarz gekleidete Frau mit blondem Pferdeschwanz, Schildpattbrille und professionellem Gesichtsausdruck steckte den Kopf ins Zimmer. »Wenn Sie bitte mitkommen möchten …«

Über eine breite Treppe aus Marmor, Metall und Holz gelangten sie ins nächste Stockwerk. Die Hausangestellte führte sie durch einen langen Flur, der mit Werken von Picasso, Dalí und Monet behängt war, bis sie vor einer breiten, strahlend weißen Doppeltür standen. Die junge Frau klopfte an. Als von drinnen ein »Herein« kam, öffnete sie.

Pine und Blum traten ein. Die Angestellte schloss die Tür und entfernte sich. Pine hörte, wie das Klackern ihrer Absätze auf dem Flur verhallte.

Zögernd und neugierig zugleich schauten die Besucherinnen

sich in dem riesigen Raum um, einem Schlafzimmer, wie sie erst auf den zweiten Blick erkannten. In einem Bett am anderen Ende lag allem Anschein nach Linda Holden-Bryant.

Sie setzte sich in den Kissen auf. »Bitte, kommen Sie näher.«

Pine und Blum kamen der Aufforderung nach. Holden-Bryant deutete auf zwei mit Chintz bezogene Stühle neben ihrem überdimensionalen Bett, in dem wahrscheinlich sechs Erwachsene Platz gefunden hätten, ohne einander zu berühren.

Die Frau saß gelassen in ihrem lavendelfarbenen Satin-Morgenmantel in die Kissen gelehnt und musterte die Besucherinnen, als Pine sich und Blum vorstellte. Pine betrachtete die Frau einen Moment lang. Sie war Mitte sechzig, braun gebrannt und gut in Form. Ihre blond gefärbten Haare zeigten eine Spur Silbergrau an den Wurzeln. Ihr Gesicht war schmal, die grünen Augen wach und aufmerksam. Mund und Kinn waren schön geschwungen. Linda war attraktiv genug, um sie zehn oder fünfzehn Jahre jünger zu schätzen. Obwohl sie zugedeckt war, konnte Pine aufgrund der langen Beine, die sich unter der Decke abzeichneten, erkennen, dass die Frau fast so groß war wie sie selbst.

»Tut mir leid, dass ich Sie hier empfange, aber ich habe mir irgendwas zugezogen«, erklärte sie. Ihre Stimme war tiefer, als Pine erwartet hatte.

Holden-Bryant schaute zu Blum. »Oh, es ist nichts Ansteckendes, keine Sorge. Ich habe Antibiotika genommen und bin bald wieder auf den Beinen. Aber ein bisschen Bettruhe brauche ich schon noch. Außerdem ist das Wetter nicht gerade berauschend. Es drückt aufs Gemüt.«

»In einer Umgebung wie dieser wird Ihr Gemüt sich schnell wieder aufhellen«, sagte Blum, ohne es ironisch zu meinen. »Es ist umwerfend.«

»Oh, vielen Dank. Ich habe Glück, das ist mir bewusst. Ich war offenbar zur richtigen Zeit am richtigen Ort.«

»Ich glaube, ich habe noch nie einen echten Butler gesehen«, sagte Pine.

Holden-Bryant kicherte. »Den habe ich aus meiner letzten Ehe mitgebracht. Ich hätte die meisten Angestellten entlassen können, weil ich im Grunde ziemlich einfach lebe, aber das wäre den Leuten gegenüber unfair gewesen. Sie waren ja nicht schuld daran, dass die Ehe zerbrochen ist, also habe ich sie behalten.«

»Nett von Ihnen«, meinte Blum.

»Das fanden die Leute auch. Also«, sagte die Frau zu Pine gewandt, »Sie wollten mit mir über Jack Lineberry reden?«

»Ja.«

»Wie ich hörte, ist Jack sehr erfolgreich. Mit einer Investmentfirma, nicht wahr?«

»Richtig. Obwohl ich glaube, dass Sie ihn weit in den Schatten stellen, was das Vermögen angeht.«

»Da wäre ich mir nicht so sicher. Sein Jet ist größer als meiner. Na ja, dafür habe ich zwei.«

»Woher wissen Sie solche Dinge?«

»Wir haben gemeinsame Freunde, die mich auf dem Laufenden halten. Aber er hat sich sein Geld immerhin verdient.«

»Ich denke, Sie werden es auch verdient haben«, sagte Blum.

»Wenn Sie so weitermachen, werden Sie meine neue beste Freundin«, sagte Holden-Bryant lächelnd, doch als sie sich an Pine wandte, wurde ihr Gesicht wieder ernst. »Also, worüber wollten Sie mit mir reden?«

»Jack liegt in Georgia im Krankenhaus.«

Die Frau spannte sich sichtlich an. »Doch hoffentlich nichts Ernstes?«

»Jack wurde angeschossen, ist aber auf dem Weg der Besserung.«

Holden-Bryant wirkte schockiert. »Angeschossen? Mein Gott. Wer hat auf ihn geschossen? Und warum?«

»Wer es war, ist bekannt. Auch warum. Die Kugel hat mir gegolten, aber Jack war genau in diesem Augenblick am falschen Ort.«

»Warum wollte jemand Sie umbringen?«

»Ich bin FBI-Agentin, da kommt so etwas vor.«

»Woher kennen Sie Jack überhaupt? Hat er irgendwie mit dem FBI zu tun?«

»Nein. Ich habe ihn vor Kurzem in Georgia kennengelernt. Ich bin ihm zwar schon als Kind begegnet, kann mich aber nicht mehr daran erinnern.«

Holden-Bryant hatte sichtlich Mühe, ihre Neugier zu verbergen. »Sie haben ihn als *Kind* gekannt?«

»Ja. Ich habe erst jetzt erfahren, dass er in Wahrheit mein Vater ist.«

Es sprach für Linda, dass sie es gefasst aufnahm. Schweigend saß sie da, fünf, sechs Sekunden lang, die Pine wie eine Ewigkeit vorkamen.

Dann flüsterte sie: »Sie sind seine Tochter?«

»Meine Schwester Mercy und ich, ja. Meine Mutter war Julia Pine. Aber damals hat sie sich Amanda genannt. Vielleicht haben Sie sie gekannt.«

Holden-Bryant nahm sich einen Moment, um ihr Kissen aufzuschütteln und die Decke über die Brust hochzuziehen, als bereite sie sich auf einen langen Winterschlaf vor.

»Nein. Kann ich nicht behaupten.«

Pine schaute ihr fest in die Augen. »Ich weiß, dass Sie damals mit Jack verlobt waren.«

Unvermittelt warf die Frau die Decke beiseite, schwang die Beine aus dem Bett und stand auf. Unter dem Morgenmantel trug sie einen gestreiften Pyjama. Sie ging zu einem Schrank und öffnete ihn. Hinter den geschnitzten Türen kam eine gut bestückte Bar zum Vorschein.

»Möchten Sie einen Drink?«, fragte Linda.

»Es ist noch ein bisschen früh für mich«, sagte Pine. »Und wenn Sie zurzeit Medikamente nehmen, ist es für Sie selbst vielleicht auch keine gute Idee.«

»Mir ist im Moment danach, gefährlich zu leben«, konterte Holden-Bryant.

»Ich nehme ein Glas Sherry, falls Sie welchen haben«, sagte Blum.

»Ich habe alles, Schätzchen. Und ich kann jetzt wirklich einen Schluck gebrauchen.«

Sie brachte Blum den Sherry, setzte sich selbst mit einem Bourbon aufs Bett, schlug die Beine übereinander und nahm einen kräftigen Schluck. Mit einem Seufzer sagte sie: »Ja, ich war mit Jack verlobt. Über ein Jahr. Aber wir waren schon vorher ein paar Jahre zusammen.«

»Dann muss es ein Schock gewesen sein, als Sie erfuhren, dass eine andere Frau von ihm schwanger ist«, sagte Pine.

»Schade, dass ich nicht mehr rauche.« Holden-Bryant seufzte, dann musterte sie Pine argwöhnisch. »Warum sind Sie wirklich hier?«

»Ich habe Ihnen etwas zu sagen. Etwas, das Sie wahrscheinlich schockieren wird – jedenfalls hoffe ich es. Und dann möchte ich mit Ihnen darüber reden.«

Linda starrte sie ein paar Sekunden an; dann trank sie ihren Bourbon aus und erhob sich, um sich nachzuschenken. Als sie wieder auf dem Bett saß, erzählte Pine ihr einiges von dem, was ihrer Familie widerfahren war, ging dabei aber nicht zu sehr ins Detail. Vor allem behielt sie für sich, inwieweit die Vincenzos in die Sache verwickelt waren. Das hob sie sich für später auf.

Linda schien auf ihrem riesigen Bett immer kleiner zu werden, je länger Pine erzählte, obwohl der dramatische Höhepunkt ihrer Geschichte noch ausstand.

Als Pine fertig war, verschränkte sie die Arme und musterte die ältere Frau.

Linda trank ihren zweiten Bourbon aus, stellte das leere Glas auf den Nachttisch und lehnte sich in die weichen Kissen. »Das alles ist sehr lange her.«

»Alte Sünden werfen lange Schatten«, warf Blum ein.

»Oh, so sehen Sie mich also? Als Sünderin?«

»Wir sind nicht hier, um zu urteilen«, stellte Pine klar. »Ich will einfach nur wissen, was Sie damals getan haben, als Sie erfuhren, was zwischen Jack und meiner Mutter war.«

»Sie haben nicht den geringsten Beweis, dass ich es erfahren habe«, sagte Linda kühl. »Geschweige denn, dass ich etwas getan habe.«

»Dann lassen Sie mich ganz direkt fragen: Wussten Sie, dass Jack mit meiner Mutter geschlafen hatte und dass sie von ihm schwanger war?«

»Ich könnte jetzt sagen, dass Sie mich nicht zwingen können, auf diese Frage zu antworten.«

»Da haben Sie recht. Das Einzige, was ich darauf einzuwenden habe: Ich will wissen, was aus meiner Schwester geworden ist. Ginge es Ihnen an meiner Stelle nicht genauso?«

»Ich war Strafverteidigerin. Ich war es gewohnt, mich mit hypothetischen Fragen zu beschäftigen. Trotzdem muss ich auf Ihre Frage nicht antworten.«

»Ist meine Frage wirklich so hypothetisch?«

»Das weiß ich nicht«, konterte Holden-Bryant kühl.

»Wussten Sie denn, was zwischen Jack und meiner Mutter war?«

Linda schaute zu Blum. »Sie sehen aus, als hätten Sie Kinder.«

»Sechs.«

»Ich hatte nie Kinder. Ich wollte welche, aber der Beruf hat mich zu sehr in Anspruch genommen. Die zwei Männer, mit denen ich verheiratet war, hatten beide schon Kinder, sogar Enkel. Sie wollten keine mehr. Also wurde nie etwas daraus.« Ihr Blick wurde verträumt. »Jack hat sich immer Kinder gewünscht. Wenn wir geheiratet hätten … Ich bin mir sicher, wir hätten Kinder gehabt.«

»Aber sie beide haben sich getrennt. Warum?«

Linda schaute Pine mit einem schmerzlichen Lächeln an. »Warum trennen sich Paare? Wir hatten Probleme. Streit. Es ging einfach nicht mehr.«

»Und was war schuld daran?«, hakte Pine nach. »Aus Ihrer Sicht.«

Linda stand auf, um sich noch einen Whisky zu holen. »Sind Sie sicher, dass Sie keinen Drink möchten?«

»Na schön. Das Gleiche wie Sie.«

»Das ist mal ein Wort.«

»Aber nur, wenn Sie bereit sind, darüber zu reden.«

Linda schenkte die Drinks ein und kam langsam zurück.

Jetzt kommen wir endlich weiter, ging es Pine durch den Kopf.

38

»Jack und ich hatten uns auseinandergelebt, wissen Sie.«

Linda Holden-Bryant hatte sich wieder aufs Bett gesetzt, nachdem sie Pine ihren Drink gebracht hatte.

»Gab es einen bestimmten Grund? Irgendeinen Vorfall?«, wollte Pine wissen.

»Na ja, wir wissen doch, wie Männer sind. Es fällt ihnen grundsätzlich schon nicht leicht, sich zu entscheiden. Unter gewissen Umständen wird es praktisch unmöglich.«

»Wenn der Mann eine andere liebt«, warf Blum ein.

»Bingo«, sagte Holden-Bryant, obwohl in ihrem Gesichtsausdruck nichts Triumphierendes war.

»Dann hat Jack Lineberry sich mehr zu meiner Mutter hingezogen gefühlt als zu Ihnen?«, fragte Pine.

Linda nickte. »Genau das.«

»Haben Sie es gewusst?«

»Ich hatte so einen Verdacht.«

»Wie sind Sie darauf gekommen?«

Linda reckte das Kinn. »Ich war Anwältin. Ich weiß, wie man verborgene Dinge ans Licht bringt.«

»Haben Sie Jack beschatten lassen?«

»Sagen wir mal so: Ich habe Maßnahmen getroffen, um zu erfahren, warum der Mann, den ich heiraten wollte, es sich plötzlich anders überlegt hatte.«

»Bestand eine Ihrer Maßnahmen darin, die Mafia einzuschalten und denen zu verraten, wo meine Familie lebte, als wir unter Zeugenschutz standen?«

Linda Holden-Bryant ließ langsam ihr Glas sinken. »Wie bitte?«

»Und als das fehlschlug – haben Sie daraufhin Bruno Vincenzo erzählt, wo meine Familie sich aufhält, damit er uns seinen Bruder Ito auf den Hals hetzen konnte? Damit Ito nach Georgia kommt und uns schlimme Dinge antut?«

»Ich weiß wirklich nicht, wovon Sie reden«, platzte Holden-Bryant heraus. »Was soll der Unsinn? Wer ist dieser Bruno?«

»Finden Sie eigentlich, dass ich meiner Mutter ähnlich sehe?«, fragte Pine spontan.

»Was?«

»Sehe ich meiner Mutter ähnlich?«

Holden-Bryant zögerte einen Moment. »Die Größe stimmt jedenfalls«, meinte sie dann.

Zu spät wurde ihr bewusst, dass sie in eine Falle getappt war. Sie lehnte sich zurück und sagte zerknirscht: »Nicht übel, Agentin Pine.«

»Sie haben meine Mutter also gesehen. Haben Sie auch mit ihr gesprochen?«

»Ich kann mich nicht erinnern.«

»Sie haben nichts zu befürchten. Was immer damals war, ist verjährt. Als Anwältin wissen Sie das besser als ich.«

»Darüber habe ich mir nie Gedanken gemacht. Meinen Beruf habe ich schon während meiner ersten Ehe an den Nagel gehängt.«

»Dann können Sie mir ja ganz offen sagen, was Sie damals getan haben.«

»Warum interessiert Sie das so sehr?«

»Weil ich eine Zwillingsschwester habe, von der ich nicht weiß, ob sie noch lebt oder tot ist. Aber ich *muss* es wissen.«

Pines Worte hatten eine größere Wirkung, als sie erwartet hatte.

»Erzählen Sie mir ein bisschen mehr«, sagte Holden-Bryant leise, aber mit hörbarer Neugier.

Und Pine tat es. In allen Einzelheiten schilderte sie ihr, was sich in jener furchtbaren Nacht in Andersonville zugetragen hatte. Außerdem alles, was sie über Bruno und Ito Vincenzo herausgefunden hatte.

»Mein Gott, das ist ja schrecklich!«, stieß Linda hervor, als Pine geendet hatte.

»Deshalb würde mir alles weiterhelfen, was Sie mir sagen können, und wenn es nur Kleinigkeiten sind.«

Wieder erhob sich die Frau von ihrem Bett. Diesmal aber nicht, um sich einen Drink zu holen. Sie nahm sich einen Stuhl, setzte sich und starrte auf den Teppich, während sie sprach. »Ich habe Jack wirklich geliebt. Er war genau der Mann, den ich heiraten wollte. Ich hatte schon klare Vorstellungen von unserer Hochzeit und den ersten Ehejahren. Damit wir uns nicht falsch verstehen, ich war ehrgeizig in meinem Beruf. Hab mich abgerackert, um als Anwältin Karriere zu machen.« Sie hielt einen Moment inne, um sich zu sammeln. »Aber die Karriere war nun mal nicht alles für mich. Ich wollte auch ein Leben mit Jack. Ich wollte Kinder mit ihm.« Wieder stockte sie und ließ den Blick durch ihr traumhaftes Schlafzimmer schweifen. »Stattdessen habe ich das hier bekommen. Und ich kann Ihnen sagen, es ist kein Ersatz, nicht annähernd.« Sie neigte den Kopf, schaute zu Blum. »Ich hatte schon den Verdacht, dass Jack sich mit einer anderen trifft. Als Frau spürt man so etwas, wissen Sie.«

Blum nickte. »O ja. Mir ist das auch passiert. Es gibt Anzeichen, die nicht zu übersehen sind.«

»Was haben Sie unternommen, um Klarheit zu gewinnen?«, hakte Pine nach.

»Ich hatte einen Detektiv engagiert, um Jack zu beschatten. Der Mann hatte zuvor in einigen meiner Fälle für mich gearbeitet. Er war wirklich gut, hat viel herausgefunden, Fotos gemacht und so weiter.«

»Fotos von Jack mit meiner Mutter?«, fragte Pine.

»Als Sie hier reinkamen, war mir sofort klar, dass Sie die Tochter von Amanda und Jack sein müssen. Amanda war die schönste Frau, der ich je begegnet bin. Ich konnte verstehen, dass Jack sich in sie verliebt hatte. Trotzdem war ich so wütend auf ihn, dass ich ihn hätte umbringen können.«

»Was haben Sie in Ihrer Wut unternommen?«, fragte Pine ganz ruhig.

»Ich wusste, dass Jack für eine Bundesbehörde arbeitet. Er hat nie darüber gesprochen, und ich habe nicht nachgefragt. Mir war klar, dass er nicht über seine Arbeit reden durfte. Ich habe mit ihm ja auch nicht über *meine* Fälle gesprochen.« Sie stand auf, ging zur Bar und goss sich ein Glas Sodawasser ein. Als sie sich wieder gesetzt hatte, fuhr sie fort: »Die Prozesse gegen die Cosa Nostra habe ich damals über die Medien verfolgt. Ich selbst habe nie einen Mafiaboss verteidigt, nur den einen oder anderen Fußsoldaten. Mir war natürlich klar, dass ich es mit Abschaum zu tun hatte, aber es war auch eine Herausforderung, zumal ich der Überzeugung bin, dass jeder Bürger der USA rechtlichen Beistand verdient. Und es kam noch etwas hinzu. Die Bosse erwarten von ihren Untergebenen bedingungslose Loyalität. Aber wenn es darum geht, ihren eigenen Hintern zu retten, lassen sie ihre Leute bedenkenlos über die Klinge springen. Das ist mir sauer aufgestoßen.«

Holden-Bryant hielt kurz inne, als die ganze Fülle ihrer Erinnerungen sie zu überwältigen schien.

»Erzählen Sie weiter«, drängte Pine.

»Es gab da einen Mafia-Fußsoldaten, der mich bat, seine Verteidigung zu übernehmen. Es ging um eine Anklage nach dem Anti-Mafia-Gesetz. Sein Name war Amadeo Bertelli. Der Typ entsprach genau dem Klischee, das man von einem italienischen Mafioso hat. Ich möchte nicht wissen, wie viel Blut an seinen Händen klebte. Privat hätte ich mich keine Minute mit dem Kerl abgegeben. Aber er hatte eine Geschichte zu erzählen, und die habe ich mir angehört. Und je länger ich zuhörte, umso klarer wurden mir einige Dinge.« Sie verstummte kurz, trank einen Schluck und fuhr fort: »Bertelli hatte einen Freund, der in diese Sache verwickelt war. Dieser Freund hatte versucht, das Richtige zu tun, wurde aber von jemandem hintergangen und landete im Gefängnis. Mit diesem Mann habe ich mich getroffen.«

»Bruno Vincenzo«, sagte Pine. »Der Mann, von dem Sie behauptet haben, Sie hätten noch nie von ihm gehört.«

»Ja. Bruno Vincenzo«, gab Linda zerknirscht zu. »Der Kerl war noch schlimmer als Bertelli. Es war mir schon unheimlich, mich mit ihm im selben Raum aufzuhalten. Vincenzo erzählte mir seine Geschichte. Er hoffte, ich könnte einen Deal mit der Staatsanwaltschaft aushandeln, damit er unter Zeugenschutz gestellt würde. Aber bevor ich auch nur darüber nachdenken konnte, wurde ihm ein anderer Anwalt zugeteilt, und das Gericht verurteilte ihn zu einer langen Haftstrafe. Wenig später hörte ich, dass er im Gefängnis umgebracht worden war.«

»Und damit hätte eigentlich alles zu Ende sein sollen«, sagte Pine.

»Hätte. War es aber nicht.«

»Wie haben Sie herausgefunden, wo meine Familie sich aufhielt?«, fragte Pine. »Jack hat nie über seine Arbeit gesprochen, sagten Sie.«

Holden-Bryant schaute zu ihr auf, die Augen zu Schlitzen zusammengekniffen, in denen Tränen schimmerten.

»Manchmal ließ Jack seine Aktentasche unverschlossen herumliegen. Und er achtete auch nicht allzu sehr darauf, ob ich seine Telefongespräche mithören konnte. Wahrscheinlich hat er mir blind vertraut. Und wenn er zu viel getrunken hatte, was damals öfter vorkam, hat er mehr geredet, als er sollte. Jedenfalls habe ich ziemlich schnell herausgefunden, dass die Person, von der Bruno sich hintergangen fühlte, und Amanda ein und dieselbe waren.«

»Was haben Sie mit dieser Information angestellt?« Pine schaute Linda fest in die Augen.

»Ich … ich muss wahnsinnig vor Eifersucht gewesen sein. Anders kann ich es mir nicht erklären.«

»Sie haben unseren Aufenthaltsort, unsere Namen und andere Einzelheiten an Bruno weitergegeben«, sagte Pine. »So war es doch, oder?«

»Ja.«

»Wie?«

»Ich habe die Daten seinem Anwalt zugespielt, der gab sie an Bruno weiter, als er ihn im Gefängnis besuchte. So etwas können die Wärter nicht verhindern.«

»Wusste dieser Anwalt, worum es ging?«

»Er hat nicht danach gefragt, und ich hab's ihm nicht gesagt.«

»Wir bekamen einen Drohbrief und wurden in ein anderes Haus gebracht. Wenig später hat jemand versucht, uns umzubringen. Daraufhin hat Jack uns aus dem Zeugenschutz genommen. So landeten wir unter dem Namen Pine in Andersonville. Und Jack zog ebenfalls in die Stadt, um persönlich für unsere Sicherheit zu sorgen.« Pine stockte einen Moment lang. »Bis eines Tages Ito Vincenzo, Brunos Bruder, nach Andersonville kam, kurz nachdem man Bruno im Gefängnis umgebracht hatte. Das bedeutet dann wohl, Sie haben Bruno auch verraten, dass wir in Georgia waren, stimmt's? Bevor die Mafia ihn im Gefängnis als Verräter hingerichtet hat.«

Holden-Bryant wich ihrem Blick aus, nickte aber. »Als Jack Schluss machte und wegzog, war mir klar, was los war. Er folgte Ihrer Mutter, der Frau, die er wirklich liebte. Er hat mich verlassen.«

»Aber eine solche Fülle an Informationen hat Jack doch sicher nicht ausgeplaudert – nicht einmal, wenn er betrunken war, oder?«, warf Blum ein. »Woher wussten Sie das alles?«

»Jack hat mir nichts davon erzählt. Er hörte mit dem Trinken auf und führte in der Wohnung keine heiklen Telefonate mehr. Ich glaube nicht, dass er Verdacht geschöpft hatte – er wurde einfach nur vorsichtiger. Doch einmal unterlief ihm ein schwerer Fehler. Er hatte einen Anruf erhalten und kam überstürzt nach Hause, um irgendetwas in seinen Unterlagen zu checken, die er in seinem Safe aufbewahrte. Unsere Beziehung war angespannt, aber wir lebten noch zusammen. Damals versuchte ich noch, alles ins Lot zu bringen. Normalerweise schloss Jack die Tür ab, wenn ich zu Hause war und er in seinem Büro arbeitete. An dem Tag aber hatte er es so eilig, dass er die Tür offen stehen ließ. Ich beobachtete ihn, als er den Wandtresor öffnete, und prägte mir die Kombination ein. Solange wir zusammenlebten, habe ich nur hin und wieder einen kurzen Blick in den Safe geworden. Eines Tages aber, als Jack bereits beschlossen hatte, die Stadt zu verlassen, wartete ich, bis er fort war, und schaute mir den Inhalt des Safes ganz genau an. Ich fand einen Brief, den ihm jemand von seiner Behörde geschickt hatte. Da stand alles drin. Andersonville, Georgia. Tim und Julia Pine und ihre beiden reizenden Töchter, Atlee und Mercy. Ich habe das alles Bruno zugespielt, und der muss es an seinen Bruder weitergegeben haben, weil seine eigenen Verbindungen zur Mafia ja gekappt waren. Wenig später war Bruno tot.«

»Aber er hatte noch Gelegenheit, die Informationen an Ito weiterzugeben.« Pine überlegte einen Augenblick. »Haben Sie irgendwann gehört, was uns damals zugestoßen ist?«

»Ich kann mich nicht erinnern.«

»Haben Sie jemandem erzählt, was Sie getan hatten?«

»Damit ich im Gefängnis lande? Nein, ich habe es für mich behalten.«

»Ich habe kürzlich einen Brief gelesen, den Bruno damals an Ito geschrieben hatte. Darin beklagt er sich, man habe ihm übel mitgespielt. Als ob ein Mann, der Dutzende Menschen umgebracht hat, ein Recht hätte, sich zu beklagen. Jedenfalls scheint Ito es als seine Pflicht betrachtet zu haben, seinen Bruder zu rächen, obwohl er bis dahin ein unbescholtener Bürger war. Ito hätte mich beinahe umgebracht und hat meine Schwester verschleppt. Seither fehlt von ihr jede Spur. Mein Vater hat sich das Leben genommen, meine Mutter ist verschwunden. Ich weiß nicht einmal, ob sie noch am Leben ist. Also wenn es Ihr Ziel war, meine Familie zu zerstören – das ist Ihnen gelungen. Sie haben uns ausgelöscht. Soweit ich weiß, bin ich die Einzige, die noch da ist.«

Holden-Bryant hob die Hand ans Gesicht und schluchzte leise. »Es tut mir furchtbar leid, Atlee«, sagte sie mit zittriger Stimme. »Ich habe das nicht gewollt …«

»Natürlich haben Sie es gewollt. Sie haben einem Mörder verraten, wo er uns finden konnte. Was dachten Sie denn, das er tun wird?«

Holden-Bryant wischte sich mit dem Ärmel über die Augen und schaute Pine mit gefasster Miene an. »Vielleicht habe ich es gewusst. Es muss absurd für Sie klingen, wenn ich sage, dass es mir leidtut, aber es ist so. Es tut mir aufrichtig leid.«

»Sind Sie Ito Vincenzo irgendwann einmal begegnet?«, wollte Pine wissen.

»Nein. Ich wusste nicht mal, dass es ihn gibt, bis Sie mir von ihm erzählt haben.«

»Sind Sie sicher?«

»Absolut.«

»Wann haben Sie und Jack sich endgültig getrennt?«

»Als er nach Georgia übersiedelte. Da stand fest, dass es zwischen uns aus war.«

Pine erhob sich und reichte Linda ihre Visitenkarte. »Falls Ihnen noch etwas einfällt, rufen Sie mich bitte an.«

Die Frau nahm die Karte entgegen. »Ich weiß, was Sie jetzt von mir denken müssen.«

»Es ist nicht wichtig, was ich von Ihnen denke. Viel wichtiger ist, was Sie selbst über sich denken.«

Holden-Bryant zog ein Papiertaschentuch aus einer Box auf dem Nachttisch und schniefte hinein. »Ich bin nicht gerade stolz auf mich. Im Gegenteil.«

»Verstehe.«

»Wird Jack wieder gesund?«

»Sieht so aus. Er hat noch mal Glück gehabt. Ich auch.«

»Sie haben wirklich erst kürzlich erfahren, dass er Ihr Vater ist?«

»Ja.«

»Das muss ein Schock gewesen sein.«

»Wie so vieles an der Sache.«

»Ich hoffe, Sie finden Ihre Schwester.«

Pine schwieg.

»Werden … werden Sie Jack sagen, was ich getan habe?«

»Nur wenn es nicht anders geht.«

»Das weiß ich zu schätzen.«

Pine ging hinaus, ohne sich noch einmal umzudrehen.

Holden-Bryant schaute zu Blum, die immer noch am Bett

stand. »Die Liebe kann uns zu hilflosen Narren machen«, flüsterte Linda.

»Nicht nur die Liebe.« Blum schaute sich in dem luxuriösen Zimmer um. »Aber im Gegensatz zu anderen Leuten können Sie sich mit dem trösten, was Sie hier haben.«

Sie folgte Pine nach draußen und schloss leise die Tür.

39

Puller hatte einen Zehn-Kilometer-Lauf in Quantico hinter sich. Er hatte mit zwei langbeinigen Marines Schritt gehalten, die noch keine zwanzig waren. Danach war er in sein »neues« Apartment zurückgekehrt, da das alte noch als Tatort abgesperrt war. Er duschte und wollte gerade Zivilkleidung anziehen, als sein Handy summte.

Es war eine Nachricht von seinem Bruder.

Heute zwanzighundert, ANC. Denk an die Maine. Salz. Vier Streifen und ein Stern.

Für jeden, der die Puller-Brüder nicht kannte und auch vom Militär nichts verstand, wäre es schwierig gewesen, die Nachricht zu entziffern. Für John Puller hingegen war klar, was sein Bruder ihm sagen wollte, zumindest im Groben.

Er schaute auf die Uhr. Die Zeit war knapp, aber es konnte reichen. Zuvor hatte er noch einen Besuch zu machen. Er ging zum Wandschrank und nahm seine Ausgehuniform heraus. Sie war für das Treffen am Abend gedacht, auch wenn es nicht wirklich nötig erschien, sich so zu kleiden. Doch die Uniform war passend für einen Termin, den Puller vorher einschieben wollte.

Lange Zeit hatte es in der Army Ausgehuniformen in Grün und in Weiß gegeben. Heute war Blau angesagt, die Farbe der Sieger bei den beiden größten militärischen Konflikten der Vereinigten Staaten auf eigenem Boden. Die US-Soldaten im

Unabhängigkeitskrieg hatten ebenso die blaue Uniform getragen wie später im Bürgerkrieg die Unionssoldaten, die »Blauröcke«, im Kampf gegen die Konföderierten.

Warum nicht beibehalten, was sich bewährt hat?

Puller vergewisserte sich, dass seine Orden am richtigen Platz waren. In dieser Hinsicht tolerierte das Militär keine Fehler. Zum Schluss setzte er die Mütze auf, ging an Unab vorbei, seinem Kater, der seine Aufmachung mit einem wohlwollenden Schnurren quittierte, und verließ die Wohnung.

Er fuhr zum Veteranenkrankenhaus und wurde in die *Memory-Care*-Abteilung geführt. Unterwegs begegnete er Soldaten im Rollstuhl, auf Liegen oder mit Gehhilfen und salutierte im Vorbeigehen. Sie alle hatten den USA treu gedient. Jetzt waren sie hier, auf ihrer letzten Mission – in einer Pflegeeinrichtung, die Uncle Sam für sie unterhielt.

Als Puller sein Ziel erreichte, klopfte er an die Tür, wartete einen Moment und trat ein.

Das Zimmer war klein und spärlich möbliert. Es enthielt nicht viel mehr als ein Bett, in dem ein alter Mann lag: Pullers Vater, John Puller senior.

Es hatte eine Zeit gegeben, da hatte sein Vater ihn beim Hereinkommen angeblafft: »Wo haben Sie gesteckt, XO, verdammt noch mal?«

John Puller war keineswegs der XO, der ausführende Offizier des alten, verwirrten Generals, hatte die Farce aber mitgespielt, da die Ärzte gemeint hatten, es sei das Beste für den alten Herrn.

Aber das war endgültig vorbei.

Die Dinge hatten sich geändert. Sein Vater lag mit angezogenen Beinen im Bett. Er war eins neunzig groß gewesen, doch das Alter hatte ihn kleiner und schmächtiger werden lassen. Abgesehen von ein paar grauen Haarsträhnen war er kahl, und seine

Kleidung war längst nicht mehr die Uniform, sondern eine schlichte Krankenhaushose und ein T-Shirt, unter dem weißes Brusthaar hervorspitzte.

Puller trat ans Bett, stand einen Moment lang kerzengerade da und schaute auf seinen Vater hinunter, jenen Mann, der ihn geprägt hatte und der nicht nur für die Hälfte seiner DNA verantwortlich war, sondern auch für einige seiner Charaktereigenschaften – manche gut, andere weniger erfreulich.

»Ich möchte Bericht erstatten, Sir«, sagte Puller halbherzig. Er erwartete keine Antwort. Bei seinen letzten fünf Besuchen war sein Vater nicht einmal mehr aufgewacht.

Alzheimer war eine tückische Erkrankung, die einem nach und nach raubte, was einen ausmachte: die Erinnerungen und einen Großteil der Persönlichkeit. Dass er körperlich einigermaßen intakt war, war für die Angehörigen ein schwacher Trost. Man fragte sich, wie es möglich war, dass jemand fast wie früher aussehen und zugleich so weit von dem Menschen entfernt sein konnte, den man gekannt hatte.

Zu Pullers Überraschung blinzelte sein Vater, schloss kurz die Augen und öffnete sie wieder.

Puller beugte sich zu ihm und beschloss, auf das Theater zu verzichten. »Dad?«

»Bobby?«, fragte Puller senior.

Dass er seine beiden Söhne verwechselte, war längst Normalität.

Puller senior hatte miterleben müssen, dass Robert, sein Ältester, im Militärgefängnis eingesessen hatte – wegen Hochverrats, ein Verbrechen, das er nicht begangen hatte. Zum Glück hatte sich Roberts Unschuld schnell herausgestellt. Jahre zuvor hatte Puller senior den Verlust seiner Frau hinnehmen müssen, die eines Tages spurlos verschwunden war. Es war für ihn der schwerste Schlag von allen gewesen, wie John wusste. Doch schließlich hatten er und Robert das dramatische Schicksal ihrer Mutter aufgedeckt. Als sie es ihrem damals schon kranken Vater mitteilten, schien er für einen Moment aus seiner Apathie in die Wirklichkeit zurückzukehren und ein wenig Frieden zu finden.

So wie wir alle.

Puller schaute auf die immer noch breiten Schultern seines Vaters und stellte sich die drei Generalssterne vor, die einst diese Schultern geziert hatten. Der vierte Stern war ihm aus politischen Gründen verwehrt worden, obwohl alle wussten, dass »Durchbruch-Puller« ihn wie kaum ein anderer verdient gehabt hätte – genauso wie die Medal of Honor, die ihm nie verliehen worden war. Trotzdem war Pullers alter Herr eine Legende, die keine Sterne und Orden brauchte, um im Gedächtnis der anderen weiterzuleben.

»Ich bin's, Dad. Junior. Nicht Bobby.«

Sein Vater setzte sich im Bett auf, lehnte sich ins Kissen und schaute sich in dem wahrscheinlich letzten Zimmer um, das er auf dieser Erde bewohnen würde. Sein Gesichtsausdruck ließ nicht erkennen, ob er irgendetwas um sich herum wahrnahm. Er legte sich wieder hin, starrte einen Moment an die Decke und drehte dann den Kopf zu seinem jüngeren Sohn.

»Sind Sie in der Army, Soldat?«

»Ja, Sir. Chief Warrant Officer.«

»Was ist das?«

Pullers Herz sank, als sein Vater auf seine Orden deutete. John Puller junior hatte sich so ziemlich jede Auszeichnung verdient, die die Army vergab, manche mehr als einmal. Doch sein Vater hatte ihn in dieser Hinsicht weit übertroffen. Seine Auszeichnungen waren so zahlreich, dass man daraus eine Decke hätte weben können. Er hatte nie eine Gefahr gescheut; noch mit Mitte sechzig hatte er sich um einen Fronteinsatz bemüht.

»Die waren beim Anzug dabei«, sagte Puller.

»Sehr hübsch«, murmelte sein Vater.

»Danke, Sir.«

»Wer sind Sie noch mal?«

»Ich arbeite hier. Brauchen Sie irgendetwas?«

»Besseres Essen. Mit dem Fraß hier würde ich nicht mal meinen Hund füttern, wenn ich einen hätte.«

»Verstehe, Sir, ich kümmere mich darum.«

»Ich weiß gar nicht, wie ich hier gelandet bin. Ich war auf der Arbeit, und auf einmal war ich hier.«

»Nun ja, Sir. Die Sache ist ein bisschen kompliziert.«

»Die haben mir das Foto hier ans Bett gestellt. Dabei hab ich keine Ahnung, wer das ist.«

Puller betrachtete die gerahmte Fotografie seiner Mutter Jackie.

»Wissen Sie, wie die Frau heißt, mein Junge?«, fragte sein Vater.

»Ich … äh, nein.« Puller war sich nicht sicher, wie sein Vater reagieren würde, wenn er den Namen seiner Mutter aussprach.

»Irgendwie komisch, mir das Foto einer Fremden hinzustellen. Wenn meine Frau das erfährt …«

»Erinnern Sie sich an Ihre Frau?«

»Was?«

»Ihre Frau?«

Sein Vater nahm das Bild und legte es umgedreht auf den Nachttisch. Dann ließ er den Kopf wieder ins Kissen sinken.

Puller schaute zum Fenster und beeilte sich, das Thema zu wechseln. »Ist Ihr Vogel noch da? Draußen am Fenster? Da war beim letzten Mal ein Nest.«

Sein Vater starrte ihn verständnislos an. »Ein Vogel?«

»Ja, ich … Brauchen Sie irgendwas, Sir?«

Sein Vater musterte ihn eindringlich. »Sie kommen mir irgendwie bekannt vor. Sie erinnern mich an jemanden.«

Pullers Magen krampfte sich zusammen. »Wirklich, Sir? An wen, wenn ich fragen darf?«

»An einen Kerl, mit dem ich die Ausbildung gemacht habe. Fällt mir gerade nicht ein, wo das war.«

»West Point, Sir.«

Sein Vater sah ihn verwirrt an. »Sind Sie sicher?«

»Ziemlich sicher«, sagte Puller leise.

»West Point ...?«

»Sie waren einer der Besten dort. Und Sie sind ein verdammt guter Offizier geworden.«

Sein Vater nahm es brummend zur Kenntnis.

Durchbruch-Puller hatte nie eine Schlacht verloren. Er hatte nie ein Risiko gescheut und manchmal die Regeln der Army über Bord geworfen, wenn er es für nötig erachtete. Er hatte seinen Männern alles abverlangt, sich selbst aber noch mehr. Seine Vorgesetzten waren nicht selten sauer auf ihn gewesen, doch er hatte ihnen selbst in aussichtslos scheinenden Situationen militärische Erfolge geliefert, die sie dann auf ihre eigenen Fahnen schreiben konnten. Es gab zwei Generationen von Soldaten in den USA, für die John Puller senior ein Begriff war.

»Die Männer haben Sie respektiert, Sir. Das tun wir alle.«

Wieder quittierte der Alte es mit einem Brummen. Dann drehte er sich auf die Seite und schlief ein.

Puller betrachtete ihn mit einer Mischung aus Mitleid und Zuneigung. Einmal mehr wünschte er sich den Vater zurück, den er in Erinnerung hatte – den raubeinigen Haudegen, der stets ein Lächeln und eine Aufmunterung für seine Söhne übrig hatte und sie immer wieder spüren ließ, wie stolz er auf sie war. Wie gern hätte er diesen Mann wiedergehabt statt des verwirrten Greises auf dem Krankenhausbett.

Puller deckte seinen Vater zu und verließ das Zimmer voller

Schmerz, doch ohne Tränen. Er wusste, dass der Verfall seines Vaters der einzige Feind war, gegen den keine Macht der Welt etwas ausrichten konnte.

John riss sich zusammen und richtete seine Gedanken auf die Aufgaben, die er zu bewältigen hatte.

40

Puller überließ seinen Wagen dem Parkservice beim Army and Navy Club an der Seventeenth Street in Washington, D.C., und betrat das Gebäude. Dessen klassizistische Architektur spiegelte sich auch im Inneren wider. Der Club wurde von einem engagierten Team geführt, dem viele Mitarbeiter bereits seit Jahrzehnten angehörten. Im Erdgeschoss befand sich ein großer Speisesaal, während im ersten Stock hauptsächlich private Besprechungszimmer und kleinere Speisezimmer eingerichtet waren. Da es sich in gewisser Weise um einen militärischen Außenposten handelte, durfte auch eine Bar nicht fehlen.

Puller schaute auf die Uhr. Er war wie immer etwas zu früh dran, was aber durchaus seine Vorteile hatte. Ein General der Konföderierten hatte einst gesagt, eine Schlacht würde fast immer von denen gewonnen, die zuerst und mit möglichst vielen Soldaten auf dem Schlachtfeld waren. Da war etwas Wahres dran. Vielleicht hatte sich die Person, mit der Puller sich hier treffen wollte, das Gleiche gesagt. Er ging zur Glastür, durch die man zur Bar gelangte, und schaute hinein. Drei Männer und zwei Frauen saßen an der Theke. Nur zwei trugen Uniform, eine Frau und ein Mann. Der Mann war Lieutenant Colonel der Army, die Frau Navy Commander der Besoldungsstufe O-5, was bedeutete, dass beide den gleichen militärischen Rang innehatten. Die Person, auf die Puller wartete, war jedoch Navy Captain und stand somit nur eine Stufe unter einem Konteradmiral. Das hatte sein Bruder mit dem Wort »Salz« gemeint.

Puller stieg die Treppe in den zweiten Stock hinauf, wo eine Bibliothek eingerichtet war. Darin stand ein Tisch voller Einschusslöcher, hinter dem vor über hundert Jahren amerikanische Soldaten bei einem Feuergefecht auf Kuba Deckung gefunden hatten. Auf diesen Vorfall hatte Pullers Bruder Robert mit »Denk an die Maine« Bezug genommen. Das Schiff war damals im Hafen von Havanna in die Luft gesprengt worden – der Auslöser des Spanisch-Amerikanischen Krieges. Das Militär hatte schon viele solche historischen Requisiten hervorgebracht, und mit jeder Schlacht waren neue hinzugekommen.

Puller schaute sich suchend um, als plötzlich eine Frauenstimme sagte: »Ich sehe, Sie sind auch gern früh dran, Chief Puller.«

Hinter der hohen Lehne eines Stuhls, der von ihm weggedreht war, erhob sich die Sprecherin. Sie war mittelgroß und hatte dunkles, zu einem Pferdeschwanz gebundenes Haar. Ihre weiße Ausgehuniform stand ihr gut. Puller schätzte sie auf etwa vierzig – für einen Captain zur See relativ jung. Nach dem Abschluss der Marineakademie in Annapolis benötigte man normalerweise zwanzig Jahre, um die vier Streifen und den Stern eines Captains zur See zu erwerben. Auch darauf hatte Robert Puller in seiner Nachricht angespielt.

Die Frau kam auf ihn zu und streckte ihm die Hand entgegen. Er schüttelte sie und spürte ihren festen Händedruck, während er auf sie hinunterschaute.

»Freut mich sehr, Captain …?«

»Gloria Miles, Chief Puller.«

»John, bitte.«

»Ich bin Gloria. Mein Vater war Master Sergeant im Marine

Corps. Er hat den Namen für mich ausgesucht. Wissen Sie, wie er mich genannt hat?«

Puller schüttelte den Kopf.

»Glory.« Sie lächelte, doch ihre Augen nahmen einen wehmütigen Ausdruck an. »Können Sie sich vorstellen, wie viel Spott mir das eingebracht hat?«

Er musterte sie einen Moment lang. »Wie es aussieht, hat es Sie stärker gemacht. Und wenn Sie so jung sind, wie Sie aussehen, haben Sie eine steile Karriere hingelegt.«

»Sie liegen mit beidem nicht ganz falsch. Ich habe die O-6 drei Jahre früher geschafft als üblich. Mir ist es eher sechs Jahre länger vorgekommen. Wie geht es Ihrem Vater?«

Ganz okay, hätte Puller fast geantwortet. Aber die Frau hatte etwas an sich, das ihn davon abhielt, zu einer ausweichenden Floskel zu greifen. »Nicht besonders, muss ich leider sagen.«

»Es ist hart, wenn man erleben muss, wie der eigene Vater verfällt«, sagte Gloria Miles. »Insbesondere, wenn er Soldat war – ein Mann, den nichts erschüttern konnte. Dann glaubt man, er müsste ewig leben.«

»Wo sind Sie stationiert?«, wollte Puller wissen.

»Im Moment in der Norfolk Naval Station. Das hat den Vorteil, dass ich mich besser um die Geburt meines Babys kümmern kann.«

Puller schaute verdutzt auf ihren unberingten Ringfinger.

»Nicht, was Sie denken.« Miles lachte auf. »Ich werde hoffentlich bald das Kommando eines LCS der Freedom-Klasse übernehmen, das demnächst vom Stapel gelassen wird. Die USS *Seattle.*« Die Abkürzung LCS, die Miles verwendete, stand für Littoral Combat Ship, eine Kategorie von Schiffen für küstennahe Gefechtsführung. »*Das* ist mein Baby.«

»Verstehe, Ma'am. Muss ziemlich aufregend sein.«

Sie schaute über seine Schulter zur Tür. »Vielleicht sollten wir uns eine Ecke suchen, wo wir ungestört reden können.«

Puller drehte sich um und sah eine Gruppe von Anzugträgern und Uniformierten in die Bibliothek kommen.

»Kommen Sie, John«, sagte Gloria Miles. Sie fanden ein leeres Zimmer am Ende des Flurs. Puller schloss die Tür, und sie setzten sich einander gegenüber auf Klappstühle. Miles legte ihre Mütze in den Schoß, Puller ebenfalls.

Sie ließ den Blick über seine Auszeichnungen wandern und hob die Augenbrauen. Das Zurschaustellen von Orden war die in militärischen Kreisen akzeptierte Form des Angebens, auch wenn die meisten Orden mit weniger schönen Ereignissen und Erinnerungen verbunden waren. Puller zumindest hatte Dinge erlebt, die kein Mensch durchmachen sollte.

Miles ließ den Blick über die Auszeichnungen schweifen. »Distinguished Service Cross, Purple Heart, Bronze Star, Silver Star … die ganze Palette. Wirklich beeindruckend, John.«

»Halb so wild. Ich habe nur meine Pflicht getan.«

»Ja, aber eine außergewöhnliche Leistung darf man auch mal hervorheben.«

»Warum hat mein Bruder sich mit Ihnen in Verbindung gesetzt?«, kam Puller zur Sache.

»Ich glaube, er hat einige Leute kontaktiert, von denen er vermutet, sie könnten Ihnen helfen.«

»Aber er hat nur mit Ihnen ein Treffen vereinbart.«

Miles nickte. »Dass ich vielleicht etwas zu Ihren Ermittlungen beitragen kann, hat nichts damit zu tun, dass ich eine Uniform trage.«

»Verstehe.«

»Umso mehr hat es mit jemandem zu tun, den ich gut kenne.«

»Okay.«

»Ich habe ja schon angedeutet, dass ich keine Kinder habe. Aber ich bin die Patentante von jemandem, der für Sie interessant sein könnte.«

»Und wer ist das, wenn ich fragen darf?«

»Jeff Sands.«

»Der Name sagt mir nichts.«

»Er ist der Enkel von Peter Driscoll.«

»Peter Driscoll, der Mehrheitsführer im Senat? Inwiefern könnte mir das weiterhelfen?«

»Jeff ist vor Kurzem einundzwanzig geworden. Dank der Beziehungen seines Großvaters studiert er an der Georgetown University. Mit seinen Leistungen hätte er es nicht geschafft.«

»Ich verstehe immer noch nicht, was das mit meinem Fall zu tun hat.«

»Jeff nimmt Drogen, wahrscheinlich dealt er auch. Ich weiß es nicht sicher, aber es spricht einiges dafür.«

»Wenn der Enkel eines prominenten Politikers ein Drogendealer ist, wäre das nicht bis an die Öffentlichkeit gedrungen? Oder hat sein Großvater dafür gesorgt, dass es nicht herauskommt?«

»Wie ich schon sagte, das mit dem Dealen ist nur ein Verdacht von meiner Seite. Aber Jeff hat einen Haufen reicher Freunde an Eliteunis, die er möglicherweise mit Stoff versorgt.«

»Ein Netzwerk elitärer Drogenabhängiger? Wie gehen Sie damit um?«

»Ich bin Jeffs Patentante, das bedeutet mir etwas. Ich kannte seine Mutter Jennifer. Sie ist gestorben, als der Junge gerade mal acht war. Es war ein harter Schlag für ihn. Sein Vater ist einer dieser Hedgefonds-Typen. Er lebt in New York. Nach Jennifers Tod hat er eine viel jüngere Frau geheiratet. Sie haben zwei kleine Kinder zusammen. Jeff hat er praktisch fallen lassen. Ich habe versucht, in die Bresche zu springen und möglichst viel Zeit mit dem Jungen zu verbringen. Nicht als Ersatzmutter, sondern als Freundin, mit der er reden kann.«

»Hat Jeff Geschwister aus der ersten Ehe?«

»Nein.«

»Und was erzählt er Ihnen, wenn Sie mit ihm über seine Probleme reden?«

»Ich habe ihn einige Male damit konfrontiert. Er sagte, dass jetzt alles in Ordnung sei. Er habe zwar Probleme mit Drogen gehabt, aber das sei jetzt Vergangenheit. Und dass die Dinge, die ich über ihn gehört hätte, nicht stimmen.«

»Und was war Ihr Eindruck? Hat er gelogen? Haben Sie ihm angesehen, dass er immer noch Drogen nimmt?«

»Eigentlich nicht.«

»Haben Sie das alles auch meinem Bruder erzählt?«

»Ja.«

»Wie ist er überhaupt auf Sie gekommen? Sind Sie befreundet?«

»Nein. Ich hatte schon von Robert gehört, aber er noch nie von mir. Er sagt, er sei durch einen Algorithmus auf mich gekommen, den er im Zusammenhang mit Ihrer Ermittlung angewendet habe.«

Puller lächelte. »Ein Algorithmus? Das klingt wirklich nach Bobby. Sind Sie sicher, dass dieser Driscoll von den Problemen seines Enkels weiß?«

»Bestimmt. Ich habe es ihm selbst mehrmals gesagt.«

»Und was hat er unternommen?«

»Er hat gesagt, er kümmert sich darum.«

»Und, hat er?«

»Ich würde heute nicht mit Ihnen reden, wenn es so wäre.«

»Wann haben Sie zum letzten Mal mit Jeff gesprochen?«

»Vor ungefähr zwei Wochen.«

»Hat er mal einen gewissen Tony Vincenzo erwähnt?«

»Nein, daran würde ich mich erinnern.«

»Und ein Penthouse an der Billionaires' Row in Manhattan?« Puller nannte ihr die Adresse.

Miles war einen Moment lang perplex. »Ich habe ihn mal dort abgesetzt, als wir zusammen nach New York gereist waren. Das muss ungefähr einen Monat her sein. Er hat da eine Party besucht. Ich habe noch zu ihm gesagt, er soll auf sich aufpassen. Offenbar hat er ziemlich reiche Freunde. Wissen Sie, wem das Penthouse gehört?«

»Das ließ sich nicht feststellen, was leider nichts Gutes bedeutet. Es lässt darauf schließen, dass eine kriminelle Organisation mit enormen finanziellen Mitteln ihre Finger im Spiel hat.«

»Mein Gott. Mit wem hat er sich da bloß eingelassen?«

»Das will ich herausfinden. Aber ich muss so schnell wie möglich mit dem Jungen sprechen.«

»Soll ich ihn anrufen und etwas ausmachen?«

»Das würde nicht funktionieren.«

»Warum nicht?«

»Weil er dann vielleicht verschwinden würde. Oder jemand würde versuchen, mich umzubringen. Da mir das erst neulich passiert ist, kann ich gern darauf verzichten.«

Gloria Miles wurde blass. »Okay, wie gehen wir vor?«

»Schicken Sie mir seine Kontaktdaten und ein Foto. Den Rest übernehme ich selbst.«

»Was kann ich sonst noch tun?«

»Nichts. Versuchen Sie nicht, ihn zu kontaktieren. Fahren Sie nach Norfolk, und wenn Ihr Schiff so weit ist, gehen Sie an Bord und machen Sie Ihren Job. Ich will Sie da nicht reinziehen.«

»Sie machen mir irgendwie Angst, John.«

»Tut mir leid.«

»Sind Sie mit diesem Fall allein?«

Puller zog sein Handy hervor. »Nein. Es gibt jemanden, der mir hilft und den ich gleich anrufen werde.«

»Ich hoffe, es ist jemand, auf den Sie sich verlassen können.«

»Da können Sie ganz beruhigt sein.«

41

Am nächsten Abend traf Pine sich mit Puller am Ausgang der Penn Station in New York City. Puller war in D.C. in einen Amtrak-Regionalzug gestiegen und drei Stunden später im Big Apple eingetroffen. Es war kalt und bewölkt, als sie zusammen die Straße entlanggingen, Puller mit seinem kleinen Seesack über der Schulter. Die Ausgehuniform hatte er gegen Jeans, Sweater und einen dunkelblauen Blazer getauscht. Während sie durch die dunklen Straßen schlenderten, brachten sie sich gegenseitig auf den neuesten Stand. Zuletzt erzählte Puller ihr von dem Algorithmus, mit dessen Hilfe sein Bruder Gloria Miles gefunden hatte, durch die sie auf Jeff Sands gestoßen waren.

»Hast du Lineberry erzählt, dass Linda Holden-Bryant der Maulwurf war, nach dem er so lange gesucht hat?«, fragte Puller.

»Ich hätte es ihm sagen sollen, hab's aber nicht getan. Ich weiß noch nicht, wie ich damit umgehen soll. Außerdem erholt er sich noch von der Schussverletzung.«

Sie nahmen ein Taxi und fuhren die West Side hinauf zu einem Apartmenthaus unweit des Riverside Drive.

Als sie den livrierten Portier passiert hatten und die luxuriöse, in Marmor und Chrom gehaltene Lobby durchquerten, fragte Puller: »Was tun wir hier eigentlich?«

»Wir quartieren uns hier ein. Carol ist schon oben und macht uns etwas zu essen.«

»Wem gehört das Apartment? Normalerweise übernachte ich bei einem Freund auf der Couch, wenn ich in New York bin. Das Spesenkonto der CID reicht nicht für ein Hotel in dieser Stadt, nicht mal für einen Parkplatz, damit wir in deinem Auto schlafen könnten.«

Puller schaute zu dem lächelnden Concierge an einem antiken Schreibtisch, der dem Schloss zu Versailles zur Ehre gereicht hätte, und fügte leise hinzu: »Seit wann spendiert das FBI seinen Agenten solche Luxusunterkünfte?«

Pine schaute etwas unbehaglich drein. »Hier wohnt Jack Lineberry, wenn er sich in der Stadt aufhält. Er stellt uns das Apartment gern zur Verfügung.«

»Hattest du nicht ein Zimmer in einem Hotel in Trenton?«

Pine drückte die Ruftaste des Aufzugs. »Er hat mich gestern angerufen. Als ich ihm sagte, dass ich in New York bin, hat er darauf bestanden, dass wir uns hier einquartieren.«

»War das bevor oder nachdem du mit seiner alten Flamme gesprochen hast?«

»Danach, aber das tut nichts zur Sache. Er hätte mir das Apartment in jedem Fall überlassen.«

Sie fuhren hinauf ins zehnte Stockwerk. Pine führte Puller einen mit edlen Teppichen ausgelegten Flur entlang, dessen Wände wertvolle Ölgemälde zierten. Mithilfe ihrer Schlüsselkarte öffnete sie die Tür des Apartments. Puller folgte ihr, stellte den Seesack ab und schaute sich um.

»Mein lieber Schwan, Lineberry muss eine dicke Brieftasche haben.«

»Hat er. Er besitzt einen Privatjet, ein Anwesen in Georgia und ein Penthouse in Atlanta.«

»Und diese bescheidene Bleibe«, fügte Puller hinzu. »Außerdem ist er dein Vater.«

»Mein *leiblicher* Vater, aber Tim Pine hat mich aufgezogen«, entgegnete Pine. »Für mich ist Tim mein Vater.«

»Kann ich verstehen. Hat Lineberry noch andere Kinder außer dir?«

»Nein, er hat nie geheiratet. Er hatte nur mich … und Mercy.«

»Dann sollte es dich nicht überraschen, wenn er dir das alles vererbt.«

Pine schaute ihn verdutzt an. »Wie kommst du jetzt darauf?«

»Liegt doch auf der Hand.«

»Darüber zerbreche ich mir den Kopf, falls es mal ein Thema werden sollte.«

In diesem Augenblick kam Carol Blum ins Zimmer, Mehlstaub auf der Wange. Sie wischte sich die Hände an einem Geschirrtuch ab.

»Hab ich also doch richtig gehört. Sicher war ich mir nicht – dieses Apartment ist riesig. In zehn Minuten ist das Essen fertig. Ich hoffe, ihr seid hungrig.«

»Also, ich schon«, sagte Puller. »Im Zug gab's nicht viel.«

»Ich zeig dir dein Zimmer«, schlug Pine vor.

Sie führte ihn den Flur entlang zur letzten Tür und öffnete sie. Das Zimmer war genauso luxuriös eingerichtet wie der Rest der Wohnung.

»Lineberry hat Geschmack, das muss man ihm lassen. Oder er hat jemanden engagiert, der Stilgefühl hat.« Puller stellte seinen Seesack auf das riesige Bett.

Pine setzte sich auf einen Stuhl an einem antiken Schreibtisch, der allein schon ein Vermögen wert sein musste und auf dem Briefpapier und ein Vergrößerungsglas mit Ledergriff bereitlagen.

»Also, was ist mit Jeff Sands?«

Puller setzte sich aufs Bett. »Sein Großvater ist einer der einflussreichsten Männer des Landes. Aber sein Vater hat Jeff offenbar abgeschrieben und widmet seine ganze Aufmerksamkeit seiner neuen Familie.«

»Du sagst, Sands nimmt nicht nur Drogen, sondern dealt wahrscheinlich auch. Wie kann es sein, dass die Medien sich nie dafür interessiert haben?«

»Ich hab ein bisschen recherchiert. Sands ist eines von sechzehn Enkelkindern des Senators, trägt aber nicht dessen Namen. Und allem Anschein nach wissen nur wenige Leute Bescheid. Außerdem kann man Peter Driscoll nicht dafür verantwortlich machen. Der Vater – Driscolls Schwiegersohn – hat sich kaum um den Jungen gekümmert. Driscolls eigene Kinder scheinen alle einen guten Weg eingeschlagen zu haben. Wäre ein bisschen viel verlangt, dass der arme Mann sich auch noch um die nächste Generation kümmert.«

»Hat was für sich«, entgegnete Pine. »Was tun wir jetzt?«

»Ich habe Sands' Adresse. Wir observieren ihn und warten ab, was passiert.«

»Warum willst du ihn nicht direkt befragen?«

»Ich will erst ein bisschen was über den Jungen erfahren«, antwortete Puller. »Aus erster Hand.«

»Ob Sands dafür verantwortlich ist, dass die Cops in Trenton uns so viele Steine in den Weg legen?«

Puller schüttelte den Kopf. »Dieses Jüngelchen? Sicher nicht. Aber sein Großvater hätte den nötigen Einfluss.«

»Du hältst es für denkbar, dass Driscoll in diese Verbrechen verwickelt ist? Drei Leute wurden ermordet – Sheila Weathers, Jerome Blake und Ed McElroy. Vielleicht bin ich naiv, aber ich kann nicht glauben, dass ein US-Senator in der Sache mit drinstecken könnte.«

»In der Politik ist heute so viel Geld und Macht im Spiel, dass man nichts ausschließen kann. Leute wie Driscoll sind heiß begehrt, weil sie Interessen durchsetzen können, bei denen es um Milliarden geht.« Er stockte einen Moment, schaute zu Pine. »Was glaubst du, wie weit jemand für eine Milliarde Dollar gehen würde?«

»Extrem weit«, sagte sie. »Wenn man es so betrachtet, können wir froh sein, dass es nicht mehr als drei Tote gibt.«

»Es könnten mehr werden.«

»Denkst du an uns beide?«

Statt darauf zu antworten, sagte Puller: »Komm, gehen wir essen. Ich bin gespannt auf die Kochkünste deiner Assistentin.«

42

Zu dieser nächtlichen Stunde waren auch in New York die meisten Leute schon im Bett. Vom Hudson River war Nebel heraufgezogen und traf auf den Dunst, der vom East River aufstieg. Über Manhattan vereinigten sich die feuchten Luftmassen wie Liebende bei einem nächtlichen Stelldichein.

Pine war noch angezogen, als sie aus dem Schlafzimmerfenster schaute, ohne etwas zu sehen. Was sich zehn Stockwerke unter ihr abspielte, blieb ihr verborgen.

Sie checkte ihre beiden Pistolen, die Glock und die Beretta, zum vierten und letzten Mal. Dann ging sie zu Carol Blums Zimmertür, horchte einen Moment und hörte leises Schnarchen. Puller erwartete sie bereits im Wohnzimmer, ganz in Schwarz gekleidet. Sie bemerkte die Ausbuchtungen an der Hüfte, wo er die beiden M11-Pistolen trug.

Puller schaute auf sein Mobiltelefon, um festzustellen, ob neue Informationen eingetroffen waren. »Ich hab Sands den ganzen Tag von einem Agententeam observieren lassen«, sagte er auf Pines fragenden Blick.

»Was hat er gemacht?«

»Die Doppelbelastung mit Studium an der Georgetown und seinem Drogenring war anscheinend zu viel für ihn. Deshalb hat er sich eine Auszeit von der Uni genommen, um sein Konto aufzufüllen und seinen Marktanteil auszuweiten.«

»Dann dealt er tatsächlich?«

»Leider.«

»Können wir ausschließen, dass sein Vater in der Sache mit drinsteckt?«, fragte Pine, als sie in den Aufzug stiegen und nach unten fuhren.

»Nicht endgültig, aber nach allem, was wir wissen, hat der Kerl seinen Reichtum nicht mit Drogen angehäuft. Außerdem ist er ein lausiger Vater, zumindest für Sands. Deshalb kann ich mir nicht vorstellen, dass die beiden auf irgendeine Weise zusammenarbeiten.«

Ein Taxi setzte sie drei Blocks vor ihrem Ziel in Brooklyn ab.

»Es ist ein Club, in dem Sands regelmäßig abhängt«, sagte Puller.

»Welche Art Club?«

»Von der teuren Sorte.«

»Nimmst du die Vorderseite oder den Hinterausgang?«, fragte Pine.

»Das überlasse ich dir.«

Pine ging zum Hinterausgang.

In der sicheren Deckung einer Reihe von Müllcontainern postierte sie sich etwa zwanzig Meter von der Hintertür der Bar entfernt, die den schlichten Namen *The Club* trug.

Puller hatte ihr ein Foto von Sands gemailt. Er war ein gut aussehender Bursche und erinnerte Pine mit seinem leicht arroganten Gesichtsausdruck an ein verzogenes Kind. Dass er seine Mutter so früh verloren hatte und sein Vater sich nie wirklich um ihn gekümmert hatte, waren für Pine zwar mildernde Umstände – von der Schuld, die er als Drogendealer auf sich lud, sprach es ihn aber keineswegs frei.

Es begann leicht zu regnen, und Pine zog sich unter ein Vordach zurück. Sie klappte den Kragen ihrer Jacke hoch, ohne die

Hintertür des Clubs auch nur eine Sekunde aus den Augen zu lassen, und wartete. Ungefähr gegen ein Uhr ging die Tür auf. Zwei Schlägertypen kamen heraus. Sands war nicht dabei. Die Männer stapften eilig davon, während der Regen stärker wurde.

Zwanzig Minuten vergingen. Pine fragte sich bereits, ob der nächtliche Einsatz ergebnislos verlaufen würde, als die Tür erneut geöffnet wurde. Diesmal war es eine Frau, die ins Freie trat. Sie war Mitte zwanzig, klein, üppig und spärlich gekleidet. Der halb nackten Frau folgte ein junger Mann.

Pine war schlagartig hellwach, als sie ihn sah. Jeff Sands lächelte und legte der Frau beide Hände an das pralle Hinterteil. Sie küssten sich, und er drückte sie an die Wand.

Pine seufzte leise. Sie wollte nicht unbedingt sehen, worauf das Ganze hinauslief, als plötzlich die beiden Schlägertypen von vorhin aus einer dunklen Ecke auftauchten. Sofort riss die Frau sich von Sands los und rannte davon, sodass der junge Mann den beiden mit Pistolen bewaffneten Kerlen allein gegenüberstand. Pine sah die Angst in seinem Gesicht, als er mit erhobenen Händen zurückwich und die Angreifer zitternd darum bat, ihn zu verschonen. Doch Pine erlebte eine solche Situation nicht zum ersten Mal und wusste, dass Jeffs Flehen vergeblich sein würde. Jetzt war sie froh, dass sie Puller beim Wiederauftauchen der beiden Schläger sofort eine kurze SMS geschickt hatte – ein Wort hatte genügt, um John zu alarmieren.

Pine zog ihre beiden Waffen und trat langsam aus der Deckung hervor. Die Glock richtete sie auf den einen Angreifer, die Beretta auf den anderen.

Sands stand mit dem Rücken zur Hauswand, an die er zuvor die Frau gedrückt hatte, und zitterte am ganzen Körper.

Nun mach schon, Puller, drängte Pine ihren Partner stumm. *Ich brauche dich hier.*

Normalerweise hätte Pine sich laut und deutlich als FBI-Agentin zu erkennen gegeben, aber die Situation war zu brisant und konnte jeden Moment eskalieren. Sie hielt sich im Schatten, als sie näher an die Gruppe heranschlich. Als der Abstand stimmte, handelte sie schnell und entschlossen. Mit zwei raschen Schritten war sie bei den Männern und zog dem, der näher bei ihr stand, die Pistole über den Schädel. Mit einem Aufschrei sackte er zu Boden. Der andere wirbelte herum, riss seine Waffe hoch und zielte auf Pines Brust. Pine erstarrte, doch bevor der Kerl abdrücken konnte, wurde er mit brutaler Wucht von den Beinen gerissen: Puller war in vollem Lauf um die Ecke gestürmt und hatte den Burschen mit einem Bodycheck zu Boden gerammt.

Mit geübtem Griff entwaffneten er und Pine die beiden Angreifer.

»Los, aufstehen!«, fuhr Pine sie an.

Der Mann, den sie außer Gefecht gesetzt hatte, deutete auf sein blutüberströmtes Gesicht. »Ich brauche einen Arzt.«

»Erst wirst du uns ein paar Fragen beantworten.« Puller zeigte ihm seine Dienstmarke. »Warum wolltet ihr diesen Mann umbringen?«

Sands war an der Wand zusammengesunken und stand schwer atmend da, Tränen in den Augen.

»Umbringen? Wir wollten ihn nicht umbringen«, sagte der andere Kerl, den Puller gerammt hatte, und rieb sich Oberarm und Schulter. »Wir wollten bloß mit ihm reden.«

»Übers Wetter, was?«, höhnte Pine.

»Über ausstehende Rechnungen.«

»Und so was besprecht ihr mit der Waffe in der Hand?«

»Bei Mr. Sands muss man ein bisschen nachhelfen, damit er begreift, was Sache ist.«

Puller zog sein Handy hervor und tippte eine Nummer ein. »Okay. Ihr beiden Flachzangen könnt eure Methoden gleich dem NYPD erklären.«

»Tun Sie das nicht.«

Pine und Puller drehten sich um. Der Einwand kam überraschenderweise von Sands, der sich wieder halbwegs gefasst hatte und sie flehend anschaute. »Das sind Geschäftspartner von mir. Sie wollten mir wirklich nichts tun.«

»Was man von Ihnen beiden nicht sagen kann«, schimpfte der Mann, den Pine zu Boden geschlagen hatte und dessen Gesicht immer mehr anschwoll.

»Kennt einer von euch Tony Vincenzo?«, fragte Pine.

Die zwei schauten sich an; dann sagte der Kerl mit dem blutigen Gesicht: »Wen?«

Puller steckte sein Handy weg und blickte zu Sands, als dieser mit zittriger Stimme sagte: »Mit Tony hat das nichts zu tun. Die beiden kennen ihn nicht.«

»Aber Sie kennen ihn?«, hakte Pine nach.

»Ja«, gab Sands zerknirscht zu.

Puller wandte sich an die beiden Männer. »Verpisst euch.«

Die zwei schauten sich verwundert an; dann drehten sie sich um und verschwanden so schnell im Nebel, wie sie aufgetaucht waren.

Sands richtete sich auf und rückte seine Kleidung zurecht. »Danke für die Hilfe. Ich würde Ihnen ja einen Drink spendieren, aber ich muss leider los.«

Puller fasste ihn am Arm. »Sie kommen jetzt erst einmal mit. Wir haben nämlich ein paar Fragen an Sie. Abmarsch.«

Sands sträubte sich. »Was soll das? Das ist ein freies Land. Ich habe nichts verbrochen, also nehmen Sie die Hände weg!«

Pine trat einen Schritt vor. »Wir können auch Ihren Großvater anrufen und ihm erzählen, was wir über Sie herausgefunden haben.«

»Dem ist das doch scheißegal«, konterte Sands höhnisch. »Von mir aus können Sie auch meinen Alten anrufen, dieses Arschloch. Sie werden ja sehen, was Sie damit erreichen.«

»Mag sein, dass es Ihren Opa und Ihren Dad nicht interessiert, aber die Cops interessiert es garantiert. Die beiden Typen von vorhin wollten Sie nicht um eine Spende für eine gute Sache bitten. Wie viel schulden Sie denen?«

»Warum müssen Sie mir unbedingt Schwierigkeiten machen?«

»Wir wissen, in was Sie verwickelt sind, Jeff«, stellte Puller klar. »In den letzten Tagen gab es in dem Zusammenhang drei Morde. Glauben Sie, dass Ihnen das nicht passieren kann?«

»Wer wurde ermordet?«

»Tony Vincenzos Vater. Außerdem eine junge Frau namens Sheila Weathers.«

Sands wurde kreidebleich. »Sheila? Sie lügen! Die habe ich doch erst kürzlich …«

»Erst kürzlich *was?*«, hakte Pine nach. »Sie meinen, die haben Sie erst kürzlich in dem Penthouse gesehen? Ich war auch dort. Sie ist tot. Ich habe ihre Leiche gesehen.«

»Sie lügen.«

»Fahren wir ins Leichenschauhaus, dann können Sie sich davon überzeugen. Kein schöner Anblick, weil die Leiche bereits obduziert wurde. Ich habe hier den Bericht auf dem Handy. Wollen Sie die Fotos sehen?«

Sands schüttelte den Kopf und hob die zittrige Hand ans Gesicht. »Nein, ich …«

»Trinken wir erst mal einen Kaffee«, sagte Puller. »Gleich um die Ecke ist ein Lokal, das die ganze Nacht geöffnet hat.«

Die drei gingen die dunkle Straße hinunter.

43

Sands brauchte zwei Tassen Kaffee, bis er auch nur imstande war, Pine und John Puller ins Gesicht zu schauen.

Das Lokal war nichts Besonderes, aber sauber und behaglich und zu dieser nächtlichen Stunde nur spärlich besucht. Pine und Puller hatten sich immer wieder nach den Angreifern von vorhin umgeschaut. Falls die beiden Schläger sich noch in der Nähe aufhielten, was wahrscheinlich war, verstanden sie es gut, unsichtbar zu bleiben.

»Wollen Sie einen Happen essen?«, fragte Pine, die ihre Tasse in beiden Händen hielt, um sich zu wärmen. Der heiße Kaffee war ein bewährtes Mittel gegen nächtliche Kälte.

Sands schüttelte den Kopf und gab etwas Zucker in die dritte Tasse Kaffee, die die Kellnerin ihm gebracht hatte. »Sheila war ein nettes Mädchen«, murmelte er.

»Sie hat mir erzählt«, sagte Pine, »sie war mit Tony zusammen.«

Sands fuhr sich mit der Hand durch die gelockten Haare. Er erinnerte Pine an einen der Kennedys; er sah gut aus, konnte charmant sein, hatte gute Beziehungen und obendrein das Talent, sich immer wieder in Schwierigkeiten zu bringen.

»Kann schon sein. Aber wir hängen jedes Mal zusammen ab, also ist das im Grunde egal.«

»Sie hat in Fort Dix gearbeitet, in der Cafeteria«, fuhr Pine fort. »Hat sie mir jedenfalls erzählt.«

»Ja, so was in der Art.«

»Verraten Sie mir, wie es kommt, dass eine Kellnerin Partys in der Billionaires' Row besucht.«

»Das hab ich organisiert. Auch für Tony.«

»Und für Lindsey Axilrod?«

»Wie kommen Sie jetzt auf Lindsey?«

»Weil sie es war, die Sheila und mich in eine Falle gelockt hat. Axilrod steckt mit den Mörders Sheilas unter einer Decke.«

»So ein Schwachsinn. Das können Sie Ihrer Oma erzählen«, widersprach er vehement. »Lindsey ist in Ordnung. Auf so etwas würde sie sich niemals einlassen.«

»Woher kennen Sie Lindsey?«, hakte Pine nach.

»Wir … wir sind uns vor einiger Zeit mal begegnet. Wie man sich halt so kennenlernt.«

»Was glauben Sie, warum sie sich mit Ihnen angefreundet hat?«, fragte Pine.

»Weshalb sollte sie einen bestimmten Grund gehabt haben? Sie ist IT-Spezialistin in Fort Dix, mehr nicht.«

»Ich war mit Lindsey im Penthouse. Man hat sie hineingelassen, weil sie Tony kennt, wie sie sagte. Als wir dort waren, hat sie mir Sheila vorgestellt, mit der wir uns später am Abend treffen wollten. Lindsey rief ein Uber-Taxi, und wir stiegen ein. Von da an weiß ich nichts mehr. Nur noch, dass ich neben Sheilas blutiger Leiche aufgewacht bin. Von Lindsey keine Spur.«

»Vielleicht wurde Lindsey auch entführt.«

»Nein. Ich war später bei ihr zu Hause. Sie hat nicht auf mein Klopfen reagiert, also habe ich die Cops gerufen. Mit denen hat sie dann über eine Türkamera gesprochen, die mit ihrem Handy verbunden ist. Sie hat irgendeinen Stuss erzählt, von wegen, sie hätte dringend weggemusst. Was in der Nacht zuvor passiert war, hat sie mit keinem Wort erwähnt. Soll ich Ihnen mal was sagen? Die gute

Lindsey steckt bis zu den Haarspitzen in der Sache mit drin. Sie ist keine harmlose IT-Mitarbeiterin in Fort Dix oder sonst wo. Mich hat sie mit dieser Lüge getäuscht – und Sie anscheinend auch.«

Puller stellte seine Kaffeetasse ab und beugte sich über den Tisch. »Also, Jeff, was läuft da bei euch?«

Sands schaute ihn nervös an. »Was soll ich Ihnen sagen?«

»Am besten die Wahrheit.«

»Wie sind Sie überhaupt auf mich gekommen?«

»Ich habe mit Gloria gesprochen, Ihrer Patentante«, sagte Puller. »Sie macht sich Sorgen um Sie und hat mich gebeten, nach Ihnen zu sehen.« Er hielt einen Moment inne, ehe er hinzufügte: »Gloria liegt sehr viel an Ihnen, Jeff.«

»Ich weiß. Sie ist schwer in Ordnung. Sie ist die Einzige, die für mich da ist, seit meine Mutter nicht mehr lebt«, fügte er zerknirscht hinzu.

»Sie sind nicht der Einzige, dem das Leben übel mitgespielt hat«, sagte Pine. »Aber Sie sind jung, kommen aus einer reichen Familie und besuchen eine der besten Unis in den USA.«

»Ja, aber nur, weil mein Großvater Senator ist. Ich wollte da gar nicht hin, aber er hat drauf bestanden. Ich soll was aus mir machen, hat er gemeint.«

»Vielleicht meint er es so, wie er es sagt.«

Sands lachte abschätzig.

»Was ist daran so komisch?«, fragte Pine.

»Wollen Sie wissen, was ihm wichtig ist? Dass ich nichts anstelle, was *seinem* Ruf schaden könnte.«

»Ich habe gehört, er will sich aus der Politik zurückziehen, wenn seine Amtszeit endet«, warf Puller ein.

»Stimmt. Wollen Sie wissen, warum? Weil ihm eine milliardenschwere Lobbying-Firma ein lukratives Angebot gemacht hat. Das will er sich nicht kaputtmachen lassen.«

»Senatoren müssen eine Frist einhalten, bevor sie sich als Lobbyisten betätigen können«, erwiderte Pine.

»Ja, aber er wird seinen Einfluss anfangs nicht direkt geltend machen, sondern inoffiziell. Ein kleiner Anruf hier, ein paar Worte da … ganz unverfänglich. Die gesetzlichen Schlupflöcher sind so groß, dass man mit dem Sattelschlepper durchfahren kann.«

»Sie haben sich gründlich mit der Materie befasst«, stellte Puller fest.

»Ich weiß nun mal gern, womit ich es zu tun habe.«

»Was meinen Sie damit?«

»Dass es vor allem darauf ankommt, nach außen hin sauber zu bleiben.«

»Dann würde es dem Ruf Ihrer Familie umso mehr schaden, wenn herauskäme, dass Sie die Finger im Drogenhandel haben«, sagt Pine.

»Wie bitte? Wer sagt, dass ich mit Drogen handle?«

»Wollen Sie es abstreiten?«

»Erwarten Sie jetzt allen Ernstes von mir, dass ich ein Geständnis ablege? Wie hätten Sie's denn gern? Schriftlich? Oder reicht eine mündliche Aussage?«

Puller beugte sich noch weiter vor. »Ich will Ihnen etwas erzählen, weil mich Ihre Meinung dazu interessiert.«

Sands schaute ihn überrascht an, nickte dann aber. »Ich höre.«

»Tony Vincenzo hat sein eigenes Drogenlabor, das ist erwiesen. Wir haben zwei seiner Handlanger festgenommen. Sie sitzen in Fort Dix im Knast. Außerdem haben wir im Haus seines Vaters tonnenweise Beweismaterial gefunden. Das ist das eine. Das andere ist, dass unsere Ermittlungen massiv behindert werden, und zwar von Bundesbehörden genauso wie von der örtlichen Polizei. Meine Frage an Sie: Warum haben so viele einflussreiche Leute ein solches Interesse daran, eine Drogengeschichte zu vertuschen, wie sie in diesem Land zigtausendmal vorkommt?«

Sands trank einen Schluck Kaffee. »Woher soll ich das wissen. Ich kann Ihnen da nicht weiterhelfen.«

»Ist das Penthouse ein riesiges Heroinlager, oder was?«

»Quatsch. Es ist bloß ein Ort, an dem sich gute Freunde treffen.«

Pine stellte fest, dass Sands' Verzweiflung verschwunden war und seine Selbstsicherheit zurückkehrte, als sie über dieses Thema sprachen. Doch plötzlich schien ihm bewusst zu werden, dass er zu viel redete, denn er fügte hinzu: »Das ist im Grunde alles, was ich Ihnen sagen kann.«

»Sie gehören zu den guten Freunden aus der Billionaires' Row«, hakte Pine nach. »Erzählen Sie uns, was Sie für diese Freundschaft tun.«

Sands beugte sich vor. »Da gibt es nichts zu erzählen.«

»Wollen Sie lieber ins Gefängnis?«, fragte Puller.

»Was soll diese dämlich Frage? Sie können mir einen Scheißdreck nachweisen.«

»Es gibt Leute, die jederzeit bereit sind, Ihren Arsch auszuliefern, Sands.«

»Wen?«

»Glauben Sie wirklich, ich binde Ihnen das auf die Nase?«

»Sie bluffen doch nur. Sie haben gar nichts in der Hand.«

»Dann stehen Sie auf und gehen Sie. Da ist die Tür«, sagte Pine. »Aber merken Sie sich eins: Diese Typen sind an einen Mann herangekommen, der im Gefängnis saß, und haben ihn erstochen. Und Sheila Weathers wurde abgeschlachtet. Und denken Sie immer daran, dass Ihre Freundin Lindsey in die Sache verwickelt ist. Wie ich diese Frau einschätze, wird sie alles tun, um zu überleben. Nachdem man Sie jetzt mit uns gesehen hat – was glauben Sie, wie viel Zeit Ihnen noch bleibt?«

»Sie wollen mir nur Angst machen.«

»Das kann ich doch gar nicht, wenn Ihre Weste so weiß ist, wie Sie sagen. Falls Ihnen die Tatsachen *wirklich* Angst machen, muss es einen guten Grund dafür geben.«

Sands schaute nervös zur Tür. »Sie lassen mich also gehen?«

»Klar«, versicherte Puller. »Aber bevor Sie uns verlassen, beantworten Sie mir noch eine letzte Frage. Wissen Sie, wo Tony Vincenzo steckt?«

»Nein. Ich habe ihn seit einer Woche nicht mehr gesehen.«

»Woher kennen Sie ihn überhaupt?«

»Wir kennen uns schon lange, haben zusammen abgehangen. Ein cooler Typ.«

»Wie kommt es, dass Sie zu dieser Penthouse-Clique gehören und dort freien Zutritt haben, wenn Sie nichts zu der Sache beitragen, die dort läuft?«, fragte Pine. »Ich hatte nicht den Eindruck, dass da jeder reinspazieren kann. Es gibt doch sicher eine Art … Eintrittspreis?«

Sands zuckte mit den Schultern und starrte auf seinen Kaffee.

»Sie verstehen, warum es uns schwerfällt, Ihnen zu glauben, dass Sie sauber sind, oder?«, sagte Puller. »Wissen Sie, wem das Penthouse gehört?«

»Keine Ahnung.«

»Wer hat Ihnen davon erzählt? Wer hat Sie eingeladen?«

»Ein paar Typen. Die Namen hab ich vergessen.«

»Die werden *Ihren* Namen aber nicht vergessen. Okay, ich glaube, wir sind hier fertig, Jeff. Ich wünsche Ihnen noch ein schönes Leben – auch wenn es vielleicht nur noch sehr kurz sein wird.«

Puller stand auf, Pine ebenso. Sands starrte sie ungläubig an. »Sie lassen mich hier einfach so sitzen? Allein?«

»Wenn Sie so sauber sind, wie Sie behaupten, haben wir keinen

Grund, Sie festzuhalten. Sie haben vorhin gesagt, Sie müssen dringend wohin. Okay, keiner hält Sie auf.«

Sie gingen zur Tür.

»Halt! Einen Moment!«

Sie drehten sich um.

Sands war kalkweiß im Gesicht. Seine Sicherheit war dahin. Er stand auf und schloss sich ihnen an. »Bitte … ich will nicht sterben.«

»Wer will das schon«, sagte Pine. »Aber wir können Ihnen nur helfen, wenn Sie *uns* helfen. Als Student in Georgetown sollten Sie intelligent genug sein, um das zu kapieren.«

Sands schaute sich nervös um. Ein paar Gäste waren auf ihn aufmerksam geworden und musterten ihn unverhohlen. »Wir könnten anderswo in Ruhe darüber reden, okay? Vielleicht werden wir uns irgendwie einig.«

»Klar.« Puller legte das Geld für den Kaffee auf den Tisch. Dann nahm er Sands am Arm und nickte Pine zu. »Kannst du mal checken, ob hinten alles in Ordnung ist? Bei unserem Freund hier dürfen wir kein Risiko eingehen.«

Pine verließ das Lokal durch die Hintertür, sah sich um und hielt Ausschau nach möglichen Verstecken. Als sie sich vergewissert hatte, dass die Luft rein war, kam sie zurück zu den beiden Männern. »Alles klar.«

Puller trat mit Sands ins Freie.

»Wir könnten zu mir gehen«, schlug Pine vor.

»Wo ist denn Ihr …«, setzte Sands an.

Weiter kam er nicht. Eine Gewehrkugel schlug in seine Stirn ein, trat durch den Hinterkopf aus und traf Puller. Beide Männer wurden zu Boden geschleudert.

»John!«, schrie Pine.

Sands war tot, da reichte ein Blick.

Und vielleicht auch John Puller.

44

Pine hatte Krankenhäuser immer schon gehasst, seit sie nach der albtraumhaften Nacht, in der Mercy entführt worden war, längere Zeit in einem Krankenzimmer gelegen hatte und beinahe gestorben wäre. Damals hatte sie im Rettungswagen immer wieder kurz das Bewusstsein verloren. Noch heute plagten sie Erinnerungen an zuckendes grelles Licht, maskierte Gesichter, Schläuche, die in ihren Körper geschoben wurden, und an den Anblick ihrer verzweifelten, in Tränen aufgelösten Mutter.

In aller Eile hatte man sie auf einer Liege einen Gang entlanggeschoben. Ringsum piepten und ratterten Apparate. Lichter leuchteten über ihr, hell wie die Sonne. Wie aus weiter Ferne hörte sie die schnellen Schritte der Leute, die sie über den Flur schoben, das Surren der Räder, Wortfetzen. Dann hatte sie einen Stich gespürt, und es war friedlich, dunkel und still geworden.

Als sie aus langem Schlaf erwachte, war es wie eine Auferstehung. Pine wusste noch, dass sie ein Bild von Jesus vor Augen hatte, ein Erinnerungsfetzen aus der Bibelstunde.

Aber ihre Mutter war an ihrer Seite gewesen. Auch ihr Dad und ein paar andere. Ein Mann im weißen Mantel, eine lächelnde Krankenschwester.

Dann bist du gar nicht im Himmel, war es der kleinen Atlee durch den Kopf gegangen.

Nun saß sie im Besucherraum des Krankenhauses, in das der

Rettungswagen Puller gebracht hatte. Sie hatte ihn begleitet und sich unwillkürlich an ihre eigene Fahrt ins Krankenhaus erinnert, als drei Jahrzehnte zuvor ihr Leben auf der Kippe gestanden hatte.

Sie hielt seine Hand, flüsterte ihm aufmunternde Worte ins Ohr, obwohl sie nicht wusste, ob er sie verstehen konnte. Aber er hatte ihren Händedruck erwidert, wenn auch sehr schwach.

Pine hatte seine Hand erst losgelassen, als er in den OP gebracht worden war, um eine Notoperation vorzunehmen.

Als Mercy damals verschwunden war, hatte die sechsjährige Atlee jeden Abend gebetet, ihre Schwester möge gesund nach Hause kommen, und dass alles wieder wie früher sein würde. Jeden Abend bis zur achten Klasse. Danach hatte sie nie wieder gebetet.

Bis heute.

Atlee Pine kniete sich nieder und legte die Hände aneinander.

Er ist ein guter Mensch. Bitte, Gott, lass ihn nicht sterben. Bitte. Wir brauchen ihn. Ich brauche ihn. Bitte, lass ihn leben.

Rasch stand sie auf, als Carol Blum hereinkam. »Wie geht es ihm?«, fragte Carol besorgt.

»Er ist immer noch im OP. Die Ärzte haben versprochen, mir Bescheid zu sagen, sobald sie mehr wissen.«

»Haben Sie seine Angehörigen verständigt?«

»Sein Vater ist ein Pflegefall. Und Robert, seinem Bruder, habe ich eine Nachricht geschickt … allerdings an eine Nummer, von der ich nicht weiß, ob sie noch aktuell ist.«

»Kennen Sie Johns Vater und seinen Bruder persönlich?«

»Nein. Ich weiß nur, dass sein Dad eine Army-Legende ist. Und Robert, sein Bruder, ist Lieutenant Colonel bei der Air Force und ein herausragender Computerspezialist. Ich weiß aber nur das, was John mir erzählt hat. Persönlich habe ich keinen der beiden jemals kennengelernt.«

»Gestern Abend … das muss furchtbar gewesen sein.«

»Kann man wohl sagen.«

»Haben Sie den Schützen gesehen?«

»Nein. Ich habe Puller mit meinem Körper gedeckt, als er am Boden lag. Dass Sands tot war, sah man auf den ersten Blick. Sein Hirn war auf Pullers Kleidung. Ich habe in die Richtung gefeuert, aus der der Schuss gekommen war, aber es hat niemand zurückgeschossen. Als die Polizei kam, war es zu spät. Der Täter war über alle Berge.«

»Hat Sands Ihnen noch etwas Brauchbares erzählt?«

»Er *hätte*, Carol. Leider konnte er es nicht mehr.«

»Haben Sie einen Verdacht?«

»Nein. Kurz zuvor war Sands von zwei Bewaffneten angegriffen worden, wahrscheinlich wegen einer Drogengeschichte. Ich glaube aber nicht, dass die es waren.«

»Sie denken eher an diejenigen, die Sands hätte verpfeifen können?«

Pine nickte. »Obwohl wir es jetzt nie mehr erfahren.«

Die Tür ging auf. Beide Frauen drehten sich um. Pine rechnete damit, den Chirurgen aus dem OP zu sehen, und betete, dass er gute Neuigkeiten brachte.

Doch der groß gewachsene Mann Ende dreißig, der auf sie zukam, trug eine Tarnuniform der Air Force.

»Sind Sie Atlee Pine?«, fragte er.

Sie stand auf und musterte den Fremden. Er war ein paar Zentimeter kleiner als John und nicht so kräftig, aber das Gesicht und die Augen verrieten genug.

»Ja. Sie müssen Robert Puller sein.« Pine schüttelte ihm die Hand.

»Ich habe mich sofort auf den Weg gemacht, als ich Ihre Nachricht bekam.« Er schaute zu Blum, die ihm mitfühlend zunickte.

»Das ist meine Assistentin Carol Blum«, stellte Pine sie vor.

»Wie geht es ihm?«, fragte Robert.

»Er wird noch operiert. Die Ärzte sagen Bescheid, sobald die Operation beendet ist.«

»Sie waren dabei, nicht wahr? Wie schlimm ist es?«

»Es muss eine Gewehrkugel gewesen sein. Sie hat Jeff Sands' Schädel zerschmettert und ist aus seinem Hinterkopf ausgetreten. Als die Kugel John traf, war die Geschossenergie nicht mehr so groß. Wahrscheinlich lebt er nur deshalb noch.«

»Wo genau hat es ihn erwischt?«

Pine fasste sich an die linke Seite des Oberkörpers. »Hier. Ein glatter Durchschuss, was ein Vorteil sein kann. Aber er hat viel Blut verloren. Ich habe getan, was ich konnte, um die Blutung zu stillen, bis die Sanitäter da waren. Er hat immer wieder kurz das Bewusstsein verloren. Sie haben ihm Infusionen gegeben. Sein Zustand war kritisch, aber stabil.«

Pine musste sich wieder setzen. Sie hatte die medizinischen Fakten so unpersönlich wiedergegeben, wie sie konnte, doch nun wurde ihr aufs Neue bewusst, dass es um einen engen Freund ging, der immer noch in Lebensgefahr schwebte.

Robert Puller setzte sich neben sie und legte ihr die Hand auf die Schulter. »John ist ein zäher Bursche, Agentin Pine. Wenn es einer schafft, dann er.«

Pine fasste sich wieder und sah ihn an. »Nennen Sie mich bitte Atlee.« Sie stockte einen Moment, ehe sie das Thema wechselte. »John sagte, Sie hätten durch einen Algorithmus Gloria Miles gefunden, die uns dann auf Jeff Sands aufmerksam gemacht hat. Wie haben Sie das angestellt, Colonel Puller?«

»Robert.« Er lehnte sich zurück und fuhr sich durch die militärisch kurzen Haare. »Nach dem, was John mir erzählt hat, stand für mich so gut wie fest, dass jemand in höchsten Kreisen dahinterstecken muss. Ein gewöhnlicher Drogendealer wäre nie in der Lage, den Vizechef der Joint Chiefs of Staff versetzen zu lassen, nur weil der Erkundigungen angestellt hat. Ich habe zuerst nach möglichen Verbindungen zwischen hochrangigen Politikern und kriminellen Aktivitäten gesucht, insbesondere Drogenhandel, weil es im vorliegenden Fall ja darum geht. Auf dieser Grundlage habe ich Querverbindungen hergestellt und bin auf Jeff Sands und seinen Großvater Peter Driscoll gestoßen. Daraufhin habe ich nach einem möglichen Zugang für John gesucht. Die Antwort war Gloria Miles.«

»Wie lange haben Sie dafür gebraucht?«, fragte Pine staunend.

»Nun ja, das habe ich sozusagen beim Mittagessen gemacht. Die Computer, die mir zur Verfügung stehen, sind extrem leistungsfähig. Und die Datenbanken, die ich nutzen kann, sind gigantisch.«

»Gibt es eine Möglichkeit, dass das FBI Sie ausleihen könnte … sagen wir, für den Rest Ihres Lebens?«, warf Carol Blum ein.

Robert lächelte sie an. »Ich werde nachfragen.«

»Jetzt ist Sands tot, und damit ist auch diese Spur verloren«, sagte Pine. »Wenigstens wissen wir ein bisschen mehr als vorher. Obwohl es mir im Moment nur darum geht, dass John wieder gesund wird.«

In diesem Augenblick ging die Tür auf. Eine Frau in den Fünfzigern kam herein – grau meliertes Haar, Brille, blauer OP-Kittel. In ihrem Gesicht glaubte Pine Erleichterung zu lesen.

»Agentin Pine?«

»Ja.« Sie sprang auf. Robert Puller erhob sich ebenfalls, die Uniformmütze in beiden Händen.

»Er hat die Operation gut überstanden. Sein Zustand ist stabil. Er wird durchkommen. Zum Glück ist er ein kräftiger junger Mann.«

»Das ist er«, sagte Pine voller Erleichterung. »Darf ich Ihnen seinen Bruder Robert vorstellen?«

Bobby schüttelte der Ärztin die Hand. »Danke, Doktor.«

»Mir ist aufgefallen, dass er schon mehrmals Schussverletzungen erlitten hat.«

»Er war im Irak und in Afghanistan.«

Die Ärztin nickte. »Verstehe. Nun, jetzt hat er eine Narbe mehr in der Sammlung.«

»Wann können wir zu ihm?«

»Er braucht jetzt erst einmal Ruhe. Ich würde sagen, frühestens heute Abend, vielleicht aber auch erst morgen. Er hat viel Blut verloren.«

»Wird er …« Pine zögerte einen Moment. »Wird er wieder ganz gesund?«

»Es sieht jedenfalls gut aus.«

»Ich meine, wird er physisch wieder in der Verfassung sein wie vorher? Wissen Sie, er ist CID-Agent in der Army.«

»Verstehe.« Die Ärztin schaute zwischen Pine und Puller hin und her. »Ich kann Ihnen natürlich keine Garantien geben, aber ich hoffe sehr, dass er sich vollständig erholt. Ob es wirklich hundert Prozent sein werden, bleibt abzuwarten. Leider hat er auch innere Verletzungen erlitten. Aber ich denke, wir können optimistisch sein.«

Sie nickte Pine und Bobby zu, ging hinaus und schloss die Tür.

Pine legte Bobby aufmunternd die Hand auf die Schulter, nachdem sie sich gesetzt hatten. »Er kommt durch, Robert, das ist das Wichtigste. Er bleibt uns erhalten, der zähe Kerl.«

»Gott sei Dank«, sagte Puller leise.

»Ja«, flüsterte Pine zu sich selbst. »Dem Himmel sei Dank.«

45

Ein paar Stunden später fuhren Pine und Blum in Lineberrys Apartment zurück. Robert Puller blieb im Krankenhaus bei seinem Bruder. Pine schickte ihm eine SMS mit ihrer Adresse. Sie würde später ins Krankenhaus zurückkehren, wo sie hoffte, mit John sprechen zu dürfen.

Völlig erschöpft schlief Pine bis zwei Uhr nachmittags. Dann saß sie eine Zeit lang in ihrem Zimmer, voller Gedanken und Erinnerungen, und schaute aus dem Fenster. Draußen sah es wärmer aus als an den Tagen zuvor, und es regnete nicht mehr. Erst jetzt wurde ihr bewusst, wie ausgehungert sie war, doch sie wollte keine Zeit mit Essen verschwenden. Sie hatte schreckliche Schuldgefühle wegen dem, was Puller zugestoßen war. Natürlich wussten sie beide, dass solche Vorfälle zu ihrem Berufsrisiko gehörten – dennoch fühlte Pine sich auf seltsame Weise verantwortlich dafür, dass John Puller beinahe gestorben wäre.

Und nun, da Sands nicht mehr lebte, war ihre heißeste Spur erloschen.

Pine rief Robert Puller an. Er ließ sie wissen, dass es John den Umständen entsprechend gut gehe. Sie bedankte sich und sagte, sie käme später ins Krankenhaus.

Sie duschte und zog frische Kleidung an. Als sie ihr Zimmer verließ, hatte Blum bereits eine Mahlzeit auf den Tisch gestellt.

»Danke, Carol, aber das wäre nicht nötig gewesen. Sie hätten auch mal Ruhe nötig.«

»Ich bin froh, wenn ich etwas zu tun habe, Agentin Pine. Dann komme ich mir nicht so nutzlos vor.«

Pines Mobiltelefon summte. Die Nummer sagte ihr nichts, doch sie erkannte die Vorwahl von New Jersey und nahm den Anruf entgegen.

»Agentin Pine«, sagte eine Frauenstimme, »hier spricht Norma Bailey, die Direktorin von Jerome Blakes Schule.«

»Ja, Mrs. Bailey?«

»Mir liegen jetzt die Fotos unseres Personals vor. Sie können sie sich jederzeit anschauen.«

»Können Sie mir die Fotos mailen?«

»Sicher, kein Problem. Wissen Sie schon mehr darüber, was mit Jerome passiert ist?«

»Ein wenig, aber die Sache scheint sehr kompliziert zu sein, sodass ich Ihnen leider nichts Näheres sagen kann.«

»Hoffentlich finden Sie die Wahrheit heraus. Jerome hat es verdient.«

»Ich tue, was ich kann.«

Pine gab ihr ihre E-Mail-Adresse. Eine Minute später erschienen die Fotos auf ihrem Handy.

Sie schaute zu Blum. »Ich habe gerade die Bilder vom Schulpersonal bekommen. Die Direktorin hat sie mir geschickt.«

»Da ist ja großartig!«, erwiderte Blum aufgeregt. »Jetzt müssen wir nur noch diesen jungen Mann finden – wie hieß er gleich?«

»Peanut. Aber es könnte eine Abkürzung geben, die die Sache beschleunigt.«

»Und welche?«, wollte Blum wissen.

»Kommen Sie, Carol, dann werden Sie's erfahren.«

Sie verließen New York und fuhren wieder nach Trenton.

Anderthalb Stunden später hielten sie vor Jerome Blakes Elternhaus. Seine Mutter öffnete ihnen.

»Haben Sie herausgefunden, wer meinen Jungen ermordet hat?«, fragte Cheryl ohne Vorrede.

»Noch nicht, aber wir bleiben am Ball«, versicherte Pine. »Wir haben mit einem Freund von Jerome gesprochen – Peanut nennt er sich.«

Cheryl Blake nickte nachdenklich. »Jerome und Peanut waren mal dicke Freunde, aber dann haben sich ihre Wege getrennt.«

»Wissen Sie, wo wir ihn finden können? Und wie sein richtiger Name ist?«

»Donald Washington. Seine Großmutter wohnt nur einen Block weiter. Was hat er mit der Sache zu tun?«

»Er hat Jerome an dem Tag, als es passiert ist, mit einem Mann reden sehen. Danach hat Jerome sich angeblich seltsam benommen. Ich habe Fotos vom Personal der Schule bekommen. Vielleicht ist der Mann dabei, der mit Jerome gesprochen hat. Können Sie mir Peanuts Adresse geben, damit ich ihm die Fotos zeigen kann?«

»Peanut wohnt nicht mehr in dem Haus, nur noch seine Grandma, und der geht es nicht so gut.«

»Wissen Sie denn, wo wir den Jungen finden?«, hakte Pine nach.

»Er ist oft in einer Boxhalle in der Broad Street.«

»Trainiert er regelmäßig?«

»Ein paar Jungs boxen dort, aber für die meisten ist es bloß ein Treffpunkt, wo sie abhängen können. Der Mann, dem das Studio gehört, heißt Gerald. Er ist in Ordnung.«

»Kann es sein, dass dort andere … nun ja, Geschäfte laufen?«, fragte Pine.

Cheryl hob abwehrend die Hände. »Nicht dort. Gerald würde

so etwas nicht dulden. Aber draußen – wer weiß? Ich möchte es gar nicht wissen. Für mich gibt es sowieso nur noch meine Jewel. Sie braucht jetzt ihre Mom.«

»Wie geht es ihr?«

»Nicht gut. Sie weint sich noch immer die Augen aus.«

Pine nickte. »Es muss furchtbar für sie sein. Ich weiß, wie es ist, einen nahen Angehörigen zu verlieren. Wenn wir irgendetwas tun können, lassen Sie es mich wissen.«

Sie brauchten nicht lange, um die Boxhalle zu finden. Sie war in einem baufälligen Gebäude untergebracht, an dessen Fassade alte Poster von Boxkämpfen hingen. Draußen lungerten ein paar junge Männer herum. Die ganze Gegend wirkte heruntergekommen; viele Läden waren halb verfallen, Fenster und Türen vernagelt.

Pine parkte eine Querstraße von der Boxhalle entfernt und bat Blum, sich auf den Fahrersitz zu setzen und im Wagen zu warten.

»Sind Sie sicher, dass Sie allein da reingehen wollen?«

»Ganz sicher, Carol. Lassen Sie die Autotüren verschlossen und den Motor laufen. Falls jemand auftaucht, der Ihnen nicht koscher vorkommt, fahren Sie los.«

»Soll ich die Polizei rufen, wenn Sie in zwanzig Minuten nicht zurück sind?«

»Mir passiert schon nichts.«

Pine ging an den jungen Männern vorbei, die sie unverhohlen anstarrten oder ihr nachpfiffen. Doch keiner machte Anstalten, sie zu belästigen. Sie betrat das Gym, das auf den ersten Blick an eine Lagerhalle erinnerte. Zwischen den Stützsäulen waren drei Boxringe eingerichtet, außerdem alte, verschlissene Fitnessgeräte. Ein paar Jungs trainierten mit Hanteln, andere waren mit Seilspringen beschäftigt oder droschen auf Sandsäcke ein. Die meisten hatten sich um einen Boxring versammelt.

Pine ging zu der Gruppe. Ein paar junge Kerle wollten ihr den Weg versperren, doch ein breitschultriger Mann mit lockigen grauen Haaren und einem altmodischen dreiteiligen Anzug mit leuchtend roter Krawatte ging dazwischen. »Zeigt ein bisschen Respekt, ihr Pfeifen, und lasst die Lady durch.«

Die Burschen gehorchten, und Pine trat zu dem älteren Mann.

»Danke, Mister …?«

»Nennen Sie mich Gerald. Und Sie sind?«

»Atlee Pine.«

»Ich hatte 'ne Tante in Alabama, die hieß Atlee, möge sie in Frieden ruhen.«

»Nettes Studio haben Sie hier.«

»Echt jetzt? Nichts für ungut, aber ich hab Sie anders eingeschätzt.«

»Ach? Und wie?«, fragte Pine.

»Dass Sie mehr auf Yoga und 'ne gut sortierte Saftbar stehen.« Er musterte sie eingehend – nicht aus sexuellem Interesse, sondern wie jemand, der die Fitness seines Gegenübers abschätzt. »Aber wenn ich mir Ihre Schultern und Oberschenkel so ansehe, hab ich mich wohl geirrt.«

»Ich bin Gewichtheberin. Das Studio in Arizona, in dem ich trainiere, hat zwar keine Klimaanlage, aber jede Menge Hanteln. Eine Saftbar gibt's dort auch nicht, dafür fließt der Schweiß in Strömen.« Sie schaute sich um. »Ich glaube, Ihr Laden würde mir auch gut passen.«

Gerald grinste. »Oh, danke, Lady. Und was kann ich für Sie tun?«

»Ich suche einen jungen Mann, der sich Peanut nennt.«

»Warum, wenn ich fragen darf?«

Geralds Tonfall war immer noch höflich, doch sein Lächeln und sein Blick wurden eine Spur härter.

»Er hat gesagt, er könnte mir bei einem Fall weiterhelfen. Ich möchte, dass er sich ein paar Fotos anschaut.«

»Ein Fall?«

Sie zeigte ihm ihre FBI-Dienstmarke. »Es geht um den Tod von Jerome Blake. Haben Sie ihn gekannt?«

Gerald schaute zu den jungen Burschen, die sie umringten. »Lasst uns mal kurz allein, damit ich mich unter vier Augen mit der Lady unterhalten kann. Na los, schwirrt ab!«

Die Jungs zögerten, folgten dann aber der Aufforderung.

Gerald wandte sich wieder an Pine. »Ich habe seinen Bruder Willie gekannt. Aus dem wäre ein guter Halbschwergewichtler geworden.«

»Seine Mutter sagte mir, sie habe Willie überredet, die Stadt zu verlassen.«

»Ja, und das war richtig von Cheryl. Der Junge war auf der schiefen Bahn und hat gerade noch die Kurve gekriegt.«

»Cheryl hat mir auch gesagt, dass ich Sie hier finde. Und dass Sie ein guter Mann sind.«

»Sie ist 'ne nette Lady. Hatte es nicht leicht, aber da ist sie nicht die Einzige in der Gegend. Andere Mütter hier haben auch Probleme mit ihren Jungs.« Er schaute zu den beiden Männern mit Kopfschutz, die durch den Ring tänzelten. Beide waren in den Zwanzigern, schlank und muskulös. »Die beiden da, zum Beispiel. Vielleicht sollten ihre Moms sie auch überreden, aus der Stadt zu verschwinden.«

»Was hält sie hier? Sie vielleicht?«

Gerald legte die Hand auf ein Seil des Boxrings. »Ich bin seit meiner Geburt hier. Hab selbst oft genug im Ring gestanden, war sogar ziemlich gut. In meiner Gewichtsklasse war ich mal Champion im Marine Corps. Ich hab in Vietnam gedient und ein bisschen zu viel Agent Orange eingeatmet. Jetzt bin ich einundsiebzig und fühle mich wie hundert. Haben Sie auch solche Tage?«

»Die haben wir alle, auch wenn wir nie Agent Orange eingeatmet haben.«

»Ich hab das Gym 1977 aufgemacht. Ich bringe den Jungs ein bisschen Boxen bei, aber vor allem haben sie hier einen Platz, wo sie sicher sind und ein bisschen Disziplin lernen. Sie sollen kapieren, dass man hart arbeiten und sich Ziele setzen muss. Dass man zusammen abhängen kann, ohne krumme Dinger zu drehen, wenn Sie verstehen, was ich meine.«

»Das ist sehr lobenswert von Ihnen, Gerald«, sagt Pine anerkennend. »Sie scheinen mir wirklich ein guter Mann zu sein.«

Geralds Lächeln kehrte zurück. »Oh, danke.«

»Was ist nun mit Peanut?«

»Der ist um diese Tageszeit meistens hier in der Nähe. Ich geh mal gucken.«

Kaum war Gerald davongegangen, änderte die Stimmung sich schlagartig. Pine spürte die Spannung, die plötzlich in der Luft lag, die Blicke der jungen Männer, die sie umringten.

Die beiden Fighter im Boxring unterbrachen ihr Training und lehnten sich an die Seile. Einer nahm den Mundschutz heraus und fragte unfreundlich: »Was wollen Sie hier?«

»Ich habe mich nach jemandem erkundigt.«

»Sie haben kein Recht, sich nach irgendwem zu erkundigen«, blaffte der andere und spuckte seinen Mundschutz aus. »Sie können nicht einfach hier reinplatzen und Fragen stellen.«

»Warum nicht?«

»Sie ist ein Cop«, sagte einer aus der Menge. »Ich hab gesehen, wie sie ihren Ausweis rausgeholt hat.«

»Dann haben Sie hier nichts zu suchen«, sagte der erste Kämpfer.

»Ihr Bullen könnt ja doch nichts anderes, als uns in den Rücken zu schießen.«

Pine musterte ihn prüfend. Ihr kam eine aberwitzige Idee. »Ich mache Ihnen einen Vorschlag. Wenn Sie es schaffen, mir im Ring in den Hintern zu treten, gehe ich sofort. Aber wenn ich Ihnen den Arsch versohle, bleibe ich und stelle meine Fragen. Abgemacht?«

Die beiden Fighter schauten sich an und lachten schallend. Auch die anderen brachen in Gelächter aus.

»Sie wollen mit mir in den Ring steigen?«, fragte der junge Mann ungläubig, immer noch grinsend. »Echt jetzt?«

»Von mir aus kannst du auch zu mir runterkommen, und ich leg dich gleich hier flach«, antwortete Pine.

Wieherndes Gelächter in der Halle.

»Nein, nein, kommen Sie rauf«, sagte der Fighter und grinste. »Welche Zähne möchten Sie behalten, und auf welche können Sie zur Not verzichten?«

Der andere Fighter zog die Seile auseinander, damit Pine in den Ring steigen konnte.

Sie richtete sich zu voller Größe auf und ging auf den Mann zu, mit dem sie es aufnehmen würde. Er wirkte überrascht, denn er bemerkte erst jetzt, dass sie größer war als er.

Pine zog die Jacke aus, sodass die Glock im Holster zu sehen war.

»Soll ich die Wumme für Sie halten, Lady?«, erbot sich einer aus der Menge.

»Das hättest du wohl gern«, rief Pine ihm zu und wandte sich wieder dem jungen Mann im Ring zu. »Wie viel bringst du auf die Waage?«

»Zweiundsiebzig Kilo.«

»Fast so viel wie ich. Ich hab zwei Kilo mehr, nur damit wir das geklärt haben.« Pine trug ein kurzärmeliges Hemd, das ihre ausgeprägten Oberarme sehen ließ. Der Mann schaute zu seinem Freund; der zuckte unschlüssig mit den Schultern und stieg aus dem Ring.

»Okay. Nach welchen Regeln kämpfen wir?«, fragte Pine.

»Scheiße, hier gibt's keine Regeln«, erwiderte der Mann lachend.

»Umso besser.« Ohne zu zögern versetzte Pine ihm einen kräftigen Tritt in die Magengrube. Als der Mann sich krümmte, setzte sie nach und traf ihn mit dem rechten Bein am Kopfschutz – mit solcher Wucht, dass ihr Gegner aus dem Ring flog und in der Zuschauermenge landete. Das Ganze hatte weniger als drei Sekunden gedauert.

Pine schaute zu dem benommenen jungen Burschen hinunter. »Okay, das Aufwärmen ist vorbei. Können wir jetzt richtig anfangen? Oder bist du bereit, meine Fragen zu beantworten? Deine Entscheidung.«

Pine hörte jemanden klatschen. Alle Anwesenden drehten sich um und sahen Gerald zum Ring zurückkommen. Er blieb bei dem Boxer stehen, den Pine halb bewusstlos geschlagen hatte, und ging in die Hocke. »Ty, wie oft hab ich euch das gesagt? Man behandelt Frauen nicht so respektlos.«

Ty nickte bedröppelt. Gerald half ihm auf die Beine und schaute zu Pine, die nun Gegenstand des allgemeinen Interesses war.

»Was ist mit Peanut?«, fragte sie.

»Der ist nicht da.« Gerald wandte sich an die anderen. »Weiß jemand, wo Peanut ist?«

Pine ließ den Blick über die Gruppe schweifen, aus der schließlich ein etwa achtzehnjähriger Junge vortrat.

»Ich hab ihn drüben im *Duke's* gesehen«, sagte der Bursche. »Bevor ich herkam.«

Pine schaute zu Gerald. *»Duke's?«*

»Wenn Sie rausgehen, rechts, drei Blocks geradeaus, dann links. Das ist ein Laden.«

»Und was gibt's da?«, fragte Pine.

»Alles Mögliche«, erwiderte Gerald ausweichend. »An Ihrer Stelle würde ich da nichts kaufen.«

»Danke für den Tipp.« Pine streifte ihre Jacke über, verließ das Gym und winkte Blum, ihr langsam mit dem Wagen zu folgen.

46

Das *Duke's* wirkte genauso verlassen wie die anderen Geschäfte im Viertel. Pine lugte durch die Glastür, doch drinnen war es zu dunkel, als dass sie irgendetwas hätte erkennen können. Sie klopfte an die Tür. Dann noch einmal.

»Was wollen Sie?«

Sie hob den Kopf und sah einen Mann aus einem Fenster im ersten Stock zu ihr hinunterschauen.

»Ich möchte mit Peanut sprechen. Er ist angeblich hier.«

»Wer sagt das?«

»Jemand drüben in der Boxhalle.«

»Und Sie sind …?«

Der Mann war in den Vierzigern, hatte drahtige schwarze Haare und einen misstrauischen Ausdruck auf dem harten Gesicht. Als er sich weiter aus dem Fenster herausbeugte, sah Pine, dass er ein hautenges, ärmelloses Sporttrikot trug. Seine muskulösen Schultern und Arme waren mit Tattoos übersät.

»Eine Freundin von Peanut. Ich habe ihn drüben bei der Schule kennengelernt.«

»Peanut hat mit der Schule nix am Hut.«

»Aber sein Freund Jerome. Ich will herausfinden, was mit ihm passiert ist.«

»Sind Sie Cop?«

»Ich will Peanut nur ein paar Fotos zeigen. Er hat gesagt, er schaut sie sich an.«

Der Mann verschwand vom Fenster.

Eine Minute später wurde die Ladentür geöffnet, und Peanut stand vor ihr.

»Haben Sie die Fotos?«, fragte er.

»Ja.« Sie schaute über seine Schulter und sah den Tätowierten ein paar Meter hinter Peanut in dem dunklen Raum stehen.

»Was läuft hier eigentlich?«, fragte Pine leise.

»Was halt so anfällt.«

»Verstehe. Ist der Typ da drin Duke?«

»Kann schon sein.«

»Sie wissen es nicht?«

»Ich weiß nicht viel. Muss ich auch nicht.«

Sie stiegen ins Auto, und Peanut schaute die Fotos durch. Als er fertig war, sagte er: »Er ist nicht dabei.«

»Sind Sie sicher?«

»Ganz sicher. Keiner von denen sieht so aus wie der Macker, mit dem Jerome gesprochen hat.«

Pine lehnte sich im Sitz zurück und schaute zu Blum. »Wieder eine Sackgasse. Ich hab's langsam satt.«

»Echt jetzt«, sagte Peanut, »ich kapier nicht, wie Jerome so was machen konnte. Warum lässt er sich von dem Typ eine Knarre in die Hand drücken und sich in die Scheiße reiten? So muss es ja gewesen sein, oder? Und am Ende wird er umgenietet. Warum sagt er nicht: Nein, da mach ich nicht mit. Schlimmer hätt's ja wohl nicht kommen können.«

»Vielleicht hat Jerome nicht geahnt, dass ihn jemand umbringen will«, meinte Blum.

Pine schaute zu Peanut. »Sie haben gesagt, Sie wären früher mit Jerome befreundet gewesen.«

»Ja, und?«

»Kennen Sie andere Freunde von ihm? Aus späterer Zeit?«

»Ich wüsste keinen. Vielleicht jemand in der Schule. Warum fragen Sie?«

»Weil er an dem Abend in der Gasse gesagt hat: ›*Wir* sitzen in der Patsche.‹ *Wir*, nicht *ich*. Vielleicht hat jemand einen Freund von ihm bedroht und ihn auf diese Weise zu etwas gezwungen, was er nicht wollte.«

»Nee, so was hätte er höchstens für seine Familie gemacht. Die halten zusammen.«

»Ich glaube, da haben Sie recht. Danke, Peanut.«

Peanut stieg aus dem Wagen und blieb in der Autotür stehen. »Übrigens … das ist *wirklich* Duke da drin.«

»Der macht, was so anfällt.«

»Genau.« Peanut lächelte. »Dies und das.«

»Können Sie mir Ihre Handynummer geben, falls ich noch mehr Fotos bekomme, die ich Ihnen zeigen kann? Dann schicke ich sie Ihnen einfach, und wir müssen uns nicht treffen.«

Nach kurzem Zögern nannte Peanut ihr seine Nummer und verschwand im Laden.

»Wohin geht's?«, fragte Blum.

»Noch einmal zu den Blakes. Ich habe da so eine Ahnung. Hoffentlich liege ich richtig. Wenn nicht, stehen wir nämlich wieder ganz am Anfang.«

47

»Haben Sie Peanut gefunden?«, fragte Cheryl Blake noch in der Haustür.

»Ja. Er konnte uns aber nicht weiterhelfen. Deshalb wollte ich Sie fragen, ob ich vielleicht mit Ihrer Tochter sprechen kann.«

Cheryl schaute sie verwirrt an. »Mit Jewel? Warum?«

»Wir möchten ihr ein paar Fragen über Jerome stellen.«

Cheryl schüttelte den Kopf. »Jewel ist fix und fertig. Sie isst kaum noch was und spricht kaum ein Wort. Sie will nicht mal mehr ihr Zimmer verlassen.«

»Wir werden behutsam sein, Cheryl. Wir haben Erfahrung darin, mit Teenagern zu sprechen. Wenn wir herausfinden, was mit Ihrem Sohn geschehen ist, wird das sicher auch Jewel helfen.«

»Na gut, versuchen Sie's. Soll ich dabei sein, wenn Sie mit ihr reden?«

»Sagen Sie ihr bitte nur, wer wir sind. Dann würden wir uns gern allein mit ihr unterhalten.«

»Ich kann Ihnen aber nicht versprechen, dass sie mit Ihnen redet. Und zwingen werde ich sie auf gar keinen Fall.«

Sie folgten der Frau die Treppe hinauf und einen kurzen Flur entlang zu einer Tür. Cheryl klopfte an.

»Jewel, mein Schatz? Die zwei Ladys vom FBI sind noch

mal hier. Sie wollen dich ein paar Dinge fragen – über deinen Bruder.«

»Nein!«, schrie eine Mädchenstimme. »Sag denen, sie sollen abhauen!«

Bevor Cheryl etwas erwidern konnte, trat Pine an die Tür heran. »Jewel, es ist sehr, sehr wichtig.«

»Ich hab Nein gesagt!«

»Ich will wissen, warum Jerome das getan hat.«

»Hauen Sie ab!«

»Ich glaube, er wollte dich beschützen.«

Stille.

Cheryl schaute Pine verdutzt an. »Was meinen Sie damit? Jewel beschützen? Wovor?«

Sie drehten sich um, als die Tür geöffnet wurde. Vor ihnen stand Jewel – groß und hübsch, gut entwickelt für ihr Alter, mit langen schwarzen Haaren, die bis auf ihre Schultern fielen. Auf ihrem Pyjama waren Figuren aus dem Film *Mulan* dargestellt. Ihre Augen waren gerötet und verweint.

»Schon gut, Mom. Ich rede mit denen.«

»Bist du sicher, Baby?«

Jewel nickte. »Ja, ich krieg das schon hin.«

Cheryl warf Pine einen strengen Blick zu. »Aber nicht zu lange. Du brauchst deine Ruhe, Schatz.«

Langsam stieg Cheryl die Treppe hinunter.

»Können wir reinkommen?«, fragte Pine.

Jewel trat zur Seite und ließ die beiden Frauen ein. In ihrem Zimmer herrschte das nackte Chaos. Überall lagen Kleidungsstücke und Bücher herum; auf dem ungemachten Bett lag ein iPad, auf dem Nachttisch war ein Smartphone zu sehen. Und auf jedem freien Fleck lagen zerknüllte Papiertaschentücher. Die Wände waren mit Postern von Superheldinnen geschmückt.

»Wer hat das gemalt?«, fragte Carol Blum und deutete auf ein Bild an der Wand.

Jewel rieb sich die Nase. »Jerome und ich.«

»Das ist toll. Ihr seid richtige Künstler.«

»Jerome nicht mehr ... nie mehr.«

Pine lehnte sich an die Wand und verschränkte die Arme vor der Brust. »Darüber möchten wir mit dir sprechen.«

Jewel ließ sich aufs Bett sinken und schaute auf ihre nackten Füße hinunter.

»Ein Mann hat vor der Schule mit Jerome gesprochen«, begann Pine. »Danach war dein Bruder völlig verändert. Am selben Abend haben wir ihn mit einer Pistole in der Hand in einer Gasse gesehen. Kurz darauf hat ein Cop ihn erschossen, der vielleicht gar kein richtiger Cop war.« Sie hielt inne und schaute zu Blum, die vor der Wandmalerei stand.

»Jerome hat etwas zu mir gesagt, bevor er starb, Jewel. Willst du es wissen?«

Jewel schaute nicht auf, nickte jedoch.

»Ich habe ihn gefragt, was er hier macht. Er hat geantwortet, das würde ihm sowieso keiner glauben. Und dann sagte er noch etwas – und das ist der Grund für unser Kommen.«

Jewel schaute auf. »Was hat er denn gesagt?«

»›Wir sitzen in der Patsche.‹ *Wir.* Wen hat er damit gemeint? Euch beide?«

Schweigen.

»Wie konnte dieser Mann Jerome dazu bringen, etwas so Verrücktes zu tun?« Sie schaute Jewel in die Augen. Das Mädchen wich ihrem Blick aus. »Es muss etwas sein, das ihm sehr wichtig war. Vielleicht *du*, Jewel?«

Jewel liefen Tränen über die Wangen. Blum setzte sich zu ihr und hielt ihre Hand.

»Ich weiß, wie schwer das für dich ist«, fuhr Pine fort. »Aber wenn wir herausfinden wollen, wer deinen Bruder auf dem Gewissen hat, musst du uns helfen.«

Jewel wischte sich die Augen und schaute zu Pine auf.

»Jerome hat es gewusst.«

»Was hat er gewusst?«

»Dass dieser Mann kam und mich abgeholt hat.«

»Welcher Mann?«

»Ein Mann halt. In der Nacht, wenn Mom auf der Arbeit war.«

»Wo arbeitet deine Mutter?«

»Sie hat einen Putzjob und ist oft die ganze Nacht weg. Am Morgen schläft sie ein paar Stunden, dann arbeitet sie bei Subway.«

»Tu mir den Gefallen, Jewel, und fang ganz vorne an«, sagte Pine geduldig.

Jewel sammelte sich. »Es war an einem Abend, als ich rausgegangen bin, ohne dass Mom davon wusste. Ich wollte mal richtig abfeiern. Mom war zu Willie gefahren, meinem Bruder in Delaware, weil er krank war. Jerome sollte zu Hause bleiben, aber die haben ihn in der Schule gebraucht, wegen diesen Robotern. Ich hatte Mom versprochen, dass ich zu Hause bleibe, aber das war gelogen.«

»Wo bist du hin?«

»Auf 'ne Party in Newark. Ich hatte einen falschen Ausweis, da stand drin, dass ich einundzwanzig bin. Ich war mit ein paar Schulfreundinnen dort. Eine von denen ist gefahren.«

»Wo war die Party?«

»Bei einem Typ zu Hause. Ich war 'ne Weile dort, hatte ein paar Drinks. Dann hat jemand gesagt, ein paar von uns könnten in seinem Van mit nach New York fahren. Einer von den anderen Mackern war ganz scharf drauf, dass ich auch mitkomme.«

»Wer?«

»Ich hab ihn nicht gekannt. Er war älter als ich, über zwanzig. Hat gesagt, er ist Student.«

»Weiß oder schwarz?«

»Weiß.«

»Welche Haarfarbe?«, hakte Pine nach.

»Braun. Geile Klamotten. Der Typ sah gut aus.«

Pine holte ihr Handy heraus und rief das Foto von Jeff Sands auf, das Puller ihr geschickt hatte. »War er das?«

Jewel betrachtete das Bild auf dem Display und riss die Augen auf. »Ja, das ist er. Woher wissen Sie das?«

»Ich bin erst darauf gekommen, als du ihn beschrieben hast.«

»Wissen Sie, wie er heißt?«

»Ja. Hat er euch seinen Namen gesagt?«

»Charlie oder so.«

»Hat er gesagt, warum er gerade dich mitnehmen wollte?«

»Nein.«

»Und du bist mitgefahren?«

»Na ja, die anderen waren ja auch dabei, also hab ich mir gedacht, es ist okay. Und ich war superneugierig, denn Charlie hatte gesagt, es kämen auch berühmte Leute, richtige Celebrities, die wir kennenlernen würden. Danach wollte er mich nach Hause bringen.«

»Wie ging es weiter?«

»Wir sind nach New York gefahren.«

»Weißt du, wohin genau?«

»Nein, ich war noch nie in New York, nur einmal als kleines Mädchen. Es war ein Hochhaus mit einem Portier, Privataufzug und so was alles. Der absolute Hammer.«

»Und ihr seid alle zusammen mit dem Aufzug in ein Apartment gefahren?«

Jewel schüttelte den Kopf. »Es gab ein Riesendurcheinander. Auf einmal waren wir nicht mehr zusammen. Also bin ich allein nach oben gefahren. Ich hatte Schiss, aber was hätte ich machen sollen? Jetzt war ich schon mal da.«

»Und Charlie?«

»Der war auf einmal weg. Es ging alles so schnell.«

»Und dann?«

»Als der Aufzug stehen blieb, war ich mitten in einem Apartment. Echt, Mann, so was hab ich noch nie gesehen. Es war wie in 'nem Film. Ich wusste gar nicht, dass es Leute gibt, die *wirklich* so wohnen.«

»Wie ging es weiter?«

»Eine Frau hat mich angesprochen.«

»Kannst du sie beschreiben?«, fragte Pine.

»Mitte dreißig. Blond, kleiner als ich. Eigentlich sah sie ganz normal aus.«

»Schlank, mit Sommersprossen?«

»Ja, stimmt. Sie hatte Sommersprossen im Gesicht.«

Pine schaute fragend zu ihrer Assistentin.

Blum nickte und sagte leise: »Lindsey Axilrod.«

Pine wandte sich wieder dem Mädchen zu. »Und dann?«

»Sie sagte, ich soll's mir bequem machen, und fragte mich, ob ich was trinken will.« Jewel stockte einen Moment. »Ich … ich hab nicht gewusst, was ich sagen soll. Ich bin ja erst vierzehn. Also hab ich gesagt, ich hätte gern 'ne Cola, und die hat sie mir gebracht. Dann hab ich mich hingesetzt und die Cola getrunken.«

»Hast du auch mit anderen Leuten gesprochen?«

Jewel schüttelte den Kopf, hatte plötzlich Tränen in den Augen. »Was danach war, weiß ich nicht. Ich … bin in einem Bett aufgewacht. Ganz nackt. Und …« Sie beugte sich vor und schluchzte.

Carol Blum legte ihr den Arm um die Schultern. »Lass dir Zeit.«

Als Jewel sich wieder gefangen hatte, wischte sie sich über die Augen, putzte sich die Nase mit dem Taschentuch, das Blum ihr reichte, und erzählte weiter. »Neben mir lag ein Mann im Bett. Auch nackt. Verschwitzt. Schnarchend.«

»Weißt du noch, wie er aussah?«

Jewel nickte. »Er war schon älter, ein Weißer, so um die sechzig, mit grauen Haaren.« Jewel wischte sich über die Augen. »Ich kriegte voll die Panik. Ich hab ja nicht gewusst, was los ist. Ich hatte nur eine Cola getrunken. Aber dann hab ich das Laken gesehen und gewusst ...« Sie konnte nicht weitersprechen.

»Dass er Sex mit dir hatte, als du bewusstlos warst?«

Jewel nickte, Tränen in den Augen. »Ich bin ganz leise aus dem Bett, damit der Typ nicht aufwacht, und bin schnell zur Tür gehuscht, aber ... aber ...«

»Da war jemand?«

Jewel nickte. »Diese Frau. Sie hatte meine Sachen ... hatte sie frisch gebügelt und auf Kleiderhaken gehängt. Sie hat mir beim Anziehen geholfen und mir zugeredet. Dann hat sie mich nach Hause bringen lassen.«

»Die haben dir also irgendetwas in die Cola getan, das dich außer Gefecht gesetzt hat, und dann hatte der Mann Sex mit dir?«

Jewel nickte. »Ich hatte 'ne Scheißangst.«

»Als du wieder zu Hause warst, hast du es bei der Polizei gemeldet?«

»Ich wollte, aber ...«

»Aber was?«, fragte Pine.

»Ein Mann hat mich angerufen. Keine Ahnung, woher die meine Nummer hatten.«

»Was hat er gesagt?«

»Dass ich Riesenärger kriege, wenn ich es irgendwem erzähle.«

»Jewel, du bist vergewaltigt worden. Die haben dich betäubt und missbraucht.«

»Ja, aber …«

»Aber was?«

Jewel bückte sich und zog einen Kissenüberzug unter dem Bett hervor. Sie hob ihn hoch und schüttete den Inhalt aufs Bett.

Es waren Geldscheine. Ein kleines Vermögen.

»Woher hast du das?«, fragte Blum.

»Diese Frau … sie hat mir zweitausend Dollar gegeben. Damit ich leichter darüber hinwegkomme, hat sie gesagt.«

Pine schaute auf das Geld. »Das sind mehr als zweitausend Dollar, Jewel. Viel mehr.«

»Ich weiß.«

»Wie kommt das?«

»Weil ich noch mal dort war.«

»Was sagst du da?«

»Die haben gesagt, ich krieg jedes Mal Geld dafür«, platzte Jewel heraus. »Und dass sie mich abholen und zurückfahren, damit ich zu Hause bin, wenn Mom von der Arbeit kommt. Einmal haben die mich sogar mit dem Hubschrauber hingeflogen, und wir sind auf dem Dach von dem Wolkenkratzer gelandet. Ist das nicht irre?«

»Und Jerome?«

»Der wusste erst davon, als er mich mal erwischt hat, wie ich nach Hause kam. Ich hab mir schnell eine Ausrede einfallen lassen, aber er hatte schon so was geahnt. Ich meine … ich hatte mir Sachen gekauft … Ringe, Ohrringe, eine echte Prada-Handtasche, ein neues iPhone, teure Klamotten. Meiner Mom hab ich das alles nicht gezeigt – die wäre ausgeflippt. Aber Jerome hat es rausgekriegt und Stress gemacht.«

»Hast du ihm die Wahrheit gesagt?«

»Nicht alles. Er war total geschockt. Ich müsse sofort damit aufhören, hat er gesagt. Und das hab ich dann auch getan.«

»Nach dem ersten Mal haben sie dich nicht mehr betäubt?«

»Nein.«

»War es immer derselbe Mann?«

»Nein, verschiedene. Aber für mich haben sie alle gleich ausgesehen. Alte weiße Typen. Aber …«

»Aber was?«

»Einmal hab ich es mit einer Frau getan. Die war auch schon älter, vierzig vielleicht.«

»Hattest du die Männer vorher schon mal gesehen? Oder die Frau?«

»Nein.«

»Haben sie mit dir gesprochen?«, fragte Blum. »Hat einer seinen Namen gesagt oder irgendwas über sich erzählt?«

Jewel schaute zu Boden, schüttelte den Kopf. »Die wollten mich ja nicht zum Reden. Die wollten was anderes.«

»Diese Leute haben ein Verbrechen an dir begangen«, stellte Pine klar. »Du bist minderjährig.«

»Vielleicht haben sie's nicht gewusst. Schauen Sie mich an. Würden Sie mich für vierzehn halten?«

»Das ändert nichts daran.«

»Glauben Sie wirklich, die haben Jerome gezwungen, das zu tun … wegen mir?«

»Es sieht ganz danach aus«, bestätigte Pine.

»Dann bin ich schuld, dass er jetzt tot ist.«

»Nein, bist du nicht. Und du kannst uns helfen, die Leute zu finden, die dafür verantwortlich sind.«

»Ich hab Ihnen alles gesagt, was ich weiß.«

»Nicht ganz. Wann hast du beschlossen, nicht mehr dort hinzugehen?«

»Sie haben mich angerufen – an dem Tag, bevor Jerome umgebracht wurde.«

»Darf ich mal dein Handy sehen?«

»Warum?«

»Ich will die Nummer checken, von der sie angerufen haben.«

»Die Nummer war unterdrückt.«

»Was hat der Mann am Telefon gesagt?«

»Dass sie mich nicht mehr holen.«

»Hat er einen Grund dafür genannt?«

»Nein.«

»Kannst du uns die Adresse von diesem Hochhaus in New York sagen?«

»Ich kann mich nicht erinnern.«

Pine beugte sich vor. »Wie oft warst du dort?«

Jewel zuckte mit den Schultern. »Zehn-, zwölfmal.«

»Trotzdem weißt du die Adresse nicht mehr?«

»Ich hab nicht drauf geachtet. Meistens hab ich im Auto gepennt.«

»Kannst du mir die Gegend beschreiben? Oder wie das Hochhaus ausgesehen hat? Und die Straße?«

»Es war ein superschickes Viertel, total cool.« Jewel überlegte einen Augenblick. »Aber es war 'ne Straße mit 'ner Nummer.«

»Du meinst, wie Seventh Avenue?«

»Ja, genau, aber die Nummer war höher.«

»Fifty-seventh Street?«

»Ja, ja, ich glaube, die war's.«

»In der Nähe vom Central Park?«

»Genau. Den hab ich mal gesehen, als wir nach Trenton zurückgefahren sind.«

Pine schaute zu Blum und zog ihr Mobiltelefon hervor. »War es dieses Hochhaus?«

Jewel betrachtete das Foto. »Hey, das ist es!«

Pine nickte Blum zu. »Okay, dann benutzen sie das Haus also nicht bloß für Partys.« Eine Nachricht traf auf ihrem Handy ein. Pine las sie und sagte: »Wir müssen los. Danke, dass du so ehrlich zu uns warst, Jewel. Ich weiß, es ist dir nicht leichtgefallen. Aber was du uns erzählt hast, wird uns helfen, die Schuldigen zu finden.« Sie gab Jewel ihre Karte. »Ruf mich an, wenn dir noch etwas einfällt.«

Als sie nach unten kamen, wollte Cheryl Blake wissen, was los sei. Pine sagte nur: »Passen Sie auf Ihre Tochter auf, Cheryl, und lassen Sie jemand herkommen, der bei ihr bleibt, wenn Sie auf der Arbeit sind.«

Kaum war Pine aus dem Haus, eilte sie zum Auto. Blum folgte ihr, so schnell sie konnte. »Was ist denn los?«, fragte sie, als Pine den Motor anließ und losjagte.

»Puller ist wach und wird gerade untersucht. Wenn wir dort sind, erfahren wir, wie es ihm geht.«

48

»Ein Glück, dass er jung und topfit ist«, meinte der Arzt, ein weißhaariger Mann mit der ruhigen Ausstrahlung eines erfahrenen Piloten. Sie befanden sich im Besucherraum des Krankenhauses. Zuvor war Pine schon von Robert Puller auf den neuesten Stand gebracht worden.

»Er ist also wach und ansprechbar?«, fragte Pine besorgt. »Und es geht ihm so weit gut?«

»Wir haben ihm eine hohe Dosis Schmerzmittel verabreicht, damit er möglichst viel schläft. Es war ein glatter Durchschuss, aber die Kugel hat einigen Schaden angerichtet.«

»Das hat die Chirurgin schon erwähnt. Wird er bleibende Schäden davontragen?«, fragte Pine beunruhigt.

»Das lässt sich zum jetzigen Zeitpunkt nicht sagen. Wir müssen noch verschiedene Untersuchungen, Röntgenaufnahmen und dergleichen machen. Aber sein Zustand ist so weit stabil.«

»Wann können wir zu ihm?«, fragte Robert.

Der Arzt musterte ihn einen Moment lang. »Sie sind ein Angehöriger, nehme ich an?«

»Sein Bruder.«

Der Arzt schaute zu Pine. »Und Sie sind …?«

»Seine Schwester«, sagte Robert hastig und deutete auf Blum. »Und das ist unsere Tante Carol.«

Der Arzt schien es ihm nicht abzunehmen, quittierte es aber

mit einem nachsichtigen Lächeln. »Verstehe.« Er schaute auf sein Mobiltelefon. »Sie haben ihn eben erst auf sein Zimmer gebracht. Aber nur ein paar Minuten, nicht mehr. Bitte kommen Sie mit.«

Als sie das Zimmer betraten, lag John Puller auf dem Bett, von Schläuchen und Apparaten umgeben. Seine Augen waren offen. Er bemerkte sie, schaute zu ihnen und winkte mit der gesunden Hand.

Pines Blick fiel sofort auf den Monitor, der Pullers Vitalfunktionen anzeigte. Es schien alles in Ordnung zu sein, wenn man bedachte, was Puller durchgemacht hatte.

»Sie haben gesagt, die Kugel hat einigen Schaden angerichtet«, sagte Robert leise zu dem Arzt.

»Im Bereich des Schusskanals befinden sich Knochen, Blutgefäße, Sehnen – so gesehen hätte es bedeutend schlimmer kommen können.«

»Aber Ihre Kollegin hat ihn wiederherstellen können?«

»Katherine ist eine erstklassige Chirurgin. Sie hat getan, was sie konnte. Aber es sind noch weitere Operationen notwendig, und die Rehabilitation wird ein steiniger Weg.«

»Verstehe.« Robert schaute nervös zu Pine.

»Er steckt das weg«, sagte sie zuversichtlicher, als ihr zumute war. »Danach ist er wieder wie neu.«

»Hey, ich kann euch hören … ein bisschen jedenfalls«, sagte Puller schwach. »Also hört auf, hinter meinem Rücken zu tuscheln.«

Sie traten zu ihm ans Bett.

»Wie fühlen Sie sich, John?«, fragte der Arzt. »Haben Sie Schmerzen?«

»Wann kann ich hier raus?«, erwiderte Puller, ohne auf die Fragen einzugehen.

»Das wird noch eine Weile dauern«, stellte der Arzt klar und schaute ungläubig zu Pine.

»Ich fühle mich gut«, sagte Puller. »Ich glaube, Sie können mich rauslassen. Ich hab viel zu tun.«

»John«, wandte Robert ein, »du hast gerade eine schwere Operation hinter dir. Du musst dir ein bisschen Zeit geben.«

»Die hab ich aber nicht, Bobby.«

Pine berührte ihn an der unverletzten Schulter. »John, wir halten die Stellung, solange du hier bist. Du musst erst wieder ganz gesund werden. Sogar Superman hat sich eine Auszeit genommen.«

Während Pine sprach, änderte der Arzt die Dosierung der Medikamente, die intravenös verabreicht wurden. Dabei schaute er auf Puller, dessen Lider plötzlich flatterten und dann zufielen. »Ich habe die Dosis leicht erhöht, damit er schlafen kann. Dass er sich aufregt und sich womöglich die Schläuche herausreißt, können wir jetzt am wenigsten gebrauchen. Ich schlage vor, wir lassen ihn erst einmal schlafen. Wir halten Sie über seinen Zustand auf dem Laufenden. Und Sie können natürlich jederzeit bei der Schwesternstation anrufen.« Er legte Robert die Hand auf den Arm. »Keine Sorge, er ist in guten Händen.«

»Ich weiß. Danke für alles.«

Als sie das Krankenhaus verließen, sagte Pine: »Ich glaube, wir können optimistisch sein. Dass er jetzt schon wieder an die Arbeit will, ist ein gutes Zeichen.«

Robert nickte. »Ja, er wird es packen. Fragt sich nur, in welchem Zustand.«

»Sie meinen, was es für seine Arbeit als CID-Agent bedeutet?«

»Als Angehöriger der United States Army. Das ist sein Leben. Wenn er physisch nicht mehr in der Lage wäre, seinen Job zu machen wie bisher … ich weiß nicht, wie er damit fertigwürde.«

»Warten wir ab, wie die Dinge sich entwickeln«, meinte Pine.

»Ich habe Ihren Blick vorhin gesehen. Sie denken doch sicher das Gleiche.«

Pine wechselte rasch das Thema, weil Robert nur zu recht hatte. »Wo haben Sie sich einquartiert?«

»Unweit vom Krankenhaus.«

»Wie lange bleiben Sie in New York?«

»Solange wie nötig.«

Pine und Blum fuhren zurück zum Apartment und gingen nach einem späten Abendessen erschöpft zu Bett.

Am nächsten Morgen verließ Pine gleich nach dem Frühstück das Haus und schlenderte die Straße hinunter, die Hände tief in den Jackentaschen vergraben.

So ein verdammter Mist.

Sie wusste, dass Puller das Risiko bewusst in Kauf genommen hatte, als er den Job bei der CID angetreten hatte. Genauso wie sie selbst, als sie beim FBI angeheuert hatte. Dennoch fühlte sie sich verantwortlich für das, was geschehen war. Hätte sie sich aufmerksamer in der Gasse umschauen müssen? Wäre sie konzentrierter gewesen, hätte sie den Schützen vielleicht entdeckt oder zumindest seine Anwesenheit gespürt. Puller hatte sich darauf verlassen, dass die Luft rein war, und sie hatte ihn im Stich gelassen.

Und jetzt wird er vielleicht nie wieder der alte John Puller sein.

Niedergeschlagen blieb sie stehen und ließ sich auf eine Bank sinken, gab sich dann aber einen Ruck, klatschte sich auf die Schenkel, richtete sich auf und rieb sich das Gesicht.

Mit Selbstmitleid ist keinem geholfen. Versuch lieber, den Fall zu analysieren. Wo sind die Lücken, und wie kannst du sie füllen?

Okay, Lücken gab es viele. Sie war immer noch weit davon

entfernt, Tony Vincenzo aufzuspüren und mehr über seinen Großvater Ito herauszufinden. Teddy war tot. Evie konnte ihr nicht helfen. Sie hatte keine Spuren, die zu Jeromes Mörder führen konnten. Der einzige Fortschritt bestand darin, dass sie nun wusste, inwieweit Jewel in die Sache verwickelt war und was in diesem Luxusapartment ablief. Ungeklärt war allerdings das Motiv dahinter.

Wahrscheinlich war Jewel nicht das einzige minderjährige Mädchen, das mit Geld geködert und missbraucht wurde. Und mitten in diesem schmutzigen Geschäft stand die durchtriebene Lindsey Axilrod, die unter anderem auch für den Tod von Sheila Weathers verantwortlich war.

Aber welche Verbindung bestand zwischen diesen Machenschaften und der Drogensache in Fort Dix? Tony Vincenzo und Axilrod hatten beide dort gearbeitet. Sheila Weathers ebenfalls, wenngleich sie vielleicht nur zufällig von Tony ins Penthouse eingeladen worden war. Vincenzo und Axilrod jedoch waren tief in die Sache verstrickt. Zugleich waren sie Angestellte in Fort Dix. Was hatte das eine mit dem anderen zu tun?

Das Penthouse in der Fifty-seventh Street war eine heiße Spur, das stand außer Zweifel. Pine wusste nur nicht, wie sie vorgehen sollte. Für einen Durchsuchungsbeschluss reichte es noch nicht.

Und was war mit Jeff Sands?

Sie holte ihr Mobiltelefon heraus und checkte die neuesten Meldungen. Nichts. Absolut nichts. Der Enkel des Mehrheitsführers im Senat war in New York City erschossen worden, und kein einziger Nachrichtendienst berichtete darüber. Wie konnte das sein?

Möglicherweise hielt das NYPD aus irgendeinem Grund Sands' Identität geheim. Aber wenn die Polizei in Trenton in die Sache verwickelt war, konnte es ebenso die von New York sein. Zumindest Teile des riesigen NYPD.

Pine tippte eine Nummer in ihr Handy und wurde Augenblicke später mit der gewünschten Person beim FBI verbunden.

»Sandy, hier ist Atlee Pine. Ja, ist eine Weile her … danke, ganz gut. Sag mal, könntest du mir einen Gefallen tun? Gestern wurde jemand vor einem Lokal in Brooklyn erschossen. Das Opfer heißt Jeff Sands, der Enkel von Peter Driscoll. Ja, *der* Peter Driscoll. In den Medien findet man keine Zeile darüber. Wie kann das sein? Was? Okay, ja. Mir ist mit allem geholfen, was du herausfinden kannst. Danke.«

Pine beendete das Gespräch. Sandy Wyatt war eine Agentin im New York Field Office. Sie und Pine hatten gemeinsam die FBI-Ausbildung in Quantico absolviert. Seither waren sie stets in Kontakt geblieben, auch als Pine nach Arizona gegangen war, während Wyatt an der Ostküste blieb. Beide gehörten der Gruppe WIFLE an, Women in Federal Law Enforcement, einer Unterstützungsvereinigung für Frauen in sicherheitsrelevanten Diensten. Es sprach für Wyatt, dass sie nicht nachgefragt hatte, welches Interesse Pine an dem Fall hatte. Pine hätte es umgekehrt ebenso gehalten.

Sie stand auf und ging weiter, tief in Gedanken. Ihr Weg führte sie zu dem Wolkenkratzer an der Fifty-seventh Street in der Billionaires' Row. Ein Refugium der Superreichen. Abgeschirmt von Wachleuten und Bodyguards, geschützt von Regeln, die sie selbst aufstellten und die ihnen alle Vorteile gegenüber dem Rest der Welt sicherten, horteten sie ihre Vermögen, gut verborgen hinter Scheinfirmen, in die ständig frisches Geld floss.

Pine blieb stehen und betrachtete von der anderen Straßenseite aus den imposanten Wolkenkratzer, als etwas völlig Unerwartetes geschah und ihre ganze Aufmerksamkeit auf sich zog. Rasch duckte sie sich hinter ein geparktes Auto.

Der Mann, der Jerome Blake erschossen hatte, kam aus dem Haus. Nicht in Polizeiuniform, sondern in Anzug und Krawatte, doch Pine erkannte ihn sofort. Er schaute nach rechts und links und ging dann die Straße hinunter.

Pine folgte ihm.

49

»Mach nicht so ein Gesicht, Bobby. Ich bin ja nicht tot.«

Robert Puller fuhr in dem Stuhl hoch, auf dem er eingenickt war.

Sein Bruder schaute zwischen all den Schläuchen und Kabeln zu ihm auf.

»Ich dachte, die hätten dir was gegeben, damit du eine Weile schläfst.« Robert schob seinen Stuhl näher ans Bett. »Der Arzt hat deine Dosis erhöht.«

»Ich vertrage ein bisschen mehr als andere.«

»Hast du Schmerzen?«

»Auch in der Hinsicht bin ich ein bisschen mehr gewohnt als der Durchschnitt.«

»Weißt du, was passiert ist?«

»Lass mich raten – jemand hat auf mich geschossen?«

Robert lächelte. »Schön, dass du deinen Humor nicht verloren hast. Das ist schon mal ein gutes Zeichen.«

»Und Jeff Sands?«

»Die Kugel, von der du getroffen wurdest, hat ihn getötet.« Robert beugte sich vor. »Es war verdammt knapp, John. Zwei Zentimeter weiter links oder rechts, und es wäre anders ausgegangen.«

»Hast du nicht weit weg von hier einen wichtigen Job zu erledigen, oder ist das nur ein Gerücht?«

»Der Job kann mich mal. Ich habe mir Sorgen um dich gemacht.«

John drehte sich zur Seite und schaute auf die Schläuche und Kabel, die ihn mit den verschiedenen Apparaten verbanden. »Irgendwie fühle ich mich wie Gulliver, von den Liliputanern gefesselt.«

»Kannst du dich an irgendwas erinnern?«

»Wir waren in diesem Lokal, sind durch den Hinterausgang raus. Pine ist vorausgegangen, dann kam ich mit Sands. Den leisen Knall hab ich noch gehört. Das war's.«

»Die Killer sind Sands gefolgt.«

»Wahrscheinlich schon von dem Nachtclub aus, in dem wir ihn gefunden hatten.« John wirkte einen Moment lang ratlos. »Aber die Kerle draußen vor dem Club, das waren nur zwei mittelmäßige Schläger. Die hatten nicht das Kaliber für so einen Mord.«

»Wer war es dann?«

John schaute zu seinem Bruder. »Du hast mir den Kontakt zu Gloria Miles und Jeff Sands vermittelt. Miles hat erwähnt, du hättest dafür einen Algorithmus benutzt.«

Robert erklärte ihm kurz und knapp, wie der Algorithmus funktionierte.

John nickte nachdenklich. »Das muss ich mir für zukünftige Ermittlungen merken.«

»Ich habe Zugang zu Technologien, Datenbanken und Computernetzwerken, die dem Normalverbraucher verschlossen sind. Aber ich kann das nicht ständig machen, Junior, nicht einmal für dich.«

»Aber grundsätzlich brauchst du ein paar Fakten, von denen du ausgehen kannst, damit der Algorithmus die gewünschten Ergebnisse liefert, oder?«

»Ich hab dir ja schon erklärt, welche Faktoren ich herangezogen habe. Da war zunächst die Tatsache, dass höchste politische Kreise involviert sein müssen. Dann habe ich nach Vertretern der politischen Elite gesucht, bei denen es Spannungen in der Familie gibt. So bin ich auf Jeff Sands und Driscoll gestoßen.«

»War bei Sands der kriminelle Hintergrund ausschlaggebend?«

»Wie du weißt, ist er nie verurteilt worden. Aber er wurde einige Male verhaftet und vernommen. Außerdem hat er Geschäftspartner mit krimineller Vergangenheit oder zumindest dubiosem Hintergrund. Auch das habe ich berücksichtigt.«

»Jede Wette, dass Sands' Großvater jedes Mal die besten Anwälte engagiert hat, um seinem Enkel den Hintern zu retten.«

»So sieht's aus.«

»Sands war mit einem gewissen Tony Vincenzo befreundet. Ist der Name bei deiner Suche aufgetaucht?«

»Nein. Aber ich habe auch nicht weitergebohrt, nachdem ich auf Peter Driscoll gestoßen war. Ich habe nach einem Bezug zum Militär gesucht und kam auf Gloria Miles.«

»Ob Driscoll weiß, dass sein Enkel tot ist?«, fragte John.

»Garantiert. Als Mehrheitsführer im Senat hat er seine Informationsquellen. Und das NYPD wird zumindest die engsten Angehörigen informiert haben – eine Sache von Minuten. Schließlich lebt Sands' Vater hier in New York.«

»Ein Hedgefonds-Typ mit dicker Brieftasche.«

»Und einer jungen Frau plus neuer Familie. Ich weiß nicht, wie sehr er um seinen Ältesten trauern wird.«

Die Brüder schauten sich an. Beide hatten den gleichen Gedanken, und beide wussten es.

»Wenn ich gestorben wäre«, sprach John es aus, »hätte Dad es gar nicht mitbekommen. Er weiß nicht mehr, dass er zwei Söhne hat.«

»Schon gut, Junior. *Wir* wissen es.«

»Was glaubst du, wie schnell ich hier rauskomme? Der Doc ist meiner Frage ausgewichen.«

Robert war nicht überrascht, dass John danach fragte. »Nicht so bald. Du bist erst mal aus dem Spiel, John. Pine trägt die Fackel für dich weiter.«

»Sie kann das nicht alleine schultern. Es ist nicht mal ihr Fall. Sie arbeitet an einer persönlichen Angelegenheit. Es war mehr ein Freundschaftsdienst, dass sie mir ihre Hilfe angeboten hat.«

»Die Lady macht einen sehr entschlossenen Eindruck. Ich glaube nicht, dass sie sich von jemandem aufhalten lässt.«

»Ich weiß. Sie wird die Sache weiterverfolgen, auch ganz allein – und das gefällt mir nicht, Bobby.«

»Ich kann eine Zeit lang hierbleiben, John, aber ich trage die Uniform. Es ist nicht meine Entscheidung, womit ich meine Zeit verbringe.«

»Ich dachte immer, Computerfreaks können ihre Arbeit von überall aus machen.«

»Aber *dieser* Computerfreak braucht eine SCIF, um seinen Nerd-Job zu erledigen«, erwiderte Robert. Er meinte eine »Sensitive Compartmented Information Facility«, eine streng geheime, supersichere Räumlichkeit. »Ich kann nicht einfach meinen Mac hochfahren und loslegen.«

»Bin ich wirklich an dieses Bett gefesselt? In Afghanistan haben die mich im Nullkommanichts zusammengeflickt, und schon war ich wieder einsatzbereit. Und es waren schlimmere Verletzungen als die hier.«

»Falls du's nicht weißt – du hast Blut in deinen Adern, und davon hast du einen guten Teil verloren. Außerdem hat die Kugel einigen Schaden angerichtet. Vorerst darfst du den linken Arm nicht bewegen. Das ist wichtig für den Heilungsprozess. Du hast einen längeren Weg vor dir …«

»Bis ich völlig wiederhergestellt bin, meinst du?«

Robert senkte den Blick. »Bis es dir besser geht, John.«

Als er aufschaute, starrte sein Bruder ihn finster an.

»Verschweigst du mir etwas?«, fragte John.

»Ich habe dir alles gesagt, was ich weiß. Es kann durchaus sein, dass du dich vollständig erholen wirst.«

»Aber sicher ist es nicht.«

»Wer kann schon in die Zukunft schauen.«

»Dann ist es gut, dass ich mit der rechten Hand schieße.«

»In nächster Zeit wirst du überhaupt nicht schießen. Im Ernst, kleiner Bruder, wenn du eine echte Chance haben willst, wieder ganz der Alte zu werden, musst du die Anweisungen der Ärzte befolgen.«

John schaute zur Seite und überlegte einen Moment. »Du sagtest eben, du hättest nicht weitergebohrt, nachdem du auf Peter Driscoll gestoßen warst.«

»Stimmt. Mir ging es darum, eine Kontaktperson zu finden, die dir bei deiner Ermittlung weiterhilft. Und das war Gloria Miles.«

»Kannst du die Suche ausdehnen, mit denselben Parametern, und schauen, was dabei herauskommt?«

»Ich weiß nicht genau, was du meinst.«

»Falls Driscoll irgendwie in die Sache verwickelt ist – könnte es dann nicht sein, dass er nur die Spitze des Eisbergs ist?«

50

Atlee Pine beschattete den Mann und fotografierte ihn, als er sich umdrehte, um eine Kreuzung zu überqueren.

Dann betrat er ein Bürohochhaus.

Ein Gebäude, in dem hochrangige Amtsträger der USA Büros unterhielten.

Pine wartete ein paar Sekunden. Dann folgte sie dem Mann zum Eingang, schaute durch das Glas und öffnete die Tür. Bei der Sicherheitskontrolle zückte sie ihren FBI-Ausweis, während sie den angeblichen Cop im Aufzug verschwinden sah.

Pine schaute zu einer der Sicherheitsbeamtinnen, eine Frau in den Vierzigern mit kurzem braunem Haar und freundlichem Gesicht.

»Entschuldigen Sie, aber der Gentleman, der eben hier durchgegangen ist …«

»Ja, was ist mit ihm?«, fragte die Frau.

»Ich glaube, er ist ein alter Freund von mir. Special Agent Simon King von der Dienststelle in Newark, nicht wahr?«

»Nein, das ist Adam Gorman.«

»Vom FBI?«

»Nein, er ist der Sicherheitschef von Nora Franklin. Sie teilt sich hier eine große Bürosuite mit anderen Politikern.«

»Nora Franklin? Die Kongressabgeordnete?«, fragte Pine.

Die Frau nickte.

»Ist sie heute in ihrem Büro?«

»Ja, sie ist gerade vor zwanzig Minuten gekommen.«

»Also wirklich, dieser Gorman muss der Zwillingsbruder von meinem Kollegen sein. Sorry, dass ich Sie aufgehalten habe.«

»Kein Problem. Schönen Tag noch.«

Pine drehte sich um und ging. Eine halbe Querstraße weiter blieb sie stehen und googelte nach Gorman. Es stellte sich heraus, dass er in Österreich geboren war und dort als Polizeibeamter und für den militärischen Nachrichtendienst gearbeitet hatte. Mit neunundzwanzig war er in die Vereinigten Staaten ausgewandert. Heute war er achtundvierzig. Gorman hatte an der New York University einen Abschluss in Politikwissenschaften erworben. Nach dem Studium hatte er in mehreren Wahlkampfteams mitgearbeitet, eine Zeit lang auch bei einem Lobbying-Projekt in Washington, D.C.

Eine hochrangige Kongressabgeordnete hatte also einen österreichischen Sicherheitschef, der eines Abends, als Polizist verkleidet, in Trenton aufgetaucht war und Jerome Blake erschossen hatte.

Und was jetzt?, fragte sich Pine. *Wenn ich ihn anzeige, steht meine Aussage gegen seine. Wir haben nichts Konkretes gegen Gorman in der Hand. Puller hat ihn nicht wirklich gesehen und liegt außerdem im Krankenhaus. Jerome ist tot und kann nicht mehr aussagen. Aber ich wette, Gorman war der Kerl, der sich vor der Schule mit Jerome getroffen hat. Das heißt, er weiß vermutlich von Jewel und ihren Besuchen im Penthouse.*

Dieser Verdacht war naheliegend; schließlich hatte Gorman vorhin erst den Wolkenkratzer verlassen.

Pine schaute auf ihr Mobiltelefon. Sie hatte Gormans Foto und das Bild von ihrer Google-Suche. Und es gab jemanden, der den Mann gesehen hatte, mit dem Jerome an dem schicksalhaften Abend geredet hatte.

Peanut.

Pine wählte Peanuts Handynummer. Sie schickte ihm den Artikel über Gorman, dazu das Foto und eine kurze Nachricht. Dann ging sie eine Zeit lang auf und ab, den Kopf voller Fragen, und wartete auf Antwort.

Fünfzehn Minuten später traf sie ein.

Jepp, das ist der Typ.

Okay, jetzt hatte sie die Bestätigung. Aber das genügte noch lange nicht. Peanuts Aussage würde gegenüber der eines »respektablen« Mannes wie Gorman wenig Gewicht haben. Und Pine hatte keinerlei Beweise, dass Gorman jener Unbekannte war, der Jerome erschossen hatte. Sie konnte sich nur auf ein kurzes Zusammentreffen in einer Stresssituation berufen – zumindest würde die Verteidigung es so darstellen.

Also weiter.

Pine googelte Nora Franklin. Das Foto auf der Wikipedia-Seite zeigte eine attraktive blonde Frau Mitte vierzig. Ihr Lebenslauf las sich beeindruckend. Geboren und aufgewachsen in Colorado, Jurastudium an der University of Virginia und der Duke University. Ihr Vater war mit seinen dreiundsiebzig Jahren ein lang gedienter und renommierter Richter am Bundesberufungsgericht. Nach dem Studium hatte Nora für eine kleine Anwaltskanzlei in New York City gearbeitet, die auf Arbeitsrecht spezialisiert war. Nach drei Jahren war sie aus der Stadt in den Norden des Bundesstaats übergesiedelt, hatte einige Jahre dem Stadtrat angehört und sich danach erfolgreich um einen Sitz im Kongress beworben.

Inzwischen war sie bereits in ihrer fünften Amtszeit. Schon in relativ jungen Jahren hatte man ihr eine leitende Position im Finanz- und Steuerausschuss anvertraut, las Pine, was ziemlich ungewöhnlich war, doch Nora hatte sich als zuverlässige und kompetente Mitarbeiterin erwiesen und ihre Bosse mit ihren Fähigkeiten überzeugt. Es wurde allgemein erwartet, dass sie nach der nächsten Wahl zur jüngsten Vorsitzenden des wahrscheinlich wichtigsten Ausschusses im Kongress aufsteigen würde. Sie war viel herumgekommen, stand da zu lesen, und hatte jung geheiratet, doch die Ehe hatte mit einer Scheidung geendet.

Pine checkte eine Online-Datenbank, in der das Vermögen von Kongressabgeordneten aufgelistet war. Zu ihrem Erstaunen war Franklins Vermögen mit zwanzig Millionen Dollar angegeben. Und das, obwohl sie nur kurz als Anwältin gearbeitet hatte, noch dazu auf einem Gebiet, in dem keine Spitzenhonorare und überzogenen Prämien gezahlt wurden.

Wie kommt die Frau an so viel Geld?

Pines Handy summte. Es war Sandy Wyatt vom Bureau.

»Hey, Atlee. Ich habe ein paar Anrufe gemacht und Quellen gecheckt. Wie es aussieht, hält das NYPD die Sache unter Verschluss.«

»Ich weiß, dass die Namen der Opfer erst veröffentlicht werden, nachdem die Angehörigen verständigt wurden. Aber das müsste doch inzwischen geschehen sein.«

»Ich kann mir höchstens vorstellen, dass Driscoll aus irgendeinem Grund darum gebeten hat, die Sache länger als sonst unter Verschluss zu halten. Wenn jemand in seiner Position einen solchen Wunsch äußert, wird das respektiert.«

»Danke, Sandy. Ich bin dir was schuldig.« Pine steckte das Handy weg.

Was nun?

Sie konnte hier warten, bis Gorman wieder zum Vorschein kam, und ihn weiter beschatten. Das Problem war, dass sie nicht wusste, wie lange der Mann sich hier aufhalten würde. Und einen FBI-Agenten konnte sie nicht anfordern, da sie nicht offiziell mit dem Fall betraut war. Doch es gab jemanden, der die Aufgabe übernehmen konnte. Wieder holte sie das Mobiltelefon heraus.

»Carol? Ich brauche Sie.«

Dreißig Minuten später stieg Blum aus einem Taxi.

Pine erklärte ihr, was sie zu tun hatte, und zeigte ihr Fotos von Gorman und Franklin.

Blum schaute zu einem Café, dessen Fenster einen ungehinderten Blick auf das Gebäude gegenüber boten. »Dann gehe ich dort in Position. Wo werden Sie sein?«

»In Fort Dix.«

Was habe ich schon zu verlieren?, sagte sich Pine, als sie kurz darauf ins Taxi stieg.

Als sie ihr Ziel erreichte, sollte sie es erfahren.

51

»Ich verstehe das nicht«, sagte Pine. »Wie ist so etwas möglich?«

Sie stand vor Tom Whitaker, der als Anwalt für das Judge Advocate General's Corps, die oberste Rechtsinstanz der US-Streitkräfte, in Fort Dix tätig war. Er war ein klein gewachsener Mann in den Fünfzigern mit rundlichen Schultern und säuerlicher Miene.

»Es ist so, wie ich gesagt habe«, erwiderte er in pedantischem Ton. »Bei Bill Danforth und Phil Cassidy wird Artikel 15 des Wehrstrafrechts angewendet. Das heißt, sie müssen nicht vors Militärgericht und kommen mit einer glimpflichen Strafe davon.«

Danforth und Cassidy waren die beiden Soldaten, die bei Tony Vincenzos Drogenhandel mitgemischt hatten. Puller hatte sie festgenommen und im Gefängnis von Militärpolizisten bewachen lassen. Pine hatte angenommen, dass die beiden Männer noch in Fort Dix einsaßen. Zu ihrer Verwunderung war das nicht der Fall.

»Ich weiß, was Artikel 15 ist. Ich würde nur gern erfahren, wie es dazu kommen konnte.«

»Die Sache ist ganz einfach, Agentin Pine«, erklärte Whitaker, als spräche er zu einem begriffsstutzigen Kind. »Man hat den beiden diese Möglichkeit angeboten, und sie haben eingewilligt. Eine Verhandlung vor dem Militärgericht endet meist mit einer Verurteilung. Das war beiden bewusst. Es hätte eine hohe Strafe gegeben, außerdem wären sie vorbestraft gewesen. Bei Anwendung von Artikel 15 sieht das ganz anders aus. Keine Vorstrafen. Wie im Zivilbereich kommt es auch beim Militär in den meisten Fällen nicht einmal zu einer Verhandlung. Wäre es anders, würden wir in Prozessen ersticken.«

»Schon klar«, sagte Pine ungeduldig. »Aber wieso hat man ihnen den Deal überhaupt angeboten? Meines Wissens hat die CID sie auf frischer Tat ertappt. Und es geht immerhin um Drogenhandel. Seit wann kommt man da mit einem Klaps auf den Hintern und einer Ermahnung davon? Diese Kerle müssten vor Gericht gestellt, verurteilt und in Leavenworth hinter Gitter gesteckt werden.«

Der Anwalt zuckte die Schultern. »Es war nicht meine Entscheidung. Eigentlich sollte es zur Anklage kommen, und ich gebe Ihnen recht – die Beweislage war eindeutig. Wäre es zum Prozess gekommen, wären sie mit ziemlicher Sicherheit verurteilt worden. Aber dann kam plötzlich Artikel 15 ins Spiel, und es lief in eine ganz andere Richtung.«

»Artikel 15 ist aber nicht vom Himmel gefallen.«

»Stimmt.«

»Und? Wer hat den beiden Kerlen den Deal angeboten?« Pine bemühte sich, ruhig zu bleiben, obwohl sie den Mann am liebsten angeschrien hätte.

»Ihr befehlshabender Offizier. Er wollte zuerst eine Anklage, hat ihnen dann aber diesen Ausweg angeboten.«

»Wieso?«

»Ich weiß es nicht. Und es steht mir nicht zu, diesen Entschluss zu hinterfragen. Ich trage die Uniform. Ich muss tun, was man mir sagt. So einfach ist das.«

»Wann ist das alles über die Bühne gegangen?«

»Gestern Abend.«

»Und wer ist der befehlshabende Offizier?«

Whitaker schob ein paar Unterlagen auf seinem Schreibtisch hin und her; dann schaute er neugierig zu Pine auf. »Was war noch mal Ihr Bezug zu dem Fall?«

»Ich arbeite mit CWO John Puller zusammen.«

»Das sagten Sie bereits. Er hat ja das Beweismaterial gesammelt.«

»Ja. Für einen Fall, bei dem die Schuldfrage vollkommen eindeutig war, der aber soeben geplatzt ist«, konterte Pine.

»Ich habe gehört, Puller wurde in New York angeschossen.«

»Da haben Sie richtig gehört. Wahrscheinlich von den Leuten, für die Danforth und Cassidy arbeiten.«

»Davon weiß ich nichts. Wird Puller wieder ganz gesund? Wie mir zu Ohren kam, ist er ein erstklassiger Soldat und Ermittler.«

»Beides trifft hundertprozentig zu. Und ja, er wird sich erholen. Wie heißt noch mal der befehlshabende Offizier?« Pine zückte Kugelschreiber und Notizbuch.

Whitaker schaute auf das Schreibzeug in ihren Händen; dann sagte er: »Ich bin leider nicht befugt, Ihnen diese Frage zu beantworten.«

Pine steckte Notizbuch und Kugelschreiber weg. »Okay, und welche Strafe bekommen Cassidy und Danforth?«

Whitaker warf einen Blick auf seine Unterlagen. »Degradierung, Gehaltskürzung und acht Tage Arrest auf Bewährung. Offenbar hat man berücksichtigt, dass sie nach der Festnahme schon deutlich länger in Haft waren.«

»Das heißt, die zwei haben ein paar Dollar weniger in der Tasche, und damit hat sich's? Nachdem sie hier auf dem Stützpunkt für einen groß angelegten Drogenring gearbeitet haben?«

»Ich gebe zu, es ist ungewöhnlich.«

»Ach, finden Sie? Wo sind Danforth und Cassidy jetzt?«

»Wieder im Fuhrpark, nehme ich an. Aber soweit ich weiß,

werden sie aus dem Militärdienst ausscheiden. Kein großer Verlust für die Army, kann ich nur sagen.«

»Es ist ein Skandal, oder sehen Sie das anders?«

Whitaker schaute sie müde an. »Ma'am, ich mache diesen Job schon zwanzig Jahre. Da überrascht einen nichts mehr.«

»Dann wird es vielleicht Zeit für einen neuen Job.«

»Das sagt meine Frau mir auch immer.«

»An Ihrer Stelle würde ich auf Ihre Frau hören. Haben Sie wenigstens Fotos von Danforth und Cassidy?«

»Weshalb fragen Sie?«

»Ich will mit den beiden reden.«

»Wieso? Der Fall ist abgeschlossen.«

»Nicht für mich. Die Fotos, bitte. Es ist wirklich wichtig.«

»Sie glauben, was die beiden getan haben, hat irgendwie damit zu tun, dass Puller angeschossen wurde?«

»Die Verbindung liegt doch wohl auf der Hand.«

Der Anwalt öffnete die Schreibtischschublade, nahm eine dicke Fallakte heraus und drehte sie so, dass Pine sie sehen konnte. Danforth und Cassidy blickten ihr von den Polizeifotos entgegen.

»Falls Sie die Fotos knipsen wollen, werde ich Sie nicht daran hindern«, sagte der Anwalt.

Pine zückte ihr Handy und fotografierte die Gesichter. »Ich hätte nicht gedacht, dass Sie mir das erlauben.«

»Ma'am, die Sache stinkt wirklich zum Himmel. In einer einigermaßen heilen Welt hätten diese beiden Vögel ein paar Jahre lang auf Kosten der United States Army einsitzen müssen. Wenn Sie die Mistkerle drankriegen, soll's mir recht sein.«

»Danke«, sagte Pine beim Hinausgehen.

52

Danforth und Cassidy waren tatsächlich im Fuhrpark, doch soweit Pine es aus der Ferne erkennen konnte, schienen sie nicht wirklich zu arbeiten. Beide tippten auf ihren Handys herum und verschickten Nachrichten.

Pine wartete erst einmal ab.

Als die beiden nach Dienstschluss den Militärstützpunkt verließen, folgte sie ihnen.

Die beiden Männer fuhren zu einer Soldatenkneipe etwa zwei Meilen von Fort Dix, die sich *The Bunker* nannte. Pine wartete einen Moment und betrat nach ihnen das Lokal. Die Männer hatten noch einen freien Tisch in der gut besuchten Kneipe gefunden.

Ungeachtet seines Namens hatte das Lokal mit einem Bunker nicht viel gemeinsam. Es gab einen großen, offenen Raum, dessen Wände die Flaggen sämtlicher Waffengattungen zierten, die zudem mit Helmen, Säbeln und Bajonetten dekoriert waren. In der Mitte des Raumes tanzten einige Paare in Uniform zu langsamer Musik aus der Jukebox. An der Bar waren alle Plätze besetzt. Die meisten Gäste trugen die grüne Uniform der Army.

Pine war eine der wenigen Anwesenden in Zivil.

Sie wartete, bis die Kellnerin den beiden Männern ihr Bier serviert hatte, und ging dann zu dem Tisch, an dem sie saßen. Sie setzte sich neben Danforth und schaute erst ihn an, dann Cassidy.

Danforth war groß und bullig. Sein Gesicht machte nicht den intelligentesten Eindruck, während Cassidy verschlagen wirkte. Klein und drahtig, beäugte er Pine voller Misstrauen.

»Äh … ich kann mich nicht erinnern, dass wir dich zu unserer Party eingeladen haben, Schätzchen«, sagte er.

Danforth lachte dümmlich.

Pine musterte ihn. »Fanden Sie das jetzt witzig?«

Danforth verstummte und starrte sie finster an.

»Okay, Artikel 15, hm?«, begann sie.

»Wer zum Teufel sind Sie, Lady?«, fauchte Cassidy, während Danforth einen kräftigen Schluck Bier trank.

»Ich habe mit der Sache zu tun. Wussten Sie, dass Ihrem Kumpel Jeff Sands letzte Nacht in New York das Hirn rausgepustet wurde?«

Beide Männer waren sichtlich schockiert, doch Cassidy fasste sich schnell wieder. »Jeff Sands? Keine Ahnung, wer das sein soll.«

»Klar. Und natürlich wissen Sie auch nicht, wer Tony Vincenzo ist, oder Lindsey Axilrod? Haben Sie sich nicht gefragt, warum Sheila Weathers nicht mehr auf der Arbeit erschienen ist? Ich kann es Ihnen sagen. Sie ist ebenfalls tot. Man hat ihr in New York die Kehle durchgeschnitten.«

Danforth warf Cassidy einen besorgten Blick zu, doch dieser schüttelte den Kopf.

»Wir haben keine Ahnung, wovon Sie sprechen.«

»Ich glaube, das wissen Sie ganz genau, Cassidy. Und Ihr Kumpel ebenso. Er sieht übrigens aus, als würde er sich gleich in die Hose machen.«

Danforth packte Pine an der Schulter. »Hör mal zu, du Schlampe, wenn du nicht sofort die Klappe hältst …«

Er verstummte, als er die Dienstmarke sah, die Pine ihm unter die Nase hielt. Langsam nahm er die Hand von ihrer Schulter.

»Das FBI ist hier nicht zuständig«, sagte Cassidy trotzig. »Wir sind Soldaten.«

»Da sind Sie falsch informiert, Sie Klugscheißer. Solange Sie sich in den USA aufhalten, bin ich für alles zuständig, was Sie hier anstellen.«

»Aber wir haben einen Deal mit der Army. Da können Sie nicht dran rütteln. Es gibt keine Doppelbestrafung.« Cassidy schaute sie triumphierend an.

»Das mit der Doppelbestrafung gilt nicht zwischen militärischer und ziviler Strafverfolgung. Dass die Army einen Deal mit Ihnen geschlossen hat, hindert das FBI nicht daran, Sie vor Gericht zu bringen. Der einzige Unterschied ist, dass Sie in dem Fall in einem Hochsicherheitsgefängnis weit weg von hier landen werden.«

Cassidy wurde bleich. »Scheiße, ist das Ihr Ernst?«

»Sie können es ja googeln, wenn Sie's nicht glauben.«

»Das hat uns keiner von den Dreckskerlen gesagt!«, polterte Danforth und hämmerte mit seiner mächtigen Faust auf den Tisch.

Pine deutete auf die Bierflaschen. »An Ihrer Stelle würde ich erst mal einen trinken. Was ich Ihnen zu sagen habe, geht leichter runter, wenn man ein bisschen was intus hat.«

»Das ergibt doch keinen Sinn«, protestierte Cassidy, doch er leerte sein Bier ebenso wie Danforth, der sich daraufhin mit seiner fleischigen Hand übers Gesicht wischte.

Als sie die leeren Flaschen auf den Tisch knallten, beugte Pine sich vor und sagte ernst: »Der CID-Agent, der Sie festgenommen hat …«

»Puller?«

»Ja. Er wurde angeschossen, als Sands ermordet wurde. Er hat eben erst die Notoperation hinter sich.«

»Na und? Was geht uns das an?«, schoss Cassidy zurück, doch er klang nicht so selbstsicher, wie seine Worte glauben machen sollten.

»Wissen Sie, was Puller gesagt hat, kurz bevor er angeschossen wurde?«

»Was?«, wollte Danforth wissen, der aussah, als könne er noch ein Bier gebrauchen.

»Er sagte, er müsse dafür sorgen, dass Sie beide in Gewahrsam bleiben und niemand an Sie herankommt.«

»Wieso das?«, fragte Danforth, dem Schweißperlen auf die Stirn getreten waren.

Pine schaute zu Cassidy. »Wollen Sie es Ihrem Kumpel erklären? Ich glaube, Sie wissen, was ich meine.«

»Dass wir Schutzhaft brauchen?«, fragte Cassidy. »Ist es das?«

Pine nickte.

»Das ist doch Schwachsinn!«, blaffte er.

»Finden Sie? Dann will ich Sie mal was fragen. Man hat Sie beide beim Drogenhandel erwischt. Ich habe mit dem Anwalt vom JAG gesprochen. Ein glasklarer Fall. Euer befehlshabender Offizier hat euch am Wickel. Ab in den Knast, anschließend ein Leben als Vorbestrafter. Aber dann, wie aus dem Nichts, bietet er euch Artikel 15 an. Der Anwalt sagt, so was hat er noch nie erlebt. Was sagt Ihnen das?«

Danforth schaute fragend zu Cassidy. »Du hast doch gesagt, Phil, die hätten sich drauf eingelassen, weil wir Freunde ganz weit oben haben.«

»Halt die Klappe, Billy«, blaffte Cassidy.

»Vielleicht ist es ja genau umgekehrt«, setzte Pine nach. »Vielleicht hat man Sie aus dem Gefängnis geholt, weil Sie *Feinde* ganz weit oben haben.«

»Sind Jeff und Sheila wirklich tot?«

»Sie kennen die beiden?«

»Ich hab Sie was gefragt.«

Pine holte ihr Mobiltelefon heraus und rief eine E-Mail auf. »Das hier habe ich vom NYPD bekommen – es geht um Jeff Sands.« Sie hielt ihm das Handy hin. »Und das hier betrifft Sheila. Tot. Beide. Ich habe ihre Leichen gesehen.«

Cassidy las die E-Mails und lehnte sich zurück, sichtlich beunruhigt.

»Was soll das, Phil?«, fragte Danforth. »Was will sie uns mit dem ganzen Stuss sagen?«

Pine drehte sich zu ihm. »Ich will damit sagen, da macht jemand reinen Tisch – und Sie beide stehen auch auf der To-do-Liste. Das ist der Grund, warum man Ihnen Artikel 15 angeboten und sogar die kurze Haftstrafe erlassen hat. Statt von Pullers Militärpolizisten bewacht zu werden, sitzen Sie jetzt hier, mitten in der Schusslinie.«

»Sie meinen, die haben uns laufen lassen, damit sie uns kaltmachen können?« Cassidys Stimme klang zittrig. Ihm war nun ebenfalls der Schweiß auf die Stirn getreten.

»Kennen Sie Tony Vincenzos Vater, Teddy?«

»Nein, aber Tony hat uns von ihm erzählt. Er sitzt in Fort Dix ein, hat noch ein paar Jahre vor sich.«

»Nicht mehr. Puller und ich waren bei ihm und haben mit ihm geredet. Ganz offiziell. Auf einmal kommt jemand rein und holt ihn aus dem Besucherraum. Ohne Erklärung, einfach so. Am nächsten Tag wird er tot in seiner Zelle gefunden. Angeblich an einer Überdosis gestorben – bloß hatte er vorher nie etwas genommen. Wahrscheinlich haben die Verantwortlichen sich gesagt, dass noch mehr Tote im Gefängnis von Fort Dix schon genug Fragen aufwerfen und Verdacht erregen. Also lassen sie euch laufen, damit ihr euer Leben in Freiheit beenden könnt. Wäre logisch, oder?«

Cassidy beugte sich vor und fragte leise: »Mal angenommen, Sie sagen die Wahrheit. Was können *Sie* dagegen tun?«

»Ich bin vom FBI. Ich kann Sie schützen. Aber dann müssen Sie auch etwas für mich tun.«

»Scheiße«, murmelte Cassidy und schaute sich um, ehe er Pine zuflüsterte: »Okay. Gehen wir.«

Pine erhob sich. »Nach Ihnen.«

53

Sie setzten sich in Pines Wagen.

»Also, eins nach dem anderen«, begann sie. »Wo ist Tony Vincenzo?«

Cassidy, der auf dem Beifahrersitz saß, breitete die Arme aus. »Den haben wir nicht mehr gesehen, seit man uns festgenommen hat. Ich dachte, die nehmen ihn auch hops, aber da hab ich mich wohl geirrt.«

»Ich habe Tony beim Haus seines Vaters gesehen. Er hatte dort sein Drogenlabor, stimmt's?«

Cassidy zuckte mit den Schultern. »Wenn Sie es sagen.«

»Das Haus hat früher Ito Vincenzo gehört, Tonys Großvater. Hat Tony ihn mal erwähnt?«

»Ja. Einmal, als wir bei ihm waren und ich alte Fotos im Keller gesehen habe. Tony hat mir erzählt, dass Ito von einem Tag auf den anderen verschwunden ist, als Tony noch ein Kind war. Angeblich ist er vor irgendwas weggelaufen. Tony hat das von seinem Dad erfahren – er selbst kann sich kaum an Ito erinnern.«

»Wenn Tony nicht im Haus seines Vaters ist, wo könnte er dann sein?«

Cassidy und Danforth schauten sich an.

»Kennen Sie zufällig dieses Penthouse in New York?«, hakte Pine nach.

Sie rechnete nicht wirklich mit einer Antwort; sie wollte einfach nur testen, ob die beiden Männer eine Reaktion zeigten.

Danforth grinste dümmlich. »Geiler Schuppen.«

»Klappe, Billy«, schnauzte Cassidy ihn an. »Du bringst uns noch ins Grab mit deiner Geschwätzigkeit.«

»Sie *waren* also dort. Was läuft da? Axilrod hat gesagt, so ein Besuch wäre eine Art Bonus ... Frauen, Drinks, Luxus pur. Ich glaube Lindsey zwar kein Wort, aber vielleicht hat sie damit ausnahmsweise mal recht?«

»Schon möglich.«

»Ich kann Ihnen nur helfen, wenn Sie Ihren Teil der Abmachung einhalten, Gentlemen. Entweder Sie erzählen mir, was Sache ist, oder ich überlasse Sie Ihrem Schicksal. Vermutlich werden Sie den Sonnenuntergang dann nicht mehr erleben. Ich habe Wichtigeres zu tun, als mit Ihnen meine Zeit zu verschwenden. Aber ich an Ihrer Stelle würde mich vorsehen. Die sind nämlich garantiert schon hinter Ihnen her.«

»Immer mit der Ruhe«, protestierte Cassidy. »So schnell geht das nicht. Ich muss erst darüber nachdenken.«

»Dann sollten Sie sich beeilen. Geduld ist nämlich nicht meine starke Seite.«

Cassidy kaute an den Fingernägeln, während Danforth im Sitz zusammensank wie ein Häufchen Elend. Dann gab Cassidy sich einen Ruck.

»Also gut. Wir *haben* ein paarmal gedealt.«

»Und wie? Axilrod sagte mir, dass keine Drogen nach Fort Dix reinkommen, allein schon wegen der Drogenspürhunde.«

Cassidy grinste. »Ja, schon. Aber wer hat gesagt, dass wir den Stoff *in* Fort Dix verkauft haben?« Er wandte sich Danforth zu. »Stimmt's? *Wir* waren in Fort Dix, aber nicht die Drogen, und unsere Abnehmer auch nicht.«

»Und wo waren Ihre Abnehmer?«

»An allen möglichen Orten.«

»Wie sind Sie in die Sache reingeraten?«

»Durch Tony. Er hat ein paar Leute gebraucht. Er wusste, dass wir ihm helfen können und dass wir …«

»Dass Sie kein Problem damit haben, ein krummes Ding zu drehen?«

Cassidy zuckte mit den Schultern.

»Aber warum Fort Dix?«

»Tony hat da gearbeitet, deswegen.«

»Wer hat ihn ins Drogengeschäft geholt?«

»Tony hat's mir mal gesagt. Teddy, sein Alter, hatte einen Freund draußen.«

»Hat dieser Freund einen Namen?«

»Ricky oder Johnny, was weiß ich. Jedenfalls war Teddy im Knast, er konnte also nichts machen. Aber er hat diesem Ricky oder Johnny gesagt, er soll Tony anrufen.«

»Nett von Daddy. Die Fort-Dix-Connection gibt es also nur wegen Tony?«

»Ich glaub schon.«

»Das kaufe ich Ihnen nicht ab. Sie vergessen da nämlich Lindsey Axilrod. Die ist schon länger in Fort Dix als Tony. Ich glaube, die Geschichte, die Tony euch erzählt hat, ist Quatsch. Es war Axilrod, die ihn ins Geschäft reingeholt hat, stimmt's? Und er hat zwei Komplizen gebraucht und euch angesprochen.«

»Kann schon sein, ich weiß es nicht.«

»Was war Ihre Aufgabe im Drogenring?«

Cassidy lächelte beinahe stolz. »Wir fahren Armeelaster. Kreuz und quer durchs Land. Mal hierhin, mal dorthin.«

»Und die Cops halten euch nicht auf, um eure Trucks nach Drogen zu filzen«, fügte Pine hinzu.

»Bingo. Wir fahren von Fort Dix los, legen einen kleinen Umweg ein und holen uns eine Ladung. Das sind Profis, die das Zeug aufladen, die brauchen dafür nicht mehr als zehn Minuten. Anschließend fahren wir weiter. Kurz vor unserem Ziel treffen wir uns mit einem zweiten Team, das uns das Zeug abnimmt. Dann fahren wir wieder los und machen unseren Job wie immer. Ganz einfach.«

»Sie beide hatten nie Kontakt mit den Kunden?«

»Nein. Tony war für die Pillen zuständig, aber Axilrod hatte das Sagen. Sie kann verdammt gut mit Computern umgehen.«

»Das heißt, sie kann Geld auf irgendwelche Auslandskonten verschieben, ohne die kleinste Spur zu hinterlassen?«

»Klar. Ich hab mal gesehen, wie sie arbeitet. Ihre Finger fliegen nur so über die Tasten. Als sie fertig ist, dreht sie sich zu mir um und fragt: ›Wissen Sie, was Sie gerade gesehen haben?‹ Ich sag: ›Nee, keine Ahnung. Was?‹ Darauf sie: ›Sie haben gerade gesehen, wie eine Million Riesen auf wundersame Weise verschwinden.‹«

»Waren Axilrod und Tony zusammen?«

»Kann sein, dass da was lief. Tony hat's drauf. Der kriegt jede rum, die er haben will. Lindsey hat ihn ins Penthouse reingebracht. Dadurch sind dann auch wir reingekommen.«

»Das heißt dann wohl, Axilrod hat Tony gesagt, was zu tun ist. Aber für wen arbeitet Axilrod?«

»Davon haben wir nie was mitgekriegt.«

»Kommen Sie, Cassidy, unser Deal löst sich gerade in Luft auf.«

»Ich schwör's. Beim Grab meiner Oma.«

Pine schaute zu Danforth. Der erwiderte ihren Blick und nickte.

Leise, mehr zu sich selbst, sagte Pine: »Hm, ja, ist wirklich nicht wahrscheinlich, zwei Armleuchtern Einblick in den innersten Zirkel zu geben.«

»Was für 'n Zirkel?«, fragte Cassidy.

»Vergessen Sie's. Andere Frage: Haben Sie eine Ahnung, wo Tony sich aufhalten könnte? Ich muss ihn unbedingt finden.«

Cassidy schüttelte den Kopf, doch Pine beobachtete Danforth im Innenspiegel. In seinem Gesicht war abzulesen, dass sich in seinem trägen Hirn ein Gedanke entfaltete.

»Ja?«, sagte sie erwartungsvoll.

»Tony und ich, wir haben mal zusammen einen gehoben. Da hat er was von 'nem Haus erzählt.«

»Was für ein Haus?«

»Sein Großvater hat da mal gewohnt. An der Küste von New Jersey.«

»Sein Großvater? Sie meinen Ito?«

»Glaub schon. Tony hat gesagt, dass der Typ früher Eis verkauft hat.«

»Das ist er. Erzählen Sie weiter.«

»Tony war manchmal dort.«

»Haben Sie ihn mal besucht?«

»Einmal. Ein nettes kleines Haus am Strand. Richtig alt, keine Klimaanlage und solche Dinge. Die haben die Bude sogar noch mit Heizgeräten warm gehalten, aber Tony hat dann einen Pelletofen gekauft. Im Winter war das bitter nötig, weil die Wand schon Risse hatte, durch die man rausgucken konnte. Wir haben am Strand gesessen, Bier getrunken und Chickenwings gefuttert. War echt cool.«

»Wie hieß die Stadt?«

»Hab ich auf meinem Handy. Ich hatte GPS benutzt, um dorthin zu finden.«

Pine ließ sich die Adresse auf ihr Mobiltelefon schicken und musste lächeln, als ihr etwas auffiel, auch wenn es rein gar nichts mit dem Fall zu tun hatte. »Wussten Sie, dass Jack Nicholson von dort ist?« Pine hatte es in einem Artikel über Manasquan, New Jersey, gelesen – die Kleinstadt, um die es ging. »Er hat dort die Highschool besucht.«

»Nicholson?«, sagte Cassidy. »Der hat den Joker im alten Batman-Film gespielt, oder?«

»Unter anderem. Also, ich mache jetzt einen Anruf, dann kommt ihr zwei in Schutzhaft. Sind wir im Geschäft?«

»Okay. Ich will bloß nicht ins Gras beißen«, sagte Cassidy.

Pine schaute zu ihm. »Wer will das schon.«

54

Es dämmerte bereits, als Pine eine Stunde später in der kleinen Ortschaft Manasquan eintraf. Unterwegs hatte sie Carol Blum angerufen und ihr berichtet, was sie herausgefunden hatte und was ihr Ziel war.

»Weder Gorman noch Franklin haben das Haus verlassen«, meldete Blum. »Ich habe literweise Tee und Kaffee getrunken, aber jedes Mal, wenn ich auf die Toilette musste, habe ich die Handykamera eingeschaltet, damit ich es mitbekomme, falls einer der beiden weggeht.«

»Ganz schön clever, Carol.«

»Wahrscheinlich vermuten die Mitarbeiter im Café, dass ich dement bin und nicht mehr weiß, wie ich nach Hause komme.«

»Egal. Bleiben Sie bitte trotzdem noch eine Weile auf dem Posten. Rufen Sie mich an, falls sich etwas tut.«

»Und Sie sind bitte vorsichtig, Agentin Pine.«

Während der Fahrt durch das ruhige Ortszentrum sah Pine eine Reihe kleiner Geschäfte und Lokale. Um diese Jahreszeit wirkte der Ort verschlafen; viele Kneipen und Restaurants hatten bis zum Beginn der Reisesaison geschlossen, wenn die Touristenströme kamen. Da und dort waren Fußgänger unterwegs; gelegentlich hielt ein Auto, Leute stiegen aus und betraten einen der wenigen Läden, die geöffnet hatten. Es ging so behäbig zu wie in vielen Küstenorten außerhalb der Saison.

Pine atmete die frische, würzige, nach Salz duftende Luft ein, die sie auf eigenartige Weise besänftigte. Etwas Vergleichbares gab es in Arizona nicht.

Pine sah eine ganze Reihe schmucker Einfamilienhäuser am Strand. Sie waren ziemlich neu und prunkvoll und wurden durch ihre einzigartige Lage zusätzlich aufgewertet.

Sie hatte die Adresse, die Danforth ihr genannt hatte, ins GPS eingegeben. Nach ihrem Gespräch mit ihm und Cassidy hatte sie die beiden Männer ins FBI-Büro von Trenton gebracht und den Kollegen die Lage geschildert. Von den diensthabenden Agenten schien keiner gewillt zu sein, die Verantwortung zu übernehmen, bis Pine sie aufforderte, Clint Dobbs anzurufen, den FBI-Chef von Arizona, falls ihr keine Unterstützung gewährt würde. Daraufhin zeigten sie sich kooperativer und versprachen, für die Sicherheit der beiden Soldaten zu sorgen und den Verantwortlichen in Fort Dix mitzuteilen, dass Danforth und Cassidy nicht so bald auf den Stützpunkt zurückkehren würden.

Als Pine sich ihrem Ziel näherte, ging sie vom Gas und schaute sich nach einer Parkmöglichkeit um. Sie entdeckte einen freien Platz unweit vom Strand, bog ab und hielt. Vor ihr erstreckte sich grau und schier endlos der Atlantik. Der Wind war kalt, der Himmel so bleifarben wie das Meer, dessen graue Weite nur von weißen Schaumkronen und Brandungswellen durchbrochen wurde.

Pine zog den Reißverschluss ihrer Jacke hoch, stieg aus und schaute sich erst einmal um. Vincenzos Haus stand etwa hundert Meter die Straße hinunter, ein kleiner Bungalow, der sich kaum von den Nachbarhäusern unterschied. Pine schlenderte über den Bürgersteig, bis sie das Haus von der anderen Straßenseite aus betrachten konnte. Schließlich zog sie ein kleines Fernglas hervor, vergewisserte sich, dass niemand sie beobachtete, und nahm den Bungalow genauer unter die Lupe.

Er hatte anderthalb Stockwerke, Giebelfenster, klapprige Fensterläden und keine Garage. Unter den Fenstern zu beiden Seiten der schwarz gestrichenen, verwitterten Haustür hingen triste leere Blumenkästen. Eine dunkelblaue Mülltonne stand bei der Treppe zum Hauseingang, daneben ein Sixpack mit leeren Bierflaschen. Aus dem Dach ragte ein schwarzes Rohr, das relativ neu aussah. Vermutlich gehörte das Schornsteinrohr zu dem Pelletofen, den Danforth erwähnt hatte. In der Auffahrt stand ein Auto mit gesprungenen Scheiben, ein Ford Focus mit Nummernschildern von New Jersey. Auf der hinteren Stoßstange klebte ein Parksticker von Fort Dix. Der Garten hatte sich in einen Sandplatz verwandelt, aus dem hier und da ein paar spärliche Grasbüschel ragten.

Pine rief sich in Erinnerung, dass vor Tonys Haus in Trenton kein Auto gestanden hatte; trotzdem war er zu Hause gewesen. Das hier konnte zwar sein Wagen sein; es war aber ebenso gut möglich, dass jemand ihn besuchte. Oder jemand anders war im Haus.

Pine entdeckte ein kleines Café etwa fünfzig Meter weiter, von dem aus sie das Haus beobachten konnte.

Sie bestellte Kaffee und einen getoasteten Bagel, während es draußen allmählich dunkel wurde. Niemand kam aus dem Haus, niemand betrat es. Pine hörte das Rauschen der Brandung, das unter normalen Umständen etwas Beruhigendes gehabt hätte. In diesem Moment aber steigerte es ihre innere Anspannung.

Zwei Tassen Kaffee, einen zweiten Bagel und eine Stunde später checkte Pine ihr Handy und sah die E-Mails durch. Keine Nachricht von Robert Puller, auch nichts von Carol Blum. Robert würde wahrscheinlich bei seinem Bruder bleiben, bis feststand, dass John sich vollends erholen würde. Und Gorman und Franklin schienen sich immer noch in dem Gebäude aufzuhalten, in dem

Pine sie hatte verschwinden sehen und das nun von Carol Blum observiert wurde.

Als draußen dichter Nebel vom Meer heranzog, stieß Pines Geduld an ihre Grenzen. Sie verließ das Café, überquerte die Straße und ging zum Strand hinunter, dann ein Stück in Richtung Westen, bis sie zur Meerseite von Vincenzos Bungalow gelangte. Im Haus brannte kein Licht, auch nicht in den beiden benachbarten Häusern. Auf einer kleinen eingezäunten Terrasse standen rostige Gartenmöbel und ein schäbiger Sonnenschirm. Auf einem Zaunpfosten thronte eine leere Bierdose. Pine trat zu einem Fenster an der Rückseite des Hauses und schaute in die Küche. Sie checkte die Hintertür, die zu ihrer Überraschung unverschlossen war. Pine zog sie auf, langsam, vorsichtig, denn sie erwartete ein verräterisches Knarren, das jedoch ausblieb.

So leise sie konnte, trat sie ins Haus, zückte ihre Stablampe und leuchtete mit dem dünnen Lichtstrahl in die Dunkelheit.

In der Küche stapelte sich schmutziges Geschirr in der Spüle. Offenbar war jemand längere Zeit hier gewesen und hielt sich allem Anschein nach noch immer im Haus auf. Tony Vincenzo? Hoffentlich. Es roch nicht muffig, was ebenfalls darauf hindeutete, dass jemand hier wohnte. Pine nahm sich vor, auch das Auto zu durchsuchen, sobald sie mit dem Haus fertig war, bevor es draußen vollkommen dunkel wurde. Immerhin stand das Fahrzeug auf der Straßenseite, wo jederzeit Leute vorbeigehen konnten. Vielleicht war ja auch der Wagen unverschlossen. Die Zulassung könnte ihr verraten, wem das Fahrzeug gehörte.

Das kleine Wohnzimmer war mit alten Möbeln eingerichtet. Der zerschlissene Teppich war voller Sand, und auf einem kleinen Bücherregal reihten sich zerlesene Taschenbücher. Der Pelletofen, den Danforth erwähnt hatte, stand dort, wo vorher der Kamin gestanden hatte. Das schwarze Rauchrohr führte durch die Decke zum Dach. Nun sah Pine auch die Risse und Spalten in den alten Wänden, von denen Danforth gesprochen hatte, und spürte feuchte Luft eindringen. Im Winter musste es hier ziemlich ungemütlich sein.

An einem Fenster war eine kleine Klimaanlage installiert. An einer Wand prangte ein neu aussehender Samsung-Widescreen-Fernseher; auf dem Beistelltisch lag ein Xbox-Controller, daneben ein Virtual-Reality-Headset. Alles deutete darauf hin, dass Tony Vincenzo sich hier einquartiert hatte.

Noch interessanter war, was neben dem Kopfhörer lag: ein auf Anthony Vincenzo ausgestellter Ausweis mit Foto, der ihm den Zugang zu Fort Dix ermöglichte.

Im Erdgeschoss gab es nur ein Schlafzimmer. Als Pine die Tür öffnete, hatte sie das Gefühl, vierzig Jahre in die Vergangenheit zu reisen. Auf dem Bett lag eine Wolldecke in leuchtenden Farben mit psychedelischen Mustern. Auf einem Nachttisch ein abgegriffenes Exemplar von Jacqueline Susanns *Das Tal der Puppen*, daneben ein altmodischer Aufziehwecker. Das Bad war ebenso antiquiert wie das Schlafzimmer. Der kleine Wandschrank war leer.

Pine ging über den Flur zu einer schmalen Treppe links von der Haustür. Draußen fuhr ein Auto vorbei. Sie duckte sich, schaltete die Taschenlampe aus und trat ans Fenster, doch das Auto war bereits verschwunden. Der Nebel draußen war dichter geworden; nirgends waren Fußgänger zu sehen. Pine knipste die Lampe wieder an und stieg die Treppe hinauf.

Das Dachgeschoss war offenbar erst später ausgebaut worden, da die Wände hier aus Rigips bestanden und die Ausstattung moderner aussah. Es gab zwei kleine Zimmer und ein Bad mit Duschkabine aus Plexiglas und einem Doppelwaschbecken. In einem der Zimmer schlief allem Anschein nach Tony Vincenzo.

Auf dem Boden stand ein großer Seesack. Überall lagen Kleidungsstücke und die Überreste von Fast-Food-Mahlzeiten. Der ranzige Gestank von alten Fritten stieg Pine in die Nase. Sie durchsuchte den Seesack und entdeckte eine Sig Sauer, Kaliber neun Millimeter. Sie nahm das Magazin heraus und entfernte die Patronen, bevor sie es wieder einschob. Falls es zu einer Auseinandersetzung kam, würde Tony eine nutzlose Waffe ziehen.

Pine ließ den Blick schweifen, entdeckte einen kleinen Rollkoffer und öffnete ihn. Im Innern befanden sich ein Damenkostüm, eine Schachtel Tampons und ein Maniküre-Set in einem kleinen Lederetui. Auch im Wandschrank hing Frauenkleidung. Auf dem Boden standen drei Paar Damenschuhe, flache und hochhackige.

Tony teilte sich das Haus also mit einer Frau. Pine fragte sich, wer die Dame sein mochte.

Auf dem Nachttisch stand ein Fläschchen Oxycodon, das trotz des Etiketts nicht so aussah, als wäre es aus der Apotheke. Wahrscheinlich illegal hergestellt, zusammen mit anderem Zeug, Fentanyl beispielsweise, das einen schneller ins Jenseits befördern konnte als jede andere synthetische Droge. Pine fand außerdem ein Bündel Geldscheine, dicker als ihre Faust, und zwei Einweghandys. Daneben eine Bong-Wasserpfeife und ein prall gefüllter Beutel Marihuana.

Pine schaute nach oben und sah ein Seil an der Decke. Sie zog daran, worauf eine hölzerne Falttreppe nach unten schwang, über die man auf den Dachboden gelangte.

Pine ging nicht davon aus, dass Vincenzo sich dort oben versteckte, doch Gewissheit würde sie erst haben, wenn sie nachschaute. Allerdings war es kaum vorstellbar, dass Tony seine Waffe unten gelassen hätte, wenn er dort oben war.

Langsam stieg Pine die Stufen hoch und leuchtete mit der

Stablampe voraus. Es gab keinen Fußboden, nur Deckenbalken, zwischen denen pinkfarbener Dämmstoff schimmerte. Dann aber sah sie, dass mehrere Balken mit Sperrholzplatten verbunden waren, auf denen sich Kartons stapelten.

Ein modriger Geruch stieg ihr in die Nase, als sie vorsichtig über die Balken stieg.

Neben den Kartons ging sie in die Hocke.

Sie öffnete den ersten. Er war voller alter Klamotten.

Der nächste enthielt alte Fotoalben. Flüchtig blätterte Pine sie durch und sah die Geschichte der Familie Vincenzo vor sich, vier Generationen, von den Eltern Itos und Brunos bis hin zu Teddy. Evie war eine hübsche, temperamentvoll aussehende Frau gewesen. Ito wirkte eher zurückhaltend, beinahe abwesend. Bruno trug auf einem Foto einen dreiteiligen Anzug mit gelbem Einstecktuch, grinste breit und hatte den stämmigen Arm um seinen Bruder gelegt, der ein Gesicht machte, als hätte er lieber eine Python auf der Schulter.

Im nächsten Karton befanden sich geschäftliche Unterlagen und alte Steuerbescheide aus der Zeit der Eisdiele.

Na toll, dachte Pine enttäuscht.

Doch als sie den letzten Karton öffnete, stockte ihr der Atem.

55

Robert Puller saß in seinem Büro an einem großen Schreibtisch vor einem riesigen Computerbildschirm. Das Gebäude erfüllte höchste Sicherheitsanforderungen; der Raum hatte keine Fenster, die Innenwände waren mit einem Material beschichtet, das jede elektronische Überwachung von außen unmöglich machte. Das Gebäude konnte nur mit einer gültigen RF-Karte betreten werden, zudem waren einzelne Räume wie dieser mit Netzhautscannern gesichert.

Es gab nicht viele Personen, die Zugang zu diesem Gebäude hatten, und noch weniger, die diesen Raum betreten durften.

Robert Puller war einer von ihnen.

Er hatte fünf Algorithmen entwickelt und damit eine Suche in allen Datenbanken gestartet, die ihm zur Verfügung standen, darunter einige der exklusivsten der Welt. Darüber hinaus hatte er seine digitale Armee in jede andere Datenbank eindringen lassen, die ihm vielversprechend erschien.

Er trank eine Cola und ließ Zucker, Koffein und Kohlensäure auf sich wirken. Es war eine Arbeit, die Geduld und Hartnäckigkeit erforderte – für Robert etwas Alltägliches. Ungewohnt war nur der Zweck seiner Suche.

Robert streckte sich, stand auf und machte ein paar Dehnungsübungen. Er war knapp vierzig, doch es gab Tage, da fühlte er sich doppelt so alt. Der Druck in seinem Job und die zahllosen

Stunden am Computer waren der körperlichen Gesundheit nicht unbedingt zuträglich.

Roberts Handy summte. Er runzelte die Stirn. Es war sein Bruder.

»Was denkst du dir dabei, schon wieder zu telefonieren?«, sagte Robert.

»Ich hab der Schwester versprochen, mich kurz zu fassen. Sie hat gesagt, sie kommt in einer Minute wieder und nimmt mir das Handy weg. Also, kurz und knapp. Hast du schon was gefunden?«

»Wenn es so wäre, hätte ich mich gemeldet. Und jetzt schalte das Handy aus und schlaf.«

»Ich hab vorhin eine Nachricht von Carol Blum bekommen. Sie observiert derzeit ein Haus.«

»Warum schreibt sie dir?«

»Damit ich auf dem Laufenden bleibe.«

»Und wieso observiert sie das Haus?«

»Weil unser gesuchter Killer dort ist.«

»Welcher Killer?«

»Der Kerl, der sich als Cop ausgegeben und Jerome Blake erschossen hat. Sein richtiger Name ist Adam Gorman. Er leitet das Sicherheitsteam einer Kongressabgeordneten namens Nora Franklin.«

»Was sagst du? Franklin?«

»Du kennst sie?«

»Nur beruflich. Sie hat ein gewichtiges Wort im Finanz- und Steuerausschuss. Ich hab selbst mal vor dem Ausschuss ausgesagt.«

»Wie würdest du sie einschätzen?«

»Klug, ehrgeizig, patriotisch.«

»Bleibt die Frage, warum sie einen Mörder als Sicherheitschef engagiert hat. Kannst du diesen Gorman checken? Pine hat ihn schon mal gegoogelt, aber wir brauchen mehr.«

»Okay. Wo steckt Pine überhaupt?«

»Carol hat mir geschrieben, dass sie nach Manasquan, New Jersey, gefahren ist. Sie verfolgt eine Spur, die möglicherweise zu Tony Vincenzo führt.«

»Gut. Mal sehen, was ich tun kann, während meine Algorithmen ihren Job erledigen. Tja, ich fürchte, deine sechzig Sekunden sind um.«

»Ich weiß. Die Schwester ist gerade mit einer Rolle Klebeband ins Zimmer geplatzt. Ich glaube, sie will mich knebeln.«

Die Verbindung brach ab.

Robert Puller wandte sich wieder dem Bildschirm zu und startete eine Suche nach Adam Gorman. Er rechnete nicht damit, allzu viel Neues zu entdecken. Mit Sicherheit war der Mann gründlich durchgecheckt worden, bevor man ihm die leitende Position im Team einer Abgeordneten übertragen hatte. Trotzdem – es war schon vorgekommen, dass bei solchen Checks einige Dinge übersehen worden waren. Die Regierungsbehörden waren nachlässiger geworden und führten manche Überprüfungen nicht mit der nötigen Gründlichkeit durch. Es war nicht auszuschließen, dass ihnen auch im Fall Gorman etwas Wichtiges entgangen war.

Als Erstes überprüfte Robert die grundlegenden Daten und Fakten. Er fand es bemerkenswert, dass der Mann für den Geheimdienst eines fremden Landes gearbeitet hatte, bevor er in die Staaten gekommen war. Sicher, Österreich war nicht Russland, China oder der Iran. Es ist ein Mitglied der Europäischen Union, ein Staat mit stabilen demokratischen Verhältnissen, der sich schon vor Jahrzehnten zu immerwährender Neutralität verpflichtet hatte. Die Ereignisse aus der Zeit des Nationalsozialismus sollten sich niemals wiederholen. So weit war alles in Ordnung.

Fragte sich nur, ob das auch für Gorman persönlich galt.

Robert weitete seine Suche aus, ging die Ergebnisse durch und stieß auf eine interessante Information über den Mann. Nach kurzem Überlegen rief er einen Bekannten im Außenministerium an.

»Hallo, Don, hier Robert Puller. Ja, ist eine Weile her. Hör mal, ich versuche gerade, ein paar Dinge über jemanden herauszufinden, und bin da auf etwas gestoßen, bei dem du mir vielleicht helfen kannst.«

Puller berichtete ihm, was er über Gorman herausgefunden hatte. Sein Freund versicherte ihm, der Sache nachzugehen und sich zu melden.

Puller wandte sich einer anderen Person zu. Nora Franklin.

Mithilfe mehrerer Datenbanken – frei zugänglicher und solcher, die nur Personen wie ihm offenstanden – sammelte er binnen kurzer Zeit eine Fülle an Informationen. Einzeln betrachtet erschienen sie wenig aussagekräftig, doch zusammen ergaben sie ein erkennbares Muster.

Kurz darauf summte Roberts Handy. Es war sein Freund Don.

»Ich hab was entdeckt. Gorman ist damals für sechs Monate nach Österreich zurückgegangen. Allem Anschein nach hat er ein Sabbatical genommen.«

»Genau das dachte ich mir schon. Aber aus den Einreise- und Ausreiseunterlagen geht es nicht hervor.«

»Ich weiß«, sagte Don. »Das erscheint mir auch merkwürdig.«

»Unterwegs ist er einmal umgestiegen. Das Interessante daran ist die Fluglinie.«

»Ja, ein Ableger der Aeroflot. Glaubst du, wir sollten das checken?«

»Ich sag dir Bescheid, sobald ich mehr weiß«, versprach Puller.

Er beendete das Gespräch und beschäftigte sich wieder mit Nora Franklin. Dabei konzentrierte er sich vor allem auf zwei Dinge: Ihr Vermögen und mögliche Auslandsreisen in den letzten fünfzehn Jahren.

Die gesetzliche Vorschrift zur Offenlegung des Vermögens, die mit einem hohen politischen Amt verbunden war, hatte nach Pullers Auffassung kaum Wirkung und wenig Aussagekraft. Man musste seine Vermögensverhältnisse lediglich innerhalb eines bestimmten Rahmens angeben, beispielsweise eine bis fünfzig Millionen Dollar. Zudem konnten Vermögenswerte leicht in Scheinfirmen verborgen oder an Angehörige verschoben werden. Es gab tausend Möglichkeiten, zu tricksen. Puller hatte die Erfahrung gemacht, dass die reichsten Politiker die größten Anstrengungen unternahmen, ihr Vermögen geheim zu halten. Es kam immer gut an, sich als Bürger unter Bürgern zu präsentieren, der für seinen Lebensunterhalt so hart schuften musste wie die meisten anderen.

Zu seinem Erstaunen entdeckte Robert bei Nora Franklin eine Vielzahl kleiner Ungereimtheiten. Er wunderte sich, dass noch niemand versucht hatte, der Frau auf den Zahn zu fühlen. Doch die Antwort lag auf der Hand: Warum sollten ihre Kollegen der guten Nora Schwierigkeiten machen, wenn sie selbst genauso viel zu verbergen hatten?

Als er sich ihre Biografie ansah, vor allem ihre Reisetätigkeit, fiel ihm etwas auf. Er legte Gormans und Nora Franklins Reisen mit dem jeweiligen Datum nebeneinander. Es gab nur eine Übereinstimmung, aber die hatte es in sich.

Beide hatten zur selben Zeit ein sechsmonatiges Sabbatical genommen. Franklin hatte zwar keinen Aeroflot-Flug gebucht, war aber ebenfalls nach Österreich geflogen. Von dort konnte sie mit dem Auto, dem Zug oder einem Privatjet in alle Welt weitergereist sein. Das herauszufinden, war selbst Robert Puller unmöglich. Ebenso auffällig war, dass Franklin sich kurz nach ihrer Rückkehr ihrer ersten Wahl für den Kongress gestellt hatte. Seither war sie mehrmals wiedergewählt worden und hatte eine hohe Position im Finanz- und Steuerausschuss und anderen Gremien inne, nicht zuletzt im Geheimdienstausschuss, was bedeutete, dass sie Zugang zu Staatsgeheimnissen hatte.

Mit einem flauen Gefühl im Magen fasste Robert seine Informationen in einer Datei zusammen und mailte sie an Pine. Dann lehnte er sich im Stuhl zurück und fragte sich, was er noch tun könnte.

Ein Telefonanruf wenige Minuten später sollte seine Frage beantworten.

56

Tausend Erinnerungen wirbelten Pine durch den Kopf, als sie den Pyjama in den Händen hielt.

Es war ein Kinderpyjama, mit rosa Ponys bedruckt, der einer groß gewachsenen Sechsjährigen passte – einem Mädchen, wie Mercy es gewesen war. Es war der Pyjama, den sie in jener Nacht getragen hatte, als sie spurlos verschwunden war. Pine hatte den gleichen Pyjama besessen – in Blau statt Pink.

Ganz langsam hob sie den Pyjama an die Nase, als wollte sie den Geruch ihrer Schwester darin suchen. Doch nach so vielen Jahren roch der Stoff nur noch muffig.

Pine nahm die Briefe heraus, die unter dem Pyjama gelegen hatten. Es mussten mehr als ein Dutzend sein – verblichen, vergilbt, vergessen.

Sämtliche Briefe waren an Ito Vincenzo adressiert. Die Absender waren Leonard und Wanda Atkins aus dem Taliaferro County in Georgia.

Pine öffnete das erste Schreiben. Dem Datum zufolge war der Brief etwa drei Monate nach Mercys Entführung abgeschickt worden.

Sie schaute auf die Unterschrift.

Len Atkins.

Und dann erlebte Special Agent Atlee Pine den emotionalsten Augenblick seit langer, langer Zeit. Während sie las, liefen ihr Tränen über die Wagen.

Wir sind so froh, dass wir dem Mädchen ein Zuhause geben können.

Sie nennen sie Rebecca.

Das Geld, das du geschickt hast, war ein Geschenk des Himmels.

Du hast dich mehr als revanchiert dafür, dass ich dir in Vietnam den Hintern gerettet habe.

Pass auf dich auf. Wir schicken Fotos, sobald wir können.

Pine hielt inne. Ihre Hände zitterten.

Rebecca?, überlegte sie. *Fotos? Vietnam?*

Sie überflog die anderen Briefe, deren Inhalt ähnlich war. Es lag jeweils ein Jahr dazwischen. Doch Fotos waren keine dabei.

Ito Vincenzo hatte Mercy anscheinend zu einer Familie im Taliaferro County in Georgia gebracht.

Pine startete eine rasche Google-Suche und erfuhr, dass Taliaferro im Jahr 1990 nur 1900 Einwohner gehabt hatte, die sich auf fünfhundert stark bewaldete Quadratkilometer verteilten. Heute lebten sogar noch weniger Menschen dort, sodass es die bevölkerungsärmste Gegend in Georgia war. Östlich des Mississippi gab es nur ein County, das noch weniger Einwohner hatte. Nach einer weiteren Google-Anfrage wusste Pine, dass Taliaferro nur drei Autostunden von ihrem ehemaligen Zuhause im Sumter County entfernt war.

Sie stöhnte innerlich auf.

Das hätte mir längst auffallen müssen!

Bei der Rückkehr in ihre alte Heimat hatte Pine herausgefunden, dass Ito am Morgen nach Mercys Entführung einen heftigen Streit mit ihrem Vater gehabt hatte, der in einer Schlägerei zwischen den Männern endete. Nachdem sich herausgestellt hatte, dass Ito Mercys Entführer war, hätte ihr eigentlich klar sein müssen, dass Ito mit Mercy nicht allzu weit gefahren sein konnte. Wie sonst hätte er am nächsten Morgen wieder in Andersonville sein können, um auf ihren Vater loszugehen?

Pine durchwühlte den Rest des Kartons. Ganz unten fand sie unter alten Kleidungsstücken eine Metallkassette. Darin zwei Dinge: alte Scheckregister und ein Foto – eine vergilbte Polaroid-Aufnahme.

Pine stockte der Atem.

Sie nahm das Foto heraus, ohne einen Blick darauf zu werfen.

Nein. Nicht jetzt.

Vielleicht zeigte es ja nur Ito und seine Familie. Aber dafür gab es eigentlich die Fotoalben, die sie bereits durchgesehen hatte. Warum lag dieses Bild in einem eigenen Versteck?

Pine legte es weg und nahm ein Scheckregister zur Hand.

Die Einträge waren sauber und akkurat. Ito war allem Anschein nach ein sorgfältiger Mann gewesen.

Sie überflog die Datumsangaben, bis sie zur fraglichen Zeit gelangte.

Und wurde fündig. Ein Scheck über 500 Dollar, auf Leonard Atkins ausgestellt. Rasch ging sie die anderen Einträge durch und fand noch ein Dutzend weitere Zahlungen an Atkins, alle über 500 Dollar.

500 Dollar jedes Jahr, um die Ausgaben für ein kleines Mädchen abzudecken? Es erschien ihr nicht annähernd genug, nicht einmal im Taliaferro County, Georgia. Der letzte Scheck war im Juni 2002 ausgestellt worden.

Warum überhaupt die Geldgeschenke? Eigentlich hätte die Familie Atkins doch allen Grund gehabt, den Unterhalt ihres Wunschkindes, das sie auf diesem Weg bekommen hatte, aus eigener Tasche zu bestreiten.

Woher hatte Ito die Familie überhaupt gekannt? Vermutlich

waren die Atkins' schon immer im ländlichen Georgia beheimatet gewesen, während Ito in New Jersey aufgewachsen war.

Und was war mit Vietnam?

Langsam legte Pine das Scheckregister weg und schaute auf das Foto, das umgedreht vor ihr lag. Der Augenblick der Wahrheit war gekommen. Das Adrenalin pulsierte in ihren Adern, und sie spürte, wie jähe Angst sie erfasste. Wieder zitterten ihre Hände, schlimmer als zuvor.

Bist du auf dem Foto, große Schwester?

Wenn auf dem Foto Mercy war, wie sah sie aus? Gab es noch die Ähnlichkeit zwischen ihnen beiden?

Pine hob das Bild vom Sperrholzboden auf – und hörte ein Geräusch von draußen.

Hastig steckte sie das Foto und ein paar Briefe ein und warf die anderen Sachen in den Karton. Dann stieg sie nach unten, schloss die Dachbodenklappe und hechtete zum Fenster.

Autoscheinwerfer beleuchteten das Haus, als ein Subaru Outlander in die Auffahrt einbog. Die Lichter erloschen. Der Fahrer stieg aus, dann der Beifahrer. Beide trugen Jeans und Skijacken in dem nasskalten Wetter.

Sie gingen zum Heck des Wagens und holten Gepäck und Lebensmitteltüten heraus. Im Licht der Torbeleuchtung waren nun auch ihre Gesichter zu erkennen.

Der Beifahrer war Tony Vincenzo.

Der Fahrer war eine Frau. Pine erkannte sie auf den ersten Blick.

Sieh mal einer an, dachte sie. *Lindsey Axilrod ist wieder da.*

57

Vincenzo und Axilrod kamen durch die Haustür ins Gebäude und gingen mit den Lebensmitteltüten durch bis in die Küche. Das verschaffte Pine die Gelegenheit, oben an der Treppe in Position zu gehen und zu lauschen.

»Ich glaube, jetzt haben wir fürs Erste genug zu futtern im Haus«, meinte Vincenzo.

»Wie lange willst du denn bleiben?«, fragte Axilrod.

»Solange wie nötig, Baby.«

»Und wenn jemand herausfindet, dass wir hier sind?«

»Von diesem Haus hier wusste nur die Familie.«

»Herrgott, Tony, es steht im Grundbuch, also ist es kein Geheimnis. Es ist auf deinen Vater eingetragen, oder?«

»Keine Ahnung. Mein Alter ist tot, also gehört es jetzt mir, schätze ich.«

»Wow, dann hast du jetzt zwei Häuser! Du bist ja eine richtig gute Partie«, scherzte Axilrod.

Er lachte. »Komm her, dann zeig ich dir, was für eine gute Partie ich bin.«

Pine hörte Axilrod kichern. »Dafür haben wir noch genug Zeit, Liebling.«

»Es ist einfach nur geil, dass du mal wieder für 'ne Weile hierbleibst«, sagte Vincenzo.

»Jemand muss ja auf dich aufpassen.«

»Ich passe selbst auf mich auf, okay?« Seine Stimme klang mit einem Mal kühl.

»Die zwei Cops haben im Gefängnis mit deinem Vater gesprochen. Vielleicht hat er denen gegenüber irgendwas ausgeplaudert.«

»Der hatte nichts auszuplaudern«, hielt Vincenzo dagegen.

»Meinst du? Du hast mir doch selbst gesagt, dass du bei deinem alten Herrn warst. Was hast du ihm erzählt?«

Pine beugte sich vor, um besser hören zu können. Es gefiel ihr nicht, wie das Gespräch sich entwickelte. Axilrod fragte Vincenzo aus, ohne dass er es zu bemerken schien.

»Du meine Güte, dies und das. Was man halt so erzählt. Was soll dieses Kreuzverhör?«

»Es geht hier auch um meinen Arsch«, versetzte sie grob. »Ich will einfach nur wissen, was los ist.«

»Diese FBI-Tussi war hinter *mir* her.«

»Ja, Atlee Pine. Die macht 'ne Menge Ärger.«

»Hast du dich darum gekümmert?«

»Ich wollte es, aber dann hat sie Sheila die Kehle durchgeschnitten. Das hab ich dir doch schon erzählt.«

»Ist doch Quatsch. Cops können nicht einfach so Leute umbringen und ungeschoren davonkommen.«

»O doch, können sie. So läuft es in diesem korrupten Land, Tony. Da deckt einer den anderen. Es kommt immer wieder vor, dass Cops jemanden umnieten, ohne dass es Konsequenzen für sie hat.«

»Wenn du es sagst …«

»Glaub mir, es ist so. Deshalb kann es verdammt eng werden, wenn wir jetzt nicht das Richtige tun.«

»Weißt du was? Du solltest mich mit den Leuten zusammenbringen, die bei der Sache das Sagen haben.«

»Wieso?«

»Ich kann denen helfen, Lindsey. Und ich will nach oben kommen. Ich will nicht mein Leben lang der Laufbursche sein.«

»Warum auf einmal so ehrgeizig?«

»Guck dir meinen Alten an. Hat sein ganzes Leben geackert, hat sein eigenes Ding durchgezogen, aber wenn es schiefging, war keiner da, der ihm geholfen hätte. Die Cops haben ihn mit Leichtigkeit einkassiert. Deshalb kann es nicht schaden, eine kleine Absicherung zu haben.«

»Vielleicht hast du recht«, räumte Axilrod ein. »Ich denk darüber nach.«

Oben auf der Treppe griff Pine zur Pistole.

»Vielleicht kann ich mir eines Tages auch so ein Penthouse leisten, wenn ich groß rauskomme«, sagte Tony.

»Das Penthouse ist vorerst tabu«, erklärte Axilrod entschieden.

»Warum? Mir gefällt's dort. Und die Cops lassen sich da garantiert nicht blicken.«

»Pine schon. Sie war undercover dort und hätte fast den ganzen Laden hochgehen lassen. Ich habe es gerade noch verhindert. Also vorerst keine Partys mehr.«

»Ist das mit dem Penthouse wirklich nur ein kleiner Bonus für uns? Oder steckt mehr dahinter?«

»Ich weiß nicht, was du meinst.«

»Na hör mal. Das ist 'ne Bude der obersten Kategorie. Klar, das Geschäft mit den Pillen läuft gut. Aber man muss die schon tonnenweise verticken, um allein die Monatsmiete bezahlen zu können.«

»Darüber brauchst du dir keine Gedanken zu machen. Du bist ja auch nicht der Einzige, der den Job macht.«

»Hab ich mir schon gedacht. Wahrscheinlich haben diese Leute auch Teams in der Gegend von New York und New Jersey. Typen aus Mexiko, was?«

»So in der Richtung.«

»Vielleicht kann ich ja mal mit den Leuten an der Spitze reden. Was meinst du?«

»Klar, warum nicht. Geh aber erst mal duschen, ich kümmere mich ums Abendessen.«

»Klingt gut, Baby. Und dann, *nach* dem Essen …?«

»Aber sicher, Tony. Wenn mein Süßer es sich wünscht.«

Er gab ihr einen Klaps auf den Hintern und verschwand nach oben.

Axilrod wartete, bis sie das Wasser in der Dusche rauschen hörte. Dann zog sie ihr Handy hervor und machte einen Anruf.

»Du hattest recht, er wird immer mehr zum Problem«, sagte sie und hörte ein paar Sekunden zu. »Ja. Okay. Verstehe. Und du weißt, was zu tun ist, wenn es vorbei ist.«

Sie steckte das Handy weg, zog eine Spritze aus ihrer Handtasche, ging leise zum Badezimmer und öffnete langsam die Tür. Die Luft war mit heißem Dampf gesättigt. Axilrod hielt die Spritze wie einen Dolch in der Hand, als sie zur Duschkabine ging.

Vor dem Duschvorhang hielt sie einen Moment inne. Dann zog sie den Vorhang mit einem Ruck zur Seite und hob die Nadel, um zuzustechen.

Aber da war niemand. Die Dusche war leer, obwohl das Wasser rauschte.

Sie fuhr herum und sah Tony mit nacktem Oberkörper dastehen.

Hinter ihm stand Pine und drückte ihm die Pistole an den Kopf.

»Hallo, Lindsey. Ich hatte gehofft, dass wir uns wiedersehen. Legen Sie die Spritze weg, mit der Sie Tony um die Ecke bringen wollten, dann unterhalten wir uns in Ruhe, *Baby.*«

58

Na endlich.

Blum fuhr hoch, als Adam Gorman und Nora Franklin aus dem Haus kamen. Sie winkte ein Taxi heran, während sie beobachtete, wie vor dem Gebäude gegenüber ein schwarzer Mercedes-Maybach vorfuhr. Gorman öffnete Franklin die Tür. Nachdem sie Platz genommen hatte, stieg er selbst ein.

Carols Taxifahrer, ein Mann in den Fünfzigern mit weißem Turban und einem Bindi-Punkt auf der Stirn, drehte sich zu ihr um, nachdem sie eingestiegen war. »Wohin möchten Sie, Ma'am?«

»Fahren Sie überallhin, wo dieser Mercedes hinfährt.« Blum deutete auf den Maybach, der sich soeben in den Verkehr einfädelte.

»Äh … was meinen Sie damit, Ma'am?«, fragte der Mann mit so starkem Akzent, dass Blum Mühe hatte, ihn zu verstehen.

»Ich möchte, dass Sie dem Wagen *folgen*«, stellte sie klar. »Wie im Film, Sie verstehen?«

Der Fahrer wendete das Taxi, trat aufs Gas und reihte sich zwei Autos hinter dem Maybach in den Verkehr ein.

»Warum folgen Sie denen?«, wollte der Taxifahrer wissen.

»Ist mein Job.«

»Sind Sie von der Polizei?«

»FBI.«

»Dafür sind Sie zu alt«, urteilte er abschätzig. »Sie sind älter als ich.«

Blum zückte ihren FBI-Ausweis und hielt ihn hoch. Die drei Buchstaben F, B und I waren nicht zu übersehen.

»Genügt Ihnen das?«

Der Fahrer drehte sich kurz zu ihr um. »Wow. Haben Sie auch eine Waffe?«

»Wollen Sie es herausfinden?«

Er richtete den Blick schnell wieder nach vorn und bog links ab, um an dem Maybach dranzubleiben.

»Sind das Gangster in dem Luxusschlitten?«

»Genau das muss ich herausfinden. Kennen Sie die Stadt gut genug? Ich will nicht, dass die Typen mir entwischen.«

»Ich wohne seit zehn Jahren in New York. Seit neun Jahren fahre ich hier Taxi.«

»Sie sind vor zehn Jahren in die Vereinigten Staaten eingewandert?«

»Ja. Aber in Pakistan war ich Arzt, nicht Taxifahrer.«

Er bog rechts ab und folgte dem Maybach in sicherer Entfernung. »Was werden Sie tun, wenn die irgendwo anhalten und aussteigen?«

»Dann werde ich sie weiter beschatten.«

»Sollten Sie nicht die Polizei rufen?«

»Dafür ist es noch zu früh.«

»Das muss ein aufregender Job sein.«

»Manchmal ein bisschen zu aufregend. Und dann wieder furchtbar langweilig. In den letzten Stunden habe ich so viel Kaffee getrunken, dass ich keinen mehr sehen kann.«

»Kann ich mir vorstellen.«

Plötzlich waren sie direkt hinter dem Maybach.

»Nicht so nahe«, warnte Blum.

»Ein Taxi sieht wie das andere aus. Sind alle gelb.«

»Aber die könnten *Sie* sehen.«

»Von meiner Sorte gibt es Hunderte Taxifahrer in dieser Stadt. Sind die Leute gefährlich?«

»Einer mit Sicherheit«, erwiderte Blum, ohne den Maybach aus den Augen zu lassen.

»Das ist gar nicht gut. Solche Leute sind gar nicht gut.«

»Sehe ich auch so.«

»Gefällt mir nicht, dass Sie gefährlichen Leuten folgen. Sie sind eine nette Lady und gehen so ein Risiko ein.«

»Keine Bange. Ich habe Kollegen, die mir helfen. Die haben keine Angst vor solchen Typen.«

»Schön, solche Kollegen zu haben.«

»Finde ich auch.«

Dreißig Blocks weiter hielt der Maybach vor einem Hotel in einer noblen Gegend in Manhattan. Es war zwar nicht die Billionaires' Row, aber nicht weit davon entfernt.

Als Blum bezahlte, sagte der Fahrer: »Versprechen Sie mir, ab jetzt besonders vorsichtig zu sein, weil ich nicht mehr bei Ihnen bin. Sie sind jetzt ganz allein.«

»Ich pass schon auf«, erwiderte Blum gerührt. »Zum Glück kennen diese Leute mich nicht.«

»Ich wünsche Ihnen viel Glück.«

»Danke.«

Als er weiterfuhr, atmete Blum erst einmal durch; dann drehte sie sich um und betrat das Hotel.

Ein Page, der ihr entgegenkam, tippte sich grüßend an die Mütze. Als Blum am Empfangstresen vorbeiging, sah sie Gorman und Franklin in die Bar-Lounge eintreten, die an die Lobby angrenzte. Eine junge Frau führte sie zu ihren Plätzen. Blum ging zu der Hostess am Eingang zur Lounge. Die junge schwarz gekleidete Frau, auf deren Namensschild »JULIET« stand, erkundigte sich freundlich, was sie für sie tun könne. Blum antwortete, sie wolle sich hier mit jemandem treffen, und bat um einen Tisch. Die junge Frau führte sie durch die im Art-déco-Stil gestaltete Lounge an einen Tisch mit zwei Stühlen. Zum Glück hatte Blum von hier aus Nora Franklin und Gorman im Blick, die an einem Tisch mit hochlehnigen, bequemen Stühlen am Kamin saßen. Die Hostess, die die beiden zu ihrem Tisch geleitet hatte, nahm das »Reserviert«-Schild weg und ging.

Blum tat, als würde sie etwas auf ihrem Mobiltelefon nachsehen, während sie das Geschehen beobachtete. Gorman redete leise, aber bestimmt, auf Nora Franklin ein, die sich vorbeugte, um ihn zu verstehen. Ihr Gesicht verriet, dass er ihr nichts Erfreuliches mitzuteilen hatte. Franklin schaute auf die Getränkekarte und gab der Kellnerin ein Zeichen. Sie bestellte etwas, worauf die Kellnerin sich fragend Gorman zuwandte. Der winkte ungeduldig ab und redete weiter auf Franklin ein, als die junge Frau davonging.

Blum tat so, als wäre sie in das Display ihres Handys vertieft, während sie in Wahrheit die Videofunktion einschaltete, um die beiden aufzunehmen.

»Verzeihung, Ma'am, was tun Sie da?«

Blum drehte sich um und sah einen bulligen Mann im Anzug, der sie mit argwöhnisch zusammengekniffenen Augen musterte. In einem Ohr trug er den Stöpsel eines Funkgeräts.

»Wie bitte?«, fragte sie.

»Sie können unsere Gäste nicht ohne deren Einwilligung filmen.«

Blum überlegte fieberhaft. »Gäste? Oh, verstehe. Nein, ich filme keine Gäste, sondern den Kamin. So einen möchte ich nämlich auch haben.«

»Ich glaube Ihnen nicht. Ich beobachte Sie schon, seit Sie hier sind. Sie haben diese Leute keine Sekunde aus den Augen gelassen.« Er fasste sie am Arm. »Kommen Sie bitte mit.«

»Lassen Sie mich los! Wer sind Sie überhaupt?«

Der Mann klappte das Revers um und zeigte ihr die Dienstmarke, die darunter steckte. »Security. Außerdem bin ich beim NYPD. Also, kommen Sie jetzt bitte mit.«

»General?«, sagte eine Stimme.

Sie drehten sich um, als Robert Puller in Uniform zu ihnen an den Tisch trat.

»General Blum?«

»Ja, Colonel?«, sagte Blum geistesgegenwärtig.

»*General?*«, fragte der verdutzte Sicherheitsmann.

»Zwei Sterne, Air Force.« Blum stand auf und funkelte den Mann an. »Colonel, der junge Mann hier wirft mir vor, dass ich diesen Leuten nachspioniere, obwohl ich nur den schönen Kamin geknipst habe. Ich glaube, so einer macht sich gut in meinem Wohnzimmer.«

»Unbedingt«, stimmte Puller ihr zu. »Der passt haargenau zur Einrichtung.« Er wandte sich an den Sicherheitsmann. »Wir wollen unseren Flug nach D.C. nicht verpassen. General Blum muss heute Abend noch zu einer Besprechung mit den Joint Chiefs ins Pentagon.«

»Du meine Güte«, murmelte der Mann und fügte zerknirscht hinzu: »Tut mir leid, Ma'am … General.«

»Schon in Ordnung«, sagte Blum nachsichtig. »Sie tun ja nur Ihren Job. Wenn Sie uns jetzt entschuldigen, der Dienst ruft.«

»Selbstverständlich.« Fast hätte der Mann sich verbeugt.

Als sie das Hotel verließen, sagte Blum: »Danke für die Beförderung, aber woher wussten Sie, wo ich bin?«

»Wenn man ein Smartphone bei sich hat, ist man nie ganz für sich allein, General.«

»Verstehe. Aber warum haben Sie mich gesucht?«

»Mein Bruder hat mich angerufen und mir gesagt, dass Sie Gorman und Franklin observieren. Er hat sich Sorgen gemacht – schließlich ist Gorman ein Killer. Deshalb sollte ich nach Ihnen sehen. Und ich bin froh, dass ich's getan habe, denn ich habe ziemlich beunruhigende Dinge über Gorman und Franklin herausgefunden. Ich bin sofort zu dem Haus gefahren, das Sie observiert haben, aber Sie waren bereits verschwunden. Glücklicherweise habe ich Sie über das Signal Ihres Handys aufgespürt.«

»Sie hätten anrufen können.«

»Das hätte ins Auge gehen können. Immerhin waren Sie auf einer heiklen Mission.«

Sie gingen eine Seitenstraße hinunter bis zu einem abseits gelegenen kleinen Platz, wo sie ungestört reden konnten.

»Was haben Sie herausgefunden?«, fragte Puller.

»Agentin Pine hat Gorman aus dem Haus kommen sehen, in das Lindsey Axilrod sie an jenem Abend mitgenommen hatte. Da wusste sie, dass er in die Sache verwickelt ist. Er ging direkt zu Franklins Büro und blieb mehrere Stunden dort. Pine hat erfahren, dass Gorman Franklins Sicherheitsteam leitet. Sie hat mich angerufen, damit ich das Haus beobachte, was ich dann auch getan habe. Als Franklin und Gorman endlich aus dem Gebäude kamen, sind sie zu diesem Hotel hier gefahren. Offenbar haben sie ein intensives Gespräch geführt. Es sah aus, als würde Gorman ihr etwas Unerfreuliches mitteilen. Ich glaube, da braut sich etwas zusammen.«

Blum zog ihr Mobiltelefon hervor und zeigte ihm das Video.

»Schade, dass ich nicht Lippen lesen kann«, meinte Puller.

»Ich leider auch nicht.«

»Das ist auch nicht nötig. Ich kann Ihnen alles erzählen.«

Sie drehten sich um. Vor ihnen stand Gorman. Ein paar Meter

weiter hielt eine schwarze Limousine am Bordstein. Vorne saßen zwei bullige Männer. Einer stieg aus und öffnete eine der hinteren Türen.

»Steigen Sie ein«, befahl Gorman, in dessen Hand plötzlich eine .45er Automatik lag. »Sonst enden Sie hier beide mit einer Kugel im Kopf.«

59

»Du wolltest mich umbringen?« Tony Vincenzo war fassungslos. »Ich dachte, du liebst mich. Ich dachte, wir wären ein Team!«

»Halt die Klappe, Tony.« Lindsey Axilrod ließ die Spritze sinken und schaute zu Pine.

»Wir haben uns nicht mehr gesehen, seit Sie Sheila Weathers umgebracht und versucht haben, es mir in die Schuhe zu schieben«, sagte Pine.

»Blödsinn. Ich habe Sheila nicht umgebracht.«

»Sie wissen aber, wer es getan hat, und haben es wahrscheinlich selbst angeordnet. Dann haben Sie mir irgendeinen Penner auf den Hals geschickt, um mich ebenfalls beseitigen zu lassen. Tja, hat nicht ganz geklappt.«

»Was soll das? Mir hat Lindsey gesagt, *Sie* hätten Sheila umgebracht«, platzte Vincenzo heraus.

»Sie sagt viel, Tony. Aber fast alles ist gelogen.« Pine schaute auf die Spritze in Axilrods Hand. »Was ist da drin? Morphium?«

»Quatsch. Vitamin C.« Axilrod schaute zu Vincenzo. »Du hättest dich bombig gefühlt, Tony.«

»Legen Sie die Spritze weg, Lindsey.«

Axilrod hob die Spritze wie ein Messer. »Hol sie dir doch, Miststück.« Sie ging auf Pine und Vincenzo los.

Pine schwenkte die Pistole zu ihr und drückte ab. Die Kugel

traf Axilrod in die Hand, durchschlug das Gelenk und blieb in der Wand stecken.

Axilrod ließ die Spritze fallen, krümmte sich und schrie vor Schmerz. Tony versuchte sich loszureißen, doch Pine hielt ihn mit eisernem Griff.

»Sie haben mich angeschossen!«, schrie Axilrod.

»Überrascht Sie das? Wenn es nach mir ginge, hätte ich auf den Kopf gezielt.«

Pine gab Tony einen derben Stoß, sodass er mit dem Gesicht nach unten zu Boden fiel. »Liegen bleiben«, blaffte sie.

Sie schob Axilrod aus dem Weg, hob vorsichtig die Spritze auf, wickelte sie in Toilettenpapier und legte sie in den Schrank unter dem Waschbecken. »Unsere Spezialisten werden feststellen, was da drin ist.« Sie schaute zu Axilrod, die leise schluchzend neben der Dusche hockte und ihre blutende Hand hielt.

Axilrod schien es zu bemerken, denn sie schaute zu Pine hoch, Tränen in den Augen. »Sie haben keine Ahnung, mit wem Sie sich einlassen.«

Pine warf ihr ein Handtuch hin, um die Wunde zu verbinden, und lehnte sich ans Waschbecken. »Dann erzählen Sie es mir doch.«

»Da können Sie lange warten«, stieß Axilrod hervor und umwickelte provisorisch ihre verletzte Hand.

»Was ist das für ein Gefühl, vierzehnjährige Mädchen wie Jewel Blake anzulocken, damit geile alte Kerle über sie herfallen können? Macht Sie das an?«

»Was sagt sie da?« Tony starrte Axilrod ungläubig an.

»Ja, Ihre Freundin spielt Zuhälterin für reiche Drecksäcke, Tony. Ein Nebenjob von ihr.« Pine blickte verächtlich auf die Frau hinunter. »Mädchen, die glauben, Sie würden sie beschützen, Lindsey. Und Sie werfen sie den Wölfen zum Fraß vor.«

»Das ist totaler Schwachsinn. Und Sie haben kein Recht, mich festzuhalten. Ich gehe.«

»Wenn Sie auch nur einen Schritt machen, drücke ich ab. Und dann ziele ich nicht auf die Hand, das verspreche ich Ihnen. Aber wenn Sie reden, können wir vielleicht einen Deal aushandeln.«

»Von mir erfahren Sie einen Scheißdreck.«

»Wollen Sie einen Anwalt?«

»Scheren Sie sich zum Teufel!«

Pine schaute zu Vincenzo. »Hey, Tony, wollen *Sie* einen richtig schönen Deal? Dann müssen Sie mir nur alles sagen, was Sie über dieses Stück Dreck hier wissen.«

»Wenn du das tust, Tony, bist du tot«, zischte Axilrod.

Tony zögerte.

»Die Lady wollte Sie sowieso umbringen, also können Sie sich ebenso gut mir anvertrauen«, sagte Pine.

Tony drehte sich um und schaute zu Pine hoch. »Was wollen Sie wissen?«

»Tony!«, schrie Axilrod.

Pine zog Plastikhandschellen hervor und reichte sie Vincenzo. »Legen Sie ihr die Dinger an.«

Tony zögerte. »Aber …«

»An Händen und Füßen.«

»Hören Sie, ich …«

»Na los!«

Tony zwang die sich wehrende Axilrod zu Boden, drehte sie auf den Bauch und drückte ihr das Knie in den Rücken. Mit einiger Mühe legte er ihr die Handschellen um Hand- und Fußgelenke.

»Sehr gut, Tony«, sagte Pine.

Als Axilrod zu schimpfen und zu fluchen begann, packte Pine sie am Kragen und sperrte sie in den Wandschrank im Schlafzimmer. Dann kehrte sie ins Bad zurück und schaute zu Vincenzo.

»Setzen Sie sich auf die Toilette, Tony. Wir müssen reden.« Pine zog ihr Handy hervor, schaltete die Videofunktion ein und richtete die Kamera auf ihn.

Tony setzte sich und rieb sich den Hinterkopf. »Ich kann nicht glauben, dass Lindsey mich umbringen wollte. Ich dachte, sie liebt mich.«

»Tja, mein Freund, die Frau hat Sie benutzt, so wie sie alle anderen benutzt hat. Wenn Sie jetzt Klartext reden, können Sie sich bei ihr revanchieren.«

Er schaute sie misstrauisch an. »Vielleicht sollte ich zuerst mit einem Anwalt sprechen.«

»Ich habe Sie nicht festgenommen, Tony, sonst hätte ich Sie über Ihre Rechte informiert. Es ist ein eher persönliches Gespräch. Aber wenn Sie möchten, nehme ich der Lady draußen vor der Tür die Handschellen ab und lasse euch beide allein. Sie hat bestimmt noch eine zweite Spritze bei sich. Ich hole Lindsey her, dann könnt ihr das unter euch regeln. Das verlogene Miststück hat sicher nichts dagegen.«

Pine steckte das Handy weg und ging zur Tür.

»Warten Sie!«, rief Vincenzo.

Pine drehte sich zu ihm um. »Ja?«

»Was wollen Sie wissen?«

Pine lehnte sich ans Waschbecken, holte ihr Mobiltelefon heraus und schaltete die Videofunktion ein. Sie nannte ihren und Vincenzos Namen sowie Ort und Zeit der Aufnahme. Es entsprach nicht ganz den Regeln, aber darauf konnte sie unter den gegebenen Umständen keine Rücksicht nehmen.

»Möchten Sie einen Anwalt?«, fragte Pine.

»Nein.«

»Sie reden aus freien Stücken mit mir?«

»Ja.«

»Gut, dann erzählen Sie mir alles. Angefangen damit, wie Sie mit Axilrod zusammengekommen sind.«

»Lindsey ist in einer Bar an mich herangetreten. Sie wusste alles über mich – wo ich arbeite, was ich sonst so gemacht habe …«

»Sie meinen den Drogenhandel?«

»Ich selbst deale nicht.«

»Sondern?«

»Ich stelle die Pillen bloß her.«

»Okay, reden Sie weiter.«

»Sie hat mir erzählt, dass sie ebenfalls in Fort Dix arbeitet, in der IT-Abteilung. Dann hat sie mir ein Angebot gemacht und gesagt, wir könnten ganz groß einsteigen. Sie hätte auch schon einen Plan und die Kontakte, um große Mengen Stoff zu verticken.«

»Jeff Sands.«

»Ja. Ich habe mich ein paarmal mit ihm getroffen, da haben wir alles besprochen.«

»Sands ist tot. Die haben ihm den Kopf weggeschossen.«

»O Gott!«

»Woher hatten Sie die Rohstoffe für die Drogen?«

»Das … das hat Lindsey organisiert. Die Kartons wurden mir ins Haus geliefert, immer in der Nacht, damit es niemand mitbekommt.«

»Haben Sie eine Ahnung, wo die Kartons abgeschickt wurden?«

»Nein. Ich weiß nur, dass auf einigen Kartons komische Zeichen waren.«

»Eine fremde Sprache?«

»Ja. Aber ich weiß nicht, welche. Spanisch war es jedenfalls nicht. Mir war nur klar, dass das Zeug aus dem Ausland kommt. Aber das ist ja heute oft so.«

»Okay, Sie haben die Pillen hergestellt und brauchten jemanden, der sie verteilt. Das haben Danforth und Cassidy übernommen, stimmt's?«

»Ja. Die sind mit ihrem Militärlaster von Fort Dix losgefahren und haben an einem vereinbarten Ort gehalten, um den Stoff aufzuladen. Sie wussten immer genau, wohin sie die Ladung bringen mussten. Danach haben sie ganz normal ihren Job erledigt, haben den Laster stehen lassen und sind mit einem anderen nach Fort Dix zurückgekommen.«

»Wissen Sie, mit wem Jeff Sands verwandt ist?«

Vincenzo schüttelte den Kopf.

»Peter Driscoll.«

Der Name schien ihm nichts zu sagen.

Pine seufzte. »Sie sollten sich auch mal mit anderen Dingen beschäftigen als nur mit Ihrem Game Boy, Tony. Driscoll ist der Mehrheitsführer im Senat.«

»Sie meinen, so was wie die Regierung?«

»In der Richtung, ja. Ein sehr einflussreicher Mann.«

»Wow. Und mit dem war Jeff verwandt?«

»Driscoll ist sein Großvater.«

»Moment mal. Sie glauben doch nicht etwa, dieser Driscoll hat mit der Sache zu tun?«

»Ich weiß es nicht. Erzählen Sie mir von dem Apartment in der Fifty-seventh Street.«

»Lindsey hat mich mitgenommen. Als Bonus für gute Arbeit, hat sie gesagt.«

»Und Sie haben sich nie gefragt, wieso Lindsey in einem Haus ein und aus geht, das normalerweise Milliardären vorbehalten ist?«

»Na ja, ich dachte mir, dass irgendein Typ von einem mexikanischen Kartell dahintersteckt. Pablo Soundso, oder dieser Chapo.«

»Falls Sie Pablo Escobar meinen, der ist schon seit fünfundzwanzig Jahren tot. Und El Chapo sitzt im Gefängnis. Aber ich verstehe, was Sie meinen.«

»Eines war aber komisch.«

»Was?«

»Ich war mal dort, um etwas zu besprechen, sollte mich wegen einer Drogenlieferung mit jemandem treffen. Als ich gewartet habe, musste ich dringend aufs Klo. Ich also los zur Toilette, aber es war alles besetzt. Wahrscheinlich waren Leute drin, um sich Koks reinzuziehen oder so. Ich such weiter – da sehe ich eine Tür am Ende des Flurs.«

Pine spannte sich innerlich an. »Und?«

»Abgeschlossen. Aber es war echt dringend, also hab ich die Tür mit dem Messer aufgebrochen. Nur war es kein Klo. Da waren Computer und Bildschirme und so was alles drin.«

»War auf den Bildschirmen etwas zu sehen?«

»Ja. Anscheinend gab es Kameras in allen Zimmern, und von diesem Raum aus konnte man alles beobachten. In den Schlafzimmern hab ich Leute vögeln sehen. Manche haben gekokst und sonst was getan, was ich gar nicht sehen wollte.« Er stockte einen Moment. »Da haben es Männer mit Männern getrieben, Frauen mit Frauen, und Männer mit Mädchen, die viel zu jung waren, wie Sie's vorhin erwähnt haben.«

»Das heißt, das ganze Apartment wurde mit Kameras überwacht?«

»Ja.«

»Was haben Sie getan?«

»Ich hab die Tür zugemacht und gebetet, dass mich keiner gesehen hat. Nach der Besprechung bin ich in den nächsten Starbucks rein und aufs Klo.«

»Haben Sie irgendjemandem erzählt, was Sie in dem Raum gesehen hatten? Lindsey zum Beispiel?«

»Ich bin doch nicht blöd. Okay, ich hätte nicht gedacht, dass das Miststück mit einer Spritze auf mich losgeht, aber hundertprozentig vertraut habe ich ihr nie.« Er hielt inne. »Und da war noch etwas.«

»Ja?«

»Einmal war ich in New York, um was zu erledigen. Ich war gerade in der Nähe von dem Apartment, also dachte ich mir, ich schau einfach mal vorbei. Es war schon später, so gegen elf.«

»Sind Sie reingegangen?«

»Nein. Die Partys steigen ja nur selten, und die verständigen einen immer vorher.«

»Was haben Sie gemacht?«

»Eine Limousine hat vor dem Haus gehalten. Elegant angezogene Leute sind ausgestiegen und reingegangen.«

»Die könnten auch in andere Apartments gegangen sein.«

»Nee.«

»Warum nicht?«

»Weil ich den Fahrer kenne. Er bringt immer die Leute hin. Manchmal sieht man ihn auch auf 'ner Party. Ich hab ein paarmal mit ihm gequatscht. Nein, die wollten in dieses Apartment, da bin ich mir sicher.«

Pine dachte einen Moment darüber nach. »Okay, weiter. Was war mit Sheila Weathers?«

»Sie war einfach nur ein nettes Mädel, hat in Fort Dix in der Cafeteria gearbeitet. Von den Drogen wusste sie nichts. Warum haben die sie umgebracht?«

»Damit sie mir den Mord anhängen können. Sicherheitshalber wollten die mich auch noch beseitigen.«

»Diese Schweine.«

»Die haben auch Ihren Vater auf dem Gewissen. Nur weil wir mit ihm gesprochen haben. Ihr Dad hat gesagt, Sie hätten sich da in was reingeritten, das Ihnen über den Kopf gewachsen ist.«

Vincenzo nickte traurig. »Das ist mir auch gerade klar geworden.«

»Warum hat er das gesagt? Ich meine, dass die Sache für Sie zu groß geworden war?«

»Ich hatte ihn im Knast besucht und ihm alles erzählt. Irgendwie kam mir das alles nicht mehr koscher vor. Die ausländische Schrift auf den Kartons, das Luxusapartment mit den Kameras in jedem Winkel. Auch dass Lindsey einfach so auf mich zugekommen war, als wir uns kennenlernten, und alles über mich wusste.«

»Sie haben es also Ihrem Dad erzählt. Was hat er gesagt?«

»Dass ich aussteigen soll, solange noch Zeit ist. Nur wusste ich nicht, wie.« Er schaute zu ihr auf. »Was läuft da eigentlich? Es geht nicht nur um Drogen, oder?«

»Nein, da steckt viel mehr dahinter.« Pine blickte ihn fest an. »Darf ich Ihnen eine persönliche Frage stellen?«

»Welche?« Er blickte sie neugierig an.

»Es geht um Ihren Großvater Ito.«

»Mein Großvater?« Tony wirkte überrascht. »Wieso? Was ist mit ihm?«

»Haben Sie ihn noch kennengelernt?«

Tony kniff die Augen zusammen. »Falls ja, kann ich mich nicht mehr erinnern. Angeblich ist er vor vielen Jahren ganz plötzlich verschwunden. Hat mein Dad jedenfalls gesagt.«

»Haben Sie eine Ahnung, was mit ihm passiert ist?«

»Nein. Dad meinte, er wäre einfach auf und davon, ohne ihm oder meiner Oma ein Wort zu sagen. Die waren ganz schön angepisst. Warum fragen Sie?«

»Wegen einer anderen Sache. Was hat Ihr Dad Ihnen noch

über Ito erzählt? Ich weiß, dass er eine Eisdiele hatte. Was wissen Sie noch über seine Vergangenheit? Hat er in Vietnam gedient?«

»Ja, in der Army. Ito hatte seine Ausbildung in Fort Benning gemacht, hat Dad mir mal erzählt.«

»Oben auf dem Dachboden sind Kartons mit alten Fotoalben. Haben Sie da mal reingeschaut?«

»Nee. Ich komme nur her, um in Ruhe ein Bier zu trinken und am Strand zu sitzen.«

»Haben Sie mal von einem Leonard Atkins gehört? Dass er Ihrem Großvater in Vietnam das Leben gerettet hat?«

»Atkins? Nie gehört.«

Pine setzte zu einer weiteren Frage an, als sie plötzlich ein Geräusch vor dem Haus hörte. Sie eilte ans Fenster, von dem man die Straße überblickte, und sah einen schwarzen SUV in die Auffahrt einbiegen.

Sie rannte zurück ins Bad und zog Tony hoch. »Hoffentlich sind Sie jetzt auch so schnell unterwegs wie damals, als ich Sie verfolgt habe.«

»Warum? Was ist los?«

»Ihre Freundin hat anscheinend eine Putzkolonne bestellt. Los, schnell!«

Axilrod musste das Motorgeräusch ebenfalls gehört haben, denn sie trat im Wandschrank gegen die Tür und schrie.

Pine riss die Schranktür auf und hämmerte ihr die Faust ins Gesicht. Axilrod sackte bewusstlos zusammen.

Pine wandte sich Tony zu. »Ich muss zugeben, das hat gutgetan. Los jetzt.«

Beide sprangen die Treppe hinunter und flüchteten durch die Hintertür. Sie rannten geradewegs zum Strand und schlugen dann die Richtung ein, in der es zum Polizeirevier ging, wie Pine zuvor auf dem Weg zum Haus gesehen hatte.

Im Laufen zog sie ihr Handy, tippte die 911 ein und meldete mit keuchender, abgehackter Stimme, was sich beim Haus am Strand ereignete. Als sie das Handy einsteckte und einen Blick über die Schulter warf, sah sie einen Lichtkegel über den Sand huschen. Augenblicke später pfiffen ihr und Tony Kugeln um die Ohren.

»Schneller, Tony!«, rief Pine.

Vincenzo beschleunigte seine Schritte, während Pine selbst sich zwischen ihn und die Verfolger zurückfallen ließ.

Diese Bastarde würden nur über ihre Leiche an Tony herankommen.

Was durchaus im Bereich des Möglichen lag, wie Pine wusste.

60

Ich werde nicht an einem verdammten Strand in New Jersey verrecken!

Pine rannte über den feuchten Sand, bis ihr die Lunge brannte, während zu ihrer Linken die Brandung rauschte. Zu allem Überfluss zog auch noch ein Gewitter auf.

Trotz der Kälte lief Pine der Schweiß übers Gesicht. Draußen auf dem Meer zuckten Blitze aus düsteren Wolken, gefolgt von Donnerschlägen, die ihr durch Mark und Bein gingen. Fünfzehn Meter vor sich sah sie Vincenzo über den Sand sprinten.

»Schneller«, spornte sie ihn an. »Wir müssen weg hier!«

Doch als sie die ersten Projektile neben sich in den Sand einschlagen sah, wusste Pine, dass ihr keine Wahl blieb. Sie hielt inne, wirbelte herum, zog beide Pistolen und eröffnete blind das Feuer, während die Kugeln der Verfolger über sie hinwegzischten. Sie zielte auf die heranschwirrenden Lichtpunkte. Die Verfolger stellten den Beschuss ein und warfen sich in den Sand. Pine warf sich herum und rannte weiter.

Aber Tony war nicht mehr zu sehen.

Wo zum Teufel steckt er?

Pine ließ den Blick schweifen, konnte aber nichts erkennen. Sie rannte wieder los, stolperte aber nach wenigen Metern und schlug der Länge nach in den Sand.

Im gleichen Moment sie spürte etwas Feuchtes, Warmes im

Gesicht, das weder Regen noch Gischt war. Eine schreckliche Vorahnung durchfuhr sie. Sie richtete sich auf und zuckte zusammen, als ihr klar wurde, dass sie über Tonys Körper gestolpert war. Sie hörte sein verzweifeltes Keuchen, als er nach Atem rang. Dann, im grellen Licht eines Blitzes, sah sie sein schmerzverzerrtes Gesicht und die blutende Wunde in seiner Brust. Sie tastete seinen Rücken ab und zog die Hand zurück. Ihre Finger waren blutverschmiert. Offenbar hatte eine Kugel Tony in den Rücken getroffen und war an der Brust wieder ausgetreten.

Tony starrte sie an und umklammerte ihren Arm.

»Lass mich … nicht sterben«, keuchte er. »Bitte.«

Tränen strömten ihm übers Gesicht und vermischten sich mit den ersten Regentropfen.

»Ganz ruhig, Tony«, sagte Pine, die nur zu gut wusste, wie hohl und sinnlos ihre Worte waren. Tony Vincenzo lag im Sterben.

Sie tastete nach dem Puls an seinem Hals und schaute auf die hässliche, stark blutende Wunde am Oberkörper. Mit der Hand versuchte sie, die Blutung zu stillen, obwohl sie wusste, dass es ein Ding der Unmöglichkeit war, da er aus beiden Wunden blutete. Wahrscheinlich kamen innere Blutungen hinzu.

Sie schaute zu ihren Verfolgern, die immer noch abzuwarten schienen. In hilfloser Wut feuerte Pine über den dunklen Strand hinweg, auf dem hin und wieder das Licht der Blitze flackerte, damit die Kerle blieben, wo sie waren.

Dann griff sie zum Handy, wählte den Notruf und schilderte kurz die Situation. Als sie danach auf Tony Vincenzo hinunterschaute, war ihr klar, dass der Rettungswagen niemals rechtzeitig eintreffen würde.

Auch Tony schien es zu begreifen, denn seine Hand klammerte sich noch fester an Pines Arm. Ein Ausdruck nackter Panik erschien in seinen Augen.

»Ich bin da, Tony. Hilfe ist unterwegs.«

Ein Zittern ging durch seinen Körper. Dann schüttelte er den Kopf in der Gewissheit, sterben zu müssen. Mit einer kaum sichtbaren Bewegung der rechten Hand winkte er sie zu sich. Sie beugte sich hinunter.

»Sag meiner Mom, ich … hab sie lieb.«

Pines Augen tränten. Sie wusste nicht, was sie darauf erwidern sollte. Vielleicht waren Worte jetzt auch nicht mehr wichtig.

Sie hörte Sirenengeheul in der Ferne.

Langsam drehte sie sich um und sah die Lichtpunkte zur Straße hin verschwinden. Die Verfolger hatten die Sirenen ebenfalls gehört und suchten das Weite.

Als Pine sich wieder Tony zuwandte, sah sie sein Gesicht im grellen Licht eines Blitzes.

Es war friedlich und still.

Pine drückte ihm die Augen zu und rannte zur Straße, so schnell ihre Erschöpfung es zuließ.

Sie sah gerade noch, wie die Männer in den schwarzen SUV sprangen und in ihre Richtung fuhren. Schnell duckte sie sich hinter eine Mülltonne am Straßenrand, bevor der SUV an ihr vorbeijagte. Sie erkannte eine Gestalt auf dem Rücksitz.

Lindsey Axilrod, das Gesicht gezeichnet von dem Faustschlag, den Pine ihr versetzt hatte. Offenbar hatten die Kerle sie im Haus gefunden und nahmen sie nun mit.

Der SUV bog ab und verschwand aus Pines Blickfeld.

Wenige Sekunden später duckte sie sich erneut hinter die Mülltonne, als zwei Polizeiwagen an ihr vorbei zu Vincenzos Haus fuhren und dort hielten. Pine lief ein Stück weit in dieselbe Richtung, bog zum Parkplatz am Strand ab, stieg in ihren Wagen und fuhr los, ohne die Scheinwerfer einzuschalten. Leise glitt ihr Fahrzeug die dunkle Straße entlang. Erst zwei Querstraßen weiter beschleunigte sie.

Ein rascher Blick nach unten zeigte ihr, dass ihre Sachen von Vincenzos Blut durchtränkt waren. Sie schüttelte den Kopf, konnte nicht fassen, wie schnell alles gegangen war. Eben noch hatte sie auf dem Dachboden alte Kartons durchsucht und sensationelle Neuigkeiten erfahren, und dann …

Verdammt, verdammt, verdammt.

Pine bog auf den Parkplatz eines Gemischtwarenladens ein und hielt an. Dann griff sie in ihre Tasche und zog das Foto heraus.

Ihre Hand zitterte.

Sie schaltete die Innenbeleuchtung ein und drehte das Polaroidbild langsam um.

Zuerst schaute sie auf den weißen unteren Bildrand und las: *Len, Wanda und Becky. Juli 1999.*

Langsam hob Pine den Blick. Sie fror und schwitzte gleichzeitig. Schwindel erfasste sie, während ihr Pulsschlag in ihren Ohren dröhnte

Auf dem Foto standen drei Personen vor einem Wohnwagen.

Der Mann war mittelgroß, schlank und kahl. Er trug Jeans und T-Shirt und hielt eine Zigarette zwischen den Fingern. Er lächelte in die Kamera. Die Frau war klein und rundlich, trug abgeschnittene Jeans und eine ärmellose Bluse. Sie lächelte nicht, wirkte ernst, beinahe finster. Sie sah aus wie jemand, der niemals lächelte.

Und neben ihr stand, deutlich größer als die beiden anderen, eine junge Frau. Sie trug ein altmodisches Baumwollkleid, das aussah wie selbst genäht und schlaff bis über beide Knie hing. Sie war barfuß, die Haare lockig und zerzaust, die Haut schmutzig und verschorft. Ihr Blick war zu Boden gerichtet, der Körper leicht gekrümmt, wie unter Schmerzen.

Mercy.

Obwohl Pine ihr Gesicht nicht richtig sehen konnte, wusste sie sofort, dass es ihre Schwester war. Es waren vor allem ihre Größe und ihr Haar, die Mercy verrieten … ihr einst so schönes Haar, das ihre Mutter immer so liebevoll gebürstet und zu kunstvollen Zöpfen geflochten hatte. Die burschikose Atlee hatte sich oft darüber lustig gemacht, aber Mercy hatte es geliebt.

Und jetzt … das.

Pine ließ den Tränen freien Lauf, drückte die Stirn aufs Lenkrad und schluchzte haltlos.

Ein Klopfen am Autofenster ließ sie hochfahren. Hastig wischte sie sich über die Augen. Die freie Hand zuckte wie von selbst zur Pistole. Ein alter Mann mit Baseballkappe lugte zu ihr in den Wagen. In der Hand hielt er die Plastiktüte einer Ladenkette, wahrscheinlich voller Sachen, die er gerade eingekauft hatte.

Pine ließ das Fenster herunter.

»Alles in Ordnung, Ma'am?«, fragte der Mann besorgt.

Sie nickte, räusperte sich und wischte sich die letzten Tränen ab.

»Ja. Ich … ich habe nur gerade schlechte Neuigkeiten bekommen.«

»Oh, tut mir leid. Gibt es jemanden, den Sie anrufen können, damit Sie nicht allein sein müssen? Oder kann ich Ihnen sonst wie helfen?«

»Nein, schon in Ordnung. Danke.«

Er berührte ihre Hand. »Ich weiß, das Leben kann brutal sein. Ich habe vor sechs Monaten meine Frau verloren. Dabei dachte ich immer, ich müsste zuerst gehen. Es tut noch immer schrecklich weh. Aber wenn es Ihnen hilft – der Schmerz lässt nach. Sie werden sehen, dass es Menschen gibt, denen Sie wichtig sind, denen Sie etwas bedeuten.« Er hielt die Einkaufstüte hoch. »Mein Sohn und mein Enkel kommen mich besuchen. Ich habe ihnen gesagt, dass es bei mir die besten gegrillten Hotdogs in ganz New

Jersey gibt. Sie freuen sich jetzt schon darauf. Und ich freue mich, dass ich heute Abend nicht allein bin.«

Pine rang sich ein Lächeln ab. »Ich bin sicher, die Hotdogs schmecken großartig.«

Er nickte ihr noch einmal aufmunternd zu; dann ging er zu einem klapprigen Pick-up und fuhr langsam davon.

Wieder spürte Pine, wie ihr die Tränen kamen.

Genau in dem Augenblick, als sie geglaubt hatte, dass es auf dieser Welt nichts Gutes mehr gab, nichts Tröstliches, hatte der alte Mann ihr ein klein wenig Hoffnung gegeben.

Genau das, was ich gebraucht habe.

Noch einmal betrachtete sie das Foto, sah ihre geliebte Zwillingsschwester, ärmlich, schmutzig, zerzaust, wie sie stumm zu Boden starrte, gefangen in einem Leben, das nicht ihres war.

»Ich werde dich finden, Mercy«, flüsterte Pine. »Deine kleine Schwester holt dich zurück. Ich verspreche es dir.«

61

Warum geht sie nicht dran?

Während Pine nach Norden fuhr, hatte sie schon viermal vergeblich versucht, Carol Blum zu erreichen. Jedes Mal schaltete sich sofort die Mailbox ein. Pine versuchte es bei Robert Puller – mit dem gleichen Ergebnis.

In ihrer Panik wählte sie John Pullers Nummer und stieß einen dankbaren Seufzer aus, als sie seine Stimme hörte.

»Atlee?«

»Tut mir leid, dass ich dich störe. Aber ich kann weder Carol noch deinen Bruder erreichen. Sie haben beide ihr Handy ausgeschaltet.«

»Carol hat mir eine Nachricht geschickt. Sie observiert Gorman und Franklin.«

»Ja, stimmt«, bestätigte Pine.

»Und Bobby habe ich angerufen. Vielleicht findet er etwas Interessantes über die beiden heraus.«

»Könnte es sein, dass Bobby und Carol sich getroffen haben?«

»Ich hoffe es. Ich habe Bobby gebeten, nach Carol zu sehen. Es gefällt mir nicht, dass sie allein einen Kerl wie Gorman beschattet. Aber dass beide nicht mehr erreichbar sind, gefällt mir noch weniger.«

»Mir auch nicht. Mir war von Anfang an nicht wohl dabei, Carol in die Sache hineinzuziehen. Wahrscheinlich hätte ich es nicht tun sollen. Das Gute ist, dass Carol keine unnötigen Risiken eingeht. Manchmal vergesse ich glatt, dass sie keine ausgebildete Agentin ist.«

»Vielleicht ist irgendwas schiefgegangen«, meinte Puller.

»Ich werde eine Fahndung einleiten und Agenten zu dem Haus schicken, das Carol observiert hat.«

»Gute Idee.«

»Ich habe dir aber auch einiges zu erzählen, John.«

Und das tat sie. Als sie mit ihrem Bericht endete, war sie nur noch zwanzig Minuten von der Stadt entfernt. Sie hörte Puller schwer atmen, was sie an Jack Lineberry erinnerte. Nicht ohne Grund. Beide hatten schwere Schussverletzungen erlitten.

Pine bekam Gewissensbisse. »Hör mal, John, du brauchst jetzt Ruhe, okay? Ich komme auch allein zurecht. Ich hätte dich nicht anrufen sollen.«

Ein paar Sekunden hörte sie ihn schneller atmen. Es klang, als versuche er, sich aufzusetzen.

»Puller? Bleib bloß liegen, hörst du!«

»Schon gut. Ich weiß nur nicht, warum ich noch im Krankenhaus bin.«

»Falls du's vergessen hast – jemand hat auf dich geschossen.«

»Okay, okay«, sagte Puller. »Nach allem, was du herausgefunden hast – was glaubst du, geht da vor sich?«

»Fangen wir mit den Drogen an. Tony hat die Pillen hergestellt, seine Komplizen Cassidy und Danforth haben sie mit dem Army-Laster ausgeliefert, und Jeff Sands hat die Kunden betreut.«

»Und das Penthouse?«, fragte Puller.

»Sands und Axilrod sind dort ein und aus gegangen. Nach dem zu urteilen, was Tony mir erzählt hat, dient das Apartment möglicherweise dazu, Leute zu erpressen – Leute mit Geld und Macht, die dorthin kommen, um Sex mit Minderjährigen zu haben und Drogen zu konsumieren. Und das wird dann alles aufgezeichnet.«

»Und kommt es an die Öffentlichkeit, ist der Ruf im Eimer. Sex mit Minderjährigen ist kein Kavaliersdelikt.«

»Mich würde interessieren, was Nora Franklin mit alldem zu tun hat. Und Gorman.«

»Ich habe mit Bobby über den Kerl gesprochen. Er hat angedeutet, dass es Ungereimtheiten in Gormans Lebenslauf gibt.«

»Was für welche?«, fragte Pine.

»Hat er nicht gesagt.«

»Fühlst du dich wirklich gut genug, John, um dich damit zu belasten?«

»Ich könnte so oder so an nichts anderes denken, ob ich mich jetzt aktiv beteilige oder nicht.«

»Dann bin ich in zwanzig Minuten im Krankenhaus.«

»Ich lauf schon nicht weg«, sagte Puller.

Als Pine in Pullers Zimmer eilte, saß er auf dem Bett und schaute auf sein Handy.

»Wie fühlst du dich?«, fragte sie und setzte sich zu ihm auf die Bettkante. »Und erzähl mir jetzt bitte keinen Unsinn.«

»Nun ja, auf Hausdächern würde ich derzeit nicht herumturnen, aber das muss ich ja auch nicht.« Er hielt sein Mobiltelefon hoch. »Das hier ist interessant.«

»Was?«

»Lies selbst.«

Pine tat es. »Nora Franklins Gegner bei der letzten Wahl hat seine Kandidatur im letzten Moment zurückgezogen, obwohl er in den Umfragen vorn lag. Damit war der Weg frei für ihren Sieg. Der Gegenkandidat hat von persönlichen Gründen gesprochen.« Sie schaute Puller an. »Das ist allerdings interessant.«

Puller nickte. »Ich glaube, wir wissen jetzt, was für Gründe das waren.«

»Franklins Gegenkandidat war in dem Penthouse, meinst du?«

»Es würde mich nicht wundern. Ich frage mich, wie Franklin sich bei ihren Wohltätern revanchiert hat, die sich ihren Gegner vorgeknöpft und ihr die Wiederwahl gesichert haben.«

»Wie viele Nora Franklins mag es noch geben?«

»Und das nicht nur in der Politik. Es können genauso gut Richter, hohe Beamte, Cops, Militärs, CEOs oder Medienleute sein.«

»Vielleicht erklärt das auch, weshalb ein Vier-Sterne-General so plötzlich versetzt wird und man dir diesen Fall entzieht. Oder warum die örtliche Polizei uns von den Ermittlungen ausschließt.«

»Es könnte so einiges erklären«, stimmte Puller zu und überlegte einen Augenblick. »Hast du schon was von deiner Fahndung gehört?«

»Nein.«

»Dann sollte ich vielleicht Verstärkung rufen.«

»An wen denkst du?«

»Überlass das ruhig mir«, sagte Puller.

»Nein, ich will dabei sein. Zumindest will ich Lindsey Axilrod erwischen.«

»Okay. Aber ich muss erst noch mit ein paar Leuten reden.«

»Ich auch. Ich muss mich bei jemandem in Erinnerung rufen.«

»Bei wem?«

»Er hat gemeint, ich soll anrufen, wenn ich Hilfe brauche. Jetzt ist der Augenblick gekommen.«

62

Er hörte schweres Atmen und das monotone Tropfen von Wasser. Die Geräusche waren laut, regelmäßig und zutiefst beunruhigend.

Robert Puller schaute auf seine Füße und zuckte zusammen – eine kurze, heftige Bewegung, die die Schmerzen in seiner Schulter und im Arm erneut aufflammen ließ. Sie hatten ihn auf brutale Weise auszuquetschen versucht, aber letztlich ohne Erfolg. Er war überzeugt, dass sie es noch einmal versuchen würden – mit noch brachialeren Methoden.

Gorman und dessen Schläger hatten Bobby und Carol Blum zu einem unscheinbaren Van mit getönten Fenstern gebracht, der in einer Parkgarage irgendwo am Stadtrand abgestellt war. Dort hatte man sie gefesselt und ihnen Säcke über den Kopf gezogen. Über eine Stunde waren sie gefahren, bis die Entführer sie aus dem Van geholt und in ein Gebäude gezerrt hatten.

Puller hatte keine Ahnung, wo sie sich befanden. Die Säcke hatte man ihnen erst im Innern des Gebäudes abgenommen. Von Carol Blum war nichts zu sehen. Offenbar hatten die Kidnapper sie woanders untergebracht – die klassische Strategie der Demoralisierung.

Sie hatten Bobby ins Gesicht geschlagen, hatten ihm den Arm auf den Rücken gedreht und nach oben gedrückt, bis das Gelenk fast nachgab. Dann hatten sie ihm zwei Finger gebrochen und ihn über eine Stunde nach allen Regeln der Kunst befragt. Puller hatte keine Ahnung, wer die Folterer waren; Gorman hatte sich nicht blicken lassen.

Während des Verhörs hatte Bobby sich übergeben und trotz allen Elends mit einer gewissen Genugtuung registriert, wie seine Peiniger zur Seite sprangen. Das allein war die Faustschläge wert, die sie ihm anschließend zur Strafe verpassten.

Sie hatten ihm alle möglichen Schimpfwörter an den Kopf geworfen, hatten ihn bedroht und beleidigt. Bobby hatte alles an sich abprallen lassen, indem er sich auf mathematische Aufgaben konzentrierte, die er im Kopf zu lösen versuchte. Schwieriger wurde es, als sie auf ihn einzuprügeln begannen, aber er hatte sich gut gehalten.

Puller hatte in seiner militärischen Ausbildung ein ultrahartes Training absolviert, das darauf abzielte, dem Feind auszuweichen, gewaltsamen Widerstand zu leisten, falls nötig, sich Fluchtmöglichkeiten zu eröffnen und unter den härtesten Bedingungen zu überleben. Nun, dem Feind auszuweichen war ihm offensichtlich nicht gelungen, sein Widerstand brachte ihm heftige Prügel ein, und an Flucht war nicht zu denken.

Also konzentrier dich erst mal darauf, das hier zu überleben.

Bobby Puller schaute auf den dreckigen Boden und sah Spritzer seines eigenen Blutes im Staub.

Er hatte schon einmal im Gefängnis gesessen – für ein Verbrechen, das er nicht begangen hatte. Doch es gab einen grundlegenden Unterschied zu seiner jetzigen Situation: Die Wärter damals hatten ihn nur bewacht, nicht gefoltert. Und schon gar nicht hätten sie ihn umgebracht.

Die Bastarde, die ihn hier festhielten, kannten keine solchen Skrupel.

Während des Verhörs hatte Bobby einmal den Namen Nora Franklin erwähnt, als er auf die Frage antwortete, was er mit Blum in dem Hotel gewollt hatte.

»Ich hoffe, Nora ist es wert, was mit euch Arschlöchern passieren wird«, hatte er gesagt. Mit der Folge, dass ein Kerl mit der Statur eines Catchers ihm eine solch brutale Ohrfeige verpasst hatte, dass er vom Stuhl geflogen war.

Nun saß Bobby zusammengesunken da und wartete darauf, dass seine Peiniger zurückkamen.

*

»Wollen Sie sterben? Wenn Sie uns nicht entgegenkommen, Gnädigste, töten wir Sie.«

Der Mann starrte auf Carol Blum hinunter, die an einem kleinen Tisch saß. Man hatte ihr Schuhe und Jacke abgenommen, sodass sie in dem eiskalten Zimmer zitterte. Die drei Männer trugen Mäntel.

Noch nie hatte Blum solche Angst gehabt. Sie wurde das beklemmende Gefühl nicht los, dass diese Leute es todernst meinten. Es sah ganz so aus, als würde sie hier nicht mehr lebend herauskommen.

Blum schaute zu dem Mann hoch und sagte leise, mit bebender Stimme: »Sie bringen mich so oder so um, was also soll's?«

Der Mann hielt ihren FBI-Ausweis hoch.

»Sie sind keine Agentin, sondern für den Papierkram zuständig. Eine Sekretärin«, fügte er abschätzig hinzu.

»Ich bin für den *Support* zuständig.«

Der Schlag mit dem Handrücken, der Carol im Gesicht traf, hätte sie vom Stuhl gefegt, hätte ein anderer Kerl sie nicht festgehalten. Zitternd vor Wut und Schmerz schluckte sie Blut und Tränen hinunter.

»Meinetwegen können Sie für sonst was zuständig sein«, sagte der Mann spöttisch. »Wie sind Sie auf Ms. Franklin und Mr. Gorman gekommen?«

Blum fixierte ihn mit ihrem nicht zugeschwollenen Auge. Zorn wallte in ihr hoch. Wenn sie schon sterben musste, würde sie sich nicht widerstandslos in ihr Schicksal ergeben. In ihr erwachten Trotz und eine Kraft, die ihr Halt gab. »Das Bureau weiß alles. Es wird nicht lange dauern, bis man Sie festnehmen wird.«

»Sie lügen.« Er hob die Hand, um erneut zuzuschlagen.

»Eine Frau zu schlagen, die doppelt so alt ist wie Sie, ändert nichts daran, dass ich recht habe. Und wenn ich als bescheidene Support-Mitarbeiterin so viel weiß – was glauben Sie, wie viel dann unsere Agenten wissen?«

»Agenten?«, warf ein anderer ein. »*Eine* Agentin, meinen Sie. Atlee Pine.«

Blum war darauf vorbereitet und entgegnete: »Und was ist mit der Army CID?«

»John Puller hat mit dem Fall nichts mehr zu tun.«

»Glauben Sie wirklich, er ist der einzige Agent der CID, der für solche Ermittlungen zuständig ist?«

»Darum haben wir uns bereits gekümmert. Und wenn das FBI wirklich so verbissen an der Sache dran ist, warum übertragen die dann einer alten Frau wie Ihnen Observierungsaufgaben?«

»Etwas ungewöhnlich, zugegeben. Zumal ich Sekretärin beim FBI bin und sonst nichts.«

Der Mann wollte etwas sagen, stockte dann aber und sah sie argwöhnisch an. »Was soll das heißen? ›Und sonst nichts‹?«

Blum machte ein verwirrtes Gesicht. »Wie ich es sage. Nichts.«

Der Mann schaute zu seinen Begleitern und sagte etwas in einer Sprache, die Blum nicht verstand. Sie wirkten plötzlich irritiert.

Einer der Männer nickte und schaute zu Blum. »Für wen arbeiten Sie?«

»Das habe ich doch gesagt. Für das FBI.«

»Ich glaube Ihnen nicht.«

»Aber es ist so. Glauben Sie vielleicht, ich bin von irgendeinem *Geheimdienst?*« Blum biss sich auf die Lippe, als hätte sie sich verplappert.

Der Mann schaute sie triumphierend an. »Ein Geheimdienst, hm?« Er beugte sich hinunter, sodass sie auf Augenhöhe waren. »Sagen Sie mir, für wen Sie arbeiten. Und lügen Sie mich nicht an.«

Blum erwiderte trotzig seinen Blick und schwieg.

»Na schön. Wir kommen wieder, dann reden wir weiter. Und wenn Sie uns nicht alles über sich und den Typ in Uniform sagen, werden Sie sterben. Haben Sie verstanden?«

Blum schürzte die Lippen und senkte den Blick.

Die Männer gingen hinaus und schlossen die Tür ab.

Erst jetzt schaute Blum wieder auf. Mit ihrer List hatte sie sich und Robert Puller ein bisschen Zeit verschafft, mehr aber auch nicht. Carol spürte, wie ihr Mut und ihr Widerstand bröckelten, als ihr erneut die Hoffnungslosigkeit ihrer Lage bewusst wurde.

Bitte, Agentin Pine, finden Sie uns, bevor es zu spät ist.

63

Pine saß in ihrem Mietwagen. Fast zwanzig Minuten hatte sie ununterbrochen ins Telefon gesprochen. Nun verstummte sie, atmete tief durch und wartete.

Schließlich sagte Clint Dobbs, der FBI-Chef von Arizona: »Heilige Scheiße. Sie machen keine halben Sachen, Pine, was?«

»Scheint mir nicht zu liegen, Sir.«

»Habe ich Sie richtig verstanden? Sie behaupten allen Ernstes, dass eine Bande mit Verbindungen in höchste Kreise reihenweise hochrangige Persönlichkeiten erpresst und sie dazu bringt, ihren Einfluss für die Interessen der Erpresser zu nutzen?«

»Die Fakten lassen aus meiner Sicht keinen anderen Schluss zu. Und jetzt ist Carol Blum verschwunden, zusammen mit John Pullers Bruder.«

»Das gefällt mir gar nicht.«

»Mir auch nicht.«

»Und Sie haben selbst gesehen, dass Gorman den Jungen erschossen hat?«

»Ja.«

»Ich brauche eine eidesstattliche Erklärung, damit ich die Dinge ins Rollen bringen kann.«

»Die kriegen Sie sofort.«

»Und Nora Franklin? Ich habe selbst schon vor Ausschüssen ausgesagt, in denen sie sitzt. Ich habe sie persönlich kennengelernt. Es will mir einfach nicht in den Kopf, dass sie zu so etwas fähig sein soll.«

»Mag sein, Sir, aber die Fakten sind eindeutig. Sie steckt bis über beide Ohren in der Sache drin.«

»Es gibt aber keine handfesten Beweise, oder?«

»Die haben einen Vier-Sterne-General aus dem Amt gekickt. Pullers Kollege wurde ermordet, und er selbst wird in seinen Ermittlungen behindert, wo es nur geht. Und nicht nur das – er liegt mit Schussverletzungen im Krankenhaus. Außerdem wurde der Enkel von Peter Driscoll erschossen, bevor er auspacken konnte, doch in den Medien hört und liest man kein Wort darüber. Eine Kollegin von mir meint, das NYPD hält Sands' Identität geheim, weil Driscoll es so will.«

»Wollen Sie damit sagen, Senator Driscoll ist auch in die Sache verwickelt?«

»Ich weiß es nicht«, antwortete Pine. »Ich habe keine Beweise. Aber wenn nicht, wäre es ein Riesenzufall, dass sein Enkel mit drinsteckt.«

»Und dieses Luxusapartment in New York?«

»Das dient dem Zweck, Leute erpressbar zu machen, indem man sie in kompromittierende Situationen bringt und sie dabei filmt. Deshalb die vielen Kameras, die überall installiert sind, vor allem in den Schlafzimmern, in die die Besucher sich zurückziehen, um mit minderjährigen Mädchen Sex zu haben. Nora Franklins Mitbewerber um den Abgeordnetensitz hat wenige Wochen vor der Wahl seine Kandidatur zurückgezogen, aus nicht näher genannten persönlichen Gründen, obwohl er in den Umfragen vorn lag. Wie soll man sich das erklären, Sir?«

»Sie vermuten, er wurde erpresst und hat seine Kandidatur deshalb zurückgezogen?«

»Die Erklärung liegt auf der Hand, Sir.«

»Aber müsste man nicht erwarten, dass er sich zur Wehr setzt?«

»Vielleicht haben die seine Familie bedroht.«

»Die alte Mafia-Strategie?«

»Alt, aber immer noch wirkungsvoll.«

»Was glauben Sie, wie viele hochrangige Persönlichkeiten schon auf diese Weise erpresst wurden?«

»Das weiß niemand. Tony Vincenzo hatte einmal beobachtet, wie mehrere offenbar begüterte Leute zu dem Penthouse gebracht wurden. Er wusste, dass sie in dieses Apartment wollten, weil er den Chauffeur der Limousine kannte. Da kann man sich vorstellen, wie viel Verkehr in dem Apartment geherrscht hat ... im doppelten Sinne des Wortes.«

»Die nutzen die Schwächen der Leute aus«, sagte Dobbs angewidert.

»Obwohl ich sagen muss, dass sich mein Mitleid mit Leuten, die Sex mit Kindern haben, in Grenzen hält.« Pine musste an Jewel Blake denken. »Aber es hat sicher auch Leute erwischt, die bloß eine Affäre hatten oder drogenabhängig waren, was keinesfalls rechtfertigt, dass man ihr Leben ruiniert. Das Problem ist, da werden Leute zu Dingen gezwungen, die dem Land schaden – und sie tun es, um die eigene Haut zu retten.«

»Okay, Pine, mir ist klar, dass wir schnell handeln müssen. Trotzdem muss ich erst darüber nachdenken. Wir brauchen einen Plan, und wir müssen verdammt vorsichtig sein.«

»Deshalb sollten Sie sich gut überlegen, mit wem Sie darüber sprechen, Sir. Sonst könnte es passieren, dass Sie von einem Tag auf den anderen in eine kleine Dienststelle irgendwo in der Pampa versetzt werden.«

»Der Gedanke ist mir auch schon gekommen. Was ist mit Carol? Haben Sie immer noch keine Spur?«

»Noch nicht. Aber Puller und ich arbeiten dran. Ich werde Himmel und Hölle in Bewegung setzen, dass wir sie wohlbehalten zurückbekommen.«

»Bleiben Sie am Ball, Pine. Ich rufe Sie zurück.«

Dobbs trennte die Verbindung.

Aus einem unerklärlichen Grund spürte Pine, wie ihre Hoffnungen schwanden. Sie ahnte, dass sie nicht wirklich mit Hilfe rechnen konnte. Der Einfluss der Drahtzieher reichte einfach zu weit.

Betrübt schaute sie aus dem Fenster auf die dunkle Straße und fragte sich ängstlich, wie es Carol Blum und Robert Puller ergehen mochte. Sie war sich sicher, dass die beiden sich am selben Ort befanden.

Nur wo?

Du hättest Carol niemals mitnehmen dürfen. Und hättest du nicht durch deine Blödheit verhindert, dass Puller den fliehenden Tony Vincenzo verhaftet, säße Robert jetzt nicht in der Patsche.

Sie spürte, wie ihre Augen feucht wurden.

Reiß dich zusammen, rief sie sich zur Ordnung. *Selbstvorwürfe bringen dich nicht weiter.*

*

Pine fuhr geradewegs zum New York Field Office des FBI, gab eine eidesstattliche Erklärung ab, ließ sie notariell beglaubigen und sandte sie an Dobbs nach Arizona. Ihr entging nicht, dass mehrere Agenten sie im Vorbeigehen neugierig musterten.

Läuft hier etwas, von dem ich nichts weiß?

Für einen Moment stieg Panik in ihr auf. Was, wenn sogar das Bureau von den mächtigen Drahtziehern kontrolliert wurde? Wenn Dobbs sie nur hergeschickt hatte, um sie unter irgendeinem Vorwand festnehmen zu lassen?

Als sie schon daran dachte, sich schnellstmöglich zu verdrücken, kam ihr ein Mann in den Fünfzigern entgegen – groß gewachsen, eine imposante Erscheinung in schwarzem Anzug, blütenweißem Hemd und blauem Schlips.

»Agentin Pine?«

»Ja?« Der Mann kam ihr irgendwie bekannt vor.

»Warren Graham«, stellte er sich vor. »Ich bin der SAC hier.«

Natürlich, ging es Pine durch den Kopf. Warren Graham war Special Agent im New York Field Office. Es war neben dem Büro in Washington, D.C., die wichtigste Dienststelle des FBI. Somit stand Graham in der internen Hierarchie weit über Clint Dobbs.

»Ich würde gerne mit Ihnen sprechen. Privat.«

Graham führte Pine in einen kleinen Konferenzraum und schloss die Tür.

Pine schlug das Herz bis zum Hals. *Was haben die vor? Bist du raus aus dem Fall?*

Graham setzte sich auf die Tischkante. »Clint Dobbs und ich waren Zimmergenossen in Quantico und sind heute noch befreundet. Er hat mich angerufen, nachdem Sie mit ihm gesprochen hatten.«

Pine stützte sich mit einer Hand an der Wand ab. Sie fragte sich, was jetzt kommen mochte.

»Die Sache, an der Sie dran sind, verfolgen auch wir schon einige Zeit. Deshalb wissen wir, dass es drei weitere Luxusapartments gibt, in denen ähnliche Dinge geschehen wie in dem, das Sie im Visier haben.«

»Drei weitere Apartments?«, stieß Pine hervor. »Heißt das, Sie wissen, was dort abgeht?«

»Wir glauben es zu wissen, ja. In Russland nennen sie es *Kompromat*. Die Saudis haben ihr eigenes Wort dafür, die Chinesen ebenso.«

»Dann sitzen die Drahtzieher im Ausland?«

Graham schüttelte den Kopf. »Wir gehen nicht davon aus, Pine.«

»Sondern?«

»Wir vermuten dahinter eine private Gruppe mit dem ältesten Motiv der Welt: Geld.«

»Wissen Sie auch über Gorman und Nora Franklin Bescheid?«

»Nein, so weit waren wir noch nicht. Wir bereiten gerade Durchsuchungsbeschlüsse vor und wollen möglichst schnell mit einer vollständigen Überwachung beginnen.« Er stockte, wirkte auf einmal zerknirscht. »Ich kenne Nora. Ich muss sagen, ich bin … überrascht. Das hätte ich nie für möglich gehalten.«

»Genau darum sind die so lange damit durchgekommen, Sir.«

»Da haben Sie vollkommen recht, Pine. Und es zeigt wieder mal, dass man nie zu alt ist, um dazuzulernen.« Er zog die Stirn in Falten. »Ich habe gehört, dass zwei Personen sich in der Gewalt dieser Gruppe befinden?«

»Meine Assistentin Carol Blum und Lieutenant Colonel Robert Puller von der Air Force.«

»Steckt Gorman dahinter?«

»Davon gehen wir aus.«

»Wir haben auf die Schnelle ein paar Erkundigungen über diesen Kerl eingeholt. Als Leiter von Noras Sicherheitsteam hat man ihn nicht so gründlich gecheckt, wie es bei anderen Mitarbeitern üblich ist.«

»Genau darum haben die es so eingefädelt. Sonst wäre er nie so weit gekommen.«

»Anzunehmen. Kann ich davon ausgehen, dass das Militär bereits nach Colonel Puller sucht?«

»Ich denke, ja. Zumindest wird daran gearbeitet.«

Pine hoffte inständig, dass John vom Krankenbett aus eine Suche in die Wege leiten konnte.

»Okay, Agentin Pine, Sie haben fürs Erste genug geleistet. Sie sehen abgekämpft aus. Schlafen Sie sich aus. Sie können uns nur helfen, wenn Sie ausgeruht sind. In den nächsten Tagen geht es dann richtig zur Sache.« Er hielt einen Moment inne. »Gnade uns Gott, wenn dieser Fall so weite Kreise zieht, wie ich befürchte.« Er zog eine Visitenkarte hervor und gab sie ihr. »Meine private Handynummer.«

Pine nickte und ging hinaus zu ihrem Wagen, nervös, angespannt, innerlich zitternd. Es drängte sie danach, etwas zu unternehmen, irgendetwas.

Und was?

Betrübt fuhr sie zu Lineberrys Apartment und ließ sich angezogen aufs Bett fallen. Sie nahm das Foto ihrer Schwester heraus und betrachtete es, bis sie in unruhigen Schlaf sank.

64

Puller lehnte sich ins Kissen zurück und starrte auf sein Handy. Er hatte es vor den Schwestern verstecken müssen, die stets darauf bedacht waren, dass er ruhte und schlief.

Und die mich daran hindern, meinen Job zu tun, so gut sie es auch meinen.

Trotz der Beruhigungsmittel hatte er schlecht geschlafen. Seit einer Stunde schon lag er wach und versuchte verzweifelt, einen Schritt weiterzukommen. Er hatte bereits drei Anrufe gemacht, aber niemand rief zurück. Es war frustrierend und beunruhigend zugleich.

Er überlegte fieberhaft, wer ihm weiterhelfen könnte. Wenn er an jemanden herankäme, der persönlich von der Sache betroffen war, dann …

Du Trottel.

Rasch tippte er die Nummer in sein Mobiltelefon. Sofort schaltete sich eine Mailbox ein. Puller seufzte. Nicht schon wieder. Er hinterließ eine ausführliche Nachricht und legte das Handy neben sich aufs Bett.

Sein Blick schweifte zu seinen Vitalfunktionen auf dem Monitor. Alle Werte schienen in Ordnung zu sein. Er erinnerte sich, wie er in Afghanistan einmal die Augen aufgeschlagen und festgestellt hatte, dass er sich in einem Feldlazarett befand. Damals hatten seine Körperfunktionen bei Weitem nicht so ermutigend ausgesehen. Bis zu diesen dramatischen Minuten in der glühenden Wüste hatte Puller nicht gewusst, dass der Blutdruck eines Menschen so tief in den Keller gehen konnte, ohne dass derjenige ins Gras beißen musste.

Puller versuchte, seine verletzte Schulter zu bewegen, und knirschte vor Schmerz mit den Zähnen. Keine gute Idee, trotz der Schmerzmittel. Also gab er es auf und versuchte zu dösen, wobei er träge auf das Mobiltelefon schaute.

Komm schon, melde dich.

Fünf Minuten vergingen. Zehn. Zwanzig.

Er verlor allmählich die Hoffnung.

Plötzlich summte das Handy. Puller griff so begierig danach, dass seine verletzte Schulter vor Schmerz aufschrie.

»Ja?«

»Puller? Hier Tom Pitts.«

»Danke, dass Sie zurückrufen, Sir. Tut mir verdammt leid, was Ihnen passiert ist. Und ich hab Sie da reingezogen. Hätte ich gewusst, dass es Sie das Amt kostet, hätte ich mich nie bei Ihnen gemeldet.«

»Nein, John, *ich* muss mich entschuldigen. Nachdem Sie bei mir waren, habe ich ein paar Anrufe gemacht und Nachforschungen angestellt. Anfangs sah es so aus, als würde ich vorankommen. Bis plötzlich ein Abrams-Panzer des Weges kam und mich überrollte. Die Army kann eine launische Diva sein, John. Und wenn dann noch die Politik hineinspielt – und ich rede jetzt nicht bloß von Militärpolitik, sondern von den hohen Tieren auf der anderen Seite des Potomac –, kann es verdammt kompliziert werden. Ich hatte ganz gut gelernt, mich auch in diesen tückischen Gewässern zu bewegen, aber jetzt hat es mich kalt erwischt. Um sieben Uhr früh habe ich meine erste Tasse Kaffee getrunken. Um Viertel nach acht kam der Befehl, meine Sachen zu packen und mich auf einen Auslandseinsatz zu begeben. In den Niederlanden.«

»Sind Sie schon unterwegs?«

»Mein Flieger geht übermorgen.«

Puller verbiss sich einen Fluch. »Tut mir leid, dass ich Sie in diesen Mist verwickelt habe, Sir.«

»Mir nicht. Die Sache stinkt zum Himmel. Und ich werde das nicht einfach auf sich beruhen lassen, John. Mir ist bewusst, dass die Leute, denen ich meinen … sagen wir *Urlaub* verdanke, sehr einflussreich sind. Ich habe aber auch ein paar Pfeile im Köcher.«

»Deshalb habe ich Sie angerufen, Sir. Ich wollte Sie über die neuesten Entwicklungen informieren.«

»Von wo rufen Sie an?«

Puller zögerte einen Moment; dann beschloss er, bei der Wahrheit zu bleiben. »Vom Krankenhausbett.«

»Was?«

Puller berichtete ihm, was sich zugetragen hatte.

»Sie glauben, das hat damit zu tun?«

»Ganz sicher, Sir.«

»Okay. Erzählen Sie mir alles, was Sie wissen.«

Mit wenigen durchdachten Sätzen berichtete Puller dem General von Nora Franklin und Adam Gorman. Auch dass Peter Driscolls Enkel Jeff Sands durch dieselbe Kugel ums Leben gekommen war, die ihn selbst außer Gefecht gesetzt hatte. Er berichtete von den mutmaßlichen Erpressungen, die rund um das Penthouse in New York abliefen, und ließ seinen Bericht damit enden, dass sein Bruder Robert und eine FBI-Mitarbeiterin spurlos verschwunden waren.

»Und Sie glauben, diese Dreckskerle haben die beiden in ihrer Gewalt?«

»Ich wüsste keine andere Erklärung für ihr plötzliches Verschwinden. Sie sind auch telefonisch nicht erreichbar. Ich habe ein paar Bekannte um Hilfe gebeten, aber bis jetzt hat außer Ihnen keiner zurückgerufen.«

»Diese Hurensöhne schließen die Reihen«, sagte Pitts nachdenklich. »Wissen Sie, ich kenne viele Militärs, die auf dem Schlachtfeld keinem Feind ausgewichen sind und bis zum Letzten gekämpft haben. Dieselben Leute werden plötzlich zu Feiglingen, wenn aus irgendeinem Grund eine Vorladung vor Gericht oder eine Degradierung droht, oder wenn ein einflussreicher Anzugträger, der im Grunde nicht den geringsten Respekt verdient hat, sie anruft und seine schlaffen Muskeln spielen lässt. Aber im Gegensatz zu den anderen, die Sie angerufen haben und von denen Sie nichts hören, werde ich nicht so schnell aufgeben. Ich habe mir meine Sterne und mein Amt im Pentagon redlich verdient und mag es nicht, wenn man mich herumschubst. Wenn diese Schweine glauben, ich lasse das einfach so über mich ergehen, werden sie mich kennenlernen. Auch wenn Sie nicht mehr angerufen hätten, John – ich wäre mit der Sache an die Öffentlichkeit gegangen, bevor ich das Land verlasse. Wenn mich jemand schlägt, schlage ich noch härter zurück.«

Puller musste unwillkürlich lächeln. »Jetzt reden Sie wie mein Vater.«

»Das werte ich als Kompliment.« Pitts stockte einen Moment und fuhr etwas nachdenklicher fort: »Ihr Bruder Robert, sagen Sie? Er ist Lieutenant Colonel der Air Force, nicht wahr? Ein Mann mit der höchsten Sicherheitsfreigabe, der einen Großteil unserer wichtigsten militärischen Geheimnisse kennt.«

»Jawohl, Sir.«

»Wir müssen ihn und diese FBI-Mitarbeiterin zurückholen.

Haben Sie eine Ahnung, wohin man die beiden verschleppt haben könnte?«

»Ich arbeite daran, Sir.«

»Geben Sie mir zwei Stunden, John. Ich muss ein paar Anrufe machen. Ich glaube, ich kann einige Hebel in Bewegung setzen. Danach müssen Sie mir nur noch ein Ziel nennen.«

»Ich hatte gehofft, dass Sie das sagen, Sir. Darf ich Sie noch um einen letzten Gefallen bitten?«

»Nur zu.«

»Ich kenne eine FBI-Agentin, die uns gerne unterstützen würde. Sie heißt Atlee Pine.«

»Ist sie der Sache gewachsen?«

»Voll und ganz, General.«

Als Puller das Gespräch beendet hatte, rief er Pine an und teilte ihr mit, was er mit General Pitts' Hilfe vorhatte.

»Danke, dass du dich für mich eingesetzt hast«, sagte sie verschlafen.

»Du würdest dasselbe für mich tun.«

Pine berichtete ihm ihrerseits von ihrem Gespräch mit Warren Graham.

»Das heißt, wir können diese Bastarde mit deinem FBI und meiner Army gewissermaßen in die Zange nehmen«, meinte Puller.

»Aber dazu müssen wir alles aufbieten, was wir haben«, erwiderte Pine. »Sag mal, wird Militärangehörigen nicht ein RFID-Chip implantiert, um sie jederzeit aufspüren zu können? Vor allem hochrangigen Offizieren wie deinem Bruder?«

»Man hatte mal daran gedacht, aber neben stichhaltigen Argumenten wie dem der Verletzung der Privatsphäre wäre es einfach zu teuer geworden. Außerdem stellt sich die Frage, was passiert, wenn diese Leute aus dem Militär ausscheiden. Soll man die Chips dann wieder rausnehmen?«

»Was macht man stattdessen?«, fragte Pine.

»Man arbeitet mit GPS-Trackern, die die Betreffenden nach ihrer aktiven Zeit zurückgeben.«

»Verstehe, John.« Pines Stimme klang hörbar müde.

»Sorry, dass ich so spät noch angerufen habe. Ich hätte dich schlafen lassen sollen.«

»Unsinn. Du liegst mit einer Schussverletzung im Krankenhaus und arbeitest trotzdem, während ich faul im Bett liege. Du kannst mich jederzeit anrufen, hörst du?«

»Ich nehme dich beim Wort.«

Puller legte das Handy weg und starrte an die Decke. Er fühlte sich schrecklich hilflos. Eine ähnliche Ohnmacht hatte er verspürt, als sein Vater an Alzheimer erkrankt war. Auf diesem Schlachtfeld konnte man nicht siegen. Genauso wehrlos fühlte er sich jetzt.

Verdammt noch mal!

65

Am nächsten Vormittag fuhr Pine keuchend aus dem Schlaf hoch. Sie war schweißgebadet, und ihr Herz pochte wild.

Sie war mit den Gedanken an Carol Blum und Robert Puller eingeschlafen, und das hatte sich gerächt.

Diese verdammten Albträume.

Sie schwang sich aus dem Bett, stand einen Moment lang unschlüssig da und riss sich dann zusammen. *Träume sind Schäume. Beruhig dich erst mal.*

Sie duschte ausgiebig, zog sich an, machte Kaffee und aß dazu einen Joghurt und zwei Scheiben Toast. Dabei dachte sie an Pullers Anruf von gestern Abend. Offenbar verfügte er über die Mittel für eine Gegenoffensive. Jetzt brauchten sie nur noch einen Ort, um zurückzuschlagen.

Pine sah auf ihrem Mobiltelefon nach, ob sich wie durch ein Wunder Carol Blum oder Robert Puller gemeldet hatte, während sie geschlafen hatte. Natürlich nicht.

Dafür hatte sie eine Nachricht von Clint Dobbs erhalten, in der er den Erhalt ihrer eidesstattlichen Erklärung bestätigte. Er fügte hinzu, dass er die Dinge ins Rollen gebracht und sich eine Strategie überlegt habe. Zudem verfüge er über die volle Unterstützung des FBI. Er schloss mit der Anweisung, den vorhandenen Spuren nachzugehen und ihn selbst und Graham über alle Fortschritte auf dem Laufenden zu halten.

Pine war erleichtert. Sie hatte Clint Dobbs nie besonders gemocht, doch sie vertraute ihm. Man konnte ihm manche Schwäche nachsagen, aber er war nicht käuflich und stand zu seinem Wort.

Sie schnallte sich ihre Waffen um, ging hinunter in die Tiefgarage, stieg in ihren Wagen und fuhr los.

Sie hatte genug davon, immer nur zu reagieren.

Es wurde Zeit, die Initiative zu ergreifen.

Die Gegenoffensive.

Sie fuhr geradewegs zu Nora Franklins Büro und fand eine Parklücke an der Straße. Ihr war klar, dass sie Glück brauchte, um mit ihrem Vorhaben auch nur das Geringste zu erreichen. Falls die Kongressabgeordnete nach Washington zurückgekehrt war oder in ihr Büro außerhalb von New York, war Pine umsonst hergekommen.

Ein Blick auf die Uhr. Kurz vor Mittag.

Pine beschloss, sich zwei Stunden Wartezeit zu erlauben.

Eine halbe Stunde später wurde sie von den Göttern des FBI erhört.

Ein Taxi hielt vor dem Büroturm. Nora Franklin stieg aus und verschwand im Gebäude.

Pine ging in das Café, von dem aus Carol Blum ihre Observierung durchgeführt hatte.

Es hatte leicht zu regnen begonnen, und der Himmel verdunkelte sich zusehends.

Pine fand einen Platz am Fenster, trank einen Kaffee und aß ein Thunfischsandwich. Drei Stunden später fragte eine Kellnerin, ob sie noch etwas wolle. Es war die unausgesprochene Aufforderung, das Café zu verlassen, wenn sie nichts konsumierte – obwohl die Tische bei Weitem nicht voll besetzt waren. Pine bestellte noch einen Kaffee und eine Tüte Chips.

Während sie dasaß und den Hauseingang überwachte, kam ihr eine Idee. Vielleicht gab es einen Weg, schneller ans Ziel zu kommen. Sie holte die Karte von Warren Graham heraus, dem Special Agent im New York Field Office des FBI, und wählte seine Handynummer. Er meldete sich beim zweiten Klingeln.

Sie berichtete ihm, wo sie sich befand und was sie vorhatte.

»Das ist riskant, Pine. Es könnte schlimme Konsequenzen haben.«

»So schlimm, wie zwei hervorragende Leute zu verlieren?«

Graham schwieg einen Augenblick, während Pine den Atem anhielt.

»Also gut, Pine. Aber verbocken Sie's nicht.« Er nannte ihr eine Telefonnummer, die sie anrufen sollte, nachdem sie ihre Mission beendet hatte. Dann trennte er die Verbindung.

Pine spürte den Druck, den Graham mit dem Hinweis auf mögliche Konsequenzen hervorgerufen hatte, beinahe körperlich. Wenn es schiefging, waren sie alle ihren Job los – sie selbst, Graham und alle, die an der Ermittlung beteiligt waren. Die Gegenseite würde siegen, und die ohnehin gebeutelten USA würden weiter den Bach runtergehen.

Um sieben Uhr trat Nora Franklin endlich hinaus in den Regen und die Abenddämmerung. Sie musste ein Uber-Taxi gerufen haben, denn als sie durch die Tür kam, hielt bereits ein Prius am Bordstein. Franklin klemmte sich ihre lederne Aktentasche unter den Arm, stieg ein, und der Prius fuhr los.

Pine eilte zu ihrem Wagen und nahm die Verfolgung auf.

Der Prius hielt vor einem Restaurant mitten in Manhattan. Franklin stieg aus und verschwand im Innern.

Pine ging zum Fahrer einer Limousine und zückte ihren FBI-Ausweis, damit der Mann ihr seinen Parkplatz überließ. Sie fuhr in die Parklücke und wartete.

Zwanzig Minuten später teilte ihr Dobbs in einer Nachricht mit, was das FBI unternommen hatte. Was er zu sagen hatte, war ermutigend.

Dutzende Durchsuchungsbeschlüsse vor dem Vollzug. Franklin und mehrere andere Personen werden abgehört. Wir lassen den ganzen Laden hochgehen.

Pine schrieb ihm ihrerseits, was sie vorhatte, und fügte hinzu: *Das erste Mal seit Langem, dass ich Grund zur Zuversicht habe.*

Sie steckte ihr Handy weg, stieg aus und ging am Fenster des Restaurants vorbei, doch von hier draußen konnte sie Franklin nicht sehen. Sie ging hinein und schaute sich kurz um. Da saß sie und unterhielt sich mit einem Mann, den Pine nicht kannte. Zu schade. Wäre es Gorman gewesen, hätte sie ihn auf der Stelle festgenommen.

Pine verließ das Restaurant und setzte sich wieder ins Auto.

Das Warten wird dir zur Gewohnheit, dachte sie säuerlich.

Kurz nach neun kam Franklin aus dem Gebäude und rief ein Taxi.

Pine blieb an dem Wagen dran.

Sie fuhren in südlicher Richtung den West Side Highway hinunter, bis das Taxi nach Greenwich Village abbog, dem New Yorker Szene- und Künstlerviertel mit seinen historischen Häusern, den eigentümlich verwinkelten Straßen und seinem Ruf als eine der exklusivsten Gegenden des Big Apple.

Alt. Teuer. Geschichts- und prestigeträchtig. Und einigermaßen abgelegen, soweit das in New York möglich war. Kleinstadtatmosphäre. Kleine, feine Restaurants, in denen ein Hauptgericht schon mal fünfzig Dollar kostete, ein Cocktail zwanzig.

Das Taxi hielt vor einem wunderschönen dreistöckigen Haus mit Gaslampen zu beiden Seiten der blau angestrichenen Haustür. Das angrenzende Haus war nicht minder eindrucksvoll, schien aber wegen Renovierungsarbeiten leer zu stehen. Man musste ein Vermögen hinblättern, um so ein Haus zu kaufen, wie Pine wusste, und dann noch einmal, um es bewohnbar zu machen.

Wenn man sich's leisten kann, ging es ihr zähneknirschend durch den Kopf.

Die alten Steinstufen vor Franklins Haus wurden von kunstvollen schmiedeeisernen Geländern gesäumt. Das Haus war sehr alt nach New Yorker Maßstäben, war aber zweifellos von Grund auf renoviert worden.

Pine wartete in der Parklücke und beobachtete, wie Nora Franklin ausstieg; dann stieg sie ebenfalls aus dem Wagen und folgte Franklin schnellen Schrittes. Das Taxi fuhr weiter, während Franklin zur Treppe ging. Sie hörte Pine erst, als diese direkt hinter ihr war.

»Hat das Sicherheitsteam heute seinen freien Tag, Ms. Franklin?«

Franklin fuhr herum. Pine sah einen kleinen Behälter in ihrer Hand.

»Pfefferspray«, stellte Pine fest. »Okay, ist legal hier, solange Sie das Zeug aus einer amtlich zugelassenen Quelle kaufen und den nötigen Papierkram ausfüllen. Aber als VIP haben Sie das wahrscheinlich von einem Laufburschen erledigen lassen.«

»Wer zum Teufel sind Sie?« Franklin ließ gehetzt den Blick schweifen, schaute sich nach einem Streifenwagen um.

Pine zückte ihre Dienstmarke. »FBI Special Agent Atlee Pine. Ich muss mit Ihnen sprechen.«

Franklin riss überrascht die Augen auf.

»Ja, ich bin's«, fuhr Pine fort. »Ich hab mir schon gedacht, dass Sie über mich auf dem Laufenden gehalten werden. Vermutlich hat Mr. Gorman persönlich das erledigt.«

»Wenn Sie mich sprechen wollen, rufen Sie mein Büro an und lassen Sie sich einen Termin geben. Aber es wird eine Weile dauern. Ich bin sehr beschäftigt, Agentin Pine.«

»Das ist mir bewusst. Es muss zeitraubend sein, zwei oder noch mehr Herren zu dienen.«

Franklin lächelte höflich. »Ich habe keine Ahnung, wovon Sie reden, aber ich fürchte, Sie bewegen sich gefährlich nahe an einer Verleumdungsklage. Wenn Sie mich jetzt entschuldigen.«

Pine ließ nicht locker, trat einen Schritt näher. »Ihr Problem ist, dass Mr. Gorman Mist gebaut hat. Er hat Leute gekidnappt, unter anderem eine Mitarbeiterin des FBI. Ich weiß, Sie haben einigen Einfluss, aber aus der Nummer kommen nicht einmal Sie raus.«

»Ich weiß wirklich nicht, wovon Sie reden.«

»Sie wollen doch nicht etwa leugnen, dass Gorman für Sie arbeitet?«

»Natürlich nicht. Adam arbeitet schon sehr lange für mich. Er ist der Beste in dem Geschäft.«

»Ja. Bloß ist es ein kriminelles Geschäft, in dem er mit drinhängt. Die Erpressung hochrangiger Personen durch den Missbrauch Minderjähriger. Entführung. Sogar Mord. Das bringt Ihnen eine lange Haftstrafe ein. Viel länger, als Ihre Amtszeit im Kongress gedauert hat.«

Zum ersten Mal sah Pine einen Hauch von Panik in den grünen Augen der Frau.

Ein paar junge Leute mit NYU-Sweatshirts kamen um die Ecke geschlendert. Sie hatten offenbar etwas getrunken, pfiffen und johlten den beiden Frauen zu.

Pine schaute zur Haustür. »Vielleicht sollten wir unser Gespräch drinnen weiterführen. Wir reden schließlich nicht übers Wetter, sondern über ernstere Dinge.«

Franklin blickte zu den johlenden Studenten. Schweigend zog sie den Schlüssel hervor, schloss die Tür auf und forderte Pine mit einer Geste auf, ihr zu folgen.

66

»Was für ein erlesenes Zuhause«, sagte Pine spöttisch, als sie das Wohnzimmer betraten.

Die Fußböden waren aus Marmor, die Wände mit Seide tapeziert, und die exklusive Einrichtung entsprach der Preisklasse der Villa. Die alten Gemälde an den Wänden hätten jedem Kunstmuseum zur Ehre gereicht.

»Man gönnt sich ja sonst nichts«, gab Franklin mit gleichem Sarkasmus zurück.

Eine junge Frau in Hausmädchenuniform kam ins Zimmer und begrüßte die Abgeordnete. »Brauchen Sie etwas, Ma'am?«

»Nein, Lily, Sie können auf Ihr Zimmer gehen. Heute werde ich Sie nicht mehr benötigen.«

Lily schaute zu Pine. »Falls Ihre Freundin eine Erfrischung möchte … Carl ist noch in der Küche.«

»Nein. Sagen Sie Carl, er kann sich ebenfalls zurückziehen. Ich bringe meine … *Freundin* dann selbst zur Tür.«

»Ja, Ma'am.« Lily drehte sich um, eilte hinaus und schloss die Tür.

»Gehen wir in mein Arbeitszimmer«, sagte Franklin knapp.

Sie führte Pine über einen langen Flur, der mit Dielen aus Walnussholz ausgelegt war. Schließlich öffnete sie eine Doppeltür und bedeutete Pine, einzutreten.

Pine schaute sich in dem von Bücherregalen gesäumten Zimmer

um. Im Kamin knisterte ein Feuer. Auf dem mit Handschnitzereien verzierten Schreibtisch aus Edelholz mit Ledereinlage lag antikes Schreibzeug, das zweifellos ein Vermögen gekostet hatte. Das Zimmer strahlte die gediegene Atmosphäre eines englischen Landhauses aus, das durch eine seltsame Fügung mitten in Manhattan gelandet war.

An einer Wand war eine Bar eingerichtet. »Möchten Sie etwas trinken?«, bot Franklin an.

»Nein danke. Aber bedienen Sie sich nur. Sie werden einen Drink brauchen.«

Franklin zuckte kurz zusammen; dann ging sie zur Bar, schenkte sich aus einer Karaffe einen Brandy ein und ließ das edle Getränk im Glas kreisen.

Nora Franklin war eher konservativ mit einem maßgeschneiderten dunkelblauen Hosenanzug bekleidet. Sie öffnete den Haarknoten und ließ ihr blondes Haar bis auf die Schultern fallen. Als sie sich auf einem hochlehnigen Stuhl niederließ, setzte Pine sich ihr gegenüber auf ein kleines Sofa.

Franklin streifte die hochhackigen Schuhe ab und rieb sich die Füße.

»Man sollte meinen, dass Frauen diese verdammten Dinger heutzutage nicht mehr nötig hätten.«

»Ich glaube, in Ihrer Position können Sie tragen, was Sie wollen – im Gegensatz zu vielen anderen Frauen. Aber das ist nicht das Thema, über das ich mit Ihnen reden wollte.«

»Okay, weswegen sind Sie dann hier, außer um abstruse Andeutungen zu machen?«

»Sie sind eine erfolgreiche Frau und sehr vermögend. Allein dieses Haus ist … wie viel wert? Fünf Millionen? Zehn? Und Sie besitzen ein weiteres Zuhause im Norden des Bundesstaats, nicht wahr?«

»Und eins in Südfrankreich. Eine reizende Villa.« Franklin nahm einen Schluck Brandy und musterte Pine mit einer Mischung aus Belustigung und Herablassung, was Pine ihr nicht kommentarlos durchgehen lassen wollte.

»Für eine Frau, die seit über einem Jahrzehnt im Kongress sitzt und ein Jahresgehalt von hundertfünfundsiebzigtausend Dollar bezieht, ist das eine stramme Leistung.«

»Ich war Anwältin.«

»Aber nur ein paar Jahre. Und nicht auf einem Gebiet, auf dem sich das große Geld verdienen lässt.«

»Ich habe gut investiert.«

»Ja, und Ihre Position im Kongress ermöglicht es Ihnen, Gesetze zu beschließen, die Unternehmen fördern, in die Sie investiert haben, ich weiß.«

»Das wäre ein Interessenkonflikt.«

»Klar, aber das heißt noch lange nicht, dass es nicht so läuft. Die Abgeordneten machen Gesetze mit Schlupflöchern, so groß wie der Grand Canyon. Und Korruption ist so schwer nachzuweisen, dass es praktisch nie zu einer Anklage kommt, geschweige denn zu einer Verurteilung. Die Staatsanwaltschaft hat es längst aufgegeben, gegen solche Machenschaften anzukämpfen.«

»Dafür gebührt dem Obersten Gerichtshof ein herzliches Dankeschön. Und wenn Sie sich darüber beschweren möchten, können Sie gern mit einer meiner Assistentinnen sprechen.«

»Vermutlich haben Sie einige Dinge getan, die man als groben Interessenkonflikt auslegen könnte. Trotzdem glaube ich, dass der Großteil Ihres Vermögens aus einer anderen Quelle kommt. Die Angaben, die Sie über Ihre Finanzen machen müssen, sind sehr vage. Der Wert Ihres Hauptwohnsitzes spielt dabei keine Rolle, und Vermögenswerte in Stiftungen müssen überhaupt nicht offengelegt werden. Ich nehme an, dass Sie von diesen Schlupflöchern reichlich Gebrauch machen.«

»Im Gegenteil, ich mache aus meinem Wohlstand kein Geheimnis. Sie haben ja offensichtlich gewusst, wo ich wohne – vielleicht sind Sie mir aber auch gefolgt. Ich gebe Partys und Wohltätigkeitsveranstaltungen in diesem und meinen anderen Häusern. Meine Finanzen sind transparent und einsehbar.«

»Das sehe ich nicht so. Außerdem müssen Kongressabgeordnete sich keinem Background-Check unterziehen. Wer weiß, was da im Dunkeln läuft.«

»Die Medien zerren heutzutage alles ans Licht. Und wenn Sie meinen Patriotismus infrage stellen – wir sind durch einen Eid zur Verschwiegenheit verpflichtet. Als Angehörige des Geheimdienstausschusses gilt das für mich in besonderem Maße.«

»Das sind leere Worte.«

»Ich bin *gewählte* Abgeordnete, meine Liebe. Die Wählerinnen und Wähler haben mir durch ihre Stimme meine Integrität bestätigt. Damit ist der Fall erledigt.«

Pine schüttelte den Kopf. »Ganz und gar nicht.«

»Hören Sie, ich hatte einen langen Tag. Ich muss ins Bett.«

»Glauben Sie mir, Ihre Tage werden in Zukunft noch viel länger sein.«

Franklin beugte sich vor. »Ich habe dieses Gequatsche satt«, sagte sie unfreundlich. »Und nur damit Sie es wissen – mit leeren Drohungen können Sie mich nicht beeindrucken. Wenn Sie das noch einmal versuchen, hänge ich Ihnen eine Verleumdungsklage an den Hals, die sich gewaschen hat. Und ich werde im Kongress untersuchen lassen, nach welchen Kriterien das FBI seine Agenten einsetzt. Ihr Direktor wird nicht begeistert sein, wenn er erfährt, dass seine Sendlinge unbescholtene Bürger belästigen.«

Pine beugte sich ebenfalls vor. »Dann muss ich wohl ein bisschen deutlicher werden. Die Luxusapartments, die Sie und Ihre Freunde für Ihre Machenschaften benutzen, werden überwacht. Jeden Augenblick wird jemand mit einem Durchsuchungsbeschluss bei Ihnen anklopfen – und nicht nur bei Ihnen, sondern bei vielen anderen hochrangigen Amtsträgern, Firmenchefs, Politikern und anderen Verrätern dieses Kalibers.«

»Was soll das? Glauben Sie vielleicht, man hat mich erpresst, Agentin Pine?«

»Ich kann mich nicht erinnern, dass ich etwas von Erpressung gesagt habe. Wie kommen Sie darauf?«

Franklin erstarrte für einen Moment, dann entspannte sie sich wieder und nahm einen weiteren Schluck Brandy. »Eine reine Vermutung … auf der Grundlage dessen, was Sie gesagt haben. Ist das verboten? Hochrangige Amtsträger, sagen Sie? Verräter?«

»Wollen Sie wirklich wissen, warum ich hier bin?«

»Aber ja. Dann können wir dieses Gespräch beenden.«

»Ich kann Ihnen einen Deal anbieten.«

Franklin hätte beinahe ihren Drink verschüttet. »Einen Deal? Ich bin Anwältin, Pine. Sie vermutlich nicht. Also versuchen Sie gar nicht erst, mich einzuschüchtern. Mit Leuten wie Ihnen mache ich kurzen Prozess.«

»Sie waren zwar keine Strafanwältin, aber vielleicht wissen Sie ja trotzdem Bescheid. Die Sache ist die: Ihre Drahtzieher haben Jeff Sands ermordet – Sie kannten den jungen Mann. Danach Tony Vincenzo an einem Strand in New Jersey. Lindsey Axilrod – oder wie immer sie wirklich heißt – hatte zuvor versucht, ihm irgendein Gift zu spritzen. Eine feine Gesellschaft, nicht wahr?«

»Die Namen sagen mir nichts. Und Sie haben keinerlei Beweise, dass ich diese Leute kenne.«

»Spätestens morgen werden die Beweise vorliegen. Wollen Sie

dem zuvorkommen, oder wollen Sie mit dem Versteckspiel weitermachen und in einer Gefängniszelle landen?«

»Ich würde dem FBI dringend raten, qualifizierteres Personal einzustellen. Es wird mir ein Vergnügen sein, Sie vor einen meiner Ausschüsse zu zitieren. Ich werde Sie in der Luft zerreißen, Gnädigste. Sie werden Ihre Dienstmarke verlieren – und obendrein das bisschen Würde, das Sie noch haben. Das werden Sie die nächsten fünfzig Jahre bereuen.«

»Ist das ein Nein?«

»Das Gespräch ist beendet«, blaffte Franklin. »Verlassen Sie sofort mein Haus, oder ich rufe die Polizei.«

Pine erhob sich. »Okay, dann werde ich eben Gorman den Deal anbieten. Er wird vermutlich aussagen, dass die Befehle zu den Morden von Ihnen kamen. Und dass Sie die Entführung einer FBI-Mitarbeiterin und eines Lieutenant Colonels der Air Force angeordnet haben. SAC Graham ist es egal, woher die entscheidende Aussage kommt. Er will alle Hebel in Bewegung setzen.«

»Graham?« Nora Franklin wurde blass. Mit einem Mal war die Ironie aus ihrer Stimme verschwunden. »Sprechen Sie von Warren Graham?«

»Ich spreche vom Chef des New York Field Office. Wer sonst könnte eine so groß angelegte Operation auf die Beine stellen?«

»Was für eine Operation?«

»Der offizielle Name ist ›Operation Stars and Stripes‹.« Pine schaute auf die arrogante Frau hinunter, die sich für unantastbar hielt. »Wir FBI-Leute nennen sie allerdings anders.«

»So?«, entgegnete Franklin mit einem aufgesetzten Lächeln. »Wie denn?«

»Operation *Lebenslang*.«

Pine drehte sich um und ging.

67

Pine stieg in ihren Wagen und fuhr los. Aber nur um die nächste Ecke; dann hielt sie an und wählte die Nummer, die Warren Graham ihr gegeben hatte. Nach dem ersten Klingeln meldete sich eine Frauenstimme.

»Okay, Agentin Pine, wir haben ihre Telefone angezapft – Festnetz, Mobiltelefon, zweites Handy – und haben auch Zugriff auf ihre E-Mail-Accounts.«

»Ich glaube, ich habe ihr eine Scheißangst eingejagt. Vermutlich ruft sie heute noch Gorman an. Dann können wir den Anruf zurückverfolgen.«

»Roger. Ich sage Ihnen Bescheid, sobald sie Kontakt aufnimmt.«

»Es sind noch andere Leute im Haus. Eine Angestellte und ein Koch. Was, wenn Franklin deren Handy oder E-Mail-Konto benutzt?«

»Wir haben eine vollständige digitale Überwachung eingerichtet und fangen alles ab, was aus dem Haus kommt. Das ist durch richterlichen Beschluss gedeckt.«

Pine beendete das Gespräch, rief Puller an und berichtete ihm, was sie unternommen hatte. »Sobald Franklin einen Anruf macht, simst oder mailt, sind wir an ihr dran«, beendete sie ihren Bericht. »Heutzutage muss ein Gespräch nicht mehr eine halbe Stunde dauern, um es zurückzuverfolgen. Im Bureau kriegen die das in Windeseile hin.«

»Wo bist du jetzt?«

»In der Nähe von Franklins Haus in Greenwich Village.«

»Gib mir die genaue Adresse, damit ich sie an General Pitts weiterleiten kann.«

Pine tat es und fügte hinzu: »Das FBI wird sie an der kurzen Leine halten. Sie kommt nicht weit.«

»Sicher ist sicher, Atlee.«

Puller trennte die Verbindung.

Pine wartete. Und wartete.

Vierzig Minuten vergingen. Eine Stunde.

Sie rief die Nummer erneut an. »Immer noch nichts, Agentin Pine«, meldete die Frau. »Sie hat weder einen Anruf gemacht noch eine Nachricht verschickt. Vor zwanzig Minuten haben wir eine SMS abgefangen, von einer gewissen Lily Walker, Franklins Haushälterin. Offenbar ging die Nachricht an ihren Freund – der Inhalt war ziemlich eindeutig. Man könnte es durchaus Sexting nennen.«

Pines Hoffnungen schwanden. Wie konnte das sein? Nach dem Gespräch hätte sie darauf gewettet, dass Franklin versuchen würde, Gorman zu warnen. Natürlich konnte sie auch versuchen, ihn persönlich zu treffen, aber das wäre noch viel riskanter – jetzt, da sie wusste, dass sie unter Beobachtung stand. Rechnete sie etwa damit, dass ihre Telefone abgehört wurden? Hatte sie einen zweiten E-Mail-Account oder ein Einweghandy? Wenn, würde sie auch damit nicht viel erreichen.

Pine bemerkte eine Bewegung auf der Straße und spannte sich augenblicklich an. Jemand hatte Franklins Haus verlassen und kam in ihre Richtung. Als die Gestalt ins Licht einer Straßenlaterne trat, erkannte Pine, dass es Lily war, Franklins Hausangestellte. Konnte es sein, dass Franklin sie als Botin einsetzte?

Pine folgte ihrem Bauchgefühl und überquerte mit schnellen

Schritten die Straße. Es hatte aufgehört zu regnen, doch es war kalt und nass.

»Hallo.«

Lily blieb stehen, zuerst verängstigt, dann aber beruhigt, als sie Pine erkannte.

»Sorry, ich wollte Sie nicht erschrecken«, sagte Pine.

»Schon okay. Warum sind Sie noch hier?«

»Ich hatte noch in der Gegend zu tun. Wollten Sie nicht schlafen gehen?«

Lily lächelte. »Ich habe mich kurz hingelegt. Jetzt treffe ich mich mit meinem Freund. In einem Club in SoHo, den wir uns mal ansehen wollten.«

Pine schaute auf die Uhr. »Jetzt? Es ist Mitternacht durch.«

Lily lächelte. »Da geht's dort erst so richtig los.«

Jetzt war es an Pine, zu lächeln. »So jung müsste man noch mal sein.«

»Wissen Sie, ich hab nur ein kleines Zimmer hier, da bin ich froh, wenn ich mal rauskomme. Aber wenn Ms. Franklin das andere Haus fertig renoviert hat, bekomme ich ein eigenes Wohnzimmer und kann den Indoor-Pool und das Heimkino benutzen. Das wird der Hammer!«

»Das andere Haus?«, fragte Pine.

»Ja, das Haus nebenan. Sie hat es letztes Jahr gekauft. Es soll ein großes Doppelhaus werden. Ich weiß gar nicht, warum die Arbeiten noch nicht angefangen haben. Eigentlich hätte es bald fertig sein sollen.«

»Gibt es eine Verbindung zwischen den zwei Häusern, Lily?«, fragte Pine, hellhörig geworden.

»Ja, klar, das ist ja das Geniale. Ms. Franklin hat mir erzählt, dass die beiden Häuser vor hundertfünfzig Jahren einem einzigen Mann gehört haben. Später wurden sie getrennt verkauft. Es gibt aber einen alten Durchgang von einem Keller zum anderen. Zurzeit ist er vernagelt, aber ich habe die Verbindungstür selbst gesehen. Ms. Franklin hat sie mir mal gezeigt.«

Jeder Muskel in Pines Körper spannte sich an. Sie zog ihren Dienstausweis hervor. »Ich bin FBI-Agentin und muss sofort in dieses Haus, Lily.«

»Was?« Lily wich argwöhnisch einen Schritt zurück.

»Wann haben Sie Adam Gorman zum letzten Mal gesehen?«

»Mr. Gorman?« Lily war für einen Moment verwirrt. »Er … er ist gestern Abend vorbeigekommen.«

»Wissen Sie, warum?«

»Nein.«

»Wie lange ist er geblieben?«

»Ungefähr eine Stunde.«

»Wie ist er gekommen? Mit dem Auto? Zu Fuß?«

Lily zögerte einen Moment, einen nachdenklichen Ausdruck im Gesicht. »Das war irgendwie komisch.«

»Was?«

»Ich habe kein Auto gehört, obwohl ich gerade aus dem Fenster geschaut hatte. Doch als ich raus auf den Flur ging, war Mr. Gorman auf einmal da und ging mit Ms. Franklin in die Bibliothek.«

»Kann es sein, dass er durch die Hintertür hereingekommen ist?«

»Nein, das hätte ich mitbekommen.«

Pine hörte kaum noch zu. »Sie sagen, es gibt einen Verbindungsgang zwischen den zwei Häusern?«

»Ja. Ist irgendwas nicht in Ordnung?«

»Ich kann es Ihnen jetzt nicht erklären, Lily. Kommen Sie, wir müssen uns beeilen.«

Während sie die Straße entlangeilten, rief Pine die Frau in der

FBI-Überwachungszentrale an und berichtete ihr, was sie herausgefunden hatte.

»Wir schicken sofort ein Team hin. Aber wenn das Gebäude nicht offiziell zu Ms. Franklins Wohnhaus gehört, gilt der Durchsuchungsbeschluss nicht.«

»Zur Hölle mit dem Beschluss! Ich muss da rein.«

Sie schickte eine kurze Nachricht an Puller, um ihm die Information zu übermitteln. Augenblicke später waren sie und Lily bei Franklins Haus.

»Wo ist Ms. Franklin jetzt?«, fragte Pine.

»Wahrscheinlich in ihrem Schlafzimmer.«

»Da habe ich meine Zweifel. Gehen wir hinten rein.« Pine zog ihre Pistole.

»Sie machen mir Angst«, flüsterte Lily, als sie die Waffe sah.

»Keine Bange, Lily. Wenn wir drin sind, führen Sie mich zu dem Verbindungsgang.«

»Und was dann?«

»Dann gehen Sie und treffen sich mit Ihrem Freund. Und kommen Sie nicht zurück.«

Lily führte Pine durch den Garten hinter dem Haus und eine kurze Treppe hinunter. Am Ende der Treppe schloss sie die Tür auf und betrat das Haus. Pine lauschte einen Moment; dann nickte sie.

Lily führte sie eine steile Treppe hinunter, die in einen Gang mündete, in dem es nach Moder roch. Der Gang endete an einer Tür.

»Die ist ja offen«, sagte Lily verdutzt.

»Das macht es einfacher«, meinte Pine. »Und jetzt gehen Sie, Lily. Viel Spaß.«

Lily eilte die Treppe hoch und verschwand.

Pine zog ihre Zweitwaffe, die Beretta, und ging langsam den Korridor entlang.

68

Der muffige Geruch wurde immer stärker, je tiefer sie in den Gang vordrang. Die Wände waren aus bröckligen Ziegeln und feuchtem altem Stein. Hier unten war es spürbar kühler als oben. Beleuchtet wurde der Korridor von einzelnen Glühbirnen, die an einem langen Kabel aufgereiht waren.

Pine bog um eine Ecke und sah eine halb offene Tür. Lautlos ging sie darauf zu.

Wo sind die Spezialeinheiten, wenn man sie mal braucht?, ging es ihr durch den Kopf. *Okay, dann eben ich allein und meine zwei Pistolen, bis die Kavallerie kommt. Falls sie kommt.*

Vorsichtig lugte sie durch die Tür.

Sie sah ein Paar Damenschuhe, die sie sofort erkannte. Sie gehörten Carol Blum.

Und über einem Stuhl hing eine mit Orden dekorierte Uniformjacke, die zweifellos Robert Puller gehörte.

Pine stieß einen lautlosen Seufzer der Erleichterung aus. Offenbar waren Carol und Robert hier unten, sonst wären ihre Sachen nicht hier.

Pine wollte die Tür nicht weiter öffnen, um sich nicht durch ein Geräusch zu verraten. Stattdessen zwängte sie sich durch den Spalt und trat in den kleinen Raum. Zur Rechten mündete eine Öffnung in einen weiteren Gang.

Auf einem Klapptisch neben dem Stuhl sah sie zwei leere

Pizzakartons und fünf, sechs offene Bierflaschen. Blieb zu hoffen, dass der Alkohol die Wachsamkeit ihrer vermutlich zahlenmäßig überlegenen Gegner beeinträchtigte. Sie konnte jeden noch so kleinen Vorteil gebrauchen.

Pine hielt kurz inne, um dem FBI-Team und Puller mitzuteilen, wo sie sich befand und wie sie ins Haus gelangt war. Zum Glück kam die Nachricht trotz der dicken Steinmauern durch.

Vorsichtig folgte sie dem Gang und horchte angespannt nach Geräuschen oder Stimmen.

Etwa zehn Sekunden vergingen, als sie plötzlich erstarrte.

Eine aufgeregte Stimme sagte: »Wie zum Henker kommen wir da raus?«

Nora Franklin. Sie klang aufgebracht, hilflos, beinahe verzweifelt.

Dann Gormans Stimme. Pine erkannte ihn jetzt endgültig als den falschen Polizisten wieder, der Jerome Blake erschossen hatte.

»Beruhigen Sie sich, Nora. Die können uns nichts anhaben.«

»Quatsch. Sie hätten die zwei nicht entführen dürfen.«

»Was hätte ich denn tun sollen? Diese Frau hat uns im Hotel gefilmt. Dann hat sie draußen mit Robert Puller über uns gesprochen. Wir konnten sie nicht einfach gehen lassen.«

»Das hat alles noch viel schlimmer gemacht. Jetzt ist das FBI hinter uns her.«

»Das hat diese Agentin behauptet, diese Pine. Aber wenn Sie mich fragen, ist das Unsinn. Ich habe meine Fühler ausgestreckt und nichts dergleichen gehört.«

»Atlee Pine lügt sehr überzeugend«, sagte eine andere Stimme.

Pines Finger schlossen sich um ihre Pistolen.

Die Stimme gehörte Lindsey Axilrod.

»Sie weiß eine Menge«, fuhr Axilrod fort. »Aber längst nicht alles. Sie glaubt, es geht nur um Drogen.«

»Da irren Sie sich gewaltig«, konterte Franklin. »Pine hat die Apartments erwähnt. Sie weiß, was dort läuft. Wie hat sie das herausgefunden, verdammt noch mal?«

Axilrod stöhnte auf. »Scheiße. Tony, der Idiot, muss irgendwie dahintergekommen sein.«

»Und sie hat behauptet, dass Warren Graham, der New Yorker FBI-Chef, es auf uns abgesehen hat.«

»Quatsch!«, blaffte Gorman. »Wenn Graham an uns dran wäre, wüsste ich es.«

»Wir müssen uns Puller und dieses Miststück vom Hals schaffen«, fuhr Axilrod fort. »Und zwar schnell. Ich werde Pine finden und ihr die Kehle durchschneiden.«

Pine trat die Tür auf. Krachend schmetterte das Türblatt gegen die Wand. Eine Pistole richtete sie auf Gorman, die andere auf Axilrod. »Versuchen Sie's.«

Alle fuhren zur Tür herum. Franklin schrie auf, als Gorman sie packte und ihren Körper als Schutzschild benutzte. Er hielt ihr ein Messer an den Hals.

»Die Waffen runter, sonst ist sie tot!«, rief er.

»Keine Chance«, erwiderte Pine. »Schneiden Sie ihr meinetwegen die Kehle durch.«

Axilrod packte einen Stuhl und schleuderte ihn nach Pine, die sich geistesgegenwärtig duckte. Die drei nutzten diesen winzigen Augenblick und flüchteten nach draußen in den Gang.

Zwei Schüsse in ihre Richtung hinderten Pine daran, die Verfolgung aufzunehmen.

Sie wartete einen Moment; dann riskierte sie einen Blick um die Mauerecke. Ein weiterer Schuss ließ sie zurückzucken. Die Kugel schlug in die Wand ein. Steinsplitter ritzten Pines Wange.

Wieder spähte sie in den Gang, konnte aber niemanden mehr entdecken. Sie rannte los, kam aber nicht weit. Instinktiv warf sie sich zu Boden, rollte sich ab und feuerte, als ein massiger Mann aus einer Seitentür hervorstürmte und auf sie losging. Drei Kugeln aus ihrer Glock trafen ihn in der Brust. Er taumelte zurück, prallte gegen die Wand und glitt langsam zu Boden.

Pine fluchte lautlos, rannte weiter und sah ein paar Meter weiter vorn eine Tür aufgehen. Mit vier, fünf langen Sätzen war sie dort und trat mit aller Kraft dagegen. Das Türblatt krachte dem Mann dahinter voll ins Gesicht.

Er schrie auf, riss die Pistole hoch.

Weiter kam er nicht, denn Pine klemmte seine Hand zwischen Tür und Rahmen ein. Der Mann ließ die Waffe fallen und ging stöhnend in die Knie. Pine versetzte ihm einen Tritt gegen das Kinn, der ihn nach hinten katapultierte. Er knallte mit dem Hinterkopf gegen die Wand und blieb bewusstlos liegen.

In diesem Moment hörte sie einen Schrei.

Carol Blum.

Pine stürmte in den Raum, aus dem die Schreie drangen, und bog um die nächste Ecke. Keuchend blieb sie stehen, die Pistolen im Anschlag.

Ihr gegenüber standen Gorman, Axilrod und Franklin.

Vor ihnen kauerten ihre zwei Geiseln. Oder drei, wenn man Nora Franklin dazuzählte.

Von oben war Sirenengeheul zu hören.

Mit einem Auge schaute Pine zu Robert Puller und Carol Blum, beide gefesselt und geknebelt. Gorman zielte mit einer Pistole auf Blums Kopf, mit der anderen auf Pine, während Axilrod ihre Waffe auf Robert richtete. Franklin kauerte in einem Winkel des Raumes.

»Das nennt man dann wohl Patt, Agentin Pine«, sagte Gorman.

»Sie kommen hier nicht raus.« Pine deutete mit dem Kopf zur Decke. »Die Kavallerie ist im Anmarsch.«

»Na und? Was können die schon machen?«

»Was wollen Sie damit erreichen?«, fragte Pine. »Es ist vorbei.«

»Wir haben Geiseln. Die werden dafür sorgen, dass wir davonkommen. Wenn ihr Puller und die alte Frau lebend haben wollt, dann haltet euch zurück, sonst knallt's.«

»Gerade Sie müssten wissen, dass das FBI keinen Entführer mit Geiseln davonkommen lässt.«

»Dann sind die beiden tot. Wollen Sie das?«

Pine zwang sich, nicht zu Blum oder Puller zu schauen.

»Wenn Sie abdrücken, sind auch Sie ein toter Mann.«

Gorman schüttelte lächelnd den Kopf. »Das Risiko gehe ich ein.«

Pine wandte sich an Axilrod. »Sind Sie auch so optimistisch, Lindsey? Glauben Sie, dass Sie mit der linken Hand irgendetwas treffen?«

Die Frau funkelte sie wütend an, schwieg jedoch.

»An Ihrem Pokerface müssen Sie noch arbeiten, Lindsey.«

»Sie kommen hier nicht lebend raus, Pine«, fauchte Axilrod.

»Wie oft habe ich das schon gehört.« Pine schaute zu Franklin. »Und Sie, Frau Abgeordnete? Wie sehen Sie die Sache? Wollen Sie mit dem sinkenden Schiff untergehen?«

Franklin kämpfte mit den Tränen. »Ich … ich weiß nicht, was ich tun soll.«

»Sie sind mir wirklich eine große Hilfe«, sagte Pine abschätzig.

Die Sirenen waren verstummt, dafür polterten schnelle Schritte über ihnen im Gebäude.

Pine krümmte die Finger um die Abzüge ihrer Pistolen. »Es wird eng für Sie, Gorman.«

»Adieu, Pine«, stieß er hervor und riss seine Waffe hoch. »Sie haben für die gute Sache gekämpft. Und was haben Sie davon?«

Die Kugel traf ihn mitten in die Stirn. Blut spritzte aus der

Schusswunde. Ein Ausdruck der Verwunderung erschien auf Gormans Gesicht, dann kippte er nach hinten und schlug lang zu Boden.

Pine wich hastig zur Seite.

Woher war die Kugel gekommen, die Adam Gorman getötet hatte?

Axilrod kreischte vor Wut, ging in Deckung und versuchte überhastet, ihre Waffe auf Carol Blum zu richten. Mit einem mächtigen Satz war Pine zur Stelle und schleuderte die Frau mit einem wuchtigen Sidekick zu Boden.

Als Axilrod nach der Pistole hechtete, die ihr entglitten war, versetzte Pine ihr einen Tritt gegen das Kinn. Axilrods Kopf wurde in den Nacken gerissen. Sie prallte gegen die Wand und lag regungslos da.

Pine fuhr zur Tür herum, aus der der tödliche Schuss auf Gorman abgefeuert worden war.

Die Tür schwang langsam auf.

Da stand John Puller, dick verbunden, blass im Gesicht und schwankend vor Schwäche. Sein rechter Arm mit der M11-Pistole hing schlaff herab. Pine begriff, dass Puller durch den Spalt zwischen Tür und Angel gefeuert hatte.

»John!«, stieß sie fassungslos hervor. »Wie zum Teufel …?«

»Die Kavallerie meldet sich zur Stelle, Atlee«, murmelte er und sank zu Boden.

69

»Es wird nicht viel an die Öffentlichkeit dringen«, sagte Warren Graham. Er saß in einem Konferenzzimmer des New York Field Office, zusammen mit Pine, den Puller-Brüdern und Carol Blum.

»Warum nicht?«, fragte Pine ungläubig.

»Die Sache ist kompliziert, aber ich gebe Ihnen eine Kurzfassung.« Graham hielt einen Moment inne, um seine Gedanken zu sammeln. »Es wird Dutzende Anklagen geben. Politiker auf Bundesebene und in verschiedenen Einzelstaaten sind ebenso in die Sache verwickelt wie Wallstreet-Manager, CEOs, Richter, hochrangige Beamte, Polizisten, Agenten und sogar einige Kollegen – oder vielmehr *Ex*-Kollegen – aus dem Bureau. Und das ist noch nicht das Ende der Fahnenstange. Wir haben außerdem zwanzig ausländische Verdächtige festgenommen.«

»Dann stecken also doch fremde Staaten dahinter?«, fragte Robert Puller.

»Das ist fraglich. Unsere ausländischen Kollegen ermitteln wegen ähnlicher Machenschaften. Solche Erpressungen im großen Stil machen an Staatsgrenzen nicht halt. Ich will die Tragweite des Falles gar nicht herunterspielen. Die meisten dieser Leute haben die Menschlichkeit mit Füßen getreten und verheerenden Schaden angerichtet. Manche allerdings waren eher Opfer als Täter. Sie wurden in Dinge hineingezogen, die ihre schlimmsten Albträume übertrafen.«

»Alle, die mitgemacht haben, hatten die Wahl, Sir«, widersprach Pine. »Sie hätten sich an die Polizei wenden können. Oder an uns. Oder sie hätten an die Öffentlichkeit gehen können.«

»Einige von ihnen sicherlich«, gab Graham ihr recht. »Leider haben sie sich anders entschieden.«

»Wie groß ist der Schaden, der entstanden ist?«, wollte Robert Puller wissen.

»Das ist noch nicht abzuschätzen«, sagte Graham voller Bitterkeit. »Wir werden Jahre brauchen, um die gesamte Tragweite überschauen zu können. Jedenfalls erklärt es so manche eigentümliche Entscheidung, die gewisse Politiker und Manager getroffen haben. Sie haben einem anderen Herrn gedient, nicht den Interessen der Menschen in diesem Land.«

»Gorman und Konsorten haben also die Drecksarbeit erledigt und die Opfer erpresst. Aber wer sind ihre Auftraggeber? Die Leute, die im Hintergrund die Fäden gezogen haben.«

»Wir vernehmen derzeit eine lange Liste Verdächtiger. Es wird weitere Anklagen geben. Nur so viel vorweg: Die Täter sind Vertreter ausländischer Behörden, in- und ausländischer Unternehmen und Organisationen. Wenn diese Leute ihre Interessen nicht auf legale Weise durchsetzen konnten, haben sie versucht, einflussreiche Personen durch Erpressung und Manipulation auf ihre Seite zu ziehen. Und die haben mitgespielt, aus Angst, ihre Geheimnisse könnten ans Licht kommen. Erpressern geht es meistens um Geld. Gorman und Konsorten hatten weiter reichende Ziele und haben es raffinierter eingefädelt. Sie haben dafür gesorgt, dass Gerichtsurteile gefällt werden, die im Interesse ihrer Auftraggeber waren. In anderen Fällen haben sie Abgeordnete dazu gebracht, bestimmte Gesetze zu beschließen oder Firmenzusammenschlüsse zu genehmigen. Sie haben erwirkt, dass Anklagen fallen gelassen wurden oder dass Unternehmen sich vom Markt zurückziehen. Die Möglichkeiten waren endlos.«

»Aber warum wurden diese Partys veranstaltet, zu denen Leute wie Tony Vincenzo eingeladen wurden?«, wollte Carol Blum wissen.

»Auch da wurden kompromittierende Filme gedreht. Die Partygäste haben Drogen konsumiert und weiß Gott was getrieben, was ziemlich peinlich gewesen wäre, wäre es an die Öffentlichkeit gelangt. Auf diese Weise haben die Bosse ihre Fußsoldaten bei der Stange gehalten und verhindert, dass jemand abtrünnig wird. Wenn du nicht spurst, kriegt die Polizei ein Video von dir.«

»Und was ist mit Peter Driscoll?«, fragte Pine.

»Wir konnten keine Beweise finden, dass Driscoll in die Sache verwickelt ist. Aber ganz unschuldig ist er auch nicht. Anscheinend hat sein Enkel Jeff Sands sich wiederholt um Hilfe an ihn gewandt. Der Junge wollte von den Drogen loskommen, doch Driscoll hat sich von ihm distanziert. Vermutlich hatte er Angst, es könne seinem Ruf schaden, wenn er zu seinem drogensüchtigen Enkel steht.«

»Was ist mit Nora Franklin?«, hakte Pine nach.

»Sie wurde als eine der Ersten rekrutiert. Wir haben sie eingehend vernommen. Angefangen hat es mit der Reise, die sie zusammen mit Gorman unternahm. Als sie zurückkam, bewarb sie sich um einen Sitz im Kongress, mit Unterstützung von Gorman und dessen Komplizen. Sie wurde gewählt und blieb über Jahre hinaus erfolgreich, saß in wichtigen Ausschüssen und gab streng geheime Informationen an Gorman weiter, der sie für viel Geld an Feinde der USA verkauft hat. Aber was Franklin kassiert hat, war auch nicht von schlechten Eltern. Durch ihren Verrat hat sie ein Vermögen angehäuft.«

»Was war mit ihrem Gegenkandidaten bei der letzten Wahl?«, fragte John Puller.

»Der wurde zu einer ernsten Gefahr für sie. Franklin hatte ihre Wähler immer mehr vernachlässigt, als ein charismatischer Unternehmer auf der Bildfläche erschien und im Fall seiner Wahl einen Reformkurs versprach, der ihm in den Umfragen einen zweistelligen Vorsprung sicherte.«

»Womit haben die ihn erpresst?«, fragte Puller.

»Gar nicht. Sie fanden keine Schwachstelle, also lösten sie das Problem auf andere Weise. Der Mann wurde plötzlich schwer krank und musste seine Kandidatur zurückziehen. Die Ärzte konnten keine Ursache für die Erkrankung finden, bis wir herausfanden, was lief. Wie sich zeigte, hatte ihn jemand mit einer hochtoxischen Substanz vergiftet. Obwohl die Ärzte ihm die beste Behandlung angedeihen ließen, wird er bleibende Schäden davontragen. Immerhin kann er wieder ein halbwegs normales Leben führen.«

»Da hatte er mehr Glück als Jerome Blake oder Agent McElroy«, meinte Pine. »Jerome musste sterben, weil er wusste, dass seine Schwester in diesem Penthouse verkehrte. Und McElroy hatte einfach nur das Pech, in die Schusslinie zu geraten. Die hatten es auf John und mich abgesehen.«

Graham nickte. »Da liegen Sie wahrscheinlich richtig.«

»Was ist mit Lindsey Axilrod?«, wollte Pine wissen.

»Ihr richtiger Name lautet Swetlana Semenow. Sie war Agentin beim FSB, der Nachfolgeorganisation des KGB. Unter ihrer neuen Identität hält sie sich schon seit Jahren in den Staaten auf. Sie ist eine erstklassige IT-Spezialistin, was ihr den Job in Fort Dix verschafft hat.«

»Dann steckt der Kreml dahinter? Aber Sie sagten doch, dass zwar ausländische Interessengruppen und Unternehmen, aber nicht die Staaten selbst die treibende Kraft waren«, wandte Robert Puller ein.

»Semenow arbeitet schon lange nicht mehr für den FSB. Wir haben uns mit unseren russischen Kollegen in Verbindung gesetzt. Angeblich hat sie sich selbstständig gemacht, und Gorman hat ihr eine Möglichkeit geboten, an viel zu Geld zu kommen.«

»Was wird jetzt aus ihr?«, wollte Pine wissen.

»Das müssen das Justiz- und das Außenministerium entscheiden. Ginge es nach mir, würde diese Frau den Rest ihres Lebens hinter Gittern verbringen. Andererseits ist der Gedanke, sie nach Russland zurückzuschicken, durchaus verlockend. Die russischen Behörden sind auch nicht gut auf sie zu sprechen.« Er lächelte. »Vielleicht ist das der beste Weg, sie ihrer Strafe zuzuführen.«

»Und Nora Franklin?«, fragte Pine.

»Wir werden uns auf einen Deal einigen, um einen öffentlichen Prozess zu vermeiden. Die Anklage wird unter Verschluss bleiben. Sie wird sich nie in der Öffentlichkeit dazu äußern. Offiziell wird die Anklage auf illegale Finanztransaktionen hinauslaufen.«

»Das heißt, es wird alles unter den Teppich gekehrt?«, sagte Pine empört. »Das kann doch wohl nicht wahr sein!«

»Ich habe nie gesagt, dass ich es richtig finde, Pine. Die Entscheidung wurde ein paar Etagen über mir getroffen. Man hat es mir gegenüber damit begründet, dass das Vertrauen in die politischen Entscheidungsträger unwiederbringlich verloren wäre, wenn die Wahrheit herauskäme.«

»Da man diesen Figuren ohnehin nicht vertrauen kann, spielt es eh keine Rolle«, warf Robert Puller ein.

»Da muss ich widersprechen. Die Affäre zieht zwar weite Kreise, trotzdem ist nur ein kleiner Teil der Elite des Landes betroffen.«

»Muss man nicht davon ausgehen, dass Journalisten ihre eigenen Nachforschungen anstellen und früher oder später die Wahrheit herausfinden? Dafür wird jemand den Pulitzer-Preis einheimsen.«

»Ich hoffe beinahe, dass es so kommt«, entgegnete Graham. »Schließlich wird die Pressefreiheit im ersten Zusatzartikel der Verfassung garantiert.« Er hielt inne, schaute in die Runde. »Trotzdem muss ich Sie alle darauf hinweisen, dass wir die Sache streng vertraulich behandeln müssen. Wir müssen das Geheimnis mit ins Grab nehmen. Ich bin sicher, ich kann mich auf Sie verlassen.«

Es war nicht als Frage formuliert.

»Wenn es nach mir ginge«, fuhr er fort, »würde die Öffentlichkeit alles erfahren, damit Sie entsprechend gewürdigt werden und die Auszeichnungen bekommen, die Sie verdienen. So wäre es in einer gerechten Welt. In einer solchen Welt leben wir leider nicht. Aber ich kann Ihnen versichern, dass gewisse Leute sehr wohl wissen, was Sie für dieses Land geleistet haben.« Er schaute zu Pine. »Mein alter Freund Clint Dobbs kann sich glücklich schätzen, Sie in Arizona zu haben. Sagen Sie ihm, er soll aufpassen – es kann nämlich sein, dass andere Dienststellen Sie ihm gern wegschnappen würden. Einschließlich meines Büros.«

»Ich werde es ihm sagen, Sir«, antwortete Pine. »Jeder kommt mal in eine Situation, wo ein kleines Ass im Ärmel nicht schaden kann.«

Sie verließen das Büro. Die Puller-Brüder gingen voraus, ins Gespräch vertieft.

Pine wandte sich an Blum. »Es tut mir schrecklich leid, was Sie durchmachen mussten, Carol. Ich weiß, ich entschuldige mich ständig, aber ich fühle mich furchtbar deswegen.«

»Das müssen sie nicht, Agentin Pine. Sieht man davon ab, dass die mich fast umgebracht hätten, war es ganz schön aufregend. Ich fühle mich zwanzig Jahre jünger.«

»Sie sind ein Weltkulturerbe, Carol Blum.«

»Vielleicht können Sie ja ein gutes Wort für mich einlegen, wenn die da oben wieder mal über unsere Gehälter nachdenken.«

»Worauf Sie sich verlassen können. Und vielleicht bewilligt Dobbs mir endlich einen neuen SUV. Der alte hat schon über zweihundertfünfzigtausend Meilen auf dem Tacho.«

»Können Sie sich eigentlich vorstellen, mal in eine andere Dienststelle zu wechseln, Agentin Pine?«

»Nein, aber wenn doch, werde ich vorher mit Ihnen sprechen.«

»Ich hoffe, Sie sagen mir vorher Bescheid, falls Sie wirklich mal weggehen.«

Pine fasste sie an den Schultern. »Sie haben mich falsch verstanden. Uns gibt's nur im Paket. Wenn ich gehe, kommen Sie mit. Und wenn Sie Nein sagen, bleibe ich auch. So, jetzt muss ich aber dringend mit den Pullers sprechen.«

Sie schloss zu den Brüdern auf.

»Wie fühlst du dich, John?«, fragte sie.

Puller trug immer noch einen dicken Verband, doch er sah schon wesentlich besser und kräftiger aus. »Na ja, ein bisschen Reha werde ich wohl noch brauchen. Obwohl ich in einem bestimmten New Yorker Krankenhaus eine Persona non grata sein dürfte, seit ich einfach abgehauen bin.«

»Ich bin froh, dass du's getan hast«, warf sein Bruder ein. »Dein Timing war perfekt.«

»Hört mal zu, Jungs.« Pine wirkte plötzlich ernst.

»Was liegt an?«, fragte John Puller.

»Mein eigenes Problem«, sagte Pine. »Der Fall, der mich mein halbes Leben lang beschäftigt.«

»Mercy?«

»Ja.«

»Und was können wir für dich tun?«

»Ich brauche Informationen über zwei Vietnam-Veteranen.«

»Hast du die Namen?«, wollte John wissen.

»Einen kennst du bereits. Ito Vincenzo. Der andere heißt Leonard Atkins und lebt im Taliaferro County in Georgia. Anscheinend hat er zusammen mit Vincenzo gedient und ihm in Vietnam das Leben gerettet.«

»Und warum ist dieser Atkins wichtig?«, fragte Puller.

Pine zeigte ihm das Foto von Mercy. »Weil Ito meine Schwester zu ihm gebracht hat.«

70

Der Flug von New York nach Atlanta dauerte keine drei Stunden, doch Pine kam es wie drei Jahre vor. Auf ihrem Platz neben Carol Blum schaute sie abwechselnd aus dem Fenster und auf die alte Polaroid-Aufnahme. Sie hatte das Bild schon ungezählte Male betrachtet – freudig, aufgewühlt, verängstigt, voller Trauer, voller Hoffnung, voller Liebe –, trotzdem fielen ihr immer wieder Details auf, die ihr bisher entgangen waren. Die Wunden an Mercys nackten Beinen. Das Loch im Ärmel ihres Kleides. Die Verkrümmung des kleinen Fingers. Die Brandnarbe am Fußknöchel.

Hinter den drei Personen, neben dem Wohnwagen, steckte ein Metallpfosten im Boden, an dem eine Kette hing.

Bestimmt für einen Hund, dachte Pine. *Oder?*

Blum drehte sich zu ihr, sah das Foto und griff nach ihrer Hand.

Pine fühlte sich ertappt. »Ich weiß, es ist verrückt, dass ich dauernd auf das Bild starre.«

»Nein, im Gegenteil. Ich kann mir gar nicht vorstellen, was in Ihnen vorgehen muss. Aber Sie dürfen nicht vergessen, wie weit Sie gekommen sind, Agentin Pine. Allein schon, dass wir jetzt ein konkretes Ziel haben. Hätten Sie das noch vor Kurzem für möglich gehalten? Alles Schlechte hat auch sein Gutes.«

Pine drückte ihre Hand. »Sie haben recht, Carol. Danke, dass Sie mich daran erinnern.«

Nach der Ankunft in Atlanta fuhren sie mit einem Mietwagen geradewegs zu Jack Lineberrys Haus, eine Stunde südlich der Stadt.

Er saß auf einem Stuhl im Schlafzimmer seiner palastartigen Villa. Durch das Fenster schaute Pine auf die Stelle hinaus, wo einst das Cottage gestanden hatte, das in die Luft geflogen war, während sie sich in letzter Sekunde ins Freie retten konnte. Es war abgerissen worden und wurde nun neu aufgebaut. Das Fundament war bereits fertig; das Holz für Wände und Dachkonstruktion lag bereit.

Pine schaute zu Lineberry, diesen groß gewachsenen, gut aussehenden Mann in den Sechzigern, und setzte sich ihm gegenüber. Er wirkte blass und immer noch geschwächt, doch als er sie Augenblicke zuvor zur Begrüßung umarmt hatte, hatte sie spüren können, dass er seine alte Kraft allmählich wiedererlangte. Auch sein Blick war klarer als bei den Begegnungen zuvor.

Als Pine ihm das Foto zeigte, erstarrte er; dann senkte er den Kopf und brach in Tränen aus. Es kam so unerwartet, dass Pine nicht wusste, wie sie reagieren sollte. Carol Blum legte Jack tröstend den Arm um die zitternden Schultern.

Natürlich kannte Pine die simple Wahrheit: Mercy war ebenso Jacks Tochter wie sie selbst.

»Tut mir leid, Jack.« Sie ging neben ihm in die Hocke. »Das war gedankenlos von mir.«

Er tat ihre Entschuldigung mit einer Geste ab, fasste sich und gab ihr das Bild zurück. »Weißt du, wo das Foto aufgenommen wurde?«

»Im Taliaferro County, nordöstlich von hier. Ito Vincenzo kann am selben Tag hin- und zurückgefahren sein. Und genau das hat er getan.«

»Und du bist sicher, dass das Mädchen … Mercy ist?«

»Ja. Es gibt noch mehr, was darauf hindeutet.«

»Du meinst die Atkins'? Len, Wanda und Becky?«

»Ito hat zusammen mit Len Atkins in der Army gedient, zur Zeit des Vietnamkriegs. Ich habe herausgefunden, dass Atkins in Vietnam schwer verwundet wurde. Er verließ die Army und kehrte nach Georgia zurück.«

Lineberry war perplex. »Aber wenn er ungefähr in Itos Alter war, wäre er doch viel zu alt gewesen, um sich ein kleines Kind zu wünschen, wie Mercy es damals war. Ich weiß, es klingt verrückt, aber könnte es sein, dass Ito Mercy zu diesem Atkins brachte, um ihm … wie soll ich sagen, ein Geschenk zu machen?«

»Ja. Atkins hatte Ito in einer Schlacht das Leben gerettet. Dabei wurde er schwer verwundet. Die Wunde war an einer Stelle, die … sagen wir so: Atkins konnte danach keine eigenen Kinder mehr haben.«

Lineberry kniff die Augen zusammen. »Okay, ich hoffe, ich irre mich, aber ich glaube, ich weiß, worauf es hinausläuft.«

»Ich glaube, Ito hat Mercy entführt und sie zu dieser Familie gebracht, um sich bei Len Atkins zu revanchieren. Ich habe einen Brief von Atkins gelesen, der das belegt.«

»Aber wer, um Himmels willen, raubt ein Kind, um eine alte Schuld zu begleichen? Das ist doch krank!«, sagte Lineberry entsetzt.

»Trotzdem kann es so gewesen sein.«

»Aber warum hat er dann versucht, Sie zu töten, als er damals Mercy entführt hat?«, fragte Carol Blum. »Er hätte doch euch beide mitnehmen oder etwas weniger Schlimmes tun können, als Sie halb totzuschlagen.«

Pine betrachtete das Foto. »Ich habe lange darüber nachgedacht. Nach allem, was wir über Ito wissen, war er kein gewalttätiger Mafioso wie sein Bruder. Aber er war wütend, als er erfuhr, dass Bruno sich um einen Deal betrogen fühlte. Und die Schuld hat er meiner Mutter gegeben. Trotzdem glaube ich nicht, dass er ein Monster war. Ito steckte in einem Dilemma, er war ratlos, verwirrt, voller Hass und Wut auf alles und jeden. Als er dann in unser Haus eindrang, um seinen Bruder zu rächen, hat er einfach eine von uns mitgenommen. Deshalb dieser Kinderreim, mithilfe dessen er sich entschieden hat. Dann wollte er mich bewusstlos schlagen, damit ich nicht um Hilfe rufen kann. In seiner Panik hat er zu hart zugeschlagen, sodass ich fast gestorben wäre. Es gibt keine andere Erklärung. Hätte er mich töten wollen, gäbe es mich heute nicht mehr.«

»Aber wie hat er euch überhaupt gefunden?«, fragte Lineberry sichtlich aufgewühlt.

Pine lehnte sich wieder zurück. »Wir haben in New York mit deiner Ex-Verlobten gesprochen.«

»Du hast mit Linda geredet? Davon hast du mir gar nichts gesagt.«

»Jetzt weißt du es.«

»Was hat sie dir erzählt?«

»Was ich mir ohnehin gedacht hatte.«

Lineberry schüttelte den Kopf. »Nein, das kann nicht sein. Das glaube ich nicht.«

»*Sie* hat unseren Aufenthaltsort verraten. Sie hat es zugegeben. Du hast nichts geahnt, obwohl sie dich von einem Detektiv beschatten ließ, deine Aktentasche durchwühlte, deine Telefonate belauschte. Dann traf sie sich mit Bruno, nachdem sie über einen anderen Mafioso von ihm erfahren hatte. Sie wollte den Mann vor Gericht verteidigen. Aus irgendeinem Grund hat dann aber ein anderer Anwalt die Verteidigung übernommen. Linda hatte heimlich den Brief geöffnet, in dem die neuen Identitäten meiner Eltern standen, dazu unsere Adresse in Andersonville. Die hat sie dann Bruno mitgeteilt. Der erzählt daraufhin seinem Bruder irgendeine rührselige Geschichte und bringt den unbescholtenen Mann dazu, nach Georgia zu fahren und zum Verbrecher zu werden.«

Einen Moment lang glaubte sie, Lineberry würde ohnmächtig werden oder einen Herzanfall bekommen. Er zitterte, und sein Gesicht spiegelte die Emotionen, die ihn innerlich beinahe zerrissen. Pine hielt ihn am Arm fest, damit er nicht vom Stuhl kippte.

Schließlich hob er eine Hand vor das Gesicht. Wieder kamen ihm die Tränen.

Pine schaute zu Blum. Die schüttelte den Kopf und legte einen Finger an die Lippen.

Ein, zwei Minuten vergingen, bis Lineberry sich endlich aufrichtete und sich die Tränen aus den Augen wischte. Blum reichte ihm ein Tuch, das auf einem Tischchen lag, und Pine goss ihm aus einer Karaffe ein Glas Wasser ein.

Lineberry wischte sich übers Gesicht, trank einen Schluck und lehnte sich im Stuhl zurück. Binnen weniger Minuten schien er um zehn Jahre gealtert zu sein. Er nahm Pines Hand.

»Ich kann dir gar nicht sagen, wie leid es mir tut, Atlee. Das alles ist meine Schuld.«

»Nein, Jack, ist es nicht. Jemand hat dein Vertrauen missbraucht. Aber wenn ich ehrlich sein soll – ich kann Lindas Wut in gewisser Weise verstehen. Immerhin hast du sie wegen meiner Mutter verlassen, mit der du obendrein zwei Töchter hattest. Für Linda muss eine Welt zusammengebrochen sein.«

Lineberry fuhr sich mit der Hand über die Stirn. »Ich habe Linda wirklich geliebt. Bis zu dem Moment, als ich deine Mutter traf. Von dieser Sekunde an gab es keine andere mehr für mich, und daran hat sich nie etwas geändert. Aber ich bin nicht stolz auf das, was ich getan habe. Hätte ich meine Gefühle besser im Zaum gehalten …«

»Mom hat sich bestimmt auch zu dir hingezogen gefühlt, nicht wahr?«

Lineberry blickte zur Seite. »Ich war ein ganzes Stück älter und hatte noch dazu die Verantwortung für ihre schwierige Mission. Es war unverantwortlich und unprofessionell von mir. Nie hätte ich gedacht, dass sie auch noch schwanger wird. Ich habe mich selbst dafür gehasst, sie in eine solche Lage gebracht zu haben.«

»Hat Tim es gewusst?«, fragte Pine.

»Bitte, nenn ihn deinen Vater. Er war viel mehr dein Vater als ich.«

»Okay, diesem Punkt sind wir bisher ausgewichen. Hat mein *Dad* gewusst, dass du mein Vater bist?«

»Ich habe es ihm jedenfalls nicht gesagt. Und der Zeitpunkt, als sie sich kennenlernten, hat so gut gepasst, dass er durchaus glauben konnte, er sei dein Vater. Ich glaube auch nicht, dass deine Mutter ihm je etwas anderes gesagt hat.«

»Hat sie ihn geliebt?«

Lineberry nickte. »Sie hat es mir selbst gesagt. Er war in ihrem Alter, sah blendend aus, war humorvoll und ein feiner Kerl. Ich konnte gut verstehen, dass sie sich in ihn verliebt hatte. Besser gesagt, heute verstehe ich es. Aber ich war natürlich verletzt. Schlimmer noch, ich war am Boden zerstört.«

»Warum hast du dann mit Linda Schluss gemacht? Warum bist du trotzdem nach Andersonville gegangen? Nur weil es dein Job war?«

»Nein. Ihr wart meine leiblichen Kinder, du und Mercy.« Er trank das Wasser aus und stellte das Glas ab. »Ich wollte nicht wahrhaben, dass Linda dahinterstecken könnte – aber insgeheim hatte ich den Verdacht. Ihr war zuzutrauen, dass sie Bescheid wusste, und das hat mich zornig gemacht. Dieser Verdacht hat mich noch mehr von Linda entfremdet. Für mich war klar, dass ich auf Amanda und ihre Familie aufpassen muss. Aber ich schwöre dir, ich habe nicht geahnt, dass Linda auch von Andersonville wissen könnte.«

Pine stand auf und schaute auf ihn hinunter. »Ich glaube dir, Jack.«

»Wirst du mit diesem Atkins sprechen?«

»Ich werde es versuchen. Ich weiß ja nicht mal, ob die Familie noch dort lebt. Dieses Foto ist über zwanzig Jahre alt. Ich habe bei der Polizei in Taliaferro nachgefragt, aber noch keine Antwort bekommen.«

»Hast du die Adresse?«, fragte Lineberry.

»Ich habe die Briefe, die Atkins an Ito geschickt hat. Auf dem Umschlag steht ein Absender. Die Adresse habe ich in Google Maps gesucht. Es ist … nun ja, ziemlich abgelegen.«

»Was wirst du tun, wenn sie noch dort sind? Und wenn Mercy bei ihnen ist?«

»Darüber werde ich mir Gedanken machen, falls es so kommt. Aber wenn Mercy wirklich dort ist und ihr Zustand es erlaubt, werde ich einen Weg finden, ihr die Wahrheit zu sagen. Und ich werde sie nach Hause holen.«

»Sagst du mir Bescheid, sobald du mehr weißt?«

»Natürlich.«

»Ich hoffe nichts mehr, Atlee, als dass Mercy noch lebt. Dass es ihr gut geht.«

»Ich auch, Jack«, sagte Pine, bevor sie ging. »Ich auch.«

71

Sie bogen in eine Schotterstraße ein, die in einen unbefestigten Feldweg überging, der zwischen Gestrüpp und jungen Bäumen endete.

»Das ist nicht gerade vielversprechend«, meinte Carol Blum.

»Es sieht so aus, als würde der Wald sich das Land zurückholen«, fügte Pine hinzu.

Sie stiegen aus und arbeiteten sich durch das Gestrüpp, bis sie eine Lichtung erreichten. Wenig später sahen sie einen rostigen Briefkasten auf einem morschen Pfosten. Pine schaute hinein, doch er war leer. Sie betrachtete die verblichenen Ziffern aus Metall, die jemand an den Pfosten genagelt hatte.

»Das ist die Hausnummer, die auf den Briefen steht«, sagte sie.

Die Frauen folgten einer Wegbiegung und sahen den Wohnwagen vor sich, den sie von dem Foto kannten. Die Jahre hatten deutliche Spuren hinterlassen. An einigen Stellen hatte sich die Verkleidung gelöst, unter der verrottetes Holz zum Vorschein kam; die Tür hing schief in den Angeln, das Dach war teilweise eingebrochen. Ein großer Betonblock diente als Stufe zur Tür.

»Hier wohnt schon länger niemand mehr.« Pine trat zur Tür, warf einen Blick ins Innere und schrie auf.

Hastig sprang sie zurück und zog die Pistole.

»Was ist?«, fragte Blum erschrocken.

»Schlangen.« Pine wich langsam zurück. »Ein ganzes Nest Kupferkopfschlangen.« Sie schob die Waffe ins Holster. »Na, den Wohnwagen durchsuchen wir besser nicht. Wir würden sowieso nicht viel finden.«

»Was hat Atkins eigentlich gemacht, nachdem er aus dem Krieg zurückkam?«, fragte Blum, als sie zurück zum Wagen gingen.

»Viel habe ich nicht herausgefunden. Wir können ja die hiesigen Cops fragen – die haben übrigens noch immer nicht zurückgerufen.«

»Warum wohl?«, sinnierte Blum.

»Das können wir sie gleich fragen.«

Sie fuhren zum Verwaltungssitz des Countys in Crawfordville und betraten das Büro des Sheriffs. Die Frau am Empfang, der sie ihr Anliegen erklärten, schickte sie zu einem Büro am Ende des Flurs. Dort saß ein uniformierter Mann in den Dreißigern an seinem Schreibtisch – klein und stämmig, die Haare ordentlich gescheitelt, glatt rasiert.

Pine schilderte noch einmal, warum sie hier war.

»Setzen Sie sich doch«, forderte der Mann sie auf. »Ich bin Deputy Sheriff Tyler Wilcox. Sie sagen, Sie haben angerufen?«

»Ich habe eine Nachricht hinterlassen und eine Mail geschickt.«

»Soso. Tja, ich habe keine Nachricht gehört und keine Mail gesehen. Aber unser System spinnt manchmal.«

»Ich habe gehört, Sie sind der größte Arbeitgeber im County«, sagte Pine.

Wilcox lachte. »Wir sind einer der wenigen Arbeitgeber, die es hier überhaupt noch gibt. Ich bin hier geboren und aufgewachsen. Ich lebe wirklich gerne hier, aber es ist nicht jedermanns Sache. Das ist der Grund, warum viele abwandern.«

Er ordnete irgendwelche Papiere auf seinem Schreibtisch und lehnte sich auf seinem Stuhl zurück. »Sie wollen also diesen Leonard Atkins finden?«

»Ja. Wir haben es bei seiner letzten bekannten Adresse versucht, aber da wohnt wohl schon lange niemand mehr. Der Wohnwagen ist voller Schlangen.«

»So was finden Sie hier öfter«, meinte Wilcox. »Jedenfalls, der Name Atkins sagt mir nichts, Agentin Pine. Aber ich bin auch erst zehn Jahre im Sheriff's Office. Die Angelegenheit, wegen der Sie hier sind, liegt wahrscheinlich viel länger zurück.«

»Das stimmt. Ich habe ein Foto aus dem Jahr 1999.« Sie zog es aus der Tasche und zeigte es ihm.

Er betrachtete es einen Moment lang und gab es ihr zurück. »Die Leute kenne ich nicht. Das sind Atkins, seine Frau und … wer? Ihre Tochter Becky?«

»Das nehmen wir an, ja.«

Wilcox beäugte sie mit zusammengekniffenen Augen. »Darf ich fragen, warum das FBI sich für diese Leute interessiert? Gibt es da irgendetwas, das ich als Cop wissen sollte?«

»Nicht das FBI interessiert sich für sie, sondern *ich*.« Pine stockte einen Moment, fügte dann hinzu: »Es ist eine persönliche Angelegenheit.«

Wilcox schaute zu Blum, dann wieder zu Pine. »Okay, dann sollten Sie mit Dick Roberts sprechen. Inzwischen ist er im Ruhestand, aber er war damals Sheriff hier. Dick hat so ziemlich jeden in der Gegend gekannt.«

»Lebt er noch hier?«

»Klar. Ich gebe Ihnen seine Adresse. Aber vorher rufe ich ihn an, damit ich sicher sein kann, dass er nichts dagegen hat, mit Ihnen zu sprechen.«

»Könnten Sie das jetzt gleich tun?«

»Diese persönliche Angelegenheit scheint Ihnen ziemlich am Herzen zu liegen.«

»Sehr sogar.«

Wilcox schrieb die Adresse auf einen Zettel, schob ihn ihr über den Schreibtisch und griff zum Telefon.

Es klingelte zweimal, dann sagte Wilcox: »Hey, Dick, hier ist Tyler. Wie geht's denn so? Na fein, freut mich zu hören. Nee, zum Angeln bin ich in letzter Zeit kaum gekommen. Beim letzten Mal war ein Schnupfen das Einzige, was ich mir gefangen habe.« Wilcox lachte über seinen Scherz, während Pine ihn ungeduldig beobachtete.

»Hör mal, ich hab da eine Agentin vom FBI bei mir – Atlee Pine und ihre Assistentin. Sie würden gern mit dir über eine Familie reden, die vor Jahren mal hier gelebt hat. Ja, ein Leonard Atkins, seine Frau und die Tochter. Alles klar, klingt gut. Danke, Dick.«

Wilcox legte auf und schaute zu Pine. »Sie können ihn jederzeit besuchen. Er wohnt ungefähr zehn Meilen von hier. Wenn Sie diese Adresse ins GPS eingeben, können Sie es nicht verfehlen.«

»Hat er sonst noch etwas gesagt?«, fragte Pine gespannt.

»Nur, dass er Atkins gekannt hat und nichts dagegen hat, mit Ihnen zu reden.«

»Großartig. Vielen Dank für Ihre Hilfe.«

»War mir ein Vergnügen – wir sind ja schließlich Kollegen.«

Pine und Blum verließen das Büro.

»Was glauben Sie, wird dieser Roberts uns sagen können?«, fragte Blum.

»Hoffentlich alles.«

72

Der Kontrast zwischen dem tristen ehemaligen Zuhause der Familie Atkins und dem Eigenheim von Dick Roberts hätte größer nicht sein können.

Es war ein schmuckes Holzhaus mit Blumenkästen an den Fenstern, in denen Herbstblumen mit roten und goldgelben Blüten wuchsen. Der Rasen war makellos gepflegt. Im Carport stand ein neu aussehender kobaltblauer Ford F150 Pick-up. Aus dem Schornstein stieg Rauch auf – es war ein empfindlich kühler Herbsttag.

Sie stiegen aus und hörten einen Hund bellen.

Als sie den Kiesweg zum Haus hinaufgingen, wurde die Tür geöffnet, und ein großer braun-weißer Basset Hound sprang bellend heraus.

Ein Mann erschien in der Tür.

»Das ist Rosie«, sagte er. »Sie klingt viel wilder, als sie ist. Warten Sie eine Minute, dann legt sie sich hin und lässt sich den Bauch kraulen.«

Rosie tat es schon nach wenigen Sekunden. Pine ging in die Hocke und kraulte die Hündin, die es sich schwanzwedelnd und mit einem Grinsen gefallen ließ.

»Kommt rein, Leute«, sagte der Mann.

»Sie sind Dick Roberts?« Pine richtete sich auf und ging auf ihn zu, gefolgt von Blum und Rosie, der Hündin.

»Höchstpersönlich.«

Roberts war Anfang siebzig, etwa so groß wie Pine, schlank und drahtig, hatte silbergraues Haar und einen Schnurrbart, der bis über die Mundwinkel fiel. Er trug eine verwaschene Jeans, alte Lederstiefel und ein rotes Flanellhemd mit aufgerollten Ärmeln, die seine muskulösen Unterarme sehen ließen.

Er hat die Augen eines Cops, dachte Pine. *Wachsam und ein wenig argwöhnisch.*

Sie folgten ihm ins Wohnzimmer. Das Feuer im Kamin knisterte einladend, auf dem Sims standen Bilder, die wahrscheinlich Angehörige und Freunde zeigten. Die Möbel waren alt, massiv und bequem. Ein farbenfroher Teppich bedeckte einen Teil des Bretterbodens. An der Wand hing ein Waffenständer mit einer doppelläufigen Schrotflinte und einem Jagdgewehr. Die Holzwände waren mit gerahmten Bildern und Fotos geschmückt. Alles wirkte sauber und aufgeräumt. Pine hoffte, dass Roberts' Erinnerungen genauso geordnet waren.

»Wie wär's mit 'ner Tasse Kaffee? Ich hab gerade eine Kanne gemacht.«

»Danke, gern«, sagte Blum, und Pine nickte ebenfalls.

Er brachte den Kaffee, und sie setzten sich auf Stühle am Feuer, während Rosie sich neben Roberts legte und prompt einschlief. »Ein Basset hat eine sagenhafte Witterung, aber genau darum lässt er sich nicht abrichten. Sein natürlicher Geruchssinn ist einfach zu stark. Er würde ja gehorchen, aber im Zweifel folgt er immer seiner Witterung.«

»Ihre Rosie ist jedenfalls richtig süß«, meinte Blum.

»Wir leisten einander Gesellschaft.« Roberts lehnte sich mit seiner Kaffeetasse zurück.

»Sie leben mit Rosie allein hier im Haus?«, fragte Blum.

Er nickte, und seine Augen trübten sich. »Meine Frau ist vor zwei Jahren gestorben. Ganz plötzlich. Am Abend war sie noch quicklebendig, am nächsten Morgen war sie tot.«

»Das tut mir sehr leid«, sagte Blum. »Ein so unerwarteter Verlust ist schwer zu verstehen und noch schwerer zu verarbeiten.«

»Stimmt. Aber man muss ja irgendwie weitermachen. Wir hatten viele gute Jahre zusammen. Nur halt nicht so viele, wie wir glaubten. Wir haben Kinder großgezogen, aus denen was geworden ist. Und sie wohnen nicht allzu weit weg. Drei in Atlanta, einer in Macon, einer drüben in Tennessee.«

»Tut gut, sie in der Nähe zu haben«, sagte Blum.

Roberts nickte und schaute zu Pine. »Sie interessieren sich also für Len Atkins.«

»Sie kennen ihn?«

»Ja.«

»Lebt er noch?«

»Kann ich Ihnen nicht sagen. Ist schon eine Weile her, dass er weggezogen ist.«

Pines Hoffnungen schwanden. »Wir sind zu seiner alten Adresse gefahren. In dem Wohnwagen haben sich Schlangen eingenistet.«

»Schlangen? Das wusste ich nicht. Aber ich war lange nicht mehr draußen.«

Pine zeigte ihm das Foto. Er betrachtete es eingehend und nickte. »Ja, das sind Len und Wanda. Ganz sicher.«

»Und das Mädchen?«

»Das Mädchen kenne ich nicht. Man kann ja nicht mal das Gesicht richtig sehen. Aber sie ist sehr groß.«

»Sie heißt Becky. Das Foto ist von 1999. Haben Sie nie von einer Becky gehört?«

»Nee.« Roberts schüttelte den Kopf, wirkte aber unsicher. »Da müsste ich erst mal gründlich nachdenken.«

»Wann sind sie von hier weggezogen?«

»Kurz nachdem Atkins' Sohn gestorben war.«

Pine und Blum wechselten einen verdutzten Blick. Pine sagte: »Ich dachte, Atkins konnte keine Kinder mehr haben, wegen einer Verletzung aus dem Vietnamkrieg.«

»Das stimmt ja auch. Es hatte ihn böse erwischt. Ich hatte Glück – eine hohe Nummer in der Lotterie, deshalb wurde ich nicht eingezogen. Aber der alte Len musste rüber in den verfluchten Dschungel in Fernost und für Gott weiß was kämpfen.«

»Was ist mit seinem Sohn?«, drängte Pine.

»Joe wurde geboren, bevor Len in den Krieg musste. Wenn ich mich richtig erinnere, war Len damals höchstens zwanzig. Nach seiner verdammten Verletzung war klar, dass Joe sein einziges Kind bleiben würde.«

»Wenn Sie die Familie besucht haben – war noch jemand dort, der bei den Atkins gewohnt hat?«

»Nee. Bin nie jemandem begegnet. Der Wohnwagen war ja auch nicht groß, Sie haben ihn ja selbst gesehen. Da war gerade mal genug Platz für die beiden und Joey.«

»Hat die Familie nie irgendwelche Veranstaltungen besucht? Hat niemand sie mit einem Mädchen gesehen, das aussah wie das Mädchen auf dem Foto?«, hakte Blum nach.

»Len war nicht gern unter Leuten«, antwortete Roberts. »Er war Landbriefträger. Wanda hat für ein paar Frauen Näharbeiten gemacht und in Läden geputzt. Aber sonst haben sie sehr zurückgezogen gelebt. Ich habe Len gekannt, aber in Wahrheit hat er niemanden an sich rangelassen, wenn Sie verstehen, was ich meine. Der Krieg hat Spuren hinterlassen, nicht nur bei ihm. So ging es vielen Männern damals.«

»Und sein Sohn Joe?«

»Er hat bis zu seiner Hochzeit bei den Eltern gewohnt. Hat sehr jung geheiratet – mit neunzehn, glaube ich. Das muss in den Achtzigern gewesen sein. Joe hatte ein eigenes kleines Haus, nicht weit von den Eltern. Er hat als Sicherheitsmann in einer der großen Fabriken gearbeitet, die es damals hier gab, als in Amerika noch produziert wurde, was das Zeug hielt. Als die Fabrik dichtmachte, hat Joe Sicherheitstechnik für Firmen verkauft. Muss ganz gut gelaufen sein.« Er zog die Stirn in Falten. »Seine Frau war ziemlich … seltsam. Ihr Name fällt mir gerade nicht ein. Sie hat sich mit Voodoo und solchem Kram beschäftigt. Sie hatte überhaupt 'ne abartige Ader.«

»Wie meinen Sie das?«

»Einmal wurde ich zu ihrem Haus gerufen. Muss über zwanzig Jahre her sein. Jemand hatte Schreie gehört. Und jetzt kommt's. Diese Verrückte hatte einen Hund festgebunden und dem armen Tier Brandmale verpasst. Können Sie sich das vorstellen? Als ich das arme Vieh losgebunden habe, ist es auf und davon und hat geheult wie wild. Ich hab die Frau wegen Tierquälerei angezeigt, mehr konnte ich nicht tun.« Er schnippte mit den Fingern. »Desiree! Ja, so hieß sie. Desiree Atkins. Ich weiß noch genau, wie sie mich angeschaut hat, mit diesen toten Augen. Es lief mir eiskalt über den Rücken, und ich bin wirklich kein Angsthase. Aber vielleicht gab es ja einen Grund, warum sie so geworden ist.«

»Welcher Grund könnte das gewesen sein?«, fragte Pine.

Plötzlich kam Roberts ein Gedanke. »Moment mal, vielleicht haben Sie da was verwechselt.«

»Wie meinen Sie das?«

»Es war *Desiree*, die keine Kinder bekommen konnte. Sie war unfruchtbar, wegen irgendeiner Krankheit, glaube ich. Ich weiß, dass Len und Wanda sich Enkelkinder gewünscht hätten, aber es sollte nun mal nicht sein.«

Pine schaute zu Blum – beide schienen den gleichen beklemmenden Gedanken zu haben.

»Mr. Roberts«, griff Pine den Faden auf, »könnte das Mädchen auf dem Foto von Joe und Desiree adoptiert worden sein? Ich dachte bisher, Rebecca wäre die Tochter von Len und Wanda, aber wenn man es recht betrachtet, waren die beiden eigentlich schon zu alt. Joe und Desiree aber waren im richtigen Alter, wenn die beiden in den Achtzigern geheiratet haben.«

»Schon möglich. Ich habe jedenfalls nichts Gegenteiliges gehört. Aber sie haben genauso zurückgezogen gelebt wie Len und Wanda.«

»Wenn sie ein Kind hatten, muss es doch zur Schule gegangen sein«, wandte Blum ein.

Roberts schüttelte den Kopf. »Viele hier in der Gegend unterrichten ihre Kinder zu Hause. Das war früher so und ist heute nicht anders.«

»Sie meinen, es könnte sein, dass Rebecca bei ihnen gelebt und keiner es mitbekommen hat?«

»Möglich. Dieses County ist groß, aber dünn besiedelt. Sie können meilenweit fahren, ohne dass Sie ein Haus zu Gesicht bekommen. Wir haben hier riesige Wälder, da sind die Häuser oft von der Straße aus gar nicht zu sehen.« Er musterte Pine mit wachsendem Interesse. »Worauf wollen Sie eigentlich hinaus?«

»Das wird sich zeigen. Jedenfalls scheinen die Dinge ein bisschen anders gewesen zu sein, als ich dachte. Sie sagen, dass Joe gestorben ist?«

»Ja.«

»Wie ist es passiert?«

»Er wurde ermordet.«

»*Was!*« Pine konnte nicht glauben, was sie da hörte.

»Wenn ich mich recht entsinne, war es im Frühjahr 2002. Zum Glück haben wir hier nur selten einen Mord – und wenn, landen die Fälle meistens bei Ihnen, dem FBI.«

»Haben Sie in dem Fall ermittelt?«, hakte Pine nach.

»Ja. Ich und mein damaliger Deputy.«

»Können Sie uns Details verraten?«

»Ich werd's versuchen. Was ich Ihnen nicht sagen kann, steht in den Akten im Sheriff's Office.« Er trank seinen Kaffee aus und lehnte sich zurück. »Der Anruf kam am frühen Morgen. Ein Mann war mit seinen Hunden draußen und fand eine männliche Leiche neben einer Straße. Mit eingeschlagenem Kopf und einem Messer im Rücken. Es war Joe. Eindeutig Mord.«

»Und wo war seine Frau, diese Desiree?«

»Gute Frage. Sie war verschwunden. Keiner wusste, wohin. Wir konnten nicht beweisen, dass sie es getan hatte, aber ich bin mir hundertprozentig sicher. Sie war irre genug für so was. Und warum sonst hätte sie so plötzlich abhauen sollen?«

»Haben Sie Hinweise gefunden? Fingerabdrücke auf dem Messer? Anzeichen eines Kampfes? Oder Hinweise darauf, wie der Tote an die Straße gekommen war?«

»Auf dem Messer waren keine Abdrücke. Es gab auch keine Reifenspuren am Fundort. Joe muss an Ort und Stelle verblutet sein. Damals war der Boden knüppelhart. Der Lehm hier in Georgia kann hart wie Beton sein. Wir haben uns im Haus umgesehen, aber von Desiree keine Spur. Es gab auch keine Anzeichen, dass jemand ins Haus eingedrungen war oder dass es zu einem Kampf gekommen sein könnte. Wir haben die Schränke durchsucht – da waren zwar Frauenkleider, aber Desiree kann trotzdem etwas mitgenommen haben. Wie hätten wir das wissen sollen?«

»Hat ein Fahrzeug gefehlt?«, fragte Pine.

»Joes Pick-up. Der wurde zehn Meilen von hier gefunden. Wir haben ihn auf Fingerabdrücke abgesucht, aber nur die von Joe und Desiree sicherstellen können. Das war alles.«

»Gab es keine Anzeichen, dass eine dritte Person bei ihnen gewohnt haben könnte?«

»Sie glauben wirklich, diese Rebecca hat bei Joe und Desiree gelebt?«

»Ich halte es für möglich. Sie war auf dem Foto mit Len und Wanda Atkins. Das war ein paar Jahre, bevor Joe starb.«

»Sie glauben, die zwei könnten das Mädchen adoptiert haben?«

»Warum nicht?«

»Dann müsste es doch irgendwelche Unterlagen geben. Es ist im Gesetz klar geregelt, wie eine Adoption abzulaufen hat«, meinte Roberts.

»Stimmt schon, aber man kann den Vorgang umgehen, wenn man es illegal macht«, hielt Pine dagegen.

Roberts war für einen Moment perplex. »Was wollen Sie damit andeuten? Dass die zwei das Gesetz umgangen haben, um schneller zu einem Adoptivkind zu kommen? Oder wollen Sie behaupten, das Mädchen wurde gegen seinen Willen festgehalten?«

»Ich will ganz ehrlich zu Ihnen sein, Mr. Roberts, weil Sie uns viel Neues mitgeteilt haben, das wir bisher noch nicht wussten.«

Sie erzählte ihm, dass Ito Vincenzo und Len Atkins zusammen in Vietnam gekämpft hatten. Auch von den Schecks, die auf Atkins' Namen ausgestellt worden waren, und den Briefen an Vincenzo. Sie verschwieg ihm nur, dass das Mädchen ihre Zwillingsschwester war.

Roberts brauchte einen Moment, um die Informationen zu verarbeiten. »Sehe ich das richtig – Sie glauben, dieser Ito könnte das Mädchen entführt und zu den Atkins gebracht haben? Sozusagen als Gegenleistung dafür, dass Len Atkins ihm in Vietnam das Leben gerettet hatte? Nur dass das Kind dann nicht bei Len blieb, sondern zu seinem Sohn und Desiree kam?«

»So ist es. Ito Vincenzo muss das aber nicht gewusst haben. Die Schecks gingen an Len Atkins. Vielleicht hat Len das Geld seinem Sohn Joe gegeben, falls der für Rebecca gesorgt hat.«

»Und das FBI wurde eingeschaltet, weil es um Entführung geht?«

»Genau«, bestätigte Pine mit einem kurzen Blick zu Blum.

»Aber der Fall liegt sehr lange zurück«, wunderte sich Roberts.

»Stimmt, es ist ein Cold Case – aber das Bureau greift solche Fälle manchmal wieder auf, wenn sich neue Hinweise ergeben.«

»Ich würde Ihnen ja gerne weiterhelfen, aber mehr weiß ich leider auch nicht.«

»Sie haben uns schon sehr geholfen. Eine Frage habe ich allerdings noch. Kann ich das Haus sehen, in dem Joe und Desiree gewohnt haben?«

»Ich denke schon. Es wohnt zwar wieder eine Familie drin, aber die kenne ich ganz gut. Wenn Sie wollen, fahre ich mit Ihnen hin.«

»Wenn es Ihnen keine Umstände macht.«

»Aber nein. Ich hab ja kaum noch was zu tun. Der Ruhestand ist so lange verlockend, bis man erkennt, dass die Tage ganz schön leer werden können. Außerdem wurmt es mich heute noch, dass ich den Mord an Joe nicht aufklären konnte. Es hatte seine Eltern schrecklich mitgenommen.«

»Und Sie haben keine Ahnung, wohin sie gegangen sein könnten?«

»Nein, der Kontakt ist irgendwann abgerissen.«

»Falls nötig, werden wir sie schon aufspüren.«

»Kommen Sie, fahren wir.« Roberts schnappte sich eine Baseballkappe mit dem Logo der Atlanta Falcons von einem Beistelltisch und stand auf. Er schaute zu Rosie hinunter. »Okay, Mädchen, lass dir nicht von Fremden den Bauch kraulen. Und halt die Stellung, bis ich wieder da bin.«

73

Während der Fahrt in Pines Mietwagen hatte Roberts das Ehepaar angerufen, das jetzt in dem Haus wohnte, und erklärt, warum sie es sich ansehen wollten. Die beiden hatten sofort zugestimmt.

»Sie heißen Pat und Hazel Simmons«, sagte Roberts zu Pine. »Sie haben das Haus bei der Versteigerung erworben. War angeblich ein Schnäppchen. Kein Wunder, wenn man bedenkt, dass Joe Atkins ermordet wurde und Desiree unter ungeklärten Umständen verschwunden ist. Pat ist Fernfahrer. Sie haben zwei Söhne, die zur Highschool gehen.«

»Sind Sie mit ihnen befreundet?«, fragte Blum.

Roberts nickte. »Wir sehen uns beim Schießstand und in der Kirche, und wir jagen und angeln beide gern. Hier leben ja nicht mehr so viele, da kennt jeder jeden. Pat ist in Ordnung.«

Nach einer Weile kamen sie bei dem kleinen Haus im Wald an. Daneben parkten eine riesige, leuchtend blau lackierte Kenworth-Zugmaschine, ein kleiner roter KIA Crossover und ein Dodge Pick-up mit verbeultem Kotflügel.

»Das ist Pats Truck. Drinnen ist es wie in einem kleinen Apartment. Er ist viel unterwegs, aber zurzeit ist er mal nicht auf Achse, wie Sie sehen.«

»Seine Frau hat sicher alle Hände voll zu tun mit den zwei Söhnen, wenn ihr Mann so viel unterwegs ist«, meinte Blum.

»Oh, Hazel hat die beiden gut im Griff. Aber sie sind halt Jungs, da hat sie's nicht immer leicht.«

Pat Simmons, ein kleiner, pummeliger Mann mit einer Kenworth-Baseballkappe, braunen Haaren, mattbraunen Augen und einem etwas ungepflegten Bart, öffnete die Haustür und ließ die Besucher ein. Das kleine Wohnzimmer war sauber, aber spärlich möbliert. An einer Wand hing ein 70-Zoll-Fernseher. Pines Blick fiel auf einen verglasten Waffenschrank mit verschiedenen Gewehren, Schrotflinten und Pistolen.

Hazel Simmons kam herein und wischte sich die Hände an einem Geschirrtuch ab. Sie war barfuß, trug nur eine schwarze Leggings und ein langes weißes T-Shirt. Sie fragte die Besucher, ob sie etwas trinken wollten, doch sie lehnten dankend ab.

Roberts stellte Pine und Blum vor, und sie setzten sich.

»Sie interessieren sich also für die Leute, die vor uns hier gewohnt haben?«, begann Pat.

Pine nickte. »Joe und Desiree Atkins.«

Pat schaute zu Roberts. »Ja, ich weiß. Der Mann wurde ermordet – aber nicht im Haus, sondern draußen im Wald.«

»Wahrscheinlich haben wir das Haus deshalb so billig gekriegt«, fügte Hazel hinzu. »Und es ist ja auch ziemlich abgelegen. Es gibt keine Geschäfte in der Nähe, und auch das Krankenhaus ist weit weg. Unsere Jungs sind im Schlafzimmer geboren. Sie waren zu schnell da – wir haben's nicht mehr bis zur Entbindungsstation geschafft.«

»Das war sicher nicht ohne«, meinte Blum.

»Ich hab's jetzt zweimal hinter mir. Nie wieder«, sagte Hazel lachend.

»Als Sie eingezogen sind«, sagte Pine, »haben Sie da irgendetwas gefunden, was die Atkins' zurückgelassen hatten?«

Pat schüttelte den Kopf. »Das Haus war leer. Wahrscheinlich

hat die Bank die ganze Einrichtung verkauft, auch die anderen Sachen. In der Küche waren noch ein paar Töpfe und Pfannen. Und alte Klamotten, die sie vielleicht übersehen hatten.«

»Haben Sie die Kleidungsstücke noch?«

»Nein, die haben wir zur Kleidersammlung gegeben oder weggeworfen.«

»Gab es irgendwelche Anzeichen, dass *drei* Leute hier gewohnt haben? Ein Kind?«

Die Eheleute schauten sich an; dann schüttelte Pat den Kopf. »Nee, kann ich nicht sagen. Aber ich war zu der Zeit nicht so oft zu Hause. Sie haben ja den Truck draußen gesehen. Ich bin Fernfahrer.«

Pine schaute zu Hazel. »Und Sie?«

Hazel schürzte die Lippen und rieb die Hände aneinander. »Ich weiß nicht, ist lange her. Wir mussten viel Arbeit in das Haus stecken, um es bewohnbar zu machen. Die früheren Besitzer haben es ein bisschen vergammeln lassen.« Plötzlich schaute sie auf. »Das heißt, an eines erinnere ich mich. Als wir einzogen, waren so Zeichnungen an einer Wand in dem Zimmer, das sich jetzt unsere Jungs teilen.«

Pine spannte sich innerlich an. »Was für Zeichnungen?«

»Kinderzeichnungen. Strichmännchen und so was. Ich hab einfach drübergemalt.«

»Können Sie sich an Einzelheiten erinnern?«

Hazel dachte einen Moment nach. »Es waren so kleine Szenen, wissen Sie. Die Strichmännchen haben gespielt oder am Tisch gesessen.« Sie lächelte. »In einer Zeichnung hat es ausgesehen, als würden sie aus Bechern trinken. Und sie waren immer zu zweit, diese Männchen. Obwohl – sie hatten lange Haare, also waren es wahrscheinlich Mädchen. Das weiß ich noch, weil wir damals noch keine Kinder hatten und ich mir immer ein Mädchen gewünscht habe. Tja, ist anders gekommen.«

»Vielleicht hatten sie eine Teeparty«, sagte Pine.

Hazel lächelte. »Warum nicht? Wir hatten auch immer solche Partys, mit meiner Schwester und meinen Freundinnen, als wir klein waren.«

»Dann könnte das Mädchen, das die Zeichnungen gemacht hat, in dem Zimmer gewohnt haben?«, fragte Pine.

»Möglich, ja. Aber es waren keine Möbel mehr da, als wir einzogen. Sie können ja bei der Bank nachfragen, die das Haus ausgeräumt hat, aber ich weiß nicht, ob sich das noch so genau feststellen lässt.«

Pine schaute aus dem Fenster. »Gibt es sonst noch irgendwelche Gebäude auf dem Grundstück?«

»Gebäude?«, sagte Pat. »Nein, nur das Haus. Wir haben nicht mal eine Garage. Ich würde gern einen Carport bauen, bin aber noch nicht dazu gekommen. Das hier war ja keine Farm oder so was, also gab's auch keinen Schuppen.«

»Aber eine Höhle«, sagte eine Stimme.

Als sie sich umdrehten, sahen sie einen großen, schlaksigen Teenager in der Tür stehen. Er trug eine ausgebeulte Jeans, ein Nike-Sweatshirt und eine Auburn-Baseballkappe über den langen Haaren.

»Das ist unser Jüngerer, Kyle«, sagte Hazel. »Von welcher Höhle redest du, Junge?«

»Ungefähr eine halbe Meile von hier, im Wald. In einem kleinen Hügel.« Er schaute zu Pine. »Mein Bruder Trey und ich haben sie gefunden, als wir klein waren. Wir haben uns da ein kleines Fort gebaut und hatten ein paar Sachen dort. Es war unser Versteck. Manchmal sind wir dorthin geschlichen und haben da übernachtet.«

Hazel schaute ihn verwirrt an. »Du hast in einer Höhle geschlafen? Meine Güte, die hätte einstürzen können! Und was hättet ihr gemacht, wenn ein Bär da drin gehaust hätte?«

»Ein Bär? Quatsch.«

»Wieso?«, fragte Hazel.

»Weil die Höhle mit einer Holztür verschlossen war. Es war sogar ein Vorhängeschloss dran. Wir hielten es für eine alte Mine oder so. Es waren sogar Sachen drin.«

»Wenn ein Schloss an der Tür war«, fragte Pine, von plötzlicher Erregung gepackt, »wie seid ihr dann reingekommen?«

»Das Vorhängeschloss lag auf dem Boden. Es war total verrostet. Aber die Tür war zu. Als wir sie aufmachten, kam uns ein muffiger Geruch entgegen. Wie aus 'ner Gruft oder so. Richtig unheimlich.«

»Und es waren Sachen in der Höhle?«

»Ja.«

»Kannst du uns hinführen?«

Kyle schaute zu seiner Mutter.

Hazel nickte. »Na gut. Aber sei vorsichtig.«

»Ich hab zwei Taschenlampen«, sagte Pat. »Kann ich mitkommen?«

Pine konnte nicht mehr antworten, sie war schon draußen.

Blum nickte Pat zu. »Sicher.«

74

Kyle ging voraus. Es war nur eine halbe Meile, doch Pine kam es wie zehn Meilen vor. Das Herz schlug ihr bis zum Hals, während ihr tausend Gedanken durch den Kopf wirbelten.

Reiß dich zusammen, ermahnte sie sich. *Wahrscheinlich hat das alles eine ganz harmlose Erklärung.*

Sie kämpften sich durch dichtes Gestrüpp, das den Weg überwuchert hatte.

»Wir waren lange nicht mehr hier«, sagte Kyle. »Ist alles zugewachsen seit damals.«

Schließlich gelangten sie zu einer alten Holztür, die in einen kleinen Hügel eingebettet war. An der von Efeu umrankten Tür hing ein rostiges Vorhängeschloss.

»Als wir die Höhle damals gefunden haben, war die Tür kaputt, weil jemand sie aufgebrochen hatte. Wir haben sie repariert und ein neues Schloss drangemacht.«

Pat Simmons begutachtete die Tür. »Ich kann's nicht glauben. Jetzt wohnen wir schon so lange hier und haben nichts davon gewusst.« Er schaute zu seinem Sohn. »Warum habt ihr uns nie etwas davon gesagt?«

Kyle zuckte mit den Schultern. »Es war unser Geheimversteck, bis wir irgendwann die Lust daran verloren haben und nicht mehr hingegangen sind. Und dann haben wir sie mit der Zeit vergessen.«

Pine drängte sich ungeduldig an ihnen vorbei, stieß die Tür auf, ließ das Licht ihrer Stablampe aufflammen und trat ein. Die anderen folgten ihr. Auch Pat Simmons knipste eine seiner Taschenlampen an und leuchtete die Höhle aus. Die andere Lampe gab er Roberts, der sie ebenfalls einschaltete.

Es war ein kleiner Raum, höchstens drei mal drei Meter. Pine ließ den Lichtstrahl durch die Dunkelheit wandern und sah einen alten Tisch, klapprige Stühle und Bretter auf Betonblöcken, die als Bücherregal dienten. Außerdem leere Glaskrüge, einen Baseballschläger, ein zerschlissenes Sweatshirt und alte Tennisschuhe. Der Boden war mit Sperrholz ausgelegt. Ein süßlicher Geruch nach verrotteten Pflanzen lag in der Luft. Die Wände bestanden aus dem Stein und der Erde des Hügels.

Pine schwenkte den Lichtstrahl über den hinteren Bereich der Höhle … und erstarrte.

Da war ein kleines Bett, wenn auch ohne Decke und Kissen. Die Matratze war alt und verrottet. Pine drehte sich zu Kyle um. »Habt ihr das Bett und die anderen Sachen hier reingestellt?«

»Nee, das war alles schon da. Wir haben auch alte Lebensmitteldosen und Wasserflaschen gefunden. Die haben wir als Zielscheiben benutzt, wenn wir mit unseren .22ern Schießübungen gemacht haben.«

Pine schaute sich um und untersuchte jeden Zentimeter.

Der Lichtstrahl fiel auf eine Kette beim Bett. Die Schnalle am Ende konnte mit einem Schlüssel verschlossen werden. Das andere Ende war so tief in der Steinwand verankert, dass Pine es nicht herausziehen konnte.

Pine lief es eiskalt den Rücken hinunter.

Blum blieb neben ihr stehen und sah die Kette nun ebenfalls. »Mein Gott«, murmelte sie.

Kyle trat zu ihnen. »Die Kette war auch schon da. Wir dachten uns, dass jemand einen Hund hier gehalten hat, oder ein anderes Tier.«

»Oder vielleicht das Mädchen«, sagte Roberts leise zu Pine. »Becky.«

Pine hatte bereits etwas anderes entdeckt. Es hing an einem Nagel in der Steinwand. Zögernd ging sie hin.

Tränen schossen ihr in die Augen, als sie mit einem Mal die schreckliche Wahrheit erkannte.

O Gott! Du bist das, Sally? Dreißig Jahre ist es her, seit ich dich zum letzten Mal gesehen habe.

Pine betrachtete Mercys Puppe mit den großen, sanften Augen. »Sally« hatte ihre Schwester sie getauft. Atlee hatte ihre Puppe »Skeeter« genannt, nach der Zeichentrickserie *Muppet Babies.*

Sally und Skeeter … Mercy und Atlee … und eine verlorene Kindheit …

Es schnürte Pine die Kehle zu.

»Das war echt krass«, sagte Kyle. »Wir wollten die Puppe wegwerfen, aber keiner wollte sie anfassen. Die hat damals schon so vergammelt ausgesehen.«

Roberts fragte: »Glauben Sie, die Puppe hat diesem Mädchen gehört?«

Pine nickte schweigend.

Pat Simmons hatte Roberts' Bemerkung gehört und rief entsetzt: »Was denn? Soll das heißen, jemand hat ein kleines Mädchen hier drin festgehalten? Angekettet wie einen Hund?«

»So sieht es aus«, sagte Blum, die Pine nicht aus den Augen ließ.

Pine riss sich zusammen und drehte sich zu Roberts um.

»Ich würde gern auf Ihr Angebot zurückkommen, mir Joe Atkins' Akte anzusehen. Und ich will alles wissen, was Sie über Desiree Atkins haben.«

»Klar. Ich fürchte nur, es ist nicht viel.«

»Es ist auf jeden Fall mehr, als ich jetzt habe. Wie groß waren Joe und Desiree?«

»Nicht groß. Joe war vielleicht eins siebzig und keine siebzig Kilo schwer. Desiree war ein zierliches Ding, vielleicht eins fünfundfünfzig, und hatte höchstens fünfundvierzig Kilo.«

Pine nickte. »Hat das Sheriff's Office einen Kriminaltechniker?«

»Ja.«

»Ich brauche Fingerabdrücke und DNA-Proben von hier drin. Und die Abdrücke von Kyle und seinem Bruder, um sie von den anderen unterscheiden zu können.«

»Haben Sie die DNA des Mädchens?«, fragte Roberts.

Ja, die habe ich, dachte Pine. *In mir.*

Sie nickte. »Alle Abdrücke, die hier gefunden werden, müssen mit denen von Joe und Desiree abgeglichen werden, falls Sie die haben.«

»Die von Joe haben wir bestimmt. Bei Desiree bin ich mir nicht sicher.«

»Okay.«

Sie verließen die Höhle. Pine ließ Mercys Puppe widerwillig zurück, da die Höhle nun ein Tatort war. Dann aber blieb sie noch einmal stehen und drehte sich zum Eingang um.

»Joe Atkins war in der Sicherheitsbranche tätig, sagten Sie?«

Roberts nickte. »Er hat maßgeschneiderte Sicherheitssysteme verkauft, was die Kunden halt brauchten. Die meisten Leute hier schließen nicht mal die Haustür ab. Aber Joes Kunden waren vor allem Firmen. Da hat er Überwachungskameras installiert und …«

Er stockte, als Pine zur Tür zurücklief und sich daranmachte, den Efeu auszureißen, der den Eingangsbereich der Höhle umrankte.

»Agentin Pine?«, fragte Blum.

»Helfen Sie mir, Carol.«

Gemeinsam rissen sie den wuchernden Efeu aus, bis eine kleine Überwachungskamera zum Vorschein kam, die an der Felswand befestigt und zur Tür gerichtet war. Das Kabel verlief an der Wand nach unten und verschwand im Boden.

»Das gibt's doch nicht«, sagte Roberts. »Er hat die Höhle überwacht.«

Pine schaute auf das Kabel. »Das war noch zu einer Zeit, bevor alles kabellos wurde. Ich glaube, dieses Kabel hier führt zum Haus.«

»Schauen wir nach«, sagte Pat atemlos.

Pine rannte los, gefolgt von den anderen.

75

Als sie zum Haus gelangten, suchten sie den Außenbereich nach dem anderen Ende des Kabels ab.

Kyle entdeckte es hinter dichtem Gebüsch.

Die anderen liefen zu ihm. Pine begutachtete die Stelle, an der das Kabel ins Haus führte.

»Welches Zimmer ist das?«

»Unseres«, sagte Kyle.

»Ob Atkins es als Homeoffice genutzt hat?«, meinte Blum und fügte angewidert hinzu: »Ich meine … das Zimmer wurde ja wahrscheinlich frei, als sie das Mädchen in die Höhle brachten.«

Sie eilten ins Haus, Kyle vorneweg. Das Zimmer erwies sich als eine typische, unaufgeräumte Teenager-Räuberhöhle. Auf einem Tisch stand ein großer Flachbildschirm mit Xbox-Controller.

»Wo ist dein Bruder?«, fragte Pine.

»Der arbeitet in einem 7-Eleven.«

Pine schaute sich um, sah die zwei Betten an den Seitenwänden.

Es gab zwei Fenster – eines zum Hof hinter dem Haus.

»Wäre ich an Atkins' Stelle gewesen, hätte ich ständig in Richtung der Gefängniszelle schauen wollen«, sagte Pine leise. »So muss man es ja wohl nennen.«

Roberts trat vor. »Ja, der Schreibtisch müsste ungefähr hier gestanden haben. Und wenn man bedenkt, wie lange es her ist, dürfte der Kerl einen Videorekorder benutzt haben.«

Blum sagte: »Aber wenn die Bank das Haus hat ausräumen lassen, muss doch jemand eine Videokassette gefunden haben.«

»Vielleicht war sie an einer Stelle, die nicht sofort zu sehen ist.« Pine wusste, dass sie sich an einen Strohhalm klammerte, ließ den Blick jedoch über die Wände und den Fußboden schweifen. »War dieser Teppich schon da, als Sie das Haus gekauft haben?«

»Nein«, sagte Hazel Simmons, die sich zu ihnen gesellt hatte. »Aber mit dem Holzfußboden hat der Raum irgendwie kalt gewirkt.«

Pat fügte hinzu: »Das Haus hat kein Betonfundament, unter den Dielen ist ein Hohlraum.«

»Okay, wenn der Schreibtisch hier gestanden hat, gibt es zwei Möglichkeiten.« Pine schaute zu den Simmons. »Können wir unter den Teppich schauen?«

»Klar«, sagte Pat. »Ich helfe Ihnen.«

Sie hoben den Teppich an zwei Ecken hoch.

Pat war mit seinem Teil schneller fertig und ließ den Blick über den Holzboden schweifen. »Nichts«, sagte er. »Rein gar nichts.«

Kyle tastete über die Dielen. »Hey, die hier ist locker!«

Die anderen eilten herbei und rissen mit vereinten Kräften die Holzdiele aus dem Boden.

In einem Fach fanden sie einen alten Sony-Videorekorder.

Kyle nahm ihn beinahe ehrfürchtig heraus. »Wow, so ein Ding hab ich noch nie in echt gesehen.«

»Das Kabel ist noch dran«, sagte Blum.

Pat hob das Kabel auf. »Wir könnten den Rekorder an den Fernseher der Jungs anschließen.«

»Ich mach das«, erbot sich Kyle.

Er ging mit dem Rekorder zum Tisch und machte sich an die Arbeit. Es dauerte nur eine Minute, dann war alles eingerichtet. Kyle schaltete die Geräte ein und drückte auf die Eject-Taste.

»Mein Gott«, stöhnte Blum. »Da ist tatsächlich noch eine Kassette drin.«

»Es muss die letzte sein, die er eingelegt hat, bevor er starb«, sagte Pine. »Hoffen wir, dass noch was drauf zu sehen ist.«

»Das Fach war gut geschützt«, meinte Pat.

»Wir haben keine Fernbedienung«, sagte Kyle. »Aber ich glaube, ich kann den Rekorder auch direkt bedienen.«

Er spulte das Band zum Anfang zurück und drückte auf die Play-Taste.

Sie standen da und schauten auf den Bildschirm.

Pine hielt vor Anspannung den Atem an.

Dann sahen sie ein flimmerndes Bild. Die Tür zur Höhle. Minuten vergingen. Nichts geschah. Dann …

»Verdammt, das ist Joe Atkins!«, rief Roberts.

Der Mann, der ins Bild trat, trug Jeans, Flanellhemd und eine Baseballkappe. In der Hand hielt er eine Schrotflinte. Neben ihm erschien eine kleine Frau mit langen schwarzen Haaren und finsterem Gesicht, ein Tablett in den Händen.

»Und das ist Desiree«, fügte Roberts hinzu.

Carol Blum schaute auf die Datumsangabe am unteren Bildrand. »31. Mai 2002«, las sie.

»Ich glaube, am Tag darauf wurde Joe tot aufgefunden«, sagte Roberts.

Auf dem Bildschirm klopfte Joe an die Holztür und rief: »Geh von der Tür weg, Becky. Dein Essen kommt.«

Joe wartete einen Moment; dann schloss er die Tür auf, trat einen Schritt zurück, brachte das Gewehr in Anschlag und nickte seiner Frau zu. Vorsichtig öffnete Desiree die Tür, stellte das Tablett auf den Boden und schob es mit dem Fuß hinein.

Dann schlug sie hastig die Tür zu, als lauerte im Innern ein Ungeheuer.

Joe hängte das Vorhängeschloss ein.

Im nächsten Augenblick krachte etwas wie ein Donnerschlag von innen gegen die Tür. Joe und Desiree sprangen zurück. Joe geriet ins Stolpern, fiel auf den Hintern und ließ das Gewehr fallen. Von drinnen hörte man jemanden lachen.

Joe rappelte sich hoch und hob die Schrotflinte auf. »Lass den Scheiß, Becky, sonst verpasst Desiree dir wieder ein Brandmal. Kapiert?«

Das Lachen erstarb.

»Du hast es gehört, Rebecca«, sagte Desiree mit schleppender Stimme, als stünde sie unter Drogen. »Wir wollen doch keine Brandmale, oder?«

Von drinnen kam keine Reaktion.

Pine wurde blass. Heftige Übelkeit erfasste sie.

Blum legte ihr den Arm um die Schultern, doch entgegen ihrer sonstigen Gewohnheit schwieg sie.

Roberts schaute die beiden Frauen nachdenklich an.

»Hey«, sagte Kyle, dessen Blick immer noch auf den Bildschirm geheftet war. »Der Typ hat vergessen, die Tür abzuschließen. Das Vorhängeschloss ist offen.«

»Ja, stimmt«, sagte Pine, verblüfft über die Entdeckung des Jungen. »Kannst du mal ein bisschen vorspulen?«

»Jepp.« Kyle drückte auf eine Taste, und die Aufnahme lief beschleunigt weiter. Pine verfolgte die durchlaufenden Bilder wie gebannt.

»Stopp«, sagte sie.

Kyle drückte auf die Play-Taste, und das Geschehen auf dem Bildschirm lief im Normaltempo weiter.

Wieder krachte etwas gegen die Tür. Dann ein drittes Mal, noch heftiger und wilder.

»Warum tut sie das?«, fragte Pat. »Sie muss doch wissen, dass ein Vorhängeschloss an der Tür ist. Und normalerweise hat er sicher abgeschlossen.«

»Halt wieder an, Kyle«, sagte Pine.

Der Junge gehorchte.

Pine schaute zu Pat Simmons. »Sie weiß, dass er vergessen hat, abzuschließen.«

»Wie kann sie das wissen?«, fragte Pat verwirrt.

»Sie steckte seit Jahren in diesem Loch, darum kennt sie jedes noch so kleine Geräusch. Und diesmal hat sie dieses eine Geräusch *nicht* gehört.«

»Vielleicht hat sie deshalb keinen Fluchtversuch unternommen, als ihre Peiniger die Tür aufgemacht haben«, meinte Blum. »Sie hat gewartet, bis der Kerl das Schloss wieder dranmacht. Aber bevor er abschließen konnte, hat sie etwas gegen die Tür geworfen, um ihn abzulenken.«

»So muss es gewesen sein«, murmelte Pine. *Ganz schön clever, große, geliebte Schwester. Du hast dich geduldig und schlau verhalten. Trotz der langen Gefangenschaft, trotz der Demütigungen und Qualen bist du wachsam geblieben und hast auf deine Chance gewartet.*

»Lass das Band weiterlaufen, Kyle«, sagte sie heiser.

»Okay.« Der Junge drückte auf die Play-Taste.

Sie hörten drei weitere Schläge an der Tür. Der vierte zeigte Wirkung. Das offene Vorhängeschloss flog aus dem Bügel, und die Tür schwang auf.

Da stand sie.

Mercy Pine. Groß, schlank, völlig verdreckt, in Fetzen gehüllt und …

Wie eine Irre.

Pine musste sich die Wahrheit eingestehen.

O Gott. Sie sieht aus, als hätte sie den Verstand verloren.

Aber war das ein Wunder nach allem, was sie durchgemacht hatte?

Pines Hand schnellte nach vorn und drückte auf die Pause-Taste, und Mercys Bild fror ein. Sie schaute direkt in die Kamera. Es sah aus, als wüsste sie, wo die Kamera angebracht war. Pine musterte jeden Zentimeter im Gesicht ihrer Zwillingsschwester und versuchte, sie sich als das sechsjährige Mädchen vorzustellen, das sie gekannt hatte. Dann spulte sie in Gedanken die Zeit wieder vor – bis zu dem Menschen, den sie auf dem Bildschirm sah.

»Ist es das Mädchen, das Sie suchen, Agentin Pine?«, fragte Roberts leise.

Pine schwieg einen Moment. Sie wunderte sich selbst, wie gefasst sie war, als sie das Gesicht nach kleinen und kleinsten Merkmalen absuchte – Augen, Nase, Stirn. Die Statur konnte ihr keine Anhaltspunkte geben – die hatte sich zu sehr verändert. Schließlich beugte sie sich vor und betrachtete eine ganz bestimmte Stelle.

Die Sommersprosse auf der Nase. Als Kind hatte Mercy immer gesagt, der liebe Gott habe ihr die Sommersprosse mitgegeben, damit ihre Mom sie von Atlee unterscheiden könne.

Pine richtete sich auf und nickte. »Ja, das ist das Mädchen«, sagte sie. »Das ist Mercy.« Sie erkannte ihre eigene Stimme kaum wieder.

Nie hätte ich gedacht, dass ich das mal sagen kann.

Tausend Gedanken wirbelten ihr durch den Kopf, manche süß und schön, andere bitter und hässlich, wieder andere voller Trauer und Mitleid. Und einige waren so schmerzhaft, dass es ihr Inneres zu zerreißen drohte.

In ihrer Verzweiflung drückte sie die Play-Taste.

Mercy erwachte wieder zum Leben, schaute sich einen Moment

lang um. Dann rannte sie in die Richtung des Hauses und verschwand aus dem Blickfeld der Kamera.

Die Aufnahme lief weiter. Alle fuhren erschrocken hoch, als sie den Schuss hörten. Dann Schreie. Noch ein Schuss, und wieder Schreie. Es war schwer zu sagen, wer da schrie; genauso wenig konnten sie wissen, wer die Schüsse abgegeben hatte. Pine nahm an, dass es Joe Atkins war.

Dann wurde es still. Die Aufnahme lief weiter, zeigte aber nur die aufgebrochene Tür.

Pine drückte auf die Stop-Taste und nahm die Kassette heraus.

Blum schaute zu ihr, sichtlich erschüttert. Ihre Wangen waren nass, ihre Lippen zitterten. »Wenigstens … ist sie entkommen«, flüsterte sie.

Pine wich den Blicken der anderen aus.

»Ja.« Mehr sagte sie nicht.

Dann ging sie hinaus.

Draußen wartete sie einen Moment, damit Blum zu ihr aufschließen konnte. Roberts stand in der Haustür und bedankte sich bei den Simmons' für ihre Hilfe.

»Es muss schlimm für Sie gewesen sein, das mitansehen zu müssen«, sagte Carol Blum leise. »Sie sind sehr tapfer, Agentin Pine.«

»Ich habe eine scheinbare Ewigkeit darauf gewartet, Mercy wiederzusehen. Sie lebt, Carol. Sie lebt! Jedenfalls war sie 2002 noch am Leben. Und ihr Wille war ungebrochen. Sie war stark, Carol. Stärker als ich. Zumindest so viel weiß ich jetzt.«

»Ja. Und das allein ist wundervoll.«

Pine blieb stehen. »Roberts hat erwähnt, Leute hätten damals Schreie gehört. Und dass er diese Desiree dabei ertappt hat, wie sie einen Hund quälte, indem sie ihm Brandmale verpasst hat.«

»Ja, stimmt.«

»Hunde schreien nicht, Carol.«

»Sie meinen …?«

»*Das* hat Joe gemeint, als er Mercy gedroht hat. Als Roberts zu ihnen kam, quälten sie den Hund, um zu vertuschen, dass sie in Wahrheit Mercy …« Pine konnte nicht weitersprechen.

»Das ist so krank«, flüsterte Blum.

»Dann wurde Joe Atkins ermordet, und von Desiree fehlt seither jede Spur.«

Blum blieb abrupt stehen. »Sie meinen …?«

»Wenn ich Mercy auf dem Foto sehe, und auf dem Video vorhin … sie ist wahrscheinlich größer als ich und ziemlich kräftig. Beide Atkins' waren klein. Ich glaube, Mercy war ihnen körperlich überlegen.«

Carol Blum riss die Augen auf. »Glauben Sie …«

»Ich halte es für möglich, dass die zwei versucht haben, meine Schwester an der Flucht zu hindern – wir haben ja die Schreie und Schüsse gehört –, und dass Mercy sie getötet hat.«

»Aber warum wurde Desirees Leiche dann nicht gefunden?«

»Wer weiß. Mercy könnte sie begraben haben. Nach so vielen Jahren wäre nicht mehr viel übrig.«

»Warum sollte sie Desiree begraben, aber Joe nicht?«

»Vielleicht hatte sie keine Gelegenheit mehr, Joes Leiche zu beseitigen.«

Blum nickte. »Ja, könnte sein. Aber das alles ist reine Spekulation.«

»Was sonst. Aber jede andere Erklärung wäre mindestens genauso unwahrscheinlich.«

Sie gingen weiter.

»Okay«, griff Blum schließlich den Faden wieder auf. »Falls Mercy die zwei wirklich umgebracht haben sollte, hatte sie jedes Recht dazu. Man muss sich das mal vorstellen. Die haben sie in eine Höhle gesperrt, jahrelang, und ihr schlimme Dinge angetan, über die ich nicht einmal nachdenken möchte. Das ist schauderhaft. Ich will mir gar nicht vorstellen …«

»Ich weiß, Carol, ich weiß«, fiel Pine ihr ins Wort. »Aber denken Sie an Ariel Castro in Cleveland. An Jaycee Dugard oder Elizabeth Smart in Utah. Und es gibt noch viele andere. Ich hätte nur nie gedacht, dass es meiner Schwester genauso ergangen sein könnte.«

»Aber warum haben diese Atkins' das getan? Sie hatten ein hübsches Mädchen bekommen, weil sie kein eigenes Kind haben konnten. Warum haben sie Mercy gefangen gehalten und misshandelt?«

»Mercy war alt genug, um zu wissen, wer sie war und zu wem sie gehörte. Gut möglich, dass sie früher oder später geflüchtet wäre. Und diese Bestien hatten Angst, Ärger zu kriegen, wenn Mercy der Polizei alles erzählt. Außerdem war Desiree alles andere als der mütterliche Typ. Voodoo-Praktiken … man stelle sich vor.« Pine schauderte. »Ich vermute, diese Verrückten haben zu schärferen Maßnahmen gegriffen, als Mercy größer wurde, und sie in der Höhle eingesperrt. Sie wussten, dass ihnen eine lange Gefängnisstrafe drohte, falls Mercy entkam.«

»Glauben Sie, Leonard Atkins wusste Bescheid?«

»Er und seine Frau ließen sich mit Mercy fotografieren. Also müssen sie gesehen haben, wie Mercy sich verändert hatte … die Wunden, den Dreck, die Lumpen, die sie trug. Ja, die haben garantiert alles gewusst, aber nichts unternommen. Als ihr Sohn getötet wurde und Desiree verschwand, dachten sie wahrscheinlich, Desiree habe Joe umgebracht und wäre mit Mercy fortgegangen. Oder Mercy hätte beide getötet und wäre geflohen. So oder so – sie wollten nichts damit zu tun haben und sind sicherheitshalber getürmt.«

»Widerlich«, sagte Blum. »Kann man so was noch Menschen nennen?«

Erst jetzt schloss ein sichtlich geschockter Dick Roberts zu ihnen auf. Sie stiegen in Pines Wagen und fuhren Roberts zurück zu seinem Haus.

»Ich rufe den Sheriff an«, versprach der alte Mann. »Damit er weiß, dass Sie vorbeikommen und sich die Akte ansehen.«

»Danke, Mr. Roberts.«

»Agentin Pine?«

»Ja?«

»Das ist nicht bloß irgendein Cold Case für Sie, oder?«

»Wie kommen Sie darauf?«

»Ich war lange genug Cop. Wie Sie die Puppe angeschaut haben ... als hätten Sie die schon mal gesehen. Und erst das Video. Ich hatte den Eindruck, dass es um etwas sehr Persönliches geht.«

Pine seufzte. »Sie ist meine Schwester, Mr. Roberts. Als wir klein waren, wurde sie aus ihrem Bett entführt. Sie wird seit dreißig Jahren vermisst.«

Roberts nickte betrübt. »Ihr Name kam mir gleich bekannt vor. Wir hatten damals eine Fahndung laufen. Mercy Pine, stimmt's?«

»Ja.«

»Es tut mir aufrichtig leid.«

»Danke«, sagte Pine tonlos.

»Aber heute haben Sie einiges herausgefunden, nicht wahr?«

»Mehr als je zuvor. Jetzt muss ich Mercy nur noch finden.«

»Könnte es nicht sein, dass Ihre Schwester ...« Er verstummte.

»Schon klar, Mr. Roberts. Mit dieser Möglichkeit muss ich schon sehr lange leben. Trotzdem kann ich die Sache jetzt nicht beenden. Jetzt erst recht nicht, wo ich weiß, wie schrecklich sie gequält wurde. Ich muss wissen, was mit ihr ist ... was aus ihr geworden ist.«

»Ich wünsche Ihnen alles Glück der Welt. Was wir da gesehen haben … so was hat niemand verdient, schon gar nicht ein kleines Mädchen.«

»Nein«, sagte Pine, die Mercys Gesicht vor Augen hatte. »Niemand auf der Welt.«

76

Ein typischer Cold Case.

Pine hatte die Akte über Joe Atkins' Tod und das Verschwinden seiner Frau vor sich auf dem Bett ihres Motelzimmers liegen. Die inoffizielle Schlussfolgerung der örtlichen Cops lautete, dass Desiree ihren Mann umgebracht habe und anschließend geflohen sei. Niemand hatte gewusst, dass jemand bei den beiden gelebt hatte, ein kleines Mädchen; deshalb hatte man diese Person auch nie verdächtigen können.

Und sie ist nicht irgendeine Verdächtige, sondern meine Zwillingsschwester.

Pine war überzeugt, dass sie auf dem Video Mercy gesehen hatte. Nun hatte sie den Beweis. DNA konnte unter bestimmten Umständen und auf bestimmten Materialien lange erhalten bleiben. Es gab in dieser Höhle viele Gegenstände, die Atlee nie im Leben berührt hatte und an denen dennoch Spuren ihrer DNA hafteten.

Nur dass es nicht meine ist, sondern Mercys.

Die Akte verriet ihr nicht viel. Joe Atkins' Obduktion hatte ergeben, dass er an einem Messerstich gestorben war, der seine Aorta durchtrennt hatte. Er war verblutet. Außerdem war ein stumpfes Trauma am Kopf festgestellt worden, das er eindeutig vor seinem Tod erlitten hatte.

Niedergeschlagen und erstochen.

Mercy hatte es irgendwie geschafft, sich von der Kette zu befreien und aus ihrem Gefängnis zu entkommen. Das Video hatte die Flucht für immer festgehalten.

Und vielleicht hast du dich vor deiner endgültigen Flucht noch an deinen Peinigern gerächt, Mercy.

Pine wusste, wo Joe Atkins war. Zwei Meter unter der Erde. Aber wo steckte Desiree? Und wohin waren Leonard und Wanda Atkins verschwunden? Lebten sie noch? Sollte sie versuchen, die zwei zu finden?

Deputy Sheriff Wilcox hatte sich Pines Informationen und Spekulationen geduldig angehört und ihr eine Kopie der Fallakte überlassen. Er hatte sich das Video angesehen und war anschließend selbst zur Höhle hinausgefahren, um sich ein Bild zu verschaffen. Dass eine dritte Person an dem Fall beteiligt war, kam für ihn ebenso überraschend wie die Tatsache, dass es sich um Pines Zwillingsschwester handelte. Trotz allem schien er nicht geneigt zu sein, den Fall neu aufzurollen.

Und sein Chef, der Sheriff, ebenso wenig, wie er Pine wissen ließ. »Wir haben nicht die Mittel, um alten Fällen nachzugehen«, hatte Wilcox gemeint. »Und nach allem, was Sie mir sagen, hatte dieser Joe Atkins es ohnehin nicht besser verdient.«

Pine hielt es im Motelzimmer nicht mehr aus und ging durch den einsetzenden Regen zu ihrem Wagen. Sie fuhr zu einem Restaurant in der Nähe und bestellte sich einen Kaffee.

Durch das Fenster schaute sie hinaus auf den Regen und das Dämmerlicht. Trübe Aussichten. Ihre Gedanken kreisten um Mercy. Endlich wusste sie, was mit ihrer Schwester passiert war. Ito Vincenzo hatte sie tatsächlich entführt und zu Leonard und Wanda Atkins gebracht. Die beiden hatten Mercy dann ihrem Sohn Joe und dessen Frau Desiree überlassen.

Wie einen Tauschgegenstand.

Und irgendwann hatten Joe und Desiree, diese beiden Irren, Mercy von dem Zimmer im Haus in die Höhle verbannt.

Wie ein Stück Vieh.

Wie Pine so dasaß und ihren Kaffee trank, wurden ihre Gedanken immer düsterer. Statt ihre Schwester gesund und wohlauf wiederzufinden, oder wenigstens ihre sterblichen Überreste, war sie nun mit der Möglichkeit konfrontiert, dass Mercy einen, vielleicht auch zwei Menschen getötet hatte und sich jetzt irgendwo draußen in der Welt herumtrieb. Pine war sich darüber im Klaren, dass sie Mercy nach der jahrelangen Misshandlung durch die Atkins' kaum noch wiedererkennen würde, weder äußerlich noch als Mensch.

Sie schloss die Augen, und das Bild ihrer Schwester in dem Video drängte sich in ihre Gedanken.

Mehr als sechs Jahre hatte Atlee Mercy jeden Tag um sich gehabt. Und dann, von einem Tag auf den anderen, nichts mehr. Bis heute. Doch es wollte ihr nicht gelingen, die Frau auf dem Video mit dem süßen kleinen Mädchen in Einklang zu bringen, das mit Puppen gespielt, sich gern mädchenhaft gekleidet und sich stets für ihre kleine Schwester eingesetzt hatte, wenn Atlee Ärger bekam.

Ich will sie einfach nur finden. Ihr helfen. Ich will, dass sie … das Leben zurückbekommt, das man ihr geraubt hat. Jedenfalls so viel davon wie möglich.

Das Klingeln des Mobiltelefons war für Pine eine mehr als willkommene Ablenkung.

»Hallo?«

»Agentin Pine? Hier Darren Castor aus Trenton. Ich habe Ihnen neulich von der Zeit erzählt, als ich in Ito Vincenzos Eisdiele gearbeitet habe, erinnern Sie sich?«

Castor? Ito Vincenzos Eisverkäufer!

»Ja, Mr. Castor, was gibt's?«

»Sie haben gesagt, ich soll anrufen, wenn mir noch was einfällt. Es gibt da wirklich eine Sache. Wissen Sie, ich hatte da was durcheinandergebracht.«

Pine spannte sich innerlich an. »Was?«

»Ich hatte Ihnen gesagt, dass ich 2001 in der Autowerkstatt angefangen habe …«

»Ja.«

»Das stimmt nicht. Es war im Juni 2002. Ich hätte wissen müssen, dass es nicht 2001 sein konnte, weil ja drei Monate später die Anschläge in New York passierten.«

»Sind Sie sicher?«

»Jepp. Ich habe in meinen Unterlagen nachgesehen.«

»Wissen Sie das genaue Datum? Das würde mir sehr helfen.«

»Ja. Der Tag, an dem Ito nicht mehr in der Eisdiele erschien, war der erste Juni. Das weiß ich noch so gut, weil meine Frau am zweiten Juni Geburtstag hat.«

Geburtstag?

»Ich hoffe, es hilft Ihnen weiter«, sagte Castor.

»Was? Oh, ja, sicher. Ich danke Ihnen, Mr. Castor. Das hilft mir sehr.«

Sie trennte die Verbindung und starrte auf das Handy. Ein schockierender Gedanke, eine absurd anmutende Spekulation schoss ihr durch den Kopf wie eine verirrte Gewehrkugel.

Sie rief Blum an. »Wir müssen zu Jack Lineberry, Carol. Sofort.«

77

Pine fuhr schnell und sprach kaum ein Wort. Sie hatte Blum nicht erklärt, warum sie mit Lineberry reden musste. Sie brachte es nicht über sich, ihre Gedanken auszusprechen. Falls ihr Verdacht zutraf, würde es alles über den Haufen werfen.

Eigentlich sollte mich nichts mehr überraschen.

Pine hatte Lineberry zuvor kurz angerufen; deshalb wurden sie eingelassen, nachdem sie sich beim Tor ausgewiesen hatten. Als sie zur Villa fuhren, erwartete Lineberry sie bereits in der Tür. Er benutzte noch eine Gehhilfe, wirkte aber fitter als beim letzten Mal.

»Sie machen Fortschritte«, meinte Blum.

»Ich fühle mich auch schon besser«, sagte Lineberry. »Ich wollte gerade essen. Würde mich freuen, wenn ihr mir Gesellschaft leistet. Wie wär's?«

Bevor Pine antworten konnte, sagte Blum: »Also, ich hab schon Hunger.«

Sie gingen zum Wintergarten mit Blick auf die Grünanlagen und das im Wiederaufbau begriffene Cottage. Der Bautrupp stellte gerade die vierte Wand auf und würde sich danach wahrscheinlich dem Dachstuhl zuwenden.

»Ich hoffe, das war die erste und letzte Explosion bei mir zu Hause«, meinte Lineberry, wobei er zur Baustelle schaute.

Eine Hausangestellte servierte das Mittagessen. Es war köstlich, doch Pine rührte kaum etwas an, wie Blum und Lineberry bemerkten. Als er Blum fragend ansah, zuckte sie nur mit den Schultern.

Nach der Mahlzeit gingen sie in die Bibliothek, wo am knisternden Kaminfeuer Kaffee serviert wurde. Leichter Regen hatte eingesetzt, und es war empfindlich kühl draußen. Umso wohltuender war es, am warmen Feuer zu sitzen.

»Habt ihr noch irgendetwas herausgefunden?«, fragte Lineberry. »Ihr wart doch in Taliaferro, oder?«

»Ja. Und wir haben tatsächlich viel Neues erfahren«, sagte Pine. »Leider wenig Erfreuliches.«

Lineberry wirkte betroffen angesichts ihrer unverblümten Antwort, während Blum ihre Chefin erstaunt musterte.

»Mein Gott. Mercy ist doch nicht etwa …?«

»Nein. Gut möglich, dass sie noch lebt.«

»Dann verstehe ich nicht …«

»Sie wurde von einer Familie in Taliaferro gefangen gehalten. Nicht von den Atkins', die ich erwähnt habe, sondern vom Sohn der Familie und seiner Frau.«

Lineberry beugte sich vor und stellte die Kaffeetasse ab. Er war sichtlich erschüttert.

»*Gefangen gehalten?*«

»Ja. In einer Höhle, die ich nicht mal einem Hund zumuten würde. Schmutzig, eng, stinkend und grauenhaft.«

»Agentin Pine«, mahnte Blum, »Jack geht es noch nicht so gut.«

Pine schien sie gar nicht zu hören. »Sie hat wie ein Tier in dieser Höhle gehaust, Jack. Und es gab niemanden, der ihr hätte helfen können. Irgendwann hat sie sich dann selbst geholfen.«

»Wie … wie meinst du das?«

»Sie hat sich von den Ketten befreit, hat die Tür aufgebrochen und zu fliehen versucht.«

»Zu fliehen *versucht?*«

»Was ich jetzt sage, sind nur Vermutungen, aber ich glaube, Joe Atkins hat sie verfolgt und eingeholt. Vielleicht wollte er sie zurückholen, vielleicht aber auch umbringen.« Pine umklammerte die hölzerne Armlehne ihres Stuhls so fest, dass ihre Arme zitterten. Sie fixierte Lineberry, ließ ihn keinen Sekundenbruchteil aus den Augen.

Lineberry saß stumm da, die Hand vor dem Mund, Tränen in den Augen.

»Aber Mercy hat den Spieß umgedreht. Sie hat ihn ihrerseits angegriffen. Ich kann mir gar nicht vorstellen, was für ein Hass sich mit den Jahren in ihr aufgestaut haben muss und was …« Sie schluckte. »Was diese zwei Bastarde ihr alles angetan haben. Sie hat so hart zugeschlagen, dass Joes Schädel zerbrochen ist. Mercy war nicht so stark wie ich, aber größer, und die Wut auf ihre Peiniger wird ihr zusätzliche Kraft verliehen haben. Außerdem war Joe Atkins ein kleiner Mistkerl. Ich vermute, Mercy hat ihn ziemlich schnell überwältigt, hat sich sein Messer geschnappt und …«

Lineberry beugte sich so weit aus dem Stuhl, dass er vornüberzukippen drohte.

»Und was?«, flüsterte er.

»Ich glaube, sie hat ihm das Messer in den Rücken gestoßen und ihn getötet«, beendete Pine ihren Satz.

Lineberry ließ sich in den Stuhl zurücksinken. Er atmete schwer.

Blum nahm ein Glas von einem Sideboard, goss aus einer Karaffe Wasser ein und brachte es Lineberry. Er trank die Hälfte, gab ihr das Glas zurück und dankte ihr mit einem kurzen Blick, obwohl ihm das Entsetzen noch anzusehen war.

Blum warf Pine einen vorwurfsvollen Blick zu und setzte sich wieder.

»Von seiner Frau Desiree fehlt seither jede Spur«, fuhr Pine fort. »Sie war eine Bestie, voller Hass und Grausamkeit. Angeblich hat sie gern Tiere gequält. Genauso grausam war sie zu Mercy. Sie hat sie *gebrandmarkt*, Jack. Wie ein Stück Vieh.«

»O Gott!«, stieß Lineberry gequält hervor.

»Agentin Pine!«, rief Blum empört.

»Vielleicht hat Mercy auch Desiree umgebracht, oder das Miststück hat rechtzeitig erkannt, was ihr blüht, und sich aus dem Staub gemacht. Für die Verbrechen an Mercy wäre sie für lange Zeit im Gefängnis gelandet.«

Lineberry schlug die Hand vor den Mund. »Mein Gott«, murmelte er. »Mein Gott.«

»Ja, mein Gott«, äffte Pine ihn erbarmungslos nach.

Lineberry ließ die Hände sinken, als ihm etwas dämmerte. »Da ist noch etwas, nicht wahr? Etwas, das du mir noch nicht gesagt hast.«

»Du hast es erfasst, Jack. Ich wollte gerade darauf kommen.«

Die Schärfe in ihrer Stimme ließ sogar Blum stutzig werden.

Pine ließ sich nicht beirren. »Ich habe einen Anruf von einem gewissen Darren Castor bekommen, der damals in Ito Vincenzos Eisdiele gearbeitet hat. Er konnte mir genau sagen, wann Ito verschwand. Beim ersten Mal, als ich Castor danach fragte, hatte er sich im Jahr geirrt. Ito ist nicht 2001 verschwunden, sondern erst 2002. Castor hat mir sogar den Tag genannt, an dem Ito nicht mehr im Laden erschienen ist.« Sie hielt inne und musterte Lineberry, der dumpf vor sich hin starrte. Doch in seinem Blick lag die leise Ahnung, worauf Pine hinauswollte.

»Castor konnte sich aus einem ganz bestimmten Grund so genau an das Datum erinnern«, fuhr Pine fort. »Es war nämlich einen Tag vor dem Geburtstag seiner Frau.« Erneut hielt sie inne. »Ihr Geburtstag ist am zweiten Juni.«

»Das ist auch Ihr Geburtstag!«, rief Blum überrascht.

Pine fixierte Lineberry unverwandt. »Genau, Carol. Und am zweiten Juni 2002, an meinem Geburtstag, hat mein Vater sich in seiner Wohnung in Virginia das Leben genommen. Nicht in Louisiana, wie meine Mutter mir erzählt hatte. Und du, Jack, warst praktischerweise zur Stelle und konntest den Toten für die Polizei identifizieren.«

Lineberry öffnete und schloss den Mund wie ein nach Luft schnappender Fisch.

Pine beugte sich vor, bis ihr Gesicht dem seinen ganz nahe war.

»Ich will die Wahrheit wissen, Jack, hier und jetzt«, flüsterte sie.

Plötzlich schien alle Kraft von Jack Lineberry abzufallen. Er sank auf dem gepolsterten Stuhl in sich zusammen und schlug beide Hände vors Gesicht, doch Pine zog sie grob zur Seite.

»Sag es mir, Jack.«

Lineberry richtete sich auf, schaute zu Blum, dann zu Pine.

»Ich wusste nicht, dass der Mann, der an dem Tag versucht hat, deinen Vater umzubringen, Ito Vincenzo war, ich schwöre es bei meiner Seele. Und ich habe noch heute keinen Beweis, dass er es tatsächlich gewesen ist.«

»Moment mal«, warf Blum ein. »Jemand hat versucht, Tim Pine *umzubringen?* Ich dachte, er hätte sich das Leben genommen.«

Pine nickte. »Ja, das habe ich immer zu hören bekommen. Von meiner Mutter. Und von *dir*, Jack. Du hast mich genauso belogen, wie sie mich belogen hat.«

»Was soll das heißen, Agentin Pine?« Blum schaute sie ungläubig an. »Sie wollen doch nicht etwa sagen …«

»Ich will damit sagen, dass Ito an dem Tag dort war, um meinen Vater umzubringen, und wahrscheinlich auch meine Mutter. Er wusste ja nicht, dass sie sich getrennt hatten. Aber es kam anders. Mein Vater hat Ito getötet. Und Jack kam nicht zufällig vorbei, stimmt's? Das war geplant. Er hat den Toten als meinen Vater identifiziert. Da es sich scheinbar um Selbstmord handelte und ein enger Freund ihn identifizieren konnte – danach auch seine Ex-Frau –, gab es keine weiteren Ermittlungen. Akte zu, Fall erledigt.« Pine stockte, wie um ihre Gedanken zu sammeln. »Okay, damit hätten wir geklärt, was mit Ito passiert ist. Jetzt will ich wissen, wo mein Vater ist. Ist er noch mit Mom zusammen? Sie hat mich allein gelassen, als ich auf dem College war, und ist mit ihm fortgegangen, stimmt's? Offiziell ist er am zweiten Juni gestorben. Ich war im Juli zur Uni gefahren, weil ich ein paar Wettkämpfe im Gewichtheben hatte. Als ich im August zurückkam, war Mom verschwunden. Die Nachricht, die sie mir zurückließ, war völlig nichtssagend.« Pine hatte Mühe, ihre Gefühle im Zaum zu halten. »Die Scheidung war nur vorgetäuscht, stimmt's? Sie wollten immer zusammenbleiben. Nur ohne *mich.*«

Pine war langsam aufgestanden; ihre Stimme wurde lauter. »Ist es so, *Jack?*«

Lineberry schaute hilflos zu ihr auf. »Ja. Ja, es stimmt, sie wollten sich nie wirklich trennen. Aber sie haben es getan, um dich zu schützen.«

»So ein Unsinn!«

»Es ist kein Unsinn, Atlee. Es ist die Wahrheit.«

»Was weißt du schon von der verdammten *Wahrheit!*«

»Ich sage dir alles, was du wissen willst, wenn du mir zuhörst.«

»Bitte, Atlee, lassen Sie ihn ausreden. Sie brauchen die Informationen«, sagte Blum, die vor Aufregung gar nicht bemerkte, dass sie Pine das erste Mal beim Vornamen nannte.

Langsam setzte Pine sich wieder, um sich Lineberrys Erklärung anzuhören, doch sie zitterte immer noch vor Zorn.

»Ich wusste nicht, wo ihr hingegangen wart, als ihr aus Andersonville weg seid. Wir waren total von der Rolle, haben überall gesucht, aber ihr wart wie vom Erdboden verschluckt. Und damals gab es noch kein Internet und keine Smartphones, die uns vielleicht geholfen hätten, euch aufzuspüren. Damals konnte man noch spurlos untertauchen, wenn man es wirklich wollte.«

»Und dann?«, hakte Pine nach.

»Jahre später rief mich überraschend dein Vater an. Er war verzweifelt.«

»Wie hat er dich erreichen können?«

»Ich hatte deinen Eltern eine spezielle Nummer gegeben, die ich all die Jahre behielt, weil ich immer gehofft habe, dass ... aber das spielt keine Rolle. Tim sagte, ein Mann hätte soeben versucht, ihn umzubringen. Aber er sei schneller gewesen und habe den Mann erschossen. Mit der Schrotflinte.«

»Wenn er in einem Apartmenthaus gewohnt hat – wie kann es sein, dass niemand etwas gehört hat?«, wollte Pine wissen.

»Er hat nicht in einem Apartmenthaus gewohnt.«

»Dann hast du auch in diesem Punkt gelogen?«

Lineberry sprach rasch weiter. »Ich bin gleich nach Virginia geflogen. Die Schrotladung hatte den Mann voll im Gesicht getroffen. Ich wusste nicht, wer der Tote war, und Tim auch nicht.«

»Er hat Ito Vincenzo nicht wiedererkannt?« Pine schaute ihn ungläubig an. »Er hatte in Andersonville eine Auseinandersetzung mit ihm! Eine verdammte Schlägerei!«

»Mein Gott, Atlee, das war mehr als zehn Jahre her. Die Menschen ändern sich. Jedenfalls sagte Tim, dass er ihn nicht kennt, und ich sowieso nicht, weil der Tote praktisch kein Gesicht mehr hatte. Wir überlegten, was wir tun sollten, und kamen auf die Idee, Tims Tod vorzutäuschen. Und es hat funktioniert. Alle dachten, Tim hätte sich umgebracht.«

Pine spürte, dass sie am ganzen Körper zitterte.

»Heißt das, Ito Vincenzo liegt im Grab meines Vaters?«

Lineberry nickte schwach.

»Und was ist mit Mom?«

Lineberry wich ihrem Blick aus. »Sie wusste, dass uns keine andere Wahl blieb, und akzeptierte es. So konnten beide untertauchen, sie und Tim, und waren in Sicherheit.«

»Zwei Monate später fährt sie zu ihm«, sagte Pine bitter, »und lässt mich allein.«

»Sie hielten es für das Beste. Beide meinten, du wärst ohne sie besser dran – ich schwöre es dir. Deine Mutter hat dir Geld hinterlassen, damit du dein Studium beenden kannst und …«

»Wo sind sie?«, blaffte Pine.

»Ich weiß es nicht.«

»Jack!«

»Ich weiß es wirklich nicht, Atlee, ich schwöre es! So war es vereinbart. Diese Leute ließen nicht locker. Sie blieben den beiden auf den Fersen. Ich weiß nicht, wie, aber irgendwie sickerte immer wieder durch, wo sie sich zu einem bestimmten Zeitpunkt aufhielten. Alle waren verdächtig, das Leck zu sein, die verräterische Quelle, sogar ich. Also einigte man sich darauf, dass niemand mehr etwas erfahren sollte.« Er holte tief Luft. »Seither habe ich die beiden nicht mehr gesehen. Es gab keinen Kontakt mehr. Nichts.«

»Und das soll ich dir glauben? Weißt du, wie oft du mich schon angelogen hast?«

»Ich kann verstehen, dass du mir nicht mehr vertraust, Atlee. Wahrscheinlich habe ich es nicht anders verdient. Andererseits … ich hätte dir auch jetzt nicht alles sagen müssen.«

»Warum hast du es dann getan?«

»Weil du die Wahrheit verdienst. Und weil ich es satt habe, sie dir zu verheimlichen.«

Seine Worte vermochten Pine nicht zu besänftigen, doch sie zügelte ihre Wut, lehnte sich zurück und tippte mit den Fingern auf die Armlehnen. Sie starrte so lange vor sich hin, dass sie beinahe vergaß, dass Blum und Lineberry auch noch da waren.

»Warum müssen die beiden sich immer noch verstecken, Jack?«, fragte Blum. »Das alles liegt viele Jahre zurück. Glauben Sie wirklich, dass nach so langer Zeit immer noch jemand hinter ihnen her ist?«

Lineberry schüttelte den Kopf. »Ich weiß es nicht, Carol. Die Mafia hat ein langes Gedächtnis. Und die beiden sind jetzt schon so lange untergetaucht, dass sie gar kein anderes Leben mehr kennen.«

»Aber mich haben sie zurückgelassen und den Wölfen ausgeliefert«, flüsterte Pine. »Ito hat meine Schwester verschleppt und mich beinahe umgebracht. Trotzdem verschwinden meine eigenen Eltern und lassen mich mit der Bedrohung allein?«

»Sie waren überzeugt, dass du außer Gefahr warst. Und du warst ja auch schon erwachsen«, meinte Lineberry.

Pine konnte kaum glauben, was sie da hörte. »Wenn Ito uns gefunden hat, hätte es auch ein anderer schaffen können. Die haben ja nicht mal meinen Namen ändern lassen! Ich war immer noch Atlee Pine! Wie viele Frauen wird es geben, die so heißen?«

»Darauf weiß ich auch keine Antwort.«

»Auch du hättest mich leicht finden können, wenn du gewollt hättest. Es gibt eine Wikipedia-Seite über mich, aus der Zeit, als ich um die Olympiateilnahme gekämpft habe. Und selbst als FBI-Agentin ist mein Name manchmal in den Nachrichten aufgetaucht.«

Lineberry wich ihrem Blick aus. »Ich glaube, da hatte ich schon aufgegeben, nach euch zu suchen. Dein Vater sagte mir damals auch nicht, wo du mit deiner Mutter gelebt hast.«

»Natürlich nicht. Ist ja auch viel bequemer, nicht zu viel zu wissen, stimmt's, *Dad?*«

»Was wirst du jetzt tun?«, fragte Lineberry, der immer blasser geworden war.

Pine stand auf und schaute auf ihn hinunter. »Ich bin hergekommen, um meine Schwester zu finden. Ich bin Mercy jetzt um einiges näher als zuvor. Und ich werde sie nach Hause holen, auch wenn du keinen Finger dafür rührst.«

»Was soll das heißen? Ich will es doch auch! Sie ist deine Schwester, aber genauso meine Tochter«, protestierte Lineberry.

»Ach, wirklich?«, blaffte Pine zornig. »Du scherst dich doch einen Scheißdreck um uns!«

»Das stimmt nicht, Atlee.« Ihre Schroffheit traf ihn tief. »Wie kannst du so etwas sagen?«

Pine schloss die Augen. Sie spürte, wie ihr Tränen über die Wangen liefen. Als sie die Augen wieder öffnete, schaute sie durchs Fenster auf das Cottage. In diesem Moment schien ihr ein Gedanke zu kommen. Sie drehte sich plötzlich um und stürmte hinaus.

»Wo will sie hin?«, fragte Lineberry.

Blum schwieg.

Beide sahen, wie Pine entschlossen zum Cottage marschierte.

78

Der Regen nahm zu, als Pine zur Baustelle kam. Fünf Männer waren eifrig bei der Arbeit, zwei auf Leitern, drei auf dem Lehmboden der Baustelle.

Pine blieb vor dem Cottage stehen und rief: »Für heute ist Feierabend! Geht nach Hause! Alle!«

Die Männer schauten zu ihr, verwirrt und neugierig zugleich, machten dann aber mit der Arbeit weiter.

Pine zog ihre Pistole und die FBI-Dienstmarke und rief lauter, nachdrücklicher: »FBI! Verlassen Sie sofort die Baustelle! Haut endlich ab, verdammt!«

Die Arbeiter hielten inne und warfen sich beunruhigte Blicke zu.

Pine wusste, was die Männer dachten. Dass sie nicht ganz dicht im Kopf war.

Vielleicht liegen sie gar nicht mal verkehrt.

Ein groß gewachsener, kräftiger Arbeiter kam langsam auf sie zu.

»Ma'am, wir haben hier einen Job zu …«

Pine richtete die Pistole zum Himmel und feuerte zwei Schüsse ab. »Räumt die verfluchte Baustelle! Wird's bald!«

Die zwei Männer auf den Leitern stiegen eilig die Sprossen hinunter; ihre Kollegen auf dem Boden packten hastig Kühlboxen und Jacken zusammen und machten, dass sie davonkamen.

Einige schauten sich beunruhigt um. Pine starrte ihnen hinterher, als sie das Grundstück durch das hintere Tor verließen, in ihre Autos stiegen und davonfuhren.

Sie zog das Hosenbein hoch, nahm die Beretta aus dem Knöchelholster und legte beide Pistolen auf einen Holztisch. Dann zog sie die Jacke aus, legte sie ebenfalls auf den Tisch und breitete eine wasserdichte Plane darüber.

Der Regen wurde stärker. Pine trat ins Innere des halb fertigen Häuschens und begutachtete den hölzernen Rahmen.

Sie wusste genau, was sie wollte.

Er hat mir etwas genommen. Die Wahrheit. Meine Wahrheit. Jetzt nehme ich ihm auch etwas.

Pine sah einen Vorschlaghammer, hob ihn auf und begutachtete die Rahmenkonstruktion. Dann holte sie aus und drosch auf einen Stützbalken neben der Tür. Das Holz krachte und splitterte. Sie schlug erneut zu, und der Balken knickte ein. Als Nächstes nahm sie die Stützen unter einem Fenster aufs Korn und schlug einen Pfosten nach dem anderen heraus, bis die Wandtafel sich löste, nach außen kippte und mit einem dumpfen Knall im Gras landete.

Pine schwang den Vorschlaghammer wie einen Baseballschläger, als sie die nächste Wand in Angriff nahm. Holz splitterte, Nägel flogen durch die Luft, bis auch die zweite Tafel fiel. Mit dem letzten Hieb brach der Hammerstiel auseinander.

Der Himmel öffnete nun alle Schleusen; es goss in Strömen. Pine strich sich die nassen Haare aus der Stirn, als sie sich dem dritten Abschnitt zuwandte, vor Erschöpfung keuchend. Sie nahm sich einen Moment, um die Konstruktion zu begutachten; dann trat sie den ersten Pfosten mit einem gezielten Karatetritt weg. Den zweiten Tritt setzte sie höher an und brach dabei ein kurzes Brett heraus. Die Nägel, mit denen es befestigt gewesen war, ragten wie tote graue Würmer aus dem Holzrahmen.

Sie schlug den nächsten Pfosten aus dem Rahmen und brach mit einem Ellbogenstoß einen waagrechten Riegel entzwei. Der nächste Schlag löste einen Fensterrahmen und die benachbarten Stützen aus der Verankerung. Pine spürte kaum den Schmerz, den die Schläge und Tritte ihr verursachten; mit unbändigem Vernichtungswillen machte sie weiter und brach mit gezielten Ellbogenhieben, Handkantenschlägen und Kniestößen einen Pfosten nach dem anderen aus dem Rahmen.

Die Holztafel schwankte bedrohlich im Wind. Pine trat mehrmals dagegen; dann warf sie sich mit ihrem ganzen Gewicht gegen die Tafel und brachte sie mit einem wütenden Schrei zu Fall.

Sie wandte sich der letzten noch stehenden Holzwand zu und starrte sie an, als verkörperte sie alle Albträume, die sie in ihrem Leben hatte durchleiden müssen.

Bevor sie auch diese Holzkonstruktion attackierte, drehte sie sich um und schaute zu dem Haus, aus dem Lineberry und Blum sie beobachteten.

Drinnen stöhnte Lineberry: »Mein Gott, ich muss sie aufhalten. Sie wird sich verletzen.«

Blum hielt ihn energisch am Arm zurück.

»Sie werden sie nicht aufhalten«, sagte sie streng. »Sie ist Ihre Tochter, Jack Lineberry. Sie muss das jetzt tun. Schauen Sie ihr zu. Vielleicht verstehen Sie dann, was in ihr vorgeht.«

Pines Gesichtsmuskeln zuckten, als sie zum Haus starrte. Sie sah aus wie eine Drogenabhängige auf Entzug. Immer wieder strich sie sich die Haare aus dem Gesicht, konnte kaum noch etwas sehen im strömenden Regen. Schließlich drehte sie sich um, wandte sich wieder der Baustelle zu, die sich in ein Schlachtfeld verwandelt hatte. An Händen, Armen und Knien blutend, ließ sie den Blick schweifen, keuchend und schwitzend, nahm das Bild der Verwüstung in sich auf. Sie entdeckte einen nassen Lappen, hob ihn vom Boden auf und band sich damit die Haare nach hinten. Dann nahm sie alle verbliebene Kraft zusammen, stürmte auf die letzte Wand zu, die noch stand, und warf sich mit der Schulter dagegen. Obwohl die Wand über keinerlei Stützen durch angrenzende Teile mehr verfügte, ließ sie sich ihres schieren Gewichts wegen nicht so leicht niederreißen.

Eine volle Minute trat und schlug Pine wie besessen auf die Holzteile ein, doch ihre Kräfte schwanden zusehends.

Dich krieg ich auch noch klein!

Sie hockte sich auf den Boden, funkelte die Wand an, als wäre sie die Quelle allen Schmerzes und aller Tragödien ihres Lebens. Durchnässt von Schweiß und Regen saß sie da, mit wild pochendem Herzen, zu ausgelaugt, um noch länger zuschlagen zu können, auch wenn sie nichts anderes mehr wollte auf dieser Welt als pure Zerstörung.

Mit wirrem Blick schaute sie sich um, bis sie sah, was sie brauchte.

Sie rappelte sich auf, stolperte zu einem kleinen Betonmischer und packte ihn mit beiden Händen. Mit aller verbliebenen Kraft drehte sie ihn zur letzten noch stehenden Wand und schob ihn auf den zwei Gummirädern über den schlüpfrigen Boden. Sie hielt sich an dem Mischer fest, als der ins Rollen kam, gegen die Holzwand krachte und sie durchschlug. In einem Hagel aus Splittern folgte Pine dichtauf.

Der Betonmischer kippte zur Seite und warf Pine mit um. Mit dem Gesicht nach unten landete sie auf dem durchweichten Boden, drehte sich zur Seite und sah gerade noch, wie die Wand in sich zusammenfiel.

Mission erfüllt, dachte sie benommen. *Auftrag erledigt.*

Mühsam stemmte sie sich auf alle viere und übergab sich. Dann ließ sie sich ins nasse Gras sinken und blieb ermattet liegen. Sie wusste nicht, wie viel Zeit vergangen war, als sie sich auf den Rücken drehte, hinauf zum dunklen Himmel schaute und den Regen auf sich fallen ließ, als wäre es Erde, mit der ein Grab zugeschüttet wurde.

Irgendwann stand sie langsam auf und atmete tief durch.

Sie nahm ihre Waffen, schob sie in die Holster und zog die Jacke über ihr durchnässtes Hemd.

Dann ging sie davon, ohne noch einmal zum Haus zu schauen.

Schwankend, auf müden Beinen, wankte sie durch das hintere Tor und um das Grundstück herum zu ihrem Wagen, der auf der Vorderseite parkte. Im Gehen spuckte sie Reste von Erbrochenem aus, mit Blut und Regenwasser vermischt. Sie zog sich den Lappen von den Haaren, die ihr sofort wieder ins Gesicht fielen. Sie wusste, dass sie wie ein blutiges Gespenst aussah, wie eine Irre, doch es war ihr völlig egal.

Kurz bevor sie zum Mietwagen kam, blieb sie überrascht stehen.

Der Motor lief. Carol Blum saß auf dem Fahrersitz und schaute sie erwartungsvoll an.

Pine ging zur Beifahrertür und öffnete sie, stützte sich mit beiden Händen auf das Autodach und beugte sich in den Wagen zu Blum, die sie schweigend musterte.

Beinahe verzweifelt klammerte Pine sich ans Autodach, als wäre es das Einzige, was sie noch auf dieser Erde hielt. Dann, nach einem letzten zittrigen Atemzug, entspannte sich ihr geschundener Körper.

Sie schaute zu Blum.

»Können wir fahren, Agentin Pine?«, fragte Carol.

Pine streifte die durchweichte Jacke ab und warf sie auf die Rückbank.

Wortlos stieg sie ein, schlug die Tür zu und schnallte sich an.

Blum legte den Gang ein und fuhr los.
Die Straße entlang, die vor ihnen lag.
Die einzige Richtung, die ihnen blieb.
Hier gab es nichts mehr zu tun.

Danksagungen

Zuallererst möchte ich mich bei dir bedanken, Michelle, dass du mich zu Atlee Pine inspirierst!

Dank auch an Michael Pietsch – auf drei weitere Jahre Zusammenarbeit!

Des Weiteren danke ich Ben Sevier, Elizabeth Kulhanek, Jonathan Valuckas, Matthew Ballast, Beth deGuzman, Anthony Goff, Rena Kornbluh, Karen Kosztolnyik, Brian McLendon, Albert Tang, Andy Dodds, Ivy Cheng, Joseph Benincase, Andrew Duncan, Morgan Swift, Bob Castillo, Kristen Lemire, Briana Loewen, Mark Steven Long, Thomas Louie, Rachael Kelly, Kirsiah McNamara, Nita Basu, Lisa Cahn, Megan Fitzpatrick, Michele McGonigle, Alison Lazarus, Barry Broadhead, Martha Bucci, Rick Cobban, Ali Cutrone, Raylan Davis, Tracy Dowd, Jean Griffin, Elizabeth Blue Guess, Melanie Freedman, Linda Jamison, John Leary, John Lefler, Rachel Hairston, Suzanne Marx, Derek Meehan, Christopher Murphy, Donna Nopper, Rob Philpott, Barbara Slavin, Karen Torres, Rich Tullis, Mary Urban, Tracy Williams, Jeff Shay, Carla Stockalper und all den anderen bei Grand Central Publishing, weil ihr einen sensationellen Job macht.

Dank auch an Aaron und Arleen Priest, Lucy Childs, Lisa Erbach Vance, Frances Jalet-Miller und Juliana Nador – ihr werdet besser und besser.

Ein großes Dankeschön an John Richmond, und alles Gute für das neue Kapitel in deinem Leben. Wir werden dich vermissen!

Mitch Hoffman danke ich für seine wieder mal hervorragende Arbeit!

Dank auch an Anthony Forbes Watson, Jeremy Trevathan, Trisha Jackson, Alex Saunders, Sara Lloyd, Claire Evans, Sarah Arratoon, Stuart Dwyer, Jonathan Atkins, Christine Jones, Leanne Williams, Stacey Hamilton, Charlotte Williams, Rebecca Kellaway und Neil Lang von Pan Macmillan, weil es immer wieder Spaß macht, mit euch zusammenzuarbeiten, und ihr ganz einfach großartig seid!

Laura Sherlock danke ich dafür, dass sie ein Rockstar in Sachen PR ist.

Dank auch an Praveen Naidoo und sein erstklassiges Team bei Pan Macmillan in Australien, speziell dafür, dass ihr meinen Titel *Walk the Wire* ganz nach oben gebracht habt!

Bei Caspian Dennis und Sandy Violette bedanke ich mich dafür, dass ihr so gute Freunde seid und immer ein kluges Wort für mich habt!

Außerdem möchte ich den Gewinnern der letzten Versteigerung danken – Lindsey Axilrod (Read Alliance), Linda Holden-Bryant (Soundview Preparatory School) und R. Jeffrey Sands (Mark Twain House & Museum). Danke, dass ihr so großartige Organisationen unterstützt habt – und ich hoffe, ihr habt nichts dagegen, dass die Romanfiguren, die eure Namen tragen, in meiner Geschichte eine Menge Ärger kriegen.

Last, but not least danke ich Kristen White und Michelle Butler. Ihr tut so viel mehr als nur euren Job!